김태완 金泰完

1964년에 늦더위가 기승을 부릴 무렵
영남의 깊은 산골 동네에서 태어났다.
길고 무성한 머리로 숭실대학교에 들어와 20년 철학을 공부하다
반 넘게 벗겨진 머리로 아직까지 공부를 하고 있다.
그간 동양철학, 한국철학에 관한 논문도 몇 편 끄적였고,
다른 나라에서 나온 동양학에 관한 책도 몇 권 우리말로 옮겼다.
그동안 옮기거나 쓴 책으로는 『도교』(까치), 『상수역학』(신지서원),
『중국문장가열전』(한국학술정보), 『책문』(소나무),
『중국의 고대 축제와 가요』(살림) 들이 있다.

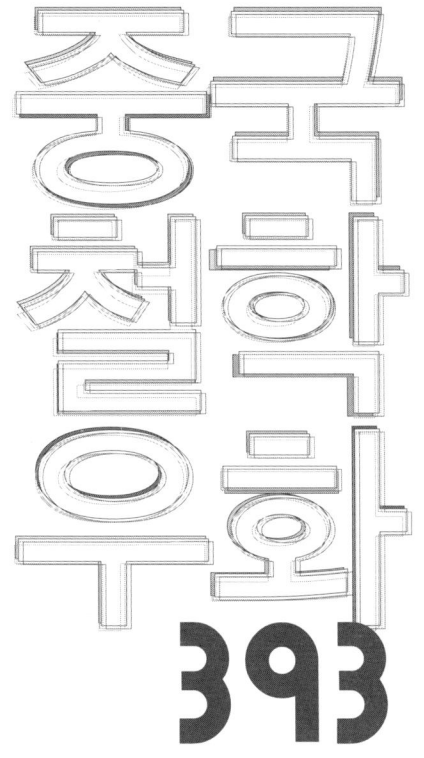

중국철학우화 393

김태완 엮고 옮기고 풀이하다.

소나무

중국철학우화 393

초판발행일 | 2007년 3월 30일

펴낸이 | 유재현
기획편집 | 김석기 이혜영
마케팅 | 안혜련 장만
인쇄 | 영신사
제본 | 명지문화
필름출력 | ING
종이 | 한서지업사
라미네이팅 | 영민사

펴낸곳 | 소나무
등록 | 1987년 12월 12일 제2-403호
주소 | 121-830 서울시 마포구 상암동 11-9, 201호
전화 | 02-375-5784
팩스 | 02-375-5789
전자우편 | sonamoopub@empal.com
책값 | 20,000원

ⓒ 김태완
무단 전재와 복제는 허용하지 않습니다.
ISBN 978-89-7139-057-3 03150

소나무 머리 맞대어 책을 만들고, 가슴 맞대고 고향을 일굽니다

말로 찌르는 것이
칼로 찌르는 것보다 더 아리고 쓰리다

　우화寓話란 말하고자 하는 뜻을 다른 사물에 넌지시 빗대어 비유로 표현한 짤막한 이야기이다. 이렇게 말하면 그냥 그저 그런 정의를 내린 것에 지나지 않는다. 사실 우화를 달리 무어라고 규정하겠는가? 이런 저런 분석과 설명도 우화를 읽거나 들을 때 느끼는 바, 순간의 짜릿하고 상쾌한 맛을 속 시원하게 무어라고 해명해 주지 못한다.
　토끼와 거북이의 경주는 너무나 알려진 이야기라서 온갖 우스개 패러디 시리즈까지 나올 정도이다. 꾸준히 노력하면 결국에는 승리한다는 교훈 하나를 전해주는데, 이보다 더 간결하고도 명쾌한 이야기가 있을까? 토끼와 거북이의 이야기를 들으면 그 몸짓, 생태, 생김새가 우화 속에서 그대로 파들파들하게 살아나온다. 토끼와 거북이라는 이야기를 들으면서 그 누가 토끼와 거북의 생태와 생리를 과학적으로 분석하겠는가? 그러나 이 이야기만큼 토끼와 거북이의 이미지를 생생하게 우리의 관념 속에 새겨 주는 이야기도 없다.
　그래서 우화는 원초적인 관념에 호소하는 문학이다. 그런 만큼 우화는 어린 아이에서 노인에 이르기까지 어느 누구라도 쉽게 이해하고 재미있게 보거나 들을 수 있다. 거기서 큰 교훈을 얻지 못한다 해도 웃고 재미있어 하면 그것으로 그만이다. 남에게 훈계를 하거나 꾸짖거나 비평을 할 때, 직설로 뱉어내면 당하는 사람은 아프다. 말로 찌르는 것은 칼로 찌르는 것보다 더 아리고 쓰린 법이다. 펜이 칼보다 더 날카롭다고 하지 않는가?

아무튼 남에게 꼭 뭔가를 꼬집어 충고를 하거나 설득을 해야 할 때 직접 말한다면 얼마나 산문적이겠는가? 자주 충고를 들어버릇한 사람은 충고를 할 기미만 보여도 얼굴을 찌푸리고, 심지어는 짐짓 거꾸로 엇나가기도 한다. 이럴 때 적절한 매개물에 말하려는 내용을 갖다 붙여서 꾸며대면 효과는 백퍼센트이다. 적절한 비유를 통한 우스개로 얻어맞으면 때리는 사람이나 맞는 사람이나 유감이 없다.

비유가 아프면 아플수록 쾌감도 그만큼 더 크다. 설령 자기가 우스개의 대상이 되었다 하더라도 껄껄, 또는 허허 하고 웃어버리면 그만이다. 우스개의 대상이 되었다 해서 창피할 것도 없고 자존심을 구길 것도 없다. 우화는 바로 이런 점에서 묘미가 있다.

이 책은 『중국철학우화』이다. 곧 중국에서 나온 우화를 모은 책이다. 우리는 우화라는 말을 쓰지만 중국에서는 우언寓言이라는 말을 쓴다. 우언은 글자 그대로 자기가 원래 하고자 하는 말을 임시로 다른 사물을 빌어 나타낸다는 말이다. 『장자』에는 아예 「우언」이라는 편이 있다. 거기서는 장자의 말이 '열에 아홉은 우언'이라고 하였다. 그래서 사마천은 『사기』에서 장자의 전기를 간추리면서 '저서가 10여 만 자인데 대부분이 우언'이라고 하였던 것이다.

중국은 드넓은 대륙에서 수억 인구가 수천 년을 살아왔기 때문에 모든 것이 정치와 역사로 귀결된다. 그래서 우화에도 역사적 제재나 정치와 관련된 내용이 많다. 권력자에 대한 견제, 회유, 충고, 유도, 훈계, 설득 등 온갖 정치적 상황에서 우화는 유용하게 쓰였다. 권력의 자리는 누구나 차지하고 싶은 자리이지만 실은 높으면 높을수록 고독한 자리요, 두려운 자리요, 위태로운 자리이다. 그래서 권력자는 새디스트이면서 매저키스트이다.

권력자의 이런 이율배반적 속성을 잘 아는 책략가들은 권력자의 새디즘적 기호와 매저키즘적 기호를 잘 활용한다. 중국의 우화 가운데는 이런 권력자의 기호를 교묘하게 자극하여 설득과 훈계의 목적을 달성한 이야기가 많다.

제나라 경공과 안자는 이런 점에서 환상의 콤비이다. 권력을 사용하는 권력자는 누군가가 자기를 견제해주기를 바란다. 목숨 걸고 나서서 견제하는 사람이 없다면 권력도 권태로울 것이고, 권력을 부리는 것도 흥미가 없어질 것이다. 이럴 때 적절하게 훈계하고 충고하는 사람이 있어서 권력을 건드리면 권력자는 그와 적당히 줄다리기를 하고 실랑이를 벌이면서 자기가 권력자임을 확인하고 권력을 즐기는 것이다. 만약 죽음을 각오하고 비장한 말로 충고를 한다면 용의 역린逆鱗을 건드려 죽음을 자초할 수도 있다.

그러나 우화로 슬쩍 돌려서 때리면 맞는 사람도 통쾌하게, 또는 열없게 웃으며 의미를 알아차린다. 그런 점에서 우화는 권력자를 향한 충고와 훈계의 꽃이다. 뿐만 아니라 흘리는 땀이 빗방울 같고, 펄럭이는 소매가 하늘을 가린다고 했던 대도회 시정의 잡배에서 견문이 좁은 산골짜기 촌놈에 이르기까지 갑남을녀甲男乙女, 장삼이사張三李四, 필부필부匹夫匹婦의 온갖 이야기는 그대로 우리 삶의 한 단면을 보여준다. 그래서 우화는 보편성을 가진 이야기이다.

제목을 『중국철학우화』라고는 했지만 사실 철학 성분이 많은 우화는 진秦 이전 춘추 전국시대 제자백가의 이야기와 한대 초기의 몇몇 사상서, 위진남북조 시대의 불경에서 유래한 이야기 정도이다. 나머지 상당수의 우화는 그저 우스개일 수도 있고 위트나 풍자 또는 단순히 해학적인 이야기일 수도 있다. 그러나 철학우화라 해서 우화 속에 반드시 심오한 이치나 정연한 논리, 풍부한 사상성이 있어야 하는 것은 아니다. 단순한 이야기 속에서도 얼마든지 삶의 이치를 깨닫고 귀중한 교훈과 말하는 법과 설득하는 법을 이끌어낼 수 있다. 모래를 걸러서 금을 추출해내는 것은 어디까지나 독자의 몫이다. 이 책의 풀이의 내용은 내가 구성한 것이기 때문에 무슨 문제가 있다면 전적으로 내 책임이다. 풀이는 어디까지나 이렇게도 생각할 수 있다는 것을 적어놓은 것이어서 얼마든지 달리 생각할 수도 있다. 오히려 달리 생각하고 해석하면 그만큼 더 우화의 존재 가치가 다양해질 것이다.

    끝으로 우화의 풀이 가운데서 형식 논리와 관련하여 귀중한 자문을 해준 후배 유현상 군에게 고마운 마음을 드린다.

    이 책을 젊은 나이에 세상을 뜬 성매成妹와 어린 나이에 어미를 잃은 두진이, 유정이, 해정이 삼남매에게 바친다.

차 례

머리말 | 말로 찌르는 것이 칼로 찌르는 것보다 더 아리고 쓰리다 _3

001 들으면 곧바로 실천해야 합니까 聞斯行諸 _26
002 닭 잡는 데 어찌 소 잡는 칼을 割鷄焉用牛刀 _28
003 자로가 나루터를 묻다 子路問津 _30
004 먹을 가까이하면 墨悲絲染 _32
005 도둑을 막는 방법 盜其無自出 _33
006 잘록한 허리를 좋아한 초나라 왕 楚王好細腰 _34
007 도벽이 있어서 竊疾 _36
008 동기가 중요하다 巫馬子問道 _38
009 하느님이 용을 죽이기 때문에 上帝殺龍 _40
010 왜 배우지 않는가 勸學 _42
011 이웃집 어르신네 鄰家之父 _44
012 나무 까치를 만든 공수반 木鵲與車轄 _46
013 오십 걸음이나 백 걸음이나 以五十步笑百步 _48
014 소가 불쌍하니 양으로 바꾸어라 以羊換牛 _50
015 사냥터가 너무 크다 苑囿嫌大 _52
016 좌우를 돌아보며 딴소리 顧左右而言他 _54

017 싹을 뽑아 올린다고 싹이 자라나 揠苗助長 _56

018 자기를 굽히고서는 남을 바로잡을 수 없다 詭遇而獲十 _58

019 초나라 사람의 제나라 말 배우기 楚人學齊語 _60

020 닭 도둑 偸鷄賊 _61

021 진중자의 지조 於陵仲子 _62

022 자기가 불러들이는 것 自取 _64

023 제대로 부모를 섬기는 법 事親若曾子 _65

024 한심한 남편의 자랑거리 乞食墦間 _66

025 호랑이 새끼를 키우면 逄蒙殺羿 _68

026 마음이 딴 데 가 있으면 學弈 _69

027 자산을 속인 연못지기 校人欺子産 _70

028 호랑이를 잡는 풍부 馮婦搏虎 _72

029 참새가 어찌 대붕의 뜻을 알랴 斥鷃笑鵬 _74

030 손발을 트지 않게 하는 약 不龜手之藥 _76

031 장자의 나비 꿈 胡蝶夢 _78

032 백정의 소 잡기 庖丁解牛 _80

033 혼돈에게 구멍을 渾沌開竅 _84

034 잃어버리기는 마찬가지 俱亡其羊 _86

035 상자를 열고 주머니를 뒤지다 胠篋探囊 _88

036 바퀴장이가 독서를 논하다 輪扁論讀書 _90

037 좁은 식견을 한탄하다 望洋興嘆 _92

038 우물 안 개구리 井底之蛙 _94

039 한단에서 배운 걸음걸이 邯鄲學步 _96

040 차라리 진흙 밭에 뒹굴지 泥塗曳尾 _98

041 원추와 썩은 쥐 鵷鶵與腐鼠 _100

042 물고기가 즐거워하는지 어찌 아나 安知魚樂 _102

043 아내의 죽음을 노래한 장자 莊子鼓盆 _104

044 서시 흉내를 낸 동시 東施效顰 _106

045 노나라 왕의 새 기르기 魯王養鳥 _107

046 꼽추의 매미 잡기 痀僂承蜩 _108

047 헤엄치는 법 蹈水有道 _110

048 쓸모 있음과 쓸모없음 材與不材 _112

049 가죽이 부른 재앙 皮爲之災 _114

050 가시에 찔린 원숭이 技無可施 _115

051 못생긴 여자와 잘생긴 여자 惡者貴 美者賤 _116

052 유학자와 그 차림새 魯少儒 _118

053 '도'가 있는 곳 道之所在 _120

054 장석의 묘기 運斤成風 _122

055 재주를 뽐낸 원숭이 一狙伐巧 _124

056 목마른 붕어 涸轍之魚 _126

057 시를 읊고 예를 갖추어서 도굴을 한다 詩禮發冢 _128

058 진짜 화공 眞畫者 _130

059 용을 죽이는 묘기 殺龍妙技 _131
060 치질을 핥아 주고 수레를 얻다 舐痔得車 _132
061 기나라 사람의 걱정 杞人憂天 _134
062 국 씨의 도둑질 國氏爲盜 _136
063 아침엔 세 개, 저녁엔 네 개 朝三暮四 _138
064 공자의 제자평 孔子論弟子 _140
065 우공의 산 옮기기 愚公移山 _142
066 내려와 주지 않는 갈매기 鷗鳥不下 _145
067 해에 대해 따진 두 아이 小兒辯日 _146
068 활쏘기 수업 紀昌學射 _148
069 붉은 칼과 불로 씻은 천 赤刀火布 _150
070 따뜻한 봄볕을 임금님께 드리자 負暄獻曝 _152
071 양포는 왜 자기 개를 때렸는가 楊布打狗 _153
072 관윤자의 활쏘기 교수법 關尹子敎射 _154
073 뽕따는 아낙 道見桑婦 _156
074 갈림길 때문에 잃어버린 양 多歧亡羊 _158
075 멧비둘기 방생 獻鳩放生 _160
076 사람과 물고기와 기러기 人與魚雁 _162
077 길에서 주운 차용증 路邊契據 _165
078 의심스러운 눈으로 보면 亡鈇者 _166
079 금방 털이 齊人攫金 _167
080 선왕의 활 솜씨 齊宣王好射 _168
081 황공의 딸 시집보내기 黃公好謙 _170
082 가짜 봉황 山堆與鳳凰 _172

083 옥을 주운 농부 田父得玉 _174

084 남을 놀라게 하는 이름 康衢長者 _176

085 사는 곳에 따라서 所立者然 _178

086 다람쥐의 다섯 가지 재주 梧鼠學技 _179

087 도둑을 만난 처녀 處女遇盜 _180

088 연촉량 涓蜀梁 _181

089 자하의 자긍심 子夏家貧 _182

090 증자와 생선 曾子食魚 _184

091 노나라 사당의 술병 欹器 _186

092 정나라 무공의 호나라 정벌 鄭武公伐胡 _188

093 총애를 잃고나니 彌子瑕失寵 _190

094 화 씨의 벽옥 和氏之璧 _192

095 병을 감추고 의사를 꺼리면 諱疾忌醫 _194

096 입술이 없으면 이가 시리다 脣亡齒寒 _196

097 상아로 조각한 닥나무 잎사귀 象牙楮葉 _198

098 남의 충고는 의심스럽다 只疑鄰人 _200

099 자한의 보배 子罕不受玉 _201

100 어설픈 수레 몰기 趙襄主學御 _202

101 한 번 울면 사람을 놀라게 한다 一鳴驚人 _204

102 자기를 이기는 것 自勝者強 _206

103 마른 연못의 뱀 涸澤之蛇 _208

104 늙은 말은 길을 알고 있다 老馬識途 _209

105 불사약 不死藥 _210

106 먼 친척보다 이웃사촌 遠水不救近火 _212

107 이사가는 부부 無所用其長 _214

108 욕심은 욕심을 낳는다 紂爲象箸 _216

109 이 세 마리 三蝨食彘 _217

110 머리 둘 달린 살무사 虺蟲 _218

111 사나운 사람은 일찌감치 피해야 不待貫滿而去 _219

112 환심을 사려는 사람은 무섭다 恐其求容於人 _220

113 아끼는 것을 버릴 수 없다 樂正子春 _222

114 세 사람만 우기면 없는 호랑이도 만든다 三人成虎 _224

115 깊은 골짜기에서는 떨어지지 않는다 董閼于 _226

116 자산의 가르침 火水之喩 _228

117 인자와 은혜의 성과 慈惠之功 _230

118 상을 줘야 효도한다 賞勸 _232

119 숫자 채우기 濫竽充數 _233

120 부부의 소원 夫妻禱祝 _234

121 신부와 들러리 秦伯嫁女 _235

122 가시 끝의 조각 棘刺雕猴 _236

123 흰 말이 관문을 지날 때 白馬過關 _238

124 죽지 않는 방법 不死之道 _239

125 나이 자랑 鄭人爭年 _240

126 가장 그리기 어려운 것 畫敦最難 _241

127 멍에는 멍에 車軛 _242

128 새 바지와 헌 바지 卜妻爲袴 _244

129 자라에게 베푼 인정 潁水縱鼈 _245

130 영 땅에서 온 편지 郢書燕說 _246

131 바보가 신발을 사다 鄭人置履 _248

132 송나라 양공의 '어진 마음' 宋襄之仁 _250

133 법을 집행하는 법 申子請罪 _252

134 술이 아무리 좋다 한들 狗猛酒酸 _254

135 증자의 자녀 교육법 殺豬教子 _256

136 창과 방패 自相矛盾 _258

137 그루터기를 지키고 앉아 토끼를 기다린들 守株待兎 _260

138 사람을 천거할 때는 舉人不避親讎 _262

139 대의를 위해 아들을 죽이다 腹䵍斬子 _264

140 백아가 거문고 줄을 끊다 伯牙絕弦 _266

141 제 살을 도려내 술안주로 割肉相啖 _268

142 전구가 진나라 왕을 만난 방법 田鳩見秦王 _269

143 초나라 사람의 강 건너기 楚人過河 _270

144 뱃전에 금 그어 놓고 칼 찾기 刻舟求劍 _271

145 양식이 떨어진 공자 孔子絕糧 _272

146 팔 사람과 살 사람 鄧析 _274

147 잃어버린 옷 澄子尋衣 _276

148 말 다루기 趙馬 _277

149 앉아서 당하느니 목숨 걸고 싸워라 次非殺蛟 _278

150 귀 막고 종 훔치기 掩耳盜鐘 _279

151 죽은 사람 살려내기 起死回生 _280

152 사람을 제대로 알아주려면 知己 _281

153 체면도 살리고 목숨도 살리고 景公飲酒 _284

154 비를 빈 경공 景公禱雨 _286

155 내 배가 부르면 종이 배고픈 줄 모른다 不知夭寒 _288

156 나라에 상서롭지 못한 세 가지 國有三不祥 _290

157 복숭아 두 알로 세 사람을 죽이다 二桃殺三士 _292

158 사당의 쥐 社廟之鼠 _296

159 아내의 충고를 따른 마부 晏子之御 _298

160 쇠머리를 내걸고 말고기를 팔다 掛牛頭賣馬肉 _300

161 개나라의 개구멍 狗國狗門 _302

162 남쪽의 귤, 북쪽의 탱자 南橘北枳 _304

163 의족은 비싸고 짚신은 싸다 踊貴屨賤 _306

164 안영의 논죄 晏子論罪 _308

165 아첨에 대한 충고 弦章諫諂 _310

166 편작이 침을 내던지다 扁鵲投石 _313

167 가장 뛰어난 의원 孰最善醫 _314

168 증삼이 살인할 리가 없건만 曾參殺人 _316

169 누가 더 잘생겼나 鄒忌窺鏡 _318

170 뱀의 발 畫蛇添足 _320

171 사냥개와 토끼 兩敗俱傷 _322

172 진흙 인형과 나무 인형 土偶與桃梗 _323

173 시집가지 않은 여자와 벼슬하지 않은 사람 田駢不宦 _324

174 호랑이의 위세를 등에 업은 여우 狐假虎威 _326

175 우물에 오줌 누는 개 溺井之狗 _328

176 어부지리 鷸蚌相爭 _329

177 활에 놀란 새 驚弓之鳥 _330

178 소금 수레를 끄는 천리마 驥遇伯樂 _332

179 열 배로 뛴 말의 값馬價十倍 _334

180 남쪽으로 가려고 북쪽을 향한 사람南轅北轍 _336

181 위나라 공자의 품행 때문에 근심하는 노나라 처녀魯嬰泣衛 _338

182 말을 잘 부리는 법善御 _340

183 친구의 관상相人之友 _343

184 횃불을 밝혀 두고 어진 사람을 찾았으나庭燎求賢 _344

185 호랑이보다 무서운 가혹한 정치苛政猛於虎 _346

186 말 고르기九方堙相馬 _348

187 소리 지르기의 용도呼之用處 _350

188 두고두고 생선을 먹으려면公儀休嗜魚 _352

189 서쪽 집의 아들西家之子 _354

190 똑똑한 까치鵲巢扶枝 _355

191 사랑하는 사람과 해치는 사람愛人與害人 _356

192 새옹지마塞翁失馬 _358

193 새끼 사슴을 놓아 준 사람이라면西巴釋麑 _360

194 강도와 군자牛缺遇盜 _362

195 수레바퀴를 막아 선 사마귀螳螂搏輪 _364

196 사슴을 가리켜 말이라 부르다指鹿爲馬 _366

197 지도자의 자질坯下拾履 _368

198 경마競馬 _370

199 혀만 남아 있으면吾舌尚在不 _372

200 변장자가 호랑이를 잡은 방법卞莊刺虎 _374

201 주머니에 든 송곳毛遂自薦 _376

202 생사를 같이 하는 우정負荊請罪 _379

203 지도 위에서 전쟁하기紙上談兵 _382

204 나중 온 자가 위에 있다니後來居上 _386

205 자기를 사형시킨 법관李離伏劍 _388

206 바라는 건 왜 그리 많은지所求何奢 _390

207 말의 장례楚王葬馬 _392

208 머리 둘 달린 뱀을 죽인 아이埋兩頭蛇 _394

209 큰 깃털과 부드러운 솜털巨翮與軟毛 _396

210 곡조가 고상할수록 따라 부르는 사람이 적다曲高和寡 _398

211 곽나라의 폐허郭氏之墟 _400

212 털을 아끼려다反裘負芻 _402

213 용을 좋아한 사람葉公好龍 _403

214 큰기러기와 닭大雁與家鷄 _404

215 윤작과 사귈愛君之過 _407

216 비판해 주지 않는 사람不說人之過 _408

217 촛불이라도 밝히는 것이 낫다何不炳燭 _410

218 촛불을 끄고 갓끈을 끊어라滅燭絕纓 _412

219 누가 바보인가愚公之谷 _414

220 성현이 양을 기른다면使堯舜牧羊 _416

221 사마귀가 매미를 잡으려 하는데螳螂捕蟬 _418

222 이는 없어져도 혀는 남아 있다齒亡舌存 _420

223 비유의 용도惠施善譬 _422

224 목소리를 바꾸지 않으면東徙猶惡 _424

225 헤엄치기와 나라 다스리기游水與治國 _425

226 지혜로운 할머니束絮討火 _426

227 이웃집의 화재 失火人家 _428

228 불우한 생애 悲泣不遇 _430

229 동가식 서가숙 東食西宿 _432

230 한 코 그물 一目之羅 _434

231 죽순을 먹으려고 대자리를 삶다 食筍煮簀 _435

232 아교로 붙인 기러기발 膠柱鼓瑟 _436

233 벽을 뚫어 불빛을 훔치다 鑿壁偸光 _438

234 오얏나무 신령님 桑中生李 _440

235 상종할 수 없는 사람 管寧割席 _442

236 외모와 기개 床頭捉刀人 _444

237 매실 생각으로 갈증을 풀다 望梅止渴 _445

238 사사로운 정과 공정한 법 公私 _446

239 요동의 흰 돼지 遼東白豕 _448

240 양상군자 梁上君子 _450

241 깨진 그릇은 잊어버려라 破罐不顧 _452

242 커서도 반드시 그럴까 大未必奇 _453

243 당연히 있을 법한 일 想當然耳 _456

244 남편 가르치기 斷機誡夫 _458

245 코끼리 무게 달기 大船秤象 _460

246 증세에 따른 투약 對症下藥 _462

247 물고기가 물을 얻은 듯 如魚得水 _464

248 쥐똥 재판 鼠屎斷案 _466

249 술잔 속의 뱀 그림자 杯弓蛇影 _468

250 길가의 떫은 오얏 道邊苦李 _470

251 술에 담근 고기는 오래 간다 糟肉堪久 _471
252 낙양의 종이 값이 오르다 洛陽紙貴 _472
253 부스럼 딱지를 좋아하는 성벽 嗜痂成癖 _474
254 미치광이의 나라 擧國皆狂 _476
255 재주는 쓸 데 써야 徒手搏虎 _478
256 합치면 꺾을 수 없다 衆則難摧 _479
257 바람에 날리는 꽃잎 飄茵墮溷 _480
258 천만금으로 이웃을 산다 千萬買鄰 _482
259 오리든 제비든 越鳧楚乙 _483
260 내 말이 여기 있었군 赤馬蒙霜 _484
261 누가 호색한인가 誰爲好色 _485
262 소금 먹은 바보 愚人食鹽 _487
263 우유 짜기 愚人集牛乳 _488
264 공중누각 三重樓 _490
265 화를 잘 내는 사람 說人喜瞋 _492
266 공주에게 처방한 약 醫與王女藥 _494
267 소 떼를 버린 사람 殺羣牛 _496
268 부침개 반 두레 欲食半餠 _497
269 마누라보다 떡 夫婦食餠 _498
270 째진 입 唵米決口 _500
271 장님 코끼리 만지기 盲人摸象 _502
272 아기 고양이의 먹이 猫兒索食 _504
273 못생긴 하녀가 단지를 내동댕이친 사연 醜婢破罐 _506
274 군마가 맷돌을 돌리면 戰馬推磨 _508

275 우물 속 달 건지기 井中撈月 _510

276 영리한 사냥꾼 捕鳥師 _512

277 장독엔 말똥약이 특효 鞭背敷屎 _514

278 성급한 아첨꾼 踏痰就口 _516

279 대가리와 꼬리의 다툼 頭尾爭大 _518

280 보리죽을 부러워 말라 勿羨酥煎麥 _520

281 남생이 烏龜訓子 _522

282 하녀와 숫양의 싸움 婢共羊鬪 _524

283 소에게 음악을 들려주면 對牛彈琴 _526

284 불을 밝혀야 불쏘시개를 찾지 鉆火 _527

285 한 마리만 더 있으면 백 마리를 채우는데 富者乞羊 _528

286 호랑이와 고슴도치 虎與刺猬 _530

287 말안장과 주걱턱 驢鞍下頷 _532

288 모기 잡기 打蚊 _534

289 잉어 나누기 分鯉 _536

290 깃발인가 바람인가 마음인가 幡動風動心動 _538

291 짐 지기 좋아하는 벌레 蝜蝂背物 _540

292 목숨보다 소중한 돈 愛錢忘命 _542

293 불쌍한 사슴 臨江之麋 _544

294 본색이 드러난 나귀 黔驢技窮 _546

295 쥐를 좋아한 사람 永某氏之鼠 _548

296 복어의 분노 河豚妄肆 _550

297 오징어의 재주 烏賊魚說 _551

298 흉내만 낼 줄 아는 사냥꾼 只會吹哨的獵人 _552

299 화룡점정畵龍點睛 _554

300 누가 아첨꾼인가誰是佞人 _556

301 나뭇잎 하나로 눈을 가리고一葉障目 _558

302 나물국 간보기取杓嘗羹 _561

303 장대를 성안으로 들여가는 방법截竿入城 _562

304 연석의 값燕石珍藏 _564

305 벽돌을 갈아 거울로磨磚作鏡 _566

306 그대가 독 속으로 들어가시오請君入甕 _568

307 재상의 재판宰相辨案 _570

308 평범해진 신동傷仲永 _572

309 대야를 두드리고 촛불을 만지며扣盤捫燭 _574

310 궤변을 좋아한 사람好辯論的人 _576

311 오리에게 사냥을 시키다니買鴨捉兎 _578

312 고기를 먹는 사람은 머리가 좋다肉食者智 _580

313 한단의 위기邯鄲垂亡 _582

314 개구리가 우는 까닭蝦蟆夜哭 _584

315 그래도 물어 봐야 한다也須問過 _585

316 부처를 불사른 스님丹霞燒佛 _586

317 노루와 사슴 알아맞히기獐鹿之辨 _588

318 퇴고推敲 _589

319 법림의 염불法琳念觀音 _592

320 쌀이 나오는 곳米從何處出 _594

321 풀 뽑기除草 _596

322 평공의 거문고平公作琴 _598

323 대들보를 바꾸려면 須得大木 _599

324 천리마를 찾아서 按圖索驥 _600

325 마음 속의 꽃 陽明看花 _602

326 대나무의 이치를 깨달으려면 陽明格竹 _604

327 여우한테 털가죽을 달랬으니 與狐謀皮 _606

328 도학 선생 道學先生 _608

329 어린 아이를 늙은이에게 시집보내다니 幼女配老翁 _610

330 그 아버지에 그 아들 汝凍吾兒 _612

331 기러기를 두고 다투다 爭雁 _614

332 다리에서 떨어진 장님 盲瞽 _615

333 나는 어디로 갔지 我今何在 _616

334 두 장님 兩瞽 _618

335 남의 문에다 토하고서 當門醉嘔 _620

336 말의 간에는 독이 있다 馬肝有毒 _622

337 기껏 지붕을 고쳤는데 비가 그치다니 葺屋無雨 _624

338 소식하는 고양이 猫吃素 _625

339 호수를 파 호수 물을 담는다 鑿湖容水 _626

340 벽을 뚫고 통증을 옮겨 주기 鑿壁移痛 _628

341 허황된 마음 妄心 _629

342 그래도 생강은 나무에 열린다 薑從樹生 _632

343 거미와 누에 蛛蠶 _634

344 외과 의사의 진단 庸醫斷箭 _636

345 자린고비가 되는 법 學慳術 _637

346 수리와 고양이 雕與猫 _638

347 호랑이도 시주 장부를 두려워한다 虎畏化緣僧 _639

348 때린 건 때린 게 아니다 打是不打 _640

349 진흙 신상의 탄식 泥像嘆苦 _642

350 방귀송 屁頌 _644

351 나만 보이지 않으면 그만 隱身草 _646

352 덩달아 웃는다 衆笑亦笑 _648

353 새매에게 쫓긴 참새 鷂子追雀 _649

354 장님이 최고 瞽者好 _650

355 털모자가 있었기 망정이지 幸虧有氈帽 _651

356 자다가 남의 다리 긁기 三人同臥 _652

357 졸부 暴富 _653

358 만물일체 萬物一體 _654

359 아직도 기생을 생각하고 있구나 心中無妓 _656

360 누구는 바빠 죽을 지경인데 忙煞老僧 _658

361 세속적인 벽화 壁畫西廂 _660

362 호랑이 머리를 긁어 준 긴팔원숭이 猱搔虎首 _662

363 금을 녹여 쇠로 만들다 點金成鐵 _664

364 팽기의 눈썹 彭幾剃眉 _666

365 갓난아기도 헤엄칠 수 있다 兒子也善泅 _668

366 시골뜨기와 이 鄕人藏虱 _669

367 전진을 위한 후퇴 獅貓鬪碩鼠 _670

368 앞에도 비 前途亦雨 _672

369 문장 난산 文章難產 _673

370 금을 만드는 손가락 點石成金 _674

371 사람이 잘못 죽은 것이다 錯死了人 _676

372 부자 소 빌려주기 富翁借牛 _678

373 곱사등이 치료법 治駝背術 _679

374 형설의 공 囊螢和映雪 _680

375 방화만 허락한다 州官放火 _682

376 왕관 수리 전문 專修皇冠 _684

377 소도둑의 변명 盜牛者說 _685

378 성질 급한 사람들 急性漢子 _686

379 호미를 잃어버린 농부 農夫亡鋤 _687

380 술과 신발을 좋아한 성성이들 猩猩 _688

381 새장에 갇힌 새 籠中鸚鵡 _690

382 교활한 박쥐 蝙蝠 _692

383 싸우기 좋아하는 자고새 竹鷄 _694

384 살인이 가장 좋아 莫如殺人 _695

385 훌륭한 재봉사 量體裁衣 _696

386 현령의 맹세 縣令的誓聯 _698

387 누구나 고깔 모자를 싫어하지 않는다 不喜高帽 _700

388 쇠 절굿공이를 갈아 바늘로 鐵杵磨針 _702

389 돌대가리의 변론 石頭之辯 _704

390 바보의 꿈 癡人說夢 _706

391 선비의 판결 秀才斷事 _707

392 '어魚' 자의 크기 魚字大小 _708

393 절인 오리가 절인 오리알을 낳는다 醃鴨生醃蛋 _710

중학교 국어 393

들으면 곧바로 실천해야 합니까

聞　斯　行　諸
들을 문　이 사　행할 행　어조사 저

어느 날 자로가 공자에게 물었다.
"선생님, 좋은 가르침을 들으면 곧바로 실천해야 합니까?"
공자가 대답했다.
"아버지도 계시고 형님도 계신데, 어찌 들었다고 그것을 곧바로 실천해야 하겠느냐? 반드시 그분들께 여쭈어보고 행동해야지."
자로가 나가고 조금 있다가 염유가 들어와서 공자에게 물었다.
"선생님, 좋은 가르침을 들으면 곧바로 실천해도 되겠습니까?"
공자가 대답했다.
"아무렴. 좋은 가르침을 들으면 곧바로 실천해야 하고말고."
염유가 나간 뒤 공자를 모시던 공서화가 이상하다는 듯 물었다.
"선생님, 이상합니다."
"뭐가 이상하다는 말이냐?"
"중유(자로)가 '좋은 가르침을 들으면 곧바로 실천해야 합니까?' 여쭈었을 때는 아버지와 형님께 알리고 나서 실천하라고 하셨으면서, 염구(염유)가 여쭈었을 때는 곧바로 실천하라고 하셨으니 말입니다. 두 사람이 같은 질문을 했는데, 어째서 반대로 대답하시는 겁니까?"
"옳아, 그래서 이상하다는 말이구나. 왜 그렇게 했느냐 하면 말이지, 구는 너무 소극적이라 격려하려고 한 것이고, 유는 너무 적극적이라 성질을 눅여주려고 한 것이다."

이제는 하도 많이 들어서 식상하기까지 한 '눈높이 교육'이라는 말이 있다. 배우는 사람의 수준에 맞추어서 가르친다는 말이다. 공자는 배우는 사람의 자질과 성격을 잘 파악하여 그에 맞게 가르쳐 주었다. 그래서 교육 효과가 아주 높았다. 자로는 진취적이며 용맹한 성격에 걸맞게 군사 분야에서 뛰어난 재능을 발휘하였고, 염유는 세심하고 꼼꼼하며 소극적인 성격에 걸맞게 세무 회계와 같은 분야에서 재능을 발휘하였다. 자로는 행동이 앞서서 늘 공자에게 제지를 당했고, 염유는 자기가 섬기는 계 씨를 위해 너무 각박하게 세금을 거둬들여서 공자에게 호된 꾸중을 들었다.
장단점을 잘 파악하여 장점을 살리고 단점을 보완하는 방법은 사람을 교육하고 이끌어 가는 데 아주 중요한 원칙이다.

聞斯行諸

子路問, 聞斯行諸. 子曰, 有父兄在, 如之何其聞斯行之.
冉有問, 聞斯行諸. 子曰, 聞斯行之.
公西華曰, 由也問聞斯行諸, 子曰, 有父兄在.
求也問聞斯行諸, 子曰, 聞斯行之. 赤也惑. 敢問.
子曰, 求也退, 故進之. 由也兼人, 故退之.
『論語』「先進」

닭 잡는 데 어찌 소 잡는 칼을
割鷄焉用牛刀
가를 할 닭 계 어찌 언 쓸 용 소 우 칼 도

공자가 어느 날 제자들과 무성 땅에 유람하러 갔다. 그곳은 제자 자유가 다스리는 작은 고을이다. 자유가 그곳을 잘 다스린다는 소문이 나서 평소에 스승인 자기에게 배운 것을 어떻게 활용하고 있나 살펴보기 위해서 간 것이다.

그 고을에 들어서자 여기저기서 거문고 같은 현악기에 맞추어 사람들이 노래하는 소리가 들렸다. 고상하고 아취雅趣 있는 음악을 연주하고 노래하는 것이 아닌가. 공자는 빙그레 웃으며 말했다.

"닭을 잡는 데 어찌 소 잡는 칼을 쓰느냐?"

자유는 공자가 칭찬할 줄로 알고 잔뜩 기대하고 있다가 오히려 비꼬는 듯이 말하는 것을 듣고는 그만 정색을 하고 말했다.

"선생님! 선생님께서는 전에 군자가 도를 배우면 아랫사람을 사랑하고, 소인이 도를 배우면 윗사람을 잘 따른다고 하셨잖습니까? 그래서 예와 음악을 열심히 가르친 것뿐입니다."

자유가 너무 정색을 하고 덤비는 바람에 공자는 그만 머쓱해져서 말했다.

"그래, 그래. 얘들아 자유의 말이 맞다. 방금 한 말은 농담이다."

解 '닭 잡는 데 소 잡는 칼을 쓰랴(割鷄焉用牛刀)'는 속담의 유래가 된 일화이다. 공자는 예와 음악을 정치의 중요한 수단으로 강조했다. 그러나 막상 자유가 다스리는 무성 땅에 갔을 때 온 고을에 고상한 음악이 들리는 것을 듣고서는 닭 잡는 데는 소 잡는 칼을 쓸 수 없다고 비꼬았다. 무성은 작은 고을이니 상부상조하는 풍속과 노동의 여흥을 노래하는 정도면 충분할 텐데, 자유가 고지식하게 한 나라를 다스리는 데 써야 할 예와 음악을 썼기 때문에 그렇게 말했던 것이다. 그러다가 자유가 정색을 하며 평소 선생님의 가르침을 충실히 적용하려고 한 것이라고 말하자 공자는 농담이었다고 얼버무리며 자유의 노력을 인정하였다.

나라를 다스리든 고을을 다스리든 원리는 같다. 그런 만큼 평소의 가르침을 충실하게 좇아 작은 고을이라도 예와 음악으로 다스리려고 한 자유가 속으로는 대견하기도 했을 것이다. 그러나 한편으로는 맥락이나 상황을 고려하지 않고 가르침을 그대로 적용하려는 자유의 고지식함에 절로 웃음이 나왔을 것이다. 그래서 농담 한 마디를 툭 던졌던 것이다. 그런데 아니나 다를까, 자유는 스승이 자신의 노력을 몰라준다고 서운해 했다. 자신의 노력을 몰라준다고 발끈해서 정색을 하고 항의하는 자유와 고지식하고 충직한 제자를 농담으로 추어주는 공자 사이에는, 제자의 설익은 열정까지도 감싸 안아서 한 인재로 다듬으려는 스승의 훈육과 스승의 가르침이라면 철저하게 적용하려는 제자의 충정이 담겨 있다.

요즘은 이 말을 주로 인재는 적재적소에 써야 하고, 유형무형의 연모도 적합한 것을 적절한 장소에 써야 한다는 뜻으로 쓴다.

割鷄焉用牛刀

子之武城, 聞弦歌之聲. 夫子莞爾而笑曰, 割鷄焉用牛刀.
子游對曰, 昔者, 偃也聞諸夫子曰, 君子學道則愛人, 小人學道則易使也
子曰, 二三子, 偃之言是也. 前言戲之耳.
『論語』「陽貨」

자로가 나루터를 묻다
子路問津
아들 자 길 로 물을 문 나루 진

    장저와 걸닉은 춘추시대의 은자들이다. 어느 날 두 사람이 함께 밭을 갈고 있었다. 마침 공자가 그곳을 지나다가 큰 강을 만나 길이 막히자, 그들에게 자로를 보내 나루터를 물어보도록 했다.
    장저가 일하던 손을 멈추지 않고 물었다. "수레 고삐를 잡고 있는 저 사람은 누구요?"
    자로가 대답했다. "공구라 합니다."
    장저는 고개를 들고 다시 물었다. "노나라의 공구라는 사람 말이오?"
    "그렇습니다."
    "그 사람이라면 틀림없이 나루터가 어디 있는지 알 거외다."
    자로는 할 수 없이 걸닉에게 나루터를 물었다. 걸닉은 쟁기질을 멈추고 물었다. "그대는 누구요?"
    자로가 대답했다. "저는 중유라 합니다."
    "그렇다면 노나라 공구의 제자시겠구려?"
    "그렇습니다."
    "그대에게 한 마디만 하겠소. 홍수처럼 도도하게 흘러가는 이 어지러운 세상을 누가 바꿀 수 있겠소. 사람을 피하는 저 사람을 따르기보다는 세상을 피하는 사람을 따라 은자가 되는 것이 나을 거외다." 이 말을 하면서도 흙으로 씨앗을 덮느라 여념이 없었다.
    자로는 돌아와 공자에게 앞뒤 이야기를 했다. 공자는 길게 탄식했다. "내 어찌 산림에 은거하여 새나 짐승과 더불어 살겠는가? 내 사람들과 살지 않고 누구와 함께 살겠는가? 제대로 된 세상이라면 내가 굳이 바꾸려 하지 않았을 것이다."

이 이야기를 우화로 보는 것은 무리일 수도 있다. 그러나 장저의 대답 속에는 공자에 대한 우의적인 풍자가 들어 있다. 춘추전국春秋戰國시대는 중국 역사에서 가장 혼란하고 어지러운 변혁기였다. 자연발생적인 소규모 영역 국가에서, 사회 경제적 생산력이 늘어나면서 중앙집권적인 대규모 영토 국가로 발전해 가던 시기였다. 이처럼 혼란한 시기에 지식인들은 대체로 두 가지 태도를 취한다. 하나는 현실에서 도피하여 개인의 양심과 안심입명安心立命을 추구하는 것이고, 다른 하나는 공자와 같이 '안 되는 줄 알면서도' 적극적으로 사회를 바로잡으려고 하는 것이다. 개인을 우선시할 것인가, 아니면 사회 공동체를 우선시할 것인가 하는 것은 철학적인 가치나 세계관의 문제이기는 하지만, 공자와 같은 지식인의 적극적인 책임 의식은 그만한 가치가 있다.

子路問津

長沮桀溺, 耦而耕, 孔子過之, 使子路問津焉. 長沮曰, 夫執輿者爲誰
子路曰, 爲孔丘. 曰, 是魯孔丘與. 曰, 是也. 曰, 是知津矣. 問於桀溺.
桀溺曰, 子爲誰. 曰, 爲仲由. 是魯孔丘之徒與. 對曰, 然.
曰, 滔滔者天下皆是也, 而誰以易之. 且而與其從辟人之士也, 豈若從辟世之士哉. 耰而不輟 子路行以告.
夫子憮然曰, 鳥獸不可與同群, 吾非斯人之徒與而誰與.
天下有道, 丘不與易也.
『論語』「微子」

먹을 가까이하면
墨 悲 絲 染
먹 묵 슬플 비 실 사 물들일 염

묵자가 염색집 앞을 지나다가 염색공이 새하얀 명주실을 물감 통에 집어넣고 물들이는 것을 보았다. 한참 동안 그 모습을 골똘히 바라보던 묵자가 길게 탄식했다. "눈같이 흰 실도 파란 물에 집어넣으면 파랗게 물들고, 노란 물에 집어넣으면 노랗게 물드는구나. 물감에 따라 실의 빛깔도 달라질 뿐더러 다섯 번 물들이면 다섯 번이나 빛깔이 바뀐다. 그러니 염색할 때는 조심하지 않으면 안 되겠구나. 실을 물들이는 것만 조심할 것이 아니다. 나라를 다스리는 것도 실을 물들이는 것과 같은 이치이다."

解 '묵자가 실을 물들이는 것을 보고 슬퍼했다' 는 묵비사염墨悲絲染이라는 말이 『천자문』에 나온다. 사람은 무엇에 영향을 받는가에 따라 달라진다. 착한 사람에게 감화를 받으면 착한 사람이 되고, 나쁜 사람에게 감화를 받으면 나쁜 사람이 된다. 그런 점에서 정치든 교육이든 환경을 조성하는 것이 중요하다. 사람이 한 사회에서 태어나 시민의 한 사람으로 성장하기까지는 그 사람이 태어나 자라는 환경이 무엇보다도 중요하다.
교육에서 환경결정론은 아직도 중요한 비중을 차지한다. 맹자를 잘 기르기 위해 세 번 이사했다는 맹자의 어머니와 자식을 명문 학교에 보내려고 이른바 좋은 학군으로 이사하려는 오늘날 우리 어머니들의 교육철학이 같은지 다른지는 모르겠지만 환경을 중요하게 여긴 점에서는 같다. 정치도 마찬가지이다. 정치에는 정치 목적이 있는 만큼 공동체 구성원을 정치적 목적 달성을 위해 이끌어 가기 위해서는 환경을 조성하는 것이 필요하다.
우리 속담에 먹을 가까이하면 검어진다는 말이 있다.

墨悲絲染

子墨子言, 見染絲者而歎曰, 染於蒼則蒼, 染於黃則黃. 所入者變, 其色亦變. 五入必, 而已則爲五色矣. 故染不可不愼也. 非獨染絲然也. 國亦有染.
『墨子』「所染」

도둑을 막는 방법
盜其無自出
훔칠 도 그 기 없을 무 스스로 자 날 출

어떤 부자가 있었다. 그는 집안에 가득한 금은보화를 둘 곳이 없어 골머리를 앓았다. 이리저리 궁리하다가 좋은 꾀를 하나 생각해냈다. 높고 튼튼한 담을 쌓은 다음 사방을 둘러막고 맨 꼭대기에만 문을 달고는 금은보화를 그 안에 넣어 두는 것이었다. 어느 날 밤 과연 도둑이 들었다. 부자는 도둑이 들어가서 한창 보화를 주워 담는 사이에 맨 꼭대기에 있는 하나밖에 없는 문을 잠갔다. 도둑은 어디로도 나갈 수가 없었다.

 이 이야기는 군주가 정의라는 단 한 가지 원리만 지키고 있으면 부귀한 사람, 친척, 측근이 자신의 처지를 이용하여 불의를 꾀하지 못한다는 교훈을 준다. 부귀, 혈연, 측근은 사방의 문이다. 이런 문을 둘러막고 오직 정의라는 문만 열어 놓으면 불의한 사람이 드나들지 못할 것이다.

盜其無自出

富者有高牆深宮, 牆立旣, 謹上爲鑿一門.
有盜人入, 闔其自入而求之, 盜其無自出.
『墨子』「尙賢上」

잘록한 허리를 좋아한 초나라 왕
楚 王 好 細 腰
나라이름 초　임금 왕　좋을 호　가늘 세　허리 요

　옛날 초나라 영왕은 허리가 가는 관리를 선호했다. 그래서 관리가 되려는 사람은 죽을힘을 다해 허리를 가늘게 하려고 노력했다. 하루에 한 끼만 먹고, 숨을 깊이 내쉬고 한참 동안 참은 다음 허리띠를 졸라맸다. 이처럼 눈물겹게 노력했기 때문에 관리들은 벽을 짚고서야 겨우 일어날 정도였다. 일 년이 지나자 조정의 모든 관리들은 얼굴이 누렇게 떴다.

　解 이 우화의 앞뒤에는 비슷한 우화가 두 편 더 있다. 하나는 진나라 문공이 허름한 옷을 좋아하여 모든 관리들이 허름한 옷을 입고 다녔다는 이야기이다. 다른 하나는 월나라 왕의 이야기이다. 월나라 왕이 용감한 사람을 좋아하여 용사들을 엄격하게 훈련시켰는데, 하루는 사람을 시켜 배에 불을 지르게 했다. 그런 다음 훈련을 받은 용사들에게 월나라의 보물이 전부 배 안에 들어 있다고 하며 왕이 몸소 북을 치고 격려하자, 모든 용사들이 앞뒤 돌아보지 않고 뛰어들어 불에 타 죽은 사람이 백 명이 넘었다. 왕은 그제야 징을 울려 용사들을 물러나게 했다.
이 우화 세 편은 모두 권력이 왕 한 사람에게만 귀속되어 있던 고대 전제국가에서는 왕의 기호가 그대로 유행과 풍속이 되었다는 것을 잘 보여준다. 왕의 권력에 의지해 사는 관리들은 왕이 좋아하는 것을 필사적으로 따르려고 한다. 요즘도 윗자리에 있는 사람,

남을 가르치는 사람 가운데 종종 자기의 개인적인 기호를 남에게 은연중에 강요하는 사람들이 있다. 아랫사람 가운데도 윗사람의 눈에 들려고 개성과 주체 의식을 버리고 맹목적으로 윗사람의 기호를 따르려는 사람들이 있다. 이런 풍조를 그대로 방치하면 사회적으로도 큰 문제가 된다. 윗사람의 뜻을 따르든 반대하든, 객관적인 정황에 비추어 주체적으로 신중하게 판단해야 한다.

楚王好細腰

昔者, 楚靈王好士細腰.
故靈王之臣, 皆以一飯爲節, 脇息然後帶, 扶牆然後起.
比期年, 朝有黧黑之色.
『墨子』「兼愛中」

도벽이 있어서
竊 疾
훔칠 절 병 질

노양의 문군이 이웃의 송나라와 정나라 땅을 넘보고 있었다. 이를 알고 묵자가 노양 문군을 찾아가 말했다. "여기 어떤 사람이 있습니다. 그 사람은 소와 양과 돼지 같은 가축이 많습니다. 요리사에게 말만하면 어떤 고기든지 원하는 대로 잡아서 실컷 먹게 요리를 해줍니다. 그런데도 옆집에서 떡을 하는 것을 보더니 눈독을 들이다가 그것을 재빨리 훔쳐 먹었습니다. '나도 떡 맛을 봐야지' 하면서 말입니다. 이 사람은 떡이 욕심나서 그렇게 했겠습니까, 아니면 타고난 도벽이 있어서 그렇게 했겠습니까?"

노양 문군이 말했다. "틀림없이 도벽이 있었던 게지요."

묵자가 말했다. "초나라*는 사방 황무지가 드넓어서 이루 다 개간할 수 없을 정도이며, 못과 산을 관리하는 사람이 수 천 명이 넘어서 산과 못에서 나는 산물을 다 쓸 수 없을 지경입니다. 그런데도 송나라와 정나라 같은 작은 나라의 땅을 보고 눈을 번뜩이며 군침을 흘리면서 집어삼키려고 합니다. 떡을 훔친 사람과 뭐가 다르겠습니까?"

노양 문군이 말했다. "떡을 훔친 사람과 다를 게 없습니다. 실은 타고난 도벽이 있어서 그런 것입니다."

---

* 노양 문군은 노양문자魯陽文子라고도 하는데, 초나라 평왕의 손자이다. 노양은 노산魯山의 남쪽에 있어서 노양이라 한다. 초나라 혜왕惠王이 노양문자에게 양梁 땅을 주었는데 문자가 굳이 사양하여 노양을 주었다고 한다. 그래서 노양문자라고 한다. 노양은 초의 현이기 때문에 편의상 초나라라고 한 것이다.

묵자의 주장을 삼단논법으로 정리하면 다음과 같다.

자기가 가진 것이 넉넉한 데도 남의 것을 훔치는 자는 도벽이 있는 자이다.
초나라는 땅이 넓고 가진 것이 풍부한 데도 이웃의 송나라와 정나라 땅을 집어삼키려고 했다.
따라서 초나라는 도벽이 있는 나라이다.

묵자는 아주 조리 있게 따져서 노양 문군을 꼼짝 못하게 만들었다. 부족한 것을 채우려고 하거나 없는 것을 가지려고 하는 욕구는 누구에게나 있다. 그러나 욕구가 지나쳐서 욕심을 부리고 탐욕을 부리기까지 한다면 큰 문제이다. 더구나 도벽은 아예 정신병의 하나이다. 아무것도 없는 사람이 하나를 가지려고 하는 욕구보다 아흔아홉 가진 사람이 하나를 더 가져서 백을 채우려는 욕구가 더 큰 것 같다. 지금도 지구상에서는 땅도 넓고 인구도 많은 강대한 나라들이 남의 땅을 집어삼키려고 이웃 나라를 못살게 굴고 있다. 미국이, 중국이, 러시아가, 이스라엘이 ……. 나라든 개인이든 제가 가진 것에 만족하고 이웃과 더불어 가진 것을 나눌 수 있는 날이 언제나 올지.

竊疾
子墨子謂魯陽文君曰, 今有一人於此 羊牛搊豢, 饔人袒割而和之.
食之不可勝食也, 見人之作餅, 則還然竊之, 曰, 舍余食.
不知耳目安不足乎, 其有竊疾乎. 魯陽文君曰, 有竊疾也
子墨子曰, 楚四竟之田, 曠蕪而不可勝辟.
訏靈數千, 不可勝. 見宋鄭之間邑, 則還然竊之, 此與彼異乎.
魯陽文君曰, 是猶彼也, 實有竊疾也.
『墨子』「耕柱」

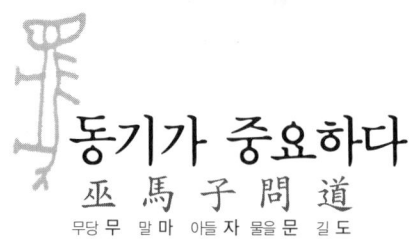

동기가 중요하다
巫 馬 子 問 道
무당 무 말 마 아들 자 물을 문 길 도

무마자가 묵자에게 물었다. "선생님은 온 세상을 두루 사랑하라고 주장하지만 아직 온 세상 사람들을 이롭게 하지 못하고 있습니다. 나는 온 세상을 사랑하지 말라고 주장하지만 아직 온 세상 사람들이 해를 입지 않고 있습니다. 우리 두 사람이 쏟은 노력의 결과가 다 드러나지도 않았는데, 선생님은 어째서 자기만 옳다 하시면서 늘 나를 비난하십니까?"

묵자가 대답했다. "예를 들어 한 사람은 물을 길어 불기운을 잡을 준비를 하고, 또 한 사람은 불길을 돋워 더 번지게 할 준비를 하고 있다고 합시다. 둘 다 아직 실행하지는 않았습니다. 그렇지만 이 두 사람 가운데 누가 옳겠습니까?"

무마자가 대답했다. "당연히 불을 끌 준비를 하는 사람이 옳고, 불길을 돋우려는 사람이 그르지요."

묵자는 웃음을 지으며 대답했다. "그렇습니다. 두 사람이 애쓴 보람이 아직 드러나지는 않았지만 누가 옳고 누가 그른지는 벌써 드러난 셈입니다. 이것이 바로 내가 옳고 선생이 그르다고 하는 까닭입니다."

解 묵자는 실용주의자, 공리주의자로 알려져 있지만 이 이야기에서는 동기의 중요성을 강조하고 있다. 실용주의, 공리주의는 동기보다 결과를 중시하고, 동기주의는 결과에 상관없이 동기 자체의 윤리성을 문제 삼는다. 현대 사회는 실용성, 공리성을 중시하는 경향이 있지만 윤리의 문제에서는 동기의 중요성을 무시할 수 없다. 결과만 좋으면 다 좋은 것이 아니라 어떤 동기에서 출발했는가 하는 점도 중요하다.

巫馬子問道

巫馬子謂子墨子曰, 子兼愛天下, 未云利也
我不愛天下, 未云賊也. 功皆未至, 子何獨自是而非我哉
子墨子曰, 今有燎者於此 一人奉水將灌之, 一人摻火將益之.
功皆未至, 子何貴於二人
巫馬子曰, 我是彼奉水者之意, 而非夫摻火者之意.
子墨子曰, 吾亦是吾意, 而非子之意也
『墨子』「耕柱」

하느님이 용을 죽이기 때문에
上帝殺龍
위 상　임금 제　죽일 살　용 룡

묵자가 북쪽에 있는 제나라로 가려고 길을 나섰다. 가는 길에 한 점쟁이를 만났다. 점쟁이가 묵자에게 말했다. "오늘은 하느님이 북쪽에서 검은 용을 죽이는 날입니다. 선생님은 얼굴빛이 검으니 북쪽으로 가시면 안 됩니다. 운수가 불길합니다."

묵자는 점쟁이의 말을 듣지 않고 북쪽으로 갔다. 마침내 제나라 경계에 있는 치수라는 강가까지 갔는데, 강을 건널 수 없어서 할 수 없이 되돌아왔다.

점쟁이가 묵자에게 말했다. "거 보십시오. 제가 뭐라고 했습니까? 북쪽으로는 갈 수 없다고 하지 않았습니까?"

묵자가 말했다. "북쪽으로 갈 수 없는 남쪽 사람도 있고, 남쪽으로 갈 수 없는 북쪽 사람도 있습니다. 또 얼굴이 검은 사람도 있고, 흰 사람도 있습니다. 나는 얼굴이 검어서 북쪽으로 가지 못했다고 합시다. 그럼 나와 같이 갔던 사람들은 왜 모두 강을 건너지 못하고 돌아와야 했습니까? 우리가 강을 건너지 못한 것은 사정이 나빠서 그런 것이지 검은 용 때문이 아닙니다. 또 하느님이 갑甲·을乙 날에는 동쪽에서 푸른 용을 죽이고, 병丙·정丁 날에는 남쪽에서 붉은 용을 죽이고, 경庚·신辛 날에는 서쪽에서 흰 용을 죽이고, 임壬·계癸 날에는 북쪽에서 검은 용을 죽인다고 합시다. 그런데 선생의 말대로라면 온 세상에 여행할 사람은 한 사람도 없겠군요. 이런 미신에 얽매이면 아무도 나다닐 수 없습니다. 선생의 말은 믿을 수가 없습니다."

교통 통신이 발달하지 않고 전염병을 알지 못했던 옛날 사람들은 낯선 곳을 여행하는 것을 두려워하고, 외지에서 온 나그네를 경계하는 일이 많았다. 낯선 것에 대한 막연한 두려움과 공포심이 방위를 신성한 것으로 여기게 만들었다. 이런 신화적이고 미신적인 태도는 나름대로 가치가 있겠지만 과학적인 태도는 아니다.
묵자가 북쪽으로 가려다 못 가게 된 데는 여러 가지 원인이 있을 수 있다. 그러나 점쟁이는 그 원인을 객관적으로 분석하지 않고 묵자의 얼굴이 검다는 우연한 상황을 교묘하게 일진에 연결하여 설명하려고 했다. 우연의 일치를 근거로 필연적인 결론을 이끌어 내서는 안 된다. 까마귀 날자 배 떨어진다는 격이다.

上帝殺龍

子墨子北之齊, 遇日者.
日者曰, 帝以今日殺黑龍於北方, 而先生之色黑, 不可以北
子墨子不聽, 遂北 至淄水, 不遂而反焉. 日者曰, 我謂先生不可以北
子墨子曰, 南之人不得北, 北之人不得南, 其色有黑者, 有白者, 何故皆不遂也.
且帝以甲乙殺靑龍於東方, 以丙丁殺赤龍於南方,
以庚辛殺白龍於西方, 以壬癸殺黑龍於北方.
若用子之言, 則是禁天下之行者也 是圍心而虛天下也 子之言不可用也.
『墨子』「貴義」

ized by 왜 배우지 않는가

勸 學
권할 권 배울 학

어떤 사람이 묵자의 제자가 되려고 찾아왔다. 그런데 그 사람은 이것저것 물어보고 구경만 할 뿐 공부하려고 하지 않았다. 묵자가 그 사람을 불러서 물어보았다. "자네는 왜 공부하려고 하지 않는가?"

그 사람이 머리를 긁적이며 말했다. "우리 집안사람들은 아무도 공부하지 않습니다."

묵자가 안타까워서 말했다. "그렇지 않다네. 아름다운 것을 좋아하는 사람이 우리 집안사람들은 아무도 아름다운 것을 좋아하지 않으니까 나도 아름다운 것을 좋아하지 않는다 하고, 부귀를 바라는 사람이 우리 집안사람들은 아무도 부귀를 바라지 않으니 나도 부귀를 바라지 않는다고 한다면 말이 되겠는가? 아름다운 것을 좋아하는 사람이나 부귀를 바라는 사람은 누가 뭐라 하든지 자기가 좋아하는 것을 추구한다네. 학문*은 온 세상에서 가장 귀한 것이라네. 그러니 누가 뭐라 하든지 열심히 공부하게."

관습이나 타성에 사로잡혀서는 새로운 것을 배울 수 없다. 모르는 것은 적극적으로 배우고 받아들이는 진취적인 자세가 필요하다. 또한 뜻을 세웠으면 누가 뭐라 하든지 일관되게 밀고 나가는 것이 중요하다.

勸學

有游於子墨子之門者. 子墨子曰, 盍學乎. 對曰, 吾族人無學者.
子墨子曰, 不然. 夫好美者, 豈曰吾族人莫之乎, 故不好哉.
夫欲富貴者, 豈曰我族人莫之欲, 故不欲哉.
好美欲富貴者, 不視人, 猶強爲之. 夫義天下之大器也, 何以視人, 必強爲之.
『墨子』「公孟」

---

*원문은 정의(義)로 되어 있으나 이야기의 전개에 맞추어 학문이라 하였다.

이웃집 어르신네
鄰 家 之 父
이웃 린 집 가 어조사 지 아비 부

어떤 마을에 성질이 아주 못된 젊은이가 있었다. 그 아버지가 온갖 방법으로 꾸짖기도 하고 달래도 보았지만 도무지 말을 듣지 않았다. 견디다 못한 아버지가 매를 들고 아들을 때리며 훈계했다. 이것을 본 이웃집 어르신네도 몽둥이를 들고 나와 그 젊은이를 마구 때렸다. 아버지와 아들은 어이가 없어서 이웃 어르신네를 쳐다보았다.

그 어르신네는 몽둥이질을 하면서 이렇게 말했다. "내가 자네를 때리는 것은 자네가 미워서가 아니라, 자네 아버지의 뜻을 따르기 위해서라네."

解 노양의 문군이 정나라를 치려고 하자 묵자가 노양 문군을 찾아가서 노양 땅 안에 있는 큰 도시가 작은 도시를, 큰 집안이 작은 집안을 공격해서 사람을 죽이고 재물을 빼앗는다면 어떻게 하겠느냐고 물었다. 노양 문군이 노양 땅은 모두 내 땅이니 내 땅 안에서 분쟁이 일어난다면 반드시 내가 처벌하겠다고 대답했다. 그러자 묵자는 중국 땅 전체는 하늘의 관점에서 보면 한 나라 마찬가지여서 노양 땅이든 정나라 땅이든 한 나라 안에 있는 도시와 같으니, 문군이 정나라를 공격하면 하늘이 반드시 처벌할 것이라고 했다. 그러자 문군은 자기가 정나라를 치는 것은 하늘이 정나라의 잘못을 처벌하는 일을 돕는 것이라 했다. 정나라는 2대에 걸쳐서 군주를 죽인 나라였기 때문이다. 그래서 묵자는 위 우화를 통해 노양 문군을 설득하여 정나라를 공격하지 못하게 했다.

남의 잘못을 바로잡는 것은 좋은 일이지만 아무나 주제넘게 나서서는 안 된다. 잘못을 바로잡을 책임이 있는 사람만 그 잘못을 바로잡을 수 있다. 이라크가 국제 질서를 어지럽히고 자기 나라 인민을 착취한다고 하여 미국을 중심으로 몇 나라가 함께 이라크를 쳐서 후세인 정권을 무너뜨렸다. 이라크의 민주화는 이라크 국민이 주체적으로 나설 문제이고, 국제 질서를 바로잡을 책임은 유엔에 있는데도 말이다.

아무리 그럴듯하게 명분을 내세우더라도 전쟁은 철저하게 전쟁을 하는 나라들의 이해관계가 얽힌 행위이다. 노양 문군도 정나라를 공격하는 목적이 사실은 자기 나라의 이익을 위한 것이라고 노골적으로 밝혔더라면 논리에 궁색하지는 않았을 것이다. 그러나 국제 질서를 바로 잡기 위함이니 세계 평화를 위함이니 하는 따위의 명분을 내걸었기 때문에 도리어 묵자의 논박을 이기지 못했다.

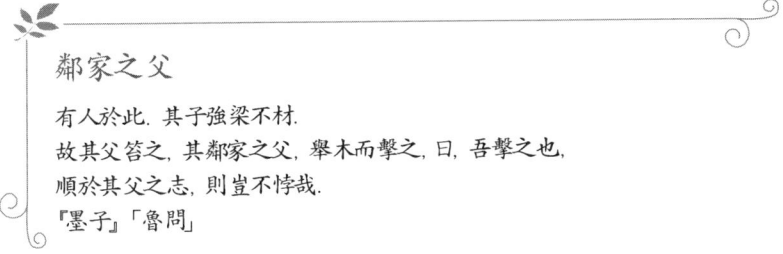

鄰家之父

有人於此. 其子強梁不材.
故其父笞之, 其鄰家之父, 舉木而擊之, 曰, 吾擊之也,
順於其父之志, 則豈不悖哉.
『墨子』「魯問」

나무 까치를 만든 공수반
木 鵲 與 車 轄
나무 목 까치 작 줄 여 수레 거 비녀장 할

춘추시대 노나라에 유명한 기술자가 있었다. 그의 이름은 공수반公輸般인데, 사람들은 그를 노반魯班이라고도 불렀다. 한번은 공수반이 온갖 정성을 다해 대나무를 깎아 까치 한 마리를 만들었다. 이 대나무로 만든 까치는 마치 살아 있는 것 같이, 파닥파닥 날갯짓하며 하늘로 날아올라 사흘 동안 날아다녔지만 떨어지지 않았다. 사람들은 저마다 쳐다보고 갈채를 보내지 않는 이가 없었다. 공수반도 스스로 대견하게 여기며 이 세상에 자기 솜씨를 따라올 사람이 없을 것이라고 생각했다.

묵자가 공수반에게 말했다. "그대가 만든 이 까치는 수레 굴대의 비녀장만도 못하오."

"어째서 그렇단 말이오?" 노반은 화가 났다.

"내 말을 들어보시오. 솜씨 좋은 목수가 세 치 나무 비녀장을 데꺽 깎으면 오십 석이나 되는 짐을 싣고 굴러갈 수 있지만, 그대가 고심하여 만든 새는 무슨 쓸모가 있단 말이오?"

"글쎄요." 공수반은 대답할 수 없었다.

묵자가 말했다. "어떤 일을 하더라도 사람들에게 유익하면 그 사람은 솜씨가 뛰어나다 하고, 쓸모가 없으면 솜씨가 서툴다 하는 것이오."

解 묵자는 공리적이고 실용적인 것을 숭상하여 백성에게 실제로 이익이 되는가 되지 않는가 하는 것을 가치의 기준으로 삼아, 대나무로 정교한 까치를 만든 공수반의 솜씨를 서툴다고 깎아내렸다. 묵자는 음악 공연이나 감상도 생산적이고 실용적이지 않다고 하여 비판하고, 엄숙하고 장엄하게 장례를 치르는 것도 낭비라고 비판했다. 농민과 노동자들이 굶주리고 추위에 떨던 당시 현실에서 묵자의 실용주의는 충분히 가치 있다.
그러나 공리적이고 실용적인 것만 가치를 가지고 있는 것은 아니다. 예술 창작과 과학 기술에 의한 창조와 발명은 실제적인 이익을 가지고서 그 가치를 따질 수 없다. 그리고 공수반이 비행 원리를 발견한 것은 기초 연구에 속한다고 할 수 있다. 이것을 실제 생활에 응용하는 것은 또 다른 문제이다.

木鵲與車轄

公輸子削竹木以爲䧿, 成而飛之, 三日不下.
公輸子自以爲至巧. 子墨子謂公輸子曰, 子之爲䧿也, 不如匠之爲車轄.
須臾斲三寸之木, 而任五十石之重.
故所爲功利於人謂之巧, 不利於人謂之拙.
『墨子』「魯問」

오십 걸음이나 백 걸음이나
以 五 十 步 笑 百 步
써 이 다섯 오 열 십 걸음 보 웃을 소 일백 백 걸음 보

양나라 혜왕은 부강한 나라를 만들려고 자주 백성을 전쟁터로 내몰았다. 하루는 그가 맹자에게 물었다. "나는 나라를 위해 온 마음을 다 쏟고 있다고 생각하오. 하내에 흉년이 들면 하내의 백성을 하동으로 이주시키고, 하동의 양식을 하내로 보내 이주하지 못하는 사람들을 구휼합니다. 하동에 흉년이 들 때도 그와 같이 합니다. 내가 보기에 이웃나라의 어떤 군주도 나처럼 온 마음으로 백성을 아끼는 이는 없습니다. 그런데도 이웃 나라의 백성이 줄지도 않고, 나의 백성이 늘지도 않으니 이것은 무슨 까닭입니까?"

맹자가 대답했다. "임금님께서 전쟁에 관심이 많으시니 전쟁으로 비유하겠습니다. 전쟁을 시작하는 북소리가 울려 칼과 칼이 맞부딪치자 일부 병사들이 겁이 나서 도망을 갔습니다. 그렇게 어떤 사람은 백 보를 달아나고, 어떤 사람은 오십 보를 달아났습니다. 이때 오십 보 달아난 사람이 백 보 달아난 사람을 보고 비겁한 사람이라고 비웃는다면 어떻겠습니까?"

혜왕이 말했다. "당연히 비웃어서는 안 되지요. 백 보를 달아난 것은 아니지만 똑같이 달아났지 않습니까?"

맹자가 말했다. "임금님께서 이 이치를 알고 계신다면 어떻게 이웃나라보다 백성이 많아지기를 바라십니까?"

이 이야기는 유명한 '오십 보 달아난 사람이 백 보 달아난 사람을 비웃다(五十步笑百步)'라는 고사성어의 유래이다. 오십 보나 백 보나 양적인 차이는 있을지언정 질적인 차이는 없다. 달아난 이상 두 사람 모두 겁쟁이다. 양혜왕이 다른 나라의 왕보다 백성을 조금 덜 착취했을지 몰라도 백성을 못살게 굴었다는 점에서는 차이가 없다. 만일 양혜왕이 정말로 나라를 사랑하고 백성을 사랑하고자 한다면 다른 나라 왕보다 조금 덜 착취하는 데 만족하지 말고, 근본적으로 백성을 위한 정치를 해야 한다.

以五十步笑百步

梁惠王曰, 寡人之於國也, 盡心焉耳矣.
河內凶, 則移其民於河東, 移其粟於河內. 河東凶, 亦然.
察鄰國之政, 無如寡人之用心者.
鄰國之民不加少, 寡人之民不加多, 何也. 孟子對曰, 王好戰, 請以戰喩.
塡然鼓之, 兵刃旣接, 棄甲曳兵而走 或百步而後止, 或五十步而後止.
以五十步笑百步, 則何如. 曰, 不可. 直不百步耳. 是亦走也.
曰, 王如知此, 則無望民之多於鄰國也.
『孟子』「梁惠王上」

소가 불쌍하니 양으로 바꾸어라
以羊換牛
_{써 이 양 양 바꿀 환 소 우}

제나라 선왕이 당 위에 앉아 책을 보고 있자니까 구실아치가 황소 한 마리를 질질 끌며 당 아래를 지나가고 있었다. 황소는 부들부들 떨면서 끌려가지 않으려고 발버둥질 쳤다. 선왕이 그것을 보고 책을 내려놓으며 물었다. "소를 어디로 끌고 가느냐?"

구실아치가 대답했다. "종을 새로 만들어서 이 소를 죽여 제사지내려고 합니다."

선왕은 소가 겁에 질려 부들부들 떠는 모습이 안 되어 보여 이렇게 말했다. "소를 놓아주어라. 그 불쌍한 모습을 차마 못 보겠다. 죄도 없는데 사지로 끌고 가는 것은 차마 못할 일이다."

구실아치가 물었다. "소를 놓아주면 종에 제사지내는 일은 그만두는 겁니까?"

"그만 둘 수야 있겠느냐?" 선왕은 잠시 생각하더니 이렇게 말했다. "그러면 양으로 바꾸도록 하라."

解 맹자는 백성을 사랑하는 정치를 펴도록 선왕을 설득하려고 제나라에 왔다. 그런데 무슨 말로 설득할까 고민하다가 이 이야기를 떠올리고 왕에게 이렇게 말했다. "이런 마음씨만 있으면 참으로 왕노릇할 수 있습니다. 백성은 이 이야기를 듣고 임금님께서 소가 아까워서 양으로 바꾸라고 했다고 하지만, 저는 임금님께서 소가 떨면서 끌려가는 모습을 차마 보지 못했기 때문임을 알고 있습니다." 그러자 제선왕도 "저도 백성이 그렇게 말한다는 것을 들어 알고 있습니다. 그러나 제나라가 아무리 작다 한들 소 한 마리를 아끼겠습니까? 다만 죄 없이 부들부들 떨면서 사지로 끌려가는 모습을 차마 보지 못해 양으로 바꾸라고 한 것입니다"하고 말했다. 그러자 맹자는 바로 이런 마음씨가 백성을 사랑하는 정치를 하는 방법이라고 하며 제선왕을 격려하였다.

소가 부들부들 떨면서 끌려가는 모습이 불쌍하다고 양으로 바꾼다면 양인들 불쌍하지 않을까? 선왕은 얼떨결에 소를 양으로 바꾸라고 했지만 양도 죽기 싫어하기는 마찬가지다. 그런데 왜 맹자는 선왕의 이 마음씨를 중요하게 여겼을까? 첫째, 관념으로 판단하기보다 현상과 실제로 판단하는 것이 더 직접적이고 구체적이기 때문이다. 왕은 소가 떠는 모습은 직접 보고 양이 떠는 모습은 보지 못했기 때문에, 소에게는 연민을 느끼고 양에게는 아무런 연민을 느끼지 못했던 것이다. 둘째, 왕에게 연민의 감정이 있기 때문이다. 연민의 감정이 조금이라도 있다면 그것을 미루어서 백성들의 고통에 대해서도 연민을 품을 수 있다.

자기 집 강아지에게는 수백 만 원이나 나가는 집을 사주면서 지하철역에서 뒹구는 노숙자는 모르는 체하는 사람들이 더러 있다.

以羊換牛

王坐於堂上, 有牽牛而過堂下者. 王見之曰, 牛何之.
對曰, 將以釁鐘 王曰, 舍之 吾不忍其轂觫若, 無罪而就死地
對曰, 然則廢釁鐘與 曰, 何可廢也. 以羊易之
『孟子』「梁惠王上」

사냥터가 너무 크다
苑 囿 嫌 大
동산 원 동산 유 싫어할 혐 큰 대

　제나라 선왕은 사냥을 아주 좋아하여 나라 안에 좋은 사냥터를 마련해놓고, 자주 매를 날리고 사냥개를 앞세워 사냥을 즐겼다.
　어느 날 선왕이 맹자에게 물었다. "주나라 문왕의 사냥터는 사방 칠십 리가 넘었다고 하던데 정말 그러했소?"
　맹자가 대답했다. "책에 그렇게 쓰여 있습니다."
　선왕이 놀라서 물었다. "설마 그렇게 컸을까요?"
　맹자가 대답했다. "그래도 당시 백성은 너무 작다고 불평했답니다."
　선왕이 탄식하며 말했다. "아, 과인의 사냥터는 사방 사십 리인데도 백성은 너무 크다고 불평하니 그 까닭을 모르겠소."
　맹자가 말했다. "문왕의 사냥터는 사방 칠십 리지만 백성이 들어가 땔감을 하고 산토끼도 잡을 수 있었습니다. 문왕이 백성과 함께 사냥터를 쓰니 백성이 너무 작다고 불평한 것입니다. 왕께서는 어떻습니까?"
　맹자는 잠시 말을 멈추었다가 계속했다. "제가 처음 제나라에 들어오면서 이 나라의 금령이 무엇인지 물어보고 국경을 넘어왔습니다. 왕의 사냥터에서는 백성이 땔감은커녕 풀도 벨 수 없고, 마음대로 들어갈 수도 없으며, 사슴을 잡으면 살인죄로 다스린다고 들었습니다. 그와 같이 한다면 나라 안에 사방 사십 리나 되는 함정을 파놓은 것이나 다름없지 않습니까? 백성이 너무 크다고 하는 것은 실정과 이치에 맞는 말이 아니겠습니까?"

사냥터의 크기는 절대적이지 않다. 사냥터가 아무리 작아도 백성에게 부담이 되면 크다고 느끼고, 부담이 되지 않으면 크다는 생각을 하지 않는다. 통치자와 백성은 서로 다른 관점을 가지고 있기 때문에 통치자는 사냥터가 작다고 생각하고 백성은 크다고 생각한 것이다. 이렇게 서로 이해가 얽히고 관점이 다른 쌍방의 견해를 조정해 가는 것이 정치의 원리이다. 복지를 백성과 함께 누리라는 맹자의 여민동락與民同樂 사상은 왕조 사회에서는 나름대로 귀중한 가치를 지니고 있었다. 지금도 그러한 맹자의 물음은 유효하다. 혼자 잘 먹고 잘사는 것과 다 같이 함께 잘사는 것 가운데 어느 것이 더 나을까?

苑囿嫌大

齊宣王問曰, 文王之囿方七十里, 有諸. 孟子對曰, 於傳有之.
曰, 若是其大乎. 曰, 民猶以爲小也.
曰, 寡人之囿, 方四十里, 民猶以爲大, 何也.
曰, 文王之囿, 方七十里, 芻蕘者往焉, 雉免者往焉.
與民同之, 民以爲小, 不亦宜乎. 臣始至於境, 問國之大禁然後敢入.
臣聞郊關之內, 有囿方四十里 殺其麋鹿者, 如殺人之罪.
則是方四十里, 爲阱於國中. 民以爲大, 不亦宜乎.
『孟子』「梁惠王下」

좌우를 돌아보며 딴소리
顧 左 右 而 言 他
돌아볼 고 왼 좌 오른 우 말이을 이 말씀 언 다를 타

맹자가 제나라 선왕에게 말했다. "임금님의 신하 한 사람이 친구에게 처자식을 맡기고 초나라에 갔습니다. 그가 돌아와서 보니 그의 처자식은 굶주리고 추위에 시달리다가 거의 죽을 지경이 되어 있었습니다. 이런 친구는 어떻게 해야 할까요?"

왕이 말했다. "절교해야지요."

"만약 형벌을 관장하는 관리가 자기 직책을 다하지 못한다면 어떻게 해야 합니까?"

"면직시켜야지요."

"그럼 한 나라의 정치가 매우 잘못되었다면 어떻게 해야 합니까?"

왕은 고개를 돌리고 좌우를 돌아보며 딴소리를 했다.

당시 제나라는 기근이 들어 백성들은 모두 추위와 굶주림에 시달리고 있었다. 맹자는 가까운 사례를 들어 문제의 본질로 나아가는 방법을 써서 제나라 선왕에게 백성의 고통을 책임져야 한다고 일깨웠다. 부탁과 믿음을 저버린 친구, 직책을 다하지 못한 관리는 사실 선왕을 은유한 것이다. 선왕은 남의 잘못은 분명하고 명쾌하게 판단하면서 자기에게 책임을 추궁하자 '좌우를 보며 딴소리(顧左右而言他)'를 했다. 논리에 궁색한 선왕의 의뭉 떠는 모습이 눈에 선하다.

자기 눈의 들보는 모르면서 남의 눈의 티는 잘 알아본다는 격으로, 사람들은 흔히 남의 사소한 결점은 똑똑히 보면서 자기 잘못은 모르거나 변명하려 든다. 나라에서나 조직에서나 문제가 일어나면 정작 책임져야 할 사람은 책임지지 않고 아랫사람에게 책임을 미루는 일이 많다.

顧左右而言他

孟子謂齊宣王曰, 王之臣, 有托其妻子於其友而之楚遊者.
比其反也, 則凍餒其妻子, 則如之何. 王曰, 棄之
曰, 士師不能治士, 則如之何. 王曰, 已之
曰, 四境之內不治, 則如之何. 王顧左右而言他.
『孟子』「梁惠王下」

싹을 뽑아 올린다고 싹이 자라나
揠苗助長
뽑을 알　모 묘　도울 조　자랄 장

　송나라에 한 농부가 있었다. 그는 논에 벼가 너무 느리게 자라는 것이 답답했다. 어느 날 논으로 달려가 한 포기 한 포기 싹이 자라기 시작하는 모를 쏙쏙 뽑아 올렸다. 집으로 돌아오니 너무 피곤하여 식구들에게 말했다. "벼가 자라게 도와주느라 오늘은 몹시도 피곤하구나."
　아들이 황급히 논으로 달려가 보니 벼는 모두 말라죽어 있었다.

解　사물의 정상적인 발전 추세를 따르지 않고 인위적으로 힘을 보태 발전을 앞당기는 것을 알묘조장揠苗助長 또는 흔히 조장助長이라고 하는데, 이 우화가 바로 조장이라는 고사성어의 유래이다. 송나라 농부는 제 딴에는 좋은 의도에서 부지런히 노력했지만, 그럴수록 도리어 일을 망쳤다. 사물에는 저마다 발전하는 추세가 있다. 이는 누구도 어길 수 없는 규율이다. 또한 사물의 발전 추세를 사람에게 유리하게 조장하더라도 객관적인 법칙을 따라야 한다. 예를 들어 싹을 뽑아서 빨리 자라게 할 수는 없지만, 온실을 이용하여 겨울에도 식물을 재배할 수는 있다.
조장의 문제가 가장 심각한 것이 교육이다. 아이가 태어나면 부모는 아이의 교육에 모든 관심을 쏟는다. 남보다 빨리 더 많이 가르치려고 열을 올린다. 교육의 목적이 한 주체적 시민으로 키우려는 것이 아니라 경쟁 사회에서 이기도록 하는 것이 되었기 때문이다. 아무튼 교육열이 지나쳐서 충분한 감성 교육을 받아야 할 단계의 어린 아이들에게 지적이고 추상적인 것을 교육하려 든다.
우리말도 제대로 못하는 아이에게 영어를 가르치려고 혀까지 수술하고, 아직 사회성도 제대로 갖추지 못한 아이들을 조기 유학을 보내 국제적인 미아로 만들어 버린다. 그러고도 한다는 소리가 조기 유학을 보내면 영어 하나는 확실하게 할 것이 아니냐고 한다. 영어가 모든 교육의 알파와 오메가가 되었다. 조기 유학을 한다고 영어를 잘 할 리도 없지만 설령 영어를 잘하더라도 영어만 할 줄 알면 아이가 꼭 배워야 할 나머지는 안 배워도 좋다는 말인가?

가족에게서 사랑을 받고, 또래와 어울려 싸우고 부딪치고 양보하면서 사회성을 습득하고, 자연에서 뛰놀며 감성을 익혀야 할 아이들에게 글자를 가르치고 영어를 가르치고 그것도 모자라 온갖 과외에 학습지를 시키는 것은 갓 나오기 시작한 싹을 뽑아 올려 자라는 것을 그르치는 일이다.

揠苗助長

宋人有閔其苗之不長而揠之者.
芒芒然歸, 謂其人曰, 今日病矣. 予助苗長矣.
其子趨而往視之, 苗則槁矣.
『孟子』「公孫丑上」

자기를 굽히고서는 남을 바로잡을 수 없다
詭遇而獲 十
속일 궤　만날 우　말이을 이　얻을 획　열 십

옛날 진나라에 조간자라는 재상이 있었다. 하루는 총애하는 시종인 혜에게 왕량이라는 수레의 말몰이꾼을 딸려서 사냥을 시켰다. 혜는 하루 종일 짐승을 한 마리도 잡지 못하고 돌아와 보고했다. "왕량은 세상에 둘도 없이 무능한 말몰이꾼이더군요. 짐승이 어디에서 잘 나타나는지도 알지 못하고, 어쩌다 나타나면 형편없이 말을 몰아 활을 쏠 수 없었습니다."

혜가 조간자에게 한 말을 누군가가 왕량에게 귀띔해 주었다. 자존심이 상한 왕량은 혜를 찾아가 말했다. "다시 한 번 사냥을 해봅시다. 내가 말을 잘 몰지 못해서 짐승을 한 마리도 잡지 못한 것인지, 아니면 당신의 활솜씨가 형편없어서 잡지 못한 것인지 알아봅시다."

혜는 아예 왕량을 상대해 주지도 않았다. 그래서 왕량은 맹세를 했다. "이번에도 짐승을 한 마리도 못 잡는다면 내 목숨을 내놓겠소."

다시 사냥을 나간 두 사람은 한나절도 안 되어 짐승을 열 마리나 잡았다. 기분이 좋아진 혜가 조간자에게 가서 보고했다. "세상에 왕량만큼 말을 잘 모는 사람은 처음 봤습니다. 대단한 말몰이꾼입니다."

조간자가 말했다. "왕량을 너의 전속 말몰이꾼으로 삼도록 하겠다. 왕량에게 내 뜻을 전하라."

왕량은 조간자의 말을 전해 듣고 거절하며 말했다. "나는 혜와 수레를 타지 않겠습니다. 그 사람은 법대로 말을 몰았더니 짐승을 한 마리도 잡지 못했습니다. 그래서 막다른 골목으로 짐승을 유인하고 그쪽으로 말을 몰았더니, 이번에는 짐승을 열 마리나 잡았습니다. 눈앞에 맞닥뜨린 짐승을 잡는 것이 뭐 그리 대단하답니까? 혜는 도대체 활을 쏠 줄 모르는 사람입니다."

맹자에게 어떤 제자가 권유하기를, 제후가 선생님을 부르지 않더라도 자신을 굽히고 먼저 찾아가 제후를 설득한다면 큰일을 할 수 있을 것이라 하였다. 맹자는 위의 이야기를 들려주면서, 말몰이꾼도 활 쏘는 사람의 비위를 맞추는 것을 부끄러워했는데 선비가 도를 굽혀 남을 따를 수는 없다고 하였다. 자기 지조를 굽히고서 남을 바르게 할 수는 없다는 것이다.

결과만 중시한다면 수단과 방법을 가리지 않고 목적을 달성하는 것이 옳을지도 모른다. 그러나 정당한 방법과 수단으로 얻은 결과라야 가치 있다. 떳떳하게 경쟁하여 이기려고 하지 않고 비열한 방법으로 이기려고 하는 것은 옳지 않다.

詭遇而獲十

昔者, 趙簡子使王良, 與嬖奚乘. 終日而不獲一禽.
嬖奚反命曰, 天下之賤工也. 或以告王良. 良曰, 請復之.
彊而後可. 一朝而獲十禽. 嬖奚反命曰, 天下之良工也
簡子曰, 我使掌與女乘. 謂王良. 良不可. 曰, 吾爲之範我馳驅, 終日不獲一.
爲之詭遇, 一朝而獲十. 詩云, 不失其馳, 舍矢如破 我不貫與小人乘. 請辭.
『孟子』「滕文公下」

초나라 사람의 제나라 말 배우기
楚 人 學 齊 語
나라이름 초 사람 인 배울 학 나라이름 제 말씀 어

초나라에 높은 벼슬아치가 있었다. 이 벼슬아치는 자기 아들에게 제나라 말을 가르치고 싶어서 제나라 사람을 아들의 스승으로 초빙했다. 제나라 스승도 성의를 다해 가르치고 아들도 부지런히 공부했다. 종아리를 때리면서까지 가르쳤지만 주위는 온통 초나라 사람들이라 그다지 능률이 오르지 않았다. 벼슬아치는 자기 아들을 스승과 함께 제나라로 보내 제나라 말을 배우게 했다. 제나라에 간 아들은 주위 사람들이 모두 제나라 말을 했기 때문에 금방 제나라 말을 배울 수 있었다. 몇 년이 지나자 이제는 초나라 말을 잊어버리고 완전히 제나라 사람처럼 말하는 수준에까지 이르렀다.

解 초나라 사람들 사이에 있으면 저절로 초나라 말을 하고, 제나라 사람들 사이에 있으면 저절로 제나라 말을 하는 것처럼 착한 사람들과 함께 있으면 착한 사람이 되고, 나쁜 사람들과 함께 있으면 나쁜 사람이 되기 쉽다. 맹자의 어머니가 맹자의 교육을 위해 세 번이나 이사했다는 이야기는 환경이 인격 형성과 교육에 지대한 영향을 미친다는 것을 반영한다.

楚人學齊語

有楚大夫於此, 欲其子之齊語也, 則使齊人傳諸, 使楚人傳諸.
曰, 使齊人傳之. 曰, 一齊人傳之, 衆楚人咻之,
雖日撻而求其齊也, 不可得矣.
引而置之莊嶽之間數年, 雖日撻而求其楚, 亦不可得矣.
『孟子』「滕文公下」

닭 도둑
偸 鷄 賊
훔칠 투 닭 계 도둑 적

어떤 사람이 자기 집 마당에 돌아다니는 이웃집 닭을 하루에 한 마리씩 슬쩍했다. 어떤 사람이 진심 어린 충고를 했다. "다시는 남의 닭을 훔치지 말게. 이런 짓은 사람이 할 도리가 아니잖은가."

닭 도둑은 이 말을 듣고 잘못을 고쳐야겠다고 생각하고 충고한 사람에게 말했다. "자네 말이 옳아. 나도 이제 잘못을 깊이 뉘우치고 고치려고 하네. 그러나 도둑질에 인이 박여 단번에 그만두는 것은 너무 힘드니 차차 줄이도록 하지. 예전에는 하루에 한 마리씩 훔쳤는데, 오늘부터는 한 달에 한 마리만 훔치겠네. 그러면 내년에는 도둑질을 그만둘 수 있을 것 같네."

 훔치는 일이 나쁜 일인 줄 알았다면 당장 그만두어야지 무엇 때문에 내년까지 기다린단 말인가? 나쁜 버릇은 단숨에 고치기가 어렵기 때문에 차츰차츰 줄여서 없애는 것이 효과적이라고 생각할지 모르지만 그건 그렇지 않다. 결단을 내려서 단숨에 고쳐야 한다. 담배나 술의 중독을 고치는 방법도 단숨에 끊는 것이 더 효과가 있다고 한다.

偸鷄賊

今有人, 日攘其隣之鷄者. 或告之曰, 是非君子之道.
曰, 請損之. 月攘一鷄, 以待來年, 然後已.
如知其非義, 斯速已矣, 何待來年.
『孟子』「滕文公下」

진중자의 지조
於陵仲子
땅이름 오 큰언덕 릉 버금 중 아들 자

오릉이라는 곳에 진중자라는 사람이 살았다. 그의 집안은 대대로 제나라의 귀족이었다. 그는 합 땅을 다스리는 자신의 형이 의롭지 못한 사람이라고 생각하여 어머니와 형을 떠나 오릉이라는 곳으로 가서 그의 아내와 둘이 살고 있었다. 진중자는 신을 짜고 아내는 길쌈을 하여 곡식과 바꾸어 먹었다. 어떤 때는 사흘이나 굶을 때도 있었다. 그래도 그는 어머니와 형이 사는 집으로 들어가지 않았다.

한번은 어쩌다 형의 집에 갔는데, 마침 어떤 사람이 형에게 거위를 선물했다. 그는 거위를 보고 눈살을 찌푸리며 말했다. "꽥꽥거리는 놈을 어디에 쓴단 말인가."

며칠 뒤 어머니가 그에게 거위를 잡아 주었다. 진중자가 한참 거위 고기를 먹고 있는데 형이 들어오다가 그것을 보고 비웃으며 말했다. "네가 먹는 고기는 꽥꽥거리는 놈의 고기이다."

진중자는 밖으로 달려 나가 먹은 것을 모두 토해 버렸다.

작은 의리에 얽매여 큰 의리를 저버리는 사람들이 있다. 진중자는 의롭지 못한 형과 함께 살지 않겠다고 형과 어머니를 버리고 다른 곳에 가서 살아 작은 지조는 지켰지만, 더 큰 지조라 할 수 있는 부모 자식 사이의 인륜은 저버렸다. 거위가 의롭지 못한 선물이라고 하더라도 거위를 나무랄 필요는 없다. 의롭지 못한 선물을 주고받은 사람들이 나쁜 것이다. 의롭지 못한 사람과 관계를 맺지 않겠다고 천륜을 버릴 수는 없다. 형이 잘못했다면 잘못을 바로잡아 주고 충고해야 한다.

於陵仲子

仲子, 齊之世家也. 兄戴蓋祿萬鍾, 以兄之祿爲不義之祿而不食也.
以兄之室爲不義之室而不居也. 辟兄離母, 處於於陵.
他日歸, 則有饋其兄生鵝者. 己頻顣曰, 惡用是鶃鶃者爲哉.
他日, 其母殺是鵝也, 與之食之.
其兄自外至曰, 是鶃鶃之肉也. 出而哇之.
『孟子』「滕文公下」

자기가 불러들이는 것
自 取
스스로 자 취할 취

어느 날 공자가 제자들과 학문을 논하고 있었다. 그때 옆집에서 어떤 아이가 노래를 불렀다. "창랑의 물이 맑으면 내 갓끈을 빨고, 창랑의 물이 흐리면 내 발을 씻는다네."

마침 자기 수양에 대해 논하고 있던 공자는 얼른 제자들에게 말했다. "얘들아, 저 노래를 들어보렴. 물이 맑으면 갓끈을 빨고, 물이 흐리면 발을 씻는다고 하지 않느냐."

제자들이 무슨 뜻인지 묻자 공자가 대답했다. "물이 맑으면 사람들이 와서 소중한 갓끈을 빨지만 물이 흐리면 더러운 발을 씻는 법이지. 사람들이 갓끈을 빨고 발을 씻는 것은 모두 창랑의 물이 스스로 불러들인 것이란다."

解 내가 깨끗하면 남도 나를 깨끗이 대하고, 내가 더러우면 남도 나를 더럽게 대하는 법이다. 내가 먼저 나를 하찮게 여기면 남도 나를 하찮게 여긴다. 문제의 원인은 나에게 있다. 내가 스스로 불러들인 것(自取)이다.

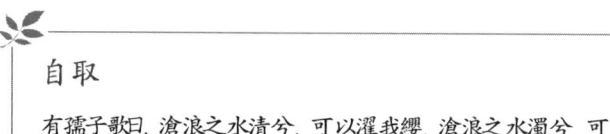

自取

有孺子歌曰, 滄浪之水淸兮, 可以濯我纓. 滄浪之水濁兮, 可以濯我足.
孔子曰, 小子, 聽之 淸斯濯纓, 濁斯濯足矣. 自取之也.
『孟子』「離婁上」

제대로 부모를 섬기는 법
事親若曾子
섬길 사 어버이 친 같을 약 일찍 증 아들 자

공자의 제자인 증자는 효자로 이름이 났다. 증자는 아버지 증석을 지성껏 섬겼다. 끼니 때마다 밥상에 꼭 고기와 술을 갖추어 올렸다. 증석이 먹기를 마치고 밥상을 물리려고 하면 증자는 반드시 이렇게 물었다. "고기와 술을 누구에게 주시겠습니까?" 증석이 "남은 것이 있느냐?"고 물으면, 증자는 "남은 것이 있습니다" 하고 대답했다.

세월이 흘러서 증석이 죽고 증자의 아들 증원이 증자를 봉양하였다. 증원도 증자가 증석을 섬기던 모습을 보고 배워서 끼니 때마다 밥상에 술과 고기를 갖추어 올렸다. 증자가 먹기를 마치고 밥상을 물리려고 해도 증원은 누구에게 주냐고 묻지 않았다. 증자가 가끔 "남은 것이 있느냐?" 하고 물어도 "남은 것이 없습니다" 하고 대답했다. 남은 것을 다음 끼니 때 다시 올리기 위해서였다.

解 증자는 어버이를 섬기면서 어버이의 생각을 잘 배려하였다. 증자는 어버이의 뜻을 잘 봉양한 것이다. 증원은 나름대로 어버이를 잘 섬기려고 했지만 어버이의 몸만 봉양하고 뜻은 봉양하지 못했다. 옛날에는 술과 고기를 끼니 때마다 올리는 일이 쉽지 않았다. 그러므로 남은 술과 고기를 아꼈다가 다음 끼니 때 올리려고 생각하는 것은 효성스러운 자식의 도리로서 당연한 일이다. 그러나 참다운 효도란 어버이의 뜻을 잘 살펴서 뜻을 펴 드리는 것이다. 없는 살림에 빚을 내어서 잘 차려 올리는 것이 효도가 아니라 보잘것없는 음식이라도 함께 나누고 마음을 서로 살피고 배려하는 것이 부모와 자식 사이의 참다운 사랑이다.

事親若曾子
曾子養曾晳, 必有酒肉. 將徹 必請所與. 問有餘, 必曰有. 曾晳死, 曾元養曾子, 必有酒肉. 將徹 不請所與. 問有餘, 曰亡矣. 將以復進也
『孟子』「離婁上」

한심한 남편의 자랑거리
乞 食 墦 間
빌 걸 밥 식 무덤 번 틈 간

제나라에 어떤 사람이 있었다. 그는 나가기만 하면 얼굴에 기름기가 돌도록 먹고 곤드레만드레 취해서 돌아오곤 했다. 아내가 누구에게 대접을 받았느냐고 물으면, 그때마다 자랑스럽게 부귀한 사람들에게 대접받았다고 했다. 의아하게 생각한 아내가 어느 날 조용히 첩에게 말했다. "서방님이 늘 부귀한 사람과 먹고 마신다는데, 지금까지 부귀한 사람이 우리 집에 오는 것을 한 번도 보지 못했네. 내일은 서방님이 어디로 가는지 따라가 볼 작정이네."

다음날 이른 아침, 아내는 가만히 남편의 뒤를 밟았다. 하지만 성안을 지나도 그에게 말을 건네는 사람이 아무도 없었다. 어느덧 성을 빠져나왔어도 그는 계속 걷기만 했다. 그러다가 동쪽 교외의 묘지에 이르렀다. 사내는 성묘하는 사람에게 가서 뻔뻔스럽고 염치없이 제사지내고 남은 음식을 구걸하였다. 그는 한 접시를 깨끗이 핥아먹고 나서는 두리번거리며 또 구걸할 곳이 없나 찾았다. 이것이 남편이 배불리 먹고 마시는 방법이었던 것이다.

칼로 심장을 도려내는 것 같은 마음으로 집에 돌아온 아내가 첩에게 말했다. "서방님은 우리가 한 마음으로 우러러 보고 한평생 의지해야 할 사람인데, 지금 저 사람은 저 모양이니 어이할꼬." 두 사람은 뜰에서 서로 부둥켜안고 넋두리를 하며 울고 있었다.

아무것도 모르는 사내는 으스대며 돌아와 큰소리로 오늘도 대단한 사람을 만나 한턱 잘 얻어먹고 왔노라고 두 여자에게 자랑을 늘어놓았다.

처자식을 먹여 살릴 책임을 진 가장이라면 제 손으로 열심히 일해야 한다. 제나라 사람은 아내에 첩까지 거느린 주제에 열심히 일은 하지 않고, 무덤에 가서 제사지내고 남은 음식이나 구걸해서 배를 불렸다. 더 한심한 것은 어떻게 얻었건 기왕 음식을 얻었다면 아내와 첩에게도 줘야지 혼자만 배불리 먹고는 돌아 와서 대단한 사람에게 대접받았다고 으스댔던 것이다. 관리든 장사치든 부정한 방법으로 권력과 부귀를 추구하는 사람은 이 제나라 사람과 다를 바 없다. 남들의 눈을 속여 가며 남들이 꺼리는 방법으로 욕심을 채우고는 겉으로 뻐기는 것이다.

乞食墦間

齊人有一妻一妾而處室者. 其良人出, 則必饜酒肉而後反.
其妻問所與飮食者, 則盡富貴也.
其妻告其妾曰, 良人出, 則必饜酒肉而後反, 問其與飮食者, 盡富貴也,
而未嘗有顯者來. 吾將瞯良人之所之也.
蚤起施從良人之所之, 徧國中無與立談者.
卒之東郭墦間, 之祭者, 乞其餘. 不足, 又顧而之他. 此其爲饜足之道也.
其妻歸, 告其妾曰, 良人者, 所仰望而終身也. 今若此.
與其妾訕其良人, 而相泣於中庭, 而良人未之知也. 施施從外來, 驕其妻妾.
『孟子』「離婁下」

호랑이 새끼를 키우면
逢 蒙 殺 羿
성 방 입을 몽 죽일 살 사람 이름 예

유궁이라는 나라의 임금인 예는 활을 매우 잘 쏘아 활쏘기로는 세상에 당할 사람이 없었다. 그 예의 신하 가운데 방몽이라는 사람이 있었다. 방몽은 예에게 활쏘기를 배웠다. 방몽은 예에게서 활쏘기 기술을 완전히 전수받고 난 다음 속으로 생각했다. '이 세상에서 나보다 활을 잘 쏘는 사람은 예 밖에 없다. 예만 없으면 내가 이 세상에서 제일이다.'

방몽은 남몰래 활로 예를 쏘아 죽였다.

 예는 호랑이 새끼를 키운 셈이다. 방몽은 가르쳐 준 은혜도 모르고 다 배우고 나서는 도리어 가르쳐 준 스승을 해쳤다. 방몽이 예를 죽인 것은 방몽의 잘못이지만, 방몽의 인간됨됨이를 몰라본 예의 잘못도 없지는 않다.

逢蒙殺羿

逢蒙, 學射於羿. 盡羿之道, 思天下, 惟羿 爲愈己. 於是殺羿.
孟子曰, 是亦羿有罪焉.
『孟子』「離婁下」

마음이 딴 데 가 있으면
學弈
배울 학 바둑 혁

추 선생은 온 나라에서 가장 뛰어난 바둑 고수였다. 그에게는 바둑을 배우는 제자가 두 사람 있었다. 두 사람 가운데 한 사람은 온 정신을 바둑에 쏟으며 조용히 가르침을 들었지만, 다른 한 사람은 강의는 듣고 있어도 마음속으로는 줄곧 기러기 떼가 날아오면 주살을 날려 잡을 생각만 하고 있었다.

두 사람은 배운 것도 같고 재능도 비슷했지만 결과는 크게 달랐다.

 두 사람이 같은 조건에서 공부를 했지만 결과가 서로 다른 것은 한 사람은 온 정신을 공부에 쏟고, 한 사람은 정신을 온통 다른 데 쏟았기 때문이다. 아무리 사소한 기술이라도 정신을 쏟지 않으면 제대로 배울 수 없다.

學弈

弈秋, 通國之善弈者也. 使弈秋誨二人弈, 其一人專心致志.
惟弈秋之爲聽. 一人雖聽之, 一心以爲有鴻鵠將至, 思援弓繳而射之.
雖與之俱學, 弗若之矣. 爲是其智弗若與, 曰非然也.
『孟子』「告子上」

자산을 속인 연못지기
校人欺子産
장교 교 사람 인 속일 기 아들 자 낳을 산

정나라의 자산은 유능하고 지혜로운 정치가였다. 한번은 어떤 사람이 자산에게 살아 있는 물고기를 한 마리 보냈다. 자산은 연못지기에게 물고기를 못에 놓아주도록 했다. 연못지기는 몰래 물고기를 삶아 먹고는 자산에게 가서 말했다. "물고기를 놓아주었습니다. 처음에는 어릿어릿하며 잘 움직이지도 못하더니, 조금 있다 정신을 차려서 활기차게 꼬리를 흔들며 물속으로 헤엄쳐 가 버렸습니다."

자산은 기분이 좋아 말했다. "살 곳을 얻었구나, 살 곳을 얻었어."

연못지기는 나가서 혼자 똑똑한 체하며 이렇게 말했다. "누가 자산을 지혜롭다고 했는가? 내가 벌써 물고기를 삶아 먹어 버렸는데, '살 곳을 얻었구나, 살 곳을 얻었구나' 하니 말이야. 하하하."

지혜롭기로 이름난 자산이 연못지기에게 보기 좋게 속았다. 그러나 자산이 속았다고 해서 자산을 탓할 필요는 없다. 아무리 지혜로운 사람이라도 그럴 듯한 말로 속이면 속아 넘어갈 수밖에 없기 때문이다. 연못지기는 물고기를 관리하고 기르는 사람으로서 물고기의 생태를 이용하여 속였기 때문에 자산도 속아 넘어간 것이다. 그러나 지혜로운 사람이 어쩌다 속았다고 어리석은 사람이 되지는 않는다.

校人欺子産

昔者有饋生魚於鄭子産. 子産使校人畜之池.
校人烹之, 反命曰, 始舍之, 圉圉焉. 少則洋洋焉, 攸然而逝.
子産曰, 得其所哉. 得其所哉. 校人出曰, 孰謂子産智.
予旣烹而食之, 曰得其所哉, 得其所哉.
『孟子』「萬章上」

호랑이를 잡는 풍부
馮 婦 搏 虎
성풍 아내부 잡을박 범호

진나라에 풍부라는 용사가 있었다. 풍부의 힘은 아무도 당할 수가 없었다. 그는 맨손으로 호랑이를 때려잡아 사람들의 근심거리를 덜어 주어 온 나라에 소문이 자자했다. 왕도 그에게 상을 내리고 발탁하여 관리로 삼았다. 그러나 관리가 되려면 교양을 갖추어야 했기 때문에 풍부는 호랑이를 때려잡는 일에서 손을 씻었다.

한번은 풍부와 여러 관리들이 수레를 몰고 산을 지나는데 떠들썩한 소리가 들려 왔다. 수많은 사람들이 손에 괭이와 몽둥이를 들고 호랑이를 쫓고 있는 중이었다. 얼룩덜룩한 호랑이가 벼랑을 등지고 사람들을 마주하고 서서, 시뻘건 입을 벌리고 사납게 날뛰며 울부짖고 있었다. 사람들은 그 서슬에 아무도 감히 나서지 못했다. 마침 어떤 사람이 수레에 타고 있던 풍부를 알아보았다. 모두들 황급히 풍부에게 달려와 호랑이를 잡아 달라고 부탁했다. 풍부는 두말 않고 소매를 걷어붙인 채 수레에서 내려 용감하게 호랑이를 향해 뛰어들었다. 사람들은 환호성을 질렀지만 관리들은 모두 머리를 설레설레 흔들며 선비의 체통을 지키지 못한다고 비웃었다.

解 제나라에 기근이 든 적이 있었다. 마침 맹자가 제나라에 있다가 왕에게 건의하여 흉년이 든 지역의 창고를 열어서 구휼해 주었다. 또다시 흉년이 들어 사람들이 이번에도 맹자가 왕에게 건의하여 구휼해 주기를 바라자, 맹자는 위 우화를 들면서 자신이 그렇게 하기는 어려울 것이라는 뜻을 드러냈다. 풍부는 맹자 자신이고, 호랑이는 기근이고, 호랑이를 쫓던 사람들은 백성이고, 관리들은 제나라 왕이다. 다시 한 번 흉년이 든 사람들을 위해 나서면 백성들은 좋아할지 몰라도 제나라에서는 좋아하지 않을 것이라고 넌지시 암시한 것이다.

선비의 체통을 지키는 것이 옳은가, 아니면 어려움에 처한 백성의 고통을 해결해 주는 것이 옳은가? 맹자가 자신의 처지가 곤란함을 풍부에 빗대어 말했지만, 맹자의 원래 의도야 어떻든 호랑이를 때려잡을 힘이 있다면 체통을 잃는 한이 있어도 백성을 위해 어려움을 해결해 주는 것이 책임 있는 태도가 아닐까?

또한 이 우화는 타고난 본성은 바꾸기가 아주 어렵다는 교훈도 담고 있다. 잘못을 고치고도 비슷한 상황이 되면 다시 제 버릇을 감추지 못하는 사람은 호랑이를 보고 팔뚝을 걷어붙이는 풍부와 같다. 지혜를 발휘하지 않고 무모하게 힘과 용기만 내세우면 무지한 사람들은 찬탄할지 몰라도 교양 있는 사람들은 비웃는다.

馮婦搏虎

晉人有馮婦者, 善搏虎, 卒爲善士. 則之野. 有衆逐虎, 虎負嵎.
莫之敢攖. 望見馮婦, 趨而迎之
馮婦攘臂下車. 衆皆悅之, 其爲士者笑之.
『孟子』「盡心下」

참새가 어찌 대붕의 뜻을 알랴
斥 鴳 笑 鵬
물리칠 척　세가락　안 웃을 소　붕새 붕
　　　　메추라기

　　아주 오랜 옛날 풀 한포기 나지 않는 아득한 북쪽 땅 끝에 하늘 못이라고 하는 어두운 바다가 있었다. 그 바다에는 곤이라는 물고기가 있었는데 그 몸뚱이는 수천 리나 되어 아무도 그 크기를 알 수가 없었다. 이 곤이라는 물고기가 변하여 붕이라는 새가 되는데 그 새는 무엇과도 비교할 수 없을 만큼 컸다. 등은 높디높은 태산과 같았고, 날개를 펼치면 먹구름처럼 하늘을 가리고도 남았다. 회오리바람이 불면 그 힘을 빌려 두 날개를 펴고 날아올라, 바람을 타고 단번에 구만 리를 날아갔다. 등으로는 푸른 하늘을 지고 날개로는 구름을 가르며 곧장 남쪽으로 날다가 남쪽 바다에 내렸다.
　　메추라기 한 마리가 가시나무 떨기 속에서 폴짝폴짝 뛰어 놀다가 붕이 하늘을 날아가는 것을 보고 재잘거리며 비웃었다. "아 저 멍청한 녀석 좀 보게. 큰 바람이 불지 않으면 날지도 못하니 얼마나 우스워! 나는 한 자도 뛰어오르지 못 하고 몇 길밖에 못 날지만, 뛰고 싶으면 뛰고 날고 싶으면 날면서 쑥대밭이나 가시 떨기 속을 마음대로 들락날락거리니 얼마나 자유로운가. 그런데 저 새 좀 보게. 하하, 도대체 어디로 날아가는가."

장자는 인간과 자연이 크게 조화를 이룬 세계를 지향한다. 붕은 바로 이런 경지에 오른 인간의 초월과 무한한 정신의 자유를 상징한다. 메추라기는 현실적 삶의 조건을 극복하지 못한 사람을 가리킨다. 이 가지에서 저 가지로, 쑥대밭이나 가시 떨기를 들락날락하는 메추라기처럼 일상에 사로잡혀 여기저기 분주하게 쏘다니는 사람의 눈에는 구만리 창공을 날아가는 붕과 같이 대자유의 경지에 노니는 사람을 이해할 수 없을 것이다.

斥鴳笑鵬

窮髮之北, 有冥海者, 天池也. 有魚焉.
其廣數千里, 未有知其修者, 其名爲鯤
有鳥焉, 其名爲鵬 背若泰山, 翼若垂天之雲. 搏扶搖羊角而上者九萬里
絶雲氣, 負靑天, 然後圖南. 且適南冥也. 斥鴳笑之曰, 彼且奚適也
我騰躍而上, 不過數仞, 而下翶翔蓬蒿之間.
此亦飛之至也, 而彼且奚適也
『莊子』「逍遙遊」

손발을 트지 않게 하는 약
不龜手之藥
아닐 불 갈라질 균 손 수 어조사 지 약 약

송나라에 손발이 트는 것을 막는 약을 만드는 사람이 있었다. 이 약을 바르면 동상에 걸려 트는 것을 막을 수 있기 때문에 그 집안은 대대로 무명을 세탁하며 살아왔다. 어떤 외지 사람이 이 소문을 듣고 찾아와 백 냥에 그 비방을 팔라고 간청했다. 주인은 식구들을 모아 놓고 이렇게 말했다. "우리 집안은 세탁하는 일로 몇 대를 살아왔지만 아무리 애써도 몇 푼 벌지 못했는데, 지금 비방을 사려는 사람 덕분에 한꺼번에 백 냥을 벌 수 있다. 파는 게 어떻겠느냐?"

모두들 지긋지긋한 세탁 일에서 잠시나마 벗어난다고 좋아하면서 어서 팔자고 했다. 그 외지 사람은 비방을 사서 오나라 왕에게 가 그 약의 효험을 설명했다. 오래지 않아 월나라가 오나라로 쳐들어왔다. 오나라 왕은 그에게 수군을 통솔하여 적을 물리치도록 했다. 때는 한겨울 섣달로, 두 나라 군사는 강에서 수전을 벌이고 있었다. 오나라 군사는 이 고약을 바르고 있었기 때문에 손발이 얼거나 트지 않아 모두 원기 왕성했지만, 손발이 얼고 갈라져 사기가 떨어진 월나라 군사들은 그들을 바라보기만 해도 도망치는 형편이었다. 오나라 왕은 아주 기뻐하며 그에게 많은 땅을 나눠주었다.

피부가 얼어 트는 것을 막는 고약으로 영주가 된 사람이 있는가 하면 세탁하며 살아가는 사람이 있는 것은, 똑같은 것을 가지고서 쓰는 곳이 달랐기 때문이다.

解 명가名家의 대표자이면서 장자의 절친한 친구인 혜시惠施는 장자의 말이 너무 허황되어 쓸모가 없다고 반박하려고 너무 커서 아무짝에도 쓸모없는 바가지를 예로 들어 넌지시 얘기를 꺼냈다. "위나라 임금이 박씨를 주워서 심었더니 다섯 섬들이 박이 열렸다. 구멍을 뚫어서 물을 채웠더니 너무 무거워 들 수 없고, 쪼개서 바가지를 만들었더니 넓고 평평해서 물건을 담을 수 없었다. 아무짝에도 쓸모없어서 부수어 버렸다."
혜시는 고정관념에 사로잡혀 사물의 용도를 본질적으로 정해진 것으로 생각했다. 그래서 그는 바가지는 물을 담아 두거나 푸는 그릇인데, 너무 크면 물을 담아 두기에도 물을 푸기에도 불편하다고 생각했던 것이다. 그러자 장자는 혜시가 큰 그릇을 쓸 줄 모른다고 비꼬면서 위의 이야기를 했다. 바가지를 꼭 물을 담거나 푸는 데 써야 하는가? 왜 물에 띄워 즐기는 데 쓰면 안 되는가? 사람이든 사물이든 용도가 정해진 것은 아니다. 어디에 어떻게 쓰느냐에 따라 얼마든지 달라진다. 결국은 잘 쓰고 못 쓰는 차이만 있는 것이 아닐까? 『성서』에도 "집짓는 자들이 버린 돌이 머릿돌이 된다"고 하지 않았는가? 굽은 나무가 선산을 지킨다고 아무리 보잘 것 없어도 다 쓸모가 있고, 그 쓰임새는 쓰기에 따라 한이 없다.

不龜手之藥

宋人有善爲不龜手之藥者, 世世以洴澼絖爲事. 客聞之, 請買其方百金. 聚族而謀曰, 我世世爲洴澼絖, 不過數金, 今一朝而鬻技百金, 請與之 客得之, 以說吳王. 越有難, 吳王使之將, 冬與越人水戰. 大敗越人, 裂地而封之. 能不龜手 一也, 或以封, 或不免於洴澼絖, 則所用之異也
『莊子』「逍遙遊」

장자의 나비 꿈
胡 蝶 夢
오랑캐 호　나비 접　꿈 몽

　무더운 여름 한낮에 장자는 나무 밑에서 더위를 식히다가 깜빡 잠이 들었다. 꿈속에서 그는 오색찬란한 커다란 나비가 되었다. 나비가 된 그는 향기가 진동하는 꽃밭에서 펄펄 춤을 추었는데 그렇게 즐거울 수 없었다. 그래서 자기가 원래 장주인지도 몰랐다. 그때 갑자기 한줄기 서늘한 바람이 쏴아 불어왔다. 별안간 장자는 잠을 깨고 나서 자기가 장주인지 알았다.
　그는 정신이 몽롱한 채 사방을 둘러보고 나서 뒤통수를 쓰다듬으며 혼자 중얼거렸다. "아아. 이게 어떻게 된 일이지. 도대체 장주가 나비로 된 꿈을 꾼 것인지, 나비가 장주로 된 꿈을 꾼 것인지. 참 이상해라. 장주와 나비는 반드시 다른 것일 텐데."

그 유명한 장자의 호접몽胡蝶夢 이야기이다. 한단지몽邯鄲之夢이니, 남가일몽南柯一夢이니, 일장춘몽一場春夢이니 하는 온갖 고사성어와 홍루몽紅樓夢, 옥루몽玉樓夢, 구운몽九雲夢 같은 이른바 '몽자류夢字類 소설'의 시원이다.
자기 자신의 관점에 사로잡혀 사물의 전체적인 국면을 보지 못하고, 개별 사물이 각기 개성을 지니면서도 하나로 화해和諧되어 있음을 알지 못하는 사람은 장자의 나비 꿈을 이해할 수 없다. 사물은 고정된 개별적인 그 무엇으로 있지 않고 언제나 서로 기대어 있다. 꿈은 현실과 현실은 꿈과, 장주는 나비와 나비는 장주와 서로 자유자재로 넘나들며 하나가 된다. 이런 세계를 깨달을 때 개성을 살리면서도 전체가 조화로운 사회를 만들 수 있을 것이다.

胡蝶夢

昔者, 莊周夢爲胡蝶 栩栩然胡蝶也. 自喩適志與, 不知周也. 俄然覺, 則蘧蘧然周也. 不知周之夢爲胡蝶與, 胡蝶之夢爲周與.
周與胡蝶, 則必有分矣. 此之謂物化.
『莊子』「齊物論」

백정의 소 잡기
庖丁解牛
부엌 포 넷째천간 정 풀 해 소 우

양나라 혜왕이 하루는 정이라는 백정이 소를 잡는 광경을 보았다. 손을 대고, 어깨를 기대고, 발로 짓누르고, 무릎을 구부리는 동작에 따라 소의 뼈와 살이 서걱서걱 빠각빠각 소리를 내면서 척척 결 따라 부위별로 나뉘었다. 칼이 움직이는 대로 썩둑썩둑 울리는 소리가 마치 숙련된 관현악처럼 운율에 맞고, 잘 훈련된 무용단의 춤처럼 일사불란하여 조금도 군더더기가 없었다. 혜왕은 그가 시원스레 칼을 놀리는 것을 보고 그 뛰어난 기술을 침이 마르도록 칭찬하였다. "아, 참으로 놀라운 기술이로구나. 어쩌면 이런 경지까지 이를 수 있느냐?"

그러자 정은 이렇게 대답했다. "제가 이렇게 능숙한 것은 손재주보다 소의 전체 생리 구조를 잘 알고 따르기 때문입니다. 처음에 칼을 들었을 때는 제 눈앞에 온통 소만 보여서 손을 댈 수가 없었습니다. 3년쯤 지나자 소가 소로 보이지 않았습니다. 이제는 소를 눈으로 보지 않고 마음으로 봅니다. 소를 앞에 대하면 어디가 관절인가, 어디에 경락이 있는가, 어디로 칼을 댈 것인가, 얼마나 긴 칼을 사용할 것인가 하는 것이 마음속에 미리 섭니다. 보통 백정은 억지로 뼈를 가르기 때문에 한 달에 한 번씩 칼을 바꾸고, 솜씨 좋은 백정이라도 억지로 힘줄을 자르기 때문에 일 년에 한 번은 칼을 바꿔야 합니다. 제가 이 칼을

19년이나 쓰면서 소를 수 천 마리나 잡았지만 아직도 금방 간 칼처럼 날카롭습니다. 그러나 아직도 복잡한 부분에서는 전전긍긍하며 마음을 놓지 못합니다. 손의 힘을 완전히 뺀 뒤 아주 천천히 칼을 놀리며, 정신을 집중하여 여간 조심하는 게 아닙니다. 흙덩이가 바닥에 떨어져서 철썩 소리가 나듯 뼈에서 살이 떨어지는 소리가 시원스레 들리면, 저는 마음이 흐뭇해지면서 칼을 든 채 일어나서 흡족하게 둘러보다가 칼을 씻어 챙겨 넣습니다."

혜왕은 이렇게 말했다. "그렇구나. 나는 정의 말에서 훌륭한 양생법을 배웠다."

解 백정과 임금, 살생과 양생이라는 서로 대립되는 개념으로 백정이 소의 각을 뜨는 과정을 마치 눈앞에서 펼치는 퍼포먼스처럼 보여주면서 양생을 이야기하는 장자의 해학과 능청과 역설과 자유를 볼 수 있다.

무슨 일을 하건 처음에는 그 일에 지배당하고 주눅이 들어 의식과 힘이 온통 그 대상에 사로잡힌다. 이때가 바로 백정이 소밖에 안 보이더라고 말한 단계이다. 다음으로 어느 정도 일의 맥락을 알고 일을 처리하는 요령이 생기면 솜씨를 뽐내고 재주를 부리려 한다. 이때는 소가 소로 보이지 않는 단계이다. 소의 해부학적 요소, 소의 생리 구조 같은 것을 파악하여 소를 부분으로 나눠서 보는 단계이며, 보통 백정이나 솜씨 좋은 백정의 단계이다.

마지막 경지에 오르면 모든 일이 물 흐르듯 조금도 막힘없이 신명나게 흘러간다. 이때는 무슨 일을 한다는 의식도 없고, 어떻게 해야겠다는 분별과 계산도 없다. 신들린 듯 소와 자기와 칼이 모두 하나가 된다. 큰 소 한 마리가 해체되는 과정이 조금의 억지나 인위적인 조작도 없이 신바람 나게 흘러간다. 피비린내 나는 살생의 현장이 아니라 살생 속에서 양생의 원리를 발견할 수 있는 예술적 경지이다. 하나도 아니고 둘도 아니며, 하는 것도 없고 하지 않는 것도 없는 경지이다. 결을 따라 자연스럽게 칼이 춤추니, 뼈를 다칠 일도 살을 벨 일도 없고, 날이 상할 일도 없다. 자연스레 전개되는 살생의 과정을 통해 양생 또한 자연스러운 결에 따라 전개되어야 함을 암시한다.

장자는 「양생주」 첫머리에서 양생의 원리를 이렇게 말했다. "착한 일을 하더라도 소문나지 않게 하고, 악한 일을 하더라도 형벌에 저촉되지 않을 정도로 한다. 중간을 따라 기준을 삼는다면 몸을 지킬 수 있고, 평생 무사히 살 수 있으며, 부모를 봉양하고 타고난 목숨을 다 할 수 있다." 그러니까 양생의 원리란, 뼈와 힘줄을 피해야 칼날이 성하듯 복잡한 사회의 여러 가치에 얽매이거나 부딪히지 않는 것임을 말하고 있다.

'포정해우庖丁解牛'라는 성어는 자유자재로 일을 처리하는 신묘한 기예技藝의 경지를 나타내는 말이다.

庖丁解牛

庖丁爲文惠君解牛. 手之所觸, 肩之所倚, 足之所履, 膝之所踦, 砉然嚮然, 奏刀騞然莫不中音, 合於桑林之舞, 乃中經首之會. 文惠君曰, 譆, 善哉, 技蓋至此乎. 庖丁釋刀, 對曰, 臣之所好者, 道也 進乎技矣. 始臣之解牛之時, 所見無非牛者. 三年之後, 未嘗見全牛也. 方今之時, 臣以神遇而不以目視 官知止而神欲行. 依乎天理, 批大卻, 導大窾, 因其固然. 技經肯綮之未嘗, 而況大軱乎. 良庖歲更刀, 割也 族庖月更刀, 折也. 今臣之刀十九年矣. 所解數千牛矣, 而刀刃若新發於硎. 彼節者有閒, 而刀刃者無厚, 以無厚入有閒, 恢恢乎其於遊刃, 必有餘地矣. 是以十九年而刀刃若新發於硎. 雖然, 每至於族, 吾見其難爲, 怵然爲戒. 視爲止, 行爲遲, 動刀甚微 謋然已解, 如土委地 提刀而立, 爲之四顧, 爲之躊躇滿志, 善刀而藏之. 文惠君曰, 善哉. 吾聞庖丁之言, 得養生焉.

『莊子』「養生主」

혼돈에게 구멍을
渾 沌 開 竅
흐릴 혼　기운덩어리 돈　열 개　구멍 규

　　남해의 신은 숙이고, 북해의 신은 홀이며, 중앙의 신은 혼돈이다. 숙과 홀은 사이가 좋아 자주 왕래했는데, 혼돈의 땅을 지날 때마다 늘 열렬한 환대를 받았다. 하루는 잡담을 나누다가 혼돈 이야기가 나오자, 둘 다 그에 대한 고마움을 얘기하며 보답해 주기로 했다.
　　숙이 말했다. "가장 귀한 예물을 보내도 그의 은덕을 보답하기에는 부족하겠지."
　　"그렇지." 홀이 가만히 생각하다가 기뻐하며 이렇게 말했다. "좋은 수가 있네. 자네 못 봤나. 사람에게는 일곱 구멍이 있지. 일곱 구멍은 보고, 듣고, 밥을 먹고, 숨을 쉬는 데 없어서는 안 되는 것이잖은가? 그런데 혼돈만은 일곱 구멍이 없어 아주 불편할 거야. 우리가 그에게 구멍을 뚫어 주세."
　　숙은 이야기를 다 듣고 나서 박수치며 기뻐했다.
　　다음날 그들은 쇠망치와 송곳을 가지고 중앙의 땅으로 가서 감사하다는 인사를 한 뒤, 혼돈의 머리에 진지하게 구멍을 뚫기 시작했다. 두 사람은 아주 애를 쓰며 하루에 구멍 하나씩 뚫었다. 이레째가 되어 임무를 마쳤다고 생각하고 내려다보니, 벌써 혼돈은 죽어 있었다.

숙儵은 현상이 재빨리 나타나는 모습을 가리키고, 홀忽은 현상이 재빨리 사라지는 모습을 가리킨 말로 유와 무를 말한다. 중앙은 남도 아니고 북도 아닌 한가운데이지만, 한가운데의 고정된 한 점을 가리키는 것이 아니라 상대를 초월한 절대적인 경지이다. 이 중앙의 임금인 혼돈은 분화되지 않고 인위를 가하지 않은 자연 그대로의 상태를 가리킨다.

서양에서는 혼돈이 창조 이전의 무분별하고 무질서한 세계, 악의 세계이지만 동양에서는 모든 것의 근원이며 미분화된 가능성의 총체이다. 혼돈에 구멍이 생긴다는 것은 원초적인 미분화 상태가 분화된 상태로 변했다는 것을 뜻한다. 원래의 자연을 잃어버리고 인위(문화)가 되어 버린 것이다. 본래의 미분화된 자연으로 돌아가려는 반성과 노력이 그나마 인위로 파괴되어 버린 인간성과 자연을 살리는 길일지도 모른다.

渾沌開竅

南海之帝爲儵, 北海之帝爲忽, 中央之帝爲渾沌. 儵與忽時相與遇於渾沌之地. 渾沌待之甚善. 儵與忽謀報渾沌之德, 曰, 人皆有七竅, 以視聽食息, 此獨無有, 嘗試鑿之. 日鑿一竅, 七日而渾沌死

『莊子』「應帝王」

잃어버리기는 마찬가지
俱 亡 其 羊
함께 구 잃을 망 그 기 양 양

장이라는 젊은이와 곡이라는 젊은이는 둘 다 양을 치는 일을 했다. 한 사람은 양을 동쪽 산에서 먹이고, 한 사람은 서쪽 산에서 먹였다. 하루는 날이 어두워지자 두 사람 모두 빈손으로 돌아와 양떼를 잃어버렸다고 했다.

마을 사람들이 먼저 장을 추궁했다. "양을 어쩌다 잃어버렸느냐?"

장이 이렇게 대답했다. "나무 그늘에서 책을 읽고 있었는데 양들이 도망가 버렸습니다."

또 곡을 추궁하자 이렇게 대답했다. "사람들과 내기 바둑을 두면서 놀고 있었는데 양들이 달아나 버렸어요."

두 젊은이가 한 일은 달랐지만 양떼들이 도망치도록 했다는 점에서는 다를 게 없었다.

解 장臧은 책을 읽었다는 점에서 나름대로 좋은 일을 했고, 곡榖은 노름을 했다는 점에서 나쁜 일을 한 셈이다. 그러나 둘 다 본래 목적인 양을 치는 일을 소홀히 해서 자기 본분을 잃어버렸다는 점에서는 같다. 이 우화에는 다음과 같은 장자의 해명이 이어진다.
백이는 명예를 위해 수양산 아래에서 굶어 죽고, 도척은 탐욕 때문에 동릉산 위에서 죽었다. 이 두 사람은 죽은 곳도 다르고, 그 까닭도 다르며, 죽은 뒤 평판도 다르지만 본성을 어기고 죽었다는 점에서는 같기에 군자니 소인이니 나눌 까닭이 없다.
장자는 세상에서 인의니 도덕이니 하는 규범을 내세워 사람의 자연스러운 본성을 속박하는데, 거기에 얽매여 자신을 희생하는 것은 재물이나 명예를 탐내다가 목숨을 잃는 것이나 마찬가지로 본래의 자신을 잃어버리는 어리석은 짓이라고 여겼다. 자연스럽게 살아가는 것이 참된 도덕에 따르는 삶이라 할 수 있다.

俱亡其羊

臧與谷, 二人相與牧羊, 而俱亡其羊. 問臧奚事, 則挾筴讀書, 問谷奚事, 則博塞以遊 二人者, 事業不同, 其於亡羊, 均也
『莊子』「駢拇」

상자를 열고 주머니를 뒤지다
胠篋探囊
열 거 상자 협 찾을 탐 주머니 낭

옛날에 한 인색한 부자가 있었다. 그는 온종일 자기 재산을 도둑맞을까 봐 신경이 쓰여 마침내 등나무 상자와 대나무 상자를 잔뜩 마련해 모든 귀중품들을 나누어 간직했다. 그렇게 하고도 마음이 놓이지 않아 상자마다 자물쇠를 꽁꽁 채우고 튼튼한 밧줄로 칭칭 묶어 방안에 차곡차곡 쌓아 두고는 날마다 몇 번이고 세어 보며 확인하곤 했다. 동네 사람들은 이 노인이 정말 슬기롭고 꼼꼼하다고들 했다.

칠흑같이 어두운 어느 날 밤, 도둑들이 담을 넘어 부자의 집안으로 숨어들었다. 그들은 질 것은 지고 멜 것은 메고서 상자를 몽땅 가져가 버렸다. 그들은 상자 속의 물건이 떨어져 뒤를 밟힐까 봐 염려할 필요가 없었다. 왜냐하면 상자마다 자물쇠가 잘 채워져 있고 튼튼하게 묶여 있었기 때문이다.

다음날 잠을 깬 부자는 방안이 깨끗이 비어 있는 것을 보고 그 자리에서 기절해 버렸다. 그 이야기를 들은 동네 사람들은 부자의 슬기로운 행동이 거꾸로 도둑들이 훔쳐 가는 데 도움을 주었다고들 말했다.

解 도둑을 막으려고 자물쇠를 굳게 채워 놓았지만 큰 도둑은 아예 자물쇠를 잠근 채로 상자 째 가져가 버렸다. 부자는 제 딴에는 지혜롭게 처리했다고 생각했지만 서투른 지혜가 큰 도둑에게는 아무 소용이 없었던 것이다. 도둑을 막을 수 있는 방법이 도리어 도둑에게 유리한 조건이 되고 말았다. 이처럼 무슨 일이든 그 자체로 유리하거나 불리한 일은 없다. 유리한 조건이 불리한 결과를 가져오기도 하고, 불리한 조건이 유리한 국면으로 변하기도 한다.

이 이야기는 원래 꾀를 내는 것이 도리어 큰 도둑을 위해 물건을 모아두는 일이고, 성인이 문화와 제도를 만드는 것이 도리어 큰 도둑을 위해 좀도둑으로부터 물건을 지키는 일이라는 것을 역설적으로 가르쳐 준다. 성인이 저울이나 되를 만들어 용량을 재려고 하면 좀도둑은 저울이나 되를 속이지만, 큰 도둑은 아예 그 저울과 되 째 훔친다. 성인이 인의仁義로 백성을 바로잡으려고 하면 좀도둑은 인의를 가장하고 숨기지만, 큰 도둑은 아예 인의마저 훔친다. 따라서 작은 일에 적용되는 원리를 큰일에 적용할 수는 없다. 자질구레한 부정부패를 막으려고 잔재주를 부려 봤자 큰 도둑에게는 오히려 편리를 제공하는 것이나 마찬가지이다. 세상을 다스리는 일은 큰 원리를 따르고 더 근원적인 원인을 규명하여 대처해야 하는 것이다.

胠篋探囊

將爲胠篋探囊發匱之盜 而爲守備 則必攝緘縢 固扃鐍
此世俗之所謂知也 然而巨盜至 則負匱 揭篋擔囊而趨
唯恐緘縢扃鐍之不固也 然則鄕之所謂知者 今乃爲大盜積者也
『莊子』「胠篋」

바퀴장이가 독서를 논하다
輪 扁 論 讀 書
바퀴 륜 납작할 편 논할 론 읽을 독 글 서

제나라 환공이 당 위에서 책을 읽고 있는데, 당 아래에서 수레바퀴 만드는 기술자 편이 나무를 깎아 바퀴를 만들고 있었다. 그는 정신을 집중하여 책을 읽고 있는 군주를 보자 자기도 모르게 호기심이 발동하여 끌과 망치를 내려놓고 올라가 물었다. "임금님께서는 무슨 책을 읽고 계십니까?"

"성인이 쓰신 책이라네."

"성인이 아직도 계시나요?"

"벌써 돌아가셨지."

"그렇다면 임금님께서 읽고 계시는 책은 옛 사람의 찌꺼기에 지나지 않는군요."

환공은 갑자기 화를 내며 이렇게 말했다. "내가 책을 읽는데 너 같은 백정이 뭘 안다고 감히 지껄이느냐? 납득할 만한 이유를 대면 살려주겠지만 그렇지 않으면 가만두지 않을 테다."

"좋습니다." 편은 조용히 대답했다. "제겐 바퀴 깎는 기술 밖에 없으니 바퀴 깎는 것으로 말씀드리지요. 나무를 깎아 바퀴를 만들 때 튼튼하고 단단하게 이지러진 데 없이 둥글게 만들려면 아주 숙련된 기술이 필요합니다. 예를 들어 바퀴살과 바퀴통 사이를 너무 깎으면 끼워 맞추기는 쉽지만, 느슨해서 튼튼하지 않습니다. 조금만 덜 깎으면 빡빡하여 끼워 넣을 수 없지요. 이 때문에 바퀴의 통에 살이 꼭 맞도록 깎는 기술에는 조금도 오차가 없어야 합니다. 이런 기술은 손으로 터득하여 마음으로 따르는 겁니다. 이런 숙련된 기교는 오랜 작업을 통해 길러지는 것이므로 제가 단순히 말로 제 자식놈에게 가르칠 수도 없고, 제 자식놈도 실습을 하지 않고서는 이어받을 수 없지요. 그 덕분에 저는 올해 일흔인데도 아직 여기서 바퀴를 깎고 있답니다. 이렇게 보면 성인은 벌써 죽었고, 그가 남긴 책 몇 권도 옛 것이니 임금님께서 읽으시는 그 책이 옛사람의 찌꺼기가 아니고 무엇이겠습니까?"

 훌륭한 책은 선인들의 지혜와 지식의 결정이다. 우리는 흔히 그렇게 생각한다. 그러나 책을 통해 지식을 얻을 수는 있지만, 체험과 실천을 통해 그 지식을 내 것으로 만들지 못하면 그 지식은 결국 찌꺼기일 뿐이다. 참된 도는 말과 논리로 설명하고 전달할 수 없다. 내가 직접 체험을 통해 터득해야 한다.
원래 이 우화는 말은 뜻을 다 전달할 수 없다는 사상을 담고 있다. 사람이 말을 통해 뜻을 전달할 수밖에 없지만 말은 뜻을 남김없이 그대로 전달할 수는 없다. 말은 뜻을 전달하기 위해 필요한 수단이기는 하나 충분한 수단은 아니다. 그런데도 말에만 집착해서 뜻을 다 파악했다고 한다. 그래서 말은 점점 늘어나지만 말이 늘어날수록 뜻에서 더 멀어지는 것이다.

輪扁論讀書

桓公讀書於堂上, 輪扁斲於輪堂下. 釋椎鑿而上 問桓公曰, 敢問公之所讀者何言邪. 公曰, 聖人之言也. 曰 聖人在乎. 公曰, 已死矣. 曰 然則君之所讀者, 古人之糟粕已夫. 桓公曰, 寡人讀書, 輪人安得議乎. 有說則可, 無說則死. 輪扁曰, 臣也 以臣之事觀之 斲輪徐則甘而不固, 疾則苦而不入, 不徐不疾, 得之於手而應於心, 口不能言. 有數存焉於其間, 臣不能以喩臣之子, 臣之子亦不能受之於臣, 是以行年七十而老斲輪. 古之人與其不可傳也死矣. 然則君之所讀者, 古人之糟粕已夫.
『莊子』「天道」

좁은 식견을 한탄하다
望 洋 興 嘆
바랄 망 큰바다 양 일 흥 탄식할 탄

가을이 되자 물이 불어난 강들이 큰 강, 작은 강 할 것 없이 황하로 도도하게 흘러들었다. 이 때문에 황하의 수량이 엄청 불어나 건너편 언덕의 소와 말도 분간하지 못할 정도가 되었다. 황하의 신 하백은 득의양양해져서 온 천하에 자신이 가장 위대하다고 여겼다.

기고만장한 하백은 서쪽에서 동쪽으로 흘러가 마침내 북해에 이르렀다. 동쪽의 북해를 한 번 바라보니 망망한 바다가 끝없이 펼쳐져 있었다. 이를 본 하백은 문득 자신이 얼마나 보잘것없는가를 깨달았다. 그는 한숨을 내쉬며 북해의 신 약에게 말했다. "속설에 이런 이야기가 있지요. 약간 학식이 있는 사람은 자기가 천하제일이라 한다지요. 제가 그렇게 천박한 놈입니다. 전에 누군가에게서 공자의 학문은 폭이 좁고, 백이의 의기는 볼만한 게 없으므로 별로 뛰어날 것도 없다는 이야기를 들었습니다. 처음에 저는 이런 말들을 그다지 믿지 않고, 그들이 천하제일이라 여겼습니다. 그런데 당신의 위대함을 보고서야 제 자신이 얼마나 식견이 좁고 고루한지 깨달았습니다. 당신을 만나지 못했다면 큰일 날 뻔했네요. 두고두고 지각 있는 사람들에게 웃음거리가 될 뻔했지 뭡니까?"

북해의 신 약은 이렇게 말했다. "우물 안 개구리와 더불어 바다에 대해 말할 수는 없지요. 그놈은 공간적인 제약을 받고 있으니까요. 여름의 작은 곤충과 더불어 얼음에 대해 말할 수는 없겠지요. 그놈은 시간적인 제약을 받고 있으니까요. 마찬가지로 천박한 사람과 더불어 고상하고 깊이 있는 학문을 논할 수는 없습니다. 그의 지식에 한계가 있기 때문입니다. 이제 그대가 몸소 체험을 통해 좁고 작은 강물에서 빠져나와 넘실대는 큰 바다를 보고 순식간에 자신이 보잘것없는 존재임을 깨달았으니, 그렇게 마음을 비워 낼 수 있는 자라면 함께 고상하고 깊이 있는 위대한 진리에 대해 말할 수 있겠습니다."

 우물 안 개구리처럼 식견이 좁고 천박한 사람은 자기가 세상에서 제일인 줄 안다. 자기만족과 자아도취가 때로는 긍정적이기도 하지만, 더 넓은 세상과 더 큰 세계를 볼 줄 모르면 자기 세계에 빠져서 더 이상 발전할 수 없다. 안 그래도 황하는 엄청나게 큰 강인데 태풍과 집중호우로 모든 지류가 몰려들어 물이 불어났으니, 도도히 흐르는 강물의 기세가 하늘이라도 덮을 듯했을 것이다. 그러니 황하의 신 하백은 얼마나 의기양양했을까? 하지만 내친 김에 바다에 가 보고는 그만 어안이 벙벙했다. 그 기세 좋게 흐르던 황하가 아무리 흘러들어도 끝없이 펼쳐진 망망한 바다는 조금도 높아지지 않으니 말이다. 하백이 그래도 도를 함께 이야기할 만한 대상이 될 수 있었던 것은 자신의 한계를 겸허하게 깨달았기 때문이다. 무지를 자각하는 것이야말로 앎의 첫걸음이다.
다른 사람의 위대함을 보고 자신의 능력이나 자질이 부족하여 개탄하는 것을 가리켜 망양흥탄望洋興嘆이라고 한다.

望洋興嘆

秋水時至, 百川灌河. 涇流之大, 兩涘渚崖之間, 不辨牛馬. 於是焉, 河伯欣然自喜, 以天下之美爲盡在己. 順流而東行, 至於北海 東面而視 不見水端. 於是焉, 河伯始旋其面目. 望洋向若而嘆曰. 野語有之曰, 聞道百以爲莫己若者, 我之謂也. 且夫, 我嘗聞少仲尼之聞而輕伯夷之義者, 始吾弗信. 今我睹子之難窮也. 吾非至於子之門, 則殆矣. 吾長見笑於大方之家 北海若曰. 井鼃不可以語於海者, 拘於虛也. 夏蟲不可以語於冰者, 篤於時也. 曲士不可以語於道者, 束於敎也. 今爾出於崖涘, 觀於大海, 乃知爾醜 爾將可與語大理矣.
『莊子』「秋水」

우물 안 개구리
井 底 之 蛙
우물 정　　밑 저　　어조사 지　개구리 와

풀숲에 진흙으로 덮인 우물이 있었다. 그 우물 속에는 개구리 한 마리가 살고 있었다. 어느 날 개구리가 우물 위에 앉아 땀을 식히고 있는데 길 잃은 바다거북 한 마리가 기어오는 것을 보았다. 개구리는 신이 나서 거북이를 불렀다. "빨리 오거라, 가엾은 거북아. 어서 와서 아름다운 내 낙원을 보렴."

거북이가 우물가 난간으로 기어 와서 고개를 빼고 우물 속을 들여다보니, 푸르스름하게 썩어 있는 야트막한 물이었다.

개구리는 자랑스럽게 우물을 가리키며 말했다. "아마 너는 지금까지 이런 즐거움을 누려 보지 못했을걸. 저녁 무렵이면 우물가에서 땀을 식히고, 밤에는 깨진 항아리 틈으로 들어가 잠을 자지. 물 위에 떠서는 달콤한 꿈을 꾸고, 진흙 위에서는 편안하게 뒹굴지. 저 올챙이나 게 따위야 나의 즐거움에 비할 것이 못되지."

개구리는 입에 침을 튀기며 점점 더 신이 나서 지껄였다. "봐라, 여기가 전부 내 세상이다. 나는 나 하고 싶은 대로 할 수 있어. 들어와서 한 번 구경하지 않겠니?"

거북이는 우물로 기어 들어갔다. 그러나 오른쪽 다리가 다 들어가기도 전에 왼쪽 다리가 꽉 끼어 버렸다. 할 수 없이 거북이는 몸을 돌려 개구리에게 말했다. "너는 큰 바다에 대해서 들어본 적이 있니?"

개구리는 고개를 저었다. 거북이가 말했다. "나는 큰 바다에서 산단다. 큰 바닷물은 끝없이 망망하지. 수천 리 너른 들도 비교가 안 된단다. 수만 길 되는 높은 봉우리도 바다 속에 집어넣으면 그림자도 보이지 않을 거야. 우 임금 시절에는 10년 동안 아홉 번이나 홍수가 났어도 바닷물은 한 치도 불어나지 않았고, 탕 임금 시절에는 8년 동안 일곱 번이나 가뭄이 들었어도 한 뼘도 줄지 않았지. 나는 큰 바다에서 아무런 거리낌 없이 자유로이 떴다 가라앉았다 한단다. 큰 바다의 즐거움이 어떤지 알겠니?"

개구리는 눈만 끔벅거리며 입을 딱 벌린 채 한참 동안 아무 말도 하지 못했다.

 '우물 안 개구리(井底之蛙)'라는 말은 견문이 좁고 고루하면서도 자기가 아는 것을 전부인 양 착각하는 사람을 가리키는 말이다. 자기 세계에 고립되어 현상에 안주하는 사람을 가리키는 말로도 쓰인다.

자기가 속한 사회, 자기가 속한 지역, 자기가 따르는 사상이나 이념, 자기가 믿는 종교만이 최고의 진리, 유일한 가치라고 믿는 사람도 우물 안 개구리이다. 자기 것을 소중하게 여기고 긍지를 갖는 것은 좋은 일이지만 그것만을 절대적인 것으로 여기는 것은 자기 것조차도 객관적으로 알지 못하고 제대로 아끼지 못하는 것이다. 우물 안 개구리처럼 자기 세계를 가장 좋고 절대 유일한 세계로 생각하고 남들도 자기 세계에 들어오라고 강권하고 강요하는 것은 남들을 불편하게 만든다. 그래도 개구리는 거북이의 얘기를 들어보고 더 넓은 세계에 놀라기라도 했지만.

이 이야기에서 유래된 고사성어가 좌정관천坐井觀天이다. 비슷한 성어로 용관규천用管窺天이 있다. 모두 식견이 좁아 깊은 도리를 알지 못하는 것을 가리키는 말이다.

井底之蛙
子獨不聞夫坎井之蠅乎 謂東海之鱉曰, 吾樂與, 吾跳梁乎井幹之上, 入休乎缺甃之崖. 赴水則接腋持頤, 蹶泥則沒足滅跗, 還虷蟹與科斗, 莫吾能若也. 且夫擅一壑之水, 而跨跱坎井之樂, 此亦至矣. 夫子奚不時來入觀乎. 東海之鱉, 左足未入, 而右膝已縶矣. 於是逡巡而却, 告之海曰, 夫千里之遠, 不足以擧其大, 千仞之高, 不足以極其深. 禹之時, 十年九潦, 而水弗爲加益. 湯之時, 八年七旱, 而崖不爲加損. 夫不爲頃久推移, 不以多少進退者, 此亦東海之大樂也. 於是坎井之蠅聞之, 適適然驚, 規規然自失也.
『莊子』「秋水」

한단에서 배운 걸음걸이
邯 鄲 學 步
땅 이름 한 조나라 서울 단 배울 학 걸음 보

    연나라 수릉 지방의 어떤 젊은이는 걸음걸이가 보기에 무척 흉했다. 하루는 조나라의 수도인 한단 사람들의 걸음걸이가 반듯해서 보기 좋다는 이야기를 듣고, 산 넘고 물 건너 배우러 갔다.
    젊은이는 온갖 고초를 겪으며 한단에 도착했다. 과연 번화한 큰길을 오가는 사람들의 걸음걸이가 아주 반듯하여 일거수일투족이 모두 고귀한 기품을 보여 주었다. 젊은이는 자신의 걸음걸이가 부끄러워 행인들을 흉내 내기 시작했다.
    며칠이 지나자 걸음걸이는 더욱 뒤틀어졌다. 젊은이는 자신의 못된 버릇이 너무 뿌리 깊은 탓에 그렇다고 여겼다. 그래서 이 젊은이는 한 걸음 한 걸음을 진지하게 생각하며 내딛고, 손을 내리거나 허리를 돌릴 때도 모두 길이를 따질 정도로 열심히 익혔다. 그러나 시간이 갈수록 한단 사람들의 걸음걸이를 배우기는커녕 원래의 걸음걸이까지 몽땅 잊어버리고 말았다.
    연나라로 돌아갈 때는 손발을 어쩌지 못하고 벌벌 기어서 돌아왔다.

"흰말은 말이 아니다," "단단한 흰 돌은 나뉜다"는 명제를 주장하여 변론을 일삼던 공손룡公孫龍이 위나라의 공자인 모(魏牟)를 만나서, 자신은 장자를 만나기 전에는 어떤 사람을 대하더라도 자신만만하게 변론을 일삼아 상대방을 궁지에 몰아넣었는데 장자를 만나고 나서는 변론과 지혜로 도저히 장자를 대적할 수 없다고 하였다. 그러자 공자 모가 '우물 안 개구리'와 함께 그에게 이 이야기를 들려주었다. 공자 모는 공손룡에게 충고하기를, 장자는 차원이 훨씬 높은 경지에 있기 때문에 보잘것없는 지혜로 장자를 배우고자 한다면 그를 배우기는커녕 자기가 원래 가지고 있던 지혜마저도 잃을 것이라했다. 자신의 능력과 자질을 객관적으로 파악하고, 자신의 조건에 근거하여 남의 것을 배워야지 기계적으로 남의 것만 모방해서는 새로운 것을 배울 수 없을 뿐만 아니라 원래 알고 있던 것마저 잃어버릴 수 있다. 자기의 본분을 잊어버리고 함부로 남의 흉내를 내다가 제 재간마저 잃어버리는 것을 가리켜 한단학보邯鄲學步라고 한다.

邯鄲學步

且子獨不聞夫壽陵餘子之學行於邯鄲與. 未得國能 又失其故行矣.
直匍匐而歸耳.
『莊子』「秋水」

차라리 진흙 밭에 뒹굴지
泥 塗 曳 尾
진흙 니 진흙 도 끌 예 꼬리 미

　　장자가 복수 기슭에 나가 낚시하며 지낸다는 말을 들은 초나라 왕이 대신 두 사람을 보내 그를 찾아 데려오게 했다. 대신들은 물가 큰 나무 밑에서 장자를 발견하고 말했다. "우리 왕께서는 선생님의 높으신 명성을 듣고 흠모하고 계십니다. 특별히 우리 초나라에 오셔서 정치를 도와주십시오."
　　장자는 풀 위에 앉아 낚싯대를 손에 들고는 거들떠보지도 않았다. 대신들은 할 수 없이 한 번 더 권했다. 장자가 비로소 입을 열었다. "듣자 하니 초나라에는 이미 3천 년 전에 죽은 큰 신령스러운 거북이의 껍데기를 사당에 모셔 놓고 날마다 받든다지요?"
　　두 대신은 고개를 끄덕였다. "그렇습니다."
　　장자는 고개를 들고 말했다. "그 거북이로 말하자면, 죽어서 껍데기만 남아 사람들에게 숭배 받기를 원했겠소, 아니면 진흙 속에서 꼬리를 끌더라도 살아 있기를 바랐겠소?"
　　두 대신은 서로 얼굴만 쳐다보다가 이구동성으로 말했다. "차라리 진흙 속에서 꼬리를 끌며 살아 있기를 바랐겠지요."
　　장자는 껄껄 웃으며 말했다. "돌아들 가시오. 나도 진흙 속에서 꼬리나 끌며 살겠소."

부귀영화의 유혹을 이길 수 있는 사람은 그리 많지 않다. 모두들 재물을 차지하려고 싸우고, 권력을 얻으려고 다툰다. 그러나 재물은 심성을 황폐하게 할 수 있고, 권력은 위험한 것이기도 하다. 부귀영화는 양날을 가진 칼이다. 권력으로 남을 부릴 수도 있지만 권력 때문에 망하는 수도 있다.

장자는 권력을 좇고 부귀영화를 추구하다가 몰락하여 비참하게 생을 마치느니 현재의 삶에 만족하겠다고 한다. 장자의 생각은 언뜻 보면 소극적으로 생명의 안전을 도모하는 안심입명安心立命의 처세 철학이라고도 할 수 있지만, 실은 영예와 재물, 부귀와 권세에 속박 받지 않고 정신적 자유를 추구하는 사상이다.

泥塗曳尾

莊子釣於濮水 楚王使大夫二人往先焉. 曰, 願以境內累矣. 莊子持竿不顧曰, 吾聞楚有神龜, 死已三千歲矣, 王巾笥而藏之廟堂之上. 此龜者, 寧其死爲留骨而貴乎, 寧其生而曳尾於塗中乎. 二大夫曰, 寧生而曳尾塗中. 莊子曰, 往矣. 吾將曳尾於塗中.

『莊子』「秋水」

원추와 썩은 쥐
鵷 雛 與 腐 鼠
원추 **원** 병아리 **추** 더불 **여** 썩을 **부** 쥐 **서**

    장자는 양나라의 승상이 된 친구 혜시를 찾아갔다. 어떤 사람이 혜시에게 장자를 헐뜯었다. "장자가 이번에 양나라에 오는 것은 당신의 지위를 빼앗고자 해서입니다."
    혜시는 이 말을 듣고 걱정이 되어 서둘러 병사를 보내, 꼬박 사흘 밤낮으로 성안을 뒤지도록 했다.
    장자는 속으로 웃으며 궁중으로 들어가 혜시에게 말했다. "남쪽에는 봉황과 비슷한 원추라는 새가 있다는데, 자네도 들은 적이 있는가? 원추는 늘 남해에서 날아올라 멀고 먼 북쪽으로 날아가는데, 천성이 고아하고 청결하여 오동나무가 아니면 절대로 앉지 않고, 깨끗한 대나무 열매가 아니면 절대로 쪼아 먹지 않으며, 달고 맛있는 샘물이 아니면 절대로 마시지 않는다네. 그런데 부엉이 한 마리가 구더기가 들끓는 썩은 쥐를 가지고 놀다가 가시덤불 속에서 게걸스럽게 먹고 있던 참이었지. 그때 마침 하늘 위로 원추가 지나고 있었지. 부엉이는 놀라서 어쩔 줄 모르고 허둥대다가 대뜸 소리를 질렀다네. '흥, 누가 감히 내 쥐를 빼앗아 간단 말이냐.' 이제 보니 자네도 양나라 때문에 나를 겁내는 것 같구먼."

구만 리 창공을 날고 깨끗한 대나무 열매만 먹는 원추에게 부엉이가 차지한 죽은 쥐 따위는 눈에도 들어오지 않는다. 자연과 인간이 하나 되는 초월적인 경지에서 자유를 누리는 장자에게 혜시가 차지한 권력은 마치 부엉이가 물고 있는 썩은 쥐새끼 같을 것이다. 그런데 권력에 눈이 어두운 혜시는 자기보다 모든 면에서 앞서는 장자가 자기 권력을 노리는 줄로 알고 그 지위를 빼앗길까 봐 전전긍긍했다. 모든 인간관계를 경쟁과 권력의 관계에서 보면, 상대방은 그럴 생각이 없는데도 적대시하고 피해 의식에 사로잡힌다.

鵷鶵與腐鼠

惠子相梁, 莊子往見之. 或謂惠子曰, 莊子來, 欲代子相. 於是惠子恐, 搜於國中三日三夜. 莊子往見之曰, 南方有鳥, 其名爲鵷鶵. 子知之乎. 夫鵷鶵發於南海, 而飛於北海. 非梧桐不止, 非練實不食, 非醴泉不飮. 於是鴟得腐鼠, 鵷鶵過之, 仰而視之曰, 嚇. 今子欲以子之梁國而嚇我邪.

『莊子』「秋水」

물고기가 즐거워하는지 어찌 아나
安 知 魚 樂
어찌 안 알 지 고기 어 즐길 락

    어느 날 장자와 혜시가 산책을 나갔다. 그들이 호수의 다리 위에 이르렀을 때, 장자는 작은 물고기 한 마리가 자유로이 헤엄쳐 다니는 것을 보고 이렇게 말했다. "여보게, 저 물고기가 아주 즐거운가 보군."
    그러자 혜시가 말했다. "물고기도 아니면서 물고기가 즐거워하는지 어떻게 안단 말인가?"
    장자가 되물었다. "그럼, 자넨 내가 아니면서 물고기가 즐거워하는지 내가 모를 거라는 것을 어떻게 안단 말인가?"
    혜시가 대답했다. "내가 자네가 아닌 이상 자네 생각이 어떤지는 물론 모르지. 그렇지만 자네도 물고기가 아닌 이상 물고기가 어떤지 모를 것 아닌가?"
    장자가 설명했다. "우리 한 번 자세히 따져 보세. 방금 자네가 물고기가 즐거워하는지 어떻게 아느냐고 물은 것은, 내가 물고기가 즐거워하는 것을 알고 있다는 것을 자네도 벌써 알고 있었다는 것 아닌가? 내가 어떻게 그것을 알았겠나? 이 다리 위에 왔을 때 물고기가 이리저리 자유롭게 헤엄치는 것을 보고 즐거워한다고 생각한 거라네."

解 혜시의 논조는 그 사물이 아니면 그 감정을 알 수 없다는 것이다. 그래서 장자도 같은 논법으로 너는 내가 아닌데 어떻게 내 감정을 아느냐고 반문한 것이다. 혜시가 다시 나는 네가 아니니까 너를 모르는 것처럼, 너도 물고기가 아니니까 물고기의 즐거움을 모르는 게 확실하다고 주장한다. 혜시의 주장은 삼단논법에 따라 정연하게 이루어졌다. 먼저 혜시의 반론을 정리하면 다음과 같다.

당사자가 아니면 당사자의 감정을 알 수 없다.(물고기가 아니면 물고기의 감정을 알 수 없다)
장자는 당사자인 물고기가 아니다.
따라서 장자는 물고기의 감정을 알 수 없다.

다음으로 장자의 반론을 정리하면 다음과 같다.

그 사물이 아니면 그 사물의 감정을 알 수 없다.(장자가 아니면 장자가 물고기의 즐거움을 아는지 모르는지 알 수 없다)
혜시는 장자가 아니다.
따라서 혜시는 장자가 물고기의 즐거움을 아는지 모르는지 알 수 없다.

그러니까 혜시가 자신의 전제를 강하게 주장하면 할수록 장자가 물고기의 즐거움을 모른다는 주장을 입증할 수가 없다. 결국 장자의 논리적 함정에 빠지는 셈이다. 원래 논점으로 돌아가면 혜시는 자가당착에 빠진다.
논리적인 문제는 그렇다 치고, 이 우화의 요점은 만물 일체의 경지에 서면 대상과 나 사이의 구별이 없어지고 자유 자재한 상태에 이른다는 내용이다.

安知魚樂

莊子與惠子游於濠梁之上. 莊子曰, 儵魚出游從容, 是魚之樂也. 惠子曰, 子非魚, 安知魚之樂. 莊子曰, 子非我 安之我不知魚之樂. 惠子曰, 我非子, 固不知子矣. 子固非魚也, 子之不知魚之樂全矣. 莊子曰, 請循其本. 子曰, 汝安知魚樂云者, 既已知吾知之而問我. 我知之濠上也.
『莊子』「秋水」

아내의 죽음을 노래한 장자
莊 子 鼓 盆
엄할 장 아들 자 두드릴 고 동이 분

장자의 아내가 죽어 제자들과 친구들이 조문을 갔다. 혜시도 서둘러 달려와 빈소에 들어갔더니, 장자는 두 다리를 뻗고 머리를 풀어헤친 채 관 옆에 주저앉아 있었다. 아내의 죽음 따위는 아랑곳하지 않는다는 듯이 동이를 두드리며 노래까지 부르고 있었다. 조문 온 사람들은 하나같이 이 기묘한 광경에 넋이 나간 듯 한쪽에서 멍청히 바라보고 있었다.

혜시는 몹시 화가 나 동이를 빼앗으며 나무랐다. "이 노망든 늙은이야! 같이 살며 자식을 낳아 길러 주고, 이제 함께 늙어 가던 자네 부인이 죽었는데 이게 무슨 짓인가? 슬퍼하지도 않고 곡하지도 않는 건 그렇다 치세. 동이를 두드리며 노래까지 부르다니, 이건 너무하지 않은가?"

장자는 이렇게 대답했다. "자네 말은 잘못 됐네. 내 아내가 죽어 자네들도 모두 슬퍼하는데, 나라고 슬프지 않을 리 있겠는가?"

"그렇다면 왜 지금은 동이를 두드리며 노래를 부르는 건가?"

"이제야 생각해 보니, 사실 사람이 본래 생명을 가졌다고 말할 것도 없더란 말이야. 생명이 없었을 뿐 아니라 몸도 없었지. 몸이 없었을 뿐만 아니라 기운도 없었단 말이야."

혜시는 화를 내며 욕설을 퍼부었다. "무슨 말도 안 되는 소리인가?"

"그건 이런 거지." 장자는 웃으며 말했다. "사람은 원래 혼돈 가운데 섞여 있다가 천천히 기가 생기고, 그 기가 모여 몸이 되고, 몸이 생명으로 변한 것뿐이네. 이제 죽었으니 원래 모습을 회복한 것에 지나지 않아. 이것은 춘하추동 사계절의 순환과 같은 거야. 이제 우리 마누라는 천지라는 큰방에서 편히 누워 쉬고 있는 참인데 내가 곁에서 방성통곡을 해보게. 천명을 너무 모르는 것 아니겠나? 그래서 곡하지 않는 거라네."

解 삶과 죽음은 사람에게 가장 근본적인 물음이다. 죽음이란 개인에게는 삶의 종말이고, 사람 사이에서는 관계의 단절이다. 그래서 누구나 죽음을 꺼려하고 아쉬워하며, 죽은 이를 기억하고 기념하여 장엄하게 꾸민다. 종교와 예술과 문학과 철학이 죽음에 커다란 의미를 부여하여 갖가지 방법으로 죽음을 해명한다.

장자는 죽음을 계절의 변화처럼 자연스러운 변화의 일부로 받아들인다. 생명은 기가 변화하여 이루어진 것이므로 죽음 또한 기가 변화하는 모습의 하나이다. 삶과 죽음의 본질을 깨달아 죽음을 자연스러운 변화로 받아들임으로써 죽음을 극복할 수 있다는 것을 보여주고 있다.

莊子鼓盆

莊子妻死, 惠子弔之, 莊子則方箕踞, 鼓盆而歌. 惠子曰, 與人居 長子老身, 死不哭, 亦足矣. 又鼓盆而歌, 不亦甚乎. 莊子曰, 不然. 是其始死也, 我獨何能無慨然. 察其始而本無生, 非徒無生也, 而本無形. 非徒無形也, 而本無氣. 雜乎芒芴之間, 變而有氣, 氣變而有形, 形變而有生, 今又變而之死. 是相與爲春夏秋冬四時行也. 人且偃然寢於巨室, 而我噭噭然隨而哭之, 自以爲不通乎命, 故止也.

『莊子』「至樂」

서시 흉내를 낸 동시
東 施 效 顰
동녘 동　베풀 시　본받을 효　찡그릴 빈

　서시는 옛날 월나라의 유명한 미녀인데, 위장병이 있어서 속이 쓰릴 때면 손으로 배를 어루만지며 양미간을 잔뜩 찌푸리곤 했다. 사람들은 그 괴로워하는 표정조차 몹시 아름답다고 여겼다.
　그 마을에 동시라는 형편없이 못생긴 여자가 있었다. 그녀는 사람들이 모두 서시의 아름다움을 칭송하는 것을 보고 자기도 서시처럼 아름답다는 소리를 듣고 싶어 서시를 흉내 내기로 했다. 서시처럼 손으로 배를 어루만지고 이맛살을 찌푸리면서 자기도 서시처럼 아름답다고 생각했다. 그러나 동시의 이 괴상한 표정을 보고 역겨워 하지 않는 사람은 아무도 없었다. 아예 보기 싫어서 문을 닫아거는 사람도 있고, 동시의 그림자만 보고 달아나는 사람도 있었다.

 아름다워지려는 욕망은 누구에게나 있지만 무분별하게 아름다운 사람을 흉내낸다고 해서 아름다워지는 것은 아니다. 어울리지 않는 흉내는 역겹기까지 하다. 자신의 처지를 객관적으로 파악하여 적당한 방법을 따라야만 발전할 수 있다. 남의 결점을 장점인 줄 알고 본뜨려고 하거나 맥락도 모르고 덩달아 흉내 내는 것을 가리켜 효빈效顰이라고 한다. 중국에서는 동시효빈東施效顰 이라는 말을 쓴다.

　東施效顰
　故西施病心而顰其里. 其里之醜人見而美之, 歸亦捧心而顰其里. 其里之富人見之, 堅閉門而不出, 貧人見之, 挈妻子而去之走. 彼知美顰. 而不知顰之所以美
　『莊子』「天運」

노나라 왕의 새 기르기
魯 王 養 鳥
나라이름 노　임금 왕　기를 양　새 조

어느 날 노나라의 성 밖으로 바닷새 한 마리가 날아왔다. 노나라 왕은 이런 새를 본 적이 없었으므로 신기하게 여겨 잡아오도록 하고, 몸소 맞아들여 사당에서 잘 먹이며 길렀다. 노나라 왕은 자신이 얼마나 바닷새를 아끼고 보호하는지를 과시하기 위해, 곧바로 궁정에서 가장 아름다운 음악을 연주하게 하고 성대한 잔치를 베풀어 바닷새를 환대했다.

그러나 새는 왕의 성대한 잔치에서 얼이 빠져 제대로 움직이지도 못했다. 심지어는 고기 한 조각도 쪼아 먹지 못하고, 물 한 모금도 마시지 못했다. 그렇게 사흘도 못 가 바닷새는 그만 굶어 죽고 말았다.

 아무리 좋은 동기에서 시작한 일이라 하더라도 실제에 부합되지 않으면 도리어 나쁜 결과를 가져온다. 노나라 왕은 새를 위한다는 마음에 그만 새를 해치고 말았다. 바닷새에게 가장 좋은 조건은 그 새가 살던 환경을 그대로 만들어 주는 것이다. 상대방을 위한다면 상대방에게 맞는 방식으로 대해야 한다. 나에게 좋은 것이 상대방에게도 반드시 좋은 것은 아니기 때문이다.

魯王養鳥
昔者海鳥止於魯郊, 魯侯御而觴之於廟, 奏九韶以爲樂, 具太牢以爲膳.
鳥乃眩視憂悲, 不敢食一臠, 不敢飮一杯, 三日而死. 此以己養養鳥也,
非以鳥養養鳥也.
『莊子』「至樂」

꼽추의 매미 잡기
痀 僂 承 蜩
곱사등이 구   굽을 루   받들 승   매미 조

한여름에 공자가 제자들을 데리고 초나라로 가다가 나무가 우거진 숲을 지나고 있었다. 그들은 잠시 그늘을 드리운 나무 밑으로 더위를 식히러 갔다. 숲에서는 매미가 울고 있었는데, 어떤 꼽추 노인이 나무 밑에 서서 끝에 송진을 바른 막대기로 매미를 잡고 있었다. 막대기를 한 번 휘두를 때마다 한 마리씩 묻혀 잡는 모양이 마치 손으로 줍는 것 같았다. 사람들은 모두들 한쪽에서 넋을 잃고 그를 바라보고 있었다.

공자가 노인에게 물었다. "당신이 매미 잡는 데는 어떤 특별한 방법이 있습니까?"

노인이 대답했다. "있지요. 매미라는 곤충은 아주 예민해서 바람이 불어 풀만 움직여도 도망을 칩니다. 그래서 저는 우선 흔들리지 않게 대막대기를 잡고 있는 것부터 연습했습니다. 탄환 두 방을 놓아도 막대기 끝이 안 흔들린다면, 어느 정도 매미를 잡을 수 있습니다. 세 방을 놓아도 안 흔들린다면, 열 마리 가운데 한 마리쯤 놓칠 것입니다. 다섯 방을 놓아도 안 흔들린다면, 손으로 주울 정도가 되지요. 그러나 이것만으로는 모자랍니다. 자신을 잘 숨길 줄 알아야 합니다. 그래서 저는 나무 밑에서 두 팔을 벌리고 말뚝이나 썩은 고목처럼 서 있습니다."

노인은 목소리를 낮춰 가며 말했다. "끝으로 마음을 집중해야 합니다. 매미를 잡을 때는 천지가 크다거나 사람이 많다거나 하는 것들은 잊고 매미 날개만 봅니다. 그리고 주위에 어떤 상황이 일어나건 집중력을 흐트러뜨리지 않아야 합니다. 이 정도가 되면 매미를 못 잡을 이유가 없지요."

공자는 그 말을 듣고 나서 제자들을 돌아보며 이렇게 가르쳤다. "너희들도 들었느냐? 의식을 흩뜨리지 말고 마음을 집중해야 입신의 경지에 이를 수 있다. 저 꼽추 노인 정도라면 그런 경지에 이르렀다고 할 수 있다."

 꼽추 노인처럼 꾸준히 연습하고 훈련하여 의식을 집중하면 입신의 경지에 이른다. 이런 경지에 이르면 기술을 사용한다는 의식조차도 없어지고 만다. 이런 경지에 이르기 전에는 누구나 피나는 훈련을 거쳐야 한다.

痀僂承蜩

仲尼適楚, 出於林中, 見痀僂者承蜩, 猶掇之也. 仲尼曰, 子巧乎, 有道邪. 曰, 我有道也. 五六月, 累丸二而不墜, 則失者錙銖. 累三而不墜, 則失者十一. 累五而不墜, 則猶掇之也. 吾處身也, 若橛株拘, 吾執臂也, 若槁木之枝. 雖天地之大, 萬物之多, 而唯蜩翼之知. 吾不反不側, 不以萬物易蜩之翼, 何爲而不得. 孔子顧謂弟子曰, 用志不分, 乃凝於神, 其痀僂丈人之謂乎.

『莊子』「達生」

헤엄치는 법
蹈水有道
밟을 도 물 수 있을 유 길 도

　어느 날 공자가 여량의 호숫가에 이르렀을 때, 큰물이 무섭게 울부짖는 것을 보았다. 깎아지른 절벽에서 서른 자나 되는 폭포가 떨어져 그 소리에 귀가 멀 지경이었고, 눈처럼 흰 물거품이 사십 리나 들끓고 있었다. 이렇게 큰물에서는 물고기와 자라들도 헤엄칠 수 없을 것 같았다. 바로 그때 공자는 격류 한가운데 어떤 사람이 떠내려가고 있는 것을 보고, 자살하려는 사람이라 생각하여 급히 제자를 불러 쫓아가 구해 주도록 했다. 그러나 미처 쫓아가기도 전에 그 사람은 벌써 파도를 뚫고 나와 머리를 풀어 헤친 채 노래를 부르며 한 구비 돌아 고요한 연못으로 헤엄쳐 나왔다.
　공자는 아주 놀라 못가로 뛰어가 이렇게 물었다. "나는 방금 당신이 물귀신인 줄 알았소. 그런데 자세히 보니 사람이 아니오? 어떻게 그렇게 헤엄을 잘 치시오? 도대체 무슨 비결이 있는지 좀 들어봅시다."
　그 사람은 물 위에 뜬 채로 큰 소리로 대답했다. "무슨 비결이 있겠어요? 친근한 데서 시작하고, 본성에 따라 나아가고, 순리대로 이루는 거지요. 저는 날마다 소용돌이를 따라 휩쓸려 다니고, 파도를 따라 솟구칩니다. 물의 본성에 따를 뿐 절대로 저의 감정에 의존하지 않습니다. 이것이 제가 수영하는 방법입니다."
　"그렇다면 물어 봅시다." 공자가 공손하게 말했다. "친근한 데서 시작하고, 본성에 따라 나아가고, 순리대로 이룬다는 말은 무슨 뜻이오?"
　그 사람은 얼굴을 한 번 쓰다듬고는 이렇게 대답했다. "저는 물가에서 태어났기 때문에 물가라야 편안함을 느낍니다. 이것을 친근한 데서 시작한다고 합니다. 또 물속에서 자라 물의 성질을 잘 이해합니다. 이것을 본성에 따라 나아 간다고 합니다. 그러면 자연스럽게 물속으로 저절로 들어갑니다. 이것을 순리대로 이룬다고 합니다." 그는 말을 마치고는 다시 힘차게 물속으로 뛰어 들어가 보이지 않았다.

 여량의 사내가 물에서 자유자재로 헤엄칠 수 있었던 것은 어려서부터 물에서 자라 물에 익숙하고, 물의 성질을 알아서 물의 성질을 따르고, 물이라는 것을 의식하지 않고 물과 자연스럽게 하나 되는 과정을 거쳤기 때문이다. 기술이 원숙한 경지에 이르면 억지로 노력하지 않아도 저절로 자연스럽게 이루어진다.

蹈水有道

孔子觀於呂梁, 縣水三千仞 流沫四十里, 黿鼉魚鱉之所不能游也 見一丈夫游之, 以爲有苦而欲死也 使弟子並流而拯之, 數百步而出, 被髮行歌 而游於塘下. 孔子從而問焉曰, 吾以子爲鬼, 察子則人也, 請問蹈水有道乎. 曰, 亡. 吾無道. 吾始乎故, 長乎性, 成乎命. 與齊俱入, 與汨偕出, 從水之道而不爲私焉, 此吾所以蹈之也. 孔子曰, 何謂始乎故, 長乎性, 成乎命. 曰, 吾生於陵, 而安於陵, 故也 長於水, 而安於水, 性也. 不知吾所以然而然, 命也.

『莊子』「達生」

쓸모 있음과 쓸모없음
材 與 不 材
재목 재 더불 여 아닐 부 부재목 재

장자는 여행길에서 깊은 산 속 길가에 가지가 무성하고 둘레가 몇 아름이나 되는 큰 나무가 있는 것을 보았다. 그런데 그 나무 밑에 있던 벌목꾼들은 톱과 도끼를 들고 있으면서도 그 나무를 베지 않았다.

장자가 이상하게 생각하고 그 까닭을 묻자, 그들은 이렇게 대답했다. "이 나무는 재질이 좋지 않아 쓸모없습니다."

"아!" 장자는 문득 크게 깨닫고 제자들을 돌아보며 말했다. "이 나무가 이렇게 크기까지 오랫동안 아무 일 없이 자란 것도 이상할 게 없지. 원래 재목감이 아니거든. 사람의 처세도 이 나무 같으면 좋으련만"

그들이 깊은 산을 나왔을 때는 벌써 저녁 무렵이었다. 장자는 마을로 들어가 친구 집에서 밤을 지내려고 하였다. 친구는 그가 먼 길을 온 것을 기뻐하여 중노미에게 거위를 잡고 술을 준비하라고 분부했다.

중노미는 칼을 들고 이렇게 물었다. "주인님. 잘 우는 놈을 잡을까요, 울지 못하는 놈을 잡을까요?"

주인은 이렇게 대답했다. "울지 못하는 거위는 쓸모없지? 그놈을 잡도록 해라."

장자의 제자가 곁에서 조심스럽게 물었다. "앞서 산 속의 큰 나무는 재목감이 못 되어 그렇게 오래 살았는데, 주인의 흰 거위는 울지 못하여 먼저 죽임을 당하는군요. 선생님께서는 어떻게 처신하시겠습니까?"

장자는 웃으며 이렇게 말했다. "나는 재목감이 되는 것과 못되는 것 사이에 있으려네. 그러나 그 사이는 도와 비슷한 듯하면서도 참된 도가 아니므로 화를 아주 면하지는 못하네. 만약에 자연스러운 도에 의거하여 재목감이 되는 것과 못되는 것조차도 벗어나서 유유히 노닌다면 화를 면할 수 있을 거야." 그렇게

만 된다면 기리는 사람도 없고 헐뜯는 사람도 없어질거야. 때로는 용이되어 하늘을 날고 때로는 뱀이 되어 땅 속에 숨지. 시간과 함께 변화하니 애써 추구할 것도 없지. 때로는 위로 오르고 때로는 아래로 내려가 만물과 함께 혼연히 하나가 된다네. 이렇게 되면 혼돈한 상태에서 자유자재로 살며 외부의 사물에 부림을 받지 않고 외부의 사물을 부릴 수 있지. 그러니 어떻게 외부 사물에 얽매이겠나?"

 어떤 것은 쓸모가 없어서 살아났지만 어떤 것은 쓸모가 없어서 폐기처분되었다. 쓸모없음과 쓸모 있음 어느 쪽이든 한쪽으로만 집착하면 화를 당한다. 그렇다고 쓸모없음과 쓸모 있음의 중간에 처하는 것도 바람직하지 않다. 그것은 적당한 절충인데, 그 경우에도 화를 면치 못한다. 결국 가장 좋은 것은 쓸모없음과 쓸모 있음을 넘어서 쓸모에 초연한 것이다. 허심하고 무심한 경지, 자유자재한 경지가 궁극적으로 처해야 할 경지다.

材與不材

莊子行於山中, 見大木, 枝葉盛茂, 伐木者止其旁而不取也. 問其故曰, 無所可用. 莊子曰, 此木以不材得終其天年. 夫子出於山, 舍於故人之家. 故人喜 命豎子殺鴈而烹之. 豎子請曰, 其一能鳴, 其一不能鳴, 請奚殺. 主人曰, 殺不能鳴者. 明日, 弟子問於莊子曰, 昨日山中之木, 以不材得終其天年, 今主人之鴈, 以不材死 先生將何處. 莊子笑曰, 周將處夫材與不材之間. 材與不材之間, 似之而非也. 故未免乎累. 若夫乘道德而浮游則不然, 無譽無訾. 一龍一蛇, 與時俱化, 而無肯專爲. 一上一下, 以和爲量. 浮遊乎萬物之祖, 物物而不物於物, 胡可得而累邪.

『莊子』「山木」

가죽이 부른 재앙
皮爲之災
가죽 피 할 위 어조사 지 재앙 재

타는 듯이 붉은 빛에 탐스럽고 우아하며 부드러운 털을 가진 여우와 검고 누런색이 뒤섞여 꽃처럼 아름다운 가죽을 가진 표범이 있었다. 그들은 조용하고 깊은 숲 속과 깊은 동굴 속에 웅크리고 살면서 시시각각 경계심을 가지고 의심의 눈초리를 굴렸다. 대낮에는 굴속에 가만히 누워 있다가 밤이 깊어지고 인적이 끊길 때쯤에야 밖으로 나와 먹을 것을 찾아 나섰는데, 반드시 정해진 익숙한 길로만 다니면서 작은 쥐나 산토끼로 배를 채웠다. 그러나 그들이 이렇게 경계하고 조심스럽게 처신했는데도 항상 사람들에게 잡히거나 사냥꾼들이 설치해 놓은 함정에 빠지지 않으면 덫에 걸리는 것이었다. 여우와 표범은 도대체 왜 그런지, 자기들이 무슨 죄를 지었기에 사람들이 원한을 품는지 이해할 수 없었다. 그들은 그러한 것들이 순전히 자신의 아름다운 털가죽 때문에 생긴 재앙이라는 것을 이해할 수 없었던 것이다.

 여우나 표범이 재앙을 당한 것은 그들이 무슨 잘못을 했기 때문이 아니라 좋은 가죽을 가졌기 때문이다. 가죽은 화려하지만 실제가 아니라 껍데기이다. 화려한 가죽 때문에 목숨을 잃는 수가 있는 것처럼 겉으로 드러난 명성이나 실제가 아닌 부귀영화를 지니고 있다가 그 때문에 도리어 본성을 잃어버리는 수가 있다.

皮爲之災

夫豐孤文豹棲於山林, 伏於巖穴, 靜也. 夜行晝居, 戒也. 雖飢渴隱約, 猶且胥疏於江湖之上而求食焉, 定也. 然且不免於網羅機辟之患. 是何罪之有哉. 其皮爲之災也.
『莊子』「山木」

가시에 찔린 원숭이
技 無 可 施
재주 기 없을 무 가할 가 베풀 시

　가래나무와 녹나무 등 곧게 솟은 나무들이 자라고 있는 숲 속에 원숭이 한 마리가 살고 있었다. 큰 나무를 오르락내리락 하고 덩굴을 잡고 이 나무 저 나무로 건너다니며, 매우 득의양양하여 제아무리 후예와 방몽 같은 명궁이라도 감히 자신을 어찌지 못하리라고 생각했다.
　한번은 이 원숭이가 어쩌다 온통 가시로 덮인 가시나무, 탱자나무가 우거진 숲에 들어갔다. 한 발짝 기어갈 때마다 가시에 찔려 피를 줄줄 흘렸다. 몹시 긴장하고 위축되어 가련한 몰골로 사방을 두리번거리며 혼신의 힘을 다해 매끈한 나뭇가지를 찾으려 했지만 한 그루도 보이지 않았다. 환경이 바뀌자 원숭이는 제 재주를 쓸 수 없었던 것이다.

 장자가 다 떨어진 누더기를 걸치고 너덜너덜한 신발을 삼끈으로 묶어서 신고 위나라 왕을 찾아갔더니 왕이 그를 보고 왜 그렇게 병들고 지쳤느냐고 물었다. 장자는 선비가 때를 만나지 못해 도덕을 지니고 실천하지 못한 것이 병들고 지친 것이지, 옷이 헤지고 신발이 너덜너덜한 것이 병들고 지친 것이 아니라고 대답했다. 그러면서 때를 만나지 못한 자신의 처지를 원숭이에다 견주었다. 원숭이가 가시나무 숲에서 능력을 발휘하지 못한 것은 능력을 잃어버렸기 때문이 아니라 능력을 발휘할 때와 장소를 얻지 못했기 때문이다. 능력을 발휘할 수 있고 없고 하는 것은 시간적 공간적 조건과 밀접한 관련이 있다.

技無可施

王獨不見夫騰猿乎. 其得枬梓豫章也. 攬蔓其枝. 而王長其間. 雖羿蓬蒙 不能眄睨也. 及其得柘棘枳枸之間也. 危行側視. 振動悼慄. 此筋骨非 有加急. 而不柔也. 處勢不便. 未足以逞其能也.
『莊子』「山木」

못생긴 여자와 잘생긴 여자
惡者貴美者賤
악할 악 사람 자 귀할 귀 아름다울 미 사람 자 천할 천

　양자는 전국 초기의 유명한 철학자이다. 한번은 그가 산 넘고 물 건너 멀리 송나라에 갔다가 날이 어두워져서 길가에 있는 한 여관에 묵었다. 여관 주인에게는 첩이 둘 있었는데, 한 사람은 잘생기고, 한 사람은 거칠고 시커먼 것이 못생겼다. 그러나 못생긴 여자는 고귀한 사람처럼 존중받았지만 잘 생긴 여자는 멸시와 천대를 받았다.
　양자는 그것을 한참이나 관찰하다가 이상한 생각이 들어, 중노미를 살며시 불러 그 까닭을 물어 보았다.
　중노미는 그의 귀에 대고 이렇게 말했다. "잘 생긴 작은 마님은 자신이 정말 잘 생겼다고 생각합니다. 그러나 우리는 도대체 어디가 그렇게 아름다운지를 모르겠어요. 저 못생긴 작은 마님은 자신이 아주 흉하게 생겼다는 것을 압니다. 그러나 우리는 어디가 그렇게 흉한지를 모르겠단 말씀입니다."
　양자는 고개를 숙이고 한참이나 생각하고 나서 이렇게 중얼거렸다. "아! 이제 분명해졌다. 좋은 일을 하면서 좋은 일을 하고 있다는 것을 모르는 사람이야말로 어디서든 환영을 받는구나."

잘생긴 여자는 자신의 아름다움을 알고, 못생긴 여자는 자신의 추함을 안다. 둘 다 자신의 처지를 안다. 그런데 왜 잘생긴 여자는 멸시 당하고 못생긴 여자는 존중을 받았을까? 잘생긴 여자는 자신의 아름다움을 과신하며 뽐냈기 때문에 오만하고 거들먹거리는 성격이 아름다움을 감쇄했다. 못생긴 여자는 자신이 못생겼다고 생각했기 때문에 겸손한 마음으로 사람들을 따뜻하게 대하여 추한 외모가 문제되지 않았다. 재능이 아무리 뛰어나더라도 자신의 재능을 과신하여 남의 비평이나 견해를 받아들이지 않으면 뛰어난 재능이 오히려 남에게 배척당한다. 재능이 모자라더라도 겸허하게 남의 견해를 받아들이고 남을 존중하면 남에게 존중을 받는다. 무슨 일이든 자신이 하는 일의 가치나 중요성을 의식하여 필요 이상으로 의미를 부여하면 도리어 허세가 된다. 참으로 훌륭한 일은 자신이 훌륭한 일을 하고 있다는 것을 모르고 하는 것이다. 정말로 남을 도우려면 남이 도움을 받는지 모르게 돕는 것이다.

惡者貴 美者賤

陽子之宋, 宿於逆旅. 逆旅人有妾二人, 其一人美, 其一人惡, 惡者貴而美者賤. 陽子問其故. 逆旅少子對曰, 其美者自美, 吾不知其美也. 其惡者自惡, 吾不知其惡也. 陽子曰, 弟子記之. 行賢而去自賢之行, 安往而不愛哉.
『莊子』「山木」

유학자와 그 차림새
魯少儒
나라이름 노 적을 소 선비 유

한번은 장자가 노나라에 애공을 만나러 갔다. 노나라 애공은 비꼬는 투로 이렇게 말했다. "우리 노나라에는 유학자가 아주 많아 선생을 따르려는 사람을 찾아보기가 어렵답니다."

"그렇지 않습니다." 장자가 말했다. "노나라에는 유학자들이 아주 적습니다."

노나라 애공은 웃으며 이렇게 말했다. "선생은 온 나라 사람들이 유학자의 옷을 입고 있는 걸 못 보았군요?"

장자가 대답했다. "제가 듣기에, 유학자가 둥근 모자를 쓰는 이유는 하늘이 둥글다는 것을 나타내고 하늘의 때를 안다는 의미이며, 네모난 신발을 신는 것은 땅이 네모난 것을 상징하고 땅의 형세를 잘 안다는 뜻이며, 허리에 옥을 차는 것은 판결을 잘하는 것을 뜻한다고 합니다."

"맞습니다." 애공은 계속 머리를 끄덕였다.

장자는 이어서 이렇게 말했다. "그러나 그런 도리에 밝은 군자들이 모두 그런 옷을 입는 것은 아니고, 그런 옷을 입은 사람들이 모두 그 도리를 이해하는 것은 아닙니다."

애공은 그렇지 않다고 여겼는지 머리를 흔들었다. 그러자 장자는 이렇게 말했다. "못 믿으시겠다면 시험을 해보시지요. 전국에 명령을 내려 하늘의 때와 땅의 형세와 사건의 판결을 이해하지 못하는 사람은 유학자의 옷을 함부로 입지 못하도록 하고, 이를 어기는 사람은 모두 사형에 처하겠다고 해보십시오."

애공의 명령이 떨어진 지 닷새가 되자 유학자 차림을 다시는 볼 수 없었다. 단 한사람만이 유학자의 차림을 하고 궁궐 문 밖에 서 있었다. 애공이 즉시 불러들여 나랏 일을 가지고 물었더니 천 가지 만 가지 온갖 일을 모르는 것이 없었다.

이에 장자가 이렇게 말했다. "노나라에는 유학자가 한 사람 밖에 없군. 이래도 유학자가 많다고 할 텐가?"

 『맹자』에서는 이렇게 말한다. "요임금이 입던 옷을 입고, 요임금의 말을 읊조리고, 요임금의 행실을 따라 행한다면 요임금과 같이 될 뿐이다." 사람이 모두 요임금이나 순임금 같이 훌륭한 사람이 될 수 있는가를 물었을 때, 맹자가 훌륭한 사람이 되고 안 되고는 타고난 재능의 문제가 아니라 능력껏 하느냐 하지 않느냐 하는 문제일 뿐이라고 대답한 말이다. 성인의 외형만 따른다고 성인이 되는 것이 아니라 실제로 성인과 같은 행동을 해야 한다.
노나라는 공자의 고국이며 서주의 봉건 예교 문화가 가장 많이 남아 있던 곳이다. 말하자면 유학의 고향이라고 할 수 있다. 그런 노나라에 와서 유학자가 적다고 했으니 노나라의 애공도 의아했을 것이다. 장자는 외양만 유학자라고 유학자가 되는 것은 아니며 실제로 유학자의 자질을 갖춘 사람이라야 참된 유학자라고 했다. 그러나 장자의 말도 엄격하게 따지자면 무리가 있다. 유학의 가르침에 통달해야만 유학자의 옷을 입을 수 있는 것은 아니다. 유학자의 옷을 입는 것이 유학을 충실하게 배우고 실천하겠다는 것을 나타낼 수도 있기 때문이다. 어쨌든 실제에는 관심 없이 시대의 흐름과 유행에만 민감하게 따라가면서 내실을 갖추지 못하고 이름만 훔치는 가짜가 많은 때 이 우화는 커다란 교훈을 준다.

魯少儒

莊子見魯哀公. 哀公曰, 魯多儒士, 少爲先生方者. 莊子曰, 魯少儒. 哀公曰, 擧魯國而儒服, 何謂少乎. 莊子曰, 周聞之, 儒者冠圜冠者, 知天時, 履句屨者, 知地形, 緩佩玦者, 事至而斷. 君子有其道者, 未必爲其服也. 爲其服者, 未必知其道也. 公固以爲不然. 何不號於國中曰, 無此道而爲此服者, 其罪死. 於是, 哀公號之五日, 而魯國无敢儒服者. 獨有一丈夫, 儒服而立乎公門. 公卽召而問以國事, 千轉萬變而不窮. 莊子曰, 以魯國而儒者一人耳. 可謂多乎.
『莊子』「田子方」

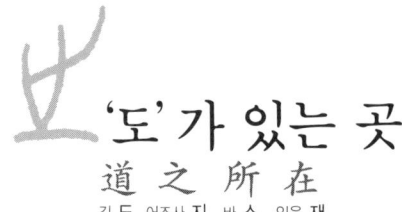

'도'가 있는 곳
道 之 所 在
길도 어조사지 바소 있을재

　동곽자가 장자에게 물었다. "선생이 늘 말하는 도라는 것이 결국 어디에 있는 겁니까?"
　장자가 대답했다. "도는 어디에나 있습니다."
　"도대체 어디에 있다는 말씀입니까? 확실하게 말해 주십시오."
　"지렁이나 땅강아지한테 있습니다." 장자가 말했다.
　"어떻게 그렇게 하찮은 것에 있다고 하십니까?"
　"기장이나 가라지에도 있습니다."
　"갈수록 가관이군요."
　"벽돌이나 기와 조각에도 있지요."
　"너무 심하지 않은가요, 그렇게 하찮은 것에도 있다니?"
　"똥이나 오줌에도 있지요."
　동곽자는 '똥이나 오줌에도 있다'는 말을 듣고 나서 장자의 대답이 갈수록 심상치 않은 것을 깨닫고 더 이상 묻지 않았다.
　장자는 이렇게 말했다. "도가 어디에 있는지 구체적으로 분명하게 말해 달라는 선생의 요구는 사실 본질에서 벗어난 질문입니다. 장터를 관리하는 벼슬아치가 장터 감독자에게 돼지를 밟아 보고 살찐 정도를 알리라고 했을 때, 감독자의 발이 허리에서 엉덩이로, 다리로 내려갈수록 살찐 정도를 더 잘 알 수 있습니다. 도가 어디에 있다고 한정해서는 안 됩니다. 도와 동떨어져 있는 것은 없습니다. 지극한 도는 이와 같고, 위대한 가르침도 이와 같습니다. 두루 있다거나 퍼져 있다거나 골고루 들어 있다는 말은 서로 명칭은 달라도 뜻은 같으며, 모두 똑같은 것을 가리킵니다."

도는 궁극적 실재를 가리키는 이름이지만 그 이름을 꼭 도라고 부를 필요는 없다. 어떤 이름도 없어서는 안 되겠기에 모든 사람이 걸어가는 길의 이미지를 따서 도라고 이름을 붙였을 뿐이다. 그래서 노자도 도를 도라고 부를 수는 있지만 반드시 도라고 해야 하는 것은 아니라고 했다. 도는 초월해 있으면서도 내재해 있고, 내재해 있으면서도 초월해 있다. 도는 신비한 그 무엇이 아니며, 초월해 있는 신과 같은 것도 아니다. 모든 존재의 궁극적인 법칙이며 길이다. 그래서 장자는 일부러 개미에, 땅강아지에, 가라지에, 기와 조각과 벽돌에, 똥과 오줌에 있다고 했던 것이다.

道之所在

東郭子問於莊子曰, 所謂道惡乎在. 莊子曰, 无所不在.
東郭子曰. 期而後可. 莊子曰, 在螻蟻. 曰, 何其下邪.
曰, 在稊稗. 曰, 何其愈下邪. 曰, 在瓦甓. 曰, 何其愈甚邪.
曰, 在屎溺. 東郭子不應. 莊子曰, 夫子之問也, 固不及質.
正獲之問於監市履狶也, 每下愈況. 汝唯莫必, 无乎逃物.
至道若是. 大言亦然. 周偏咸三者, 異名同實, 其指一也
『莊子』「知北遊」

장석의 묘기
運 斤 成 風
돌릴 운 도끼 근 이룰 성 바람 풍

　장자가 남의 장례식에 갔다가 마침 친구 혜시의 무덤을 지나게 되었다. 그는 말없이 한참을 서 있다가 곁에 있던 사람에게 처량한 목소리로 이렇게 말했다.
　"전에 영이라는 곳에 어떤 사람이 살고 있었다네. 이 사람이 자기 코끝에 파리 날개처럼 얇게 흰 가루를 한 겹 바르고 서 있으면 장석이라는 사람이 도끼를 휘둘러 그 코에 바른 흰 가루를 벗기는 묘기를 부리곤 했다네. 장석은 큰 소리로 기합을 넣으면서 날카로운 큰 도끼를 휘두르며 한참 동안 바람을 일으켰지. 흰 빛이 섬뜩하게 지나간 뒤 흰 가루는 전부 벗겨졌지만 코는 조금도 다치지 않았네. 바로 코앞에서 날이 퍼렇게 선 도끼가 번뜩여도 영 사람은 조금도 움직이지 않고 얼굴빛도 태연했다더군. 하루는 송나라 원군이 그 묘기를 듣고 장석을 불러 시범을 보여 달라고 했네. 장석은 이렇게 대답했다지. '도끼를 다시 사용할 수는 있지만 코끝에 가루를 바르고 서 있던 단짝이 벌써 죽어 버렸습니다.' 나도 혜시가 죽은 뒤로 단짝을 잃었으니 무슨 말을 또 할 수 있겠나?"

장석이 도끼를 휘둘러 코끝에 바른 흰 가루를 벗기는 신기한 묘기를 뽐내기 위해서는 반드시 코끝에 흰 가루를 바르고서 도끼가 번뜩여도 눈 하나 깜짝하지 않고 서 있을 수 있는 영 사람이 있어야 했다. 장석보다도 오히려 영 사람의 기술이 더 뛰어난지도 모르겠다. 이처럼 장석의 재능을 끌어주고 재능을 발휘할 여건을 마련해주는 단짝이 없다면 장석의 재주도 무용지물이다.

우리는 감동적인 연극을 보면 출연한 배우에만 관심을 두고 감격하지, 연극 한 편을 무대에 올리기 위해 연출, 각본, 조명, 분장, 무대장치 같은 여러 분야에서 애쓴 사람들의 노고는 잊어버린다. 꽃을 봐도 꽃잎에만 관심을 둘 뿐 꽃잎을 돋보이게 하는 잎사귀, 가지, 꽃잎을 피워 올린 뿌리에 대해서는 관심을 두지 않는다. 어떤 사물이나 사건이든지 그 자체에 대한 관심뿐만 아니라 그와 관련된 배후의 여러 조건에 대해서도 지나쳐서는 안 된다. 한 사람의 업적을 평가할 때도 마찬가지이다. 진시황이 천하를 통일했지만 진시황 혼자서 천하를 통일한 것은 아니다.

運斤成風

莊子送葬, 過惠子之墓 顧謂從者曰, 郢人堊漫其鼻端若蠅翼. 使匠石斲之. 匠石運斤成風 聽而斲之. 盡堊而鼻不傷. 郢人立不失容. 宋元君聞之, 召匠石曰, 嘗試爲寡人爲之. 匠石曰, 臣則嘗能斲之 雖然, 臣之質死久矣. 自夫子之死也, 吾無以爲質矣. 吾無與言之矣.

『莊子』「徐无鬼」

재주를 뽐낸 원숭이
— 狙 伐 巧
한 일 원숭이 저 자랑할 벌 공교할 교

　초가을이 되어 산천 경관이 수려해져 사람의 마음을 끌 무렵, 오나라 왕은 큰 배를 타고 강을 따라 산천 구경을 나갔다. 강의 양 언덕에서는 원숭이 울음 소리가 그치지 않고 여기저기서 들려 왔다. 왕은 원숭이를 잡으려고 배에서 내려 산으로 올라갔는데, 사람들이 오는 것을 본 원숭이들은 한참 동안 꽥꽥 소리를 지르더니 사방으로 흩어져 달아났다. 그런데 건장한 놈 하나는 일부러 달아나지 않고 남아 있었다. 이 원숭이는 위로 기어 올라가기도 하고 아래로 뛰어 내려오기도 하다가, 갑자기 두 다리를 세워 나는 듯이 재빠르게 뛰고 허리를 비틀면서 뱀처럼 기기도 하는 등 그 기괴한 모습이 하도 영악스러워 누구도 붙잡을 수가 없었다.
　왕이 활을 당기자 이 수컷 원숭이는 이리저리 피하면서 날아오는 화살을 하나하나 붙잡았다. 그 동작은 아주 민첩하고, 얼굴에는 득의양양하고 교활한 표정마저 띠고 있었다. 화가 난 왕은 집중 사격을 하라고 명령했다. 화살이 한꺼번에 비 오듯 쏟아지자 이 원숭이는 그 비할 데 없는 묘기와 영악함으로도 어쩔 수 없었던지 화살을 피하지 못하고 그만 즉사하고 말았다.

解 이 우화의 다음에는 이런 이야기가 이어진다. 왕은 동행한 벗 안불의顔不疑를 돌아보며, 원숭이가 재주를 자랑하며 민첩한 것을 믿고 까불다가 죽었으니 이것을 교훈으로 삼아 교만한 태도로 남에게 오만하게 굴지 말라고 훈계한다. 안불의는 돌아가서 동오董梧라는 사람을 스승으로 모시고, 교만한 태도를 버리고 쾌락을 멀리하며 높은 벼슬자리에서도 물러나 근신하였다. 삼 년이 지나자 온 나라 사람이 그를 칭송했다.
조그마한 재주를 뽐내고 오만하게 굴면 도리어 그 재주 때문에 화를 입는다. 하지만 겸허하게 재능을 깊이 쌓으면 재능이 저절로 드러난다.

一狙伐巧

吳王浮於江, 登乎狙之山, 衆狙見之, 恂然棄而走, 逃於深蓁.
有一狙焉, 委蛇攫搔, 見巧乎王. 王射之, 敏給搏捷矢.
王命相者趨射之. 狙執死.
『莊子』「徐无鬼」

목마른 붕어
涸 轍 之 魚
물마를 학 바퀴자국 철 어조사 지 고기 어

  장자는 집안이 아주 가난했다. 어느 날 먹을 것이 다 떨어져서 황하를 감독하는 관리에게 양식을 꾸러 갔다. 황하의 감독관이 이렇게 말했다. "좋소. 백성들이 조세를 낼 때까지 기다렸다가 3백 냥을 꾸어 드리지요. 됐습니까?"
  장자는 그 말을 듣고 화가 나 이렇게 말했다. "제가 어제 이리로 오는데, 길에서 누군가 외치는 소리가 들리지 뭡니까? 사방을 둘러보다가 수레바퀴에 패인 바짝 마른 도랑에 붕어 한 마리가 가로누워 있는 것을 보았습니다. 제가 물었지요. '붕어야 어쩌다 이렇게 됐지?' 붕어가 대답하더군요. '저는 동해에서 왔어요. 곧 말라죽을 것 같아요. 제게 물을 한 바가지만 주셔서 살려 주세요.' 저는 이렇게 말했습니다. '아, 좋아. 내가 마침 오나라와 월나라로 가는데, 그곳 임금들을 설득해서 양자강의 물을 너에게 끌어다 대주겠다. 됐지?' 그러자 붕어가 몹시 헐떡이면서 이렇게 말했습니다. '제가 물속을 떠나 여기에 외롭게 누워 있기 때문에, 당신에게 물 한 바가지로 살려 달라고 간청하는 것입니다. 양자강을 끌어다 저를 살려 주시겠다는 당신의 호의는 고맙지만, 물을 끌어오기도 전에 일찌감치 건어물 좌판에서 저를 찾는 쪽이 훨씬 나을 겁니다'라고 하더군요."

목이 타는 붕어에게는 양자강의 물보다 당장에 물 한 바가지가 필요한 것처럼 양식이 없는 사람에게는 연말에 세금을 거두어 천금을 빌려주는 것보다 당장 끼니를 때울 양식을 주는 것이 필요하다. 물론 장기적으로는 근본적인 생계 대책을 세워 주는 것이 무엇보다도 중요하지만 당장에 급한 긴급 구호 대책이 더 절실하다. 우선 급한 불을 끄고 다시 불이 나지 않도록 대책을 세워야 하는 것처럼 말이다.

곤경에 빠지고 궁지에 몰려 시급히 도움을 필요로 하는 처지를 가리켜 학철지부涸轍之鮒 또는 학철부어涸轍鮒魚라고 한다.

涸轍之魚

莊周家貧, 故往貸粟於監河侯. 監河侯曰, 諾. 我將得邑金.
將貸子三百金, 可乎. 莊周忿然作色曰, 周昨來, 有中道而呼者.
周顧視, 車轍中有鮒魚焉. 周問之曰, 鮒魚來. 子何爲者邪.
對曰, 我東海之波臣也. 君豈有斗升之水而活我哉.
周曰, 諾. 我且南游吳越之王, 激西江之水而迎子.
可乎. 鮒魚忿然作色曰, 吾失我常與. 我無所處.
吾得斗升之水然活耳. 君乃言此, 曾不如早索我於枯魚之肆.
『莊子』「外物」

시를 읊고 예를 갖추어서 도굴을 한다
詩禮發冢
시시 예도례 펼발 무덤총

낮에는 예법에 따라 장례를 치르도록 도와주고, 밤에는 묘를 파헤쳐 재물을 훔치는 일을 전문으로 하면서 살아가는 유학자들이 있었다. 그들은 무덤을 파헤쳐 도굴을 하면서도 동작 하나하나를 『시경』이나 『예기』에 맞추려고 했다.

칠흑같이 어두운 어느 날 밤, 유학자들이 황량한 교외의 무덤에서 밤샘 작업을 하느라 바빴다. 선배 유학자는 묘의 등에서 방향을 잡고 사방을 두리번거린 다음 정확한 발음과 부드러운 어조로 이렇게 주워섬겼다.

"해가 뜨려고 하네. 어찌 되어 가나?"

후배 유학자는 무덤을 파헤쳐 시체의 옷을 벗기면서 조용히 대답했다. "수의를 아직 다 못 벗겼습니다. 입안에 구슬이 들어 있군요. 이런 시가 있지요.

푸르고 푸른 보리는
무덤가에서 무성하네.
살아생전 아무것도 베풀지 않았는데
죽은 뒤 구슬을 물고 있단 말인가!

시에서 가르친 그대로군요."

송장의 입술이 꼭 닫혀 있어서 구슬을 꺼내기가 어려웠다. 그래서 송장의 머리카락을 움켜쥐고 턱밑을 눌렀다. 그러자 옆에 있던 다른 유학자가 쇠망치로 턱뼈를 부수고, 천천히 칼을 들이밀어 턱을 열어 입 속에 든 구슬을 흠 하나 내지 않고 꺼냈다.

이 우화는 유가의 형식주의와 위선을 통렬하게 풍자한 이야기이다. 겉으로는 예의 범절을 지키고 숭상하면서 속으로는 도둑질을 하는 위선적인 지식인, 종교인은 추악한 짓을 하면서도 화려한 형식을 갖추고 자신의 행위를 정당화한다. 이른바 정신적인 지도자라고 자처하는 사람들 가운데 의외로 이런 사람들이 많다. 학문의 지식과 경전의 권위를 빌어 자신의 비열한 행위를 옹호하고 정당화하는 사람들은 시와 예를 들먹이면서 도굴하는 사람과 다를 바 없다.

詩禮發冢

儒以詩禮發冢 大儒臚傳曰, 東方作矣. 事之何若. 小儒曰, 未解裙襦. 口中有珠. 詩固有之曰, 青青之麥, 生於陵陂. 生不布施, 死何含珠爲. 棱其鬢, 壓其顪 儒以金椎控其頤, 徐別其頰, 無傷口中珠.

『莊子』「外物」

진짜 화공
眞 畫 者
참 진 그림 화 사람 자

송나라 원군이 그림을 그리게 하려고 화공을 불러모았다. 수많은 화공이 이 기회에 돈도 벌고 출세도 하려고 구름같이 모여들었다. 그들은 그림을 그리라는 명을 받자 저마다 절하고 일어나서 자리를 잡고 앉아 붓을 핥아 적시고 먹을 갈고 하느라 부산을 떨었다. 사람이 너무 많아 방에 들어가지도 못한 화공이 반이나 되었다. 한 화공이 뒤늦게 도착했다. 그는 유유히 들어와 서둘지도 않고, 명령을 받자 절을 하고는 그대로 멈춰 서지도 않고 자기 숙소로 돌아가 버렸다. 원군은 괴상한 사람이라는 생각이 들어 사람을 시켜 살펴보게 했더니, 그 화공은 숙소에 들어가 옷을 벗고 두 다리를 내뻗어 활개를 치며 벌거숭이로 쉬고 있었다. 이 말을 전해들은 원군은 이렇게 말했다. "됐다. 그 사람이야말로 진짜 화공이다."

 장자는 정신적인 자유의 경지를 예술적 경지로 표현하기도 한다. 예술은 물리적인 대상을 사실적으로 그려내는 것이 중요한 게 아니라 내면의 정신세계를 표현해야 한다. 높은 예술 재능을 가진 사람은 자득한 경지에서 노닐고 내면의 자유를 누리기 때문에 외적 형식에 구애받지 않는다. 그렇다고 방종하고 멋대로 군다고 해서 뛰어난 예술가인 것은 아니다. 그런 사람은 흉내만 내는 사람일 뿐이다.

眞畫者
宋元君將畫圖, 衆史皆至 受揖而立, 舐筆和墨, 在外者半.
有一史後至者, 儃儃然不趨, 受揖不立. 因之舍.
公使人視之, 則解衣槃礴臝. 君曰, 可矣, 是眞畫者也.
『莊子』「田子方」

용을 죽이는 묘기
殺龍妙技
죽일 살 용 룡 묘할 묘 재주 기

  주평만이라는 사람은 좀 특이한 것을 배우고 싶어서, 재산을 모두 처분해 천 냥을 마련하여 지리익이라는 사람을 찾아가 스승으로 삼고 용을 죽이는 기술을 배웠다.

  삼 년이라는 세월이 흘러 그는 학업을 마치고 돌아왔다. 사람들이 그에게 무얼 배워 왔는지 묻자, 그는 상기된 목소리로 용을 죽이는 기술, 곧 어떻게 용의 덜미를 붙잡는지, 어떻게 용의 꼬리를 밟는지, 어떻게 용의 목을 따는지 따위의 시범을 보였다.

  사람들은 모두 웃으며 그에게 물었다. "그런데 용이 어디 있다고 죽인단 말인가?"

  주평만은 이 말을 듣고서 비로소 세상에 용이 없음을 깨달았다. 그는 삼 년 동안 헛공부만 했던 것이다.

解 기술의 가치는 실제로 얼마나 쓸모가 있는가에 달려 있다. 3년이라는 시간과 천 냥이나 되는 재산을 다 쓰고 배워 온 기술을 써먹을 데가 없다면 얼마나 허망한 일인가? 그러나 학문 가운데는 실용적인 용도가 없는 것도 있고, 실재하지 않는 대상을 다루는 것도 있다. 사실 무신론자들이 보기에는 신학도 마치 용을 다루는 기술을 배우는 것이나 마찬가지가 아닐까?

殺龍妙技
朱泙漫學屠龍於支離益. 單千金之家. 三年技成. 而無所用其巧.
『莊子』「列禦寇」

치질을 핥아 주고 수레를 얻다
舐痔得車
핥을 지 치질 치 얻을 득 수레 거

송나라에 조상이라는 사람이 있었다. 어느 날 송나라 왕이 그를 진나라에 사신으로 파견했다. 왕은 그가 떠날 때 수레 몇 대를 주었을 뿐인데, 그가 진나라에 도착하자 진나라 왕은 아주 기뻐하며 수레를 백 대나 주었다.

대대적인 행렬을 지어 송나라로 돌아가던 길에 우연히 장자를 만난 그는 잘난 체하며 이렇게 말했다. "보잘것없는 달동네에서 사는 것이나, 가난해서 짚신을 신는 것이나, 굶주려 모가지가 쑥 빠진 것이나, 얼굴이 퀭하니 누렇게 뜨는 것에 나는 익숙하지 않다네. 그러나 하루아침에 큰 나라의 왕을 만나 수레를 백 대나 얻지 않았겠나. 이런 일은 내가 아주 잘 한다네."

장자가 그에게 말했다. "듣자 하니 진나라 왕은 치질에 걸려서 사람들에게 치료해 달라고 한다던데? 종기를 째고 고름을 빨아 주는 사람에게는 수레 한 대를 주고, 치질을 핥아서 고쳐 주는 사람에게는 수레 다섯 대를 준다지, 아마. 더러운 곳을 고쳐줄수록 더 많은 수레를 준다고 하더군. 자네도 그렇게 하여 왕을 고쳐 준 게 아닌가? 도대체 치질을 얼마나 핥았기에 그렇게 많은 수레를 얻었단 말인가? 어서 썩 꺼지게."

개 같이 벌어서 정승 같이 쓴다는 말이 있지만 정말 부귀영화를 얻자면 개 같이 노력해야 하나 보다. 치질을 핥고 똥을 맛보며 온갖 아첨을 하여 수레를 얻어서 의기양양하게 깃발 날리며 돌아와 거들먹거리는 꼴이 장자의 눈에는 메스껍게 보였을 것이다. 치질을 핥고 수레를 얻는 사람들은 오로지 수레의 수를 성공과 출세의 징표로 삼는다. 수레를 얻기 위해 종기를 빨고, 더 많은 수레를 얻기 위해 치질을 핥는다. 이런 사람들은 자신의 품위를 지키고 정신적인 자유를 누리며 삶을 초연하게 받아들이는 사람을 고지식한 못난이, 시대의 조류에 뒤떨어진 낙오자라고 생각한다.
지독하게 아부하는 것을 지치舐痔라고 한다.

舐痔得車

宋人有曹商者, 爲宋王使秦. 其往也, 得車數乘, 王說之, 益車百乘, 反於宋, 見莊子曰, 夫處窮閭阨巷, 困窘織屨, 槁項黃馘者, 商之所短也. 一悟萬乘之主, 而從車百乘者, 商之所長也. 莊子曰, 秦王有病召醫. 破癰潰痤 者, 得車一乘. 砥痔者, 得車五乘. 召治愈下, 得車愈多. 子豈治其痔邪. 何得車之多也. 子行矣.
『莊子』「列禦寇」

기나라 사람의 걱정
杞人憂天
나라이름 기 사람 인 근심할 우 하늘 천

    기라고 하는 작은 나라에 온종일 터무니없는 생각만 하는 사람이 있었다. 그러다가 하루는 갑자기 하늘이 무너져 내려앉고, 땅이 꺼져 몸 둘 곳이 없어질 거라는 생각까지 했다. 생각할수록 걱정스러워 날마다 걱정 근심에 가득 차 밥도 먹지 못하고, 잠도 편히 자지 못했다.
    어떤 사람이 그 이야기를 듣고 이 사람이 너무 터무니없는 걱정을 하고 있는 것이 걱정되어 찾아와서 이렇게 말했다. "하늘이란 기체가 응결된 덩어리에 지나지 않는다네. 어디에나 다 기가 있어서 그 기가 모였다 흩어졌다 하면서 하늘에서 운행하는 것이니, 하늘이 어떻게 무너질 수 있겠나?"
    기나라 사람은 반신반의하며 말했다. "하늘은 기가 모인 것이라 하더라도 해나 달과 별들이 떨어지지 않는다고 할 수 있을까?"
    "그렇지 않다네." 그 사람은 대답했다. "해와 달과 별들도 둥글게 뭉쳐서 빛을 내는 기체에 지나지 않네. 떨어져 머리를 친다 해도 사람이 다치진 않을 거야."
    기나라 사람은 그래도 마음이 놓이지 않아 물었다. "그러면 땅이 꺼지는 것은 어떻게 하는가?"
    그 사람은 이렇게 말했다. "땅은 퇴적된 흙덩어리에 지나지 않아. 어디나 흙인데 어떻게 무너질 수 있겠나?"
    이 말을 듣고 나자 기나라 사람은 갑자기 머리가 맑아지면서 천근이나 되는 마음의 짐을 내려놓았고, 그 사람도 크게 기뻐했다.

하늘이 무너질까, 땅이 꺼질까 하는 걱정은 어쩌면 기우일지도 모른다. 그러나 이 사람처럼 남들이 관심을 두지 않는 일에 관심을 기울이고, 근심과 걱정에 사로잡혀 해명하려고 노력하는 것이 과학 발전의 단초가 되었을 것이다. 철학은 세계를 경이롭게 생각하는 데서 출발했다고 한다.
아무튼 전혀 근거 없는 일에 쓸데없이 지나치게 근심을 하는 것을 '기우杞憂'라고 하는데, 바로 이 이야기에서 나온 말이다.

杞人憂天

杞國有人, 憂天地崩墜, 身亡所寄, 廢寢食者. 又有憂彼之所憂者, 因往曉之, 曰, 天積氣耳, 亡處亡氣. 若屈伸呼吸, 終日在天中行止, 奈何崩墜乎. 其人曰, 天果積氣, 日月星宿不當墜耶. 曉之者曰, 日月星宿, 亦積氣中之有光耀者. 只使墜, 亦不能有所中傷. 其人曰, 奈地壞何. 曉者曰, 地積塊耳, 充塞四虛, 亡處亡塊. 若躇步跐蹈, 終日在地上行止, 奈何憂其壞乎. 其人舍然大喜, 曉之者亦舍然大喜.
『列子』「天瑞」

국 씨의 도둑질
國氏爲盜
나라 국 성 씨 할 위 훔칠 도

옛날 제나라에 국 씨 성을 가진 아주 큰 부자가 있었다. 하루는 송나라에 사는 상 씨라는 찢어지게 가난한 사람이 제나라로 국 씨를 찾아가 재물 모으는 방법을 가르쳐 달라고 했다.

국 씨는 이렇게 말했다. "생각해 보면 재물 모으는 것이야 쉬운 일이라오. 나는 도둑질을 잘했을 뿐입니다. 도둑질을 배운 뒤 한두 해만에 먹고 입는 게 풍족해지고, 3년 만에는 수레와 말이 문 앞에 가득 차더이다. 금과 은이 집안에 가득 차고, 또 제나라의 귀족들과도 사귀었다오."

상 씨는 그 말을 듣고 기쁨에 넘쳐 다시 한 번 분명하게 물어 확인하고는 송나라로 달려가 도둑질을 하기 시작했다. 훤한 대낮이든 칠흑 같은 밤이든 가리지 않고, 담을 넘고 벽을 뚫어서 눈에 보이는 대로 손에 잡히는 대로 다 집으로 가져갔다. 그러나 며칠 못 가 잡혀서 관가에 고발되고, 훔친 물건을 모두 몰수당했을 뿐만 아니라 원래 있던 재산마저도 빼앗겼다. 상 씨는 후회하면서 국 씨가 자기를 속였다고 몹시 원망했다.

국 씨가 물었다. "어떤 방법으로 도둑질을 했소이까?"

상 씨가 사실대로 말해 주자, 그는 껄껄 웃으며 말했다. "그게 아니요. 그런 식으로 도둑질을 하다니? 자, 당신에게 말해 주겠소. 하늘에는 사계절이 있고, 땅에는 천연자원과 비옥함이 있지요. 내가 훔친 것은 이러한 자연의 계절과 땅의 힘이라오. 그것을 빌려 봄에는 씨를 뿌리고, 가을에는 거둬들이고, 겨울에는 저장하고, 여름에는 햇볕에 길렀답니다. 땅에서는 짐승을 훔치고, 물에서는 물고기를 훔쳤지요. 내가 먹는 것, 쓰는 것은 다 이렇게 훔친 거라오. 이런 것들은 원래 자연에서 자라난 것이지 내 것이 아니기 때문입니다. 천지의 산물을 훔친 것은 범법이 아니지만 당신이 한 일은 어떻소? 이걸 알아야 하오. 금은과 같은 재화는 모두 다른 사람들이 모은 것이지 결코 자연이 당신에게 준 것이 아니란 말이오. 남의 물건을 훔치는 것이 왜 죄가 안 되겠소? 스스로 이상하게 여기지는 않고 나를 원망할 수 있단 말이오?"

 자연 자원을 이용하는 것을 훔친다고 표현한 것이 참으로 절묘하다. 사람은 필요한 자원을 만들어 내지는 못한다. 자연에 있는 자원을 가공하고 이용할 뿐이다. 제 것이 아닌 것을 허락도 받지 않고 가져다 쓰니 훔치는 것과 무엇이 다르겠는가?

도가에서는 옛부터 천지조화의 비밀을 훔친다는 표현을 즐겨 썼다. 자연의 변화에 따라 씨를 뿌리고 가꾸어서 필요한 물품을 생산하고 가공하는 것도 조화의 비밀을 훔치는 것이다. 적어도 이런 생각을 가진다면 자연을 인위적인 목적에 따라 함부로 훼손하는 일이 줄어들지 않을까?

國氏爲盜

齊之國氏大富, 宋之向氏大貧. 自宋之齊請其術. 國氏告之曰, 吾善爲盜. 始吾爲盜也, 一年而給, 二年而足, 三年大穰. 自此以往, 施及州閭. 向氏大喜, 喩其爲盜之言, 而不喩其爲盜之道. 遂踰垣鑿室, 手目所及, 亡不探也. 未及時, 以贓獲罪, 沒其先居之財. 向氏以國氏之謬己也, 往而怨之. 國氏曰, 若爲盜若何. 向氏言其狀. 國氏曰, 嘻. 若失爲盜之道至此乎. 今將告若矣. 吾聞天有時, 地有利. 吾盜天之時利, 雲雨之滂潤, 山澤之産育, 以生吾禾, 殖吾稼, 築吾垣, 建吾舍, 陸盜禽獸, 水盜魚鱉, 亡非盜也. 夫禾稼土木禽獸魚鱉, 皆天之所生, 豈吾之所有. 然吾盜天而亡殃. 夫金玉珍寶穀帛財貨, 人之所聚, 豈天之所與. 若盜之而獲罪, 孰怨哉.

『列子』「天瑞」

아침엔 세 개, 저녁엔 네 개
朝 三 暮 四
아침 조　석 삼　저물 모　넉 사

　송나라에 원숭이를 기르는 원숭이 할아버지가 있었다. 원숭이를 아주 좋아하고 잘 길러서 원숭이들이 무리를 이루었다. 오랜 세월이 흐르자 그는 원숭이들의 성질을 잘 이해하고, 원숭이들도 원숭이 할아버지의 마음을 알았다. 원숭이 할아버지는 그럴수록 집안 식구들은 굶길지언정 원숭이들은 잘 챙겨 먹였다.
　오래지 않아 집안의 양식이 다 떨어지려 할 즈음, 원숭이들의 밥을 줄이자니 그들이 싫어할 것 같아 걱정이 되었다. 그래서 먼저 원숭이들에게 물어 보았다. "이제 양식이 떨어져 가니 양식을 줄여야 한다. 오늘부터 도토리를 아침에는 세 개, 저녁에는 네 개를 주겠다. 됐지?"
　이 말을 들은 원숭이들은 펄쩍펄쩍 뛰면서 이빨을 드러내고 으르렁거리며 불만을 나타냈다.
　"좋아, 좋아." 노인은 급히 말했다. "그러면 아침에는 네 개, 저녁에는 세 개를 주지. 그러면 되겠지?" 원숭이들은 머리를 흔들고 꼬리를 붙잡고서 땅바닥을 기어 다니며 아주 좋아했다.

조삼모사朝三暮四라는 말은 교묘한 수법으로 남을 속이는 것이나, 변화다단한 것이나 반복무상한 것을 비유한 말로 쓰이는 고사성어이지만, 원래 의도는 사물의 진상을 깨닫지 못한 사람이 양면을 동시에 보지 못하고 궁극적으로는 하나임을 모르는 것을 가리키는 이야기이다. 원숭이들은 당장의 이익에 눈이 어두워 분별의 세계 너머에 더 높은 경지가 있음을 알지 못했다. 그 세계는 어느 한 가지를 절대시하는 독선의 세계, 이해득실을 영악하게 따지는 세계가 아니라 서로 대립되는 양자를 동시에 고려하고 전체를 하나로 보는 세계이며, 사물의 본질을 있는 그대로 보는 세계이다.

朝三暮四

宋有狙公者, 愛狙, 養之成群, 能解狙之意, 狙亦得公之心. 損其家口, 充狙之欲. 俄而匱焉, 將限其食, 恐衆狙之不馴於己也. 先誑之曰, 與若芧, 朝三而暮四, 足乎. 衆狙皆起而怒. 俄而曰, 與若芧, 朝四而暮三, 足乎. 衆狙皆伏而喜.

『列子』「黃帝」

공자의 제자평
孔子論弟子
구멍 공 아들 자 말할 논 아우 제 아들 자

어느 날 공자의 제자 자하가 공자에게 물었다. "안회는 사람됨이 어떻습니까?"

공자가 대답했다. "안회는 어진 점에서는 나보다 낫지."

자하가 또 물었다. "자공은 어떻습니까?"

"나는 자공의 말재주를 따라갈 수 없어."

"자로는 어떤가요?"

"자로의 용기는 내가 못 따라가지."

자하가 다시 물었다. "자장은요?"

"자장의 장중함은 나보다 나아."

자하는 다 듣고 나서 어리둥절해져 일어나 물었다. "그들이 다 선생님보다 나은데 왜 모두 선생님께 머리를 조아리고 스승으로 삼으며, 배우고 싶어 하지요?"

공자가 말했다. "앉아 보아라, 말해 줄 테니까. 안회는 어질기는 하지만 변통을 모른다. 자공은 말은 잘하지만 겸손하지 않아. 자로는 용감하지만 물러날 줄 모르고. 자장은 장중하지만 남과 어울리지 못해. 그들은 각각 장점을 가지고 있지만 단점도 있거든. 그래서 다 나를 스승으로 삼고 배우려는 거지."

공자는 여러모로 동양의 교육철학에서 일인자이다. 능력에 따른 교육이라든지, 사립 교육을 실시했다든지, 교재를 편찬 정리하여 이용했다든지, 지식과 덕성과 체육과 예술을 골고루 교육했다든지, 교육 대상에 빈부나 신분의 차별을 두지 않았다든지 하는 갖가지 교육 방침은 현대 민주주의 교육에서도 금과옥조와 같다. 공자의 제자평도 충분히 있었을 법한 이야기이다.

『논어』는 공자가 제자들의 자질과 성품을 일일이 평하고 가르치며 사제의 정을 나누는 기록으로 가득 차 있다. 그 가운데서도 안연과 자로에 대해서는 각별한 정을 품고 있었다. 네 제자에 대한 평가는 공자의 중용사상과도 통한다. 사람은 장점이 있으면 단점도 있게 마련이다. 장점을 키우고 단점을 극복한다면 균형 잡힌 바람직한 인격이 될 수 있을 것이다.

孔子論弟子

子夏問孔子曰, 顏回之爲人奚若. 子曰, 回之仁賢於丘也. 曰, 子貢之爲人奚若. 子曰, 賜之辯賢於丘也. 曰, 子路之爲人奚若. 子曰, 由之勇賢於丘也. 曰, 子張之爲人奚若. 子曰, 師之莊賢於丘也. 子夏避席而問曰, 然則四子者何爲事夫子. 曰, 居, 吾語汝. 夫回能仁而不能反. 賜能辯而不能訥, 由能勇而不能怯, 師能莊而不能同. 兼四子之有以易吾, 吾弗許也. 此其所以事吾而不貳也.

『列子』「仲尼」

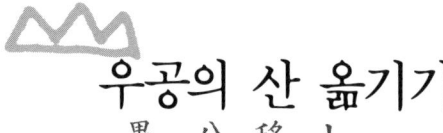

우공의 산 옮기기
愚 公 移 山
어리석을 우 어른 공 옮길 이 뫼 산

　태항산과 왕옥산은 사방이 칠백 리고, 높이가 만 길이나 되었다. 이 두 산은 본래 하북과 산서 사이에 있었다. 이 산 북쪽에는 나이가 아흔이나 된 어리석은 늙은이라는 뜻의 우공이라는 사람이 살고 있었다. 그 사람 집 앞에 바로 태항산과 왕옥산이 앉아 있어서 이 집안사람들은 어디를 가자면 아주 먼 길을 돌아서 다녀야 했다. 우공은 너무 불편하여 태항산과 왕옥산을 옮기려는 뜻을 세웠다. "얘들아, 우리가 모두 힘을 모아 저 두 산을 옮기는 게 어떻겠느냐? 저 산만 옮긴다면 우리는 곧바로 하남으로 갈 수도 있고, 한수를 건널 수도 있지. 내 생각이 어떠냐?"
　두 산 때문에 먼 길을 돌아서 다니느라 고생했던 터라 식구들은 두 말할 까닭이 없었다. 그런데 아내가 의문을 제기했다. "당신은 이미 아흔이 넘었고, 자식도 몇 안 되는데 어떻게 산을 옮긴단 말이오? 겨우 언덕 하나도 옮길 수 없을 텐데 태항산과 왕옥산을 옮긴다니요. 옮긴다 한들 거기서 파낸 흙과 깨뜨린 돌덩이는 어디다 버릴 참이오?"
　식구들이 모두 나서며 말했다. "동북쪽으로 가서 발해에다 버리지요."
　이리하여 우공과 아들과 손자 삼대 세 사람이 파낸 흙과 깨뜨린 돌을 들것에 담아 발해로 옮겼다. 이웃집에 경성이라는 사람의 청상과부가 있었는데, 그의 유복자가 겨우 예닐곱 살 나이로 일을 돕겠다고 나섰다. 발해까지 흙을 한

번 실어 나르고 오니 추운 계절이 지나가고 더운 계절이 돌아왔다. 한 철이 지난 것이다.

우공의 오랜 친구 가운데 슬기로운 늙은이라는 뜻의 지수라는 사람이 있었다. 그는 사람의 힘으로는 절대로 이룰 수 없는 일이니 공연히 헛수고하지 말라고 충고했다. "어리석은 친구 같으니, 살날이 얼마나 남았다고. 힘은 또 어떻고. 산의 한 귀퉁이도 건드리지 못할 걸세. 또 흙과 돌은 어떻게 하고."

우공은 탄식하며 이렇게 말했다. "자네야말로 생각이 고루하군. 자네의 궁리라는 것이 청상과부의 어린애만도 못하네. 내 결심이 정해진 이상 내가 죽으면 내 아들이 있고, 아들은 또 손자를 낳을 테고, 손자도 아들을 낳을 테니까 한 세대 한 세대 자손은 끝없이 이어지겠지만, 산은 한 치라도 높아질 리 없지 않은가?"

지수 노인은 뭐라고 대답할 말이 없었다. 두 산의 산신령은 우공의 결심을 듣고 산이 없어질까 두려워 하느님에게 가서 이 사실을 알렸다. 그 말에 하느님도 감동하여 신통한 힘을 가진 과아 씨의 두 아들에게 명령해서 두 산을 옮기게 했다. 하나는 고비 사막의 동쪽으로 옮기고, 다른 하나는 섬서와 감숙 사이로 옮겼다. 그때부터 하북과 산서의 남쪽에서 한수까지의 땅이 평평해졌다.

解 '우공이산愚公移山'이라는 고사성어는 무슨 일이든지 백절불굴의 정신으로 온갖 곤란을 무릅쓰고 뜻을 굳게 세워 일을 추진하면 언젠가는 성공한다는 뜻으로 쓰인다. 그러나 아무리 적극적으로 굳은 결심을 세워 일을 한다 하더라도 객관적인 조건을 고려하지 않으면 일은 성공하기 어렵다. 한계가 있는 지식은 오히려 무지보다 못하다. 하느님이 도와줬다고 하니 망정이지 발해까지 한 번 갔다 오는데 반년씩이나 걸려서 일을 한다면 정말 사람의 힘으로 이룰 수 있는 일이겠는가?

그러나 우공의 교훈은 빨리 일을 성취하고 결실을 얻으려고 덤비지 말고 우직하게 계속 노력하면 결실을 맺을 수 있다는 것이다. 목적을 달성하겠다는 욕심을 버리고 의식하지 않으면 오히려 더 빨리 달성할 수 있다. 쉬지 않고 노력하며 서두르지만 않는다면, 아무리 적은 양을 모으더라도 끝내는 높이 쌓고, 아무리 큰 것이라도 차츰차츰 덜어내어 없앨 수 있다. 크기나 속도에 마음이 흔들린다면 지혜롭다고 할 수 없다. 우공은 어리석은 노인이라는 뜻이지만 반드시 어리석지는 않고, 지수는 슬기로운 노인이라는 뜻이지만 반드시 슬기롭지는 않다. 사람들은 자기의 지식에 의거해서 모든 것을 속단하는 경향이 있는데 이 우화는 그런 인간의 지혜와 지식을 경계하는 의미도 있다.

오늘날은 각종 중장비가 발달하여 산 하나쯤 옮기는 일은 너무나 쉬운 일이 되었다. 옛날에는 사람의 힘으로 산을 옮기기가 거의 불가능했기 때문에 오히려 적극적인 개척 정신의 상징으로 여겨지던 우공의 고사를, 이제는 너무나 쉽게 산을 옮길 수 있다는 점 때문에 역설적으로 되새기게 된다. 수많은 생명이 수천수만 년 함께 살아오던 터전을 몇 년 살지도 못할 인간들이 순전히 정치 논리 때문에, 또는 당장의 이익 때문에 수많은 우공이 되어 산을 들어내고 바다와 갯벌을 메운다. 백두에서 한라까지 평지가 되고, 다도해가 메워져 땅이 되어야 만족할까?

愚公移山

太行王屋二山, 方七百里, 高萬仞. 本在冀州之南, 河陽之北 北山愚公者, 年且九十, 面山而居. 懲山北之塞, 出入之迂也, 聚室而謀曰, 吾與汝畢力平險, 指通豫南, 達於漢陰, 可乎. 雜然相許. 其妻獻疑曰, 以君之力, 曾不能損魁父之丘, 如太行王屋何. 且焉置土石. 雜曰, 投諸渤海之尾, 隱土之北 遂率子孫荷擔者三夫, 叩石墾壤, 箕畚運於渤海之尾. 鄰人京城氏之孀妻, 有遺男, 始齔, 跳往助之 寒暑易節, 始一反焉. 河曲智叟笑而止之曰, 甚矣, 汝之不惠. 以殘年餘力, 曾不能毁山之一毛, 其如土石何. 北山愚公長息曰, 汝心之固, 固不可徹, 曾不若孀妻弱子. 雖我之死, 有子存焉, 子又生孫, 孫又生子, 子又有子, 子又有孫 子子孫孫 無窮匱也 而山不加增 何苦而不平 河曲智叟亡以應 操蛇之神聞之, 懼其不已也, 告之於帝. 帝感其誠, 命夸娥氏二子負二山, 一厝朔東, 一厝雍南. 自此, 冀之南漢之陰, 無隴斷焉.

『列子』「湯問」

내려와 주지 않는 갈매기
鷗鳥不下
갈매기 구 새 조 아닐 불 아래 하

　동해안의 어떤 마을에 갈매기를 아주 좋아하는 한 젊은이가 살고 있었다. 그는 날마다 바닷가에 나가 갈매기와 놀았다. 갈매기들은 그가 바닷가에 나가면 수십 수백 마리씩 주위를 선회하거나 내려앉기도 하고, 그의 품으로 날아들기도 했다.
　하루는 젊은이가 집에 돌아오자 아버지가 말했다. "듣자 하니 너는 갈매기와 친하다지? 내일 한 마리만 잡아 다오. 내가 갈매기를 길러 보게."
　다음날 그는 바닷가로 나가 갈매기를 바라보았다. 갈매기는 머리 위에서 높이 날기만 할 뿐 한 마리도 내려오려 하지 않았다.

解 맹자는 이렇게 말했다. "사람을 알아보는 데는 눈동자보다 좋은 것이 없다. 눈동자는 나쁜 마음을 숨기지 못한다. 마음이 바르면 눈동자가 맑고, 마음이 바르지 않으면 눈동자가 흐리다. 그 사람의 말을 듣고 그의 눈동자를 살펴보면 자신을 숨길 수 없다." 선이든 악이든 마음에서 나올 때 갈라지는 기미가 있다. 그 기틀이 되는 마음을 잘 살피고 조심해야 한다. 사람이 나쁜 마음을 먹으면 조만간 반드시 자취로 드러나는 법이다. 진실한 마음으로 대해야 상대방도 진실한 마음으로 보답한다.

鷗鳥不下
海上之人有好鷗鳥者. 每旦之海上, 從鷗鳥游. 鷗鳥之至者百數而不止. 其父曰, 吾聞鷗鳥皆從汝游. 汝取來, 吾玩之. 明日之海上, 鷗鳥舞而不下也.
『列子』「黃帝」

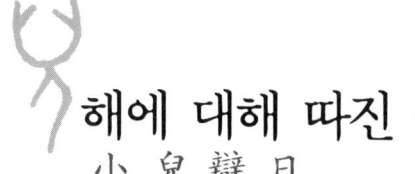

해에 대해 따진 두 아이
小 兒 辯 日
작을 소 아이 아 다툴 변 해 일

동쪽으로 유세를 떠난 공자는 길가에서 두 아이가 격렬하게 논쟁하고 있는 것을 보았다. 공자가 마차에서 내려 까닭을 알아보려고 가까이 갔다. 아이들은 공자에게 판결을 내려 달라고 부탁했다.

한 아이가 말했다. "아침에는 해가 사람과 아주 가깝고, 오후에는 멀지요?"

"그렇지 않아." 다른 아이가 서둘러 말했다. "아침에는 사람에게서 멀어야 하고, 오후에는 가까워야 해."

앞의 아이가 재빨리 소리쳤다. "틀렸어. 아침에 해가 뜰 때는 우산만 하다가 정오에는 채반만큼 작아지는걸 보았어. 가까우니까 크게 보이고, 머니까 작게 보이는 것 아니겠어?"

"네가 틀렸어." 또 한 아이가 자신의 견해를 말했다. "아침에는 서늘하고, 정오에는 가마솥처럼 더워지지. 가까울 때는 뜨겁고, 멀 때는 서늘하기 때문이야."

두 아이는 서로를 납득시키지 못하여 공자에게 판결을 부탁한 것이다. 공자는 한참 동안 끙끙거리며 골치를 앓았지만 답을 내지 못했다.

두 아이는 박수를 치며 비웃었다. "누가 당신더러 태어나면서부터 아는 성인이라 했던가요?"

해에 대해 따진 두 아이의 이야기는 아주 오래 전부터 자연 현상을 나름대로 과학적으로 분석하고 이해하려 했다는 사실을 나타낸다. 해가 일출과 일몰 때 더 지구에 가까운가, 일중 때 더 지구에 가까운가 하는 문제는 아주 흥미로운 문제이다. 후한 때 학자인 왕충의 『논형論衡』「설일說日」에 이 문제가 자세히 실려 있다. 문제의 핵심을 간략하게 정리하면 다음과 같다. 일출과 일몰 때 태양이 지구에 가까이 있다는 주장이 있다. 이 주장의 근거는 가까이 있는 것은 크고, 멀리 있는 것은 작게 보인다는 것이다. 지구에서 보는 태양의 크기가 일출과 일몰 때는 크고, 일중 때는 작기 때문이다. 이와 달리 일중 때 태양이 지구에 가까이 있다는 주장이다. 이 주장의 근거는 열기가 있는 것은 가까이 있으면 더 뜨겁고, 멀리 있으면 덜 뜨겁다는 것이다. 일중 때 더 따뜻하고, 일출과 일몰 때 덜 따뜻하기 때문이다.

왕충은 몇 가지 근거를 들어 일중 때 태양이 더 가깝다고 했지만 그 주장은 당시의 과학적 지식의 한계 때문에 썩 타당한 것 같지는 않다. 어쨌든 중요한 것은 자연 현상을 과학적으로 분석하려고 시도했다는 것이다. 태어나면서부터 알았다는 공자도 이 문제에 답을 못했다고 은근히 비웃고 있지만, 사실 아무리 공자라고 해서 태어나면서부터 모든 것을 알 리도 없거니와 설령 그렇다 하더라도 그가 객관적 지식을 모두 알았다는 것은 아니다. 물질세계에 관한 지식은 끊임없는 경험을 통해 늘려 나가야 한다.

小兒辯日

孔子東游, 見兩小兒辯鬪. 問其故. 一兒曰, 我以日始出時去人近, 而日中時遠也. 一兒以日初出遠, 而日中時近也. 一兒曰, 日初出大如車蓋, 及日中則如盤盂. 此不爲遠者小而近者大乎. 一兒曰, 日初出滄滄涼涼, 反其日中如探湯. 此不爲近者熱而遠者涼乎. 孔子不能決也. 兩小兒笑曰, 孰爲汝多知乎.
『列子』「湯問」

활쏘기 수업
紀昌學射
벼리 기 창성할 창 배울 학 쏠 사

　감승은 고대의 유명한 궁사이다. 그의 날카로운 화살이 향하는 곳에서는 날던 새도 떨어지고 달리던 짐승도 고꾸라졌다. 그에게 비위라는 제자가 있었다. 그는 열심히 노력하여 스승보다 훨씬 뛰어난 기술을 가질 수 있었다.
　하루는 기창이라는 사람이 비위에게 배우러 갔더니, 비위는 이렇게 말했다. "너는 먼저 어떤 상황에서도 눈을 깜빡이지 않는 법을 배워야 한다. 그런 다음에야 활쏘기에 대해서 말할 수 있다."
　기창은 집으로 돌아와 비위의 말에 따라 아내의 베틀 밑에 드러누워 왔다 갔다 하는 북을 눈도 깜빡이지 않고 바라보았다. 이렇게 2년 동안 훈련하자 끝이 날카로운 송곳이 눈동자를 찌르려 해도 전혀 눈을 깜빡이지 않았다. 그는 이 사실을 비위에게 알리려고 흥분하여 뛰어갔다.
　비위는 고개를 설레설레 흔들며 이렇게 말했다. "아직 안 돼. 다음에는 눈의 힘을 길러야 활쏘기에 대해 말할 수 있어. 아주 작은 물체도 아주 크게 보이고, 어렴풋한 목표물도 분명히 볼 수 있거든 다시 찾아오게."
　집으로 돌아간 기창은 이 한 마리를 잡아 소 꼬리털에 매단 뒤, 창문 위에 걸어 두고 날마다 남쪽을 향해 눈도 깜빡이지 않고 바라보았다. 열흘쯤 지나자 이가 점점 더 분명히 크게 보이더니, 3년 뒤에는 마침내 수레바퀴만큼 크게 보였다. 다른 작은 물건도 마찬가지로 언덕만큼 크게 보였다. 그는 연나라에서 나는 쇠뿔로 만든 활에다 초나라에서 나는 쑥대로 만든 화살로 이를 쏘았다. 활시위 소리와 함께 날카로운 화살이 이의 심장을 꿰뚫었지만 소 꼬리털은 단단하게 공중에 매달려 있었다. 그래서 그는 비위에게 달려가 이러한 사실을 알렸다.

비위는 그의 말을 듣자 뛸 듯이 기뻐하고 그의 어깨를 두드리며 말했다. "축하하네. 자네는 이제 기술을 완벽하게 습득했네."

 이 우화는 검술, 궁술처럼 기능과 기예의 차원이 아니라 검도, 궁도처럼 도의 차원으로 승화되는 과정을 감승, 비위, 기창을 통해 보여주었다. 마치 백정 정이 소 한 마리를 잡아서 각을 뜨는데 조금도 군더더기 없이 전체 과정을 물 흐르듯이 전개해 간 것과 같이 기창도 피나는 훈련 끝에 도의 경지에 이르렀다. 어느 분야든 이처럼 도의 경지가 있는가 보다. 몸으로 하는 모든 일은 그 일이 몸에 익으면 어느 순간에는 자신의 의식과 관계없이 그야말로 도에 따라 저절로 이루어지는 경지가 있다고 한다.

紀昌學射

甘蠅古之善射者. 彀弓而獸伏鳥下. 弟子名飛衛, 學射於甘蠅而巧過其師.
紀昌者又學射於飛衛. 飛衛曰, 爾先學不瞬, 而後可言射矣.
紀昌歸, 偃臥其妻之機下, 以目承牽挺. 二年之後, 雖錐末倒眥而不瞬也
以告飛衛. 飛衛曰, 未也. 必學視而後可. 視小如大, 視微如著, 而後告我.
昌以氂懸蝨於牖, 南面而望之. 旬日之間, 浸大也. 三年之後, 如車輪焉.
以覩餘物, 皆丘山也. 乃以燕角之弧, 朔蓬之簳射之, 貫蝨之心, 而懸不絶
以告飛衛. 飛衛高蹈拊膺曰, 汝得之矣.
『列子』「湯問」

붉은 칼과 불로 씻은 천
赤 刀 火 布
붉을 적 칼날 인 불 화 베 포

주나라 목왕이 서쪽의 견융을 정벌했다. 견융인들은 아주 괴이하고 진기한 보물을 많이 바쳤는데, 그 가운데 곤오라는 칼은 길이가 한 자 여덟 치에 곤오산에서 생산되는 순수한 강철을 제련해 만든 것이었다. 싸늘한 빛을 사방으로 내뿜으며 견줄 데 없이 날카로워 아주 단단한 옥도 진흙을 자르듯 잘랐다. 또 하나는 불로 씻은 천인데 그것으로 옷을 지은 다음 더러운 기름을 발라 활활 타는 불에 던지면, 한참 뒤 천은 불타는 빨간색이 되고 더러운 때가 씻겨 천의 색깔이 드러났다. 불에서 그것을 꺼내 털면 옷이 하얗게 빛을 내고 흰 눈처럼 깨끗해졌다.

주나라에서는 여태까지 이런 신기한 물건을 본 적이 없었기 때문에 온 궁정 안에 경탄하는 소리가 그치지 않았다. 그 말을 들은 태자는 그들이 헛소리를 한다고 생각했다. 천이라는 것은 불에 가장 잘 타는 것인데 어떻게 불로 때를 씻는단 말인가? 또 강한 칼이라도 단단한 나무를 베면 칼날이 무뎌지게 마련인데 어떻게 옥을 진흙처럼 자른단 말인가? 세상에 이런 물건은 결코 있을 수 없다고 생각했다.

소숙이라는 대신이 머리를 흔들며 이렇게 말했다. "태자 마마께서는 너무 자신하시는 것 같군요. 직접 보지 못한 것은 하늘 아래 없는 것이라 여기시는군요."

눈으로 본 것만 믿으려는 사람들이 있다. 그들은 견문이 좁고 자기 세계에 갇혀서 자기의 선입견만 고집하는 사람들이다. 칼은 옥을 자를 수 없고, 천은 불에 탄다는 통념이 반드시 진리는 아니다. 자신이 보지 못한 것이라 해서 무조건 부인해서는 안 된다. 과학 기술의 발달로 예전에는 상상도 하지 못한 일들이 얼마나 많이 일어나고 있고, 일상화되어 있는가 말이다.

赤刃火布

周穆王大征西戎, 西戎獻錕鋙之劍, 火浣之布. 其劍長尺有咫, 煉鋼赤刃, 用之切玉如切泥焉. 火浣之布, 浣之必投於火, 布則火色, 垢則布色, 出火而振之, 皓然疑乎雪. 皇子以爲無此物, 傳之者妄. 蕭叔曰, 皇子果於自信, 果於誣理哉.
『列子』「湯問」

따뜻한 봄볕을 임금님께 드리자
負 暄 獻 曝
질 부   따뜻할 훤   바칠 헌   쬘 폭

송나라에 어떤 농부가 있었다. 그는 거친 삼베옷으로 간신히 겨울을 났다. 바야흐로 햇볕이 따뜻하게 온 천지를 비추는 봄이 왔다. 열심히 밭을 갈던 농부는 내리쬐는 햇볕에 온몸이 노곤하게 풀어져서, 남들은 넓고 따뜻한 방에 살며 가볍고 따뜻한 여우와 담비의 가죽옷을 입고 있다는 것을 알지 못하고 자기만 따뜻한 볕을 누린다고 생각했다. 농부는 아주 흡족하여 아내를 돌아보며 말했다.

"이런 즐거움을 다른 사람도 알까? 임금님께 이 따뜻한 봄볕을 드리도록 합시다. 그러면 아마 우리에게 큰상을 주실 거요."

 이 우화는 봄철에 새로 돋은 미나리를 먹어 본 사람이 미나리가 너무 맛있어서 임금님께 드리려고 했다는 이야기와 함께 '근폭지헌芹曝之獻'이라 하여, 우매한 시골 사람의 순진한 충정을 말하거나 남에게 바치는 예물을 겸손하게 칭하는 말이 되었다. 본래 의미는 자신의 주관적 감각에 얽매여 문제를 보면 한계가 많고 또한 자기만족에 빠져서 객관적으로 정황을 파악할 수 없음을 설명하는 것이다. 견문이 짧은 사람은 자기의 견문만 신뢰하려는 경향이 있다. 이런 사람은 세상이 넓은 줄도 모르고, 자기가 먹은 미나리와 자기가 쬔 봄볕을 세상에 둘도 없이 귀한 것으로 여긴다.

負暄獻曝

昔者, 宋國有田夫, 常衣縕黂, 僅以過冬. 曁春東作, 自曝於日, 不知天下之有廣廈隩室, 綿纊狐狢. 顧謂其妻曰, 負日之暄, 人莫知者, 以獻吾君, 將有重賞.
『列子』「楊朱」

양포는 왜 자기 개를 때렸는가
楊 布 打 狗
버들양 베포 칠타 개구

양주에게는 양포라는 동생이 있었다. 하루는 이 양포가 아침 일찍 흰 옷 차림으로 물건을 사러 거리에 나갔다가, 갑자기 쏟아진 소나기를 맞아 겉옷을 벗고 검은 속옷 차림으로 돌아왔다. 대문 앞에 이르렀을 때 그가 기르던 큰 개가 그를 낯선 사람으로 알고, 이빨을 드러내며 왕왕 짖었다. 이를 본 양포는 노발대발하여 장작을 치켜들고 그 개를 쫓아가 때렸다.

집에서 뛰어나온 양주가 그 꼴을 보고 이렇게 말했다. "때리지 마라. 너는 왜 개를 이상하게 생각하느냐? 만일 개가 나갈 때는 흰털이었는데 돌아올 때는 검은 털로 변했다면 너는 이상하게 생각하지 않겠느냐?"

 개는 겉모습이나 냄새로 사물을 판별한다. 양포가 나갈 때는 흰옷을 입었으나 들어올 때는 검은 속옷 차림이었으니, 겉모습도 변한 데다 비를 흠뻑 맞아서 아마 냄새도 변했을 것이다. 그러니 개가 잘못 알아본 것도 이상한 일이 아니다. 그런데도 자기가 변한 것은 생각하지도 않고 개만 나무랐다. 자기 잘못은 생각지 않고 남만 나무라거나, 자기에게서 원인을 찾지 않고 남에게서만 원인을 따지는 사람이 흔히 있다.

楊布打狗

楊朱之弟曰布, 衣素衣而出, 天雨 解素衣 衣緇衣而反. 其狗不知, 迎而吠之, 楊布怒, 將撲之. 楊朱曰, 子無撲矣. 子亦猶是也. 嚮者使汝狗白而往, 黑而來, 豈能無怪哉.
『列子』「說符」

관윤자의 활쏘기 교수법
關 尹 子 教 射
빗장 관　다스릴 윤　아들 자　가르칠 교　쏠 사

　　열자는 관윤자에게 활쏘기를 배웠다. 열자는 활을 쏘아 과녁을 맞힐 수 있자, 관윤자에게 뛰어가 물었다. "제가 잘 배웠지요?"
　　관윤자가 열자에게 물었다. "너는 네가 과녁을 맞힌 까닭을 아느냐?"
　　열자가 모른다고 대답하자 관윤자가 말했다. "모른다고? 그런데 어떻게 잘 배웠다고 말할 수 있지?"
　　열자는 또 계속해서 3년 동안 배우고 나서 다시 관윤자에게 평가를 청했다. 관윤자는 또 물었다. "너는 네가 과녁을 맞힌 까닭을 아느냐?"
　　열자가 대답했다. "압니다."
　　관윤자는 그제야 이렇게 말했다. "이제 됐구나. 과녁을 맞힌 까닭을 알았다니 이제야 잘 배웠다고 할 수 있다. 그 까닭을 잊어버리거나 어겨서는 안 된다. 활쏘기만 그러한 것이 아니다. 나라나 몸이나 마찬가지이다. 보존되느냐, 망하느냐에 신경을 쓸 것이 아니라 보존되고 망하는 원리와 까닭에 신경써야 한다."

열자가 정말 배워야 할 것은 과녁을 맞힐 수 있는 까닭, 곧 활쏘기의 원리이다. 어쩌다 과녁을 맞혔다 해서 활쏘기에 숙달한 것은 아니다. 바람의 방향이나 세기는 언제나 일정하지 않고, 활을 들었다 놓는 각도도 늘 다르기 때문에 활을 쏘는 조건이 아무리 변하더라도 과녁을 맞힐 수 있도록 하자면 활쏘기의 원리를 잘 파악해야 한다. 무슨 일이든 마찬가지이다. 근본적인 것을 파악하고 확실하게 몸에 익혀 두어야 어떤 상황에서도 변통하고 적용할 수 있다.

關尹子敎射

列子學射中矣. 請於關尹子. 尹子曰, 子知子之所以中者乎. 對曰, 弗知也. 關尹子曰, 未可. 退而習之 三年, 又以報關尹子. 尹子曰, 子知子之所以中乎. 列子曰, 知之矣. 關尹子曰, 可矣, 守而勿失也. 非獨射也, 爲國與身亦皆如之, 故聖人不察存亡而察其所以然.

『列子』「說符」

뽕따는 아낙
道見桑婦
길도 볼견 뽕나무상 여자부

진나라 문공이 출정하여 위나라를 치려고 했다. 그때 공자인 서가 하늘을 쳐다보며 큰소리로 웃었다. 막 위나라를 치려고 계획하고 있던 차에 서가 웃었기 때문에 문공은 눈살을 찌푸리며 못마땅하다는 듯이 물었다. "왜 웃는 거냐?"

서가 대답했다. "저는 이웃 사람의 일이 생각나서 웃었습니다."

"무슨 일이냐. 사실대로 아뢰라."

"하루는 제 이웃 사람이 자기 아내를 친정에 보내려고 배웅을 나갔습니다. 그런데 가던 길에 뽕을 따는 아낙네를 만났는데, 그 아낙네의 자태가 고왔나 봅니다. 이웃 사람은 뽕따는 아낙네와 눈길을 주고받으며 희학질을 했습지요. 그러다 이 사람이 자기 아내를 돌아보니, 글쎄 어떤 사내와 눈길을 주고받는 것이 아니겠습니까? 그 생각이 나서 그만 웃고 말았습니다. 죽을죄를 지었습니다."

문공은 이 이야기가 무엇을 말하는지를 깨닫고 위나라를 치려던 일을 취소하고 군사를 돌이켜 회군했다. 진나라로 돌아오기도 전에 북쪽 국경을 침범당했다.

解 남을 모욕하면 반드시 나도 모욕을 당하고, 남을 괴롭히면 반드시 나도 괴롭힘을 당한다. 대낮에 남의 아낙에게 희학질을 했으니 자기 아내에게도 희학질을 하는 사람이 있는 것이다. 남을 괴롭히니 자기도 남에게 당하는 것이다. 남의 나라를 치니 그 틈에 다른 나라가 쳐들어오는 것이다.

道見桑婦

晉文公出, 會欲伐衛. 公子鋤仰天而笑. 公問何笑.
曰, 臣笑鄰之人有送其妻適私家者. 道見桑婦, 悅而與言.
然顧視其妻, 亦有招之者矣. 臣竊笑此也. 公寤其言, 乃止. 引師而還.
未至, 而有伐其北鄙者矣.
『列子』「說符」

갈림길 때문에 잃어버린 양
多岐亡羊
많을 다 갈림길 기 잃을 망 양 양

양주의 이웃에서 양 한 마리를 잃어버렸다. 온 식구를 불러들여 노소를 불문하고 찾아보도록 하고, 양주에게도 사람을 보내 도와 달라고 부탁했다. 양주는 이상하게 생각되어 물었다. "양 한 마리를 잃어버렸다면서 왜 이렇게 많은 사람을 동원했소?"

이웃에서는 이렇게 대답했다. "갈림길이 너무 많아서요."

한나절이 지나자 양을 찾으러 갔던 사람들이 모두 고개를 떨구고 기가 꺾인 채로 돌아왔다.

양주가 물었다. "양을 찾았소?"

"못 찾았습니다."

"큰길에는 갈림길이 있고, 그 갈림길에 또 갈림길이 있으니 양이 어디로 갔는지 알 수가 있어야죠. 사람이 아무리 많아도 어쩔 도리가 없겠더군요."

양주는 그 이야기를 듣고 갑자기 낯빛이 바뀌면서 온종일 웃지도 않고 말도 하지 않았다. 제자가 이상하게 여기고 물었다. "양은 하찮은 가축이며, 또 선생님의 것도 아닌데 왜 말씀도 하시지 않고 웃지도 않으십니까?"

양주는 여전히 대답이 없었고, 제자도 그 까닭을 몰랐다.

解 데카르트는 학문을 통해 진리를 탐구해 나아가는 규칙을 자기 나름대로 네 가지로 정리했다. 내가 분명히 참되다고 안 것 외에는 어떤 것도 참된 것으로 받아들이지 않는다. 어려운 문제를 하나하나 될 수 있는 대로 작은 부분으로 나눈다. 가장 단순하고 쉬운 것에서부터 시작하여 순서를 따라 가장 복잡하고 어려운 문제까지 나아간다. 하나도 빠뜨리지 않았다고 확신할 수 있을 정도로 언제나 점검하고 전체를 훑어본다.

옛날부터 학문의 길을 양을 찾는 일로 비유하는 경우가 많았다. 『성서』에서는 영혼을 구원하는 것을 잃어버린 양을 찾는 것에 비유하기도 한다. 양을 잃었을 때는 양의 습성과 생태를 잘 파악하여 양이 갈 만한 길을 찾고, 길을 하나 정하면 양이 갈 수 있는 만큼의 거리를 좇아가 볼 일이다. 갈림길이 많다고 하여 이 길로도 가보고 저 길로도 가보다가는 우왕좌왕하다 아무것도 찾지 못한다. 일이나 공부를 할 때도 여러 분야에 신경을 쓰고 관심을 분산시키면 요령을 얻기 어렵다.

이 이야기에서 유래된 고사성어 다기망양多岐亡羊은 학문의 길이 너무 다방면으로 갈라져 진리를 찾기 어렵다는 뜻으로 쓰는 말이다. 또는 방침이 너무 많아서 도리어 갈피를 잡을 수 없다는 뜻으로도 쓴다.

多歧亡羊

楊子之鄰人亡羊. 旣率其黨, 又請楊子之豎追之. 楊子曰, 嘻, 亡一羊, 何追者之衆. 鄰人曰, 多歧路. 旣反問, 獲羊乎. 曰, 亡之矣. 曰, 奚亡之, 曰, 歧路之中又有歧焉, 吾不知所之, 所歧以反也. 楊子戚然變容, 不言者移時, 不笑者竟日. 門人怪之, 請曰, 羊賤畜, 又非夫子之有, 而損言笑者何哉. 楊子不答, 門人不獲所命.

『列子』「說符」

멧비둘기 방생
獻 鳩 放 生
바칠 헌 비둘기 구 놓을 방 날 생

　해마다 정월 초하루가 되면 조나라의 수도인 한단 일대의 백성은 떼를 지어 산과 들로 나가 많은 멧비둘기를 잡아 조간자의 저택으로 보냈다. 조간자는 망 속에서 살아 퍼덕이는 멧비둘기를 보고 아주 좋아하며 잡아오는 사람에게 후한 상을 주도록 지시했다. 조간자의 식객 한 사람이 이것을 보고 아주 이상하게 여겨 이 멧비둘기들을 어떻게 할 것인지 물었다.
　조간자는 이렇게 대답했다. "생명이란 다 고귀한 거라네. 정월 초하룻날 놓아주어 살아 있는 것에 대한 사랑을 표시하기 위해서지."
　식객은 이 말을 듣고 큰 소리로 웃으며 이렇게 말했다. "그것이 살아 있는 것을 사랑하는 방법이란 말씀이지요? 백성은 당신이 놓아주려는 그 멧비둘기를 잡아 바치면 후한 상을 받는다는 것을 알고 있습니다. 그래서 모두 멧비둘기를 먼저 잡으려고 다툽니다. 덫을 놓기도 하고, 그물을 치기도 하지요. 그러면 대부분 다치거나 죽고, 산 채로 잡는 경우는 아주 드뭅니다. 당신이 만일 이런 작은 생명을 불쌍히 여긴다면 멧비둘기 잡는 일을 금지하는 게 더 낫습니다. 그렇지 않고 잡다가 또 놓아준다면 당신의 은덕이 당신의 죄를 감당하지 못할 것입니다."
　조간자는 이 말을 듣고 얼굴이 벌겋게 되면서 고개를 끄덕였다.

解 생명에 대한 조간자의 사랑이 도리어 생명을 파괴하는 까닭이 되고 말았다. 원래 방생은 사냥꾼이나 낚시꾼이 잡은 짐승을 돈을 주고 사서라도 놓아줌으로써 생명을 아끼는 사랑의 행위이다. 모든 생명체는 어떤 방법으로든 다른 생명체의 희생을 담보로 자신의 삶을 유지한다. 그러므로 낚시꾼이든 사냥꾼이든 물고기나 새나 짐승을 잡는 것은 삶을 유지하는 방편이니 그 자체를 나쁜 것으로 볼 수는 없다.

그런데 노획물을 보고 연민을 느끼는 것 또한 자비의 정신이고 생명을 존중하는 아름다운 정신이다. 방생이란 이처럼 죽임과 살림이 긴장을 갖고 적정한 선에서 만나는 것이다. 한쪽은 생존을 위해 생명을 희생해야 하고, 한쪽은 생명 자체에 대한 끝없는 연민을 어찌할 수 없어서 둘이 팽팽하게 긴장하는 가운데 방생이라는 자비가 생긴다. 그러나 모든 희생물을 방생할 수는 없다. 그러면 아무도 살 수가 없기 때문이다. 그렇다고 희생물에 대한 아무런 반성과 성찰이 없어서도 안 된다. 모든 생명은 서로 얽혀 있기 때문이다. 요즘은 종교 단체의 방생을 위해 전문적으로 짐승이나 물고기를 잡아 가두고 길러서 파는 사람도 있다고 하니, 생명과 삶에 대한 존중과 성찰에서 나온 방생이라는 거룩한 행위가 형식만 남아서 방생을 위한 희생을 야기하고 있다. 조간자나 방생에 참여하는 신도나 생명을 존중하고 자비를 베푼다는 허명虛名만 좇고 있는 것이다.

獻鳩放生

邯鄲之民, 以正月之旦獻鳩於簡子. 簡子大悅, 厚賞之. 客問其故. 簡子曰, 正旦放生, 示有恩也. 客曰, 民知君之欲放之, 故競而捕之, 死者衆矣. 君如欲生之, 不若禁民勿捕. 捕而放之, 恩過不相補矣. 簡者曰, 然.

『列子』「說符」

사람과 물고기와 기러기
人 與 魚 雁
사람 인 더불 여 고기 어 기러기 안

　제나라에 전 씨라는 성을 가진 대귀족이 살고 있었다. 그는 식객이 천 명이 넘고 생활도 아주 윤택했다.
　하루는 전 씨 집에서 넓은 뜰에다 큰 잔치를 베풀었는데, 손님 가운데 물고기와 기러기를 예물로 바친 사람이 있었다. 주인은 그것을 보고 아주 기분이 좋아져서 이렇게 말했다. "하느님께서 내게 정말 잘 해 주시는구나. 자네들 이 물고기와 기러기를 좀 보게. 내 배를 즐겁게 해주려고 생긴 것 아니겠나?"
　손님들이 이 말을 듣고 머리를 끄덕이며 아첨을 했다.
　그 자리에는 나이가 열두어 살쯤 된 포 씨 집안의 아이가 있었는데, 그 아이가 일어나 이렇게 말했다. "나는 아저씨 생각에 찬성하지 않습니다. 사람도 천지 만물 가운데 하나일 뿐입니다. 크기나 지력이 달라 생물계에 약육강식이 있다지만, 하늘이 누구를 위해 누구를 태어나게 한 것은 결코 아닙니다. 사람은 먹을 만한 것을 골라 먹지만 이러한 것들을 하느님이 특별히 사람을 위해 나게 했다고 할 수 있을까요? 마찬가지로 모기가 사람의 피를 빨아먹고, 호랑이가 사람의 고기를 먹지만 하늘이 특별히 그들을 먹이기 위해 사람을 만든 것이라 하기는 어렵지 않습니까?"

🈕 영국의 어느 입담 좋은 작가가 이런 말을 했다고 한다. "젖소에게 젖이 넷 있는 까닭은, 둘은 송아지에게 젖을 주고 나머지 둘은 사람에게 우유를 공급하도록 하느님이 창조했기 때문이다." 웃자고 한 말인지는 모르지만 전형적인 인간 본위의 사고방식이 아닌가? 우리가 식물이나 동물을 분류할 때 식용 약용, 익충 해충 따위로 분류하는 것도 순전히 인간 본위의 발상이다.

『히브리 성서』에서는 하느님이 천지를 창조하고 인간을 창조한 다음, 낟알을 내는 풀과 씨가 든 과일나무를 인간에게 주어서 낟알과 과일로 양식을 삼게 했다고 한다. 그리고 온갖 짐승에게도 풀을 먹이로 주었다고 한다. 동중서도 『춘추번로』에서 이렇게 말했다. "천지가 만물을 만든 것은 사람을 위한 것이다. 그러므로 먹을 수 있는 것으로는 몸을 유지하고, 위세를 부릴 만한 대상은 복종시킨다." 세상을 하느님이나 또는 신적인 그 무엇이 어떤 목적을 위해 만들었다는 이런 설명은, 통치 목적이나 인위적 관점에서 세계를 신학적, 목적론적으로 해명하는 것일 뿐 과학적인 설명은 아니다.

생물은 살아가기 위해서 다른 생물이나 무생물을 먹어야 한다. 생물의 먹이사슬에서 포식자와 피식자의 관계는 필연적이거나 절대적인 관계가 아니다. 환경에 적응하는 과정에서 형성된 것일 뿐이다. 최상위의 포식자인 사람도 다른 생물의 먹이가 된다. 기생충과 박테리아와 갖가지 균의 숙주가 되기도 하고, 죽어서 미생물의 먹이가 되어 분해된다. 그러므로 어느 한 생물이 다른 생물의 먹이가 되어야 할 운명이나 목적으로 생겨난 것은 아니다. 신학적인 세계관이든 과학적인 세계관이든 모두 나름대로 가치가 있다. 그렇지만 무엇이든 인간 본위나 자기 본위로 생각해서는 안 된다. 베이컨은 이를 종족의 우상이라고 하여 올바른 인식을 방해하는 것이라 했다.

人與魚雁

齊田氏祖於庭, 食客千人中坐 有獻魚雁者, 田氏視之, 乃嘆曰, 天之於民厚矣. 殖五穀, 生魚鳥以爲之用. 衆客和之如響. 鮑氏之子, 年十二, 預於次 進曰, 不如君言. 天地萬物與我並生, 類也 類無貴賤 徒以小大智力而相制, 迭相食, 非相爲而生之. 人取可食者而食之, 豈天本爲人生之. 且蚊蚋噆膚, 虎狼食肉, 非天本爲蚊蚋生人虎狼生肉者哉.

『列子』「說符」

길에서 주운 차용증
路邊契據
길로 가변 맺을계 의거할거

송나라의 어떤 사람이 길을 가다가 버려진 차용증 한 장을 발견했다. 그는 그것을 주워 황급히 집으로 뛰어가서는 문을 꽁꽁 닫아걸었다. 그것을 살며시 펴 보니 거기에는 많은 재물의 목록이 적혀 있었다. 그는 아주 기분이 좋아져서 하나하나 수를 세어 보며 점검했다. 그는 차용증을 자세히 보고 또 본 다음 조심스럽게 상자에 집어넣고 자물쇠를 채웠다. 그러고 나서 이웃집에 가서 허풍을 떨었다.

"조금만 기다려 봐. 나는 아주 큰 부자가 될 거야."

 버려진 차용증을 주워서 곧 부자가 될 거라 착각하고 득의양양한 태도로 큰 소리 치는 사람의 이야기는 아무런 노력도 하지 않고 요행을 바라는 태도를 풍자한 것이다. 요즘 사회는 요행을 조장하는 사회이다. 건전한 노동이 정당한 대가를 받지 못하고, 노동을 하건 요행히 일확천금을 하건 손에 넣은 재화는 질적인 차이가 없으니 땀 흘려 노동하지 않고 일확천금만 꿈꾼다. 노동이 정당하게 평가받지 못하는 사회는 병든 사회이다.

路邊契據
宋人有遊於道, 得人遺契者. 歸而藏之, 密數其齒. 告鄰人曰, 吾富可待矣.
『列子』「說符」

의심스러운 눈으로 보면
亡 鉄 者
잃을 망 도끼 부 사람 자

어떤 시골 노인이 도끼를 잃어버렸다. 그는 이웃집 아이가 그것을 훔쳐 갔다는 의심이 들어 언제나 그 아이의 걸음걸이, 표정, 말소리, 태도를 주의 깊게 보았다. 그랬더니 도끼를 훔쳐 간 것 같지 않은 데라곤 한군데도 없었다.

오래지 않아 노인은 다시 도끼를 찾았는데, 알고 보니 산에서 나무를 하다가 깜박 잊고 가져오지 않은 것이었다. 다음날 노인은 다시 이웃집 아이를 만났다. 그 아이의 동작과 태도를 유심히 살펴보았지만 도끼를 훔칠 사람 같은 구석이라곤 한군데도 없었다.

 이웃집 아이의 말과 행동에는 조금도 변함이 없었는데, 노인의 견해는 앞뒤로 전혀 달라졌다. 의심스러운 눈으로 보면 의심스럽지 않은 곳이라고는 하나도 없다. 모든 것이 다 의심스럽다. 믿는 눈으로 보면 모든 것이 다 믿을 만하다. 의심한다고 나쁜 것도, 믿는다고 좋은 것도 아니지만 그만큼 선입견과 편견이 참된 앎과 판단을 방해한다. 어떤 일이든지 정확하고 객관적인 사실 정황을 근거로 판단해야 한다.

亡鉄者

人有亡鉄者, 意其鄰之子. 視其行步竊鉄也, 顔色竊鉄也, 言語, 竊鉄也, 動作態度無爲而不竊鉄也 俄而抇其谷而得其鉄 他日復見其鄰人之子, 動作態度無似竊鉄者.
『列子』「説符」

금방 털이
齊人攫金
제나라 제　사람 인　움킬 확　쇠 금

　옛날 제나라의 어떤 사람이 자나 깨나 금만 생각하고 있었다. 하루는 무슨 생각이 들었는지 아침 일찍 일어나 옷을 챙겨 입고는 시장으로 달려가 금방으로 곧장 들어가더니, 금 덩어리 하나를 집어 들고 돌아서서 냅다 뛰었다.
　포졸이 그를 붙잡아 꾸짖으며 물었다. "그렇게 사람이 많은 데서 어떻게 감히 남의 금을 훔친단 말이냐?"
　그 사람은 이렇게 대답했다. "내가 금을 집어들 때는 금만 보였지 사람은 하나도 눈에 들어오지 않았소."

 이욕에 눈이 어두운 사람은 오로지 재물에만 관심이 있을 뿐 다른 것은 눈에 들어오지 않는다. 극단적인 개인주의에 빠진 사람은 무슨 일이나 자기 관점에서 단편적으로 생각하기 때문에 객관적으로 판단할 수 없다.

齊人攫金
昔齊人有欲金者, 清旦衣冠而之市, 適鬻金者之所, 因攫其金而去. 吏捕得之, 問曰, 人皆在焉, 子攫人之金何. 對曰 取金之時, 不見人, 徒見金.
『列子』「說符」

선왕의 활 솜씨
齊 宣 王 好 射
나라이름 제 베풀 선 임금 왕 좋아할 호 쏠 사

   제나라 선왕은 활쏘기를 좋아하여 왕궁 벽에 온갖 활들을 걸어 두었다. 그는 온힘을 다해 활시위를 당겨도 겨우 3석 짜리 활만 당길 수 있을 뿐이지만, 팔심이 남보다 뛰어나서 강궁을 쏠 수 있다고 칭찬해 주면 아주 좋아했다.
   주연이 있을 때마다 선왕이 꽃을 새긴 활을 들고 나와 크게 기합을 넣고 활을 당기면, 순식간에 문무백관이 큰 소리를 지르고 박수갈채를 퍼부으며 소리 높이 외쳤다. "왕께서는 신과 같은 힘을 갖고 계십니다."
   선왕은 기분이 좋아져서 좌우 대신들에게 활을 주고 돌아가며 쏘아보도록 했다. 대신들은 활을 잡고 이를 악물고는 한참 동안 활을 절반쯤 당기다가 도무지 당길 수 없는 체했다. 어떤 사람은 '허리가 저리다' 하고, 어떤 사람은 '어깨가 마비될 지경'이라고 하는 둥 일제히 선왕의 힘에 경탄하는 체 떠들어댔다.
   "이 활은 9석 짜리보다 낫습니다. 왕이 아니면 누가 이것을 다룰 수 있겠습니까?" 이렇게 아첨을 하면 선왕은 수염을 쓰다듬으며 만족스럽게 웃었다.
   겨우 3석 짜리 활을 다룰 수 있을 뿐인데도 그는 끝까지 자기가 9석 짜리 활을 다룰 줄 안다고 생각했다.

선왕은 강궁이라는 헛된 명예만 추구하고 아첨을 즐기다가 평생 허상과 환상 속에서 살게 되었다. 이름만 얻고 실상을 잃어버린 것이다.

齊宣王好射

齊宣王好射, 說人之謂己能強也, 其實所用不過三石, 以示左石, 左石皆引試之, 中關而止, 皆曰, 此不下九石, 非大王孰能用是. 宣王悅之 然則宣王用不過三石, 而終身自以爲九石.
『尹文子』「大道上」

황공의 딸 시집보내기
黃 公 好 謙
누를 황 어른 공 좋아할 호 겸손할 겸

옛날 제나라에 황공이라는 사람이 있었는데, 그는 아주 겸손하여 모든 사람들이 그를 칭송했다. 그런 황공에게 딸이 둘 있었다. 딸들은 깊은 규중에서 잘 자라 모두 용모가 아름답고 태도가 단아하여 경국지색傾國之色이라는 말에 어울릴 만했다. 어떤 사람이 그 말을 듣고 황공에게 말했다. "딸들의 재주와 용모가 출중하다지요?"

"뭘요." 황공은 계속 고개를 저으며 말했다. "우리 아이들은 재주도 없고 못생겨서 볼 게 없습니다."

이후 사람들은 그 말을 진짜로 믿었다. 순식간에 황공의 두 딸이 못생겼다는 소문이 멀리 퍼져, 혼기를 넘겼는데도 두 딸에게 청혼해 오는 사람이 아무도 없었다.

그 무렵 위나라의 어떤 사람이 일찍 마누라를 잃었다. 그렇다고 재혼하자니 돈이 없어 황공의 집으로 달려가 청혼을 했다. 일이 성사되어 혼례가 끝나고 면사포를 들춰보니, 뜻밖에도 너무나 미인이어서 뛸 듯이 기뻐했다.

이 소문은 순식간에 퍼졌다. 황공의 겸양이 지나쳐서 자신의 딸이 못생겼다고 한 것임을 알게 된 수많은 명문 귀족들이 다투어 둘째 딸에게 청혼을 하는 바람에 하루아침에 황공의 문 앞은 시장이 되었다.

겸양은 아름다운 덕이지만 지나친 겸양은 도리어 예가 아니다. 황공은 겸양이 지나쳐서 아름다운 딸의 혼기를 놓쳐 버렸다. 겸양도 상황에 맞고 적절하게 표현해야 한다. 이 우화 또한 본래 의도는 이름과 실상의 관계를 규명하려는 것이다. 경국지색이란 실상이고 용모가 추하다는 것은 이름이다. 추하다는 이름 때문에 경국지색이라는 실상이 드러나지 않았다. 위나라의 홀아비는 추하다는 이름을 고려하지 않았기 때문에 경국지색을 얻었다. 이름에 구애되면 실상을 파악하지 못하는 수가 있다.

黃公好謙

齊有黃公者, 好謙卑. 有二女, 皆國色. 以其美也, 常謙辭毀之, 以爲醜惡. 醜惡之名遠布, 年過而一國無聘者. 衛有鰥夫, 失時, 冒娶之, 果國色. 然後曰, 黃公好謙, 故毀其子, 不姝美. 於是爭禮之. 亦國色也.

『尹文子』「大道上」

가짜 봉황
山 雉 與 鳳 凰
뫼 산　꿩 치　더불 여　봉새 봉　봉새 황

초나라의 어느 산속에 꿩을 기르는 사람이 있었다. 하루는 길을 가던 어떤 사람이 난생 처음 깃털이 아름다운 꿩을 보고는 아주 신기하게 여겨 그게 무엇인가 물었다.

꿩을 기르는 사람은 꿩을 처음 보는 사람도 있는가 하여 일부러 거짓말을 했다. "당신이 이 새의 이름을 모르는 것도 이상할 게 없지요. 이것은 봉황입니다."

나그네는 봉황이라는 말을 듣고 깜짝 놀랐다. "세상에! 이 새가 바로 봉황이란 말이지요? 봉황이란 이름만 들었는데 그런 새가 정말 있기는 있었군요. 이 귀한 새를 저에게 파십시오."

그러더니 서슴없이 돈을 한 줌 꺼내 주면서 사겠다고 했다. 꿩을 기르는 사람이 짐짓 거절하는 체하자 그는 곧바로 값을 두 배로 쳐서 돈을 한 뭉치 집어 주고 사 갔다. 나그네는 이 봉황을 왕에게 바쳐 후한 상을 타려고 했는데, 애석하게도 다음날 꿩이 죽고 말았다. 나그네는 돈을 버린 일보다 초나라 왕에게 봉황을 바치지 못하게 된 일을 안타까워했다. 그는 머리를 쥐어뜯으며 아주 슬프게 통곡했다.

이 소문은 초나라에 아주 빠르게 퍼져 거리와 골목을 돌아다니면서 점점 살이 붙어 사람들이 꿩을 진짜 봉황으로 여길 정도였고, 이 소문을 접하는 사람마다 쯧쯧 혀를 차며 애석해 했다. 이 사실을 안 초나라 왕은 아주 유감스러워했다. 왕은 봉황을 바치려 했던 나그네의 충성을 높이 사 특별히 접견하고 꿩값의 열 배나 되는 상금을 내렸다.

한갓 명칭이라 하더라도 어떤 특정한 조건에서는 실제처럼 여겨지는 수가 있다. 꿩은 꿩일 뿐 봉황이 아니다. 그러나 온 나라 사람들이 봉황으로 알았기 때문에 마침내 꿩은 봉황이 되었다. 나그네는 봉황을 바치려고 한 것이고, 왕도 봉황을 바치려는 정성으로 받아들여 봉황을 바친 것에 해당하는 상을 내렸다. 그러니 꿩은 꿩이 아니라 봉황이지 무어란 말인가? 이 경우는 명칭이 실제를 만들어 낸 셈이다.

山雉與鳳凰

楚人有擔山雉者. 路人問曰, 何鳥也. 擔雉者欺之曰, 鳳凰也. 路人曰, 我聞有鳳凰, 今直見之. 汝販之乎. 曰, 然. 則請買十金, 弗與. 請加倍, 乃與之. 將欲獻楚王, 經宿而鳥死. 路人不遑惜其金, 唯恨不得以獻楚王. 國人傳之, 咸以爲眞鳳凰. 貴欲以獻之, 遂聞楚王. 感其欲獻於己, 召而厚賜之, 過於買鳥之金十倍.
『尹文子』「大道上」

옥을 주운 농부
田父得玉
밭 전 아비 부 얻을 득 옥 옥

　위나라의 어떤 농부가 밭에서 쟁기질을 하는데 갑자기 쟁기에 달그락 하고 뭔가가 부딪치는 소리가 나더니 크기가 한 자나 됨직한 이상한 돌덩이가 나왔다. 농부는 눈처럼 흰 결정이 들어 있는 이 돌을 요모조모 뜯어보았다. 하지만 아무리 생각해도 그게 무엇인지 알 수 없어서 이웃 사람을 불렀다. 이웃 사람은 그것을 보자마자 가슴이 두근두근 마구 뛰기 시작했다. 분명히 커다란 옥덩어리가 아닌가?

　그는 주위를 한 번 살펴보고 농부에게 말했다. "이 이상한 돌을 집안에 두면 집안에 재앙이 있을 테니 빨리 가져다 묻어 버리게."

　농부는 반신반의하며 일단은 그 돌을 가지고 집으로 돌아왔다. 그러고는 그것을 집안으로 들어가는 길에 놔두었다. 밤이 되어 어두워지자 이 괴상한 돌이 사방으로 빛을 뿜어 온 집안을 환히 비추었다. 농부의 식구들은 놀라서 어쩔 줄을 모르고 바삐 달려가 이웃 사람에게 알렸다.

　이웃 사람은 놀란 체하며 소리쳤다. "곧 귀신이 내려올 지도 모르니 빨리 그 재수 없는 것을 내다 버리게!"

　농부는 돌을 가지고 정신없이 마을 밖으로 뛰어나가 아주 멀리 내다 버렸다. 이웃 사람은 그의 뒤를 몰래 밟아 그것을 가져다 위나라 왕에게 바쳤다. 위나라 왕은 이 커다란 옥을 보고 아주 놀라서 급히 옥공을 불러 감정을 청했다.

　옥공은 들어오다 멀리서 그것을 보고는 엎드려 절하면서 이렇게 축하 인사를 했다. "임금님께서는 복도 많으십니다. 이런 값진 보물을 얻다니요!"

　왕이 그 값을 묻자 옥공이 대답했다. "성지 다섯 정도는 그것을 한 번 바라보는 값밖에는 안 됩니다." 왕은 아주 기뻐하며 옥을 바친 사람에게 큰상을 내렸다.

 이 우화는 돌덩이라는 이름에 현혹되어 옥이라는 실상을 몰라본 어리석은 농부의 이야기이다. 고의로 엉뚱한 이름을 붙여서 이름으로 실상을 왜곡하는 경우가 많다. 이 농부처럼 남의 말을 무조건 곧이곧대로 믿지 말고, 이름과 실상을 면밀히 따져 보는 자세가 필요하다. 자기 주관을 무조건 고집하는 것도 어리석은 일이지만 남의 말이라고 하여 덮어놓고 믿는 것도 어리석다.

田父得玉

魏田父有耕於野者, 得寶玉徑尺. 弗知其玉也, 以告鄰人. 鄰人陰欲圖之, 謂詐之曰, 怪石也. 畜之弗利其家, 弗如復之. 田父雖疑, 猶祿以歸. 置於廡下. 其夜玉明, 光照一室, 田父稱家大怖, 復以告鄰人. 曰, 此怪之徵, 遄棄, 殃可銷. 於是遽而棄於遠野. 鄰人無何盜之, 以獻魏王. 魏王召玉工相之. 玉工望之, 再拜而卻立, 敢賀曰, 王得比天下之寶, 臣未嘗見. 王問價, 玉工曰, 此玉無價以當之. 五城之都, 僅可一觀. 魏王立賜獻玉者千金, 長食上大夫祿.

『尹文子』「大道上」

남을 놀라게 하는 이름
康衢長者
오달도 강 네거리 구 어른 장 사람 자

큰길가에 손님 맞기를 아주 좋아하는 후덕한 늙은이가 살고 있었다. 그는 아이 종 하나를 사서 '치는놈이'라는 별명을 지어 주었다. 그리고 문을 지키는 개에게는 '무는놈이'라는 이름을 지어 주었다. 그러나 누가 알았으랴. 이때부터 손님들이 그의 집에 전혀 오지 않았다. 이렇게 3년이 지나자 그의 정원은 썰렁해지고 잡초만 우거졌다. 이 늙은이는 이상한 생각이 들어 자신의 정원이 썰렁해진 까닭을 만나는 사람마다 물어보았다.

손님들은 그에게 이렇게 말했다. "당신이 종놈 아이를 '치는놈이'라 하고, 개를 '무는놈이'라 했으니 우리가 당신 집에 가기만 하면 아이가 달려들어 때리고, 개가 달려들어 문다는 것이 아니겠소? 누가 당신 집에 가고 싶겠소?"

노인은 그 이야기를 듣고 크게 깨달아 사람을 놀라게 하는 이 두 이름을 고쳤다. 그렇게 하자 다시 전처럼 손님들이 왔다.

이 우화 또한 이름이 실질을 해치는 것을 말한다. 실제로 종이나 개가 그렇게 난폭하고 사납지 않더라도 '치는놈이,' '무는놈이' 라는 이름을 가지고 있으니 남들은 그런 줄로 알 것이다. 실상을 반영하지 못하는 이름은 제 역할을 하지 못할 뿐만 아니라 반대의 결과를 불러온다.
옛날부터 자식에게 좋은 이름을 지어 주려고 한 것도 나름대로 까닭이 있다. 물론 모두 다 이름대로 되는 것은 아니지만 이름이 너무 화려하여 실상을 넘어서는 것도 좋지 않고, 이름이 너무 초라하여 실상을 반영하지 못하는 것도 좋지 않다. 명실상부한 것이 가장 바람직하다.

康衢長者

康衢長者, 字僮曰, 善搏, 字犬曰, 善噬. 賓客不過其門者三年. 長者怪而問之. 及以實對. 於是改之. 賓客復往.
『尹文子』「大道下」

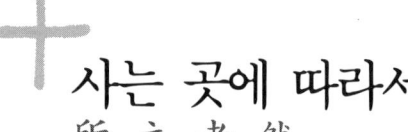

사는 곳에 따라서
所 立 者 然
바소 설립 것자 그럴연

　남쪽에 사는 몽구라는 새는 갈대 이삭 위에 깃털을 엮어서 둥지를 틀어, 긴 털을 모아다 갈대에 비끄러맨다. 그래서 바람이 심하게 불어 갈대가 부러지면 둥지가 땅에 떨어져 알이 깨지고 새끼가 죽는다. 이는 둥지가 튼튼하지 않아서가 아니라 갈대가 너무 약하기 때문이다.
　서쪽 산꼭대기에 사간이라는 나무가 있다. 줄기가 네 뼘밖에 되지 않지만, 높은 산꼭대기에서 자라며 그 옆에는 칠십 길이나 되는 깊은 못이 있다. 사람들이 멀리서 바라보기만 할 뿐 올라갈 수 없기 때문에 훼손당하지 않는다. 이는 결코 크지는 않지만 높은 산꼭대기에서 자라기 때문이다.

 이 우화의 의도는 좋은 환경을 선택하고 도덕과 학문을 갖춘 좋은 벗들을 사귀어야 바른 도를 배워서 비뚤어지는 것을 막고 올바르게 된다는 것을 가르치고자 한 것이다. 곧 학문은 기초와 토대가 튼튼해야 한다는 말이다. 쑥대가 삼밭에 자라면 가만두어도 곧게 자라고, 흰모래가 개흙 속에 있으면 함께 검어지며, 향료로 쓰이는 난괴蘭槐 뿌리도 구정물에 적셔 두면 아무도 가까이 하지 않는다. 이들 비유는 바탕과 자질이 아무리 좋아도 환경 또한 그에 못지않게 중요하다는 것을 나타낸다. 순자는 사람의 본성이 욕구를 추구한다는 점에서 악하다고 했다. 그래서 후천적인 교육을 중요시했다.

所立者然

南方有鳥焉, 名曰蒙鳩, 以羽爲巢, 而編之以髮, 繫之葦苕. 風至苕折, 卵破子死. 巢非不完也, 所繫者然也. 西方有木焉, 名曰射干. 莖長四寸, 生於高山之上, 而臨百仞之淵. 木莖非能長也, 所立者然也.
『荀子』「勸學」

다람쥐의 다섯 가지 재주
梧 鼠 學 技
오동나무 오 쥐 서 배울 학 재주 기

   석서라는 다람쥐가 살고 있었다. 크기는 쥐만 하고, 머리는 토끼처럼 생겼으며, 꼬리에는 털이 나 있고, 털은 푸르누르스름했다. 그 다람쥐는 날기, 달리기, 헤엄치기, 나무타기, 굴 파기 따위의 다섯 가지 재주를 가지고 있었기 때문에 오기서라고 부르기도 했다. 하지만 재주는 많아도 제대로 하는 것이 하나도 없었다. 난다고 해봐야 지붕 꼭대기까지도 날지 못하고, 헤엄을 쳐봐야 좁다란 냇물도 건너지 못했다. 또 나무를 기어올라 봐야 꼭대기까지 가지 못하고, 달려 봐야 사람보다 빠르지 못하며, 굴을 파 봐야 제 몸 하나도 감추지 못했다.

 현대 사회에서는 과학과 기술이 비약적으로 발전하여 모든 분야가 전문화, 분업화되었기 때문에 한 사람이 여러 분야에 다 숙련되기 어렵다. 한 분야라도 전문가가 되어야만 능력을 발휘할 수 있다. 이제는 팔방미인이니, 만물박사니 하는 말은 통하지 않는 사회이다. 그러나 전문화 분업화가 심화될수록 그 분야가 전체와 어떻게 유기적 관련을 맺고 있는지를 점검하고 성찰하는 통관의 지혜가 절실히 필요하다.

梧鼯學技

梧鼠五技而窮.
『荀子』「勸學篇」
鼯鼠五能, 不成一技 五技者, 能飛不能上屋, 能緣不能窮木, 能泅不能,
渡 能走不能絶人, 能藏不能覆身, 是也
『玉函山房輯佚書』

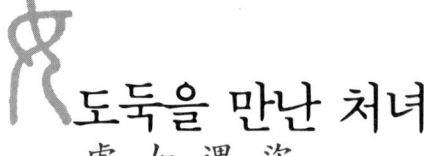

도둑을 만난 처녀
處女遇盜
곳 처 계집 녀 만날 우 훔칠 도

어떤 부잣집 처녀가 친척집에 다니러 갔다. 이 처녀는 위험한 산길을 가다가 혹 도둑을 만나 목숨을 잃을까 걱정이 되어 장신구를 몸에 치렁치렁 달고, 허리에는 패옥을 차고, 봇짐에는 금붙이를 넣어서 들고 갔다.

호젓한 산길에서 도둑을 만난 처녀는 눈을 내리깔고 무릎을 꿇고 허리를 굽실거리며, 천박한 여자처럼 매달리면서 살려 달라고 애걸복걸했다. 도둑은 처녀의 몸에서 귀중하고 값나가는 물건을 모조리 빼앗은 다음 겨우 목숨만 살려 돌려보냈다.

 국제 사회에서 강한 나라와 외교 관계를 유지할 때 그 힘에 눌려 양보만 하면 끝이 없다. 문호를 개방하고, 이익을 양보하고, 외교적인 힘을 보태 주더라도 강한 나라의 요구는 끝이 없다. 조약을 맺어도 강대국에 유리한 대로 자기 입맛에 따라 얼마든지 바꾼다. 강대국에게 저자세로 나가면 부잣집 처녀가 도둑을 만나 패물을 모조리 빼앗긴 것처럼 된다. 정치 지도자들이 도덕성을 회복하고 정치를 정비하며, 법령을 바로잡아 공평하게 적용하여 백성들의 신뢰를 얻고, 위아래가 합심하여 당당하게 주체적으로 나아가는 것이 강대국들과 외교 관계를 유지하는 근본적인 방법이다.

處女遇盜
辟之是猶使處女嬰寶珠, 佩寶玉, 負戴黃金, 而遇中山之盜也. 雖爲之逢蒙視, 詘要橈膕, 若盧屋妾, 由將不足以免也.
『荀子』「富國」

연촉량
涓蜀梁
시내 연 나라 이름 촉 들보 량

하수의 남쪽에 연촉량이라는 사람이 살고 있었다. 그는 사람됨이 어리석고 소심하여 겁이 많았다. 한번은 달 밝은 날 밤길을 가다가 우연히 제 그림자를 내려다보고는 귀신이 엎드려 있다고 여기고, 흩날리는 제 머리카락을 보고는 도깨비가 서 있는 줄 알았다. 그는 혼비백산하여 돌아서서 달아났다. 간신히 집까지 뛰어들어오자마자 숨이 끊어지고 말았다.

 순자는 고대 철학자로는 보기 드물게 과학적 인식과 세계관을 가졌다. 이 이야기를 담고 있는 편 이름인 해폐解蔽라는 말은 선입견이나 편견 같이 마음을 꽉 막고서 참된 앎을 방해하는 것들을 벗겨 주어 마음을 탁 트이게 하고 올바르게 생각하도록 인도한다는 뜻이다. 연촉량은 소심하고 겁이 많아 지레짐작으로 귀신이나 도깨비가 있다고 생각하고, 온통 거기에만 마음이 빼앗겨 있다가 제 몸의 그림자와 머리카락을 귀신과 도깨비로 착각했다. 의심생암귀疑心生暗鬼라는 말이 있다. 마음에 의심하는 것이 있으면 여러 가지 무서운 망상이 생긴다는 말이다. 의심하기 시작하면 의심이 의심을 낳아 모든 것이 의심스럽고 무서워진다. 정신이 혼미하고 근거 없는 의심에 사로잡혀 있으면 사물의 진상을 파악하지 못하고 엉뚱한 착각에 빠진다.

涓蜀梁

夏首之南有人焉, 曰涓蜀梁. 其爲人也, 愚而善畏. 明月而宵行, 俯見其影, 以爲伏鬼也. 卬視其髮, 以爲立魅也, 背而走, 比至其家, 失氣而死
『荀子』「解蔽」

자하의 자긍심
子夏家貧
아들 자 여름 하 집 가 가난할 빈

공자의 제자 자하는 집안이 가난해서 늘 낡은 옷을 입고 다녔다. 심지어 어떤 때는 너무 낡아서 늘어진 메추라기 깃처럼 너덜너덜한 옷을 입고 다닐 때도 있었다. 그래도 자하는 전혀 수치스럽거나 창피한 기색이 없었고, 아무리 부귀한 사람과 만나도 기죽지 않고 당당했다.

자하의 재능을 아끼는 어떤 사람이 자하에게 물었다. "선생님 정도의 재능이라면 충분히 벼슬을 할 수 있을 텐데, 선생님은 왜 벼슬을 하지 않습니까? 벼슬을 하면 살림살이도 필 텐데 말입니다."

자하가 이렇게 대답했다. "충고는 고맙소. 그러나 이대로도 나는 만족합니다. 아무리 제후라고 하더라도 나를 교만하게 대하면, 나는 그의 신하가 되지 않습니다. 대부라고 하더라도 나를 교만하게 대하면, 나는 두 번 다시 그를 만나지 않습니다. 노나라의 유하혜는 성문이 닫힌 뒤 돌아다니는 범법자들과 똑같은 옷을 입고 다녔지만 전혀 의심을 받지 않았답니다. 그의 명성이 하루 이틀에 퍼진 것이 아니기 때문이지요. 벼슬로 생기는 손톱만한 이익을 두고 다투다가는 끝내는 손을 몽땅 잃어버릴 수도 있지요."

가난은 불편한 것이기는 해도 수치스러운 것은 아니다. 특히 자신의 지조를 지키기 위한 선택적 가난은 오히려 떳떳하고 자긍심을 갖게 하는 것이기도 하다. 아무리 자본주의 사회라지만 인간의 품위를 지키는 일도 중요하다. 가난하면서도 도를 즐기고, 빈곤하면서도 도를 지킨다는 것은 바로 인간으로서 품위를 지키고 간직하는 일을 말하는 것이 아닐까?

순자는 이 예화 앞에 이렇게 말했다. "자기의 행동이 불완전함을 깨닫지 못하는 사람은 말을 함부로 한다. 옛날에 현명한 사람은 보통 사람과 같이 천하고 가난하게 살며, 범벅과 죽도 배불리 먹지 못하고 헤진 거친 옷도 갖춰 입지 못하였더라도 예가 아니면 나아가지 않고, 의롭지 않으면 받지 않았다."

늘 겸허하게 자기를 성찰하고, 자기 품위를 지키려고 노력한다면 바람직한 사람이 되지 않겠는가?

子夏家貧

子夏貧, 衣若縣鶉. 人曰, 子何不仕. 曰, 諸侯之驕我者, 吾不爲臣, 大夫之驕我者, 吾不復見. 柳下惠與後門者同衣, 而不見疑 非一日之聞也. 爭利如蚤甲, 而喪其掌.

『荀子』「大略」

증자와 생선
曾子食魚
일찍 증 아들 자 먹을 식 고기 어

증자가 어느 날 생선을 먹었는데, 그 생선이 커서 다 먹지 못하고 남겼다. 그래서 남은 생선으로 "국을 끓여 두어라"하고 시켰다.

제자가 이렇게 말했다. "선생님. 국을 끓여 두었다가 식으면 상하기 쉽습니다. 다른 사람이 그걸 잘못 먹고 피해를 보는 수가 있습니다. 차라리 절여 두는 것이 좋겠습니다."

증자가 그제야 깨달았다는 듯 눈물을 지으며 말했다. "내가 나쁜 마음으로 국을 끓여 두라고 했겠느냐? 상한 국을 먹고 다른 사람이 피해를 볼 수 있다는 말은 이제야 들어서 알았구나."

알려고만 하면 알 수 있는데도 알려고 하지 않는 것은 악이지만 무지無知가 악은 아니다. 그러나 무지는 의도하지 않은 잘못을 범하기 쉽다. 누구나 모든 일을 다 알 수는 없다. 모르는 것이 있으면 적극적으로 배우고 새로운 지식을 받아들이려는 자세가 중요하다. 증자가 눈물을 흘린 것도 자기의 무지를 그만큼 뼈저리게 느꼈기 때문이 아닐까? 자기의 무지로 엉뚱한 사람이 피해를 볼 수 있다는 것을 뼈저리게 느꼈다면 그만큼 열성적으로 자기를 반성하고 새로운 지식을 받아들이려고 노력할 것이다.

曾子食魚

曾子食魚, 有餘, 曰, 泔之 門人曰, 泔之傷人 不若奧之 曾子泣涕曰, 有異心乎哉. 傷其聞之晚也.

『荀子』「大略」

노나라 사당의 술병
欹 器
기울 의 그릇 기

공자는 제자들과 함께 노나라 환공의 사당을 참배하다가 제상에 기울어진 그릇이 놓인 것을 발견하고 사당지기에게 물었다. "저것은 무슨 그릇이오?"

사당지기가 말했다. "환공께서 늘 가까이 두고 좌우명으로 삼으시던 그릇입니다."

"그래! 그 용도를 알겠구나." 공자는 제자를 돌아보며 말했다. "어서 가서 맑은 물을 길어다 부어 보아라."

제자 한 사람이 큰 바가지에 맑은 물을 길어 와서 천천히 부었다. 모두들 숨죽이며 지켜보았다. 그릇은 물이 조금 들어가자 기울기 시작하더니, 중간까지 물이 들어가자 반듯하게 서고, 주둥이까지 물이 차자 펑 소리를 내며 뒤집혔다. 모두들 신기하여 아무 말도 못하고 공자만 바라보았다. 공자는 손뼉을 치며 감탄했다. "그렇구나. 세상에는 가득 차면 뒤집히지 않는 것이란 없구나."

자로가 물었다. "선생님. 이 그릇이 비었을 때는 기울어졌다가, 중간쯤 찼을 때는 반듯하게 서고, 가득 찼을 때는 뒤집혔습니다. 여기에 무슨 이치가 있는 것입니까?"

공자가 제자에게 대답했다. "그렇고말고. 사람됨도 이 기울어진 그릇과 같다. 총명하고 박식한 사람은 자기의 어리석은 면을 볼 줄 알아야 하고, 공적이 높은 사람은 겸손하고 사양할 줄 알아야 한다. 용감한 사람은 두려워할 줄 알아야 하고, 부유한 사람은 근검절약할 줄 알아야 한다. 겸손하게 물러나면 손해를 보지 않는다고 하는 것도 이런 이치이다."

모든 사물에는 적정한 한도가 있다. 어느 한쪽으로 기울거나 치우치지 않고, 지나침도 모자람도 없는 적정한 한도를 중용이라 한다. 항상 일과 사물의 반대 측면을 함께 고려해야 실패하지 않는다. 이것이 중용을 지키는 방법이다. 지나치면 덜고, 모자라면 채워 적정하게 유지하는 것이다.

欹器

孔子觀於魯桓公之廟, 有欹器焉. 孔子問於守廟者曰, 此爲何器. 守廟者曰, 此蓋爲宥坐之器. 孔子曰, 吾聞宥坐之器者, 虛則欹, 中則正, 滿則覆. 孔子顧謂弟子曰, 注水焉. 弟子挹水而注之, 中而正, 滿而覆, 虛而欹. 孔子喟然而嘆曰, 吁. 惡有滿而不覆者哉. 子路曰, 敢問持滿有道乎. 孔子曰, 聰明聖智, 守之以愚, 功被天下, 守之以讓, 勇力撫世, 守之以怯, 富有四海, 守之以謙. 此所謂挹而損之之道也

『荀子』「宥坐」

정나라 무공의 호나라 정벌
鄭 武 公 伐 胡
나라이름 정 호반 무 어른 공 칠 벌 오랑캐 호

    옛날 정나라 서북쪽에 호라고 하는 작은 나라가 있었다. 정나라 무공은 늘 물과 풀이 풍부한 호나라를 집어삼킬 마음을 먹고 있었다. 그러나 호나라 사람들이 말을 잘 타고 활을 잘 쏘며, 용감하고 사나울 뿐만 아니라 늘 정나라를 삼엄하게 경계하고 있었기 때문에 무공은 함부로 경거망동할 수 없었다. 그래서 교활한 무공은 음모를 꾸몄다. 그는 먼저 대신에게 후한 예물을 딸려 보내 호나라에 청혼을 했다. 그것이 계략인 줄 모르는 호나라 왕은 기꺼이 청혼을 받아들였다.

    얼마 뒤 무공은 문무백관을 소집하여 물었다. "나는 군사를 동원해 땅을 빼앗으려고 준비하고 있었소. 경들이 보기에 어느 나라를 치면 좋겠소?" 모두들 서로 얼굴만 쳐다볼 뿐 감히 말하는 사람이 없었다.

    그런데 관기사라고 하는 대부가 평소에 무공이 호나라에 눈독을 들이고 있음을 알고는 냉큼 대답했다. "먼저 호나라를 치는 것이 좋겠습니다."

    무공은 이 말을 듣자마자 불같이 화를 내며 사납게 꾸짖었다. "어리석은 놈! 호나라는 나의 형제 나라인데 치라고 부추기다니! 어서 저 놈의 목을 베어 본보기로 삼아라."

    이 소식이 호나라에 전해지자 호나라 군주는 더욱더 정나라를 신뢰했다. 그래서 날이 갈수록 정나라에 대한 경계를 느슨히 하고, 군사 훈련도 힘쓰지 않았다. 어느 날 정나라는 기습 공격으로 크게 힘들이지 않고도 호나라를 집어삼킬 수 있었다.

解 이 우화의 원래 의도는 정책을 건의하고 의견을 제시하기가 어렵다는 것을 지적하려는 것이다. 군주의 숨은 의도를 파악하지 못하고 겉으로 드러난 기미로 판단하여 정책을 건의하면 위험하다는 것이다.

이 우화는 또한 어떤 일이든지 허실이 있고 강약이 늘 바뀌기 때문에 목적을 달성하기 위해서는 사태의 추이를 잘 지켜보고 있다가 상황이 반전되는 기미를 타고, 주는 듯이 하여서 빼앗고 비움으로써 채우는 술수를 발휘해야 한다는 것을 보여주고 있다.

鄭武公伐胡

昔者鄭武公欲伐胡, 故先以其女妻胡君, 以娛其意. 因問於群臣曰, 吾欲用兵, 誰可伐者. 大夫關其思對曰, 胡可伐. 武公怒而戮之. 曰, 胡, 兄弟之國也, 子言伐之, 何也. 胡君聞之, 以鄭爲親己, 遂不備鄭. 鄭人襲胡, 取之

『韓非子』「說難」

총애를 잃고나니
彌 子 瑕 失 寵
활부릴 미 아들 자 흠 하 잃을 실 괼 총

    옛날에 위나라에는 왕의 수레를 몰래 타면 두 다리를 자르는 법이 있었다. 어느 날, 왕의 총애를 받고 있던 미자하는 한밤중에 어머니가 위독하다는 전갈을 받았다. 그는 서둘러 궁중으로 달려가 왕의 수레를 몰래 타고 고향으로 내려갔다. 다음날 이 소식을 들은 신하들은 이제 미자하의 다리가 성치 못할 것이라고 생각했다. 그러나 뜻밖에도 왕은 칭찬을 아끼지 않는 것이 아닌가. "정말로 보기 드문 효자로구나. 어머니를 생각하느라 다리가 잘리는 형벌도 생각하지 않다니."

    또 한번은 미자하가 왕을 모시고 후궁의 과수원을 산책하고 있었다. 나무 위로 올라간 미자하는 잘 익은 복숭아를 따서 베어 물더니 아주 달고 맛있다면서 한입 베어 먹은 복숭아를 왕에게 건네주었다. 신하들은 놀라 어쩔 줄 몰랐지만 왕은 도리어 웃으며 말했다. "미자하는 참으로 나를 아끼는구나. 맛있는 것을 맛보일 생각만 하느라 침이 묻은 것도 잊어버리다니!"

    몇 년이 지나자 미자하는 점점 왕의 총애를 잃었다. 마침내 왕은 그를 궁궐에서 쫓아내려고 탁자를 두드리며 죄를 따졌다. "애초에 너는 무엄하게도 나의 수레를 몰래 탔으며, 또 나에게 먹다 남은 복숭아를 먹였다. 이처럼 나를 모욕했으니 죽어 마땅하다."

    미자하의 행위는 변한 것이 없는데, 앞서는 어질고 훌륭한 행위로 여겨지다가 나중에는 죄가 된 것은 왕의 사랑이 미움으로 변했기 때문이다.

사람의 감정은 변화무상하다. 같은 사실이라도 감정의 굴곡에 따라 평가가 달라진다. 그것은 애증이 바뀌기 때문이다. 이 우화는 권력자에게 간언을 하는 것이 그만큼 어렵다는 것을 보여준다. 충고나 간언을 하는 목적은 자기 생각을 전달하여 상대방의 의식과 행동을 자기 생각대로 바꾸려는 것이다. 그러므로 상대방의 감정을 잘 헤아려서 충고해야 한다.

彌子瑕失寵

昔者彌子瑕有寵於衛君. 衛國之法, 竊駕君車者罪刖. 彌子瑕母病, 人聞往, 夜告彌子. 彌子矯駕君車以出. 君聞而賢之曰, 孝哉. 爲母之故, 忘其犯刖罪. 異日與君游於果園, 食桃而甘, 不盡, 以其半啗君. 君曰, 愛我哉. 忘其口味以啗寡人. 及彌子色衰愛弛, 得罪於君, 君曰, 是固嘗駕吾車, 又嘗啗我以餘桃. 故彌子之行, 未變於初也, 而以前之所以見賢, 而後獲罪者, 愛憎之變也.

『韓非子』「說難」

화 씨의 벽옥
和氏之璧
화할 화 성 씨 어조사 지 구슬 벽

    화 씨 성을 가진 초나라 사람이 아직 다듬지 않은 원석 옥 덩어리를 주워 초나라 여왕厲王에게 바쳤다. 여왕이 옥 세공사에게 감정을 시켰더니 세공사가 말했다. "이것은 평범한 돌덩이입니다."

    여왕은 크게 노하여 화 씨의 왼쪽 발을 잘라 버렸다. 그 뒤 여왕이 죽고 무왕이 즉위했다. 화 씨는 또 무왕에게 벽옥 덩어리를 바쳤다. 무왕이 옥 세공사에게 감정을 시켰더니 여전히 벽옥이 아니라 돌덩이라고 하는 것이었다. 그래서 무왕은 또 화 씨의 오른쪽 발을 잘라 버렸다.

    얼마 뒤 무왕이 죽고 문왕이 즉위했다. 화 씨는 그 옥돌을 품고 형산 아래 앉아 사흘 밤낮을 피눈물이 흐르도록 울었다. 이 이야기를 들은 문왕이 사람을 보내 화 씨에게 물었다. "세상에 발 잘린 사람이 한둘이 아닌데, 왜 그리 구슬프게 울고 있느냐?"

    화 씨가 말했다. "저는 두 발을 잃은 것 때문에 우는 것이 아니라 벽옥 덩어리를 돌덩이로 여기고, 충성을 속임수로 여기는 것이 마음 아파 우는 것입니다."

    화 씨가 바친 벽옥돌을 쪼개 보게 했더니 과연 진짜 옥이 나왔다. 이 옥돌을 뒷날 '화 씨의 옥'이라 불렀다.

解 누구나 진귀한 보배를 탐내지만 보배의 가치를 알아보기는 쉽지 않다. 더구나 가공되지 않은 원석일 때는 더욱 알아보기 어렵다. 한비자는 이 우화를 통해 부국강병의 법술을 군주에게 건의하는 것이 그만큼 어렵다는 것을 이야기하고자 한다. 한비자는 귀족들이 사사로운 이익과 욕망을 추구하느라 국가의 공적 이익을 위반하는 것을 심각하게 고발한다. 원석 상태의 벽옥 덩어리는 한비자와 같은 법가의 부국강병 이론이다. 옥을 바치려고 한 화 씨는 한비자와 같은 법가 학자이다. 그리고 벽옥 덩어리를 두 번이나 잘못 감정한 감정가는 법가를 반대하는 세습 귀족이다. 한비자는 화 씨가 두 발이 잘리는 형벌과 천하의 거짓말쟁이라는 수모를 겪으면서도 벽옥을 바치려고 한 것처럼 개인의 사리사욕을 채우려고 국가의 공익을 위반하는 세습 귀족의 방해를 무릅쓰고 부국강병의 이론을 건의하겠다는 강인한 신념을 보여준다. 이 우화는 참된 인재를 알아보고 쓰기가 그만큼 어렵다는 것을 비유한 것으로도 볼 수 있다.

和氏之璧

楚人和氏得玉璞楚山中, 奉而獻之厲王. 厲王使玉人相之, 玉人曰, 石也. 王以和爲誑, 而刖其左足. 及厲王薨, 武王卽位. 和又奉其璞而獻之武王. 武王使玉人相之, 又曰, 石也. 王又以和爲誑, 而刖其右足. 武王薨, 文王卽位. 和乃抱其璞而哭於楚山之下, 三日三夜, 泣盡而繼之以血. 王聞之, 使人問其故, 曰, 天下之刖者多矣, 子奚哭之悲也. 和曰, 吾非悲刖也, 悲夫寶玉而題之以石, 貞士而名之以誑, 此吾所以悲也. 王乃使玉人理其璞而得寶焉, 遂命曰, 和氏之璧.
『韓非子』「和氏」

병을 감추고 의사를 꺼리면
諱 疾 忌 醫
꺼릴 휘　병 질　꺼릴 기　의원 의

　　유명한 의사 편작이 한번은 채나라 환공(환후)을 찾아갔다. 그는 환후를 살펴보고 말했다. "병이 나셨군요. 아직은 피부 속에 있지만 빨리 치료하지 않으면 더욱 악화될 것입니다."
　　환후가 이 말을 듣고 웃으며 말했다. "내게는 병이 없소."
　　편작이 돌아가기를 기다려 환후는 사람들에게 말했다. "저 의원은 병도 없는 사람을 치료하여 자기 재주를 과시하고 싶은가 보구나."
　　열흘 뒤 편작이 또 환후를 찾아와 기색을 살펴보고는 병이 이미 살까지 퍼졌으니 치료하지 않으면 더욱 위험해 질 것이라고 말했다. 그러나 환후는 아랑곳하지 않았다. 편작이 돌아간 뒤 환후는 매우 기분이 언짢았다.
　　다시 열흘이 지난 뒤 편작은 또 환후를 찾아와서는 병이 위장까지 깊숙이 들어가 있으니 빨리 치료하지 않으면 위태로울 것이라고 말했지만, 환후는 여전히 아랑곳하지 않았다.
　　또 열흘이 지났다. 환후를 찾아와 바라본 편작은 그냥 돌아가 버렸다. 환후는 매우 이상하게 여겨 사람을 보내 편작에게 물었다. 편작은 심부름꾼에게 말했다. "병이 피부에 있거나 살 속까지 번졌거나 위장에 침투해 있어도 침이나 뜸이나 약을 복용하면 나을 수 있지만, 골수에 침범하면 목숨을 맡은 신이라면 모를까 아무 방법이 없소. 지금 임금님의 병이 이미 골수 깊숙이 들어가 있으니 나도 어쩔 수가 없소."
　　닷새 뒤 환후는 온몸이 아파 급히 사람을 보내 편작을 청했지만 그는 이미 다른 나라로 가 버린 뒤였다. 환후는 얼마 뒤 죽었다.

우리 속담에 호미로 막을 일을 가래로도 못 막는다는 말이 있다. 처음 둑이 터지려고 할 때는 물줄기가 새는 갈라진 틈이 작아서 호미로도 막을 수 있지만 방치해 두었다가 일이 커지면 여러 사람이 달려들어 큰 가래로 막아도 막기 어렵다는 말이다. 이처럼 병이든 재난이든 사회적인 병폐든 처음 시작할 때는 기세가 아주 미약하다. 이럴 때 일의 추세를 미리 판단하여 해결하면 쉽지만 기세가 약하다 하여 덮어두거나 미봉책으로 넘어가면 나중에는 들판의 불길처럼 타올라 걷잡을 수 없다.

자기의 결점을 덮어서 감추고 남의 충고를 싫어하여 고치려 하지 않는 것을 가리켜서 휘질기의諱疾忌醫라고 한다.

諱疾忌醫

扁鵲見蔡桓公, 立有間. 扁鵲曰, 君有疾在腠理, 不治將恐深. 桓侯曰,
寡人無疾 扁鵲出. 桓侯曰, 醫之好治不病以爲功. 居十日, 扁鵲復見
曰, 君之病在肌膚, 不治將益深 桓侯又不應, 扁鵲出. 桓侯又不悅. 居十日,
扁鵲復見曰, 君之病在腸胃, 不治將益深. 桓侯又不應 扁鵲出.
桓侯又不悅. 居十日, 扁鵲望桓侯而還走. 桓侯故使人問之. 扁鵲曰,
疾在腠理 湯熨之所及也. 在肌膚, 鍼石之所及也. 在腸胃, 火齊之所及也
在骨髓, 司命之所屬, 無奈何也. 今在骨髓. 臣是以無請也. 居五日,
桓侯體痛, 使人索扁鵲, 已逃秦矣. 桓侯遂死
『韓非子』「喻老」

입술이 없으면 이가 시리다
脣亡齒寒
입술 순 망할 망 이 치 찰 한

    진나라가 괵나라를 차지하기 위해 군사를 동원했다. 진나라의 군대는 우나라를 지나가야만 했기 때문에 진나라 헌공은 우나라 군주에게 수극 지방에서 나는 진귀한 벽옥을 바치며 길을 빌려 달라고 부탁했다.
    우나라의 대부 궁지기가 군주에게 간언을 했다. "그들의 요구를 들어 주어서는 안 됩니다. 우나라와 괵나라는 입술과 이 같은 관계입니다. 입술이 없으면 이가 시린 법입니다. 입술이 없는데 이가 어떻게 지탱할 수 있겠습니까? 우리가 괵나라와 서로 돕는 것은 서로에게 은덕을 베풀기 위한 것이 아닙니다. 우리의 생존을 위한 것입니다. 이제 진나라가 괵나라를 치도록 내버려둔다면 다음에는 우리나라가 망할 것입니다."
    우나라 군주는 궁지기의 말을 듣지 않고 진나라 헌공이 준 벽옥을 받고 길을 빌려 주었다. 괵나라를 빼앗은 진나라는 돌아오는 길에 우나라를 쳤다.

이 우화는 노자의 "안정된 상태에서 유지하기가 쉽고, 징조가 나타나기 전에 도모하기가 쉽다(其安易持也, 其未非易謀也)"는 말을 예화로 풀이한 이야기이다. 우나라는 궁지기의 말을 듣고 괵나라와 튼튼하게 단합을 유지했더라면 망하지 않았을 것이다. 진나라가 길을 빌려야 할 아쉬운 상황에 있을 때 우나라의 처지에서는 아직 여유가 있어서 침입을 막을 수 있고 난을 미리 방비하기가 쉽다. 그러나 괵나라가 망하고 나서는 돌이킬 수가 없었다. 서로 의지해야만 지탱하고 생존할 수 있는 관계에 있는 두 나라는 어느 한 나라의 존망이 그대로 자기 나라의 존망과 연결되어 있다. 이때 다른 나라를 돕는 것은 일방적인 도움을 주는 것이 아니라 사실은 자기 나라를 위하는 길이다.

객관적인 사물도 단독으로 생존할 수 없다. 서로 유기적인 연관 속에서 생존하고 존립하는 것이다. 그러므로 한 사물이 소멸하면 서로 의존 관계에 있는 사물뿐만 아니라 적대 관계에 있는 사물조차도 존립의 근거가 사라지는 수가 있다.

이 이야기에서 유래한 순망치한脣亡齒寒이라는 말은 일상에서도 자주 쓴다.

脣亡齒寒

晉獻公以垂棘之璧, 假道於虞而伐虢, 大夫宮之奇諫曰, 不可. 脣亡而齒寒, 虞虢相救 非相德也. 今日晉滅虢, 明日虞必隨之亡. 虞君不聽, 受其璧而假之道. 晉已取虢, 還反滅虞.
『韓非子』「喩老」

상아로 조각한 닥나무 잎사귀
象 牙 楮 葉
코끼리 상 어금니 아 닥나무 저 잎 엽

옛날 송나라에 어떤 솜씨 좋은 기술자가 있었다. 이 기술자는 매우 귀한 상아로 닥나무 잎사귀를 조각했다. 꼬박 3년이 걸려 마침내 조각이 완성되자 그것을 왕에게 바쳤다. 그 잎은 두터운 데와 얇은 데, 줄기와 가지, 잔털과 부드러운 윤기까지 아주 정교하게 다듬어져 있어서 닥나무 잎사귀 사이에 두어도 분간하기 어려울 정도로 진짜 같았다. 왕은 매우 기뻐하며 공을 치하하고, 이 기술자에게 대대로 녹을 주도록 조치했다.

그 말을 들은 열자는 길게 탄식했다. "자연이 3년 걸려 겨우 잎사귀 하나만 만들어 낸다면 세상에는 잎사귀를 가진 나무가 하나도 없을 것이다."

解 한비자는 이 우화를 이렇게 풀이했다. "자연 법칙을 이용하지 않고 한 사람의 재능에만 맡기거나, 규율에 따르지 않고 한 사람의 지혜를 본받으려고 하는 것은 3년 걸려 겨우 잎사귀 하나만 만들어 내는 것과 같은 어리석은 행위이다."

이 우화는 노자의 "만물의 저절로 그러한 법칙에 의존하고 억지로 하려고 하지 않는다"는 말을 풀이한 것으로서 개인적인 지식과 능력에 의존하지 말고 필연적인 법도에 따라야 하며, 인위적인 조작을 반대하고 자연에 맡길 것을 주장한 내용이다. 예를 들어 자연의 법칙을 어기고 겨울에 씨를 뿌리면 아무리 농사의 신이라고 하는 후직도 곡식을 거둘 수 없고, 풍년이 들었을 때 곡식이 탐스럽게 익는 것은 아무리 힘센 사람이라도 방해할 수 없다.

그러나 오늘날의 예술적 관점에서 보자면 한비자의 비판은 문제가 있다. 개인의 능력을 발휘하고 적극적으로 계발하는 것은 매우 중요하다. 문화는 자연을 가공함으로써 이루어지는 것이 아닌가? 물론 노자는 인위적인 문화를 좋게 보지 않았지만 말이다.

象牙楮葉

宋人有爲其君以象爲楮葉者, 三年而成. 豊殺莖柯 毫芒繁澤, 亂之楮葉之中而不可別也. 此人遂以巧食祿於宋邦. 列子聞之曰, 使天地三年而成一葉, 則物之有葉者寡矣.
『韓非子』「喩老」

남의 충고는 의심스럽다
只 疑 鄰 人
다만 지 의심할 의 이웃 린 사람 인

송나라에 어떤 부자가 있었다. 어느 날 폭우가 쏟아져 그 집 정원의 담장이 반쯤 무너졌다. 비가 그치고 그의 아들이 나와 보더니 말했다. "빨리 고치지 않으면 도둑맞겠습니다."

이웃집의 노인도 와서 보더니 부자에게 말했다. "빨리 고치지 않으면 도둑맞겠소."

그날 밤 과연 좀도둑이 무너진 담장을 넘어 들어와 물건을 훔쳐 갔다. 나중에 이 부자는 아들의 충고를 떠올리고는 아들이 참으로 총명하다고 감탄했지만, 이웃집 노인의 충고를 떠올리고는 그가 물건을 훔쳐 간 게 아닐까 의심했다.

解 이 우화 또한 원래 의도는 충고하기가 그만큼 어렵다는 것을 보여주려는 것이다. 똑같은 사실을 두고 충고를 했는데도 아들의 충고는 예지로 받아들이고, 이웃 사람의 충고는 의심스러워했다. 아들은 한 식구라 가깝고 믿음직하나, 이웃 사람은 남이라 친밀하지 않기 때문이다. 그러나 친밀하지 않다 하여 의심하는 것은 지나친 편견이다. 사람에 따라 충고를 받아들이거나 물리쳐서는 안 된다. 남의 말을 판단할 때도 개인적인 감정이나 인상에 의지해서는 안 된다. 나쁘게 보려고 하면 진실하게 행동해도 의심스러워 보인다. 객관적인 정황에 부합되는 충고라면 설사 적대적인 사람의 충고라도 받아들여야 한다.

只疑鄰人

宋有富人, 天雨牆壞. 其子曰, 不築, 必將有盜. 其鄰人之父亦云. 暮而果大亡其財. 其家甚智其子, 而疑鄰人之父

「韓非子」「說難」

자한의 보배
子罕不受玉
아들 자 드물 한 아닐 불 받을 수 구슬 옥

송나라의 한 시골 마을의 어떤 사람이 가공하지 않은 옥 원석을 얻었다. 그는 원님에게 청탁을 하려고 급히 관청으로 달려가 새로 부임한 자한에게 그것을 바쳤다. 자한이 한사코 거절했지만 시골사람은 어깨를 으쓱거리고 아첨하는 웃음을 지으며 말했다. "이 옥은 어르신네처럼 덕이 높고 인망이 중하신 분에게나 어울리지 저같이 보잘것없는 사람에게는 당초에 어울리지 않는 것입니다. 어르신께서 거두어 주십시오."

자한이 정색을 하며 말했다. "다시는 귀찮게 굴지 말라. 너는 그 옥을 보배로 여길지 몰라도 나는 너의 옥을 받지 않는 것을 보배로 여긴다."

 남들은 옥을 보배로 여길지 몰라도 자신은 옥을 받지 않는 것을 보배로 여긴다는 자한의 말은 참으로 귀중한 말이다. 특히 백성과 직접 대면하여 일을 처리해야 하는 관공서 공무원들에게는 금과옥조와도 같다. 우리나라에서는 뒷배경이 있어야 일 처리가 쉽고, 아무리 작은 일이라도 관공서 공무원들에게 뇌물을 바쳐야 쉽게 해결된다고 생각하는 사람이 많다. 실제로 그러한 것이 무서운 것이 아니라 그런 생각을 하는 사람이 많다는 것이 무섭다.

子罕不受玉

宋之鄙人得璞玉而獻之子罕, 子罕不受. 鄙人曰, 此寶也, 宜爲君子器, 不宜爲細人用. 子罕曰, 爾以玉爲寶, 我以不受子玉爲寶.
『韓非子』「喩老」

어설픈 수레 몰기
趙 襄 主 學 御
나라 조 도울 양 주인 주 배울 학 어거할 어

조양주는 왕오기에게 수레 몰기를 배웠다. 조양주는 배운 지 얼마 되지도 않았는데 자기가 어느 정도 배웠다고 여겨 왕오기와 실력을 겨루어 보고 싶었다. 수레를 몰고 막 들판에 이른 그는 휙휙 채찍을 휘두르며 말을 빨리 몰아 왕오기를 따라잡으려고 했다. 그러나 세 번이나 말을 바꾸어 탔지만 뒤쳐지기만 할 뿐 아무리 해도 따라잡을 수가 없었다.

조양주는 기분이 매우 언짢아 왕오기를 불러 놓고 꾸짖었다. "너는 왜 수레 모는 기술을 다 가르쳐 주지 않았느냐?"

왕오기가 대답했다. "제가 알려드리지 않고 숨긴 것이라곤 하나도 없습니다. 다만 주군께서 말 부리는 법이 지나치기 때문입니다. 수레를 모는 데는 규칙이 있습니다. 우선 말의 상태를 잘 살펴보고, 끌채를 씌우고 적당히 느슨하게 죄어 말이 편안하도록 해야 합니다. 동시에 수레를 모는 사람은 기운을 가라앉히고 말이 달리는 도중에 일어나는 상황을 주의 깊게 관찰해야 합니다. 이렇게 해야 빨리 달릴 수 있고 멀리까지 달릴 수 있습니다. 그런데 주군께서는 앞서면 제가 따라잡을까 염려하고, 뒤에 쳐지면 필사적으로 따라잡으려고만 하며 말이 죽고 사는 것은 전혀 살피지 않았기 때문에 뒤쳐진 것입니다. 말을 몰고 멀리까지 달려가는 경주를 할 때는 앞서지 않으면 뒤쳐집니다. 그런데 앞서든 뒤쳐지든 마음이 언제나 저에게 와 있으니 도대체 어떻게 말과 마음을 맞출 수 있겠습니까? 주군께서 뒤쳐지는 까닭은 이 때문입니다."

이해와 득실에 지나치게 마음을 빼앗기면 오히려 실패하고 잃어버린다. 얻는 것이 있으면 잃는 것이 있고, 이기는 사람이 있으면 지는 사람이 있다. 그러므로 언제나 이길 수도 없고, 언제나 지는 것도 아니다. 지면 그 까닭을 객관적으로 검토하고 문제를 보완하면 다음번에는 이길 수 있다. 이기고 나서도 왜 이길 수 있었는지 자세히 분석하면 다음에도 이길 수 있다. 한 번의 성패에 지나치게 연연하면 안 된다.

趙襄主學御

趙襄主學御於王於期, 俄而與於期逐, 三易馬而三後. 襄主曰, 子之教我御 術未盡也. 對曰, 術已盡, 用之則過也. 凡御之所貴, 馬體安於車, 人心調於馬, 而後可以進速致遠. 今君後則欲逮臣, 先則恐逮於臣. 夫誘道爭遠, 非先則後也. 而先後心在於臣, 上何以調於馬. 此君之所以後也.
『韓非子』「喩老」

1 한 번 울면 사람을 놀라게 한다
一 鳴 驚 人
한 일 울 명 놀랄 경 사람 인

    초나라 장왕이 왕의 자리에 오른 지 3년이 되었으나 아무 명령도 내리지 않고 어떠한 정치적 개혁도 하지 않았다. 문무백관들은 그가 무슨 생각을 품고 있는지 도무지 헤아릴 길이 없었다. 하루는 우사마가 수레 안에서 조심스럽게 왕의 생각을 떠보았다. "남쪽 언덕에 큰 새가 한 마리 앉아 있습니다. 3년을 날지도 않고, 울지도 않으며, 깃을 다듬지도 않았습니다. 그 새 이름이 무엇일까요?"

    왕이 대답하였다. "3년 동안 깃을 다듬지 않은 것은 털을 더욱 풍만하게 하기 위한 것이요, 3년 동안 날지 않고 울지 않은 것은 민간의 사정을 엿보기 위한 것이오. 날지는 않지만 한 번 날면 하늘을 찌를 것이요, 울지는 않지만 한 번 울면 사람을 놀라게 할 것이오. 그대의 말뜻을 알겠소."

    반년이 지나자 장왕은 힘써 나라를 다스려 단번에 열 가지 불합리한 법률을 뜯어고치고, 아홉 가지 새로운 법률을 제정하고, 백성의 원성이 자자한 대신 다섯을 죽이고, 재능 있는 선비 여섯을 뽑아 요직을 맡겼다. 그리하여 초나라는 잘 다스려졌다.

解 초나라 장왕은 춘추시대 다섯 패자 가운데 한 사람이다. 그만큼 정치적인 수완이 뛰어났다. 장왕은 처음 왕의 자리에 오른 뒤 3년 동안이나 아무런 정치도 하지 않았다. 그러나 사실은 이 기간 동안 정치를 시행하기 위한 만반의 준비를 갖추었다. 그래서 본격적으로 정치를 시작하자 철저하게 개혁을 단행하여 나라를 잘 다스렸다.

처음 정치를 담당하면 누구나 전임자와 자신을 차별하여 자기 정체성을 내세우려 하기 때문에 대대적인 개혁을 단행하고 혁신적인 정치를 구상하여 시행하려 한다. 그러나 처음에 참신하고 요란했던 것과 달리 중동무이하는 수가 많다. 그것은 의욕만 앞세웠을 뿐 실력을 쌓지 않았기 때문이다. 높이 뛰려면 잔뜩 움츠려야 한다. 노자는 "큰 그릇은 늦게 이루어지고, 큰 소리는 들을 수 없다(大器晚成, 大音希聲)"고 했다.

평소에는 특별한 것이 없으나 한 번 시작하면 사람을 깜짝 놀라게 할 정도로 대단한 일을 하는 것을 일컬어 일명경인一鳴驚人이라고 한다.

一鳴驚人

楚莊王莅政三年, 無令發, 無政爲也. 右司馬御座而與王隱曰, 有鳥止南方之阜, 三年不翅, 不飛不鳴, 嘿然無聲, 此爲何名. 王曰, 三年不翅, 將以長羽翼, 不飛不鳴, 將以觀民則. 雖無飛, 飛必沖天, 雖無鳴, 鳴必驚人. 子釋之, 不穀知之矣. 處半年, 乃自聽政. 所廢者十, 所起者九, 誅大臣五, 擧處士六, 而邦大治.

『韓非子』「喩老」

자기를 이기는 것
自勝者强
스스로 자 이길 승 사람 자 굳셀 강

　어느 날 공자의 제자인 자하와 증자가 길에서 우연히 만났다. 자하의 위아래를 훑어보던 증자가 물었다. "형님께서는 전에는 뼈만 남아 앙상하더니 어째서 요즘은 그렇게 풍채가 좋아지셨소?"
　자하가 우쭐거리며 말했다. "싸움에서 이겼기 때문일세."
　"그게 무슨 뜻입니까?" 증자가 의아하여 물었다.
　"내가 집에 들어앉아 요 순 우 탕과 같은 선왕의 가르침을 읽어보고 거기에 마음이 끌렸다네. 그런데 거리에 나가 세속의 부귀영화를 보니 또 거기에도 마음이 끌리더군. 두 가지 생각이 내 마음 속에서 끝없이 갈등을 일으키지 뭔가. 그래서 먹는 것도 잊고 잠도 못자서 말랐지."
　"그러면 지금은 어느 쪽이 이겼습니까?"
　자하는 살진 턱을 쓰다듬으며 말했다. "선왕의 도리가 이겼네. 보게, 이렇게 몸이 좋아지지 않았나."

노자는 "자기를 이기는 것을 강하다고 한다(自勝者強)"고 했다. 의지를 세우기가 어렵다는 것은 다른 사람을 이기는 것이 어렵다는 뜻이 아니라 자기를 이기는 것이 어렵다는 뜻이다. 사사로운 이익을 추구하는 마음과 부귀영화에 대한 욕망을 이기는 것은 정말 어렵다. 올바른 가치를 지키려는 마음과 욕망을 추구하는 마음은 늘 충돌한다. 조선시대 성리학자들이 천리와 인욕을 대립시켜서 천리를 보존하고 인욕이 싹트는 것을 막으려고 늘 긴장하고 반성한 것도 도덕을 지키고 욕망을 극복하기 위한 것이었다.

自勝者強

子夏見曾子, 曾子曰, 何肥也. 對曰, 戰勝故肥也. 曾子曰, 何謂也. 子夏曰, 吾入見先王之義則榮之, 出見富貴之樂又榮之, 兩者戰於胸中, 未知勝負, 故臞. 今先王之義勝, 故肥.

『韓非子』「喩老」

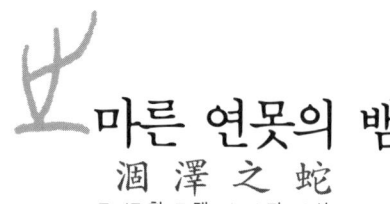

마른 연못의 뱀
涸澤之蛇
물 마를 학 못 택 어조사 지 뱀 사

큰 가뭄이 들어 못이 마르자 못에 살던 뱀들이 소굴을 옮겨야 했다. 작은 뱀이 큰 뱀에게 말했다. "형님이 앞에서 기어가고 제가 뒤에서 기어가면 사람들이 금방 알아보고 때려죽이려 들 겁니다. 하지만 우리가 서로 꼬리를 물고 형님이 나를 업고 기어가면 모두 이상하게 생각하고 우리를 신으로 여겨 두려워할 것입니다."

이리하여 큰 뱀은 작은 뱀을 업고, 작은 뱀은 큰 뱀의 꼬리를 문 괴상한 뱀이 큰길에 나타났다. 사람들은 놀라 허둥대며 어쩔 줄 모르고 사방으로 피하면서 "신령이 나타났다!"고 소리쳤다.

 뱀이 기어가는 방법만 바꾸었을 뿐인데 사람들은 신령이 나타난 줄 알고 놀랐다. 같은 사물이라도 표현 방식에 따라 천차만별로 달라진다. 현상에 얽매여 본질을 똑바로 파악하지 못하면 뱀을 보고 놀란 사람들처럼 어이없는 판단을 한다. 권모술수를 부리고 얄팍한 눈속임이나 하면서 권력을 농단하는 무리들은 이 뱀들과 같다.

涸澤之蛇

澤涸, 蛇將徙. 有小蛇謂大蛇曰, 子行而我隨之, 人以爲蛇之行者耳, 必有殺子者, 子不如相銜, 負我以行, 人必以我爲神君也. 乃相銜負以越公道而行. 人皆避之曰, 神君也.

『韓非子』「說林上」

늙은 말은 길을 알고 있다
老馬識途
늙을로 말마 알식 길도

어느 해 봄 관중과 습붕이 제나라 환공을 따라 고죽국을 정벌하러 나섰다. 질질 끌던 전쟁은 겨울이 되어서야 끝났는데, 대군은 돌아가는 길에 그만 사막에서 길을 잃었다. 그때 관중이 말했다. "늙은 말은 지혜로운 동물입니다. 늙은 말을 앞세우십시오." 그래서 늙은 말 몇 필을 앞세우고 귀로에 올랐다.

사람과 말이 황량한 산에 이르렀다. 여러 날이 되도록 마실 물을 찾지 못해 병사들은 목이 말라 한 걸음도 움직일 수가 없었다. 그때 습붕이 말했다. "개미는 겨울에는 양달에 굴을 파고 여름에는 응달에 굴을 팝니다. 그리고 개미굴은 언제나 물길 위에 있습니다." 그의 말을 듣고 개미굴 밑을 팠더니 정말로 물이 솟아 나왔다.

 정말로 지혜로운 사람은 늙은 말이나 개미에게서 배우는 것도 부끄럽게 여기지 않는다. 지혜롭다는 말은 경험을 많이 쌓고 사물이 관계하는 이치를 깨달아서 어떤 일을 만나더라도 대처할 수 있다는 말과도 통한다. 사람이 다른 생물보다 나은 점은 자연의 그 어느 것에서도 배울 수 있기 때문이다. 노마식도老馬識途라는 성어는 경험이 많으면 남들을 이끌어 갈 수 있다는 뜻으로 쓴다.

老馬識途

管仲隰朋從桓公伐孤竹, 春往冬返, 迷惑失道. 管仲曰, 老馬之智可用也.
乃放老馬而隨之, 遂得道. 行山中無水, 隰朋曰, 蟻冬居山之陽, 夏居山之陰.
蟻壤一寸而仞有水. 乃掘地, 遂得水.
『韓非子』「說林上」

불사약
不死藥
아닐 불 죽을 사 약 약

초나라 왕은 여기저기 신선을 찾아다니며 장생불사하는 약을 얻으려고 했다. 어느 날 한 나그네가 찾아와 불사약을 바쳤다. 그 약을 가지고 궁궐로 들어가던 심부름꾼에게 왕실 시종 무관이 물었다. "그게 무슨 약인가? 먹을 수 있는 것인가?"

심부름꾼이 대답했다. "불사약인데 왜 못 먹겠습니까?"

그러자 시종 무관이 약을 빼앗아 입안에 털어 넣고 삼켜 버렸다.

이 말을 들은 초나라 왕은 노발대발하여 그의 목을 치라고 명령하였다. 그는 남을 시켜 군주에게 변명했다. "제가 먹을 수 있는 것이냐고 묻자, 먹을 수 있다고 했기 때문에 먹었으니 제 잘못이 아니라 심부름꾼의 죄입니다. 또한 나그네가 그 약을 바치면서 불사약이라고 했습니다. 그런데 제가 그 약을 먹자마자 왕에게 죽임을 당한다면 그것은 불사약이 아니라 틀림없이 죽음을 재촉하는 약일 것입니다. 이는 나그네가 왕을 속인 것입니다. 만약 왕께서 죄 없는 사람을 죽인다면, 세상 사람들에게 우리 왕은 자기를 속인 사람을 내버려둔다는 것을 알리는 꼴입니다."

초나라 왕은 이 말을 듣고 그를 놓아주었다.

이 우화는 말이 이중으로 쓰이는 것을 교묘하게 활용한 점이 돋보인다. '먹을 수 있는 것인가' 하는 시종무관의 질문은 '내가 먹어도 되는가' 하는 뜻이다. 심부름꾼이 '먹을 수 있다' 고 대답한 것은 '일반적으로 먹을 수 있는 물건' 이라는 뜻이다. 또한 불사약이란 '먹으면 죽지 않는 약' 이라는 뜻이니 그 약을 먹은 시종무관이 그 약 때문에 죽는다면 '그 약은 불사약이 아님' 이 틀림없다. 그 약이 불사약임을 입증하려면 그 시종 무관을 살려 두고 언제까지 죽지 않는지 확인해야 할 것이기 때문이다.

옛날에는 왕에게 온갖 진귀한 물건을 바친다, 계책을 바친다며 드나드는 사람이 많았다. 이 가운데는 정말 명실상부하게 귀중한 물건이나 소중한 계책도 있었지만 엉터리 계책이나 가짜도 많았고, 이런 가짜와 엉터리에 속아서 재화를 낭비하고 정책에 혼선을 빚는 경우도 많았다. 시종 무관은 불사약이라는 엉터리 약에 속은 왕을 자기의 목숨을 걸고 깨우쳤다. 그래도 다행인 것은 초나라 왕이 속았다는 것을 스스로 깨달았다는 점이다.

不死藥

有獻不死之藥於荊王者, 謁者操之以入. 中射之士問曰, 可食乎. 曰, 可. 因奪而食之. 王大怒, 使人殺中射之士. 中射之士使人說王曰, 臣問謁者曰, 可食. 臣故食之, 是臣無罪, 而罪在謁者也. 且客獻不死之藥, 臣食之, 而王殺臣, 是死藥也, 是客欺王也. 夫殺無罪之臣, 而明人之欺王也, 不如釋臣. 王乃不殺

『韓非子』「說林上」

먼 친척보다 이웃사촌
遠 水 不 救 近 火
멀 원 물 수 아닐 불 건질 구 가까울 근 불 화

노나라 목공은 이웃나라인 제나라와 동맹을 맺지 않고, 오히려 노나라에서 먼 진나라와 초나라에 아들들을 인질로 보내 노나라가 어려움을 당할 때 그들의 도움을 얻으려고 했다.

이서라는 대신이 목공에게 말했다. "어떤 사람이 큰 강에 빠져 죽어 가는데 언덕에 있는 사람이 '월나라 사람들이 헤엄을 가장 잘 치니 빨리 사람을 보내 구조 요청하게나'라고 한다면 이 사람은 살아날 수 있겠습니까?"

목공이 웃으며 말했다. "말도 안 되오. 월나라가 얼마나 먼데. 월나라 사람이 아무리 헤엄을 잘 쳐도 구하러 오기 전에 이미 죽을 겁니다."

이서가 또 물었다. "그러면 노나라의 서울에 큰 화재가 발생했는데 어떤 사람이 '바닷물이 가장 많으니 빨리 사람을 보내 바닷물을 길어다 불을 끄자'라고 한다면 되겠습니까?"

목공이 말했다. "안 되고말고요. 바닷물을 길어 오기도 전에 서울은 잿더미가 되겠지요."

이서가 말했다. "그렇습니다. 먼 데 있는 물로는 가까이에서 일어난 불을 끌 수 없습니다. 지금 진나라와 초나라가 매우 강대하기는 하지만 노나라에서 멀리 떨어져 있습니다. 노나라에 갑자기 어려움이 생겨 그들의 도움을 받으려 하는 것은, 멀리 있는 물로 가까이 있는 불을 끄려고 하는 것과 같습니다. 제나라는 우리의 이웃나라이니 제나라와 국교를 맺지 않으면 실로 매우 위험합니다."

바닷물은 아무리 길어도 다하지 않고 아무리 퍼내도 마르지 않지만 수백 리 떨어진 서울에 난 불을 끄는 데는 아무런 도움이 되지 않는다. 마찬가지로 진나라와 초나라가 아무리 강한 나라라 하더라도 산동에 있는 노나라에서는 멀리 떨어져 있기 때문에 실제로 위급한 상황에서는 별 도움이 안 된다. 아무리 객관적인 조건이 충족된다 하더라도 구체적인 조건과 상황이 맞지 않으면 무분별하게 적용할 수 없다. 원수불구근화遠水不救近火는 먼 데 있는 것은 절박한 때에 도움이 되지 않는다는 말이다.

遠水不救近火

魯穆公使衆公子或宦於晉, 或宦於荊. 犁鉏曰, 假人於越而救溺子, 越人雖善游, 子必不生矣. 失火而取水於海, 海水雖多, 火必不滅矣, 遠水不救近火也. 今晉與荊雖强, 而齊近, 魯患其不救乎.

『韓非子』「說林上」

이사가는 부부
無所用其長
없을 무 바 소 쓸 용 그 기 길 장

노나라에 한 부부가 살고 있었는데 남편은 짚신을 아주 잘 만들고, 아내는 길쌈을 잘했다. 게다가 둘 다 부지런하여 살아가는 데 별 어려움이 없었다. 그들은 월나라가 살기 좋은 곳이라는 말을 자주 들었다. 어느 날 두 사람은 살림을 챙겨 월나라로 이사 갈 준비를 하고 있었다.

이웃 사람들이 그들에게 말했다. "월나라로 이사 가면 당신네는 솥뚜껑에 거미줄을 칠 거요."

두 사람은 기분이 나빴다. "이 사람 말하는 것 좀 보게. 우리 두 사람은 짚신도 잘 만들고 길쌈도 할 줄 아는 데다 검소하다네. 재산을 모으지 못한다면 이상하지!"

이웃 사람이 말했다. "짚신은 어디에 쓰는 것인가? 발에 신는 것 아닌가! 하지만 월나라는 물이 많은 곳이라 어릴 때부터 신을 신지 않고 맨발로 다니네. 삼베는 또 무엇에 쓰는 것인가? 모자를 만드는 데 쓰는 것이 아닌가! 하지만 월나라에는 폭우가 자주 쏟아지기 때문에 모자를 쓰지 않고 머리를 풀어헤치고 다니네."

두 사람이 다그쳐 물었다. "그게 참말인가?"

이웃 사람이 웃으며 말했다. "그럼 거짓말일까? 당신네들의 손재주는 정말 대단하지만 손재주가 필요 없는 나라에 간다면 배 두드리며 산다는 게 참 이상한 걸세."

아무리 뛰어난 솜씨라도 솜씨를 발휘할 객관적인 조건이 갖추어지지 않으면 쓸모가 없다. 지식이나 기술도 실제 수요에 부합해야만 적절한 기능을 발휘할 수 있다.

無所用其長

魯人身善織屨, 妻善織縞, 而欲徙於越. 或謂之曰, 子必窮矣. 魯人曰, 何也. 曰, 屨爲履之也, 而越人跣行, 縞爲冠之也, 而越人被髮. 以子之所長, 遊於不用之國, 欲使無窮, 其可得乎.
『韓非子』「說林上」

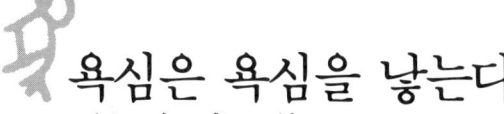

욕심은 욕심을 낳는다
紂爲象箸
주임금 주 할 위 코끼리 상 젓가락 저

주왕이 사람을 시켜 진귀한 상아 젓가락 한 벌을 만들게 했다. 그것을 본 기자는 매우 걱정스러웠다. 상아 젓가락에는 질그릇 접시보다는 옥 접시가 어울릴 것이며, 옥 접시와 상아 젓가락을 사용하게 되면 채소나 좁쌀보다는 코끼리 꼬리나 표범의 태와 같은 산해진미를 차리는 데 골몰할 것이며, 코끼리 꼬리나 표범의 태를 먹게 되면 거친 베옷을 입거나 초가집에 살지 않고 반드시 비단옷을 입고 대궐에 살려고 하리라는 것을 알았기 때문이다. 이렇게 향락과 욕망을 끝없이 확대시켜 온 백성의 고혈을 짜내 한 사람의 욕망을 채우는 데 쓰는 나라는 존망이 위태로울 것이다.

과연 주왕은 주색에 빠져 왕으로서 마땅히 할 도리를 돌아보지 아니하여 나라를 망쳤다.

 한비자는 이 우화를 이렇게 풀이했다. "현명한 사람은 작은 일로 전체를 꿰뚫어보며, 실마리를 통해 나중에 일어날 결과를 예측해야 한다." 상아로 젓가락을 만들어 쓰면 그에 어울리는 그릇을 가지려는 욕심이 생긴다. 상아 젓가락에 어울리는 옥 접시를 가지면 옥 접시에 어울리는 진귀한 음식을 구한다. 이처럼 욕망은 끝없이 확대된다. 겉으로 보기에는 상아 젓가락과 나라의 존망 사이에 아무런 관련이 없는 것 같지만 사태의 추이를 유추하면 충분히 예측할 수 있다.

상저옥배象箸玉杯는 사치를 부리기 시작하면 끝이 없다는 것을 가리키는 성어이다.

紂爲象箸

紂爲象箸而箕子怖, 以爲象箸必不盛羹於土鉶, 則必犀玉之杯. 玉杯象箸必不盛菽藿, 則必旄象豹胎. 旄象豹胎必不衣短褐而舍茅茨之下, 則必錦衣九重, 高臺廣室也. 稱此以求, 則天下不足矣.

『韓非子』「說林上」

이 세 마리
三蝨食彘
석 삼 이 슬 먹을 식 돼지 체

돼지 몸에서 살고 있는 이 세 마리가 심하게 싸웠다. 지나가던 늙은 이가 물었다. "무엇 때문에 싸우느냐?"

이 세 마리가 대답했다. "돼지 몸에서 가장 살찐 부분을 차지하려고 그럽니다."

늙은 이가 웃으며 말했다. "이런 녀석들 같으니라고. 너희들은 설마 섣달 그믐날 제사지낼 때 사람들이 살찐 돼지를 잡아 그 털을 불에 그슬려도 무섭지 않은 것은 아니겠지?"

이 말에 이 세 마리는 깊이 깨달아 곧바로 싸움을 그만두고 곧장 돼지 털 속으로 파고 들어가 마구 피를 빨아먹기 시작했다. 돼지가 갈수록 야위어 갔기 때문에 아무도 잡으려고 하지 않았다.

 눈앞의 이익에 눈이 어두워 큰 위험이 도사리고 있는지 모르는 어리석음을 풍자한 우화이다.

三蝨食彘

三蝨食彘, 相與訟. 一蝨過之, 曰, 訟者奚說. 三蝨曰, 爭肥饒之地. 一蝨曰, 若亦不患臘之至而茅之燥耳. 若又奚患於是. 乃相與聚嘬其母而食之. 彘臞, 人乃弗殺

『韓非子』「説林下」

머리 둘 달린 살무사
螝 蟲
살무사 **훼** 벌레 **충**

　　머리 둘 달린 살무사가 있었다. 몸은 하나인데 머리가 둘 달려서 아주 탐욕스러워 먹을 것이 있으면 서로 먹으려고 물고 뜯으며 싸웠다. 그러다가 마침내 서로 독이빨로 상대방을 물고 늘어져 죽고 말았다.

解 머리가 둘이라도 몸은 하나이니 어느 쪽 머리가 먹을 것을 먹건 결국 한 몸으로 들어가는 것이 아닌가? 한 나라 안에서 이익과 권력을 다투는 무리는 마치 한 몸에 달린 두 머리와 같다. 두 세력, 두 집단이 한 나라 안에서 서로 이익과 권력을 다툰다면 그 결과는 나라가 망하는 데까지 이를 것이다.

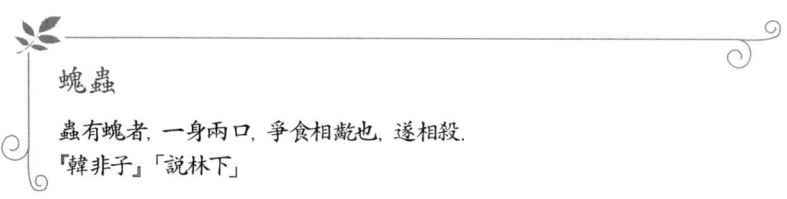

螝 蟲
蟲有螝者, 一身兩口, 爭食相齕也, 遂相殺.
『韓非子』「說林下」

사나운 사람은 일찌감치 피해야
不待貫滿而去
아닐 부 기다릴 대 꿸 관 찰 만 말 이을 이 갈 거

어떤 사람이 포악한 사람 이웃에 살았다. 그는 이웃의 사나움을 견디다 못해 집을 팔고 이사를 가려고 했다. 친구가 집을 팔고 떠나려는 이 사람을 찾아와 말했다. "무얼 그리 서두르는가? 잠시만 기다려 보게. 그 사람이 지은 죄가 극도에 이르러서 머잖아 처벌을 받을 테니까."

이사를 떠나려는 사람이 대답했다. "나를 가지고 그 사람의 죄가 극도에 이를까 봐 두렵다네." 그는 말을 마치자마자 짐을 챙겨서 서둘러 이사를 갔다.

 사물이 변화하고 발전하는 양상을 잘 살펴서 일이 현실로 드러나기 전에 기미가 보이면 빨리 대처해야 한다. 그래야 후환을 피할 수 있다. 사나운 사람이 함부로 포악한 짓을 해서 처벌받을 지경에 이르기를 기다리다가는 자기가 그 사람의 희생물이 될 수도 있다. 그러니 일찌감치 피하는 게 상책이 아니겠는가?

不待貫滿而去

有與悍者鄰, 欲賣宅而避之. 人曰, 是其貫將滿矣, 子姑待之
答曰, 吾恐其以我滿貫也. 遂去之.
『韓非子』「說林下」

환심을 사려는 사람은 무섭다
恐 其 求 容 於 人
두려울 공 그 기 구할 구 받아들일 용 어조사 어 사람 인

    진나라의 중행 문자가 도망을 가다가 현이라는 고을을 지났다. 며칠째 쉬지 않고 도망가던 터라 모두들 지쳐 있었다. 부하 가운데 한 사람이 중행 문자에게 이렇게 말했다. "주인님. 이곳 아전은 주인님과 잘 아는 사람입니다. 아전에게 들러서 잠시 쉬고 가는 것이 어떻겠습니까? 조금만 기다리면 후속 수레가 따라 올 테니 수레를 기다렸다가 함께 가는 것이 좋겠습니다."
    중행 문자가 이 말을 듣고 대답했다. "나는 음악을 좋아한다. 그런데 예전에 이곳 아전이 그걸 알고 소리가 잘 나는 거문고 한 대를 보내주더구나. 또 나는 패옥을 좋아한다. 그런데 이곳 아전이 그걸 또 어떻게 알고 나에게 둥근 옥을 보내주더구나. 그런데 그 아전은 내가 거문고나 옥을 가까이함으로써 마음을 바로잡으라는 뜻에서 그것들을 보내 준 것이 아니었다. 단지 내 환심을 사려는 것이 목적이었지. 이제 그가 나를 가지고서 다른 사람의 환심을 사려고 할까 봐 두렵다." 그러고는 뒤도 돌아보지 않고 달아났다.
    과연 그 아전은 문자의 후속 수레 두 대를 빼앗아 군주에게 바쳤다.

解 남의 환심을 사는 좋은 방법은 바로 그 사람의 관심 분야를 이용하는 방법이다. 현 고을의 아전은 중행 문자의 관심과 취미를 파악하여 거문고와 패옥을 보내 환심을 샀다. 환심을 사려고 노력하는 사람이 좋은 의도를 가지고 접근하는 경우는 드물다. 뭔가 이득이 있고, 바라는 것이 있기 때문에 환심을 사려고 하는 것이다. 그러나 그걸 알면서도 남의 아첨하는 말을 들으면 기분 좋게 생각하니 사람의 허영이란 참으로 알다가도 모를 일이다. 아첨하는 말에는 알고도 속고 모르고도 속는 것이 사람의 마음인가 보다. 그래도 중행 문자는 망명을 가는 길이었기 때문에 일마다 조심하느라 그랬는지는 몰라도 아전의 행위가 환심을 사려는 것임을 파악했으니 그로서는 다행이었다.

恐其求容於人

晉中行文子出亡, 過於縣邑. 從者曰, 此嗇夫, 公之故人. 公奚不休舍, 且待後車. 文子曰, 吾嘗好音, 此人遺我鳴琴. 吾好珮, 此人遺我玉環. 是不振我過者也. 以求容於我者, 吾恐其以我求容於人也. 乃去之. 果收文子後車二乘而獻之其君矣.

『韓非子』「説林下」

아끼는 것을 버릴 수 없다
樂 正 子 春
풍류 악 바를 정 아들 자 봄 춘

제나라가 대군을 이끌고 노나라에 쳐들어와서는 국보인 참이라고 하는 솥을 내어 주어야만 물러간다고 했다. 노나라 왕은 할 수 없이 참의 모양을 본뜬 모조품을 만들어 성대한 의식을 갖추어 제나라로 보냈다.

제나라 왕은 솥을 이리저리 만져보다가 고개를 갸우뚱거리며 말했다. "이것은 가짜요."

사신은 깜짝 놀라 얼른 말했다. "자세히 살펴보십시오. 틀림없는 진짜입니다."

제나라 왕이 말했다. "좋소. 그렇다면 노나라의 악정 자춘을 불러오시오. 그분의 감정을 받고 싶소."

노나라 왕이 이 소식을 듣고 악정 자춘에게 제나라로 가라고 말했다. 악정 자춘이 왕에게 물었다. "임금님께서는 무엇 때문에 진짜 솥을 보내지 않으셨습니까?"

노나라 왕이 대답했다. "보물 솥이 아까워 그랬소."

그러자 악정 자춘이 말했다. "저도 제 신용을 아낍니다."

참讒은 남을 헐뜯는다는 뜻인데, 솥에 참이라는 이름을 붙인 까닭은 남을 헐뜯는 말을 막겠다는 정치적 의지가 담겨 있다. 헐뜯는 말을 막고 올바른 소리만 듣겠다면서 정작 남의 나라에는 가짜 솥을 보내 속이려고 했다. 노나라 왕은 보물 솥이 아까워 거짓 말을 했는데 악정 자춘인들 가짜를 진짜라고 거짓말하여 신의와 명예를 잃고 싶겠는가?

樂正子春

齊伐魯, 索讒鼎, 魯以其贋往. 齊人曰, 贋也 魯人曰, 眞也 齊曰,
使樂正子春來, 吾將聽子. 魯君請樂正子春, 樂正子春曰, 胡不以其眞往也.
君曰, 我愛之 笑曰, 臣亦愛臣之信.

『韓非子』「説林下」

세 사람만 우기면 없는 호랑이도 만든다
三人成虎
석 삼 사람 인 이룰 성 범 호

위나라는 조나라에 패하여 태자와 대신 방공을 조나라의 수도 한단에 인질로 보냈다. 인질이 떠날 때가 되자 방공이 왕에게 말했다. "어떤 사람이 뛰어와서 저잣거리에 호랑이가 나타났다고 보고하면 믿으시겠습니까?"

왕이 고개를 흔들며 말했다. "믿지 못하겠소. 저잣거리에 어떻게 호랑이가 나타난단 말이오."

"두 번째 사람이 달려와 저잣거리에 호랑이가 나타났다고 한다면 믿으시겠습니까?"

왕은 망설임 끝에 여전히 고개를 흔들며 못 믿겠다고 말했다. 방공이 다시 물었다. "곧이어 세 번째 사람이 달려와 저잣거리에 호랑이가 있다고 한다면 믿으시겠습니까?"

왕은 고개를 끄덕이며 말했다. "믿어야지요. 세 사람이나 그렇게 말한다면 거짓일 리가 있겠소?"

방공이 일어나 말했다. "저잣거리에 호랑이가 있을 수 없다는 것은 누구나 알고 있습니다. 그러나 세 사람이 있다고 하면 임금님께서도 믿으실 것입니다. 위나라에서 한단은 여기서 저잣거리까지보다 멉니다. 임금님 앞에서 저를 헐뜯을 사람이 어찌 세 사람뿐이겠습니까? 시비를 분명히 판단하시기 바랍니다."

과연 방공이 짐작한 대로 그가 떠나자 왕 앞에서 많은 사람들이 근거 없는 소문을 퍼뜨렸다. 그가 한단에서 돌아온 뒤에도 왕은 그를 부르지 않았다.

解 나쁜 마음을 먹고 남을 모함하며 헐뜯는 사람들은 끈질기게 중상모략하고 헛소문을 날조한다. 세 사람만 말해도 가볍게 믿어 버리는데, 여러 사람이 말한다면 사실을 확인하지도 않고 믿어 버릴 것이다. 객관적인 여러 가지 사례를 들어 대조하지 않고 남의 말만 들으면 진실을 알 수 없다. 의도적으로 조작된 정보가 얼마나 많은가? 아무리 여러 사람이 하는 말이라도 면밀하게 따지고 분석하여 판단해야 실수가 적다.

이 이야기에서 삼인성호三人成虎라는 성어가 생겼다.

三人成虎

龐恭與太子質於邯鄲, 謂魏王曰, 今一人言市有虎, 王信之乎. 曰, 不信. 二人言市有虎, 王信之乎. 曰, 不信. 三人言市有虎, 王信之乎. 王曰, 寡人信之. 龐恭曰, 夫市之無虎也明矣. 然而三人言而成虎. 今邯鄲之去魏也遠於市, 議臣者過於三人, 願王察之. 龐恭從邯鄲返, 竟不得見

『韓非子』「內儲說上」

깊은 골짜기에서는 떨어지지 않는다
董 閼 于
동독할 동 가로막을 알 어조사 우

동알우가 조나라 상지의 태수가 되었다. 하루는 석읍이라는 곳의 산중을 순시하는 길에 험준한 골짜기까지 갔다. 쾰쾰 바위에 부딪치며 쏟아지는 물은 귀가 명명할 지경이고, 온 사방에 물보라가 튀었다. 깊이 패인 웅덩이는 깊이를 알 수 없었고, 절벽은 깎아지른 듯이 높이 치솟았다. 그 장관을 지켜보다가 주변 고을 사람들에게 물었다. "이전에 여기에서 사람이 떨어져 죽은 일이 있는가?"

"없습니다." 인근 고을 사람들은 입을 모아 대답했다.

"어린아이나 천치, 귀머거리, 장님 또는 미치광이 가운데 여기에서 떨어진 적이 있는가?"

"그런 일은 없었습니다."

"소나 말, 개, 돼지가 여기에서 떨어져 죽은 적이 있는가?"

"아니요, 그런 일은 없었습니다."

동알우는 깊이 한숨을 쉬고 말했다. "내가 고을을 어떻게 다스려야 할지 알겠다. 마치 험준한 골짜기에 떨어지면 죽는 것처럼 법을 엄격하게 적용하여 봐주는 일이 없으면 사람들이 법을 범하지 않을 것이다. 뭣 때문에 못 다스리겠는가?"

解 깊은 골짜기, 험한 낭떠러지는 사람들이나 짐승이나 모두 조심하기 때문에 떨어져 죽거나 다치는 일이 드물다. 마찬가지로 법도 엄격하고 가혹하게 적용하면 함부로 법을 저촉하는 사람이 드물 것이다. 이런 생각은 어느 정도 사실이지만 아무리 법이 엄격하다 하더라도 범죄를 막을 수는 없다. 범죄 심리는 매우 복잡하기 때문에 법만으로 범죄를 억제하고 교화하기는 불가능하다. 또한 법을 적용하고 집행하는 사람이 얼마나 공정하고 공평무사한가 하는 것도 법치에 중요한 관건이 된다.

董閼于

董閼于爲趙上地守. 行石邑山中, 澗深, 峭如牆, 深百仞, 因問其旁鄉左右曰, 人嘗有入此者乎. 對曰, 無有. 曰, 嬰兒盲聾狂悖之人嘗有入此者乎. 對曰, 無有. 牛馬犬彘嘗有入此者乎. 對曰, 無有. 董閼于喟然太息曰, 吾能治矣. 使吾法之無赦, 猶入澗之必死也, 則人莫之敢犯也, 何爲不治.
『韓非子』「内儲説上」

자산의 가르침
火 水 之 喻
불 화 물 수 어조사 지 깨우칠 유

    정나라의 재상인 자산이 병이 들었다. 숨을 거두려고 할 즈음 유길을 불러서 간곡히 부탁했다. "내가 죽은 뒤 틀림없이 그대가 정나라를 맡아 다스리게 될 거외다. 그때 반드시 엄한 자세로 사람을 대해야 하오. 불은 뜨겁고 맹렬하기 때문에 타 죽는 사람이 별로 없지만, 물은 만만하게 보이기 때문에 빠져 죽는 사람이 많소이다. 그대가 만만하게 보여서 사람들이 물에 빠져 죽는 일이 없도록 하시오."

    마침내 자산이 죽었다. 하지만 유길은 엄격한 자세를 유지하지 않았다. 그러자 정나라의 젊은이들이 패거리를 지어 도둑이 되어 갈대 늪을 근거지로 노략질을 일삼았기 때문에 정나라의 화근이 되었다. 유길은 전차와 기병을 이끌고 꼬박 하루를 싸운 끝에 겨우 진압할 수 있었다. 그는 어이가 없어서 한숨을 쉬며 이렇게 말했다. "내가 진작 그 어른의 가르침을 따랐더라면 이 지경까지 이르지는 않았을 것을. 후회막급이로다."

이 우화도 마찬가지로 법을 엄격하게 적용해야 한다는 주장을 담고 있다. 두려워하는 것에 대해서는 조심하기 때문에 사고가 드물고, 만만하게 보이는 것은 조심하지 않아 도리어 해를 입기 쉽다는 것을 불과 물을 통해 생생하게 비유했다. 법을 엄격하게 적용하는 자세를 보이면 기율이 서고, 인정을 베풀고 사정을 봐주며 만만하게 보이면 기율이 무너지고 기강이 해이해진다. 그러나 신상필벌의 원칙을 너무 기계적으로 적용하는 것도 폐단이 있다.

火水之喩

子産相鄭, 病將死. 謂遊吉曰, 我死後, 子必用鄭, 必以嚴蒞人.
夫火形嚴, 故人鮮灼. 水形懦, 故人多溺. 子必嚴子之形, 無令溺子之懦.
子産死. 遊吉不忍行嚴形, 鄭少年相率爲盜, 處於雚澤, 將遂以爲鄭禍.
遊吉率車騎與戰, 一日一夜, 僅能剋之.
遊吉喟然歎曰, 吾蚤行夫子之教, 必不悔至於此矣.
『韓非子』「內儲說上」

인자와 은혜의 성과
慈 惠 之 功
사랑 자 은혜 혜 어조사 지 공 공

위나라 혜왕이 복피에게 말했다. "나에 대한 사람들의 평판이 어떠하오?"
복피가 대답했다. "모두들 임금님께서는 인자하고 은혜로우시다 합니다."
혜왕은 이 말을 듣고 기분이 좋았다. 그래서 내친 김에 또 물었다. "내가 인자하고 은혜롭다고 하니 흔쾌하구려. 그렇다면 인자와 은혜는 어떤 성과를 가져오겠소?"
복피가 대답했다. "임금님께서 인자하고 은혜로우시니 장차 나라가 망할 것입니다."
혜왕은 어이가 없었다. 방금 인자하고 은혜롭다고 하여 기분이 좋았는데, 그 결과 나라의 멸망을 초래할 것이라고 하지 않는가?
"어떻게 그럴 수 있단 말이오? 인자하고 은혜로운 것은 착한 일을 하는 것이오. 착한 일을 하여 망한다고 하는 말은 대관절 무슨 뜻이오?"
복피가 정색을 하고 대답했다. "사람들이 인자하다고 하는 것은 동정하는 마음을 말하는 것이고, 은혜롭다고 하는 것은 베풀기를 좋아하는 마음을 말하는 것입니다. 그러나 동정하는 마음이 있으면 측은한 마음이 들어서 잘못이 있어도 처벌하지 않습니다. 또한 베풀어주기를 좋아하면 공이 없어도 상을 주는 수가 있습니다. 잘못이 있는데도 죄를 묻지 않고, 공이 없는데도 상을 준다면 장차 나라가 망할 것이라는 말이 당연하지 않습니까?"

유가의 정치 이념은 인정仁政, 곧 어진 정치로 백성을 사랑하고 혜택을 베푸는 정치이다. 그러나 이런 이념을 객관적인 정황을 고려하지 않고 무분별하게 적용하면 사랑을 베푼다는 것이 동정에 머물고 혜택을 베푼다는 것이 아무에게나 상을 주는 꼴이 되어, 상벌이 객관적으로 적용되지 못하고 기강이 무너져 나라가 망한다. 한비자의 의도는 사회가 복잡한 시대에는 더 이상 인정과 같은 낡은 이념으로는 나라를 이끌 수 없다는 것을 지적하려는 것이다.

慈惠之功

魏惠王謂卜皮曰, 子聞寡人之聲聞亦何如焉. 對曰, 臣聞王之慈惠也. 王欣然喜曰, 然則功且安至. 對曰, 王之功至於亡. 王曰, 慈惠, 行善也 行之而亡, 何也 卜皮對曰, 夫慈者不忍, 而惠者好與也. 不忍則不誅有過, 好予則不待有功而賞. 有過不罪, 無功受賞, 雖亡不亦可乎.
『韓非子』「內儲說上」

상을 줘야 효도한다
賞 勸
상줄 상 권할 권

송나라의 숭문 안쪽 거리에 사는 어떤 사람이 부모상을 당하여 아주 애통해하며 예를 다하여 장례를 치렀다. 그는 너무 비통한 나머지 몸을 돌보지 않아 몸이 상하고 여위었다. 송나라 군주가 이 소문을 듣고 효심이 지극하다고 여겨 그를 뽑아서 벼슬을 주었다. 이듬해 송나라에는 여위어서 죽는 사람이 십여 명이나 되었다.

解 법가는 인간이 근본적으로 이기적 속성을 가지고 있다는 것을 긍정한다. 심지어 부모와 자식 사이의 원초적인 감정조차도 이해관계와 결부시킨다. 법가의 관점에서 보면 부모 자식 사이에도 상을 줘서 권장을 해야 효도를 하는데, 하물며 사회적인 관계에서는 마땅히 상벌이 바탕이 될 수밖에 없다. 부모 자식의 관계는 천륜이라고는 하지만 사회적인 조건과 상황 속에서 표현되므로 객관적인 조건을 무시할 수 없다. 부모가 있으면서도 버려지는 어린이가 해마다 늘어난다는 사실은 이 점을 반영한다.

賞勸

宋崇門之巷人服喪而毀, 甚瘠, 上以爲慈愛於親, 舉以爲官師.
明年, 人之所以毀死者歲十餘人
『韓非子』「內儲說上」

숫자 채우기
濫竽充數
퍼질 람 피리 우 찰 충 셀 수

  제나라 선왕은 피리 합주 듣기를 매우 좋아하여 연주를 들을 때마다 악단을 300명으로 구성했다. 남곽 선생은 본래 피리를 불 줄도 몰랐지만 피리 부는 사람들 틈에 끼어 머리 숫자만 채우고서 왕에게 많은 봉급을 받았다.
  나중에 선왕이 죽고 민왕이 왕위를 계승했다. 민왕은 한 사람씩 돌아가며 독주하는 것을 좋아했다. 남곽 선생은 자기 실력이 들통 날까 봐 보따리를 옆에 끼고 한밤중에 줄행랑을 치고 말았다.

 능력도 없이 여러 사람들 틈에 섞여 대충 숫자만 채우거나 한 자리 차지하는 사람들이 있다. 이런 사람들은 한번 자리를 차지하면 그 자리를 지키려고 온갖 비열하고 교묘한 수단을 다 쓴다. 자리만 차지하고 나라의 세금을 축내는 사람들을 가려내기 위해서는 실력으로 검증하는 수밖에 없다. 그리고 나라에서 인재를 들어 쓸 때는 잘 가려 써야 한다.
재능도 없이 끼어들어 숫자만 채우는 것을 남우충수濫竽充數라고 한다.

濫竽充數

齊宣王使人吹竽, 必三百人. 南郭處士請爲王吹竽, 宣王說之,
廩食以數百人. 宣王死, 湣王立. 好一一聽之, 處士逃.
『韓非子』「內儲說上」

부부의 소원
夫妻禱祝
지아비 부 아내 처 빌 도 빌 축

위나라에 가난한 부부가 살고 있었다. 하루는 두 사람이 사당에 가서 빌었다.

먼저 아내가 이렇게 빌었다. "우리를 편안히 살게 해주시고, 삼베 백 필만 얻을 수 있도록 해 주십시오."

남편이 아내에게 말했다. "기왕 빌려면 큰 부자가 되게 해 달라고 빌어야지 하필 삼베 백 필이 뭐요?"

"그보다 많으면 당신이 첩을 들일 테니까요."

 아주 짤막한 이야기지만 부부 사이라도 이해관계가 다르다는 점을 아주 극명하게 드러내 보인다. 원래 이 우화는 군주와 신하 사이에는 이해가 상충한다는 점을 드러내기 위한 이야기이다. 간사한 신하는 개인의 이익만 얻을 수 있다면 나라는 망하건 말건 관심이 없다. 마치 아내가 잘 먹고 잘 살기 위한 재산만 있으면 더 많은 부를 축적하여 집안이 부유해지는 것에는 관심이 없는 것과 같다. 오늘날 지도층 인사들 가운데 이런 사람이 없다고 할 수 있을까?

夫妻禱祝

衛人有夫妻禱者, 而祝曰, 使我無故, 得百束布. 其夫曰, 何少也.
對曰, 益是, 子將以買妾.
『韓非子』「内儲說下」

신부와 들러리
秦伯嫁女
나라이름 진 맏 백 시집갈 가 계집 녀

　　진秦나라 공주가 진晉나라로 시집을 갔다. 그 혼인 행렬은 성대하기 그지없었다. 공주를 수행하는 몸종 일흔 명은 하나같이 꽃 같은 자태에 옥 같은 용모에다 눈부신 치장을 하고 있었다. 행렬이 서울을 지나자, 길가에 빽빽이 늘어선 진晉나라 백성은 다투어 몸종들을 구경하느라 공주는 안중에도 없었다. 진秦나라 왕은 공주를 잘 시집보내려다가 몸종들만 잘 시집보낸 격이 되고 말았다.

 이 우화 다음에는 주제가 같은 다음의 우화가 이어진다.
어떤 초나라 상인이 정나라로 진주를 팔러 갔다. 그는 귀한 목련 나무로 정성껏 상자를 만들고, 거기에 냄새가 은은한 고급 향료를 뿌리고, 아름다운 구슬과 비취를 박아 화려하게 꾸몄다. 어떤 정나라 사람이 이 정교하고 호화롭기 짝이 없는 상자를 보고는 비싼 값에 산 다음, 안에 든 진주는 상인에게 돌려주고 상자만 가지고 가 버렸다.
이 두 이야기는 본말이 바뀌고 주객이 전도된 경우를 가리킨다. 내용을 돋보이게 하려고 형식을 꾸미다가 형식에 치우쳐 내용을 잃어 버렸다.

秦伯嫁女
昔秦伯嫁其女於晉公子, 令晉爲之飾裝, 從文衣之媵七十人, 至晉. 晉人愛其妾而賤公女. 此可謂善嫁妾而未可謂善嫁女也.
『韓非子』「外儲說左上」

가시 끝의 조각
棘 刺 雕 猴
멧대추 극 찌를 자 새길 조 원숭이 후
나무

연나라 왕은 정교한 조각품을 좋아했다. 하루는 어떤 위나라 사람이 연나라 왕에게 뾰족한 대추나무 가시 끝에 원숭이를 조각할 수 있다고 자랑했다. 연나라 왕은 그런 신기한 기술이 있다는 말을 듣고 매우 기뻐하며 즉시 대부의 녹을 하사했다. 왕은 이 식객이 어떻게 대추나무 가시 끝에 원숭이를 조각하는지 빨리 보고 싶었다.

식객이 말했다. "보고 싶으시다면 반드시 반년 동안 여색을 즐기지 마시고 술과 고기를 먹지 마십시오. 비가 개이고 해가 뜰 때 양달과 응달 사이의 어슴푸레한 빛 아래서만 대추나무 가시 끝에 새긴 원숭이를 보실 수 있을 것입니다."

왕은 할 수 없이 식객에게 비단 옷과 쌀밥을 제공하고 궁전 안에서 살게 하며 원숭이를 볼 수 있기를 기다렸다. 그러나 아무리 기다려도 볼 수 없었다.

마침 정나라 출신의 대장장이가 궁궐에 와서 일하고 있었는데, 이 말을 듣고 속으로 웃으며 왕에게 말했다. "저는 전문적으로 조각칼을 만드는 사람입니다. 조각할 물체가 조각칼의 칼끝보다 커야 조각을 할 수 있다는 것은 누구나 아는 사실입니다. 대추나무 가시 끝에는 아무리 날카로운 칼날도 댈 수가 없는데 어떻게 원숭이를 조각할 수 있겠습니까? 그 나그네의 조각칼을 살펴보시면 조각을 할 수 있는지 없는지 아실 겁니다."

왕은 곧바로 위나라 사람을 불러 물어보았다. "네가 대추나무 가시 끝에 원숭이를 조각할 때 무엇을 사용하는가?"

식객이 대답했다. "아주 정교한 칼을 가지고 합니다."

왕이 그에게 조각칼을 가져오도록 명령했다. "내가 그 정교한 조각칼을 한 번 보고 싶구나."

심상찮은 낌새를 눈치 챈 그 사기꾼은 조각칼을 가져온다는 구실로 달아나 버렸다.

 한비자는 이 우화와 관련하여 군주가 신하들의 의견을 들을 때 실제적인 효용을 목표로 삼지 않으면 이와 같은 허황한 말을 꾸며댄다고 했다. 위나라의 식객은 연나라 왕이 정교한 세공품을 좋아한다는 점을 틈타 엉터리 같은 이야기를 꾸며 이득을 챙기려고 했다. 그러나 정교한 것을 조각하기 위해서는 조각칼이 더 정교해야 한다는 대장장이의 합리적인 판단을 당할 수가 없었다.

棘刺雕猴

燕王好微巧, 衛人曰, 能以棘刺之端爲母猴. 燕王説之, 養之以五乘之奉. 王曰, 吾試觀客爲棘刺之母猴. 客曰, 人主欲觀之, 必半歲不入宮, 不飮酒食肉. 雨霽日出, 視之晏陰之間, 而棘刺之母猴乃可見也. 燕王因養衛人不能觀其母猴. 鄭有臺下冶者謂燕王曰, 臣爲削者也. 諸微物必以削削之, 而所削必大於削. 今棘刺之端不容削鋒, 難以治棘刺之端. 王試觀客人之削, 能與不能可知也. 王曰, 善. 謂衛人曰, 客爲棘削之母猴也. 何以治之. 曰, 以削. 王曰, 吾欲觀見之. 客曰, 臣請之舍取之. 因逃

『韓非子』「外儲説左上」

흰 말이 관문을 지날 때
白馬過關
흰 백 말 마 지날 과 관문 관

예열은 송나라의 달변가다. '흰말은 말이 아니다'라는 논변을 주장한 것으로 유명한 그는, 제나라의 직하 학궁에서 개최된 학술 대회에 참가하여 도도한 변론으로 모든 논적을 꺾었다. 그 뒤 흰말을 타고 국경의 관문을 지나는데, 창을 든 경비병이 관문 통과세를 내라고 요구했다. 예열은 흰말은 말이 아니라고 조리 있게 논증했지만 경비병은 도통 논증에 관심이 없었다. 경비병을 설득시키지 못한 예열은 별 수 없이 규정에 따라 세금을 낼 수밖에 없었다.

그는 궤변으로 온 나라의 사람을 꺾을 수는 있었지만 객관적인 증험과 구체적인 사실에 마주치자 경비병 한 사람도 속일 수 없었다.

 전국시대의 명가名家 학자인 공손룡公孫龍은 '흰말은 말이 아니다'라는 백마비마론白馬非馬論을 주장한 것으로 유명하다. 이 백마비마론은 예열에게서 나왔다고 한다. 이 명제는 '구체적' 개념들은 서로 범주가 다르기 때문에 하나로 통합될 수 없다는 논리적인 관점에서 나온 것이다. 흰말이라는 단어에서 흰색은 말의 색깔을 나타내는 구체 개념이고, 말은 말의 형체를 나타내는 구체 개념이다. 그래서 색깔을 나타내는 개념인 흰색과 형체를 나타내는 개념인 말을 하나로 합할 수 없기 때문에 흰말은 말이 아니라는 것이다. 이처럼 공손룡이 단순개념을 복합개념과 동일시할 수 없다고 주장한 것은, 논리적으로는 중요한 가치가 있지만 현실에서는 이 명제를 사용할 수 없다. 이론적으로 아무리 그럴 듯하다고 해도 사실로 검증되지 못하면 쓸모가 없다.

白馬過關

兒說 宋人 善辯者也 持白馬非馬也 服齊稷下之辯者. 乘白馬而過關, 則顧白馬之賦 故籍之虛辭, 則能勝一國, 考實按形, 不能謾於一人
『韓非子』「外儲說左上」

죽지 않는 방법
不死之道
아닐 불 죽을 사 어조사 지 길 도

　어떤 식객이 연나라 왕에게 죽지 않는 방법을 가르쳐주겠다고 했다. 이 소식을 들은 왕은 아주 기뻐하며 서둘러 사람을 보내 그 방법을 배워 오도록 했다. 그러나 배우러 간 사람이 도착하기도 전에 그 식객은 병들어 죽고 말았다. 의기소침해 돌아온 심부름꾼에게 연나라 왕은 불같이 성을 내며 걸음이 너무 느렸기 때문이라고 꾸짖으며 벌을 주었다. 연나라 왕은 그 식객이 자기를 속인 것은 깨닫지 못하고 도리어 심부름 떠난 사람의 걸음이 너무 느린 탓이라고 책망하여 처벌했던 것이다.

解　자기는 며칠 살지도 못하면서 남에게 죽지 않는 방법을 가르쳐주겠다니 이런 엉터리가 어디 있는가? 그야말로 가짜 약장수나 마찬가지다. 신하가 늦었으니 망정이지 제때에 가서 배워 왔더라면 그야말로 거짓 방법만 배워 와서 속았을 것이 아닌가? 신하가 늦은 것이 오히려 식객의 죽지 않는 방법이 거짓임을 입증해 주었던 것이다. 그런데도 이런 거짓말쟁이에게 속아 있을 수 없는 일을 믿고서 죄 없는 신하만 처벌했다. 지도자에게 신통한 방법이라고 건의하는 것들이 다 신통한 방법은 아니다. 그러니 정말로 쓸 만한 말인지를 잘 가릴 줄 아는 지혜가 필요하다. 자기 몸도 돌보지 못하면서 남에게 죽지 않는 방법을 가르쳐주겠다는 가짜가 아주 많다. 곡학아세하는 학자, 의사답지 못한 의사, 종교인답지 못한 종교인은 모두 가짜 방법을 가르치려는 사람이다.

不死之道
客有敎燕王爲不死之道者, 王使人學之, 所使學者未及學而客死 王大怒,
誅之. 王不知客之欺己, 而誅學者之晩也.
『韓非子』「外儲說左上」

나이 자랑
鄭 人 爭 年
나라이름 정 사람 인 다툴 쟁 해 년

정나라의 어떤 두 사람이 서로 나이가 많다고 다투었다. 한 사람이 나서서 말했다. "애헴! 나는 말이야, 요 임금과 동갑이야."

그러자 다른 사람이 이에 질세라 이렇게 말했다. "나는 헌원 황제의 형과 동갑이다."

두 사람은 서로 나이가 많다고 옥신각신 다투다가 결말이 나지 않자 재판을 하기로 했다. 그 둘이 재판정에 가서도 서로 나이가 많다고 우기니 재판관도 판결을 내릴 수가 없었다. 결국 맨 마지막까지 우기는 사람이 이겼다. 둘 가운데 누가 이겼는지는 모르지만.

 옛날에는 나이순으로 술자리에 앉았는데 이 때문에 두 사람이 싸웠는가 보다. 나이를 두고 다투는 두 사람의 모습이 꼭 어린애들 싸움 같다. 흔히 처음에는 서로 자기가 잘났다고 내세우다 끝내 자존심 싸움이 된다. 이쯤 되면 그야말로 끝까지 가보자 한다. 감정 싸움이 되면 끝까지 물러서지 않는다. 어리석은 일이다. 나이가 기껏 많아봐야 얼마 차이가 나겠는가? 학술적인 논쟁을 할 때도 논리적으로 따지지 않고 감정으로 다투는 수가 많다. 그렇게 되면 결국에는 목소리가 크고 끝까지 가는 사람이 이긴다. 정말 이긴 것인지는 모르겠지만 말이다.

鄭人爭年

鄭人有相與爭年者. 一人曰, 吾與堯同年. 其一人曰, 我與黃帝之兄同年. 訟此而不決. 以後息者爲勝耳.
『韓非子』「外儲說左上」

가장 그리기 어려운 것
畫孰最難
그림 화 누구 숙 가장 최 어려울 난

　식객 가운데 제나라 왕을 위해 그림을 그리는 사람이 있었다. 제나라 왕이 물었다. "무슨 그림이 가장 그리기 어려운가?"
　"개와 말을 그리는 것이 가장 어렵습니다." 식객이 대답했다.
　제나라 왕이 또 물었다. "그러면 무슨 그림이 가장 그리기 쉬운가?"
　"귀신을 그리는 것이 가장 쉽습니다. 개와 말은 사람마다 볼 수 있고 날마다 눈앞에 있으니 진짜와 꼭 같이 그려야 하기 때문에 정말로 어렵습니다. 그러나 귀신은 그림자나 형체도 없고 본 사람도 없으며 눈앞에 나타나지도 않으니 제 마음대로 그려도 되지요. 어떻게 그리든 귀신을 닮지 않았다고 증명할 사람이 없습니다. 그러므로 그리기가 가장 쉽습니다."

 귀신과 같은 허황한 것은 아무렇게나 꾸며대도 상관없다. 어차피 근거가 없기 때문이다. 실제로 검증할 수 없는 과장된 말은 아무 쓸모가 없다. 남의 말을 들을 때도 근거 없는 말이나 과장된 말인지 잘 분간해야 한다.

畫孰最難

客有爲齊王畫者, 齊王問曰, 畫孰最難者. 曰, 犬馬最難. 孰最易者.
對曰, 鬼魅最易. 夫犬馬, 人所知也, 旦暮罄於前, 不可類之, 故難. 鬼魅無
形者, 不罄於前, 故易之也
『韓非子』「外儲說左上」

멍에는 멍에
車軛
수레 거 멍에 액

    정나라 서울에 수레의 멍에를 한 번도 보지 못한 사람이 있었다. 어느 날 그는 큰길에서 멍에를 주워 그것을 손에 들고 한참 들여다보다 매우 이상하게 여긴 나머지 길을 가던 사람에게 물었다.
    "이것이 뭡니까?"
    "멍에입니다."
    또다시 길을 가다가 이번에는 다른 종류의 나무로 만든 멍에를 주웠다. 한참을 이리저리 생각하다 길을 가던 사람을 붙들고 물었다.
    "이것은 뭡니까?"
    "멍에입니다."
    사나이는 갑자기 성을 내며 말했다. "조금 전의 것도 멍에라고 하더니 이것도 멍에라니, 웬 멍에가 이렇게 많단 말이오. 당신네들은 나를 촌놈이라고 속이려는 거요?"
    그는 분을 참지 못하고 그 사람의 멱살을 잡고 마구 주먹질을 해댔다.

🅢 수레의 크기나 모양에 따라, 소가 끄는가 말이 끄는가에 따라 멍에가 다르다. 이런 객관적인 사실도 모르고 모양이 다르면 다른 물건이라 여긴다. 자기가 멍에를 모르고 있다는 기본적인 조건은 생각하지도 않고 도리어 남이 자기를 기만한다고 탓한다. 마음을 비우고 객관적인 진실에 다가가야 한다.

참고로 정과 정현에 대해서 일러둘 말이 있다. 전국시대 초기에 한나라가 춘추시대 때부터 있던 정나라를 멸망시키고 그곳에 도읍을 정했다. 그래서 전국시대에는 한나라를 정나라라는 별칭으로 부르는 경우도 있었다. 정현의 현은 가신의 일반 봉읍에 대해 군주의 직할지를 가리키는 말이다. 그래서 이 책에서는 정은 '정나라', 정현은 '정나라 서울'이라고 알기 쉽게 옮겼다. 이렇게 옮기는 것이 반드시 정확한 것은 아니지만 『맹자』나 『한비자』에 나오는 어리석은 송나라 사람의 이야기도 이미 망한 옛 송나라 지역의 사람을 풍자의 대상으로 삼고 있기 때문에 여기서도 어리석은 사람을 풍자하는 뜻으로 정나라, 정나라 서울이라고 옮겼다. 전국시대에는 망한 나라 사람을 어리석은 사람으로 풍자하는 경우가 많았던 모양이다. 시골사람이라고 옮긴 비인鄙人도 꼭 시골 사람을 가리키는 것이 아니라 어리석은 사람이라는 뜻도 담겨 있다.

車軛

鄭縣人有得車軛者, 而不知其名, 問人曰, 此何種也. 對曰, 此車軛也.
俄又復得一, 問人曰, 此是何種也. 對曰, 此車軛也. 問者大怒曰,
曩者曰車軛, 今又曰車軛, 是何衆也. 此女欺我也. 遂與之鬪.

『韓非子』「外儲說左上」

새 바지와 헌 바지
卜妻爲袴
점복 아내처 할위 바지고

    옛날 정나라의 서울에 복 선생이라는 사람이 살고 있었다. 복 선생은 자기 바지가 더럽고 헤지자 옷감을 끊어다 주며 아내에게 새 바지를 지어 달라고 했다. 치수를 재던 아내가 물었다. "어떤 모양으로 지어 드릴까요?"
    복 선생은 입에서 나오는 대로 대답했다. "헌 바지 모양으로 해 주오."
    아내는 곧이곧대로 헌 바지의 모양을 본떠서 구멍도 몇 개 뚫고, 기름 자국도 만들고, 쭈글쭈글하고 너덜너덜하게 만들었다. 드디어 많은 공을 들여 바지가 완성되었다. 아내는 바지를 남편에게 갖다 주며 자랑스럽게 말했다. "맘에 드세요? 헌 바지와 똑같지요?"

 이 우화는 요임금과 순임금 같은 고대의 성인을 기리고 그 시대에 대한 향수에서 벗어나지 못하는 경직된 반동적인 복고주의를 풍자한 이야기이다. 헌 바지 모양으로 지으라고 한 것은 헌 바지의 형태와 크기를 따라 지으라는 말이지 구멍이 뚫리고, 너덜너덜하고, 기름때에 절게 만들어 달라는 말은 아니다. 이처럼 새로운 상황에 맞추지 않고 낡은 규범을 그대로 기계적으로 적용하려는 것은 새 바지를 짓는다면서 헌 바지를 만든 복 선생의 아내와 같다.

卜妻爲袴

鄭縣人卜子使其妻爲袴, 其妻問曰, 今袴何如. 夫曰, 象吾故袴, 妻子因毁新,
令如故袴.
『韓非子』「外儲說左上」

자라에게 베푼 인정
潁水縱鱉
강 이름 영 물 수 놓을 종 자라 별

　정나라 서울 사람인 복 선생의 아내가 시장에 가서 자라를 한 마리 사 가지고 돌아왔다. 돌아오는 길에 강을 건넜다. 흘러가는 강물을 보니 문득 자라가 목이 마를 거라는 생각이 들었다. 그래서 자라에게 물을 먹이려고 강물에 놓아주었다가 그만 영영 자라를 놓치고 말았다.

 이 우화도 유가의 인정을 비판한 것으로서 쓸데없는 인정을 베풀면 도리어 손해라는 것을 이야기한다. 인정도 베풀 대상을 가려야 하고, 시간과 공간의 조건이 맞아야 한다. 자라를 놓아줄 목적으로 산 것이라면 몰라도 잡아먹으려고 샀을 텐데 목이 마를까봐 강물에 놓아줬으니 자라를 잃어버리는 것은 당연하다.
그러나 유가라 해서 무분별하게 인정을 강조하지는 않는다. 맹자는 "은혜를 베풀어도 되고 베풀지 않아도 될 때 은혜를 베푸는 것은 은혜를 해치는 것"이라 했다. 꼭 필요할 때, 꼭 필요한 만큼 은혜나 사랑을 베푸는 것이 유가에서 그렇게도 강조하는 '중용'의 원리에도 맞다.

潁水縱鱉
鄭縣人卜子妻之市, 買鱉以歸. 過潁水, 以爲渴也. 因縱而飮之.
遂亡其鱉.
『韓非子』「外儲說左上」

영 땅에서 온 편지
郢 書 燕 說
땅 이름 영 글 서 나라이름 연 말씀 설

    초나라의 수도 영에 사는 어떤 사람이 연나라의 재상인 친구에게 편지를 쓰고 있었다. 그러는 사이에 밤은 점점 깊어 갔는데, 어쩌다가 초를 쓰러뜨려 불이 꺼지고 말았다. 그는 하인에게 '촛불을 밝혀라' 하고 말하다가 무의식중에 '촛불을 밝혀라' 하는 말을 편지에 썼다.
    재상인 친구는 편지를 받아 읽다가 뜬금없는 말이 튀어나와 그 뜻을 아무리 생각해도 이해할 수 없었다. 그는 한동안 고심한 끝에 갑자기 기뻐하며 말했다. "그래, 이 친구의 편지에는 깊은 뜻이 담겨 있구나. '촛불을 밝혀라' 하는 말은 백성의 삶을 밝게 살피라는 말이었구나. 백성의 상황을 잘 살피려면 반드시 현명한 인재를 등용해야지."
    연나라의 재상인 친구가 이 뜻을 왕에게 전했더니 왕도 고개를 끄덕였다. 이후 연나라에서는 신중하게 인재를 선발하고 등용하여 나라를 잘 다스렸다고 한다.

解 한비자는 이 이야기 끝에 이런 풀이를 달았다. "나라가 잘 다스려진 것은 물론 좋은 일이지만 편지 속의 '촛불을 밝혀라' 하는 말은 본래 그런 뜻이 아니었다. 오늘날 학자들도 이처럼 제멋대로 천착하고 뜻을 갖다 붙이는 경우가 많다."
이 우화는 고전이나 문학 작품, 역사적 사실을 해석할 때 정치적인 이해관계나 개인의 필요에 따라 멋대로 왜곡하며 단장취의斷章取義하는 것을 지적한 것이다. 연나라 재상은 다행히 좋은 결과를 얻었지만 텍스트를 멋대로 왜곡하고 자의적으로 해석하면 위험하다. 원래의 뜻을 곡해하여 잘못 전하거나 풀이하는 것을 영서연설郢書燕說이라고 한다.

郢書燕說

郢人有遺燕相國書者. 夜書, 火不明, 因謂持燭者曰, 擧燭, 而誤書擧燭. 擧燭, 非書意也. 燕相國受書而說之, 曰, 擧燭者尙明也. 尙明也者, 擧賢而任之. 燕相白王, 王大悅, 國以治.
『韓非子』「外儲說左上」

바보가 신발을 사다
鄭 人 置 履
나라이름 정 사람 인 둘 치 신 리

정나라의 어떤 사람이 신발을 사러 가려고 먼저 볏짚으로 자기 발 치수를 재 두었다. 그러나 깜빡 잊고 그 볏짚을 두고 집을 나서고 말았다. 그것도 모르고 시장에 이르러 신발 가게로 들어가 마음에 드는 신발을 골랐다. 그러나 아무리 주머니를 뒤져도 치수를 잰 볏짚이 없는 것이었다. 그는 급히 점원에게 말했다.

"내가 치수 재 놓은 걸 깜빡 잊고 가져오지 않았소. 빨리 집에 가서 가지고 와야겠소." 그러고는 서둘러 집으로 달려갔다.

이리하여 다시 집으로 돌아가 치수를 잰 볏짚을 가지고 시장에 가는 동안 가게문이 닫혀 결국 신발을 살 수 없었다. 이 말을 들은 어떤 사람이 충고해 주었다. "자기 신발을 살 때는 직접 신어 보면 될 텐데 무슨 치수가 필요하단 말인가?"

신발을 사려던 사람이 대답했다. "나는 치수는 믿을 수 있어도 내 발은 믿을 수 없소."

이 우화는 맹목적으로 원리나 교조만 믿고 객관적인 실제를 믿지 못하는 사람을 풍자한 우화이다. 치수를 잰 볏짚도 결국 자기 발에다 대고 잰 것이 아닌가? 발을 내밀면 그것이 곧 치수일 텐데 발은 믿지 못하고 발을 재 놓은 치수만 믿겠다니. 책에서만 진리를 찾고 실제에서 검증할 줄 모르는 사람, 공리공담만 일삼고 현실을 모르는 사람은 바로 치수는 믿어도 발은 믿지 못하는 사람이다. 실사구시가 무엇인가? 실제에서 진리를 찾자는 말이 아닌가?

鄭人置履

鄭人有欲置履者, 先自度其足而置之其坐. 至之市而忘操之. 已得履,
乃曰, 吾忘持度. 反歸取之. 及反市罷. 遂不得履. 人曰, 何不試之以足.
曰, 寧信度, 無自信也
『韓非子』「外儲說左上」

송나라 양공의 '어진 마음'
宋 襄 之 仁
송나라 송 이룰 양 어조사 지 어질 인

　송나라 양공은 탁하에서 강대한 초나라 정예군을 맞아 전투를 벌일 준비를 했다. 송나라 군사가 먼저 도착해 전열을 가다듬고 있을 때, 초나라 군사는 그제야 강을 건너고 있었다. 우사마인 구강이 급히 양공에게 달려와 말했다. "양군의 형세를 비교해 보면 적이 우리보다 강합니다. 적의 전열이 정비되지 못한 틈을 타 허를 찌르면 틀림없이 초나라를 이길 수 있을 것입니다."
　양공은 수염을 쓰다듬으며 천천히 말했다. "뭐가 그리 급한가? 군자가 말하기를, 부상당한 사람을 해치지 말고, 노인을 포로로 잡지 말고, 남의 곤경을 틈타 위험에 밀어 넣지 말고, 전열을 갖추지 못한 적을 공격하지 말라고 했소. 아직 전열을 가다듬지 못한 초나라 군사를 공격하는 것은 인의를 어기는 짓이오."
　배를 타고 상륙한 초나라 군사들이 기를 흔들며 진을 벌리고 함성을 질렀다. 우사마는 의를 위반하는 것은 염려 말고 백성과 나라를 생각하라고 간절히 충고했다. 양공은 더 이상 못 참겠다는 듯 두 눈을 부릅뜨고 꾸짖었다. "대열로 돌아가시오. 한 번만 더 그런 말을 하면 군법에 따라 처단하겠소."
　그동안 초나라 군사는 전열을 가다듬었다. 양공은 비로소 북을 울려 명령을 내렸다. 하지만 초나라 대군이 소리를 지르며 질풍노도와 같이 쳐들어오자 송나라 군사는 혼비백산하여 달아나 크게 패했다. 도망가는 군사들 틈에 섞여 달아나던 양공은 엉덩이에 화살을 맞고 사흘이 못 가 숨을 거두고 말았다.

解 유가에서는 "어진 사람에게는 대적할 사람이 없다"고 한다. 어질고 의로운 사람이 다스리면 백성이 어버이처럼 믿고 따르기 때문에 아무리 강한 적과 싸우더라도 이길 수 있다는 것이다. 그러나 "어진 사람에게는 대적할 사람이 없다"는 말은 정치의 원리이고 이념이지 실제 전쟁을 수행하는 데 적용할 수 있는 말이 아니다. 전쟁은 적과 싸우는 일이다. 항복한 적과 부상당하거나 포로로 잡힌 적에게 자비를 베푸는 것은 좋은 일이지만, 쳐들어오거나 대적하고 있는 적에게 무조건 자비를 베풀면 자기편만 해롭게 할 뿐이다. 쓸데없는 자비를 베풀어 도리어 자기가 피해를 입는 경우를 '송양지인宋襄之仁'이라고 한다.

한비자의 이 우화는 유가의 어진 정치와 교조주의를 비판한 것이다. 송나라 양공은 유가 군자의 말을 무조건 믿고 아무 때나 적용하여 변통할 줄 몰랐다. 사악한 사람을 제거하여 대다수 선량한 사람을 보호하는 것도 어진 정치이고, 폭압적인 나라를 정벌하거나 쳐들어오는 적을 막아 물리치는 것도 어진 정치이다. 무조건 남의 사정을 봐 준다고 어진 것이 아니다. 하나만 알고 둘은 모르는 어리석은 짓이다.

宋襄之仁

宋襄公與楚人戰於涿谷上. 宋人旣成列矣, 楚人未及濟. 右司馬購強趨而諫曰, 楚人衆而宋人寡. 請使楚人半涉, 未成列而擊之, 必敗. 襄公曰, 寡人聞君子曰, 不重傷, 不擒二毛, 不推人於險, 不迫人於阨, 不鼓不成列. 今楚未濟而擊之, 害義. 請使楚人畢涉成陣, 而後鼓士進之. 右司馬曰, 君不愛宋民, 腹心不完, 特爲義耳. 公曰, 不反列, 且行法. 右司馬反列. 楚人已成列撰陣矣. 公乃鼓之. 宋人大敗. 公傷股, 三日而死. 此乃慕自親仁義之禍.

『韓非子』「外儲說左上」

법을 집행하는 법
申子請罪
아홉째 신 아들 자 청할 청 허물 죄
지지

신불해는 전국 시대의 유명한 법가 학자로서 한나라에서 15년 동안 재상을 지냈던 사람이다. 하루는 한나라 소후가 근심스러운 목소리로 말했다. "법과 제도를 실행하기란 정말 쉬운 일이 아니군요."

신불해는 당당하게 말했다. "무엇이 그리 어렵습니까? 법과 제도를 집행할 때는 우선 상벌을 분명하게 하고, 사사로운 정에 치우치지 않으면 됩니다. 공이 있는 사람에게는 상을 주고, 재능이 있는 사람에게는 벼슬을 주어야 합니다. 그런데 군주께서는 어떠신지요. 늘 친척이나 총애하는 신하의 요구를 들어주고, 정에 치우쳐 법을 굽히면서도 다른 사람들에게는 법률을 지키라고 말씀하시니 쉽지 않은 일이지요."

소후는 고개를 끄덕이고 얼굴을 붉히며 말했다. "선생의 가르침으로 어떻게 법률을 집행해야 할지 알았소."

얼마 뒤 신불해의 사촌이 벼슬자리를 얻기 위해 서울로 왔다. 신불해는 군주에게 사정을 이야기하고 어떤 벼슬이 좋을지 의논하려고 하였다. 고개를 숙이고 한참 말이 없던 소후가 말했다. "이 일은 선생이 지난날 나에게 가르쳐 준 것과는 다른 듯하오. 내가 선생의 교훈을 거스르고 사정을 봐주다가 법률과 제도를 깨뜨려야 하겠소, 아니면 선생의 교훈에 따라 사정을 봐주지 않아야 하겠소?"

신불해는 이 말을 듣고 너무도 부끄러워 땅에 엎드려 용서를 빌었다.

解 법가는 공과 사를 분명하게 가리고 상과 벌을 엄격하게 시행하는 것을 중히 여긴다. 공이 있으면 틀림없이 상을 주고 잘못이 있으면 사정을 봐주지 않고 엄격하게 처벌한다. 그렇게 하여 백성이 법을 신뢰하도록 한다. 법을 지나치게 엄격하게 적용하고 사정을 봐주지 않아서 각박하다는 평가를 받기는 하지만 법가의 객관적인 법 적용의 논리는 대단히 귀중한 가치를 지닌다. 신불해는 한편으로 법을 엄격하게 집행하고 지킬 것을 권유하면서도 다른 한편으로 청탁을 넣었다. 이처럼 법을 제정한 사람이 반드시 법을 지키는 것도 아니고 법을 아는 사람이 반드시 법을 따르는 것도 아니다. 법을 잘 아는 사람이 법망을 피하는 방법도 잘 아는 법인가 보다.

申子請罪

韓昭侯謂申子曰, 法度甚不易行也. 申子曰, 法者見功而與賞, 因能而受官. 今君設法度而聽左右之請. 此所以難行也. 昭侯曰, 吾自今以來知行法矣, 寡人奚聽矣. 一日, 申子請仕其從兄官. 昭侯曰, 非所學於子也. 聽子之謁, 敗子之道乎, 亡其用子之道, 敗子之謁. 申子辟舍請罪.

『韓非子』「外儲說左上」

술이 아무리 좋다 한들
狗 猛 酒 酸
개 구 사나울 맹 술 주 초 산

    송나라의 어떤 사람이 조그마한 술가게를 열고 오래 묵은 좋은 술을 팔고 있었다. 술집 분위기가 밝고 깔끔한데다 양심적으로 장사하며, 문 앞에는 푸른 기가 걸려 있어서 나그네가 멀리서도 알아보고 찾아올 수 있었다. 또한 손님이 들어서면 점원은 웃는 얼굴로 맞이하고 잘 모셨다.
    이런 술집이라면 장사가 잘될 텐데, 뜻밖에도 손님은 찾아오지 않고 날마다 파리만 날렸다. 오래 묵은 좋은 술도 뚜껑을 연 뒤 팔리지 않으니 술맛이 쉬어 버렸다. 주인은 아무리 생각해 봐도 그 이유를 알 수가 없어서 그 고을의 지혜로운 노인을 찾아가 물어 보았다.
    노인이 주저하며 물었다. "집 지키는 개가 사나운가요?"
    주인은 답답하다는 듯이 물었다. "사납지요. 그런데 그것이 술을 파는 일과 무슨 상관이 있단 말입니까?"
    노인은 수염을 쓰다듬으며 웃으면서 다음과 같이 말했다. "사람들은 당신의 사나운 개를 두려워하는 것입니다. 사나운 개가 지키고 있다가 사람을 보면 물려고 할 테니 술맛이 아무리 좋아도 누가 마시러 가겠소?"

解 겉으로 보기에는 개가 사나운 것과 술이 안 팔리는 것 사이에는 아무런 관련 없는 것 같지만 사나운 개가 문을 지키고 있기 때문에 손님이 오지 않았던 것이다. 관계가 없는 듯 보이는 사물들 사이에도 자세히 보면 각각의 요소들이 서로 영향을 미치고 있음을 알 수 있다. 원래 이 우화의 의도는 권력을 농간하는 권신들이 언로를 차단하고 유능한 사람이 정치에 참여하는 것을 막는 상황을 지적한 것이다.

狗猛酒酸

宋人有酤酒者, 升槪甚平, 遇客甚謹, 爲酒甚美, 縣幟甚高, 著然不售, 酒酸. 怪其故, 問其所知閭長者楊倩. 倩曰, 汝狗猛耶. 曰, 狗猛, 則酒何故而不售曰. 人畏焉. 或令孺子懷錢挈壺甕而往酤, 而狗迓而齕之, 此酒所以酸而不售也.
『韓非子』「外儲說右上」

증자의 자녀 교육법
殺 彘 教 子
죽일 살　돼지 체　가르칠 교　아들 자

　　증자의 아내가 시장에 가려고 하는데 아이가 따라가려고 치맛자락에 매달려 울며 보챘다. 시달리다 못한 증자의 아내가 아이를 달랬다. "얘야, 얼른 돌아가거라. 엄마가 돌아와서 돼지 잡아 줄게." 그제야 아이는 겨우 울음을 그치고 돌아섰다.

　　아내가 시장에서 돌아오니 증자가 돼지를 묶어 놓고 날이 시퍼렇게 선 칼을 들고 막 돼지를 잡으려 하고 있었다. 아내는 놀라서 급히 뛰어들어 그의 팔을 잡으며 말했다. "당신 미쳤어요? 돼지는 왜 잡는 거예요?"

　　"당신이 아이에게 돌아와서 돼지를 잡아 준다고 하지 않았소?"

　　"아니 일부러 아이를 조금 속인 걸 가지고 참말로 돼지를 잡으면 어떻게 해요?"

　　증자는 엄숙하게 말했다. "어떻게 아이를 속일 수 있단 말이오. 아이들이란 아무것도 모르기 때문에 부모를 보고 따라 배우는 것이오. 지금 당신이 아이를 속이는 것은 아이에게 남을 속이도록 가르치는 것이라오. 어머니가 자기 아이를 속이면 아이는 어머니를 믿지 못할 것이오. 그러면 무슨 가정교육이 되겠소?"

　　말을 마친 증자는 돼지의 멱을 따기 시작했다.

자녀는 어버이의 말을 따라 배우는 것이 아니라 어버이의 뒷모습을 보고 배운다는 말이 있다. 말로만 이렇게 하라 저렇게 하라 한다고 그대로 하는 것이 아니라 어버이가 하는 행동을 보고 따라 한다는 말이다. 눈앞의 성가신 일을 넘어가려고 돼지를 잡아 주겠다고 한 아내의 말을 지키기 위해 돼지를 잡은 증자의 교훈은 백 마디 말보다 값지다. 모름지기 교육이란 이렇게 해야 하지 않을까? 아무리 어린 아이에게라도 함부로 말을 해서는 안 된다. 쉽게 말을 내뱉서도 안 되지만 말을 한 이상 말에 책임을 져야 한다.

자녀 교육이란 위장 전입을 해서라도 좋은 학군에 자녀를 집어넣는 것이 아니다. 자녀에게 목적을 이루기 위해서는 편법이나 부정한 방법을 써도 된다는 것을 가르치는 것이나 마찬가지다. 모든 교육은 학교에만 떠넘기고 가정교육은 아예 있는지도 모르는 사람이 있다. 모든 교육의 출발은 가정교육인데도 말이다.

교육에 종사하는 사람들은 증자의 교육법에서 올바른 교육이 무엇인지를 배울 일이다. 행동으로 보여주는 교육이 말로 하는 교육보다 중요하다는 것을 살체교자殺彘敎子의 우화는 아주 웅변하듯이 가르쳐준다.

殺豬敎子

曾子之妻之市, 其子隨之而泣. 其母曰, 女還, 顧反爲女殺彘. 妻適市來, 曾子欲捕彘殺之. 妻止之曰, 特與嬰兒戲耳. 曾子曰, 嬰兒非與戲也. 嬰兒非有知也. 待父母而學者也. 聽父母之敎. 今子欺之, 是敎子欺也. 母欺子, 子而不信其母, 非所以成敎也. 遂烹彘也

『韓非子』「外儲說左上」

창과 방패
自相矛盾
스스로 자 서로 상 창 모 방패 순

  초나라에 창과 방패를 파는 사람이 있었다. 어느 날, 그는 창과 방패를 팔러 나가서 먼저 방패를 들고 떠들었다. "이 방패로 말씀드릴 것 같으면, 단단하기 짝이 없어서 아무리 날카로운 창이라도 뚫지 못합니다."
  잠시 뒤 창을 들고 자랑을 늘어놓았다. "이 창은 날카롭기 짝이 없어서 아무리 단단한 방패라도 뚫을 수 있습니다."
  옆에서 듣고 있던 사람이 웃음을 참지 못하고 물었다. "그럼 당신의 그 창으로 그 방패를 찌르면 어떻게 되겠소?"
  말문이 막힌 상인은 아무 대답도 하지 못했다.

解 형식 논리에서 "A는 비非A가 아니다" 또는 "A는 B인 동시에 B가 아니라고 할 수 없다"와 같은 형식을 모순율이라고 한다. 명제로 예를 들면 '어떤 명제도 참이면서 동시에 거짓일 수 없는' 경우에 모순율이 적용된다. 이와 같이 형식 논리뿐만 아니라 일상생활에서 흔히 쓰는 모순이라는 말은 이 우화에서 나왔다. 물론 여기서 말하는 모순은 앞뒤가 맞지 않는 상반된 주장을 펴서 논리적으로 상충하는 것을 뜻하지, 자연이나 사회 속에 존재하면서 사회를 변혁하는 동력이 되는 모순이 아니다.
원래 이 우화의 의도는 유가의 주장을 비판하려는 것이다. 한비자의 논리는 다음과 같다. 공자는 성인인 요임금이 다스리던 시절에 순이 어질어서 사람을 감화시켰다고 칭찬했다. 그러나 요와 순 두 사람이 동시에 성인이거나 현인일 수는 없다. 그 까닭은 다음과 같다.

당시에는 요가 천자이며 성인이었는데, 순 또한 어진 사람이었다고 한다. 만일 순이 남들을 감화시켰다면 이는 요가 잘 다스리지 못했다는 뜻이니 요가 성인일 수 없다.
만일 요가 성인이라고 한다면 요가 나라를 잘 다스렸을 것이니 순이 남들을 감화시킬 필요가 없을 것이다.
따라서 순은 현인일 수 없다.

한비자에 의하면 이 둘은 마치 창과 방패 같은 관계이다.

自相矛盾

楚人有鬻楯與矛者, 譽之曰, 吾楯之堅, 物莫能陷也. 又譽其矛曰, 吾矛之利, 於物無不陷也. 或曰, 以子之矛, 陷子之楯, 何如. 其人弗能應也. 夫不可陷之楯, 與無不陷之矛, 不可同世而之.
『韓非子』「難一」

그루터기를 지키고 앉아 토끼를 기다린들
守 株 待 兎
지킬 수 그루 주 기다릴 대 토끼 토

송나라의 어떤 농부가 하루는 들에서 밭을 갈고 있었다. 그때 마침 토끼 한 마리가 쏜살같이 뛰어가다가 밭가의 나무 그루터기에 부딪쳐 목이 부러져 죽었다. 농부는 힘들이지 않고 토끼 한 마리를 얻어 기분 좋게 집으로 돌아왔다.

그 뒤 농부는 더 이상 일할 생각은 하지 않고, 호미를 내려놓고 날마다 그 나무 그루터기를 지키고 앉아서 토끼를 기다렸다. 밭은 묵어갔지만 두 번 다시 토끼가 나무에 부딪치는 것을 볼 수는 없었다. 농부는 온 나라의 웃음거리가 되었다.

解 수주대토守株待兎라는 고사성어의 유래가 된 우화이다. 이 성어는 노력은 하지 않고 우연하거나 특수한 것에 희망을 걸고 요행을 바라는 것을 가리킨다. 토끼가 나무 그루터기에 부딪쳐 죽은 것은 우연히 특수한 상황에서 일어난 일이다. 따라서 나무 그루터기와 토끼의 죽음 사이에는 아무런 인과관계가 없다.

원래 이 우화의 의도는 시대가 바뀌면 시대의 상황에 맞게 대책을 세워야 하는데도 그것을 따르지 않고 옛날 성인들이 세상을 다스리던 이념을 그대로 따르려는 것을 비판한 것이다. 어쩌다 토끼가 부딪쳐 죽었다고 나무 그루터기만 지키고 앉아서 또 그런 일이 일어나기를 기다리는 어리석은 사람도 있을까 싶지만 주위에는 의외로 이런 사람이 많다.

케케묵은 과거의 이론만 금과옥조로 여기고 변화하는 현실에 적응하지 못하는 사람들 말이다. 과거의 이론은 한때 진리였던 적이 있다. 그것은 그때의 실상을 반영한 것이다. 그러나 사물은 변화하고 발전하는 것이기 때문에 과거에 참이었던 것이 오늘날에도 꼭 참인 것은 아니다. 그러니 옛날의 이론을 오늘에도 진리로 믿어 의심치 않고 무분별하게 묵수하는 것은 바람직하지 않다. 객관적인 실제에 입각해야 한다.

守株待兎

宋人有耕者, 田中有株, 兎走觸株, 折頸而死. 因釋其耒而守株, 冀復得兎. 兎不可復得, 而身爲宋國笑.
『韓非子』「五蠹」

사람을 천거할 때는
舉人不避親讎
들 거 사람 인 아닐 불 피할 피 친할 친 원수 수

진나라의 평공이 기황양에게 물었다. "남양현에 현령 자리가 비었소. 당신이 보기에 누가 이 자리를 맡을 만하오?"

기황양은 조금도 주저하지 않고 대답했다. "해호라면 잘해낼 것입니다."

평공이 놀라서 물었다. "해호는 당신의 원수가 아니오?"

기황양이 대답했다. "임금님께서는 누가 적임자인지 물으신 것이지 제 원수가 누구인가를 물으신 게 아닙니다."

그래서 진평공은 해호를 남양 현령으로 삼았다. 해호는 백성을 열심히 가르치고 격려하여 폐정을 단번에 없앴으므로 대단히 칭송을 받았다.

오래지 않아 진평공이 또 기황양에게 물었다. "조정에 법관 자리가 비었소. 누가 적당하다고 생각하시오?"

기황양이 대답했다. "기오라면 잘해낼 것입니다."

평공은 이상해서 물었다. "그는 당신의 아들이 아니오? 당신이 그를 추천하다니 두고두고 남의 이야깃거리가 될까 걱정이오."

기황양이 대답했다. "임금님께서는 누가 법관을 맡을 만한가를 물으신 것이지 기오가 제 아들인가를 물으신 게 아닙니다."

법관이 된 기오는 신중하게 법을 집행하여 해로움을 제거하고 이익을 주었으므로 백성들의 칭송을 받았다.

공자가 이 말을 듣고 다음과 같이 칭찬했다. "그래, 기황양이 인재를 천거할 때에는 밖으로는 자기 원수도 피하지 않고, 안으로는 자기 자식도 꺼리지 않았으니 정말로 공평무사하구나."

解 '인사人事가 만사萬事'라는 말은 언제 어느 때나 통하는 말인 듯하다. 기황양은 공적인 대의를 기준으로 삼았기 때문에 유능한 사람이라면 원수도 가리지 않고 아들도 개의치 않았다. 원수를 갚는 일은 사적인 문제이고 유능한 사람을 선발하는 것은 공적인 일이다. 아들을 천거하면 남들은 의심할지 모르지만 공익을 기준으로 했기 때문에 떳떳하다.

전근대 사회일수록 혈연·지연·학연 같은 사적인 인간관계에 얽매여 앞에서 끌어 주고 뒤에서 밀며 기득권을 유지하고 확대하려고 한다. 전제 군주 국가에도 기황양 같은 사람이 있었는데 말이다. 조선시대에도 상피相避 제도가 있었다. 가까운 친족 사이는 같은 관청이나 부서, 관직에 같이 임명하지 않는 제도이다. 또 연고가 있는 곳에 관리로 파견하지도 않았다. 이 제도는 인정에 의해 권력이 집중되거나 공권력의 기능이 문란해지는 것을 막아 관료 체계의 객관성을 보장하기 위한 제도이다. 이런 제도적인 장치가 있었기 때문에 왕조 사회에서도 권력의 독점과 전횡을 막고 견제를 하여 정치의 객관성을 추구할 수 있었다.

舉人不避親讐

晉平公問於祁黃羊曰, 南陽無令, 其誰可而爲之. 祁黃羊對曰, 解狐可. 平公曰, 解狐非子之讐邪. 對曰, 君問可, 非問臣之讐也. 平公曰, 善. 遂用之. 國人稱善焉. 居有間, 平公又問祁黃羊曰, 國無尉, 其誰可而爲之. 對曰, 午可. 平公曰, 午非子之子邪. 對曰, 君問可, 非問臣之子也. 平公曰, 善. 又遂用之. 國人稱善焉. 孔子聞之曰, 善哉 祁黃羊之論也, 外擧不避讐, 內擧不避子. 祁黃羊可謂公矣.

『呂氏春秋』「去私」

대의를 위해 아들을 죽이다
腹 䵍 斬 子
배 복 누를 돈 벨 참 아들 자

    묵가는 춘추 전국 시대의 저명한 학파로 그 단체의 내부에는 엄격한 규율이 있었다. 당시 묵가의 지도자였던 복돈은 진나라에서 살고 있었다. 하루는 그의 아들이 살인을 하여 체포되었다. 진나라 혜왕은 사안의 성격을 잘 살펴보고 복돈을 불러들여 이렇게 말했다. "선생은 연세도 많으시고 그렇다고 다른 자식도 없으니 그를 죽일 수가 없소. 그를 놓아주도록 명했으니 이번에는 내 의견을 따라 주시오."

    복돈이 대답했다. "묵가의 법에는 사람을 죽인 자는 사형에 처하고, 상처를 입힌 자는 형벌을 준다는 조문이 있습니다. 이것은 사람의 목숨을 함부로 해치는 것을 금지하기 위한 것이며, 백성이 편안하게 살도록 나라를 다스리는 중요한 원칙이라 할 수 있습니다. 왕께서는 제가 나이 들고 쇠약하여 자손이 끊길까 봐 불쌍히 여기시지만, 저는 묵가의 지도자이니 묵가의 법에 따라 바로잡지 않을 수 없습니다."

    복돈은 한사코 혜왕의 명령을 따르지 않고 자기 아들을 처형했다.

🅢 묵가는 결사 조직을 이루고 있었다. 그들은 규범을 철저하게 지키고 아주 엄격하고 통제된 생활을 했다. 조직의 우두머리를 거자鉅子라고 했는데, 거자의 명령이 내리면 물불을 가리지 않고 따랐다. 규범을 얼마나 엄격하게 지켰는지 무엇이든 고집스럽게 지키는 것을 묵가의 이름을 따서 묵수墨守라고 할 정도였다.

복돈은 군주의 총애를 받고 있었고 묵가의 지도자였기 때문에 자신의 유리한 처지를 활용할 수도 있었다. 또한 하나밖에 없는 아들이었고 그 자신은 나이가 많았기 때문에 정상을 참작할 수도 있었다. 더욱이 군주가 특권으로 사면을 해주려고 했다. 그럼에도 자기 아들을 처벌하여 일벌백계의 모범을 보였다. 지도자는 모든 사람이 주목하는 대상이다. 따라서 지도자의 일거수일투족은 그대로 조직에 영향을 미친다. 지도자가 대의를 위해 자기를 희생하고 자기 이익을 포기할 때 도덕적인 명분이 생긴다. 특히 우리나라의 지도자들이 복돈의 일을 거울로 삼았으면 좋겠다.

腹䵍斬子

墨者有鉅子腹䵍, 居秦, 其子殺人, 秦惠王曰, 先生之年長矣, 非有他子也, 寡人已令吏弗誅矣, 先生之以此聽寡人也. 腹䵍對曰, 墨者之法曰, 殺人者死, 傷人者刑, 此所以禁殺傷人也. 夫禁殺傷人者, 天下之大義也. 王雖爲之賜, 而令吏弗誅, 腹䵍不可不行墨者之法. 不許惠王, 而遂殺之

『呂氏春秋』「去私」

백아가 거문고 줄을 끊다
伯牙絶弦
맏 **백** 어금니 **아** 끊을 **절** 시위 **현**

　백아는 거문고를 잘 탔던 춘추 전국 시대의 유명한 음악가이다. 그가 거문고를 탈 때면 언제나 친구 종자기가 곁에서 정신을 집중하여 듣고 있었다.
　거문고를 막 타기 시작하자 백아의 정신은 태산을 치닫는 듯했고, 손가락 끝에서 울리는 현의 소리는 기세도 드높이 올라갔다. 그러면 종자기는 이렇게 감탄하는 것이었다. "정말로 좋구나. 거문고 소리가 우뚝 솟은 태산 같구나."
　곡이 중간쯤에 이르자 백아의 마음은 큰 강에서 노니는 듯했고, 소리는 무섭게 치솟는 파도 같았다. 종자기는 춤을 추고 박수를 치며 말했다. "절묘하구나. 호호 탕탕한 장강 대하를 보는 것 같구나."
　훗날 종자기가 죽었다는 말을 들은 백아는 거문고 줄을 끊고 다시는 거문고를 타지 않겠다고 맹세했다. 세상에 자신의 거문고 소리를 알아 줄 사람이 없었기 때문이었다.

지음知音과 백아절현伯牙絶弦이라는 성어의 유래가 된 이야기이다. 백아는 소리를 알아주는 종자기가 있었기 때문에 거문고 솜씨를 마음껏 발휘할 수 있었다. 이처럼 재능을 알고 펼칠 수 있도록 이끌어 주는 사람이 있어야 인재도 재능을 발휘할 수 있다. 자신의 속내를 알아주는 벗은 그 무엇으로도 바꿀 수 없는 소중한 존재이다.
최치원의 시 가운데 이런 구절이 있다. "가을 바람에 외롭게 읊조리네. 세상에는 날 알아주는 이 없어. 창밖엔 삼경 비가 내리는데 등불 앞에 앉은 마음 만리를 달리네(秋風唯苦吟, 世路少知音, 窓外三更雨, 燈前萬里心)."

伯牙絶弦

伯牙鼓琴, 鐘子期聽之, 方鼓琴而志在太山, 鐘子期曰, 善哉乎鼓琴, 巍巍乎若太山. 少選之間, 而志在流水, 鐘子期又曰, 善哉乎鼓琴, 湯湯乎若流水. 鐘子期死, 伯牙破琴絶弦, 終身不復鼓琴, 以爲世無足復爲鼓琴者.
『呂氏春秋』「本味」

제 살을 도려내 술안주로
割肉相啖
벨 할 고기 육 서로 상 먹을 담

제나라에 유명한 용사가 두 사람이 있었는데, 한 사람은 성 동쪽에 살고 한 사람은 성 서쪽에 살았다. 어느 날 길에서 우연히 마주친 두 용사는 반가워하며 말했다. "우리 두 사람이 자주 만날 기회가 없으니 같이 가서 술이나 한잔 합시다."

술 몇 잔이 돌자 한 용사가 말했다. "돼지고기 몇 근을 사다 술을 마시는 게 어떻겠소?"

그러자 다른 한 용사가 말했다. "그럴 필요가 있겠소? 당신과 내 몸에 있는 게 다 살인데 왜 돈을 들여 산단 말이오?"

그래서 두 용사는 서로 바라보고 껄껄 웃으며 각자 칼을 꺼내 자신의 몸에서 살을 한 점씩 도려내 우적우적 씹어 먹었다. 그러다가 둘 다 숨이 끊어져서야 멈추었다.

 이런 무모한 행위는 용기가 아니라 만용이다. 용기도 적당한 장소에서 적당하게 표현해야 한다. 그렇지 않으면 폭력이거나 어리석은 만용이 된다. 용기라는 명목에 사로잡혀 목숨도 돌보지 않고 나서는 것은 제 살을 씹는 것과 다를 바 없다.

割肉相啖

齊之好勇者, 其一人居東郭, 其一人居西郭, 卒然相遇於途, 曰, 姑相飮乎. 觴數行, 曰, 姑求肉乎. 一人曰, 子肉也, 我肉也. 尙胡革求肉而爲. 於是具染而已. 因抽刀而相啖, 至死而止

『呂氏春秋』「當務」

전구가 진나라 왕을 만난 방법
田鳩見秦王
밭 전 비둘기 구 볼 견 나라 이름 진 임금 왕

　묵가의 학자 가운데 전구라는 사람이 있었다. 그는 진나라 혜왕에게 유세를 하려고 갔지만 3년이 되도록 만나 볼 수 없었다. 하루는 진나라에 머물던 식객 가운데 어떤 사람이 초나라 왕에게 가 보도록 권유했다.
　그래서 전구는 헛걸음하는 셈치고 초나라로 갔다. 초나라 왕은 즉시 전구를 불러들여 만나 주었다. 그가 초나라 왕에게 국제 정세와 초나라의 대응책에 대해 예리하게 분석해 주니 초나라 왕은 크게 기뻐하며 장군의 자격을 부여하여 진나라에 사절로 보냈다.
　초나라의 사절로 온 전구는 이번에는 당당하게 진나라 혜왕을 만날 수 있었다. 혜왕을 만나고 나온 전구는 수행하던 사람에게 이렇게 말했다. "진나라에 와서 왕을 만나려면 먼저 초나라로 가야겠구나!"

 가까이 하려 하면 멀어지고, 멀리 하려 하면 가까워지는 수가 있다. 시기를 만나는 것도 그렇다. 기회를 좇아가면 기회는 멀리 달아나고, 기회에 초연하면 도리어 기회가 찾아오는 수가 있다. 객관적인 조건만 갖추어지면 언제라도 기회는 찾아온다.

田鳩見秦王

墨者有田鳩, 欲見秦惠王, 留秦三年而弗得見. 客有言之於楚王者, 往見楚王. 楚王說之, 與將軍之節而如秦至, 因見惠王. 告人曰, 之秦之道, 乃之楚乎.
『呂氏春秋』「首時」

초나라 사람의 강 건너기
楚 人 過 河
나라이름 초 사람 인 지날 과 물이름 하

송나라를 습격하려고 초나라에서는 미리 사람을 보내 옹강의 깊이를 재 두었다. 전날 옹강이 갑자기 크게 불어났다. 그것을 모르는 초나라 군사들은 전에 측량했던 표지에 따라 밤중에 몰래 강을 건넜다. 그러다가 천여 명이나 빠져 죽고 혼비백산하여 달아나고 말았다.

처음 깊이를 쟀을 때는 건너갈 수 있을 정도였지만, 그 뒤 물이 많이 불어 건널 수 없음에도 불구하고 옛 표지에 따라 건넜기 때문에 실패한 것이다.

 객관적인 상황의 변화를 고려하지 않고 기존의 가치나 규범을 그대로 묵수하는 것은 어리석은 일이다. 과거에 통용되던 가치와 진리가 현재에도 그대로 통용될 수는 없다. 상황은 항상 변하기 때문에 현실의 상황을 세밀하게 살펴서 대응해야 한다.

楚人過河

荊人欲襲宋, 使人先表澭水. 澭水暴益, 荊人弗知, 循表而夜涉, 溺死者千有餘人, 軍驚而壞都舍. 向其先表之時可導也, 今水已變而益多矣, 荊人尚猶循表而導之, 此其所以敗也.
『呂氏春秋』「察今」

뱃전에 금 그어 놓고 칼 찾기
刻舟求劍
새길 각 배 주 구할 구 칼 검

초나라의 어떤 사람이 배를 타고 강을 건너다 실수로 허리에 차고 있던 칼을 물에 빠뜨리고 말았다. 그는 급히 칼을 떨어뜨린 뱃전에 표시를 해 두었다. 그 모습을 보고 배에 타고 있던 사람들이 이상하게 생각하여 그에게 물었다.
"어디다 쓰려고 표시를 하는 겁니까?"

그가 대답했다. "아! 이거요? 아주 중요한 표시입니다. 칼이 이 부분에서 빠졌거든요."

잠시 뒤 배가 언덕에 닿았다. 그는 배에 표시를 해 둔 곳에서 물속으로 들어가 칼을 찾아다녔다. 배는 움직이지만 칼은 배를 따라 움직일 수가 없으므로 뱃전에 새겨 둔 표시로 칼을 찾는 일이 얼마나 어리석은 짓인 줄 몰랐던 것이다.

解 각주구검刻舟求劍이란 주관적인 편견, 선입관, 미신 따위에 사로잡혀 현실의 변화를 반영할 줄 모르는 사람을 가리키는 고사성어이다. 현실은 빨리 변화하는데 이에 적절하게 대응하지 못하고 낡은 사고방식을 고집하는 사람은 마치 강물을 따라 흘러가는 뱃전에 금을 그어 놓고 물에 빠뜨린 칼을 찾겠다고 하는 초나라 사람과 같다. 뱃전에 표시해 둔 것은 눈에 띄기라도 하지만 머릿속에 뿌리박힌 고정관념은 눈에 띄지도 않는다. 변화하는 현실을 따르지 못하고 고정관념에 사로잡혀 있는 사람이 얼마나 많은가?

刻舟求劍

楚人有涉江者, 其劍自舟中墜於水, 遽契其舟曰, 是吾劍之所從墜. 舟止 從其所契者入水求之. 舟已行矣, 而劍不行, 求劍若此, 不亦惑乎.
『呂氏春秋』「察今」

양식이 떨어진 공자
孔子絕糧
구멍 공 아들 자 끊을 절 양식 량

　여러 나라를 두루 돌아다니다가 진나라와 채나라 사이에서 양식이 떨어진 공자는 이레 동안이나 나물국 한 모금도 제대로 마시지 못해 기운이 없어서 대낮인데도 누워 있었다. 이를 보다 못한 안회가 나가서 쌀을 조금 얻어다가 밥을 지었다. 밥이 되기를 목을 늘이고 기다리던 공자가 슬며시 부엌을 넘겨다보았다. 그런데 안회가 솥뚜껑을 열고 주걱으로 뒤적이더니 밥을 한 주걱 떠서 입에 넣는 것이 아닌가?
　공자는 짐짓 못 본 체하고 있었다. 한참 뒤 안회가 밥을 다해 단정하게 공자에게 갖다 주었다. 공자는 일어나서 이렇게 말했다. "오늘 꿈에 돌아가신 선친을 뵈었다. 이 밥이 깨끗하다면 제사를 지내고 싶구나."
　안회가 말했다. "안 됩니다. 조금 전에 밥이 다 되었나 하고 솥뚜껑을 열었더니 재가 솥 안으로 들어가 밥 위에 떨어졌습니다. 재를 걷어 낸다고 걷어 낸 것이 밥알도 묻어 나와 그것을 집어내 버리기가 아까워서 제가 먹었습니다. 이 밥은 깨끗하지 않습니다."
　공자는 이 말을 듣고 감탄하여 이렇게 말했다. "내가 믿는 것은 눈이지만 눈도 완전히 믿을 수가 없구나. 내가 의지하는 것은 마음이지만 마음도 완전히 의지하기에는 부족하구나. 얘들아, 잘 기억해 두어라. 한 사람을 이해한다는 게 얼마나 어려운가를."

解 유언비어, 흑색선전, 황색언론이 판을 치고 있어서 진상을 알지 못하도록 우리의 눈과 귀를 가리고 어지럽힌다. 이런 때일수록 객관적으로 분석하고 합리적으로 판단해야 한다. 공자도 마음으로 안회를 믿지 못하고 그의 행동만 보고 의심했다.

감각은 인식의 출발이며 재료이다. 그러나 감각 기관을 전적으로 믿을 수는 없다. 그래서 데카르트는 확실하고 분명하게 알기 위해 그 유명한 이른바 '방법적 회의'를 시도한다. 무조건 의심하는 것이 아니라, 의심할 수 없이 분명하고 확실한 출발점을 찾기 위해 의심스러운 것은 모두 의심한 것이다. 그래서 마침내 의심하고 있는 내가 있음은 의심할 수 없다는 것을 깨닫고 나의 이성을 앎의 출발점으로 삼을 수 있었다.

그 뒤 칸트는 인식을 능력과 재료로 나누어서 생각했다. 칸트는 인식의 과정을 이해하는 능력인 오성이 감각기관으로 들어오는 재료를 짜 맞추어서 이루어지는 과정이라고 했다. 감각기관으로 들어오는 재료가 없으면 인식이 이루어지지 않는다. 그러나 감각기관은 감각 대상을 직관적으로 받아들일 뿐 그것을 무엇이라고 판단하지 못한다. 오성은 감각된 대상을 짜 맞출 수는 있어도 느낌을 만들어 내지는 못한다. 두 가지가 서로 결합해야만 인식이 이루어진다. 그래서 "직관 없는 개념은 공허하고 개념 없는 직관은 맹목적이다"라고 했다. 감각 기관으로 들어온 감각 재료 없이 오성의 구성 능력만 있어서는 알 수 있는 것이 없고, 오성의 구성 없이 감각 재료만 있어서는 알 수가 없다. 앎의 재료와 앎의 능력이 함께 작용해야 한다. 감각에서 출발하되 감각을 통제하고 조절해야 올바르게 판단을 할 수 있을 것이다.

孔子絕糧

孔子窮乎陳蔡之間, 藜羹不斟, 七日不嘗粒, 晝寢. 顏回索米, 得而爨之. 幾熟, 孔子望見顏回攫其甑中而食之. 選間, 食熟, 謁孔子而進食. 孔子佯爲不見之. 孔子起曰, 今者夢見先君, 食潔而後饋. 顏回對曰, 不可. 嚮者煤炱入甑中, 棄食不祥, 回攫而飮之. 孔子嘆曰, 所信者目也, 而目猶不可信, 所恃者心也, 而心猶不足恃. 弟子記之, 知人固不易矣.
『呂氏春秋』「任數」

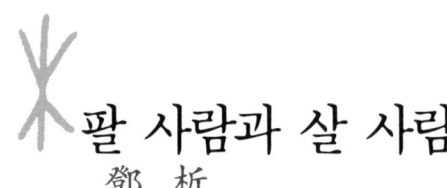

팔 사람과 살 사람
鄧 析
나라이름 등 가를 석

정나라의 어떤 부자가 큰물이 진 유강을 건너다가 빠져 죽었다. 마침 어떤 사람이 그 시체를 건져 자기 집으로 끌고 와 감추어 두었다. 부자의 집에서는 사람을 보내 돈을 줄 테니 시체를 달라고 했지만 그 사람은 터무니없이 많은 보상을 요구했다. 부자의 집에서는 등석에게 의견을 구했다.

등석은 이렇게 말했다. "서두를 것 없소. 그는 시체를 다른 사람에게 팔 수 없을 테니까."

며칠이 지나 시체가 썩어 냄새가 나기 시작하자 시체를 가지고 있던 사람도 당황하여 등석을 찾아왔다.

등석은 그에게 이렇게 말했다. "안심하시오. 그 집 말고는 시체를 사러 올 사람이 없을 테니까."

解 등석은 춘추시대 법가이자 명가의 한 사람이다. 정나라의 법을 개정하기도 했던 그는 일설에 의하면 법을 어지럽힌다고 정나라의 재상인 자산에게 죽임을 당했다고 한다. 등석은 변론에 뛰어나 많은 사건을 맡았는데 큰 사건을 맡아 변론을 하면 겉옷 한 벌을 받고, 작은 사건을 맡아 변론을 하면 속옷 한 벌을 받았다고 한다. 그러나 오늘 옳다고 한 것을 내일은 그르다고 하고, 오늘 옳지 않다고 한 것을 내일은 옳다고 하는 등 그에게서는 옳고 그름이 날마다 바뀌었다고 한다. 그래서 등석을 만난 사람들은 도대체 무엇이 옳고 그른지 혼란을 일으켰다. 자산에게 죽임을 당한 것도 까닭이 있다. 이 우화도 양시론을 주장하여 교묘하게 쌍방의 서로 대립되는 조건을 다 손들어 준 이야기이다. 원고에

게나 피고에게나 같은 까닭으로 승소할 것이라고 했다. 소송은 시비를 명확하게 가리고 확정해야 하는데, 이런 식으로 변론을 한다면 어떻게 시비를 가릴 수 있겠는가?

서양에도 이와 비슷한 이야기가 전한다. 홀어머니가 외동아들을 키우고 있었다. 장성한 아들은 어머니를 떠나 도시로 나가려고 하였다. 아들이 도시로 나가 방탕해질까봐 걱정이 된 어머니가 아들을 설득했다. "애야. 도시사람들은 모두 타락하여 신에게 죄를 많이 지었단다. 네가 도시로 나가면 너도 물이 들게 틀림없다. 그렇지 않고 네가 처신을 바르게 하여 신의 마음에 들게 행동하면 사람들이 너를 미워할 것이다. 반대로 도시사람들 마음에 들도록 그들과 똑같이 행동하면 신이 너를 미워할 것이다. 이러건 저러건 간에 너는 누군가에게서는 미움을 받을테니 도시로 나갈 생각일랑 잊어버리고 나와 함께 여기서 살자꾸나." 그러자 아들이 이렇게 대답했다.

"어머니, 신의 뜻에 따라 살면 도시사람들은 저를 미워해도 신은 저를 사랑할 테고, 도시사람들과 똑같이 처신하면 신은 저를 미워해도 사람들이 저를 사랑하겠지요. 이러건 저러건 간에 저는 누군가에게서는 사랑을 받을테니 집을 떠나 도시로 가렵니다." 어머니는 그만 말 문이 막혀 눈만 멀뚱멀뚱 뜨고 있었다.

鄧析

洧水甚大, 鄭之富人有溺者. 人得其死者. 富人請贖之, 其人求金甚多, 以告鄧析. 鄧析曰, 安之 人必莫之賣矣. 得死者患之, 以告鄧析. 鄧析又答之曰, 安之 此必無所更買矣.

『呂氏春秋』「離謂」

잃어버린 옷
澄子尋衣
맑을 징 아들 자 찾을 심 옷 의

송나라에 징자라는 사람이 있었다. 그는 온 거리를 헤매며 잃어버린 솜 두루마기를 찾고 있었다. 앞서 가는 어떤 부인이 검은색 솜 두루마기를 입고 있는 것을 발견하고는 급히 달려가 붙들고 소리쳤다. "이 검은색 솜 두루마기는 내가 잃어버린 것이오. 이 옷은 내 것이오."

부인은 이상하다는 듯 한참 동안 노려보다 말했다. "당신이 검은색 솜 두루마기를 잃어 버렸다 해도 이 옷은 분명히 내 것입니다."

징자는 옷자락을 뒤집어 보고는 중대한 사실이라도 발견한 것처럼 소리쳤다. "어허, 빨리 내놓는 게 신상에 좋을 거요. 내가 잃어버린 것은 겹옷이었는데, 당신이 입고 있는 것은 홑옷이구려. 겹옷을 홑옷으로 만들기는 쉽지. 그러니 이 두루마기는 내 거요."

解 검은색 솜 두루마기면 무조건 자기 것인가? 자기만 그런 옷을 가질 수 있고 남은 가질 수 없단 말인가? 자기 옷은 겹옷이었고 부인의 옷은 홑옷이라는 사실을 발견하고서도 겹옷을 뜯어서 홑옷으로 만들 수 있으니 자기 옷이라고 억지를 부린다. 황당한 논리로 억지를 부리는 사람을 어떻게 당하겠는가?

澄子尋衣

宋有澄子者, 亡緇衣, 求之途. 見婦人衣緇衣, 授而弗舍, 欲取其衣, 曰 今者我亡緇衣. 婦人曰, 公雖亡緇衣, 此實吾所自爲也. 澄子曰, 子不如速與我衣. 昔吾所亡者紡緇也, 今子之衣禪緇也. 以禪緇當紡緇, 子豈不得哉

『呂氏春秋』「淫辭」

말 다루기
趕 馬
달릴 간 말 마

　송나라에 말을 타고 길을 가던 어떤 사람이 급한 일 때문에 한 걸음이라도 빨리 가지 못해 안달이었다. 그러나 말 다루는 법을 배우지 않았기 때문에 온갖 방법으로 채찍을 휘둘러보았지만 말은 빨리 가지 못했다.
　강가에 이르렀을 때 그 말은 아예 멈춰 서서 도무지 가려고 하지 않았다. 화가 머리끝까지 치민 그는 말에서 내려 말을 한참 동안 물속에 처박았다.
　다시 말에 올라 얼마 가지도 않았는데 또 멈춰 서서 가지 않았다. 그 사람은 또 말에서 내려 말을 물속에 한참 동안 처넣었다. 세 번이나 거듭했지만 말은 가다가는 멈추고 가다가는 멈추고 하는 것이었다.

 이 사람이 말을 다루는 기세는 말 길들이기의 명수라도 따라가지 못할 것이다. 말 다루는 기술은 조금도 파악하지 못하고 그저 거칠게만 다루었다. 이런 방법은 말을 다루는 데 전혀 도움이 되지 않는다. 말을 잘 다루려면 말의 생리와 성질을 잘 알고 이끌어야 한다. 마찬가지로 나라를 다스릴 때도 백성이 무엇을 원하고, 무엇을 추구하고, 어떻게 살아가는지를 잘 파악해야 한다. 무조건 권력을 앞세워서는 안 된다. 객관적이지 못하고 동의를 받지 못한 권력은 권력이 아니라 폭력이다.

趕馬

宋人有取道者, 其馬不進. 倒而投之鸂水. 又復取道, 其馬不進
又倒而投之鸂水. 如比者三.
『呂氏春秋』「用民」

앉아서 당하느니 목숨 걸고 싸워라
次非殺蛟
버금 차　아닐 비　죽일 살　교룡 교

초나라의 차비라는 사람이 간수라는 곳에서 아주 귀한 검을 샀다. 집으로 돌아오는 길에 나룻배를 타고 강을 건넜다. 배가 중류에 이르렀을 때, 갑자기 천지가 캄캄해지고 파도가 사나워지면서 강 속에서 이빨이 길고 발톱이 날카로운 용 두 마리가 나타나 배를 칭칭 감았다. 사람들은 모두 놀라 혼비백산했다. 차비가 사공에게 물었다. "전에도 이런 일이 일어났을 때 사람들이 무사했소?"

사공은 와들와들 떨면서 대답했다. "용은 나쁜 놈입니다. 누구도 살아남을 생각을 말아야 합니다."

차비는 날이 시퍼런 칼을 빼 들고 침착하게 말했다. "무기를 쓰지 않고 자신을 보존하려 하면 시체가 될 뿐이다. 그러니 내 생명을 아낄 수 있겠는가." 그러고는 몸을 날려 파도 속으로 뛰어들어 목숨을 걸고 싸워 결국 용을 죽였다. 그러자 풍랑이 잠잠해져 사람들은 모두 목숨을 구했다.

 어려움은 피한다고 해서 해결되는 것이 아니다. 직접 맞부딪쳐서 뚫고 나아가야 한다. 강한 적을 앞에 두고 있거나 재난이 임박했을 때, 시련을 극복하려는 불굴의 정신과 용기로 맞서 싸워야 한다. 약한 모습을 보이면 적은 더 억압한다. 용감하게 항쟁하는 것만이 적을 물리치고 재난을 극복하는 길이다.

次非殺蛟

荊有次非者, 得寶劍於干遂. 還反涉江, 至於中流, 有兩蛟夾繞其船. 次非謂舟人曰, 子嘗見兩蛟繞船能兩活者乎. 船人曰, 未之見也. 次非攘臂祛衣, 拔寶劍曰, 此江中之腐肉朽骨也. 棄劍以全己, 余奚愛焉. 於是赴江刺蛟, 殺之而復上船. 舟中之人皆得活.

『呂氏春秋』「知分」

귀 막고 종 훔치기
掩耳盜鐘
가릴 엄 귀 이 훔칠 도 종 종

　진晉나라의 대부인 범 씨가 다른 나라로 망명했다. 범 씨네 대문에는 맑은 소리가 나는 종이 달려 있었다. 어떤 사람이 이 종이 탐나 자기 집으로 훔쳐 가려고 했다. 그러나 종이 너무 크고 무거워서 지고 갈 수가 없어서 망치로 깨뜨려서 가져가려고 했다. 망치로 때리자 종소리가 뎅그렁 뎅그렁 크게 울렸다. 그 소리를 듣고 사람들이 몰려올까 봐 겁이 난 그는 얼른 자기 귀를 틀어막았다.

 객관적으로 존재하는 종소리가 자기 귀에만 들리지 않으면 다른 사람들 귀에도 들리지 않는단 말인가? 자기 귀를 가리고 자기 눈을 막는다고 남에게도 들리지 않고 보이지 않을 거라고 생각하는 것은 자기기만일 뿐이다.
눈 가리고 아웅 하는 격으로 남을 속이려다 남을 속이지 못하고 자신이 도리어 속고 마는 것을 엄이도종掩耳盜鐘 또는 엄이도령掩耳盜鈴이라고 한다.

掩耳盜鐘
范氏之亡也, 百姓有得鐘者, 欲負而走, 則鐘大不可負, 以椎毀之, 鐘況然有音, 恐人聞之而奪己也, 遽掩其耳.
『呂氏春秋』「自知」

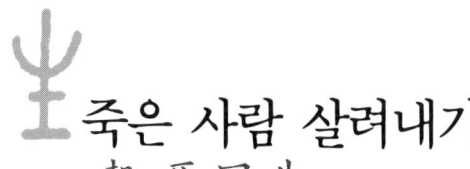

죽은 사람 살려내기
起死回生
일어날 기 죽을 사 돌 회 살 생

노나라에 공손작이라는 사람이 있었는데 그는 사람들에게 이렇게 말했다. "나는 죽은 사람도 살릴 수 있소."

사람들이 신기하게 여겨 물었다. "무슨 수로 그럴 수 있소?"

그는 이렇게 대답하는 것이었다. "나는 평소에 반신불수 병을 치료하고 있다오. 약을 두 배로 쓰면 죽은 사람을 살릴 수 있지 않겠소?"

 양의 변화가 질의 변화를 이끌어 낼 수도 있지만 언제나 그런 것은 아니다. 반에 반을 더하면 온전한 하나가 될 수 있지만 반신불수를 치료하는 약을 두 배로 쓴다고 죽은 사람을 살릴 수 있는 것은 아니다. 반신불수를 고칠 수 있으니 약을 두 배로 쓰면 온전한 목숨 하나를 살릴 수 있다는 생각은 단순 논리이다.

起死回生

魯人有公孫綽者, 告人曰, 我能起死人. 人問其故 對曰, 我固能治偏枯,
今吾倍所以爲偏枯之藥, 則可以起死人矣.
『呂氏春秋』「別類」

사람을 제대로 알아주려면

知 己
알 지 자기 기

안영이 진나라에 갔을 때다. 중모라는 곳에서 어떤 사람이 다 해진 갓을 쓰고 갖옷을 뒤집어 입고서 섶을 지고 길가에 앉아서 쉬고 있는 것을 보았다. 안영은 보기에도 예사로운 사람이 아니라는 생각이 들어 사람을 시켜서 물어보았다.

"당신은 뭐하는 사람입니까?"

"저는 월석보라는 사람입니다."

"여기서 무얼 하고 있습니까?"

"저는 중모에서 어떤 사람의 종노릇을 하고 있습니다. 지금은 심부름을 갔다가 돌아가는 길입니다."

그가 종노릇한다는 말을 들은 안영은 안타까운 생각이 들었다. "무엇 때문에 종이 되었습니까?"

"내 힘으로는 얼어 죽고 굶어 죽는 것을 면할 수 없기 때문입니다."

"종이 된 지는 얼마나 되었습니까?"

"삼 년 되었습니다."

"놓여날 수 있습니까?"

"어쩔 수 없어서 잠시 종이 된 것이라서 몸값만 갚으면 놓여날 수 있습니다."

안영은 자기 수레 맨 왼쪽 곁말을 풀어서 몸값을 주고 월석보를 풀어 주고 수레에 태워 함께 여관으로 돌아왔다.

여관에 도착한 안영은 온다 간다는 말도 없이 혼자 들어가 버렸다. 이에 화가 난 월석보는 절교하자고 청해 왔다.

안영은 사람을 시켜서 대답했다. "저와 선생은 이전부터 교제하던 사이는 아닙니다. 선생이 삼 년 동안 남의 종살이를 하셨다는데, 저는 오늘에야 선생을 만나서 몸값을 갚아 주었습니다. 제가 선생에게 뭘 잘못했단 말입니까? 어찌 그리도 성급하게 절교하자고 하십니까?"

월석보가 대답했다. "선비는 자기를 모르는 사람에게는 굽혀도, 자기를 알아주는 사람에게는 굽히지 않는다고 합니다. 그러므로 군자는 자기가 공이 있다고 남을 함부로 깔보지도 않을 뿐더러 남에게 공이 있다고 자기를 굽힐 까닭도 없습니다. 제가 삼 년 동안 남의 종살이를 했지만 그 사람은 저를 모르는 사람이었습니다. 오늘 선생이 저를 속량해 주셔서 저는 속으로 이 분은 나를 알아주는 분이라고 생각했습니다. 선생이 수레에 오를 때 아무런 말씀이 없으셔서 처음에는 인사를 잊으신 줄 알았습니다. 이번에도 아무 말씀 없이 들어가시니 저를 종처럼 여기는 것이 아니란 말입니까? 저는 차라리 남의 종이 되어 선생이 대신 물어준 제 몸값을 갚을 작정입니다."

안영이 나와서 사과했다. "좀 전에는 제가 선생을 겉모습으로만 대했는데 이제 선생의 뜻을 알겠습니다. 자기 몸을 단속하는 사람은 잘못을 되풀이하지 않고, 판단을 정확하게 내리는 사람은 말을 비꼬지 않는다고 합니다. 제가 인사는 늦었지만 저를 버리실 것까지야 있습니까? 잘못을 고치겠습니다." 그러고는 사람을 시켜서 방을 깨끗이 청소하고 자리를 새로 깔고는 예를 갖추어 맞아들였다.

월석보가 말했다. "공손한 사람은 굳이 길을 닦지 않고, 예를 갖추는 사람은 배척을 당하지 않는다고 합니다. 이렇게 융숭한 예로 대하는 것은 감당하지 못하겠습니다."

그 뒤 안영은 월석보를 귀한 손님으로 대했다.

나를 알아줄 능력이 없는 사람에게 욕을 당하는 것은 참을 수 있다. 그러나 나를 충분히 알아줄 만한 사람이 나를 모욕하는 것은 참을 수 없다. 사람을 알아주는 것은 그 사람의 자질을 알고 그에 걸맞게 대하는 것이다. 월석보가 예사 사람이 아니라는 것을 알았다면 그에 걸맞게 대해야 했다. 그러나 안영은 선심 쓰듯 몸값을 갚아 풀어 주었을 뿐 그에 걸맞은 대우를 하지 않았다. 그래서 월석보가 치욕스럽게 생각한 것이다. 또 남을 도와주려면 도움을 받는 사람이 도움을 받았다는 느낌을 갖도록 해서는 안 된다.

知己

晏子之晉, 至中牟. 睹弊冠, 反裘負芻, 息於塗側者, 以爲君子也.
使人問焉曰, 子何爲者也. 對曰, 我越石父也. 晏子曰, 何爲至此.
曰, 吾爲人臣僕於中牟, 見使將歸. 晏子曰, 何爲爲僕.
對曰, 不免凍餓之切吾身, 是以爲僕也. 晏子曰, 爲僕幾何.
對曰, 三年矣. 晏子曰, 可得贖乎. 對曰, 可. 遂解左驂以贖之.
因載而與之俱歸. 至舍, 不辭而入. 越石父怒而請絶.
晏子使人應之曰, 吾未嘗得交夫子也. 子爲僕三年, 吾迺今日睹而贖之
吾於子尙未可乎. 子何絶我之暴也. 越石父對曰, 臣聞之, 士者詘乎不知己,
而申乎知己. 故君子不以功輕人之身. 不爲彼功詘身之理
吾三年爲人臣僕, 而莫吾知也. 今子贖我, 吾以子爲知我矣.
嚮者子乘, 不我辭也. 吾以子爲忘. 今又不辭而入, 是與臣僕我者同矣.
我猶且爲臣, 請鬻於世. 晏子出, 請見. 曰, 嚮者見客之容, 而今也見客之意.
嬰聞之, 省行者不引其過, 察實者不譏其辭. 嬰可以辭而無棄乎, 嬰誠革之
迺令糞灑改席, 尊醮而禮之. 越石父曰, 吾聞之, 至恭不修途. 尊禮不受擯.
夫子禮之, 僕不敢當也. 晏子遂以爲上客.

『晏子春秋』「內篇雜上」

체면도 살리고 목숨도 살리고
景 公 飮 酒
클 경 어른 공 마실 음 술 주

　　경공이 이레 동안 밤낮을 쉬지 않고 술을 마셔댔다. 그러자 현장이 경공에게 간했다. "임금님께서는 이레 동안 밤낮을 쉬지 않고 술을 드셨습니다. 이제는 술을 그만 드시기 바랍니다. 술 마시기를 멈추지 않으시려거든 저에게 죽음을 내려 주십시오."

　　안영이 들어갔더니 경공은 안영에게 이렇게 말했다. "현장이 나에게 충고하기를, 술 마시기를 멈추지 않으려거든 자기를 죽여 달라고 하더군요. 현장의 말이 옳기는 합니다만 그의 말을 듣자니 신하의 말을 그대로 따르는 것 같아 체통이 서지 않고, 듣지 않으려니 그의 죽음이 안타깝소."

　　안영이 말했다. "현장이 임금님 같은 분을 만나서 얼마나 다행인 줄 모르겠습니다. 그가 걸이나 주 같은 임금을 만났더라면 이미 죽은 지 오래였을 것입니다."

　　마침내 경공은 술 마시기를 멈추었다.

解 안영은 슬기롭게 삼단논법 둘을 하나로 합쳐서 경공의 체면도 살리고 현장의 목숨도 구했다. 안영의 첫 번째 논리는 다음과 같다.

현장은 충직한 사람이기 때문에 걸 주와 같은 폭군 앞에서도 충고했을 것이다.
폭군은 충고하는 사람을 반드시 죽인다.
따라서 현장이 걸이나 주에게 충고했더라면 틀림없이 죽었을 것이다.

두 번째 논리는 다음과 같다.

현명한 군주는 충고하는 사람을 죽이지 않고 충고를 받아들인다.
경공은 현명한 군주이다.
따라서 경공은 강직하게 충고를 한 현장을 죽이지 않는다.

결과적으로 경공을 걸 주와 같은 폭군이 아니라 현명한 군주라고 추켜세움으로써 경공의 마음을 다치게 하지 않고도 그가 충고를 받아들이도록 했다.

景公飮酒

景公飮酒, 七日七夜不止. 弦章諫曰, 君飮酒七日七夜, 章願君廢酒也. 不然, 章賜死. 晏子入見. 公曰, 章諫吾曰, 願君之廢酒也. 不然, 章賜死. 如是而聽之, 則臣爲制也. 不聽, 又愛其死. 晏子曰, 幸矣, 章遇君也. 令章遇桀紂者, 章死久矣. 於是公遂廢酒.

『晏子春秋』「內篇諫上」

비를 빈 경공
景 公 禱 雨
클경 어른공 빌도 비우

어느 해 제나라에 심한 가뭄이 들었다. 논바닥은 거북이 등딱지처럼 쩍쩍 갈라지고, 우물물은 마르고, 풀과 나무는 말라죽어 갔다. 보다 못한 경공이 신하들을 불러서 물었다. "하늘이 비를 내려 주지 않은 지가 오래되어 백성들에게 굶주린 기색이 역력하오. 내가 점쟁이에게 물어보니 높은 산과 너른 강에 나아가 기우제를 지내라고 하더군요. 세금을 약간 거두어 신령스러운 산에서 기우제를 지내려고 하는데 경들의 생각은 어떻소?"

신하들은 별 뾰족한 수가 없어서 아무도 대답을 하지 못했다.

그때 안영이 말했다. "바위는 산신령의 몸이고, 풀과 나무는 산신령의 머리카락과 털입니다. 오랫동안 비가 오지 않아 털이 그을리고 몸이 데려고 하는데, 산신령이라고 비를 바라지 않겠습니까? 산신령이 비를 내리게 할 수 있었다면 벌써 비가 내렸을 것입니다. 그러니 산신령에게 빌어도 소용이 없습니다."

실망한 경공이 말했다. "그렇다면 용왕에게 제사를 지내는 것은 어떻겠소?"

또 안영이 말렸다. "강은 용왕의 나라이며, 물고기와 자라는 용왕의 신하와 백성입니다. 오랫동안 비가 오지 않아 샘이 마르고 강이 말라, 나라가 폐허가 되고 신하와 백성이 죽으려 하는데 용왕이 비를 바라지 않겠습니까? 용왕이 비를 내리게 할 수 있었다면 벌써 비가 내렸을 것입니다. 그러니 강에 가서 빌어도 소용이 없습니다." 그러고는 경공에게 궁궐을 나가 백성과 고락을 같이하는 것이야말로 어려움을 극복하는 해결책이라고 건의했다.

경공은 안영의 말을 따라 궁궐을 나가 백성과 함께 고락을 같이하면서 가뭄을 극복하기 위해 애썼다. 며칠 뒤 큰 비가 내려 가뭄이 해갈되었다. 다행히 백성은 씨를 뿌릴 수 있었다.

가뭄이나 홍수 같은 천재지변은 현대 사회에서도 극복하기 어려운 재난이다. 천재지변을 당하면 인간보다 큰 힘을 갖고 있다고 여겨지는 신령들에게 의지하고 싶은 것이 사람의 심리이기도 하다. 그러나 재난을 당하여 신령만 찾고 있어서는 아무것도 해결할 수 없다. 가뭄이 들었을 때 기우제를 지내는 것은 흉흉한 민심을 달래는 효과는 있을지 몰라도 가뭄을 해결하는 참된 방법은 아니다. 위아래가 한 마음으로 가뭄을 극복할 대책을 세우고 노력하는 것이 무엇보다 본질적인 해결책이다.

景公禱雨

齊大旱逾時, 景公召羣臣問曰, 天不雨久矣, 民且有飢色.
吾使人卜, 云祟在高山廣水. 寡人欲少賦斂以祠靈山, 可乎.
羣臣莫對, 晏子進曰, 不可, 祠此無益也.
夫靈山固以石爲身, 以草木爲髮.
天久不雨, 髮將焦, 身將熱, 彼獨不欲雨乎, 祠之何益.
公曰, 不然, 吾欲祠河伯, 可乎. 晏子曰, 不可.
河伯以水爲國, 以魚鼈爲民. 天久不雨, 水泉將下, 百川將竭, 國將亡,
民將滅矣, 彼獨不欲雨乎, 祠之何益 景公曰,
今爲之奈何. 晏子曰, 君誠避宮殿暴露, 與靈山河伯共憂, 其幸而雨乎.
于是景公出野暴露, 三日, 天果大雨, 民盡得種時.
『晏子春秋』「內篇諫上」

내 배가 부르면 종이 배고픈 줄 모른다
不知天寒
아닐 부　알 지　하늘 천　찰 한

　　어느 해 엄동설한이었다. 북풍이 몰아치고 솜털 같은 흰 눈이 며칠 동안이나 내려 하늘과 땅을 뒤덮고도 그칠 줄 몰랐다.
　　제나라 백성은 추위와 굶주림에 울부짖고 있었다. 여기저기 얼어 죽고 굶어 죽은 시체가 나뒹굴었지만 경공은 가볍고 포근한 진귀한 흰여우 가죽 외투를 두르고, 봄날처럼 따뜻한 누각에 앉아 춤과 노래를 즐기고 있었다. 곁에는 난로에서 불꽃이 이글거리고, 상에는 온갖 산해진미와 향기로운 술이 가득했다. 한참 동안 술을 마시자니 어느덧 경공의 이마에 송글송글 땀이 맺혔다. 마침 온몸에 흰 눈을 뒤집어 쓴 채 들어오는 안영을 보고 경공이 말했다.
　　"올해는 참 이상하오. 큰 눈이 며칠씩이나 계속 내리는데도 하나도 추운 줄 모르겠거든."
　　안영이 "정말 춥지 않으십니까?" 묻자, 경공이 빙그레 웃었다.
　　안영은 천천히 한숨을 쉬고 말했다. "옛날에 어진 왕은 배가 부르면 백성이 주릴까 생각하고, 따뜻한 옷을 입으면 백성이 추울까 생각했다고 합니다. 그러나 그렇게 하기란 쉽지 않습니다."

살아온 환경이 다르고 신분과 처지가 다르면 상대방을 공감하기가 어렵다. 특히 기득권을 가진 사람들은 자신의 권리를 누릴 줄만 알고 그 권력의 바탕이 되는 인민 대중의 고통에 무관심한 경우가 있다. 먼저 사용자가 노동자를, 권력층이 서민들을 배려하고 공감하는 자세를 지녀야 한다. 앞의 사람이 뒤의 사람보다 우월한 처지에 있기 때문이다. 옛날 신분제 사회에서는 자기 배만 부르면 종이야 배가 고프건 말건 아랑곳하지 않는 주인이 많았다. 종이 배고프면 주인을 위해 일을 할 수 없는데도 말이다. 요즘도 별로 달라진 것이 없는 듯하다.

不知天寒

景公之時, 雨雪三日而不霽. 公被狐白之裘, 坐于堂側階. 晏子入見
立有間. 公曰, 怪哉. 雨雪三日而天不寒. 晏子對曰, 天不寒乎. 公笑.
晏子曰, 嬰聞古之賢君, 飽而知人之飢, 溫而知人之寒, 逸而知人之勞,
今君不知也.
『晏子春秋』「內篇諫上」

나라에 상서롭지 못한 세 가지
國 有 三 不 祥
나라 국 있을 유 석 삼 아닐 불 상서로울 상

제나라 사람들은 호랑이와 구렁이를 재수 없는 짐승으로 여겼다. 한번은 경공이 사냥을 나가서 산을 올랐을 때였다. 금방 포효 소리가 들리는가 싶더니 숲속에서 집채만한 호랑이 한 마리가 불쑥 튀어나왔다. 깜짝 놀란 경공은 혼비백산하여 산골짜기로 도망갔다. 간신히 호랑이를 피한 경공이 산을 내려와 못가를 지나는데, 몇 걸음 안 떨어진 바위 위에서 팔뚝만큼 굵고 검붉은 빛이 도는 구렁이가 똬리를 틀고 자기를 향해 혀를 날름거리고 있지 않은가!

경공은 두 번씩이나 놀란 가슴을 진정시키지도 못한 채 돌아와 급히 안영을 불러 물었다. "오늘 내가 산에서는 호랑이를 만나고 골짜기에서는 뱀을 만났으니, 우리 제나라에 무슨 상서롭지 못한 일이라도 생기지 않을까 걱정이오."

안영이 대답했다. "제가 듣기에 나라에는 상서롭지 못한 것이 세 가지 있다고 합니다. 첫째는 유능한 인재는 있으나 군주가 발탁해서 쓸 줄 모르고, 또 알려고 하지도 않는 것입니다. 둘째는 알아도 등용하려 하지 않는 것입니다. 셋째는 등용하더라도 신임하지 않는 것입니다. 상서롭지 못한 것이란 이런 것입니다. 산에서 호랑이를 만난 것은 산이 호랑이의 소굴이기 때문이고, 골짜기에서 뱀을 만난 것은 골짜기가 바로 뱀의 소굴이기 때문입니다. 호랑이 소굴에서 호랑이를 만나고, 뱀의 소굴에서 뱀을 본 것이 어찌 재수 없는 일이란 말입니까?"

나라가 잘되고 못 되는 것은 이상한 조짐에 달려 있는 것이 아니다. 요즘도 대통령이 바뀐다거나 나라에 큰일이 생기면 이상기후와 같은 특별한 현상과 결부시키는 경우가 있다. 이런 생각은 미신일 뿐이다. 이상하고 신비롭게 보이는 현상도 자세히 살피고 따져 보면 합리적으로 설명할 수 있다. 아직 설명할 수 없는 것처럼 보이는 것이라도 더 많은 자료와 실험을 통해 설명할 수 있도록 노력하는 태도가 중요하다.
나라가 잘되려면 인재를 가려 뽑아 잘 활용해야 한다. 그리고 인재를 배양하도록 노력해야 한다. 인재가 있더라도 알아보지 못하고, 알면서도 뽑아서 쓰지 못하고, 쓰더라도 신임하여 능력을 발휘할 여건을 마련해 주지 못한다면, 이런 것들이야말로 실제로 나라에 상서롭지 못한 것이다. 그래서 이 세 가지를 '삼불상三不祥'이라 한다. 호랑이가 사는 곳에 가서 호랑이를 만나고, 뱀이 잘 다니는 곳에서 뱀을 만난 것이 뭐 그리 재수 없는 일이란 말인가?

國有三不祥

景公出獵, 上山見虎, 下澤見蛇 歸, 召晏子而問之曰, 今日寡人出獵
上山則見虎 下澤則見蛇, 殆所謂不祥也. 晏子對曰, 國有三不祥, 是不與焉.
夫有賢而不知, 一不祥, 知而不用, 二不祥. 用而不任, 三不祥也.
所謂不祥, 乃若此者. 今上山見虎, 虎之室也 下澤見蛇 蛇之穴也.
如虎之室如蛇之穴而見之, 曷爲不祥也.
『晏子春秋』「內篇諫下」

복숭아 두 알로 세 사람을 죽이다
二 桃 殺 三 士
두 이 복숭아 도 죽일 살 석 삼 선비 사

제나라에 공손접, 전개강, 고야자라는 이름난 세 용사가 있었다. 이들은 모두 경공을 섬기고 있었다. 이들은 하나같이 힘이 세서 호랑이도 맨손으로 때려잡는다고 소문이 났고, 어떤 사람에게도 안하무인으로 굴었다.

하루는 안영이 경공을 만나러 궁궐에 들어가다가 마침 이 세 사람 앞을 지나쳤다. 그들은 안영이 들어오는 모습을 보고도 아랑곳하지 않았다. 안영은 제나라의 재상인 만큼 당연히 일어나서 인사를 해야 하는데도 인사조차 하지 않았던 것이다.

안영은 경공을 만나 이들의 무례한 행동을 말했다. "현명한 군주는 평소에 용사를 양성하여 위로는 군주와 신하의 의리를 밝히고, 아래로는 관리를 통솔하여 기강과 질서를 바로잡으며, 안으로는 폭력을 막고 밖으로는 적의 위협을 막는 데 이용합니다. 용사를 길러 두면 임금님은 나라를 다스리는 데 용사를 이용할 수 있고, 아랫사람들은 용사들의 용기에 복종하여 질서가 잡히는 것입니다. 이것이 용사들에게 높은 자리를 주고 많은 봉급을 주는 까닭입니다. 지금 우리나라는 용사를 기르기는 해도 위로는 군주와 신하의 의리도 없고, 아래로는 관리를 통솔하는 기강과 질서도 없으며, 안으로는 폭력을 막지도 못하고 밖으로는 적의 위협을 막지도 못하고 있습니다. 제 구실을 못하는 용사는 도리어 나라에 해가 됩니다. 차라리 없애는 것이 낫습니다."

경공이 말했다. "세 용사를 때려서 내쫓으려고 해도 감히 때릴 수 없고, 찔러 죽이려고 해도 찔러 죽일 수 없소."

안영이 말했다. "이들은 모두 힘으로는 아무도 당할 수 없는 사람들입니다만 위아래의 예절도 모르는 무뢰배입니다. 이런 사람들은 꾀를 써서 해결해야 합니다."

안영은 경공에게 복숭아 두 알을 달라고 하여 세 용사에게 가지고 갔다. "세 분은 모두 용감무쌍한 사람들이오. 세 분에게 모두 임금님이 주신 복숭아를 드리고 싶지만 안타깝게도 두 알 밖에 없으니, 공을 따져 보고 공이 많은 사람끼리 나누어 잡수십시오."

공손접이 하늘을 우러러보며 탄식했다. "안 선생은 지혜가 많은 사람이다. 임금님께 우리의 공을 따져 보게 했으니, 복숭아를 먹지 못하는 사람은 용기가 없는 사람이라는 말이다. 그렇다고 용사는 셋인데 복숭아는 두 알 밖에 없으니, 공을 따져 보지 않고서는 먹을 수 없다. 나는 한번은 기운이 한창인 멧돼지를 때려잡고, 한번은 새끼 딸린 어미 호랑이를 잡았다. 나 정도면 복숭아를 먹어도 되겠지. 누가 나를 당하겠는가?" 그러고는 복숭아 하나를 집어 들고 일어났다.

그러자 전개강이 나섰다. "나는 병사를 이끌고 적을 물리친 적이 두 번이나 된다. 이 정도 공이라면 역시 복숭아를 먹을 자격이 있다. 누가 나를 당하겠는가?" 그러고는 복숭아 하나를 집어 들고 일어났다.

이에 고야자가 마지막으로 나섰다. "내가 이전에 임금님을 모시고 황하를 건넌 적이 있는데, 강 한가운데 이르렀을 때 갑자기 자라가 나타나 수레의 왼쪽 말을 물고 물속으로 끌고 들어갔다. 나는 전혀 헤엄칠 줄 몰랐지만 물속으로 따라 들어가 백 걸음이나 물길을 거슬러 올라갔다가 다시 물길을 따라 9리나 가서 그 자라를 잡아 죽인 다음 왼손으로 말의 꼬리를 잡고 오른손으로 자라 머리를 잡고는 훌쩍 뛰어서 빠져나왔다. 나루터에 있던 사람들이 모두 그 자라를 보고 용왕이라고 했다. 나 같은 공을 세웠다면 복숭아를 먹을 만하지 않겠는가? 누가 나를 당하겠는가? 두 사람은 복숭아를 내놓는 게 어떤가?" 그러고는 칼을 뽑아 들고 일어났다.

공손접과 전개강이 모두 복숭아를 내놓으며 말했다. "우리들의 용기는 그대만 못하오. 공도 그대에게 미치지 못하오. 복숭아를 양보하지 않은 것은 탐욕이요. 수치스러운 짓을 하고서도 죽지 않는다면 그것이야말로 용기가 없는 것이외다." 이렇게 말을 마치더니 두 사람은 스스로 목을 찔러 죽었다.

고야자가 두 사람의 주검을 보고 말했다. "두 사람이 죽었는데 나 혼자 살아 있는 것은 어질지 못한 일이다. 남이 부끄럽게 여길 말을 하고 큰소리로 공을 떠벌렸으니 의롭지 못한 일이다. 내가 저지른 짓을 뉘우칠 줄도 모르고 죽지도 않는다면 용기가 없는 것이다. 내가 아무리 공이 많더라도 두 사람이 하나를 나누어 먹고 나는 하나를 먹으면 되었을 것을." 그러고는 그도 복숭아를 내놓고 스스로 목을 찔러 죽었다.

이를 지켜본 사자가 "다들 죽었습니다"라고 보고했다. 경공은 이들에게 상복을 갖추어 염을 하고, 선비의 예에 맞춰 장례를 치러 주었다.

解 세 용사는 힘만 내세우다가 슬기로운 안영에게 당했다. 안영은 세 용사의 약점을 파악하여 그 점을 교묘하게 이용함으로써 이들을 제압할 수 있었다. 한편, 안영 같은 슬기로운 사람이 이들을 잘 계도하여 뛰어난 힘을 잘 사용하도록 하지 못하고 교묘한 꾀를 부려 죽게 만들었으니 비열하다는 생각도 든다. 다듬어지지 않은 재능을 잘 이끌어 주는 것이 현명한 지도자의 자질이니 말이다. 맹목적으로 힘과 용기만 내세우는 것은 만용이다. 만용만 부리고 무례한 사람은 도리어 사회를 불안하게 할 수도 있다. 힘과 용기가 있을수록 예의를 갖추어야 하고, 용기를 올바르게 사용할 수 있는 지혜가 필요하다.

'복숭아 두 알로 세 사람을 죽인다(二桃殺三士)'는 말은 교묘한 꾀나 음모를 꾸며 힘들이지 않고 남을 해친다는 뜻으로 쓰는 말이다.

二桃殺三士

公孫接·田開疆·古冶子事景公, 以勇力搏虎聞. 晏子過而趨, 三子者不起
晏子入見公曰, 臣聞明君之蓄勇力之士也, 上有君臣之義, 下有長率之倫.
內可以禁暴, 外可以威敵. 上利其功, 下服其勇. 故尊其位, 重其祿
今君之蓄勇力之士也, 上無君臣之義, 下無長率之倫.
內不可以禁暴, 外不可以威敵. 此危國之器也, 不若去之
公曰, 三子者, 搏之恐不得, 刺之恐不中也. 晏子曰, 此皆力攻勍敵之人也,
無長幼之禮. 因請公使人少餽之二桃. 曰, 三子何不計功而食桃
公孫接仰天而歎曰, 晏子, 智人也. 夫使公之計吾功者. 不受桃, 是無勇也
士衆而桃寡, 何不計功而食桃矣. 接一搏猏, 再搏乳虎
若接之功, 可以食桃, 而無與人同矣. 援桃而起.
田開疆曰, 吾仗兵而卻三軍者再. 若開疆之功, 亦可以食桃, 而無與人同矣.
援桃而起. 古冶子曰, 吾嘗從君濟于河, 黿銜左驂, 以入砥柱之中流.
當是時也, 冶少不能游, 潛行. 逆流百步, 順流九里, 得黿而殺之.
左操驂尾, 右挈黿頭, 鶴躍而出. 津人皆曰河伯也, 視之則大黿之首也.
若冶之功, 亦可以食桃, 而無與同人矣. 二子何不反桃. 抽劍而起.
公孫接·田開疆曰, 吾勇不子若, 功不子逮. 取桃不讓, 是貪也.
然而不死, 無勇也. 皆反其桃, 挈領而死. 古冶子曰, 二子死之, 冶獨生之,
不仁. 恥人以言, 而夸其聲, 不義. 恨乎所行, 不死無勇.
雖然, 二子同桃而節. 冶專桃而宜. 亦反其桃, 挈領而死
使者復曰, 已死矣. 公殮之以服, 葬之以士禮焉.

『晏子春秋』「內篇諫下」

사당의 쥐
社 廟 之 鼠
토지의 신 사 사당 묘 어조사 지 쥐 서

경공이 안영에게 물었다. "나라를 다스리는 데 가장 큰 근심거리가 무엇이오?"

안영이 대답했다. "가장 큰 근심거리는 '사당의 큰 쥐'입니다."

경공이 그 뜻을 이해하지 못해서 다시 물었다. "그 말이 무슨 말이오?"

안영이 대답했다. "사당은 신에게 제사지내는 곳입니다. 사당을 지을 때는 나무로 기둥을 세우고, 진흙을 발라 벽을 만듭니다. 그런데 쥐는 사당의 벽에 여기저기 구멍을 뚫고 그 안에서 삽니다. 연기를 피워 쫓아내자니 기둥이 탈까 두렵고, 물을 부어 쫓아내자니 벽이 무너질까 두려워서 이러지도 못하고 저러지도 못합니다. 나라도 사정은 마찬가지입니다. 나라에도 사당의 쥐와 같은 사람들이 있습니다. 바로 임금님이 좌우에 두고 아끼는 사람들이 그들입니다."

쥐를 때리려 해도 접시가 아깝다는 말처럼 작은 해를 없애려다가 도리어 큰 손해를 보는 수가 있다. 그래서 웬만한 피해는 덮어두고 넘어가려고 한다. 그러나 작은 해라도 그대로 두면 점점 자라서 큰 해가 된다. 쥐는 사람이 사당을 신성하게 여기는 것을 악용하여 활개치고 다닌다. 나라에도 마찬가지로 권력자 주위에서 쥐처럼 교활하게 이익을 챙기는 자들이 있다. 나라가 어지러울수록 서로 도와 어려움을 해결할 생각은 하지 않고, 이익을 챙길 수 있을 때 하나라도 더 챙겨야겠다는 사람은 쥐새끼와 같다. 조선이 망하기 직전 나라에서는 군인의 봉급도 제대로 주지 못했는데 부패한 관리의 곳간에는 쌀이 썩어나고 돈에 녹이 슬 정도였다고 한다. 권력을 행사하는 기구가 투명하지 않고 은폐되어 있을수록 쥐새끼 같은 사람은 더 많아진다. 권력자가 이런 사람을 잘 가려내지 못하는 것이 큰 문제이다.

『한비자』에도 똑같은 이야기가 전한다. 한비자는 이 우화를 소개한 다음 이렇게 풀이했다. "지금 군주의 좌우에 있는 측근들이 밖에 나가면 권세를 부려 백성에게서 이득을 챙기고, 안에 들어오면 패거리를 지어 군주에게 악을 숨긴다. 안으로는 군주의 정황을 엿보아 그것을 밖에 알리고, 안팎으로 여러 신하들과 벼슬아치들에게 권세를 부려 부를 이룬다. 관리들은 이들을 처벌하지 않으면 법이 문란해지고, 처벌하면 군주가 불안해할까 하여 그대로 덮어둔다. 이런 자들이 또한 나라에는 '사당의 쥐(社鼠)'와 같다."

社廟之鼠

景公問於晏子曰, 治國何患. 晏子對曰, 患夫社鼠. 公曰, 何謂也.
對曰, 夫社束木而塗之. 鼠因往託焉. 熏之則恐燒其木, 灌之則恐敗其塗.
此鼠所以不可得殺者, 以社故也. 夫國亦有社鼠. 人主左右是也.
『晏子春秋』「內篇問上」

아내의 충고를 따른 마부
晏 子 之 御
맑을 안 아들 자 어조사 지 어거할 어

제나라의 재상 안영이 하루는 수레를 타고 번화한 시내를 지나갔다. 때마침 마부의 아내가 길가에 있는 자기 집 문 앞에 서서 남편이 말 네 마리가 끄는 커다란 수레에 높직이 앉아 채찍을 휘두르며 의기양양하게 소리치는 것을 보았다. 마부의 아내는 곧바로 집으로 돌아가 보따리를 꾸리고는 남편을 기다렸다. 아내는 마부가 집에 돌아오자마자 다짜고짜 이혼하자고 했다.

마부가 깜짝 놀라 황급히 그 까닭을 묻자, 아내가 대답했다. "안영 재상님은 키가 여섯 자도 안 되는 작은 몸이지만 제나라의 재상이 되어 제후들에게 명성이 뜨르르합니다. 오늘 그분이 수레에 앉아 계신 것을 보니 머리를 숙이고 깊이 생각하며 줄곧 겸허한 태도를 하고 계셨습니다. 그런데 당신은 여덟 자나 되는 당당한 몸으로도 한낱 다른 사람의 마부에 지나지 않는 데다가 수레를 몰고 갈 때는 으스대며 뽐내기까지 했습니다. 나는 거드름 피우고 자만하는 사람과는 같이 살 수 없습니다."

마부는 이 말을 듣고 몹시 부끄러워했다. 그 뒤부터 수레를 몰 때마다 늘 언행을 조심했다. 하루는 태도가 달라진 마부를 보고 매우 이상하게 여긴 안영이 어떻게 된 일인지 물어보았다. 마부는 사실대로 이야기했다. 그 말을 듣고는 마부에게 충고를 잘 받아들였다고 칭찬하고, 나중에 이 마부를 대부에 추천했다.

외모가 그 사람의 인격이나 그릇을 나타내는 것은 아니다. 보잘 것 없는 몸으로 큰 일을 하는 사람이 있는가 하면, 당당한 몸으로도 몸값을 못하는 사람이 있다. 직업에 귀천이 없다지만 사회적으로 영향력을 미치는 일과 그렇지 못한 일이 있다. 하지만 어떤 일을 하느냐가 중요한 것이 아니라 어떻게 일을 하느냐가 중요하다. 안자의 마부처럼 자기가 재상도 아니면서 재상의 위세를 빌어 우쭐대는 것은 가소로운 일이다. 신상을 지고 가던 나귀가 사람들이 신상을 보고 절을 하자 자기에게 절하는 줄 알고 우쭐대다가 우물에 빠졌다는 이솝우화에 나오는 어리석은 나귀 꼴이다. 그래도 아내는 매우 현명하여 남편을 잘 이끌어 어리석음을 깨닫게 했고, 남편 또한 아내의 충고를 잘 따랐기 때문에 높은 벼슬까지 할 수 있었다.

晏子之御

晏子爲齊相, 出. 其御之妻, 從門間而闚, 其夫爲相御, 擁大蓋, 策駟馬, 意氣揚揚, 甚自得也. 旣而歸, 其妻請去. 夫問其故
妻曰, 晏子長不滿六尺, 身相齊國, 名顯諸侯
今者妾觀其出, 志念深矣, 常有以自下者. 今子長八尺, 迺爲人僕御. 然子之意, 自以爲足. 妾是以求去也. 其後夫自抑損, 晏子怪而問之
御以實對. 晏子薦以爲大夫.
『晏子春秋』「內篇雜上」

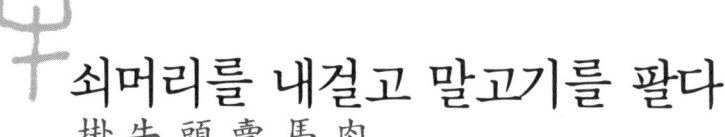

쇠머리를 내걸고 말고기를 팔다.
掛牛頭賣馬肉
걸 괘　소 우　머리 두　팔 매　말 마　고기 육

　　제나라 영공은 여자들에게 남자 옷 입히기를 좋아하여 궁에 있는 모든 비빈 궁녀들에게 남장을 시켰다. 얼마 안 가 여자들의 남장이 온 나라에 유행했다. 그러자 영공은 풍속을 어지럽힌다고 화를 내며 관리들에게 엄명을 내렸다. "남장을 하는 여자는 예외 없이 의복과 허리띠를 찢어 버려라." 이렇게 엄하게 처벌했지만 남장하는 유행이 그치지 않았다.
　　어느 날 영공은 안영을 불러 말했다. "내가 엄중한 조치를 내렸지만 왜 남장하는 유행이 그치지 않는 것일까요?"
　　안영이 대답했다. "혹시 군주께서 보셨는지 모르겠습니다만 어떤 정육점에서 문 앞에는 쇠머리를 내걸고 사실은 말고기를 팔았다고 합니다. 궁중에서는 남장을 하게 하면서 사람들에게는 흉내 내지 못하도록 한다면 쇠머리를 내걸고 말고기를 파는 것과 다를 것이 없습니다. 어떻게 금지할 수 있겠습니까? 백성들이 흉내내지 않게 하려거든 먼저 위에서 하지 말아야 합니다."
　　영공은 안영의 말대로 했다. 과연 한 달 뒤에는 남장하는 풍조가 사라졌다.

마룻대가 바르지 않으면 들보가 굽는다는 말이 있다. 중심이 바로잡혀야 지엽적인 것들도 반듯하다는 말이다. 권력을 가진 사람들, 부자들은 자기가 남들보다 우월하다는 것을 나타내 보이려고 대중과 차별된 문화를 가지려고 한다. 이런 상류 문화는 금세 온 사회에 파급된다. 민주 사회라고 하는 현대에도 정치 지도자들이나 연예인들과 같이 사회적으로 영향력 있는 사람들의 기호가 그대로 한 사회에 유행한다. 그러므로 공적인 위치에 있는 사람, 남을 지도하는 위치에 있는 사람들은 자신의 행위를 돌아보아야 한다. 이 우화는 특히 정치적인 측면에서 중요한 교훈을 준다. 행정 명령이나 법과 같은 강제 수단을 동원하더라도 정치 지도자가 솔선수범하지 않으면 아무런 효과가 없다는 것이다. "정치란 바르게 하는 것이다. 통치자인 그대가 바르다면 누가 바르지 않겠는가?"라고 한 공자의 말은 이런 이치를 말한 것이다.

'양머리를 내걸고 개고기를 팔다(羊頭狗肉)'라는 말로 더 잘 알려진 '쇠머리를 내걸고 말고기를 팔다(掛牛頭賣馬肉)'라는 말은 주로 겉으로는 훌륭하게 내세우나 속은 변변치 않은 것, 또는 겉 다르고 속 다른 것을 비유하는 말로 쓴다.

掛牛頭賣馬肉

靈公好婦人而丈夫飾者. 國人盡服之. 公使吏禁之.
曰, 女子而男子飾者, 裂其衣, 斷其帶. 裂衣斷帶, 相望而不止.
晏者見. 公問曰, 寡人使吏禁女子而男子飾者, 裂斷其衣帶,
相望而不止者, 何也. 晏者對曰, 君使服之於內, 而禁之於外.
猶懸牛首于門, 而賣馬肉於內也. 公何以不使內勿服, 則外莫敢爲也.
公曰, 善. 使內勿服 不踰月, 而國人莫之服

『晏子春秋』「內篇雜下」

개나라의 개구멍
狗國狗門
개 구 나라 국 개 구 문 문

안영은 몸집이 작고 볼품이 없었지만 기지가 있었다. 한번은 안영이 제나라의 전권 대표로 초나라에 담판을 지으러 갔다. 초나라 왕은 안영을 골려 주려고 성문 옆에 작은 문을 달아 놓은 뒤 접대를 맡은 벼슬아치에게 안영을 데리고 그 문으로 들어가게 했다.

안영은 주위에서 웃는 사람들을 보며 아주 놀란 표정으로 "오늘 내가 아마도 개나라에 온 모양이로군. 내가 개나라에 사신으로 왔다면 개구멍으로 들어가겠지만 초나라에 사신으로 온 내가 어떻게 개구멍으로 들어갈 수 있담." 하면서 들어가려고 하지 않았다.

그 말을 들은 초나라 벼슬아치는 얼굴을 붉히고 하는 수 없이 안영을 대문으로 인도했다. 그렇게 안영이 초나라 궁정에 들어가자, 초나라 왕은 높은 곳에 앉아 뻔뻔하고 거만하게 내려다보며 물었다. "당신네 제나라에는 그렇게 사람이 없소?"

안영이 조용히 대답했다. "어째서 사람이 없다고 하십니까? 제나라의 서울 임치에는 칠팔천 호나 되는 집들이 이어져 있으며, 펄럭이는 소매는 하늘을 덮고, 땀을 뿌리면 폭우처럼 쏟아집니다. 거리에 사람들이 걸어 다니면 서로 어깨를 부딪치며 발부리에 채이지 않고서는 다닐 수 없을 지경입니다. 그런데 어찌 사람이 없다고 하십니까?"

초나라 왕이 뻔뻔스럽게 물었다. "그렇게 사람이 많다면서 당신네 제나라에서는 당신보다 나은 사람을 보낼 수 없었단 말이오?"

안영이 웃으며 대답했다. "어찌 더 나은 사람이 없겠습니까? 그러나 우리 제나라에서는 사람을 파견하는 원칙이 있습니다. 재능 있는 현자는 유능한 임금에게 보내고, 무능한 사람은 무능한 임금에게 보냅니다. 저는 제나라에서 가장 무능한 사람입니다. 그러니 초나라에 사신으로 온 것이 당연하지 않습니까?"

 초나라 왕은 안영을 골리려다가 오히려 된통 당했다. 되로 주고 말로 받았다. 외모의 단점을 이용하여 골리는 것은 아주 비열한 짓이다. 외교관은 한 나라를 대표하는 사람이다. 그런 사람을 개구멍으로 들어오라고 했으니 초나라 왕은 자기 스스로 개와 같은 수준으로 내려간 것이다. 개는 개로 대하고, 외교관은 외교관으로 대해야 어울린다. 안영은 초나라 왕과 신하들에게 무례하다고 따지지 않고 그들이 사용한 방법 그대로 되갚았다. 나를 한심한 사람으로 대하면 너희들 스스로 한심한 사람이라고 광고하는 격이라고 말이다. 상대방을 높이면 자신도 높아지지만 상대방을 낮추면 자신도 낮아진다. 때로는 상대방 논리의 모순을 포착하여 그대로 갚아주는 방법도 효과적인 반박이 될 수 있다.

狗國狗門

晏子使楚. 楚人以晏子短 爲小門於大門之側而延晏子. 晏子不入
曰, 使狗國者, 從狗門入. 今臣使楚, 不當從此門入. 儐者更道. 從大門入.
見楚王. 王曰, 齊無人耶. 使子爲使. 晏子對曰, 齊之臨淄三百閭.
張袂成陰, 揮汗成雨, 比肩繼踵而在, 何爲無人. 王曰, 然則何爲使子.
晏子對曰, 齊命使, 各有所主. 其賢者使使賢主 不肖者使使不肖主.
嬰最不肖, 故宜使楚矣.

『晏子春秋』「內篇雜下」

남쪽의 귤, 북쪽의 탱자
南 橘 北 枳
남녘 남 귤 귤 북녘 북 탱자 지

　안영이 제나라를 대표하여 초나라에 사신으로 갔다. 초나라 왕은 안영이 사신으로 온다는 말을 듣고 가까운 신하들에게 말했다. "안영은 제나라에서 말 잘하기로 소문난 사람이오. 지금 우리나라에 사신으로 온다는데, 내가 안영을 한 번 골려주고 싶소. 무슨 좋은 방법이 없겠소?"
　꾀 많은 신하가 말했다. "저에게 좋은 생각이 있습니다. 안영이 오거든 제가 한 사람을 묶어서 임금님 앞으로 끌고 가겠습니다. 임금님께서는 어떤 사람이고 무엇 때문에 잡혀 왔느냐 하고 물어보십시오. 그러면 제가 제나라 사람인데 도둑질하다가 잡혀 왔다고 대답하겠습니다."
　이렇게 미리 짠 다음 안영이 초나라에 도착하자 잔치를 베풀고 안영을 초대했다. 술이 서너 순배 돌자 관리 두 사람이 죄수 하나를 묶어서 데려왔다. 초나라 왕은 일부러 놀란 듯 일어서서 물었다. "저 놈은 무슨 잘못을 저질러서 끌고 온 게냐?"
　하급 관리가 대답했다. "제나라 사람인데 도둑질하다가 들켜서 잡혀 왔습니다."
　왕은 의기양양하게 고개를 돌려 안영에게 말했다. "그럼 그렇지, 제나라 사람이로군. 그런데 제나라 사람들은 본래 물건을 잘 훔치는가 봅니다."
　안영이 일어나 대답했다. "귤나무가 강남에서 자라면 귤이 열리지만 회수淮水 북쪽에 옮겨 심으면 탱자가 열린다고 합니다. 잎사귀는 비슷하지만 열매의 맛은 너무도 다릅니다. 그것은 무엇 때문일까요? 물과 토양의 차이 때문이지요. 제나라에서 태어나 자랄 때는 본디 물건을 훔칠 줄 몰랐는데 초나라에 오자 물건을 훔쳤으니, 아마 초나라의 풍토가 착한 사람을 도둑질하게 만드는 것은 아닌지요?"

왕이 웃으면서 말했다. "성인은 놀릴 수가 없다더니, 과인이 도리어 톡톡히 당했소이다."

 남을 모욕하는 사람은 반드시 그 사람에게 자기도 모욕을 당한다. 초나라 왕은 우연적이고 특수한 사실을 필연적이고 보편적인 것으로 일반화함으로써 논리적으로 오류를 범했다. 어떤 제나라 사람이 초나라에 와서 도둑질했다고 모든 제나라 사람이 도둑이라고 하는 것은 옳지 않다. 이탈리아에 여행 갔던 사람이 우연히 소매치기를 당하고 나서 모든 이탈리아 사람들은 소매치기라고 하거나, 우리나라의 일부 남자가 자기 아내를 때린다는 사실을 가지고 모든 한국의 남편들은 자기 아내를 때린다고 한다면 잘못이듯이 말이다. 특히 한 나라에 대해 이런 편견이나 선입관을 가지기 쉽다.
이 우화는 또 한 가지 중요한 교훈을 준다. 같은 사물이라도 환경과 조건에 따라 다르게 발전한다는 것이다. 타고난 자질이 어떠하든 환경에 따라 얼마든지 달라질 수 있다. 사람은 살아가는 환경에 지배를 받는다는 뜻의 '남귤북지南橘北枳'라는 성어는 이 이야기에서 유래했다.

南橘北枳

晏子將使楚. 楚王聞之, 謂左右曰, 晏嬰齊之習辭者也
今方來, 吾欲辱之. 何以也. 左右對曰, 爲其來也. 臣請縛一人, 過王而行.
王曰何爲者也, 對曰齊人也. 王曰何坐, 曰坐盜. 晏子至.
楚王賜晏子酒, 酒酣. 吏二縛一人詣王. 王曰, 縛者曷爲者也
對曰, 齊人也. 坐盜. 王視晏子曰, 齊人固善盜乎.
晏子避席對曰, 嬰聞之, 橘生淮南, 則爲橘. 生於淮北, 則爲枳
葉徒相似, 其實味不同. 所以然者何. 水土異也.
今民生長於齊不盜, 入楚則盜. 得無楚之水土使民善盜耶. 王笑曰, 聖人非所與熙也, 寡人反取病焉.
『晏子春秋』「內篇雜下」

의족은 비싸고 짚신은 싸다
踊貴屨賤
신 용 귀할 귀 신 구 천할 천

제나라 경공은 형법을 매우 가혹하게 집행하여 걸핏하면 사람들의 발꿈치를 잘라 버렸다. 그래서 전문적으로 의족을 파는 가게까지 생겼다.

그러던 어느 날 경공은 안영의 집을 바꾸어 줄 생각을 했다. "선생의 집은 시장 근처에 있어서 좁고 소란스러울 테니 깨끗하고 조용한 곳으로 바꾸도록 하시지요."

안영이 사양하며 말했다. "필요 없습니다. 그 집은 제 선친(*안영의 부친 안약은 원래 제나라의 재상이었다)께서 사시던 곳입니다. 제 업적은 선친에 비할 바가 못 되며, 제가 사는 집도 저에게는 사치스러운 곳입니다. 또 집 가까이 시장이 있어 아침저녁으로 장을 보기도 편리하니 저에게는 퍽 좋은 곳입니다. 괜히 제 집을 새로 짓느라 여러 사람을 번거롭게 할 필요 없습니다."

경공이 웃으며 말했다. "그건 그렇고, 선생은 시장 근처에 살고 있으니 최근의 물가에 대해 잘 알겠군요."

안영이 대답했다. "당연히 알고 있지요."

"어떤 물건이 비싸게 팔리고, 어떤 물건이 싸게 팔립니까?"

"요즘은 형벌을 자주 집행하여 의족의 공급이 수요를 따르지 못하여 날마다 값이 치솟습니다. 그러나 짚신은 팔리지 않아 날마다 값이 곤두박질치고 있습니다."

이 말을 들은 경공의 낯빛이 몹시 붉어졌다. 이후 제나라에서는 다시는 발꿈치를 자르는 가혹한 형벌을 남용하지 않았다.

본질에 직접 접근하기보다 본질을 반영하는 흔한 현상을 포착함으로써 본질을 더 깊이 드러낼 수 있다. 안영은 가혹한 형벌을 중지하라고 노골적으로 말하지 않고, 의족은 비싸고 짚신은 싸다는 비유를 들어 더 효과적으로 경공을 설득했다.

踊貴屨賤

景公欲更晏子之宅. 曰, 子之宅近市, 湫隘囂塵, 不可以居.
請更諸爽塏者. 晏子辭曰, 君之先臣容焉. 臣不足以嗣之, 於臣侈矣.
且小人近市, 朝夕得所求, 小人之利也. 敢煩里旅
公笑曰, 子近市, 識貴賤乎. 對曰, 既竊利之, 敢不識乎.
公曰, 何貴何賤 是時也. 公繁于刑, 有鬻踊者.
故對曰, 踊貴而屨賤. 公湫然改容. 公爲是省于刑.
『晏子春秋』「內篇雜下」

안영의 논죄
晏子論罪
맑을 안 아들 자 말할 논 허물 죄

　제나라 경공은 사냥을 몹시 좋아하여 산토끼 잡는 매를 무척 소중하게 길렀다. 그러다 그만 조련사가 조심하지 않는 바람에 매가 도망가고 말았다. 경공이 이 사실을 알고 불같이 성을 내며 조련사를 불러서 죽이려 했다.
　그러자 안영이 경공에게 말했다. "조련사는 큰 죄를 세 가지나 지었는데 어찌 그리 가벼이 죽이려 하십니까? 제가 그 죄상을 낱낱이 따진 다음에 죽이도록 하십시오." 경공이 고개를 끄덕였다.
　안영은 조련사에게 이렇게 말했다. "너는 군주를 위하여 새를 기르면서 새가 도망가게 했으니, 그것이 첫 번째 죄다. 그리고 너는 군주가 새 때문에 사람을 죽이도록 했으니, 그것이 두 번째 죄다. 또 제후들이 너를 죽였다는 말을 들으면 우리 임금님이 새는 소중히 여기고 선비는 대우하지 않는다는 것을 알 테니, 그것이 세 번째 죄다."
　그러고 나서 경공에게 말했다. "이제 공소가 끝났으니 임금님께서는 그를 처벌하십시오."
　경공은 한참 얼굴을 붉히다가 "죽일 것까지는 없소. 그대의 뜻을 깨달았소." 하고 말했다.

안영은 겉으로는 조련사의 죄를 추궁하는 척하면서 사실은 취미에 몰두하여 인재를 아끼고 배양할 줄 모르는 경공의 잘못과 폐단을 넌지시 지적했다. 인재를 아껴야 한다고 드러내놓고 가르치며 설득하기보다 원인 제공자인 조련사를 꾸짖음으로써 간접적으로 경공이 잘못을 깨닫도록 한 것이다. 때로는 간접적인 비평이 더 효과적일 때도 있다. 직접적으로 잘못을 지적하면 감정이 상할 수도 있지만, 간접적으로 깨우치면 깨우치는 효과도 얻을 수 있을 뿐만 아니라 당사자의 기분도 상하지 않는다.

晏子論罪

景公好弋, 使燭鄒主鳥而亡之 公怒 召吏欲殺之. 晏子曰, 燭鄒有罪三,
請數之以其罪而殺之. 公曰, 可.
於是召而數之公前曰, 燭鄒, 汝爲吾君主鳥而亡之, 是罪一也
使吾君以鳥之故殺人, 是罪二也
使諸侯聞之, 以吾君重鳥以輕士, 是罪三也 數燭鄒罪已畢.
請殺之. 公曰, 勿殺 寡人聞命矣.
『晏子春秋』「外篇重而異者」

아첨에 대한 충고
弦章諫諂
시위 현 글 장 간할 간 아첨할 첨

　안영이 죽은 지 17년째 되던 해였다. 어느 날 경공이 여러 신하들과 활을 쏘면서 술을 마시는 잔치를 베풀었다. 경공의 차례가 되어 활을 쏘았는데 과녁을 맞힐 때마다 여러 신하들이 약속이나 한 듯이 한 목소리로 훌륭하다고 소리쳤다. 그러나 경공은 얼굴빛을 찡그리며 한숨을 길게 쉬고 활과 살을 내던져버렸다. 마침 현장이 들어오자 경공이 그에게 말했다. "현장, 내가 안영을 잃은 지 17년이 되었소. 그 뒤 내 잘못을 지적하는 말은 한 마디도 들어본 적이 없었소. 내가 방금 활을 쏘아 과녁을 맞혔더니 훌륭하다고 칭찬하는 소리가 한 사람 입에서 나온 듯하더이다."
　이 말을 듣고 현장이 대답했다. "이는 여러 신하들이 못난 탓입니다. 그들은 슬기로운 임금일지라도 잘못하는 점이 있다는 것을 알지 못하고, 임금의 기분을 건드리며 바른 소리를 할 만큼 용기도 없습니다. 그러나 한 가지는 있습니다. 임금이 좋아하는 것이 무엇인지를 잘 안다는 것입니다. 신하들은 임금이 좋아하는 것을 따르고, 또 임금이 즐겨 먹는 것을 먹습니다. 자벌레는 누런 잎을 먹으면 몸 빛깔이 노래지고, 파란 잎을 먹으면 파래집니다. 혹시 임금님께서 아첨하는 사람들의 말을 좋아하시는 것은 아닌지요?"
　경공이 불현듯 깨닫고 이렇게 말했다. "참으로 훌륭한 말이오. 오늘 그대의 말을 들어보니 그대가 임금이고 내가 신하 같소."

 마침 그때 바닷가 사람이 물고기를 진상했다. 경공이 그 가운데 수레 50대의 몫을 현장에게 상으로 내렸다. 현장이 돌아가는데 물고기를 실은 수레가 장안을 가득 메웠다. 현장이 수레를 모는 사람의 손을 어루만지며 이렇게 말했다. "방금 임금님이 활을 쏘았을 때 훌륭하다고 소리친 사람들은, 실은 모두 이 물고기를 얻고 싶어 하던 사람들이네. 옛날 안영 선생님은 상을 사양하고 임금의 잘못을 바로잡았네. 그래서 임금의 허물도 감출 수가 없었지. 지금 여러 신하들은 아첨해서 이익을 얻으려고 과녁을 맞히자마자 한 목소리로 훌륭하다고 칭찬했던 것이야. 이제 임금님을 제대로 보좌하는 사람은 저 사람들 속에서 보이지 않는데, 물고기를 상으로 받은 사람만 있구나. 내가 물고기를 받는다면 안영 선생님의 가르침을 어기는 일이며, 상을 바라고 아첨하는 저 사람들과 뭐가 다르겠느냐?"

 현장은 물고기를 사양하고 받지 않았다.

解 아첨하는 사람은 반드시 목적이 있다. 환심을 사서 이득을 챙기려는 것이다. 권력자와 부귀한 자의 주변에는 이런 아첨꾼들이 몰려 있다. 그러나 아첨꾼의 말을 배척하고 뼈아픈 충고를 들을 줄 알아야 발전할 수 있다. 경공은 다행히 안영의 충고를 기꺼이 받아들여 나라를 잘 다스려왔기 때문에, 안영이 죽고 나서 충직한 사람의 충고가 얼마나 소중한지를 깨달았다. 안영이 죽고 나서 오랜 시일이 지나도록 안영처럼 충고하는 사람이 없었다는 사실은, 충고하는 사람이나 받아들이는 사람이나 그만큼 서로가 서로를 만나기가 어렵다는 것을 보여준다.

사실 안영이 죽은 뒤 충고하는 사람이 없었다는 것은 한편으로 생각하면 경공이 은연중에 충고를 꺼리고 아첨하는 말만 들었기 때문이다. 현장은 권력자가 아첨을 좋아하기 때문에 아랫사람들이 아첨하는 것이라고 지적했다. 상을 바라고 아첨을 늘어놓은 아첨꾼들은 아무것도 얻지 못했지만 현장은 충직하게 충고했기 때문에 도리어 많은 상을 받았다. 그러나 그는 안영이 충고를 통해 군주를 바로잡고 나라를 바로 다스리려고 했을 뿐 개인의 명예나 이익을 추구하지 않았다는 점을 들며 상을 사양했다. 상을 바라고 충고하는 것은 옳지 않다. 공익을 앞세우고 청렴을 지키는 안영의 정신을 본받은 현장의 태도도 참 훌륭하다. 또한 아첨하는 말들 속에서 뼈아픈 충고를 찾은 경공도 당시로서는 보기 드문 군주였다.

弦章諫諂

晏子沒十有七年, 景公飮諸大夫酒. 公射出質, 堂上唱善, 若出一口.
公作色太息, 播弓矢. 弦章入, 公曰, 章. 自吾失晏子, 于今十有七年, 未嘗聞吾不善. 今射出質, 而唱善者, 若出一口. 弦章對曰, 此諸臣之不肖也.
知不足以知君之不善, 勇不足以犯君之顔色 然而有一焉.
臣聞之, 君好之則臣服之, 君嗜之則臣食之.
夫尺蠖食黃則其身黃, 食蒼則其身蒼. 君其猶有諂人言乎.
公曰, 善, 今日之言. 章爲君, 我爲臣. 是時海人入魚 公以五十乘賜弦章.
章歸, 魚乘塞途 撫其御之手曰, 曩之唱善者, 皆欲若魚者也.
昔者, 晏子辭賞以正君, 故過失不掩.
今諸臣諂諛以干利, 故出質而唱善, 如出一口.
今所輔于君, 未見于衆, 而受若魚.
是反晏子之義, 而順諂諛之欲也. 固辭魚不受.

『晏子春秋』「外篇不合經術者」

편작이 침을 내던지다
扁鵲投石
넓적할 편 까치 작 던질 투 돌침 석

    진나라 무왕의 뺨에 악성 종양이 생겼다. 고통을 참지 못한 왕은 신통한 의사 편작에게 진료를 청했다. 편작은 한참 동안 자세히 진찰을 하고 나서 말했다. "종양을 제거해야만 합니다. 내일 수술해 드리겠습니다."
    편작이 나간 뒤 신하들은 왕을 둘러싸고 너도나도 한 마디씩 했다. "왕의 종양은 귀 앞 눈 밑에 있어서 제거할 수도 없을 뿐만 아니라, 잘못하다가는 눈을 멀게 하거나 귀를 멀게 할 우려가 있습니다."
    다음날 편작이 오자 왕은 수술할 필요가 없다고 하며 그 까닭을 말해 주었다. 그 말을 들은 편작은 화가 나서 침을 땅바닥에 집어던지며 말했다. "임금님과 전문가인 내가 좋다고 한 일을 오히려 문외한들이 그르치고 있습니다."

 문외한이면서 체면 때문에 아는 체하고 나서서 한마디 거든다는 것이 오히려 일을 망친다. 한 사람이 모든 방면에서 전문가일 수는 없다. 나라를 다스리는 일은 정치가가, 병을 다스리는 일은 의원이 전문가이다. 자기 전문 분야가 아니면 함부로 나서지 말아야 한다. 그리고 전문가에게 일을 맡기기로 했으면 믿고 일을 추진하게 해야지 이 사람 저 사람의 근거없는 말을 듣고 귀가 솔깃하여 쉽게 흔들려서는 안 된다.

扁鵲投石
醫扁鵲見秦武王. 武王示之病, 扁鵲請除. 左右曰, 君之病, 在耳之前, 目之下. 除之未必已也. 將使耳不聰目不明. 君以告扁鵲. 扁鵲怒而投其石, 曰, 君與知之者謀之, 而與不知者敗之.
『戰國策』「秦二」

가장 뛰어난 의원
孰 最 善 醫
누구 숙 가장 최 좋을 선 의원 의

위나라 문후가 어느 날 당대 최고 명의로 이름난 편작을 불러다 놓고 물었다. "그대는 삼형제라고 들었소. 그대 세 사람 가운데 누가 가장 뛰어난 의원이오?"

편작이 대답했다. "맏형이 가장 뛰어나고, 둘째가 그 다음이고, 제가 가장 못합니다."

위나라 문후는 어리둥절했다. 그도 그럴 것이 편작의 이름은 온 나라에 뜨르르한데 두 형의 이름은 들어보지도 못했기 때문이다. 그래서 편작의 말이 의아할 수밖에 없었다. "그렇게 말씀하시는 까닭을 듣고 싶소."

편작이 자세히 설명했다. "왜 그런가 하면, 맏형은 질병이 생기는 원인을 봅니다. 그래서 병이 드러나기 전에 치료합니다. 그러니 이름이 집밖에 나지 않는 것이지요. 둘째형은 병이 막 생겨서 아직 깊이 들어가지 않았을 때 치료합니다. 그래서 이름이 동네를 벗어나지 않는 것입니다. 그러나 저는 침으로 찌르고, 독약을 투여하고, 살갗을 찢고 하기 때문에 이름이 여러 나라에 알려진 것입니다."

소문난 사람이 반드시 가장 뛰어난 능력을 가진 사람은 아니다. 무슨 문제든지 일어나기 전에 미연에 막는 것이 가장 바람직하다. 미연에 방지한 사람은 공이 드러나지 않는다. 언제나 일이 일어나지 않도록 막은 사람보다 방치해 두었다가 일이 일어나고 난 뒤에 애쓴 사람의 공만 드러난다. 또 이런 사람이 더 공치사를 하는 법이다.

孰最善醫

魏文侯曰, 子昆弟三人, 其孰最善醫. 鵲曰, 長兄最善, 中兄次之, 扁鵲最爲下. 魏文侯曰, 可得聞耶. 扁鵲曰, 長兄於病視神, 未有形而除之, 故名不出於家. 中兄治病其在毫毛 故名不出於閭. 若扁鵲者, 鑱血脉, 投毒藥, 副肌膚間, 而名出聞於諸侯.
『鶡冠子』「世賢」

증삼이 살인할 리가 없건만
曾 參 殺 人
일찍 증 석 삼 죽일 살 사람 인

증삼이 노나라의 비라는 곳에 살고 있었을 때 그곳에 사는 이름만 같은 다른 증삼이 사람을 죽인 사건이 일어났다. 그 말을 들은 이웃 사람이 급히 증삼의 어머니에게 달려가 알렸다. "큰일 났어요. 증삼이 사람을 죽였답니다."

창가에서 베를 짜고 있던 증삼의 어머니는 고개도 들지 않고 대답했다. "우리 아이는 사람을 죽이지 못한다오."

조금 있으려니 다른 이웃 사람이 또 달려와 말했다. "증삼이 사람을 죽였대요."

어머니는 여전히 믿지 않았다.

얼마 뒤 또 한 사람이 뛰어와 큰 소리로 말했다. "어서 가 보세요. 증삼이 사람을 죽였다니까요."

증삼의 어머니는 몹시 놀라서 북을 놓고 허둥지둥 담을 넘어 달아났다.

증자로 높이 불리는 증삼은 공자의 후기 제자 가운데 가장 뛰어난 사람으로, 『효경孝經』과 『대학大學』을 엮어서 그의 학문을 공자의 손자인 자사子思에게 이어주었다고 한다. 증삼에게는 효도와 관련한 많은 일화가 전하는데 그 가운데 하나를 들어보자. 증삼이 하루는 나무하러 간 사이에 갑자기 손님이 찾아왔다. 그러자 증삼의 어머니가 왼손으로 팔뚝을 쥐어뜯었다. 그랬더니 증자가 곧 달려와서 갑자기 자기 팔뚝이 아픈데 무엇 때문이냐고 물었다. 어머니는 집에 손님이 찾아와서 팔뚝을 쥐어뜯어서 불렀다고 대답했다. 이처럼 어머니와 자식의 마음이 잘 통했다고 한다.

효성이 지극하기로 표본이 되는 증삼이니 살인을 할 리는 만무하고, 어머니만큼 자식을 잘 알고 믿는 사람이 없으니 증삼의 어머니는 증삼을 완전히 믿고 있었을 것이다. 그런 어머니조차 세 사람이나 잇달아서 증삼이 살인을 했다고 하니 그 말을 믿었다. 그러니 이해관계로 얽혀 있는 사회의 기구나 조직에서 헐뜯는 말이나 근거 없는 조작과 모함이 얼마나 쉽게 먹혀들지는 들어보지 않아도 알 일이다.

증삼살인曾參殺人이라는 말은 뜬소문이 무섭다는 뜻으로 쓴다.

曾參殺人

昔者曾子處費. 費人有與曾子同名族者而殺人 人告曾子母曰, 曾參殺人
曾子之母曰, 吾子不殺人. 織自若. 有頃焉, 人又曰, 曾參殺人 其母尚織
自若也. 頃之, 一人又告之曰, 曾參殺人 其母懼投杼踰牆而走
『戰國策』「秦二」

누가 더 잘생겼나
鄒 忌 窺 鏡
나라이름 추 꺼릴 기 엿볼 규 거울 경

추기는 훤칠하게 키가 크고 잘생긴 사람이었다. 어느 날 아침 옷을 차려 입던 그는 거울을 들여다보며 아내에게 말했다. "당신이 보기에 나와 성 북쪽에 살고 있는 서공 가운데 어느 쪽이 더 잘생긴 것 같소?"

아내가 대답했다. "당신이 훨씬 잘생겼지요. 서공이 당신만 하겠어요?"

서공은 제나라에서 미남자로 소문이 자자한 사람이었다. 추기는 자기가 서공보다 더 잘생겼다는 말이 못미더워 첩에게 물었다. "나와 서공을 비교하면 누가 더 잘생긴 것 같은가?"

첩이 이렇게 대답했다. "서공이 당신만 하겠어요?"

며칠 뒤 어떤 손님이 찾아와 담소를 나누게 되었는데, 내친김에 손님에게도 물어 보았다. 손님의 대답도 마찬가지였다.

그렇게 며칠이 지난 뒤 서공이 찾아왔다. 추기는 서공의 얼굴과 풍채, 몸가짐 등을 살살이 뜯어보고 속으로 자기와 비교해 보았지만 끝내 자기가 서공보다 나은 점을 찾을 수 없었다. 서공이 돌아간 뒤 다시 거울에 자기 모습을 비춰보고 자기가 서공보다 훨씬 못하다는 것을 느꼈다.

추기는 밤새 잠을 못 이룬 채 생각하다가 마침내 결론을 얻었다. "아내는 나만 사랑하니까 당연히 내가 잘생겼다고 한 것이다. 첩은 나를 두려워하니까 내가 잘생겼다고 한 것이다. 손님도 면전에서 나를 추켜세우려고 한 것으로 보아 무슨 아쉬운 것이 있어서 그런 것이 아닐까?"

자신을 안다는 것은 대단히 중요하다. 남이 아첨하는 말을 곧이곧대로 듣고 뻐기고 우쭐하는 사람은 자신을 알 수가 없다. 아첨하고 추켜세우는 말을 하는 사람은 반드시 바라는 것이 있다. 지도자나 권력을 가진 사람은 특히 언로를 넓혀서 비평을 잘 들을 줄 알아야 한다. 처음에는 비평을 겸허하게 받아들이다가도 사람들이 여기저기서 비평을 하고 비판을 하면 어느 샌가 귀를 틀어막고 듣기 좋은 말만 듣는다고 한다.

鄒忌窺鏡

鄒忌修八尺有餘, 身材暎麗. 朝服衣冠窺鏡. 謂其妻曰, 我孰與城北徐公美. 其妻曰, 君美甚. 徐公何能及公也. 城北徐公齊國之美麗者也. 忌不自信而復問其妾曰. 吾孰與徐公美. 妾曰, 徐公何能及君也. 旦日客從外來, 與坐談. 問之客曰, 吾與徐公孰美. 客曰, 徐公不若君之美也. 明日徐公來. 熟視之, 自以爲不如. 窺鏡而自視, 又弗如遠甚. 暮寢而思之曰, 吾妻之美我者, 私我也. 妾之美我者, 畏我也. 客之美我者, 欲有求於我也.

『戰國策』「齊一」

뱀의 발
畫蛇添足
그림 화　뱀 사　더할 첨　발 족

　　초나라의 어떤 집에서 제사지내고 남은 술 한 병을 일을 도와준 사람들에게 주었다. 그런데 사람은 많고 술은 적어서 나누어 먹기가 쉽지 않았다. 어떤 사람이 다음과 같은 제안을 했다. "술을 마시려면 취하도록 실컷 마셔야지. 이 술은 여럿이 나눠마시기에는 간에 기별도 가지 않을테니, 우리 뱀 그리기 내기를 해서 땅바닥에 먼저 그린 사람이 이 술을 다 마시도록 하지?"
　　모두들 그 제안을 받아들이기로 했다.
　　한 사람이 눈 깜짝할 사이에 뱀을 다 그리고서는 술병을 차지했다. 그는 다른 사람들이 아직 다 그리지 못한 것을 보고 자기 재간을 자랑하려고 한 손으로는 술병을 잡고 다른 한 손으로는 붓을 들고 뱀의 발을 그렸다. "보게들. 나는 발도 몇 개 붙이겠네."
　　그가 뱀의 발을 다 그렸을 때, 그림을 다 그린 다른 사람이 재빨리 술병을 빼앗으며 말했다. "뱀한테는 발이 없어. 그러니 자네가 그린 것은 뱀이 아니야. 자네가 졌네. 내가 먼저 뱀을 그렸으니까 술은 내가 마셔야지." 그러고는 술을 마셔 버렸다.
　　뱀의 발을 그린 사람은 멍청히 바라보고 있을 수밖에 없었다.

무슨 일이든 목표를 명확하게 정하고 객관적인 현실과 구체적인 요구에 맞게 일을 처리해야 한다. 일시적인 승리감에 도취되어 우쭐대다가는 마지막에 승리를 거둘 수 없다. 조금이라도 성취를 하면 결말을 낙관하다가 일을 망치는 수가 있다. 끝까지 긴장을 늦추어서는 안 된다.

쓸데없는 말이나 군더더기를 덧붙이는 것을 사족蛇足을 붙인다, 사족을 단다고 한다. 중국에서는 화사첨족畫蛇添足이라고 한다.

畫蛇添足

楚有祠者, 賜其舍人卮酒. 舍人相謂曰, 數人飮之不足, 一人飮之有餘, 請畫地爲蛇, 先成者飮酒. 一人蛇先成, 引酒且飮之, 乃左手持卮, 右手畫蛇曰, 吾能爲之足. 未成, 一人之蛇成, 奪其卮曰, 蛇固無足, 子安能爲之足. 遂飮其酒, 爲蛇足者, 終亡其酒.

『戰國策』「齊二」

사냥개와 토끼
兩敗俱傷
두 량 깨뜨릴 패 함께 구 상할 상

한자로는 세상에서 가장 빨리 달리는 사냥개이고, 동곽준은 세상에서 가장 빨리 달리는 교활한 토끼이다. 한번은 사냥꾼이 개를 풀어 토끼를 쫓도록 했다.

토끼는 시위를 떠난 화살처럼 나는 듯이 달려가고, 사냥개는 바람처럼 뒤에서 바짝 쫓아갔다. 그들은 태산을 세 바퀴나 돌고 커다란 고개를 다섯 개나 넘으며 며칠 동안 밤낮으로 달렸다.

그러다 마침내 둘 다 지치고 힘이 빠져 토끼는 앞에서 죽고 사냥개는 뒤에서 죽었다. 이때, 한 농부가 달려와 아주 흡족한 표정으로 죽은 토끼와 사냥개를 가져다 가죽을 벗기고 삶아 먹었다.

 이 우화는 원래 순우곤淳于髡이 제나라 선왕에게 들려준 이야기이다. 제나라 선왕은 위나라를 칠 계획을 세웠는데, 만일 제나라가 위나라와 싸우면 두 나라의 형세로 볼 때 서로 물러설 수 없는 상황이어서 장기전으로 갈 것이 분명했다. 두 나라가 장기전으로 피폐해지면 강대한 진나라나 초나라가 위 이야기의 농부처럼 뜻밖의 이득을 차지할 게 불을 보듯 뻔했다. 제나라 선왕은 이 우화의 의도를 알아차리고 위나라를 칠 생각을 단념했다. 이 짤막한 이야기가 장기전으로 치달을 게 뻔했던 두 나라의 전쟁을 막았다. 쌍방이 모두 손상을 입는 것을 양패구상兩敗俱傷이라고 한다.

兩敗俱傷

韓子盧者, 天下之疾犬也. 東郭逡者, 海內之狡兔也. 韓子盧逐東郭逡, 環山者三, 騰山者五, 兔極於前, 犬廢於後. 犬兔俱罷, 各死其處. 田父見之, 無勞勸之苦, 而擅其功.
『戰國策』「齊三」

진흙 인형과 나무 인형
土偶與桃梗
흙 토 인형 우 더불 여 복숭아 도 인형 경
　　　　　　　　　나무

　　진흙 인형과 나무 인형이 강 언덕에서 서로 만났다. 이런저런 이야기 끝에 유감스럽게도 말다툼을 했다.
　　나무 인형이 진흙 인형의 코를 가리키며 말했다. "네게 무슨 특별한 재능이 있겠니? 너는 원래 서쪽 언덕 위의 진흙 덩이였을 뿐이지. 우기가 닥쳐 큰물이 지고 산이 무너지면 물에 휩쓸려 형체도 없이 사라지고 말거야."
　　진흙 인형이 말했다. "그래. 나는 본래 서쪽 언덕의 흙이었으니까 큰물이 지면 진흙으로 변해 다시 돌아가면 그만이야."
　　진흙 인형은 나무 인형의 어깨를 치면서 말했다. "너는 동쪽 나라의 복숭아 나무를 깎아 만든 것이지. 물이 넘쳐 산이 무너지면 물의 흐름을 타고 휩쓸려 넓고 아득한 바다를 떠돌 뿐 어디로 돌아가지?"

 진흙 인형은 보잘것없지만, 물에 휩쓸리면 다시 흙으로 돌아가면 그만일 뿐 본질에는 조금도 변함이 없다. 그러나 나무인형은 고귀하게 보여도 물에 휩쓸리면 이리저리 떠돌 뿐 돌아갈 곳이 없다. 화려하지만 내용이 없고, 들떠 있으면서 깊이가 없는 사람들은 헛된 이름만 내세우다가 끝내 현실의 검증을 견디지 못한다. 아무리 광고의 시대라지만 겉보기에는 보잘것없더라도 내실을 다지는 것이 더 중요하다.

土偶與桃梗

有土偶人與桃梗相與語. 桃梗謂土偶人曰, 子西岸之土也, 挺子以爲人. 至歲八月, 降雨下, 淄水至, 則汝殘矣. 土偶曰, 不然. 吾西岸之土也, 土則復西岸耳. 今子東國之桃梗也. 刻削子以爲人. 降雨下, 淄水至, 流子而去, 則子漂漂者將何如耳.
『戰國策』「齊三」

시집가지 않은 여자와 벼슬하지 않은 사람
田騈不宦
밭 전 땅이름 병 아닐 불 벼슬 환

어느 날 전병이 문객들을 데리고 화원에서 바둑을 두면서 고담준론을 나누고 있었다. 그때 문득 제나라에서 온 사람이 만나기를 청했다. 전병이 무슨 일이냐고 묻자 그는 인사를 하고 이렇게 말했다. "저는 관리가 되지 않으려는 선생의 고결한 생각을 오래도록 사모하여 선생께 견마의 수고를 바치고자 합니다. 심부름꾼으로 삼아 주십시오."

"과찬의 말씀이오." 전병은 만족스러운 듯 문객들을 하나하나 돌아보며 짐짓 겸허하게 물었다. "당신은 어디서 내 이야기를 들었소?"

"우리 이웃집 여자의 일을 통해 미루어 짐작했습니다."

"이웃집 여자라…." 전병은 이상한 생각이 들었다.

"그렇습니다." 제나라 사람은 이렇게 말했다. "우리 이웃집 여자는 평생 시집가지 않겠다고 맹세했습니다. 그런데 올해 서른 살인데 아이를 일곱이나 낳았습니다. 이 여자는 시집은 가지 않았지만 시집간 사람보다 아이를 더 많이 낳았습니다. 마찬가지로 선생께서도 벼슬을 싫어하신다고 늘 말씀하시지만 엄청난 식록과 수백 명의 하인을 거느리고 계시니 벼슬만 하지 않았다 뿐이지 기세와 세력은 관리보다도 큽니다. 그렇지 않습니까?"

그 말을 들은 전병은 얼굴이 온통 빨개지면서 몸을 돌려 안으로 들어가 버렸다.

시집가지 않고도 아이를 일곱이나 낳았다면 굳이 시집갈 필요가 있겠는가? 벼슬을 하지 않고도 엄청난 녹과 하인을 거느릴 수 있다면 굳이 벼슬을 해야 할 필요가 있겠는가? 고결한 체하면서 말과 행동이 일치하지 않는 사람이 우리 주위에는 아직도 많다. 전병은 부끄러워하기라도 했지만 요즘은 부끄러워하지도 않는 것 같다.

田駢不宦

齊人見田駢曰, 聞先生高議, 設爲不宦, 而願爲役. 田駢曰, 子何聞之. 對曰, 臣聞之鄰人之女. 田駢曰, 何謂也. 對曰, 臣鄰人之女, 設爲不嫁, 行年三十, 而有七子. 不嫁則不嫁. 然嫁過畢矣. 今先生設爲不宦, 訾養千鍾, 徒百人. 不宦則然矣, 而富過畢也. 田子辭.

『戰國策』「齊四」

호랑이의 위세를 등에 업은 여우
狐假虎威
여우 호 빌릴 가 범 호 위엄 위

옛날에 숲에서 먹을 것을 찾고 있던 호랑이가 여우를 잡았다. 여우는 호랑이의 발톱 밑에서 소리를 질렀다. "네가 감히 나를 잡아먹으려 하다니! 나는 하느님께서 모든 짐승들을 관리하도록 파견한 몸이시다. 네가 감히 나를 잡아먹는다는 것은 하늘의 뜻을 어기는 대역무도한 짓이다."

그 말을 들은 호랑이가 반신반의하자 여우는 급히 말했다. "못 믿겠다면, 좋다. 내가 너를 데리고 짐승들 앞을 한 바퀴 돌아보겠다. 그들이 나를 얼마나 두려워하는지 보아라."

이리하여 여우는 으스대며 걷고 호랑이는 이리저리 둘러보면서 뒤를 따랐다. 산속의 짐승들은 멀리서 호랑이가 오는 것을 보고 놀라서 소리를 지르며 정신없이 달아났.

호랑이는 짐승들이 사실은 자기를 두려워한다는 것을 모르고 여우를 두려워하는 것으로 착각하고 여우에게 굴복하여 넙죽 엎드렸다.

解 이 우화는 다음과 같은 상황에서 나온 이야기이다. 초나라는 전국 칠웅戰國七雄 가운데 상당히 강한 나라였다. 한번은 초나라 선왕이 대신들에게 북쪽에 있는 다른 나라들이 초나라 소해휼昭奚恤 장군을 무서워한다는 소문이 있는데 그것이 사실이냐고 물었다. 대신들은 잘못 말해서 왕의 비위를 거스르거나 소해휼에게 미움을 살까 봐 서로 얼굴만

쳐다보고 있었다. 이때 강을江乙이라는 대신이 앞으로 나와 위의 우화를 이야기했다.
강을은 이 우화를 이렇게 설명했다. 초나라 왕이 천리나 되는 국토와 백만 정병을 모두 소해휼에게 통솔하도록 했으니 북쪽의 나라들이 소해휼을 두려워하는 것은, 모든 짐승들이 호랑이를 두려워하는 것과 마찬가지로서 사실은 소해휼을 두려워하는 것이 아니라 왕의 실력을 두려워하는 것이다. 강을은 소해휼에게 미움을 사지 않을 말을 하면서도 소해휼의 권위가 어디에서 나온 것인지 분명히 밝혀 주었다.

남의 권세를 빌어 자기보다 약한 사람을 억압하고 업신여기는 사람이나 남에게 이용당하면서도 그런 줄도 모르는 어리석은 권력자는 호랑이의 위세를 등에 업고 우쭐대는 여우와 여우에게 속은 줄도 모르는 호랑이 같다. 호가호위狐假虎威라는 성어의 유래가 된 이야기이다.

狐假虎威

虎求百獸而食之, 得狐. 狐曰, 子無敢食我也. 天帝使我長百獸. 今子食我 是逆天帝命也. 子以我爲不信, 吾爲子先行, 子隨我後, 觀百獸之見我而 敢不走乎. 虎以爲然, 故遂與之行, 獸見之皆走. 虎不知獸畏己而走也, 以 爲畏狐也.

『戰國策』「楚一」

우물에 오줌 누는 개
溺井之狗
오줌 뇨 우물 정 갈 지 개 구

　어떤 사람이 집을 지키려고 개 한 마리를 길렀다. 이 주인은 몹시도 사나운 이 개를 끔찍이도 아꼈다. 이 개는 늘 우물가에서 오줌을 누고 똥을 쌌기 때문에 우물에서는 악취가 코를 찔렀다. 그러자 이웃 사람들은 개 주인에게 따지러 갔다. 이웃 사람들이 오는 것을 본 개는 문 앞에 버티고 서서 사람들을 노려보며 짖어 댔다. 그러자 놀란 이웃들은 사방으로 달아났고 다시는 오지 못했다.

 이 우화는 권력자의 주변에 기생하면서 사리사욕만 챙기다가 진상이 들통날까 봐 언로를 막고 여론을 조작하며 통제하는 무리들을 풍자한 이야기이다.

溺井之狗
人有以其狗爲有執而愛之 其狗嘗溺井. 其鄰人見狗之溺井也, 欲入言之 狗惡之, 當門而噬之. 鄰人憚之, 遂不得入言.
『戰國策』「楚一」

어부지리
鷸 蚌 相 爭
도요새 휼 방합 방 서로 상 다툴 쟁

커다란 조개가 모래톱으로 천천히 기어 나와 껍데기를 벌리고 아주 만족스럽게 햇볕을 쬐고 있었다. 이때 강변으로 날아온 도요새가 흰 살을 드러내고 있는 조개를 보고 군침을 흘리고 좋아하면서 길고 뾰족한 부리로 맹렬히 쪼았다. 깜짝 놀란 조개는 껍데기를 닫아 도요새의 뾰족한 부리를 단단히 물어 버렸다.

도요새는 필사적으로 조개를 뿌리치고, 조개는 단단히 부리를 물고는 누구도 양보하려 하지 않았다. 화가 난 도요새가 위협했다. "오늘 비가 오지 않으면 너는 모래톱에서 말라죽을 것이다."

조개도 지지 않고 말했다. "너의 부리가 오늘도 빠지지 않고 내일도 빠지지 않으면 너는 여기서 굶어 죽을 것이다."

도요새와 조개는 서로 조금도 지지 않고 온 힘을 다해 지칠 때까지 싸웠다. 그때 그물을 들고 강가로 나온 어부가 싸우고 있던 도요새와 조개를 조금도 힘들이지 않고 잡아서 다래끼에 쑤셔 넣었다.

 우리에게 어부지리漁父之利로 알려진 고사성어의 유래가 된 이야기이다. 쌍방이 서로 다투는데 제삼자가 뜻밖에 이익을 차지하는 것을 가리킨다. 공동의 적을 앞에 두고 서로 다투면 적에게만 이로울 뿐이라는 것을 주장할 때 흔히 비유로 드는 이야기이다.

鷸蚌相爭

蚌方出曝, 而鷸啄其肉. 蚌合而拑其喙. 鷸曰, 今日不雨, 明日不雨, 即有死蚌. 蚌亦謂鷸曰, 今日不出, 明日不出, 即有死鷸. 兩者不肯相舍, 漁者得而并擒之.
『戰國策』「燕二」

활에 놀란 새
驚 弓 之 鳥
놀랄 경 활 궁 어조사 지 새 조

경리는 명궁이었다. 어느 날 그는 위나라 왕을 모시고 후원에서 술을 마시고 있다가 공중을 날고 있는 새를 보며 말했다. "저는 시위만 울려도 나는 새를 떨어뜨릴 수 있습니다."

왕은 믿을 수가 없어서 머리를 흔들었다. "농담이겠지. 그 정도로 뛰어난 기술이 있을까?"

경리는 정색을 하며 할 수 있다고 말했다. 잠시 뒤 동쪽에서 큰기러기 한 마리가 천천히 날아 왔다. 경리는 자세를 바로잡고 활시위를 팽팽히 당겼다가 기러기가 바로 머리 위로 날아 갈 때 힘껏 시위를 당겼다. '팽' 하는 소리가 한 번 세차게 났을 뿐인데 큰기러기는 공중에서 힘없이 몇 번 곤두박질치더니 땅바닥에 처박히고 말았다.

놀란 왕은 자기 눈을 믿지 못하고 소리쳤다. "아! 이렇게까지 출중한 경지에 오를 수 있다니!"

경리는 활을 내려놓고 말했다. "기술이 출중해서가 아니라 이 기러기에게 상처가 있었기 때문에 시위 소리만 듣고도 떨어진 것입니다."

왕은 더욱 의아스러웠다. "하늘에 있는 기러기에게 상처가 있는지 어떻게 안단 말인가?"

경리가 대답했다. "저 큰기러기는 천천히 날며 구슬피 울었습니다. 저의 오랜 경험에 의하면 천천히 나는 것은 몸에 상처가 있기 때문입니다. 구슬피 우는 것은 무리를 잃어버린지 오래 되어 불안하기 때문입니다. 상처가 아직 아물지 않아 정신이 불안한 이 큰기러기는 시위 소리에 놀라 높이 날기 위해 갑자기 세차게 움직이는 바람에 상처가 터진 것입니다. 그래서 떨어진 것입니다."

노련한 사냥꾼인 경리는 기러기의 울음과 나는 모양만 보고도 기러기의 몸과 심리 상태를 알았다. 활에 상처를 입은 경험이 있는 새는 시위 소리만 들어도 움츠려 들고 반응을 한다. 경리는 동물의 본능적인 반사작용을 이용해 활을 쏘지 않고 시위만 당기고서도 기러기를 잡았다. 실패한 경험이나 좌절의 고통을 극복하지 못하면 비슷한 상황에서도 쉽게 좌절하고 만다.

한번 크게 놀라서 조그마한 일에도 겁을 먹고 움츠러드는 것을 경궁지조驚弓之鳥라고 한다.

驚弓之鳥

更贏與魏王處京臺之下. 仰見飛鳥, 更贏謂魏王曰, 臣爲王引弓虛發而下鳥. 魏王曰, 然則射可至此乎. 更贏曰, 可. 有間, 雁從東方來. 更贏以虛發而下之. 魏王曰, 然則射可至此乎. 更贏曰, 此孽也. 王曰, 先生何以知之. 對曰, 其飛徐而鳴悲. 飛徐者, 故瘡痛也. 鳴悲者, 久失群也. 故瘡未息而驚心未至也. 聞弦音, 引而高飛. 故瘡隕也.

『戰國策』「楚四」

소금 수레를 끄는 천리마
驥 遇 伯 樂
천리마 기 만날 우 맏 백 즐길 락

늙고 이빨이 다 빠져 잡일을 하게 된 천리마 한 마리가 아주 무거운 소금 수레를 끌고 높고 가파른 태항산을 오르고 있었다. 무거운 짐을 진 늙은 말은 머리를 떨구고 울퉁불퉁한 산길을 힘겹게 한 발 한 발 떼어가며 올랐다. 날씨는 찌는 듯이 무더워 온몸에서는 땀이 줄줄 흘러내렸다.

네 발로 조심조심 돌덩이를 밟던 말은 그만 한 발이 미끄러지는 바람에 넘어져 수레 밑에 깔리고 말았다. 애써 버티고 일어났지만 무릎이 피투성이가 되었다. 꼬리털은 몇 가닥 남지도 않았고 붉은 피에 젖은 땀방울이 방울방울 돌길 위로 떨어졌다. 가파른 산비탈에 이르자 늙은 말은 미끄러지기만 할 뿐 나아가지 못했다. 그러자 말몰이꾼의 채찍이 비 오듯 쏟아졌다.

이때 수레를 타고 앞에서 달려오던 백락이 늙은 말을 자세히 살펴보고 급히 수레에서 내려와 상처투성이인 말의 등을 어루만지고 통곡하면서 자신의 웃옷을 벗어 부들부들 떨고 있는 말의 등에 덮어 주었다. 늙은 말은 눈물을 흘리면서 백락을 바라보다 갑자기 재채기를 한 다음 머리를 들어 길게 울부짖었다. 돌도 깨뜨리고 하늘도 놀라게 할 듯 길게 부르짖는 소리에 온 천지가 진동할 정도였다. 이 말은 자신을 정말로 알아주는 사람을 만났다고 생각했던 것이다.

시대를 잘못 만나 자기를 알아주는 사람이 없다고 좌절감에 빠져 있거나 갈고 닦은 재능을 엉뚱한 데 쓰고 있는 사람이 많다. 재능을 발휘할 기회를 얻지 못하면 천리마도 소금수레를 끌 수밖에 없다. 사회가 발전하려면 재능을 알아보고 재능을 키워 주고 그를 발휘할 터전을 마련해 주는 것이 기본이다.

驥遇伯樂

夫驥之齒至矣, 服鹽車而上大行. 蹄申膝折, 尾湛胕潰, 漉汁灑地, 白汗交流, 中阪遷延, 負轅不能上. 伯樂遭之 下車攀而哭之, 解紵衣以冪之. 驥於是俛而噴, 仰而鳴, 聲達於天, 若出金石聲者, 何也 彼見伯樂之知己也.

『戰國策』「楚四」

열 배로 뛴 말의 값
馬價十倍
말마 값가 열십 곱배

 어떤 사람이 준마 한 마리를 시장으로 끌고 가 사흘 동안 서 있었지만 사려는 사람은 물론 값을 묻는 사람도 없었다.
 그는 백락을 찾아가 말했다. "제게 준마 한 마리가 있는데 사흘 동안 팔고자 했지만 아무도 사려고 하지 않습니다. 번거롭게 해드려 죄송합니다만 저를 좀 도와주십시오. 잠시만 서서 제 말을 좀 보아주시고 가십시오. 반드시 사례를 드리겠습니다."
 시장으로 간 백락은 그 곁을 지나가면서 보고 또 돌아보았다. 그 소식을 들은 사람들이 벌떼처럼 몰려와 서로 말을 사겠다고 하는 바람에 말의 값이 당장에 열 배로 뛰었다.

준마의 주인이 어엿한 신분을 갖추었더라면 준마가 사흘이나 팔리지 않았을까? 애초에 준마를 알아본 사람이 없었던 것은 이 말의 주인이 미천한 신분이었기 때문이다. 백락이 이 말을 돌아보지 않았더라면 좋은 말이 영영 묻힐 뻔했다. 우리 사회에서 백락을 만나지 못해 재능이 묻혀 버린 사람이 얼마나 많은가?
이처럼 가치를 알아주는 사람을 만나는 것은 참으로 중요하다. 반면에 저명한 사람의 권위를 맹목적으로 신뢰하는 것도 문제이다. 유명 연예인이 나와서 광고하는 상품이니 믿을 수 있을 거라고 생각하거나 유명 상표가 붙은 제품이니 믿을 수 있다는 심리도 마찬가지다.

馬價十倍

人有賣駿馬者, 比三旦立市, 人莫之知. 往見伯樂, 曰, 臣有駿馬, 欲賣之, 比三旦立於市, 人莫與言. 願子還而視之, 去而顧之, 臣請獻一朝之賈. 伯樂乃還而視之, 去而顧之, 一旦而馬價十倍.
『戰國策』「燕二」

남쪽으로 가려고 북쪽을 향한 사람
南 轅 北 轍
남녘 남 끌채 원 북녘 북 바퀴 자국 철

    북쪽의 어떤 사람이 남쪽에 있는 초나라로 가려고 했다. 태항산 기슭에서 말을 타고 북쪽을 향해 출발한 그는 가는 길에 사람들에게 말했다. "나는 지금 남쪽의 초나라로 가는 길입니다."
    누군가가 그에게 말했다. "초나라로 가려면 남쪽으로 가야지, 왜 반대로 북쪽으로 가고 있소?"
    그 사람은 이렇게 대답했다. "상관없어요. 내게는 아주 잘 달리는 좋은 말이 있으니까요."
    "당신의 말이 아무리 잘 달려도 북쪽으로 가면 끝내 초나라에 갈 수가 없어요."
    "여비도 충분한 걸요."
    "여비가 많아도 소용없어요. 북쪽으로 가면 어쨌든 초나라에는 도착하지 못할 테니까요."
    "내게는 말을 잘 모는 마부가 있습니다. 그의 재간은 아주 대단하답니다. 그러니 못 갈 것 없지요."

남쪽에 있는 초나라로 간다면서 북쪽으로 향한 이 사람은 완전히 방향을 잘못 잡고 있다. 이런 사람은 조건이 좋고 말을 모는 기술이 뛰어날수록 초나라에서 멀어지기만 할 뿐이다. 무슨 일을 하건 먼저 방향을 정확하게 잡고 목표를 정해야 한다. 목표나 방향이 정확하지 않으면 수행 조건이 좋을수록, 노력을 기울이면 기울일수록 더 목표에서 멀어진다. 그래서 학문 탐구에서도 제일 처음 해야 할 일이 뜻을 세우는 것이다.

이 우화는 원래 위나라가 조나라를 치려고 준비하자 계량이 이를 말리기 위해 꾸며낸 이야기이다. 계량은 위나라 왕에게 패자가 되려고 하면서 나라가 크다는 점과 병사가 강하다는 점만 믿고 이웃 나라를 공격하여 땅을 빼앗으려고 하는데, 그렇게 하면 할수록 패자가 되는 길에서 점점 멀어진다고 충고했다. 패자가 되려면 국내 정치에 힘을 써서 국력을 튼튼하게 하고, 이웃 나라들에게 신임을 얻어서 국제 질서를 유지하는 데 앞장서야 한다.

남원북철南轅北轍은 행동과 목적이 서로 맞지 않거나 의도와는 반대로 진행될 때 쓰는 성어이다.

南轅北轍

魏王欲功邯鄲. 季梁聞之, 中道而反, 衣焦不申, 頭塵不至. 往見王曰, 今者臣來, 見人於大行, 方北面而持其駕, 告臣曰, 我欲之楚. 臣曰, 君之楚, 將奚爲北面. 曰, 吾馬良. 臣曰, 馬雖良, 此非楚之路也. 曰, 吾用多. 臣曰, 用雖多, 此非楚之路也. 曰, 吾御者善. 此數者愈善, 而離楚愈遠耳. 今王動欲成霸王, 舉欲信於天下. 恃國之大, 兵之精銳, 而攻邯鄲, 以廣地尊名. 王之動愈數, 而離王愈遠耳. 猶至楚而北行也.

『戰國策』「魏四」

위나라 공자의 품행에 근심하는 노나라 처녀
魯 嬰 泣 衛
나라이름 노 갓난아이 영 울 읍 지킬 위

영은 노나라 문지기의 딸이었다. 어느 맑은 여름 밤 처녀 아이들이 뜰에 횃불을 밝혀 두고 베를 짜면서 즐겁게 노래를 부르고 있었다. 갑자기 영이 상심하여 눈물을 흘렸다. 동무 처녀들은 아주 이상하게 여겨 물었다. "무슨 억울한 일이라도 있니? 얘기 좀 해봐. 얘!"

영은 눈물을 훔치며 말했다. "위나라 공자의 품행이 좋지 않다기에 울었던 거야."

동무들이 웃음을 터뜨리며 말했다. "위나라가 우리 노나라와 무슨 상관이 있다고? 또 위나라 공자가 어질지 않다고 해도 그건 제후들 사정이야. 너 같은 가난한 집 딸이 왜 하필 그런 생각을 하니?"

영이 대답했다. "내 생각은 그렇지 않아. 몇 해 전에 송나라의 대사마 환퇴가 송나라 군주에게 죄를 지어 우리 노나라로 도망쳐 왔을 때 여기에서 묵었지 않니? 그때 그의 말이 우리 채소밭으로 뛰어들어 뒹굴고 밟는 바람에 파릇파릇하던 채소들이 거의 죽어 버렸어. 그해에 우리는 채소를 절반밖에 거둬들이지 못했거든." 동무들은 숙연히 듣고 있었다.

영은 계속해서 이야기를 이어나갔다. "지난해 월나라 왕 구천이 오나라를 공격했을 때 그 기세가 등등했지. 여러 나라의 제후들이 그를 두려워하여 아첨하느라 노나라에서는 미녀를 바쳤어. 그 가운데 우리 언니들도 들어 있었어. 나중에 우리 오빠들이 불운한 누이들을 보러 월나라로 가던 길에 강도에게 피살당해 시체마저도 찾을 수가 없었어."

영은 계속 눈물을 훔치며 말했다. "월나라가 공격했던 것은 오나라지만, 재앙을 당한 것은 우리 언니들이었고 비참하게 죽은 것도 우리 오빠들이었어. 이렇게 보면 재앙은 행복과 서로 반대되는 것이야. 재앙이 자라나면 행복은 없어지게 되지. 위나라 공자의 품행이 아주 나쁘고 싸움을 좋아하니 우리 어린 동생들이 언제 재앙을 당할지 모르는데 걱정이 안 되겠니?"

 위나라 공자의 품행과 노나라 처녀의 눈물 사이에 직접적인 인과 관계는 없다. 그러나 사태의 추이를 생각해보면 충분히 관련이 있다. 노나라 처녀는 원대한 안목으로 서로 연관성이 없는 것들이 사물의 발전 과정에서 연관성을 갖고 서로 의존하게 된다는 것을 깨달았다. 먼 나라에서 일어난 전쟁이라도 언제 어떻게 발전하여 우리에게 영향을 미칠지 알 수 없다. 대의명분을 위해서든, 지도자 개인의 야망을 성취하기 위해서든 나라와 나라 사이에 분쟁이 일어나면 억울하게 희생당하는 것은 언제나 영과 같은 갑남을녀이다.

魯嬰泣衛

魯監門之女嬰相從績, 中夜而泣涕. 其偶曰, 何謂而泣也. 嬰曰, 吾聞衛世子不肖, 所以泣也. 其偶曰, 衛世子不肖, 諸侯之憂也. 子曷爲泣也. 嬰曰, 吾聞之異乎子之言也. 昔者, 宋之桓司馬得罪於君君, 出於魯, 其馬佚而輾吾園, 而食吾園之葵. 是歲, 吾園人亡利之半. 越王勾踐起兵而攻吳, 諸侯畏其威, 魯往獻女, 吾姊與焉. 兄往視之, 道畏而死 越兵威者吳也. 兄死者我也. 由是觀之, 禍與福相反也 今衛世子甚不肖, 好兵, 吾男弟三人, 能無憂乎.
『韓詩外傳』

말을 잘 부리는 법
善 御
착할 선 길들일 어

안연이 노나라 정공을 모시고 대 위에 앉아 있는데, 마침 동야필이 말을 몰고 대 아래를 지나가고 있었다. 정공이 그것을 보면서 감탄했다. "참 훌륭하다. 동야필이 말 부리는 솜씨는! 어쩌면 저렇게 말을 잘 다루는가!" 그러자 안연이 이렇게 대꾸하였다. "훌륭하기는 합니다만, 제 생각에는 말이 곧 쓰러질 것입니다."

자신의 안목을 비웃는다고 느꼈는지 정공은 불쾌하여 좌우를 돌아보며 말했다. "군자는 남을 헐뜯지 않는다는 말을 들었는데, 그렇지 않은가 보군. 군자도 남을 헐뜯는단 말인가?" 안연은 썰렁한 분위기에 그만 자리를 떠나버렸다. 그리고 얼마 안 있어 마구간지기가 달려와서 동야필의 말이 거꾸러졌다는 소식을 전했다. 정공은 자리에서 벌떡 일어나 급히 이렇게 말했다. "어서 가서 안연을 모셔 오너라."

안연이 돌아오자 정공이 감탄을 하며 물었다. "좀 전에 과인이 '참 훌륭하다. 동야필이 말 부리는 솜씨는! 어쩌면 저렇게 말을 잘 다루는가!' 하고 칭찬했는데, 선생께서는 '훌륭하기는 합니다만, 제 생각에는 말이 곧 쓰러질 것입니다.' 하고 말씀하셨지요. 선생께서는 어떻게 그걸 미리 아셨소이까?"

안연이 이렇게 대답했다. "저는 정치를 통해서 알았습니다. 옛날 순임금은 사람을 부리는 데 뛰어났고, 조보는 말을 부리는 데 뛰어났습니다. 순임금은 사람을 끝까지 다그치지 않았고, 조보는 말을 끝까지 달리게 하지 않았답니다. 이 때문에 순임금은 백성을 쓰러지게 하지 않았고, 조보는 말을 거꾸러뜨리게 하지 않을 수 있었던 것입니다. 그런데 지금 동야필이 말을 부리는 것을 보니 수레에 올라 앉아 고삐를 바짝 잡고 재갈을 물려 몸뚱이를 꼿꼿이 세우게 한 채 이리저리 돌면서 걷게 하기도 하고 달리게 하기도 합니다. 더군다나 조회가 끝나자마자 험한 곳에 몰고 가기도 하고 먼 곳까지 단숨에 내달리기도 하여 말이 힘이 빠져 기진맥진합니다. 그런데도 말에게 채찍질을 쉴 새 없이 해대니 말이 곧 쓰러지고 말리라는 것을 알았던 것입니다."

정공은 이 말을 듣고 칭찬을 하며 말했다. "참 좋은 말이로군요. 좀 더 가르침을 주십시오." 그러자 안연이 이렇게 말을 이었다. "짐승은 궁지에 몰리면 물려고 덤비고, 새는 궁지에 몰리면 쪼려고 덤비는 법입니다. 사람도 마찬가지로 궁지에 몰리면 속임수를 써서라도 모면하려고 하는 것이지요. 예로부터 오늘날까지 아랫사람을 궁지에 몰리게 하고서도 위태로워지지 않은 사람은 없었습니다.『시』에 이런 말이 있습니다. '부드러운 끈을 잡듯 고삐를 잡으니 두 마리 곁말이 춤을 추 듯하네.' 이 시의 말은 말을 잘 부리는 것을 두고 노래한 말입니다."

정공은 감탄을 하며 말했다. "아까는 과인이 잘못했소이다."

정치는 인민 대중의 힘을 잘 조절하고 이끌어서 나라 전체의 역량으로 끌어올리는 기술이다. 그런데 임기 동안 실적을 쌓는 것에만 급급하여 먼 장래를 내다보지 않고 성급하게 목표를 달성하려고 하면 반드시 탈이 난다. 말을 부릴 때는 말의 힘을 봐가면서 부려야지 무조건 다그치고 채찍질을 해댄다고 해서 잘 달리는 것은 아니다. 사람을 부릴 때도 마구 몰아대서는 도리어 반발하게 된다. 안연의 말은 윗자리에 있는 사람, 지도자가 새겨보아야 할 말이다.

善御

顔淵侍坐魯定公于臺, 東野畢御馬于臺下. 定公曰, 善哉
東野畢之御也. 顔淵曰, 善則善矣. 其馬將佚矣.
定公不說, 以告左右曰, 聞君子不譖人, 君子亦譖人乎.
顔淵退, 俄而廐人以東野畢馬佚聞矣. 定公揭席而起, 曰, 趣駕召顔淵.
顔淵至, 定公曰, 鄉寡人曰, 善哉, 東野畢之御也. 吾子曰, 善則善矣.
然則馬將佚矣. 不識吾子以何知之. 顔淵曰, 臣以政知之.
昔者, 舜工於使人, 造父工於使馬, 舜不窮其民, 造父不極其馬.
是以舜無佚民, 造父無佚馬. 今東野畢之上車執轡, 銜體正矣, 周旋步驟
朝禮畢矣, 歷險致遠, 馬力殫矣. 然猶策之不已, 所以知佚也. 定公曰, 善.
可少進. 顔淵曰, 獸窮則齧, 鳥窮則啄, 人窮則詐.
自古及今, 窮其下能不危者, 未之有也. 詩曰, 執轡如組, 兩驂如舞.
善御之謂也. 定公曰, 寡人之過矣.
『韓詩外傳』

친구의 관상
相人之友
볼 상 사람 인 어조사 지 벗 우

　초나라에 관상을 잘 보는 사람이 있었다. 하는 말마다 틀림이 없었기 때문에 온 나라 안에 소문이 자자했다. 하루는 장왕이 그를 불러다 상을 잘 보는 비결을 물었더니 이렇게 대답했다.
　"저는 당사자의 상은 잘 볼 줄 모릅니다. 다만 그 친구의 상을 볼 줄 압니다."

 이 우화는 친구는 비슷한 사람끼리 사귄다는 이치를 말하고 있다. 어떤 사람을 알려면 그가 사귀는 사람을 보라는 말이 있다. 뜻이 맞는 사람과 사귀기 때문이다. 그러나 친구를 보고 판단한다면 맞을 때도 있지만 언제나 정확한 것은 아니다. 사람은 복잡한 존재이기 때문이다.

相人之友

楚有善相人者, 所言無遺. 美聞于國中. 莊王召見而問焉, 對曰, 臣非能相人也, 能相人之友者也.
『韓詩外傳』

횃불을 밝혀 두고 어진 사람을 찾았으나
庭 燎 求 賢
뜰 정　화톳불 료　구할 구　어질 현

　　제나라 환공은 관중을 임용하여 개혁 정치를 펴 국력을 부강하게 함으로써 춘추 제일의 패자가 되었다. 그는 널리 어진 선비들을 모집한다는 자신의 결심을 나타내기 위해 밤낮으로 궁정 앞에 횃불을 밝혀 두고 각지에서 찾아오는 인재들을 맞이할 준비를 했다. 그러나 웬일인지 꼬박 1년 동안 횃불을 밝혀 두어도 아무도 찾아오는 사람이 없었다.
　　어느 날 동쪽 교외에서 어떤 시골뜨기가 찾아와 만나기를 청하면서 자기는 구구단을 외우는 재능을 가지고 있다고 말했다. 환공은 너무 가소로워서 사람을 보내 이렇게 말했다. "구구단 외우기는 대단치도 않은 하찮은 기술에 지나지 않는데, 그걸 가지고 나를 만나러 왔다고?"
　　시골뜨기가 대답했다. "궁정 앞에 횃불을 밝혀 둔 지 1년이 넘었어도 아무도 찾아오는 사람이 없다고 하더군요. 왕은 너무나 뛰어난 재능과 원대한 책략을 가진 군주이기 때문에 감히 오지 못하는 것입니다. 저의 구구단 외우기는 말할 것도 없이 별 볼일 없는 재주이지요. 그렇지만 임금님께서 저를 예우하신다는 소문이 퍼지면 참으로 재능 있는 참된 배움을 가진 사람들이 오지 않을 리 없을 겁니다. 태산이 높은 것은 자갈 하나도 물리치지 않기 때문입니다, 강과 바다가 깊은 것은 작은 시내도 받아들이기 때문입니다. 『시경』에도 있듯이 옛날의 총명한 군주들은 일이 생기면 나무꾼과 농부에게도 가르침을 청했다고 합니다. 이렇게만 한다면 많은 사람의 지혜를 모아 큰 일을 이룰 수 있을 것입니다."

그 이야기를 들은 환공은 연신 고개를 끄덕거리며 이 시골뜨기를 융숭하게 대접했다. 과연 한 달도 못 가서 사방의 유능한 인재들이 다투어 몰려들었다.

 제나라 환공은 춘추시대 제일의 패자다. 공자도 그의 패도 정치를 일정 부분 좋게 평가했다. 현대에서도 패정霸政이 서주 봉건제와 진·한 제국의 과도기에 잠정적으로 질서를 유지한 것으로 평가한다. 제나라 환공이 패정을 실시하고 제나라를 번영시킬 수 있었던 데는 인재 정책이 중요한 역할을 했다. 환공이 제후가 되기 전에 경쟁자인 공자 규를 돕던 관중이 환공에게 활을 쏜 일도 있었지만 환공은 제후가 되고 나서 포숙의 추천을 받아 관중을 등용하여 패정을 이루었다. 지도자가 열린 마음으로 인재를 등용해야 유능한 인재가 몰려든다. 작은 능력이라도 버리지 말고 적절한 장소에 쓴다면 쓰지 못할 능력이란 없다.

庭燎求賢

齊桓公設庭燎, 爲使人欲造見者, 期年而士不至. 於是東野有以九九見者, 桓公使對之曰, 九九足以見乎. 鄙人曰, 臣聞君設庭燎以待士, 期年而士不至. 夫士之所以不至者, 君天下之賢君也, 四方之士皆自以不及君, 故不至也. 夫九九, 薄能耳. 而君猶禮之, 況賢於九九者乎. 夫泰山不讓礫石, 江海不辭小流, 所以成其大也. 詩曰, 先民有言, 詢於芻蕘. 博謀也 桓公曰, 善. 乃固禮之, 期月, 四方之士相導而至矣.
『韓詩外傳』

호랑이보다 무서운 가혹한 정치
苛 政 猛 於 虎
매울 가 정사 정 사나울 맹 어조사 어 범 호

공자가 수레를 타고 태산 기슭을 지나다가 길가에서 어떤 여자가 상복을 입고 새로 만든 무덤에 엎드려 구슬프게 울고 있는 것을 보았다. 공자는 수레를 멈추고 수레 난간에 기대어 듣고 있다가 자공을 불러 사정을 알아보게 했다.

자공이 무덤가에 가서 물었다. "아주머니, 곡소리를 들으니 큰 슬픔을 당하신 듯하군요."

여자가 고개를 들고 눈물을 훔치며 말했다. "이 일대는 사나운 호랑이가 자주 나타나는 곳입니다. 지난번에는 시아버지가 호랑이에게 물려 돌아가시고, 다음번에는 남편이 화를 당하더니, 이번에는 아이가 호랑이 밥이 되었답니다."

공자가 수레에서 내려 물었다. "그처럼 흉악한 호랑이가 있는데 어째서 당신네들은 진작 여기를 떠나지 않았소?"

여자가 대답했다. "이곳은 호랑이가 나오는 곳이기는 하지만 가혹한 정치는 없기 때문입니다."

공자는 한동안 말없이 있다가 제자들에게 말했다. "너희들은 잘 알아두어라. 가혹한 정치가 호랑이보다 무섭다는 것을."

전제 사회에서 통치를 받는 인민 대중은 엄청난 억압과 착취를 받으며 살았다. 가끔 현명하고 어진 군주가 나타나 백성을 위한 정치를 펴기도 했지만 그런 경우는 아주 드물었다. 땅에서 농사짓는 것이 주된 산업이었던 이전 사회에서 땅에 매기는 세금은 가혹하기 짝이 없었다. 정약용의 '굶주린 백성', '불알 바른 사람을 슬퍼함' 과 같은 시를 읽어보면 가혹한 착취를 견디며 살아가는 사람들의 모습에 정말 눈물을 흘리지 않을 수 없다.

호랑이는 그래도 조심하면 피할 수 있기라도 하지만 관리들의 착취는 피할 수가 없다. "가혹한 정치는 호랑이보다 무섭다(苛政猛於虎)."

苛政猛於虎

孔子過泰山側. 有婦人哭於墓者而哀. 夫者式而聽之. 使子貢問之.
曰, 子之哭也, 壹似重有憂者. 而曰, 然. 昔者吾舅死於虎, 吾夫又死焉, 今吾子又死焉. 夫子曰, 何爲不去也. 曰, 無苛政. 夫子曰, 小子識之
苛猛於虎也.
『禮記』「檀弓下」

말 고르기
九方堙相馬
아홉 구 모 방 막을 인 서로 상 말 마

진나라 목공이 백락을 불러서 말했다. "선생은 이제 나이가 많이 들어 몸소 좋은 말을 찾아다니기 어렵게 되었소. 혹시 그대의 집안에 그대만큼 말을 잘 알아보는 사람이 있소?"

백락이 이렇게 대답했다. "저에게는 구방인이라는 벗이 있는데 저와 함께 땔감을 하고 나물을 뜯던 사이입니다. 그 사람이 말을 보는 재주가 저보다 못하지 않습니다. 한 번 만나 보십시오."

그래서 목공은 구방인을 불러들여 만나 본 다음 천리마를 찾아오게 했다. 구방인은 명령을 받들고 사방으로 말을 찾아 나섰다가 석 달 뒤 돌아와 다음과 같이 보고했다. "사막 지역에서 말을 찾았습니다."

목공이 물었다. "당신이 찾은 말은 어떤 말이오?"

"누런 수말입니다."

목공이 사람을 보내 말을 데려오도록 했는데, 그 사람이 돌아와 검은 암말이라고 보고했다. 그 말을 듣고 기분이 상한 목공은 즉시 백락을 불러 꾸짖었다. "다 틀렸어. 자네가 소개한 그 사람은 말이 누런색인지 검은색인지, 수놈인지 암놈인지도 분간을 못하더군. 그래 가지고 어떻게 말이 좋은지 나쁜지 안단 말인가?"

백락은 한숨을 쉬고 나서 말했다. "그렇게 말할 수는 없습니다. 구방인의 말 고르는 기술이 저보다 한 수 위라는 증거지요. 그가 말을 관찰할 때는 벌써 그 말의 '천기'를 보는 데까지 깊이 들어갔기 때문에 정수를 취하고 찌꺼기를 버리며, 안을 중시하고 밖을 잊어버립니다. 그가 중시하는 것은 말의 품격이지 색깔이나 암수 따위의 부차적인 요소가 아닙니다. 그의 말 고르는 기술은 아주 값진 것입니다."
나중에 말을 보니 과연 천하제일의 천리마였다.

 말을 고를 때 본질적인 요소는 말의 기능이지 말의 외양이 아니다. 구방인은 말의 본질적인 기능을 알아보았다. 목공은 말의 본질을 파악하지 못하고 표면의 형식에만 치우쳐 구방인을 비난했다. 말을 잘 고르려면 말의 외양을 무시할 수는 없지만 외양에만 얽매여서도 안 된다. 사람을 뽑을 때도 마찬가지다. 가정환경, 출신 성분, 성장 배경 같은 것이 그 사람의 재능과 능력에 영향을 미치기는 하지만 이런 외적 조건으로 평가해서는 제대로 능력을 알 수 없다. 그 사람이 무엇을 할 줄 알고 얼마나 잘하는가 하는 것이 중요하다.

九方堙相馬

秦穆公謂伯樂曰, 子之年長矣. 子姓有可使求馬者乎. 對曰,…臣有所與供儋纏採薪者九方堙, 此其於馬, 非臣之下也. 請見之 穆公見之, 使之求馬. 三月而反報曰, 已得馬矣. 在於沙丘 穆公曰, 何馬也. 對曰, 牡而黃. 使人往取之, 牝而驪. 穆公不說, 召伯樂而問之曰, 敗矣. 子之所使求者, 毛物牝牡弗能知, 又何馬之能知. 伯樂喟然大息曰, 一至此乎. 是乃其所以千萬臣而無數者也. 若堙之所觀者, 天機也. 得其精而忘其粗, 在其內而忘其外, 見其所見而不見其所不見, 視其所視而遺其所不視. 若彼之所相者, 乃有貴乎馬者. 馬至而果千里之馬.

『淮南子』「道應訓」

소리 지르기의 용도
呼 之 用 處
부를 호 어조사 지 쓸 용 곳 처

공손룡은 전국 시대의 유명한 학자인데, 조나라에 있을 때 늘 제자들에게 이렇게 말했다. "아무 재능도 없는 사람은 제자로 받아들이지 않겠다."
어느 날 남루한 옷을 걸친 한 젊은이가 찾아와 제자로 삼아 달라고 청했다. 어떤 재능을 가지고 있느냐는 공손룡의 물음에 그 젊은이는 한참 생각하고 나서 대답했다. "저는 목청이 아주 좋아서 소리를 크게 지를 수 있습니다." 곁에 있던 제자들이 그 말을 듣고 모두 웃었기 때문에 그와 선생도 함께 웃음을 터뜨렸다.
공손룡은 제자들을 돌아보며 물었다. "너희들 가운데 고함을 지를 수 있는 사람 있나?"
또 모두들 폭소를 터뜨리며 없다고 말했다. 공손룡은 손으로 그 젊은이를 부르며 말했다. "좋아, 자네를 받아들이겠네." 제자들은 어안이 벙벙하여 서로를 바라보고만 있었다.
시간이 흘러 조나라 왕은 공손룡을 연나라에 유세객으로 보냈다. 그들이 큰 강가에 이르렀을 때 배는 저쪽에 묶여 있고 망망한 강물만 보였다. 건널 방법이 없어 당황하고 있을 때 그 젊은이가 아주 침착하게 손으로 나팔 모양을 만들어 건너편 강가에 대고 소리를 질렀다. 웅장한 그 목소리를 들은 사공이 재빨리 배를 저어 왔다.

고함을 크게 지르는 것도 나름대로 쓸모가 있다. 어떤 지식이나 기능도 다 쓸모가 있다. 언제 어디에 어떻게 쓰느냐에 달려 있을 뿐이다. 공손룡처럼 여러 가지 재능을 수용하여 적재적소에 쓰는 지혜가 필요하다.

呼之用處

昔者, 公孫龍在趙之時, 謂弟子曰, 人而無能者, 龍不能與遊. 有客衣褐帶索而見曰, 臣能呼. 公孫龍顧謂弟子曰, 門下故有能呼. 對曰, 無有. 公孫龍曰, 與之弟子之籍. 後數日, 往說燕王, 至於河上, 而航在一汜, 使善呼者呼之, 一呼而航來.

『淮南子』「道應訓」

두고두고 생선을 먹으려면
公 儀 休 嗜 魚
공변될 공 거동 의 쉴 휴 즐길 기 고기 어

공의휴는 노나라의 재상이었다. 그가 생선을 좋아한다는 말을 들은 관리와 백성들이 다투어 광주리 가득 싱싱한 생선을 가지고 재상의 사무실로 찾아왔다. 그러나 공의휴는 뜻밖에도 일일이 완곡하게 사양하는 것이었다. 공의휴의 제자가 말했다. "선생님께서는 생선을 좋아하시면서 왜 받지 않으십니까?"

공의휴는 조심스럽게 웃으며 말했다. "생선을 좋아하기 때문에 받을 수가 없다네."

제자는 답답하여 물었다. "그게 무슨 말씀이십니까?"

공의휴가 대답했다. "남이 보낸 생선을 받아 챙긴다면 왕을 배신하고 뇌물을 받는다는 오명을 들을 것이네. 그러면 승상의 자리를 지킬 수 없을 테고, 생선을 좋아하더라도 먹을 수가 없을 거야. 그러나 지금 내가 생선을 받지 않는다면 청렴결백하다는 명성을 유지하면서 든든히 승상의 자리를 지킬 수 있을 테고, 그러면 두고두고 생선을 먹을 수 있을 것이네. 이 때문에 내가 생선을 받지 않는 것이라네."

생선을 좋아하기 때문에 생선을 뇌물로 받을 수 없다는 생각은 아주 실리적이다. 생선을 좋아하여 생선을 뇌물로 받다가 벼슬자리를 잃어버리면 평생 생선을 못 먹는다. 그러나 뇌물을 받지 않고 자기 자리를 유지하면 두고두고 조금씩이나마 생선을 먹을 수 있다. 사리사욕만 추구하는 탐관오리가 되어서는 안 되지만 공익을 우선시하는 청백리가 되기도 어려운 게 현실이다. 거창하게 청렴결백이니 백성의 공복公僕이니 멸사봉공滅私奉公이니 하는 이념을 내세우지 않더라도 적어도 공의휴 만큼 실리적인 견지에서라도 뇌물을 받지 않는 관리가 있었으면 좋겠다.

公儀休嗜魚

公儀休相魯而嗜魚. 一國獻魚. 公儀子弗受. 其弟子諫曰, 夫子嗜魚 弗受何也. 笑曰, 夫唯嗜魚 故弗受. 夫受魚而免於相, 雖嗜魚, 不能自給魚. 毋受魚而不免於相, 則能長自給魚

『淮南子』「道應訓」

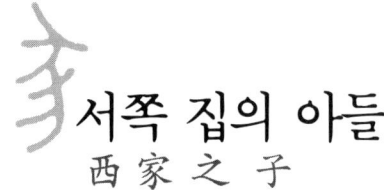

서쪽 집의 아들
西家之子
서녘 서 집 가 어조사 지 아들 자

동쪽 집의 어머니가 죽었다. 아들은 곡을 하기는 하나 그다지 슬퍼하는 기색이 없었다. 서쪽 집의 아들이 문상을 왔다가 그것을 보고 돌아가서 자기 어머니에게 말했다. "동쪽 집의 아들은 참으로 불효막심하더군요. 자기 어머니가 돌아가셨는데도 슬퍼하는 기색이 없습디다."

그러고는 어머니에게 덧붙였다. "어머니는 왜 빨리 돌아가시지 않으세요? 어머니가 돌아가신다면 나는 아주 슬피 곡을 하고 애통해 하겠어요."

 서쪽 집의 아들은 어머니가 돌아가시면 자기는 아주 격식에 맞고 예법에 맞게 곡을 할 수 있으니 빨리 어머니더러 자기의 예법을 과시하게 해 달라고 했다. 아직 어머니가 돌아가시지 않아서 어머니에 대한 지극한 효성을 보일 수 없다고 하다니, 뻔뻔스럽게 이런 부탁을 하는 아들이 정작 어머니가 돌아가시면 슬피 곡을 하고 비통해 할까?
회남자는 이런 말을 덧붙였다. "학문을 할 겨를이 없다고 불평하는 사람이 있는데 이런 사람은 겨를이 생기더라도 학문을 하지 못한다." 맞는 말이다. 효심만 있으면 언제 어느 때라도 효도를 할 수 있고, 학문을 하고자 하는 마음만 있으면 언제 어느 때라도 학문을 할 수 있다. 실행하지 않는 사람이 언제나 갖가지 구실만 찾는다.

西家之子

東家母死. 其子哭之不哀 西家子見之, 歸謂其母曰, 社何愛速死.
吾必悲哭社
『淮南子』「說山訓」

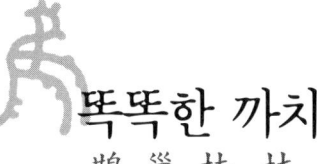

똑똑한 까치
鵲巢扶枝
까치 작 보금 소 도울 부 가지 지
자리

　까치는 아주 똑똑하여 봄이 오기도 전에 그해 여름과 가을에 큰바람이 불 것을 내다본다. 그래서 재난을 미리 막기 위해 나무 꼭대기에 지었던 둥지를 낮은 나뭇가지로 옮긴다. 이렇게 하면 바람이 불어도 둥지가 떨어지지 않지만 땅과 너무 가깝기에 키 큰 사람이 지나면서 손을 뻗어 새끼를 몇 마리 집어 가거나 아이들이 새알을 꺼내 먹어 버린다.

 먼 장래에 일어날 재난을 미리 예견하고 대비하는 것은 매우 슬기로운 일이다. 그러나 당장 닥칠 재난을 대비하는 것은 더 시급하다. 정세에 정통하여 요원한 미래를 말하기 좋아하고 장래의 대책을 잇달아 내놓으면서도 눈앞에 닥친 구체적인 문제를 소홀히 하거나 속수무책인 사람이 더러 있다. 일의 경중과 선후를 헤아릴 줄 알아야 참으로 슬기롭다.

鵲巢扶枝

夫鵲先識歲之多風也, 去高木而巢扶枝, 大人過之則探轂, 嬰兒過之則挑其卵, 知備遠難而忘近患.
『淮南子』「人間訓」

사랑하는 사람과 해치는 사람
愛人與害人
사랑 애 사람 인 더불 여 해칠 해 사람 인

초나라의 공왕이 군대를 거느리고 언릉에서 진나라 군사와 혈전을 치르고 있었다. 악전고투 끝에 공왕이 눈에 화살을 맞는 바람에 징을 쳐 군사를 거두어야 했다.

대장군 사마자반은 자기 막사로 돌아와 목이 마르니 물을 달라고 소리쳤다. 그의 하인인 양곡은 여러 해 동안 그를 따라다녔는데, 주인을 매우 사랑하여 그가 술을 좋아하는 것을 알고는 곧바로 물대신 술을 한 단지 갖다 주었다. 자반은 본래 술만 보면 잔을 놓지 못하는 사람인지라 이번에도 다 마셔 버리고 고주망태가 되었다.

대충 치료를 마친 왕이 다시 싸우기 위해 자반을 부르러 사람을 보냈다. 하지만 잔뜩 취해 꼼짝도 못하고 누워 있던 자반은 속이 아파서 출전할 수 없다고 말했다. 그 말을 듣고 살펴보러 온 공왕이 장막을 들추자마자 술 냄새가 코를 찔렀다. 그는 화가 나서 말했다. "오늘의 결전에서는 내가 중상을 입어서 당신이 지휘를 해야 할 판인데 이렇게 함부로 행동을 하다니. 당신은 나라를 망칠 셈이오? 이번 전쟁은 이길 수가 없겠군."

그리하여 공왕은 군대를 철수하고 사마자반을 군법에 따라 참수형에 처했다.

남을 아끼고 좋아한다면 그 사람이 올바르게 살고 바르게 성장할 수 있도록 이끌어 주어야 한다. 당장은 야속하게 보일지라도 따끔하게 충고도 해주고, 귀에 거슬리더라도 바른 소리를 해야 한다. 무조건 그 사람이 좋아하는 대로 따르고 그 사람의 마음을 흡족하게 해 준다고 해서 그 사람을 배려하는 것은 아니다. 이렇게 하다가는 그 사람을 아끼고 사랑해서 한 일이 도리어 그 사람을 망치게 된다.

愛人與害人

楚恭王與晉人戰於鄢陵, 戰酣, 恭王傷而休. 司馬子反渴而求飮, 豎陽穀奉酒而進之. 子反之爲人也, 嗜酒而甘之, 不能絶於口, 遂醉而臥. 恭王欲復戰, 使人召司馬子反, 辭以心痛. 王駕而往視之, 入幄中而聞酒臭. 恭王大怒曰, 今日之戰, 不穀親傷, 所恃者, 司馬也, 而司馬又若此, 是亡楚國之社稷, 而不率吾衆也. 不穀無與復戰矣. 於是罷師而去之, 斬司馬子反爲僇.

『淮南子』「人間訓」

새옹지마
塞翁失馬
변방 새 늙은이 옹 잃을 실 말 마

    국경 가까운 지방에 세상 이치를 잘 아는 사람이 살았다. 어느 날 그 집의 말이 갑자기 국경 밖으로 달아나 버렸다. 이웃 사람들은 모두 안타까워했지만 그 집 노인은 오히려 이렇게 말했다. "이번 일이 좋은 쪽으로 바뀔지 어찌 알겠소?"
    몇 달이 지나 그 말은 흉노의 암말 한 마리를 몰고 돌아왔다. 이웃 사람들이 이번에는 축하하러 오자 그 노인이 말했다. "이 일이 좋지 않은 일로 바뀔지도 모르지요."
    집에 좋은 말이 생기자 아들은 말을 즐겨 탔는데 그러다 그만 사고가 났다. 말에서 떨어져 다리를 다친 것이다. 이웃 사람들이 위로하러 오자 그 노인이 또 말했다. "이것이 좋은 일이 될지도 모르지요."
    1년이 지나자 흉노가 침입해 왔다. 부근의 장정들은 대부분 전쟁터에 나가 열에 아홉은 죽어서 돌아오지 못했다. 다친 다리 때문에 출정하지 못한 아들은 아버지와 함께 목숨을 건질 수 있었다.

행과 불행은 변화무상하다. 행복이 언제나 행복으로 이어지는 것도 아니고, 불행이 언제나 불행으로 끝나는 것도 아니다. 행복이니 불행이니 하는 것도 고립적으로 생각하면 단견에 사로잡혀 일희일비한다. 전화위복轉禍爲福이니 흥진비래興盡悲來니 고진감래苦盡甘來니 하는 말은 모두 삶의 상황이 언제나 반대 국면으로 바뀔 수 있음을 말한 것이다. '인간 만사 새옹지마'라는 말이 여기서 유래했다. 중국 사람들은 새옹실마塞翁失馬라고 한다.

塞翁失馬

近塞上之人, 有善術者. 馬無故亡而入胡, 人皆弔之. 其父曰, 此何遽不爲福乎. 居數月, 其馬將胡駿馬而歸. 人皆賀之. 其父曰, 此何遽不能爲禍乎. 家富良馬, 其子好騎, 墮而折其髀. 人皆弔之. 其父曰, 此何遽不爲福乎. 居一年, 胡人大入塞, 丁壯者引弦而戰, 近塞之人, 死者十九. 此獨以跛之故, 父子相保.
『淮南子』「人間訓」

새끼 사슴을 놓아 준 사람이라면
西巴釋麑
서녘 서 땅이름 파 풀 석 사슴새끼 예

    노나라의 대부인 맹손이 사냥을 나가 살찐 새끼 사슴을 사로잡았다. 그는 아주 기뻐하며 곧바로 신하인 진서파에게 그놈을 데리고 먼저 궁중으로 돌아가 요리를 하고 술과 안주를 준비해 두도록 명령했다. 새끼 사슴을 데리고 가는 길에 어미 사슴이 계속 졸졸 따라오며 슬프게 울어대는 바람에 진서파는 차마 들을 수가 없어서 새끼 사슴을 놓아주었다. 이 이야기를 들은 맹손은 버럭 화를 내며 진서파를 궁중 밖으로 쫓아냈다.
    1년이 지나 맹손의 두 아들이 책을 읽을 나이가 되었다. 많은 선생을 물색했으나 모두 마음에 들지 않았다. 나중에야 진서파 생각이 난 그는 즉시 진서파를 불러들여 스승의 예를 갖추었다. 주변 사람들이 이상하다는 듯 맹손에게 물었다. "진서파는 당신에게 죄를 지은 사람인데 스승으로 모시다니 어찌된 일입니까?"
    맹손이 웃으면서 대답했다. "진서파가 새끼 사슴한테까지 그렇게 어진 마음으로 대했는데 내 아들한테는 오죽 잘하겠소?"

새끼 사슴을 놓아준 진서파는 동정심이 많았다. 동정심이 때로는 일을 망치는 수도 있지만 아이들을 가르치고 이끄는 데는 대단히 귀중한 덕목이다. 진서파의 성품을 잘 파악하여 그를 잘 활용한 맹손도 슬기롭다. 어떤 사람의 성품이든지 그 자체 장단점이 있다. 동정심은 장점이기도 하고 단점이기도 하다. 언제 어떻게 쓰느냐에 따라 장점이 되기도 하고 단점이 되기도 한다.

西巴釋麑

孟孫獵而得麑, 使秦西巴持歸烹之, 麑母隨之而乎嗁. 秦西巴弗忍, 縱而予之. 孟孫歸, 求麑安在, 秦西巴對曰, 其母隨而嗁, 臣誠弗忍, 竊縱而予之. 孟孫怒, 逐秦西巴. 居一年, 取以爲子傅. 左右曰, 秦西巴有罪於君, 今以爲子傅, 何也. 孟孫曰, 夫一麑而弗忍, 又何況於人乎.

『淮南子』「人間訓」

강도와 군자
牛缺遇盜
소 우　이지러질 결　만날 우　훔칠 도

옛날 진나라에 우결이라는 서생이 있었다. 어느 날 그는 말이 끄는 수레를 타고 깊은 산의 우거진 숲속을 지나고 있었는데, 갑자기 휘파람 소리가 길게 들리더니 길섶에서 날카로운 칼을 든 도둑이 나타났다. 그들은 그의 수레와 돈을 남김없이 가져가고 옷가지도 말끔히 벗겨 갔다.

그렇게 강도들이 몇 걸음 가다가 돌아다보니 우결은 조금도 두려워하는 기색 없이 만족스러운 표정으로 단정히 길가에 앉아 있는 것이었다. 강도들은 이상한 일도 있다 싶어 되돌아와 물었다. "어이! 우리가 네 재산을 빼앗고 눈앞에서 칼을 번득였는데도 조금도 두려워 하지 않는 것 같으니 어찌된 일이냐?"

우결은 단정히 대답했다. "수레는 사람이 앉으라고 있는 것에 지나지 않고, 옷은 몸을 가리라고 있는 것에 지나지 않소. 그대들이 가져가는 게 나하고 무슨 상관이란 말이오? 성인은 그런 몸 밖의 사물 때문에 자신의 도덕을 해칠 수 없는 사람이라오."

강도들은 서로 쳐다보며 일제히 웃음을 터뜨렸다. "우리가 책을 읽은 적은 없지만 너처럼 재물을 우습게 보는 사람이 세상의 성인이란 말은 들었지. 너 같은 성인은 관가에 가서 반드시 우리 같은 성인이 못된 인간을 고발하겠지. 너부터 처치하는 게 낫겠다."

그러고는 칼을 빼어 내리치는 바람에 우결은 끽소리 한 번 못하고 목숨을 잃고 말았다.

칼을 들고 설치는 강도 앞에서 인의를 설교하는 우결의 모습은 희극이다. 그가 말하는 도리는 당당하고 고상하다. 그러나 상대를 가리지 않고 설교를 했기 때문에 도리어 화를 자초했다. 흉악한 적에게 항거하여 싸우지 못할 바에는 목숨이라도 부지해야지 고상하게 인의를 설교하여 자기 혼자 고결한 체하는 것은 지혜롭지 못하다. 이런 행위는 신념을 위해 자신을 희생하는 것과는 다르다.

牛缺遇盜

秦牛缺徑於山中而遇盜, 奪之車馬, 解其橐笥, 擿其衣被. 盜還反顧之, 無懼色憂志, 驩然有以自得也. 盜遂問之曰, 吾奪子財貨, 劫子以刀, 而志不動, 何也. 秦牛缺曰, 車馬所以載身也, 衣服所以揜形也. 聖人不以所養害其養. 盜相視而笑曰, 夫不以欲傷生, 不以利累形者, 世之聖人也. 以此而見王者, 必且以我爲事也. 還反殺之

『淮南子』「人間訓」

수레바퀴를 막아 선 사마귀
螳 螂 搏 輪
사마귀 당 사마귀 랑 잡을 박 바퀴 륜

    제나라의 장공이 어느 날 수레를 타고 산으로 사냥을 나갔는데 길 한가운데 작은 녹색 곤충 한 마리가 버티고 서서 노기충천하여 두 앞발을 들고 수레바퀴와 맞설 태세로 있는 것을 보았다.
    아주 호기심이 난 장공이 마부에게 물었다. "저 벌레는 무엇이냐?"
    마부는 힐끗 보고 나서 대답했다. "사마귀라는 놈입니다. 저 벌레는 나아갈 줄만 알고 물러날 줄은 모릅니다. 제 힘은 따져 보지도 않고 적을 가볍게 여긴답니다."
    장공은 길게 탄식하며 말했다. "저 벌레가 사람이었다면 반드시 천하무적의 용사가 되었을 거야." 그러고 나서 사마귀를 치지 않도록 길을 비켜 가라고 명령했다.
    이 이야기를 들은 제나라의 용사들은 더욱 장공에게 충성을 다해 자신을 돌아보지 않고 싸웠다고 한다.

解 당랑거철螳螂拒轍이라는 성어의 유래가 된 이야기이다. 원래 이 말은 자기 힘을 헤아리지 못하고 함부로 덤비는 것을 풍자하는 데 쓰이지만 장공은 무용에 비유함으로써 군사들의 사기를 북돋는 효과를 얻었다.

『한비자』에도 비슷한 이야기가 전한다. 오나라에 패한 월나라 왕 구천은 오나라에 복수하기 위해 목숨을 내놓고 싸우는 용맹한 군사들이 필요했다. 구천이 어느 날 수레를 타고 가다가 수레의 가로대를 잡고 개구리에게 고개 숙여 경례를 했다. 마부가 왜 개구리에게 경례를 하느냐고 묻자 구천은 개구리가 수레 앞에 딱 버티고 서서 당당하게 기세를 드러내니 경의를 표했다고 대답했다. 이 말을 전해들은 월나라 용사들이 다투어 자기 머리를 베어 왕에게 바쳤다.

이 우화는 지도자가 표방하거나 숭상하는 가치가 곧바로 일반적인 풍조가 됨을 보여준다.

螳螂搏輪

齊莊公出獵, 有一蟲擧足將搏其輪. 問其御曰, 此何蟲也. 對曰, 此謂螳螂者也. 其爲蟲也, 知進而不知卻, 不量力而輕敵. 莊公曰, 此爲人 必爲天下勇武矣. 迴車而避之. 勇武聞之, 知所盡死矣.

『淮南子』「人間訓」

사슴을 가리켜 말이라 부르다
指 鹿 爲 馬
가리킬 **지** 사슴 **록** 할 **위** 말 **마**

    진나라의 승상이 된 조고는 황제의 자리를 빼앗으려고 했다. 그는 신하들이 복종하지 않을까 봐, 음모를 꾸며 자기에게 반대하는 사람들을 미리 제거하려고 먼저 시험을 하기로 했다.

    어느 날 조고는 준비해 둔 사슴을 황제 앞으로 끌고 오게 한 다음 황제인 호해에게 말했다. "이것은 세상에서 보기 드문 좋은 말입니다. 황제께 바칠 테니 타십시오."

    깜짝 놀란 황제가 웃으며 말했다. "승상은 농담하는 거요? 어떻게 사슴을 말이라 한단 말이오."

    조고는 한 걸음 다가서며 큰소리로 말했다. "그렇지 않습니다. 이것은 말입니다. 폐하께서 못 믿으신다면 대신들에게 물어 보셔도 좋습니다."

    문무백관들은 모두 어리둥절하여 서로 쳐다보고만 있었다. 담이 작아 두려움이 많은 사람은 놀라서 한 마디도 하지 못하고, 조고에게 아부하는 사람들은 재빨리 부화뇌동하여 확실히 천리마라고 하며, 정직한 대신들은 조고의 속셈을 꿰뚫어 보고 말이 아니라 사슴이라고 주장했다.

    오래지 않아 사실을 말했던 대신들은 조고가 뒤집어씌운 갖가지 죄명으로 면직되거나 옥에 갇혀 죽임을 당했다.

고의로 시비를 뒤집고 흑백을 뒤섞는 것을 가리켜 지록위마指鹿爲馬라고 한다. 조고의 정치적 음모는 노골적이다. 권력에 영합하는 사람을 찾아 자기 세력으로 만들려고 한 것이다. 권력이 실질적으로 조고에게 돌아간 상황에서 목숨을 내걸고 조고에 대항하여 바른 소리를 하기란 쉽지 않았을 것이다. 언제나 이해에 민감하고 권력에 아부하는 사람은 많아도 바른 소리를 하는 사람은 많지 않다. 그리고 중간에서 권력을 농단하고 지도자를 기만하고 인민을 위협하는 자들은 어느 사회에나 사라지지 않고 있다.

指鹿爲馬

趙高欲爲亂, 恐群臣不聽, 乃先設驗, 持鹿獻於二世, 曰, 馬也. 二世笑曰, 丞相誤邪. 謂鹿爲馬. 問左右, 左右或默, 或言馬以阿順趙高. 或言鹿, 高因陰中諸言鹿者以法.
『史記』「秦始皇本紀」

지도자의 자질
圯 下 拾 履
흙다리 이 아래 하 주울 습 신 리

장량은 박랑사에서 진시황을 척살하려다 실패하고 이름을 숨긴 채 비 땅으로 도망쳤다. 어느 날 그는 다리 위를 거닐다가 누더기를 걸친 노인과 마주쳤다. 노인은 장량의 곁을 지나다가 갑자기 자기 신발을 벗어 다리 아래로 떨어뜨린 다음 장량에게 말했다. "젊은이, 신발 좀 주워 주게."

장량은 어처구니가 없어서 무시하려다가 노인의 백발을 보고는 억지로 화를 참으며 다리 아래로 내려가 신발을 주워 주었다.

그러자 노인이 발끝을 들면서 말했다. "신겨 주게."

장량은 이왕 주워 왔으니 끝까지 도와주자고 생각하고 화를 참으며 무릎을 꿇고 신발을 신겨 주었다. 노인은 신발을 신겨 주자 허허 웃으며 가 버렸다. 장량은 괴상한 일도 다 있다 싶어 그의 뒷모습을 바라보고 있었다.

노인은 한참을 가다 서성거리더니 되돌아와 말했다. "젊은 사람이 배울 자세가 되었군. 닷새 뒤 새벽에 여기서 만나세."

장량은 더 자세히 묻고 싶었지만 노인은 이미 멀리 가 버리고 없었다.

닷새째 되는 날 새벽, 장량이 서둘러 다리에 도착했지만 벌써 와서 기다리고 있던 노인이 화를 내며 꾸짖었다. "노인과 약속을 하고서 기다리게 하다니 이게 무슨 짓인가?"

노인은 뒤돌아 몇 걸음 가다가 돌아보며 말했다. "닷새 뒤 새벽에 다시 만나세."

닷새 뒤 날이 밝아 닭이 막 울 무렵, 장량은 급히 다리로 뛰어갔지만 벌써 와 있던 노인이 날카롭게 꾸짖었다. "또 늦었군. 정말로 말도 안 돼."

그는 뒤돌아 몇 걸음 가더니 다시 고개를 돌리고 말했다. "닷새 뒤 새벽에 다시 오게."

금방 닷새가 지나갔다. 장량은 한밤중에 더듬더듬 어둠을 더듬으며 다리에 도착했다. 한참 뒤 도착한 노인은 몹시 기분이 좋은 듯 말했다. "암, 그래야지." 그러고는 품속에서 책 한 권을 꺼내서 건네주며 말했다. "이 책을 읽어 통달하면 제왕의 스승이 될 수도 있다네. 10년이 지나면 자네는 큰 공을 세우게 될 걸세. 13년 뒤에 나를 찾게. 제북 땅 곡성산 아래서 누런 돌덩이 하나를 발견하거든 나인 줄 알게." 말을 마친 노인은 아득히 멀리 사라져 버렸다.

동틀 무렵 책을 펴 보니, 놀랍게도 그것은 이미 사라진 『태공병법』 진본이었다. 장량은 밤낮으로 그 책을 읽어 나중에 전략에 능통한 군사 전문가가 되었다.

 장량은 한 고조 유방劉邦의 참모로 한나라를 세우는 데 결정적인 공을 세운 사람이다. 다리 아래서 신발을 주워 준 것이 평생 사업의 기점이 되었다. 황석공이라는 노인은 장량을 시험하고서 공경 · 수양 · 인욕忍辱 · 성실성 따위의 훌륭한 점을 몇 가지 발견했다. 이런 덕목은 큰일을 성취하는 데 필요한 자질이다. 좌절이나 굴욕과 역경은 나약한 사람과 강한 자질을 가진 사람을 거르는 시험관이다. 한때의 좌절, 작은 굴욕을 참아야만 참으로 어렵고 힘든 일을 꿋꿋하게 이룰 수 있다. 주인공이 기이한 인연으로 만난 노인에게 귀중한 책을 받아 열심히 공부한 끝에 크게 성공한다는 에피소드는 중국의 대중소설에서 자주 쓰이는 모티브가 되었다.

圯下拾履

良嘗閒從容步游下邳圯上, 有一老父, 衣褐, 至良所, 直墮其履圯下, 顧謂良曰, 孺子, 下取履. 良愕然, 欲毆之 爲其老, 強忍, 下取履. 父曰, 履我. 良業爲取履, 因長跪履之. 父以足受, 笑而去. 良殊大驚, 隨目之. 父去里所, 復還, 曰, 孺子可教矣. 後五日平明, 與我會此. 良因怪之, 跪曰, 諾. 五日平明, 良往. 父已先在, 怒曰, 與老人期, 後, 何也. 去, 曰, 後五日早會. 五日鷄鳴, 良往. 父又先在, 復怒曰, 後 何也. 去, 曰, 後五日復早來. 五日, 良夜未半往. 有頃, 父亦來, 喜曰, 當如是, 出一編書, 曰, 讀此則爲王者師矣. 後十年興. 十三年孺子見我, 濟北谷城山下黃石即我矣. 遂去無他言, 不復見. 旦日視其書, 乃太公兵法也. 良因異之, 常習誦讀之.

『史記』「留侯世家」

경마
競 馬
겨룰 경　말 마

　　손빈은 전국 시대의 전략가인데 제나라의 장군인 전기의 인정을 받아 그의 빈객이 되었다. 그 무렵 전기는 도박에 빠져서, 공자들과 수레를 몰고 활을 쏘는 기사騎射를 즐기고 있었다. 당시 기사 경기는 네 마리 말이 끄는 수레 석 대를 한 조로 하여 상대편의 수레와 순서대로 세 번 경기를 하는 방식이었다.
　　어느 날 손빈은 그 내기를 구경하다가 세 조의 말을 자세히 관찰하고 비교한 뒤 수레의 속력이 세 등급으로 나뉜다는 것을 알았다. 또한 전기의 허점도 간파했다. 전기는 늘 제나라의 왕이나 공자들과 내기하면서 상급 수레는 상급 수레와, 중급 수레는 중급 수레와, 하급 수레는 하급 수레와 맞붙게 했다. 그러나 제나라 왕이 가진 각 등급의 수레가 전기의 수레보다 빨랐기 때문에 번번이 졌다.
　　손빈은 전기를 부추겼다. "다시 한 번 내기를 해보십시오. 제가 장군을 내기에서 이기도록 해 드리겠습니다."
　　전기는 손빈의 말을 믿고 왕에게 다시 많은 돈을 걸고 내기하자고 제안했다. 경기를 시작할 때 손빈은 전기에게 이길 수 있는 비법을 알려주었다.
　　"장군의 제일 느린 수레를 상대방의 가장 빠른 수레와 달리게 하고, 상등 수레는 중등 수레와, 중등 수레는 하등 수레와 달리게 하십시오."
　　그 결과 2승 1패로 전기가 이겼다.

단지 경기 순서를 바꾸기만 하고서 승리를 했다. 이 우화는 내적 요인을 잘 관찰하여 배열이나 조합을 달리 하기만 해도 다른 결과를 이끌어 낼 수 있다는 교훈을 준다. 무턱대고 같은 방법을 고집하는 것은 어리석은 일이다. 한 가지 방법이 궁하면 변통할 줄 알아야 한다.

競馬

忌數與齊諸公子馳逐重射. 孫子見其馬足不甚相遠, 馬有上中下輩.
於是孫子謂田忌曰, 君弟重射, 臣能令君勝. 田忌信然之, 與王及諸公子
逐射千金. 及臨質, 孫子曰, 今以君之下駟與彼上駟, 取君上駟與彼中駟,
取君中駟與彼下駟.
既馳三輩畢, 而田忌一不勝而再勝, 卒得王千金.
『史記』「孫子吳起列傳」

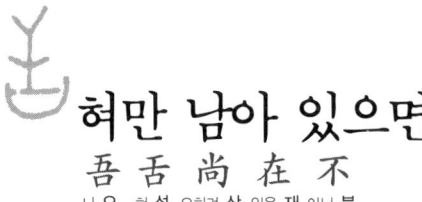

혀만 남아 있으면
吾 舌 尚 在 不
나 오 혀 설 오히려 상 있을 재 아닐 불

전국시대 종횡가인 장의는 세 치 혀로 가난한 선비에서 진나라 재상이라는 중요한 자리에 올랐다. 이 이야기는 그가 아직 가난했을 때의 일이다.

한번은 그가 초나라에 유세를 가서 재상을 모시고 술을 마신 적이 있었다. 그런데 그날따라 재상 집안의 벽옥이 갑자기 없어졌다. 장의가 훔쳐 갔다고 의심한 하인들이 달려들어 그를 매달고는 살점이 떨어져 나가도록 두들겨 패고 문 밖으로 쫓아냈다. 장의가 엉금엉금 기어서 집으로 돌아오자, 화가 난 그의 아내가 욕을 퍼부었다. "흥, 당신이 공부를 해서 유세하러 가지만 않았더라면 이런 수치와 모욕을 당하지는 않았을 것 아니에요!"

장의는 입을 벌리고 아내에게 물었다. "내 혀가 아직 있나 봐주오."

그의 아내가 비웃으며 말했다. "있어요."

장의는 그제야 마음이 놓여 한숨을 내쉬며 말했다. "나에겐 이것만 있으면 돼."

전국시대 말기 초강대국이 된 진나라에 위협을 느낀 나머지 여섯 나라는 서로 동맹을 맺어 자기 나라의 안보를 도모했다. 이렇게 여섯 나라가 연합해서 진나라에 대항해야 한다는 정책을 합종책이라 한다. 또한 여섯 나라가 동맹을 파기하고 진나라와 개별적으로 동맹을 맺어, 진나라의 보호를 받으면서 다른 나라에 대항하는 정책을 연횡책이라 한다. 이러한 합종연횡을 주도한 국제 로비스트를 종횡가라고 한다. 그 가운데 장의는 연횡책을 주도한 유세객이다.

장의가 죽을 정도로 두들겨 맞고서도 혀만 있으면 된다고 했던 것처럼 당시 국제 정세는 치열한 로비를 전개한 유세객들이 좌우했다. 종횡가는 세계의 평화, 인류애와 같은 정치 이념을 추구한 다른 제자백가와 달리 국제 질서가 국가 사이의 이해관계에 의해서 좌우된다는 것을 보여준 사람들이었다.

아직 입으로 말할 수 있다는 뜻으로 오설상존吾舌尙在이라는 성어를 쓴다.

吾舌尙在不

張儀已學而游說諸侯, 嘗從楚相飮, 已而楚相亡璧, 門下意張儀, 曰, 儀貧無行, 必此盜相君之璧. 共執張儀, 掠笞數百, 不服, 釋之. 其妻曰, 嘻. 子毋讀書游說, 安得此辱乎. 張儀謂其妻曰, 視吾舌尙在不. 其妻笑曰, 舌在也. 儀曰, 足矣.
『史記』「張儀列傳」

변장자가 호랑이를 잡은 방법
卞 莊 刺 虎
고깔 변 풀 성할 장 찌를 자 범 호

어떤 곳에 호랑이가 자주 나타나 소를 잡아먹고 사람들을 해치곤 하여 큰 걱정거리가 되었다. 그래서 변장자가 호랑이를 찔러 죽이려고 했다. 객주집 중노미가 그를 말렸다. "호랑이 두 마리가 막 소를 잡아먹으려고 합니다. 한창 배고픈 터라 서로 먹으려고 다툴 것입니다. 그러면 반드시 싸움이 날 것입니다. 두 마리가 싸우면 작은놈은 죽고, 큰놈도 반드시 상처를 입을 것입니다. 상처를 입고 기진맥진한 놈을 그때 찔러 죽이면 한꺼번에 호랑이를 두 마리나 잡았다는 명성을 얻을 것이 아닙니까?"

변장자가 그럴 듯하다고 여겨 가만히 기다렸다. 조금 있으니 과연 호랑이 두 마리가 소를 놓고 다투어 서로 으르렁대며 싸웠다. 한참 동안 싸운 끝에 작은놈은 죽고 큰놈도 상처를 입어 축 늘어져 꼼짝도 하지 못했다. 그때 변장자가 칼을 빼 들고 상처 입은 호랑이를 손쉽게 찔러 죽였다. 변장자는 한꺼번에 호랑이 두 마리를 잡을 수 있었다.

아무리 호랑이를 잘 잡는 용사라도 곧바로 호랑이를 상대하기는 위험하다. 더구나 호랑이가 두 마리라면 말할 것도 없다. 그러나 두 마리가 목숨을 걸고 싸워서 한 마리는 죽고 한 마리는 기진맥진한 상황이라면 힘들지 않고 잡을 수 있다. 이처럼 상대방의 모순을 이용하고 적절한 기회를 선택하면 많은 이익을 얻을 수 있다.

이 우화는 어부지리와 비슷한 구조지만 의도가 다르다. 어부지리는 서로 다투는 당사자를 겨냥하여 쌍방이 서로 다투면 엉뚱한 사람이 이익을 얻기 때문에 이해관계가 같은 사람끼리는 다투지 말라는 이야기이다. 그러나 이 우화는 양자의 모순을 이용하는 제삼자를 겨냥한 것으로 상대방의 맹점을 파악하여 적절한 시기를 잘 선택하면 막대한 이익을 얻을 수 있다는 이야기이다.

卞莊刺虎

莊子欲刺虎, 館竪子止之曰, 兩虎方且食牛, 食甘必爭, 爭則必鬪,
鬪則大者傷, 小者死, 從傷而刺之, 一擧必有雙虎之名.
卞莊子以爲然. 立須之. 有頃, 兩虎果鬪, 大者傷, 小者死.
莊子從傷者而刺之, 一擧果有雙虎之功.
『史記』「張儀列傳」

주머니에 든 송곳
毛遂自薦
털 모 이룰 수 스스로 자 천거할 천

기원전 260년, 조나라는 장평에서 진나라와 싸워 40만 대군을 전부 잃었다. 강한 진나라 군대는 파죽지세로 조나라의 수도인 한단을 포위했다. 바람 앞의 등불 같이 된 조나라의 운명 때문에 근심에 싸인 효성왕은 급히 동생 평원군을 초나라에 보내 구원병을 요청했다. 조나라의 존망이 이 일에 달린 셈이었다.

사안이 중대한 만큼 평원군은 유능한 수행원 20명을 데리고 가려고 준비했다. 그는 자신의 식객 수천 명 가운데 요모조모 따지고 가려서 19명을 골랐지만 아무리 살펴봐도 적당한 마지막 한 사람을 찾을 수 없었다.

이때 모수라는 식객이 일어나 평원군에게 말했다. "저를 데리고 가 주십시오."

평원군은 그가 낯설어서 물었다. "선생은 여기 오신 지 몇 년이나 되었소?"

"3년입니다." 모수가 대답했다.

"3년이라고?" 평원군은 머리를 가로저으며 말했다. "안 되겠소. 재능 있는 사람은 주머니 속에 든 송곳이 주머니를 뚫고 나오듯 재능이 드러나게 마련이오. 선생은 여기 온 지 3년이나 되었는데 여태까지 선생을 칭찬하는 사람을 보지 못했으니 아무 재능도 없는 것 아니겠소? 당신은 안 되겠소."

"그렇지 않습니다." 모수가 따지고 들었다. "저는 여태까지 당신의 주머니에 들지 않은 송곳 같은 처지였습니다. 일찌감치 당신의 주머니에 들어갔더라면 송곳 끝이 주머니 밖으로 나올 뿐만 아니라 송곳 전체가 곡식에서 이삭이 패듯 솟아 나왔을 것입니다."

평원군은 생각을 거듭하다 모수의 말도 일리가 있다 싶어 그를 데리고 가기로 결정했다. 동행하는 식객들은 모두 모수를 무시했지만 여행 도중에 그가 평범한 인물이 아니라는 것을 발견했다.

조나라와 초나라의 회담이 교착 상태에 빠졌을 때 모수는 생명의 위험을 무릅쓰고 칼을 빼 들고 홀로 나서서 거만한 초나라 왕을 놀라게 하고, 또한 세밀하고 예리한 정세 분석으로 초나라의 신하들을 탄복시켰다. 초나라 왕과 평원군은 당장에 맹약을 맺었다. 그리하여 곧 초나라와 위나라의 구원군이 양쪽에서 진격하여 결국 한단의 포위를 풀 수 있었다.

평원군은 맹약을 체결하고 돌아와서는 모수의 재능에 감탄하며 이렇게 말했다. "나는 다시는 선비를 겉모습으로 판단하지 않겠다. 내가 지금까지 많게는 천 명에서 적어도 백 명 이상의 선비를 보았다. 그리고 나 스스로 온 세상의 인물을 판단하면서 한 번도 내 판단력을 의심해 본 적이 없었다. 그런데 모수를 몰라보았다니. 모수는 초나라에 가자마자 조나라의 위신을 굳건하게 세웠다. 모수는 겨우 세 치 혀로 백만 군대를 이겼다. 다시는 선비들을 겉모습으로 판단하지 않겠다."

解 인재를 배양하고 등용하는 것은 사회 발전의 가장 기본적인 바탕이다. 인재를 배양하는 관건은 잠재되어 있는 재능을 알아보고 현실로 끌어내는 것이다. 그러기 위해서는 재능을 발휘할 수 있는 조건을 마련해 주는 것이 무엇보다도 중요하다.

모수가 3년 동안이나 평원군 밑에 있었지만 평원군이 알아보지 못했던 것처럼 인재의 잠재된 능력을 알아내기는 어렵다. 남이 알아주지 않는다고 원망만 할 것이 아니라 남이 나의 재능을 알아볼 수 있도록 드러내는 것도 좋은 방법이다. 능력 없는 사람이 재능을 과장하는 것은 가소로운 일이지만, 먼저 충실하게 실력을 쌓았다면 설령 한때 비웃음을 사더라도 과감하게 자신의 실력을 발휘할 기회를 스스로 만드는 것도 바람직한 일이다. 이 이야기에서 유래한 성어가 모수자천毛遂自薦과 뛰어난 인물은 여러 사람들 속에 섞여 있어도 그 재능이 드러나게 마련이라는 뜻의 낭중지추囊中之錐이다.

毛遂自薦

秦之圍邯鄲, 趙使平原君求救, 合從於楚, 約與食客門下有勇力文武備具者二十人偕. …… 士不外索, 取於食客門下足矣.
得十九人, 餘無可取者, 無以滿二十人.
門下有毛遂者, 前, 自贊於平原君曰, 遂聞君將合從於楚,
約與食客門下二十人偕, 不外索. 今少一人, 願君即以遂備員而行矣.
平原君曰, 先生處勝之門下幾年於此矣. 毛遂曰, 三年於此矣.
平原君曰, 夫賢士之處世也, 譬若錐之處囊中, 其末立見.
今先生處勝之門下三年於此矣, 左右未有所稱誦, 勝未有所聞,
是先生無所有也. 先生不能, 先生留. 毛遂曰, 臣乃今日請處囊中耳.
使遂蚤得處囊中, 乃穎脫而出, 非特其末見而已. 平原君竟與毛遂偕.
…… 平原君已定從而歸, 歸至於趙, 曰, 勝不敢復相士.
勝相士多者千人, 寡者百數 自以爲不失天下之士,
今乃於毛先生而失之也 毛先生一至楚, 而使趙重於九鼎大呂.
毛先生以三寸之舌, 彊於百萬之師. 勝不敢復相士. 遂以爲上客.
『史記』「平原君虞卿列傳」

생사를 같이 하는 우정
負 荊 請 罪
질 부 모형나무 형 청할 청 허물 죄

　인상여는 원래 조나라의 가난한 선비였다. 조나라는 혜문왕 때 초나라 화씨의 벽옥을 손에 넣었다. 이 소문을 들은 진나라 소왕이 사신을 보내 진나라의 성 15곳과 화 씨의 벽옥을 바꾸자고 했다. 사실은 벽옥만 빼앗고 성은 주지 않을 속셈이었다. 이 속셈을 간파한 인상여는 벽옥을 가지고 진나라로 갔다가 계책을 써서 벽옥을 원래대로 무사히 조나라로 가지고 돌아왔다.
　한번은 진나라와 면지澠池라는 곳에서 회합을 했다. 진나라 왕은 욕보일 속셈으로 조나라 왕에게 슬瑟을 연주하게 했다. 그러자 인상여가 또 계략을 써서 진나라 왕에게도 부缶라는 악기를 연주하게 했다.
　조나라 왕은 인상여의 지혜와 용기에 감동하여 노장 염파보다 윗자리에 앉혔다. 염파는 부끄럽고 자존심이 상하여 성을 내며 말했다. "나는 조나라를 위해 생사를 넘나들며 성을 공격하고 땅을 빼앗아 큰 공을 세웠다. 그런데 인상여는 미천한 출신인데다가 겨우 세 치 혀만 놀렸을 뿐인데 나보다 지위가 높다. 나는 도저히 부끄러워서 인상여 밑에 있을 수 없다." 그는 어디서나 이렇게 떠들고 다니면서 인상여를 만나기만 하면 기어이 모욕을 주겠다고 다짐을 했다.
　이 말을 들은 인상여는 될 수 있으면 염파와 만나지 않으려고 조심했다. 외출을 했다가도 멀리서 염파가 오는 기색이 보이면 수레를 끌고 피해 버렸다.

주인이 늘 염파에게 당하고 그를 멀리하는 것을 본 하인들은 체면이 말이 아니어서 불평을 하며 떠나려 했다. 인상여는 그들을 말리면서 말했다. "염장군과 진나라 왕 가운데 누가 더 무서운가?"

"그야 당연히 진나라 왕이 더 무섭지요." 그들은 입을 모아 말했다.

인상여는 잔잔하게 웃으며 말했다. "그렇지. 나는 천하를 호령하는 진나라 왕을 그의 조정에서 꾸짖고, 그 신하들에게 모욕을 주었다. 내가 아무리 쓸모없는 인물이라 하더라도 염장군을 두려워할 리 있겠느냐? 나는 이렇게 생각한다. 강한 진나라가 우리 조나라를 침범하지 못하는 것은 나와 염장군이 있기 때문이라고. 호랑이 두 마리가 서로 싸운다면 어떻게 되겠는가? 둘 다 살아남지 못할 걸세. 내가 늘 물러나는 것은 국가의 안위를 먼저 생각하고 개인적인 원한은 뒤로 돌리기 때문이라네."

이 말을 전해들은 염파는 옹졸한 자신의 태도가 너무도 부끄럽고 창피했다. 깊은 감동을 받은 그는 윗도리를 벗고 가시 돋친 회초리를 지고서 인상여를 찾아가 용서를 빌었다. 맨땅에 무릎을 꿇고서 어리석고 미련한 자기를 때려 달라고 간청했다. 인상여는 황급히 염파를 일으켜 세웠다. 이때부터 두 사람은 화해를 하고 생사를 같이 하는 우정을 맺었다.

解 개인적인 원한과 공적인 관계를 엄격하게 구분한 인상여의 태도는 참으로 훌륭하다. 또한 잘못을 과감히 인정하고 허물을 알면 반드시 고친다는 염파의 정신도 고귀하다. 개인적인 은혜와 원수를 내세워 국가나 사회의 발전에 저해가 된 경우가 우리 역사에도 흔하다. 지도자일수록 공적인 관계와 사적인 관계를 혼동해서는 안 된다.
부형청죄負荊請罪라는 성어의 유래가 된 이야기이다. 또한 이 두 사람에게서 유래된 성어에 생사를 같이 하는 벗이라는 뜻의 문경지교刎頸之交가 있다.

負荊請罪

… 旣罷歸國, 以相如功大, 拜爲上卿, 位在廉頗之右.
廉頗曰, 我爲趙將, 有攻城野戰之大功, 而藺相如徒以口舌爲勞,
而位居我上. 且相如素賤人, 吾羞不忍爲之下.
宣言曰, 我見相如, 必辱之. 相如聞, 不肯與會. 相如每朝時, 常稱病,
不欲與廉頗爭列, 已而相如出望見廉頗, 相如引車避匿.
於是舍人相與諫曰, …, 藺相如固止之曰, 公之視廉將軍孰與秦王.
曰, 不若也. 相如曰, 夫以秦王之威, 而相如廷叱之, 辱其羣臣.
相如雖駑, 獨畏廉將軍哉. 顧吾念之, 强秦之所以不敢加兵於趙者,
徒以吾兩人在也. 今兩虎共鬪, 其勢不俱生. 吾所以爲此者,
以先國家之急而後私仇也. 廉頗聞之, 肉袒負荊, 因賓客至藺相如門謝罪.
… 卒相與歡, 爲刎頸之交.
『史記』「廉頗藺相如列傳」

지도 위에서 전쟁하기
紙上談兵
종이 지 위 상 말씀 담 군사 병

조나라의 명장 조사에게는 조괄이라는 아들이 있었다. 조괄은 어려서부터 열심히 병법을 공부하여 용병술만 이야기했다 하면 아버지조차도 상대할 수 없을 정도로 거침이 없었다. 마침내 조괄은 천하에 자기와 대적할 사람이 없다고 생각했다.

하지만 조사는 아들을 칭찬하기는커녕 언제나 걱정스럽게 말했다. "장차 조나라에서 이 녀석에게 군사를 맡긴다면, 이 녀석은 반드시 조나라를 파멸시킬 것이다."

기원전 262년 진나라가 조나라를 공격하여 두 나라 군대가 장평에서 대치하고 있었다. 조사는 이미 죽고 인상여는 병들어 있었기 때문에 조나라에서는 염파를 파견할 수밖에 없었다. 처음 몇 번의 싸움에서 조나라 군대가 연전연패하자 염파는 전략을 바꿔 성 밖으로 나가지 않고 굳게 지키기만 했다. 그렇게 3년이나 전쟁이 계속되어 군량 공급이 어려워지자, 장기전에 부담을 느낀 진나라는 조나라에 간첩을 보내 유언비어를 퍼뜨렸다. "진나라 군대는 조괄이 대장이 되는 것 말고는 아무것도 두려워하지 않는다."

유언비어가 궁중에 퍼지자, 전쟁이 소강상태에 빠져서 근심에 싸여 있던 조나라 효성왕은 조괄을 기용할 준비를 했다. 병석에서 그 말을 들은 인상여는 중요한 일을 조괄에게 맡겨서는 안 된다고 권했고, 조괄의 어머니는 글을 올려 조괄은 빈말이나 할 줄 알 뿐 중요한 책임을 맡을 수는 없다고 말했다. 그러나 왕은 듣지 않고 정말로 염파를 소환하고, 대신 조괄을 대장으로 삼았다.

전선에 도착한 조괄은 즉시 군령을 뜯어고치고 장교들을 모두 교체했다. 무력을 강화하여 대치 상황을 끝내려 하고, 전략을 바꾸어 단번에 군기가 어수선해졌다. 진나라 장수인 백기는 이런 상황을 염탐하여, 깊은 밤 조괄의 진영에 특공대를 투입시켰다가 패주하는 척하면서 기회를 틈타 조괄의 식량 보급로를 차단했다. 조괄은 진나라 군대의 패퇴가 기만술이라는 것도 모르고 군사를 지휘하여 추격하다가 징과 북을 울리면서 옆쪽에서 쇄도하는 진나라 군사들에 의해 허리가 끊어지고 말았다.

이리하여 조나라 군대는 40일 이상 포위되어 나무껍질과 풀뿌리까지 다 캐먹고, 사기는 형편없이 떨어지고 말았다. 조괄은 그대로 산 채 굶어 죽을 수는 없다고 생각하여 군대를 이끌고 포위망을 돌파했다. 그러나 보이는 것은 들판을 온통 뒤덮고 있는 진나라 깃발뿐이었다. 순간 진나라 군대가 사방에서 돌진해 오는 바람에 조괄은 비 오듯 날아오는 화살에 맞아 죽고, 40만 장병도 모두 진나라에 항복하고 말았다. 진나라 장수 백기는 항복한 조나라 군사 40만 명을 모두 생매장해 죽였다.

이듬해 진나라는 마침내 조나라의 수도인 한단을 포위했다. 1년 남짓하여 한단이 거의 함락될 지경에 이르렀다. 때마침 초나라와 위나라의 군대가 구원하러 오지 않았더라면 조나라는 멸망하고 말았을 것이다.

解 교과서에서 배운 내용을 암송하여 기계적으로 적용하기만 하면 큰 낭패를 본다. 조괄은 이론에서는 유명한 장수였던 아버지를 능가했다. 그러나 이론은 어디까지나 일반적인 규범일 뿐 실제 상황에 그대로 적용할 수는 없다. 실제 상황에는 여러 가지 변수가 작용하기 때문에 변화하는 양상을 파악하여 대응해야 한다. 그런데도 조괄은 자신이 배운 이론을 만능으로 생각하며 그대로 적용하다가 실전에서는 여지없이 참패하고 자신의 목숨은 물론 40만이 넘는 조나라 군사의 목숨을 잃어버리게 했다. 실전 경험 없이 이론만 기계적으로 적용하려고 한 조괄도 문제지만, 모든 사람들이 동의하지 않는데도 주관적인 판단과 고집을 내세워 억지로 그를 등용한 조나라 효성왕에게도 커다란 책임이 있다. 인재를 제대로 알고 적합한 자리에 쓰는 안목은 지도자의 가장 중요한 자질이다.

이 이야기에서 유래한 지상담병紙上談兵이란 성어는 탁상공론과 같은 뜻으로 쓴다.

紙上談兵

秦與趙兵相距長平. 時趙奢已死, 而藺相如病篤, 趙使廉頗將攻秦.
秦數敗趙軍, 趙軍固壁不戰. 秦數挑戰, 廉頗不肯. 趙王信秦之間.
秦之間言曰, 秦之所惡, 獨畏馬服君趙奢之子趙括爲將耳.
趙王因以括爲將, 代廉頗.…趙括自少時學兵法, 言兵事, 以天下莫能當.
嘗與其父奢言兵事, 奢不能難, 然不謂善.
… 趙括旣代廉頗, 悉更約束, 易置軍吏.
秦將白起聞之, 縱奇兵, 佯敗走, 而絶其糧道, 分斷其軍爲二, 士卒離心.
四十餘日, 軍餓, 趙括出銳卒自搏戰. 秦軍射殺趙括.
括軍敗, 數十萬之衆遂降秦, 秦悉坑之. 趙前後所亡凡四十五萬.
明年, 秦兵遂圍邯鄲, 歲餘, 幾不得脫. 賴楚魏諸侯來救, 乃得解邯鄲之圍.
『史記』「趙奢列傳」

나중 온 자가 위에 있다니
後來居上
뒤 후 올 래 거할 거 위 상

    급암, 공손홍, 장탕 세 사람은 모두 한나라 무제의 신하였다. 급암이 높은 관직에 있었을 때 공손홍과 장탕은 아직 낮은 지위에 있었다. 그런데 공손홍과 장탕은 점점 지위가 높아져 마침내 급암과 같은 자리에 앉았다. 그러자 급암은 공손홍과 장탕을 헐뜯고 다녔다. 나중에 공손홍은 승상이 되어 제후에 봉해지고, 장탕도 어사대부가 되었다. 그리고 이전에 급암의 아랫사람들도 모두 그와 서열이 같아지거나 앞질렀다.
    급암은 편협한 생각을 품고 몹시 불만스러워 했다. 언젠가 무제를 뵙게 되어서 무제 앞에 나아가 말했다. "폐하께서 사람을 쓰시는 것은 장작을 쌓는 것 같습니다. 나중에 온 것을 위에 놓고 계시니 말입니다."
    그 말을 들은 무제는 아무 말도 하지 않았다.

解 연공서열을 따지는 것은 매우 비생산적이며 사회 발전에 장해가 될 수 있다. 급암은 좁은 소견 때문에 나중에 온 것이 위에 놓이는 것이야말로 사물의 신진 대사와 발전의 법칙이라는 것을 모르고 무제를 원망했다. 인재를 등용할 때 연령이나 서열로 논해서는 안 된다. 나중에 온 사람이 앞설 수도 있고, 먼저 온 사람이 나중이 될 수도 있는 것이다. 후진을 양성하고 아랫사람의 능력을 헤아려 능력을 펼 수 있도록 기회를 열어 주는 것도 윗사람의 중요한 덕목이다. 그러나 급암의 불만에는 까닭이 있다. 급암은 정치의 이념을 바로 세우는 데 중점을 둔 사람이고, 장탕과 공손홍 같은 사람은 엄격하게 법령을 세우고 상세하게 법을 해석하는 데 뛰어난 사람이었다. 그래서 겉으로 보기에 급암은 발전도 없고 공적도 없는 사람 같고, 장탕과 공손홍은 공을 많이 세운 것처럼 보였던 것이다.

또한 실적만 내세우고 내실을 다지지 않는 사람이 많다. 겉으로 보기에는 이런 사람들이 많은 업적을 남겨서 좋은 평가를 받고 승진도 빠르지만 사실은 허점투성이다. 내실을 다지는 사람은 드러난 업적이 보잘것없을 수도 있고, 결과가 늦게 나타나 승진이 더딜 수도 있다. 그러나 사회와 조직의 발전에 어떤 사람이 더 중요한 사람인지는 말할 필요도 없다. 지도자는 좋은 평가를 받기 위해서만 노력하는 사람인지, 다른 사람의 평가에 연연하지 않고 정말로 필요한 일을 하는 사람인지 잘 알아보아야 한다. 객관적이고 공정하게 사람을 평가하는 것은 무엇보다도 중요하다.

뒤에 온 사람이 높은 자리에 앉는 것을 후래거상後來居上이라고 한다.

後來居上

始(汲)黯列爲九卿, 而公孫弘張湯爲小吏. 及弘湯稍益貴, 與黯同位,
黯又非毁弘湯等. 已而弘至丞相, 封爲侯, 湯至御史大夫,
故黯時丞史皆與黯同列, 或尊用過之. 黯褊心, 不能無少望, 見上
前言曰, 陛下用羣臣如積薪耳, 後來者居上 上默然.
『史記』「汲鄭列傳」

자기를 사형시킨 법관

李 離 伏 劍
오얏 리　떨어질 리　엎드릴 복　칼 검

　　춘추시대 진나라의 법관 이리는 공정하여 권력에 아첨하지 않고 흔들림 없이 법을 집행했다. 한번은 사안을 심의하다가 자신이 잘못 판결하여 억울한 사람을 사형시킨 사건이 있음을 발견했다. 깜짝 놀란 그는 부끄러움을 느껴 관복을 벗고 수인을 거둔 다음, 나졸들에게 자기를 포박해서 문공에게 데려가게 하여 사형에 처해 주도록 청했다.
　　그를 본 문공이 허둥지둥 달려 내려와 포승을 풀어 주며 말했다. "관직에는 귀천이 있고, 처벌에는 경중이 있소. 다시 말하지만 이 안건은 관리들이 잘못한 것이지 당신이 잘못한 것이 아니라오."
　　이리는 무릎을 꿇은 채 말했다. "저는 법률 장관이라는 자리에 있으면서 부하에게 제 자리를 양보한 적은 없습니다. 게다가 저는 많은 보수를 받으면서 아랫사람에게 한 푼도 나눠주지 않았습니다. 잘못은 제가 저질러 놓고 이제 와서 아랫사람에게 책임을 전가할 수 있겠습니까? 저를 사형에 처해 주십시오."
　　그 말을 들은 문공은 기분이 상해 말했다. "당신의 말대로 아랫사람들의 잘못에 대해 윗사람이 책임을 져야 한다면 내게도 죄가 있다고 해야 할 것이오."
　　이리가 대답했다. "우리나라 법에는 판결을 잘못 내린 자는 반드시 같은 형에 처하는 반좌법이 있습니다. 잘못 판단해 사형을 내린 자는 사형에 처해야 합니다. 임금님께서는 제가 인정을 잘 살피고, 미세한 사정을 잘 듣고, 의혹을 잘 판결할 사람이라고 생각했기 때문에 저를 법관에 임명하신 겁니다. 그런데 제가 판결을 잘못 내려 죄 없는 사람이 원통하게 사형 당한 사건이 생겼으니 제 죄는 사형에 처해야 마땅합니다."
　　이리는 말을 마치더니 벌떡 일어나 호위병이 들고 있던 칼을 빼앗아 순식간에 왕 앞에서 자결하고 말았다.

解 주나라의 예법은 예와 형벌을 달리 운용하여 귀족들은 예로, 서민들은 형벌로 다스렸다. 그런데 전국시대에 나타난 법가 사상가들은 객관적인 법이 국가와 사회를 지배해야 한다고 생각했다. 군주는 법의 적용에서 제외되는 한계가 있기는 했지만 법 앞에 모두 평등하다는 생각은 당시로서는 매우 진보적인 생각이었다.

이리는 법의 지배를 실천한 사람이다. 누구든 법을 어기면 합당한 처벌을 받아야 한다는 생각을 몸으로 보여주고, 이익과 권세를 아랫사람들에게 나눠주지 않은 만큼 잘못과 책임도 전가해서는 안 된다고 생각했다는 점에서 본받을 만하다. 그야말로 공평무사한 사람이다. 권력에는 반드시 책임이 따른다. 그러나 이익은 자기가 차지하고 책임은 남에게 떠넘기는 관료들이 얼마나 많은가?

李離伏劍

李離者, 晉文公之理也. 過聽殺人, 自拘當死. 文公曰, 官有貴賤, 罰有輕重. 下吏有過, 非子之罪也. 李離曰, 臣居官爲長, 不與吏讓位. 受祿爲多, 不與下分利. 今過聽殺人, 傳其罪下吏, 非所聞也. 辭不受令. 文公曰, 子則自以爲有罪, 寡人亦有罪邪. 李離曰, 理有法, 失刑則刑, 失死則死. 公以臣能聽微決疑, 故使爲理. 今過聽殺人, 罪當死. 遂不受令, 伏劍而死.
『史記』「循吏列傳」

바라는 건 왜 그리 많은지
所求何奢
바 소 구할 구 어찌 하 사치할 사

위왕 8년 초나라가 제나라를 침범했다. 제나라 왕은 순우곤을 조나라에 보내 구원을 요청하게 하면서 황금 100근과 수레 10량을 출병 조건으로 가지고 가도록 했다. 그 말에 순우곤이 하늘을 바라보며 갓끈이 끊어지도록 껄껄 웃자, 왕이 물었다. "예물이 적어 불만이오?"

순우곤은 겨우 웃음을 참으며 대답했다. "어떻게 감히 적다고 불평하겠습니까?"

왕이 다그쳐 물었다. "그러면 왜 웃소?"

순우곤이 대답했다. "오늘 조정에 올 때 들을 지나다가 한 농부가 길 옆 논바닥에 꿇어앉아 있는 걸 보았습니다. 그 사람은 작은 돼지 다리 하나와 술 한 병을 놓고 이렇게 빌고 있더군요. '토지신이여. 오곡이 창고에 가득 차고, 돼지와 소가 우리에 가득 차고, 금과 은이 궤짝에 가득 차고, 자손이 집안에 가득 차도록 도와주십시오.' 제물은 그렇게 보잘것없으면서 너무 많은 것을 요구하는 모습에 생각할수록 웃음이 나옵니다."

왕은 그 말을 듣고 몹시 부끄러워하며 많은 황금과 백옥 10쌍, 수레 100냥으로 늘려 주었다. 순우곤은 이것을 가지고 조나라에 갔다. 조나라는 곧바로 정병 10만 명과 전차 1천 량을 동원했고, 이 소식에 초나라는 황급히 한밤중에 철수하고 말았다.

적은 밑천으로 많은 이윤을 남기는 것이 자본주의의 미덕이라지만 많은 이윤을 얻으려면 그만큼 많은 밑천을 들여야 한다. 많은 것을 성취하려면 그만큼 많이 노력해야 한다. 미끼를 아끼지 말아야 큰 물고기를 낚을 수 있다.

所求何奢

威王八年, 楚大發兵加齊. 齊王使淳于髡之趙, 請救兵, 齎金百斤 車馬十駟. 淳于髡仰天大笑, 冠纓索絕. 王曰, 先生少之乎. 髡曰, 何敢 王曰, 笑豈有說乎. 髡曰, 今者臣從東方來, 見道傍有禳田者, 操一豚蹄, 酒一盂, 祝曰, 甌窶滿篝, 汚邪滿車, 五穀蕃熟 穰穰滿家. 臣見其所持者狹而所欲者奢, 故笑之. 於是齊威王乃益齎黃金千鎰, 白璧十雙, 車馬百駟. 髡辭而行至趙. 趙王與之精兵十萬, 革車千乘. 楚聞之, 夜引兵而去.
『史記』「滑稽列傳」

말의 장례
楚王葬馬
나라이름 초 임금 왕 장사지낼 장 말 마

초나라 장왕은 말을 몹시 좋아하여 가장 아끼는 말은 곱게 수놓은 비단옷을 입히고, 화려하게 꾸민 집안에 매어 두고서 서늘한 침상에서 재우고 대추와 포를 먹여 길렀다. 그러다 너무 살이 찐 말이 그만 죽고 말았다. 그러자 초나라 왕은 모든 대신들에게 상복을 입도록 하고, 속널과 겉널을 마련해 대부를 장사지내는 예에 따라 성대히 장례를 치르려고 했다. 대신들이 그래서는 안 된다고 말렸지만 초나라 왕은 듣지 않을 뿐만 아니라 오히려 이렇게 명령했다. "말의 장례에 대해 이러쿵저러쿵하는 사람은 사형에 처하겠다."

그 말을 들은 우맹은 왕궁으로 달려가 얼굴을 쳐들고 큰소리로 통곡했다. 초나라 왕이 깜짝 놀라서 통곡하는 까닭을 묻자, 우맹은 이렇게 대답했다. "죽은 말은 임금님께서 가장 아끼는 말입니다. 당당한 우리 초나라에서는 얼마든지 더 성대하게 장례를 치를 수 있는데 겨우 대부를 장사지내는 예에 따라 말의 장례를 치르다니요. 말도 안 됩니다. 마땅히 임금을 장사지내는 예에 따라 장례를 치르도록 해야 합니다."

초나라 왕이 말했다. "그렇게 하려면 어떻게 해야 되는가?"

우맹이 대답했다. "백옥으로 속널을 만들고 결이 고운 가래나무로 겉널을 짜며, 녹나무와 단풍나무로 널 바깥을 꾸미고, 많은 군사를 동원하여 구덩이를 깊이 파고, 성안의 노약자를 동원하여 흙을 져 나르도록 해야 합니다. 또한 출상하는 날에는 조나라와 제나라의 사절들을 앞세워 북과 징을 치며 상여를 인도하게 하고, 한나라와 위나라의 사절들은 뒤에서 기를 들고 따르게 하십시오.

그리고 사당을 지어 그 위패를 길이 모시고, 만호후萬戶侯의 시호를 내리십시오. 그래야만 임금님이 사람은 아주 무시하고 말은 귀하게 여긴다는 것을 알릴 수 있습니다."

초나라 왕이 말했다. "내 잘못이 그렇게도 심하단 말인가? 좋다, 그럼 어떻게 해야 하겠는가?"

"임금님, 말은 그저 가축의 하나로 장사지내는 것이 가장 좋습니다. 아궁이를 겉널로 삼고 구리로 된 가마솥을 속널로 삼아, 생강과 대추를 넣고 목련 나무로 불을 때 익힌 다음 멥쌀로 제사지내고 불꽃을 수의로 삼아서 사람의 뱃속에 장사지내십시오."

 우맹은 겉으로는 말의 성대한 장례를 극도로 과장함으로써 말을 아끼는 왕의 마음에 호소하면서도 실질적으로 더 철저하게 왕의 터무니없는 오류와 막대한 폐해를 폭로하여 뉘우치도록 했다. 과장의 매력은 터무니없이 부풀릴수록 풍자의 대상이 되는 사람조차 감정이 상하지 않고 풍자의 의도를 깨달을 수 있다는 점이다.

楚王葬馬

楚莊王之時, 有所愛馬, 衣以文繡, 置之華屋之下, 席以露床, 啖以棗脯.
馬病肥死, 使群臣喪之, 欲以棺槨大夫禮葬之. 左右爭之, 以爲不可.
王下令曰, 有敢以馬諫者, 罪至死. 優孟聞之, 入殿門, 仰天大哭.
王驚而問其故. 優孟曰, 馬者王之所愛也, 以楚國堂堂之大, 何求不得,
而以大夫禮葬之, 薄, 請以人君禮葬之. 王曰, 何如.
對曰, 臣請以雕玉爲棺, 文梓爲椁, 楩楓豫章爲題湊, 發甲卒爲穿壙,
老弱負土, 齊趙陪位於前, 韓魏翼衛其後, 廟食太牢, 奉以萬戶之邑.
諸侯聞之, 皆知大王賤人而貴馬也. 王曰, 寡人之過一至此乎. 爲之奈何.
優孟曰, 請爲大王六畜葬之. 以壟竈爲椁, 銅歷爲棺, 齎以薑棗,
薦以木蘭, 祭以糧稻, 衣以火光. 葬之於人腹腸.
『史記』「滑稽列傳」

머리 둘 달린 뱀을 죽인 아이
埋 兩 頭 蛇
묻을매 두량 머리두 뱀사

　손숙오가 아주 어렸을 적에 놀러 나갔다가 머리가 둘 달린 뱀이 기어가고 있는 것을 보았다. 그는 머리 둘 달린 뱀을 보기만 해도 죽는다는 말을 들은 적이 있었으므로 급히 돌을 주워 그 뱀을 때려잡아 먼 들판에 묻었다.
　손숙오는 집으로 돌아와 어머니의 옷자락을 잡고 엉엉 울기 시작했다. 어머니가 이상해서 까닭을 묻자 그가 말했다. "조금 전에 머리가 둘 달린 뱀을 보았어요. 저는 죽을 거예요. 다시는 어머니를 보지 못할 겁니다."
　어머니가 급히 물었다. "그 뱀이 지금은 어디 있니?"
　"남이 또 보고 죽을까봐 그 놈을 죽여서 묻어 버렸어요."
　어머니는 기뻐하며 그의 머리를 쓰다듬으며 말했다. "걱정하지 마라, 아가. 넌 안 죽을 거야. 좋은 일을 했으니까 하늘이 네게 좋은 보답을 해주겠지."
　나중에 손숙오는 초나라에서 가장 높은 영윤이라는 벼슬에 올랐다. 아직 본격적으로 나라를 다스리지 않았는데도 백성이 모두 그를 믿고 따랐다.

남에게 좋은 일을 하면 좋은 보답을 받는다는 생각은 참으로 뿌리 깊은 믿음이다. 착한 일을 하면 실제로 당장 보응을 받지 못한다 하더라도 언젠가는 보응을 받거나 후손에게 좋은 일이 생긴다고 믿는다. 현실적으로 이런 믿음은 근거가 없다고 무시할 필요는 없다. 결과에 상관없이 그 일이 좋은 일이기 때문에 해야 옳다고 할 수도 있지만 보응을 바라고 좋은 일을 하는 것 역시 나무랄 것은 아니다. 어쨌든 동기도 좋고 결과도 좋다면 더 좋겠지만 말이다. 어린 손숙오는 머리 둘 달린 뱀을 보면 죽는다는 속설을 믿고 자기는 죽을 것을 기정사실로 받아들였다. 여기까지는 보통 어린아이와 같은 수준의 생각을 한 것이다. 그런데 자기는 죽더라도 다른 사람이 또 보고 죽으면 안 된다고 생각하여 뱀을 죽여서 묻어 버렸다. 흔히 자기에게 재앙이 닥치면 자기가 당하는 재앙만 생각하고 어쩔 줄 몰라 하는데 남에게 재앙이 미칠 것을 생각했다는 것은 참으로 놀랍다. 허무맹랑한 속설을 순진하게 믿고 있는 아들에게 무턱대고 속설을 믿지 말라고 하기보다 음덕과 보응이라는 윤리적 동기로 침착하게 처리한 어머니도 참으로 지혜롭다.

埋兩頭蛇

孫叔敖爲嬰兒之時, 出遊見兩頭蛇, 殺而埋之, 歸而泣. 其母問其故.
叔敖對曰, 吾聞見兩頭之蛇者死 嚮者吾見之, 恐去母而死也
其母曰, 蛇今安在. 曰, 恐他人又見, 殺而埋之矣.
其母曰, 吾聞有陰德者, 天報以福. 汝不死也
及長, 爲楚令尹, 未治而國人信其仁也
『新序』「雜事第一」

큰 깃털과 부드러운 솜털
巨翮與軟毛
클 거 깃촉 핵 더불어 여 연할 연 털 모

진나라 평공이 강을 건너다가 뱃머리에 서서 출렁이는 푸른 물결과 그림 같은 강산을 바라보며 길게 탄식했다. "아, 어떻게 해야 어진 사람을 만나 이 즐거움을 함께 감상할꼬?"

곁에서 배를 젓고 있던 사공 고상이 말했다. "임금님께서는 지나친 말씀을 하고 계십니다. 용천이라는 보검은 오월에서 생산되고, 영사라는 구슬은 강한에서 나며, 화 씨의 벽옥은 곤산에서 나옵니다. 이 세 가지 보물은 임금님께서 마음만 먹는다면 얻을 수 있습니다. 임금님께서 진짜로 인재를 아끼신다면 어진 사람들이 오지 않을 리 있겠습니까? 말로만 그러시는 게 아닌지 모르겠습니다."

"뭐라고? 내가 인재를 사랑하지 않는다고?" 화가 난 평공이 말했다. "우리 집에서는 식객을 3천 명이나 거두고 있다. 아침에 먹을 양식이 충분하지 않으면 저녁에 세금을 거둬들여 먹이고 저녁에 먹을 양식이 충분하지 않으면 아침에 세금을 거둬 들여 먹일 만큼 그들이 편히 지내도록 하기 위해 애를 쓴다. 그런 내가 인재를 아끼지 않는다니!"

"마땅히 그렇게 하셔야지요." 뱃사공이 말했다. "임금님께서는 기러기를 보셨는지 모르겠습니다. 기러기는 온몸이 털로 덮여 있지만 하늘을 박차고 높이 날 때 의지하는 건 큰 깃털 몇 개뿐입니다. 배나 등에 난 부드러운 솜털들은 소용이 없습니다. 그렇지 않습니까?"

평공이 머리를 끄덕이자 사공은 잔잔히 웃으며 물었다. "그렇다면 임금님의 식객 3천 명은 날개에 난 큰 깃털입니까, 아니면 배나 등에 난 부드러운 솜털입니까?"

평공은 아무 말도 하지 못했다.

 진평공은 진정으로 인재를 사랑한 것이 아니라 인재를 아낀다는 명성만 탐한 데 지나지 않는다. 인재를 좋아한다는 명성이 높으면 온갖 어중이떠중이까지 몰려들어 참으로 재능 있는 사람은 묻히게 마련이다. '나쁜 돈이 좋은 돈을 몰아내는' 것과 같다. 양적 발전이 질적 발전으로 비약할 수는 있지만 질과 양의 관계를 잘 따져야 한다. 솜털은 솜털대로 쓸모가 있고 깃털은 깃털대로 쓸모가 있으니 인재를 제대로 알아보고 적재적소에 쓰는 것이 중요하다.

巨翮與軟毛

晉平公浮西河, 中流而嘆曰, 嗟乎. 安得賢士與共此樂者. 船人固桑進對曰, 君言過矣. 夫劍產干越, 珠產江漢, 玉產崑山. 此三寶者, 皆無足而至, 今君苟好士, 則賢士至矣. 平公曰, 固桑, 來. 吾門下食客者三千餘人, 朝食不足, 暮收市租, 暮食不足, 朝收市租, 吾尚可謂好士乎. 固桑對曰, 今夫鴻鵠高飛冲天, 然其所恃者六翮耳. 夫腹下之毳, 背上之毛 增去一把 飛不爲高下, 不知君之食客三千餘人, 六翮邪, 將腹背之毳也 平公默然而不應焉.

『新序』「雜事第一」

곡조가 고상할수록
따라 부르는 사람이 적다
曲高和寡
굽을 곡 높을 고 화할 화 적을 과

초나라 위왕은 송옥을 아주 총애했는데, 송옥에 관한 추문이 날마다 들려왔다. 어느 날 그가 송옥에게 물었다. "선생은 몸가짐을 조심해야겠소. 그렇지 않다면 왜 관리나 백성들이 모두 선생의 나쁜 점을 말하겠소?"

송옥은 급히 머리를 조아리며 말했다. "맞습니다. 그런 일이 있었지요. 임금님께서는 저의 죄를 너그러이 보아주시고 제 말도 들어보시기 바랍니다. 어떤 가수가 서울에서 노래를 불렀답니다. 처음에 그가 부른 노래는 '하리파인'이라는 노래였는데 따라 부른 사람이 몇 천 명이나 되었지요. 그 다음 부른 노래는 '양릉채미'라는 노래였는데 이번에는 따라 부른 사람이 겨우 수백 명이었답니다. 그가 마침내 '양춘백설'이라는 어려운 노래를 부르자 이해하는 사람은 거의 없고, 따라 부른 사람도 여남은 명에 지나지 않았답니다. 마침내 그가 곡조가 변하는 어려운 노래를 부르자 사람들은 어안이 벙벙했지요. 결국 따라 부른 사람이 몇 명밖에 안 됐답니다. 곡조가 고상할수록 따라 부르는 사람도 점점 줄어드나 봅니다."

解 음악으로 말하자면 곡조가 고상할수록 따라 부르는 사람이 적은 것은 당연한 일이다. 올바른 일을 하든 바람직하지 못한 일을 하든 두드러진 행위는 남이 따라 하기도 어렵고 남의 호응을 받기도 어렵다. 그러므로 어떤 일로 호응을 받지 못하는가 하는 문제를 따지는 것도 중요하다. 그러나 남의 호응을 못 받을수록 자기가 고상하다는 주장은 자기 잘못과 남의 비난을 호도하는 궤변이다.

고상한 사람은 남의 호응을 받지 못한다.
나는 남의 호응을 받지 못한다.
따라서 나는 고상한 사람이다.

이런 추론 형식은 후건 긍정의 오류에 속한다. 호응을 받지 못하는 것이 고상한 사람이 되는 유일한 이유가 아니기 때문이다. 소수를 잠시 속일 수는 있지만 다수를 오랫동안 속일 수는 없다.
곡고화과曲高和寡라는 성어는 너무 고상하여 일반의 환영을 받지 못하거나 언론이나 예술 작품이 지나치게 고상하여 대중의 이해를 얻지 못한다는 뜻으로 쓴다.

曲高和寡

楚威王問於宋玉曰, 先生其有遺行邪. 何士民衆庶不譽之甚也.
宋玉對曰, 唯, 然有之. 願大王寬其罪, 使得畢其辭. 客有歌於郢中者.
其始曰下里巴人, 國中屬而和者數千人.
其爲陽陵采薇, 國中屬而和者數百人
其爲陽春白雪, 國中屬而和者數十人而已也.
引商刻角, 雜以流徵 國中屬而和者不過數人.
是其曲彌高者, 其和彌寡
『新序』「雜事第一」

곽나라의 폐허
郭 氏 之 墟
성곽 곽　성씨 씨　어조사 지　옛터 허

　옛날에 제나라 환공이 들로 사냥을 나갔다가 이미 망해서 폐허가 된 곽나라의 성터를 보고는 촌사람에게 물었다. "이곳은 웬 폐허인가?"
　촌사람이 대답했다. 이곳은 곽나라의 폐허입니다."
　"곽나라의 성이 어찌하여 폐허가 되었는가?"
　"곽나라는 선을 좋아하고 악을 미워했기 때문에 폐허가 되었습니다."
　"선을 좋아하고 악을 미워한 것은 잘한 일인데 그 때문에 폐허가 되었다니, 이해할 수 없군."
　촌사람이 대답했다. "선을 좋아하기는 했으나 실행에 옮기지 못하고, 악을 미워하기는 했으나 제거하지 못했습니다. 그 때문에 나라가 망해 폐허가 된 것입니다."
　촌사람의 대답에 감동을 받은 환공은 궁궐로 돌아와 관중에게 일어났던 일의 앞뒤 사정을 설명했다. 관중이 물었다. "참으로 귀중한 말을 해준 그 사람은 도대체 어떤 사람입니까?"
　환공이 대답했다. "어떤 사람인지 모르겠습니다."
　관중이 말했다. "임금님도 조심하셔야 합니다. 임금님 또한 곽나라 왕처럼 될 수 있습니다."
　이 말에 깊이 깨달은 환공은 촌사람을 불러 큰 상을 내렸다.

촌사람의 말은 간단하지만 깊이가 있다. 곽나라 임금은 선을 좋아하고 악을 미워한다는 명분만 가지고 있었을 뿐 실천하지 못했다. 선을 좋아한다면 착한 일을 실천해야 하고, 악을 미워한다면 단호하게 뿌리 뽑아야 한다. 특히 나라의 지도자는 이런 결단력이 필요하다. 관중이 환공에게 곽나라 임금처럼 될 수 있다고 충고한 것은 오늘날 지도자에게도 해당한다.

郭氏之墟

昔者齊桓公出遊於野, 見亡國故城 郭氏之墟, 問於野人曰, 是爲何墟.
野人曰, 是爲郭氏之墟. 桓公曰, 郭氏者, 曷爲墟.
野人曰, 郭氏者, 善善而惡惡 桓公曰, 善善而惡惡, 人之善行也.
其所以爲墟者, 何也
野人曰, 善善而不能行, 惡惡而不能去, 是以爲墟也. 桓公歸, 以語管仲.
曰, 其人爲誰 桓公曰, 不知也. 管仲曰, 君亦一郭氏也.
於是桓公招野人而賞焉.
『新序』「雜事第四」

털을 아끼려다
反裘負芻
돌이킬 반 갖옷 구 질 부 꼴 추

위나라 문후가 어느 날 놀러 나갔다가, 털이 안으로 향하고 가죽이 밖으로 나오게 모피 외투를 뒤집어 입고서 짚단을 지고 가는 행인을 보았다.

문후가 그에게 물었다. "너는 왜 모피 외투를 뒤집어 입고서 짚단을 지고 가느냐?"

그 사람이 대답했다. "털이 닳는 것이 아까워 그럽니다."

그러자 문후가 말했다. "하지만 가죽이 상하면 털이 남아날 리가 없을 텐데."

 모피 외투가 아름답고 값지게 보일 수 있는 것은 털이 가죽에 붙어 있기 때문이다. 털이 아무리 화려하게 보일지라도 가죽이 없으면 붙어 있을 수 없다. 가죽은 백성이고 털은 권력과 같다. 권력이 아무리 대단하게 보여도 권력의 기반이 되는 백성이 없으면 권력이 성립할 수 없다.

사람 됨됨이가 어리석어 본말을 본간할 줄 모르는 것을 반구부추反裘負芻라고 한다.

反裘負芻

魏文侯出遊, 見路人反裘而負芻. 文侯曰, 胡爲反裘而負芻.
對曰, 臣愛其毛. 文侯曰, 若不知其裏盡而毛無所恃耶.
『新序』「雜事第三」

용을 좋아한 사람
葉公好龍
성 섭 어른 공 좋아할 호 용 룡

섭공은 용을 좋아하는 괴상한 취미를 가지고 있었다. 집안의 대들보, 기둥, 문과 창에는 용 무늬를 새겨 놓고, 벽과 담에도 생동하는 용의 모습을 그려 놓았으며, 옷이나 휘장에도 용을 수놓았다.

섭공이 용을 좋아한다는 소문을 들은 용이 정말로 그의 집을 방문했다. 용이 머리를 디밀고 창문을 넘어 안으로 들어오자 꼬리가 거실에까지 드리워졌다. 진짜 용을 본 섭공은 혼비백산하여 밖으로 달아나 버렸다.

 섭공이 좋아한 것은 진짜 용이 아니라 용의 허상이었다. 그는 말로만 용을 좋아했을 뿐 사실은 용을 두려워했다. 명성은 사실과 일치해야 한다. 선을 좋아한다거나 정의를 추구한다는 명목만 내세우고 사실은 선과 정의를 부담스러워 하는 사람은 바로 용을 좋아한 섭공과 같은 사람이다. 이들은 겉으로만 도덕가인 체하지만 사실은 도덕을 부담스러워 한다. 이들이 바라는 것은 도덕가라는 이름이지 도덕을 실천하는 것이 아니다. 이런 사람들을 가리키는 말이 섭공호룡葉公好龍이다.

葉公好龍

葉公子高好龍. 鉤以寫龍, 鑿以寫龍, 屋室雕文以寫龍.
於是天龍聞而下之, 窺頭於牖, 施尾於堂.
葉公見之, 棄而還走, 失其魂魄, 五色無主.
『新序』「雜事第五」

큰기러기와 닭
大雁與家鷄
큰 대 기러기 안 더불여 집 가 닭 계

전요는 큰 포부를 가진 사람이었다. 그는 노나라 애공에게 온 지 여러 해가 되었지만 능력을 인정받지 못하고 있었다.

어느 날 전요는 보따리를 등에 지고 애공을 찾아가 말했다. "이제 저는 떠나겠습니다."

애공이 놀라서 물었다. "어디로 가려합니까?"

전요가 대답했다. "큰기러기처럼 높이 나는 법을 배우러 갈까 합니다."

"그게 무슨 말씀입니까?"

"임금님께선 닭들을 보신 적이 있지요? 닭은 머리에 벼슬이 있으므로 학문이 있다 하고, 긴 다리를 보고는 무예가 있다 하고, 적 앞에서 용감히 싸우므로 용기가 있다 합니다. 먹을 것을 보면 서로 부르므로 어질다 하고, 날마다 정확하게 날이 밝는 걸 알려 주므로 믿음이 있다 합니다. 이렇게 닭은 다섯 가지 덕성을 갖추고 있지만 임금님은 날마다 하루 세 끼 닭을 잡아 술을 마시면서 그것을 마음에 둔 적은 없습니다. 왜 그럴까요? 닭은 가까이 있기 때문입니다. 큰기러기는 천 리를 날아와 당신의 정원과 연못에서 쉬면서 임금님이 기르는 물고기와 새우를 먹어 치우고, 백성이 뿌린 곡식을 망쳐 놓기 일쑤이니 한 가지 덕도 갖추지 못했다고 할 수 있습니다. 그러나 임금님께서는 오히려 큰기러기를 좋아하여 잡는 걸 허용하지 않습니다. 왜 그러겠습니까? 기러기는 멀리서 날아오기 때문입니다. 저는 기러기처럼 높이 날고 싶습니다."

이 말을 들은 애공이 그제야 전요의 그릇을 깨닫고 말했다. "잠시만 머물러 계십시오. 귀한 가르침을 기록해 두겠습니다"

이미 애공에게 실망을 한 전요는 이렇게 말했다.

"저는 이런말을 들었습니다. 남의 음식을 얻어 먹은 사람은 그 사람의 그릇을 깨뜨리지 않고, 나무 그늘에서 쉰 사람은 그 가지를 꺾지 않는다고 합니다. 선비를 쓰지 않을 바에는 그 말을 기록해서 무엇하겠습니까?' 말을 마치고는 연나라로 가버렸다.

연나라에서는 전요의 인물됨됨이를 알고서 재상으로 삼았다. 3년 만에 연나라는 잘 다스려지고 크게 평안해져서 나라에는 도적이 없었다. 애공이 이 소식을 듣고 한 숨을 쉬면서 석달 동안이나 홀로 잠자리에 들고 허름한 옷을 입고서 깊이 뉘우치며 이렇게 말했다.

"이 전에 신중하지 못하고서 뒤늦게 후회하다니 전요를 어떻게 다시 얻을 수 있겠는가!"

解 가까이 있는 것, 흔한 것일수록 꼭 필요한 것이 많다. 물과 공기처럼 언제나 가까이 있고 삶에 꼭 필요한 것이지만 그 가치를 제대로 인정하고 느끼는 경우는 거의 없다. 그러나 다이아몬드나 금과 같은 보석은 삶에 꼭 필요한 것은 아니지만 가치 있게 여긴다. 왜냐하면 이런 보석은 정말로 귀하고 구하기 어렵기 때문이다. 늘 가까이 있는 사람의 재능이나 가치를 알기는 참으로 어렵다. 선지자가 어느 곳에서나 존경을 받지만 고향에서는 몰라준다고 탄식한 예수나, 하도 사람들이 칭송을 해서 '공자가 누군가 했더니 동쪽 집의 구丘였다'고 고향 사람들이 말했다는 공자의 일화는 가깝고 친숙한 사람의 재능을 객관적으로 알기가 그만큼 어렵다는 것을 보여준다.

大雁與家鷄

田饒事魯哀公, 而不見察. 田饒謂魯哀公曰, 臣將去而鴻鵠舉矣.
哀公曰, 何謂也. 田饒曰, 君獨不見夫鷄乎. 頭戴冠者, 文也
足傅距者, 武也. 敵在前敢鬪者, 勇也. 見食相呼, 仁也
守夜不失時, 信也. 鷄雖有此五者, 君猶日瀹而食之, 何則.
以其所從來近也. 夫鴻鵠一擧千里, 止君園池, 食君魚鼈, 啄君菽粟,
無此五者, 君猶貴之. 以其所從來遠也. 臣請鴻鵠擧矣. 哀公曰, 止. 吾書
子之言也. 田饒曰, 臣聞食其食者不毀其器, 蔭其樹者不折其枝.
三年, 燕之政大平, 國無盜賊. 哀公聞之, 慨然太息, 爲之避寢三月, 抽損
上服. 曰, 不愼其前而悔其後, 何可復得.

『新序』「雜事第五」

윤작과 사궐
愛君之過
사랑 애 임금 군 어조사 지 허물 과

조간자에게 윤작과 사궐이라는 신하가 있었다. 간자가 어느 날 두 사람을 평가하여 이렇게 말했다.

"사궐은 나를 사랑하기 때문에 여러 사람들 앞에서는 절대로 내 잘못을 지적하지 않는다. 그런데 윤작은 나를 사랑하지 않기 때문인지 여러 사람이 있건 말건 개의치 않고 내 잘못을 지적한다."

윤작이 이 말을 듣고 나서 말했다. "사궐은 임금님이 부끄러워하는 것만 신경 쓸 뿐 임금님의 잘못을 고쳐 드리는 데는 관심이 없습니다. 저는 임금님의 잘못을 고쳐 드리는 것을 임금님이 부끄러워하는 것보다 중요하게 여기기 때문에 여러 사람이 있는 앞에서 임금님의 잘못을 지적하는 것입니다."

 이 우화는 두 가지 교훈을 준다. 하나는 참으로 자기를 위하는 사람을 잘 분별할 줄 알아야 한다는 것이다. 내 잘못을 깨우쳐주고 나를 이끌어 주는 사람과 내 마음에 들려고만 하는 사람을 잘 가려야 한다. 또 하나는 귀에 거슬리는 말이라도 올바른 말이라면 귀담아 들어야 한다는 것이다. 나를 비판하는 말이 좋게 들릴 리는 없다. 그렇다고 하더라도 마음을 열고 비판을 받아들여야만 발전할 수 있다.

愛君之過

簡子有臣尹綽赦厥. 簡子曰, 厥愛我, 諫我必不於衆人中.
綽也不愛我, 諫我必於衆人中. 尹綽曰, 厥也, 愛君之醜, 而不愛君之過也.
臣愛君之過, 而不愛君之醜.

『説苑』「臣術」

비판해 주지 않는 사람
不說人之過
아닐 불 말씀 설 사람 인 어조사 지 허물 과

    고료는 안영 밑에서 3년 동안 일하면서 언제나 성실하고 부지런하여 안영의 말은 조금도 어기지 않고 충실했다.
    어느 날 갑자기 안영이 고료에게 떠나라고 했다. 안영의 좌우에 있던 사람들이 몹시 의아해 하며 물었다. "고료는 당신을 위해 3년이나 일했는데 여태까지 잘못한 일은 한 번도 없었습니다. 그를 칭찬해야 할 판에 사직시키려 하다니 너무 지나친 것 아닙니까?"
    안영이 말했다. "나는 보잘것없는 사람이라, 먹줄을 대고 도끼로 다듬고 대패로 밀어야 쓸모 있는 목재가 되듯 예의와 염치로 바로잡아 주어야 사람 구실을 할 수 있다. 그러나 고료는 어떤가? 그는 내 곁에 3년이나 있었는데 나의 잘못을 보고서도 여태 한 번도 말해 주지 않았으니 나에게 무슨 도움이 되겠는가? 그래서 떠나라고 한 것이다."

완벽한 사람은 없기 때문에 누구나 실수하게 마련이다. 이런 때 옆에서 충고를 해 주고 바로잡아 주면 실수를 면할 수 있다. 참모나 보좌를 두는 목적도 정황을 객관적으로 파악하여 더 바람직한 판단을 하기 위해서이다. 그런데 참모나 보좌가 아무런 의견을 내놓지 않는다면 굳이 둘 필요는 없다.

사람은 누구나 잘못을 범할 수 있다. 나도 잘못을 범했을 것이다.
내가 보좌를 두는 목적은 잘못된 판단을 막기 위해서이다. 그런데 보좌가 내 잘못을 지적해 주지 않았다.
따라서 보좌를 그대로 둘 필요가 없다.

不說人之過

高繚仕於晏子, 晏子逐之
左右諫曰, 高繚之事夫子三年, 曾無以爵位而逐之, 其義可乎.
晏子曰, 嬰仄陋之人也. 四維之然後能直.
今此子事吾三年, 未嘗弼吾過, 是以逐之也.
『說苑』「臣術」

촛불이라도 밝히는 것이 낫다
何 不 炳 燭
어찌 하 아닐 불 밝을 병 촛불 촉

어느 날 진나라 평공이 저명한 음악가이자 장님인 사광과 이야기를 나누고 있었다. 평공이 한숨을 쉬며 말했다. "나는 올해 벌써 일흔이 되었소. 공부를 하고 싶지만 이미 때가 늦은 것 같소."

사광이 웃으며 말했다. "왜 촛불을 밝히지 않으십니까?"

평공이 침통한 표정으로 기분이 상해 말했다. "신하인 선생이 감히 군주인 나를 놀리는 거요?"

사광은 황급히 일어나 절하고 말했다. "앞도 보이지 않는 제가 어찌 감히 임금님을 놀릴 수 있겠습니까? 소년 시절의 배움은 떠오르는 태양처럼 선명하고, 장년 시절의 배움은 한낮의 햇빛처럼 밝고, 노년의 배움은 촛불 같다고 합니다. 그러나 촛불이라도 밝혀 들고 길을 가는 것이 어둠 속을 더듬으며 가는 것보다는 낫지 않겠습니까?"

그 말은 들은 평공은 고개를 끄덕였다. "참으로 옳은 말이오."

장님인 사광이 배움의 단계를 떠오르는 햇빛이니 한낮의 태양이니 어둠 속의 촛불이니 하고 비유하니 역설적으로 더 선명하고 강렬한 인상을 느낄 수 있다. 늙은 사람은 정력과 기억력이 크게 감퇴하여 젊은 사람보다 배우기가 말할 수 없이 어렵다. 그래도 배움을 포기하기보다는 촛불이라도 밝혀 들고 가는 것이 캄캄한 밤길을 그냥 가는 것보다는 낫다.

何不炳燭

晉平公問於師曠曰, 五年七十, 欲學, 恐已暮矣. 師曠曰, 何不炳燭乎.
平公曰, 安有爲人臣而戲其君乎. 師曠曰, 盲臣安敢戲其君乎.
臣聞之, 少而好學, 如日出之陽, 壯而好學, 如日中之光, 老而好學,
如炳燭之明. 炳燭之明, 孰與昧行乎. 平公曰, 善哉.
『說苑』「建本」

촛불을 끄고 갓끈을 끊어라
滅燭絕纓
끌 멸 촛불 촉 끊을 절 갓끈 영

초나라 장왕이 전쟁에서 승리하고 나서 문무백관을 초대하여 성대한 연회를 베풀었다. 바야흐로 날이 어두워지고 주흥이 무르익을 무렵, 갑자기 한줄기 거센 바람이 불어와 촛불을 껐다. 순식간에 궁중은 칠흑같이 어두워졌다. 갑작스러운 혼란 속에서 장왕이 가장 아끼는 궁녀는 누군가가 자기 옷소매를 잡아당기는 것을 느꼈다.

한 차례 실랑이가 벌어지고 궁녀는 그 사람의 갓끈을 잡아채 허둥지둥 장왕 앞으로 달려가 말했다. "누군가 어둠을 틈타 저를 모욕하려 했습니다. 제가 그 사람의 갓끈을 끊어 놓았으니 불을 밝히거든 누구의 갓끈이 끊어졌는지 보아 혼내 주시기 바랍니다."

장왕이 말했다. "여기 모인 사람들은 모두 내가 청해서 술을 마셨다. 술에 취하면 누구라도 실수할 수 있다. 그들을 나무랄 수는 없지. 너의 정절을 드러내기 위해 어떻게 내 신하를 혼낼 수 있단 말이냐."

그러고는 술잔을 들고 소리쳤다. "오늘은 내가 술을 마시자고 여러분을 청했소. 모두 갓끈을 떼어버리시오. 갓끈을 떼어버리지 않는 사람은 끝까지 즐기지 못할 줄 아시오."

이리하여 100여 명이나 되는 신하들이 저마다 갓끈을 떼어버린 다음 다시 환하게 불을 밝히고 취하도록 실컷 마셨다.

3년 뒤 진나라가 초나라를 침범했다. 장왕이 군대를 거느리고 적을 맞았는데 한 군관이 언제나 몸을 돌보지 않고 앞서서 적을 쳐부수는 것이었다. 그의 지휘 아래 병사들이 용감하게 돌격하여 진나라 군대를 차례로 물리쳤다. 장왕은 그 군관의 행동이 매우 이상하여 그를 말 앞으로 불러 물었다.

"내가 평소에 너를 특별히 잘 대우해 준 것도 아닌데 왜 이렇게 죽기 살기로 싸우는가?"

군관이 대답했다. "3년 전 제가 술에 취해 실수를 범했을 때 임금님께서 너그럽게 용서해 주셨습니다. 저는 줄곧 임금님의 은혜에 보답할 수만 있다면 죽는다 해도 아깝지 않다고 생각했습니다."

장왕은 잘 생각이 나지 않아 물었다. "네가 대체 누구란 말이냐?"

군관이 대답했다. "저는 궁녀에게 갓끈을 떼인 사람입니다." 그러고는 다시 진중을 뚫고 나가 용감하게 싸워 마침내 진나라 군대를 물리쳤다.

이 승리로 초나라는 강성해져 춘추 오패의 하나가 되었다.

 잘못을 처벌하는 목적은 관대하거나 엄격하거나 간에 잘못에 따른 책임 추궁과 함께 같은 잘못이 반복되지 않도록 방지하는 것이다. 잘못을 무조건 징계하고 처벌하기보다 속죄할 수 있는 기회를 주는 것도 잘못을 방지하는 좋은 방법이다.
절영絕纓이라는 고사성어의 유래가 된 이야기이다.

滅燭絕纓

楚莊王賜羣臣酒, 日暮酒酣, 燈燭滅, 乃有人引美人之衣者.
美人援絕其冠纓, 告王曰, 今者燭滅, 有引妾衣者, 妾援得其冠纓持之.
趣火來, 上視絕纓者. 王曰, 賜人酒, 使醉失禮, 奈何欲顯婦人之節而辱士乎.
乃命左右曰, 今日與寡人飲, 不絕冠纓者不懽.
羣臣百有餘人, 皆絕去其冠纓而上火, 卒盡懽而罷.
居三年, 晉與楚戰. 有一臣常在前, 五合五奮, 首却敵, 卒得勝之
莊王怪而問曰, 寡人德薄, 又未嘗異子, 子何故出死不疑如是 對曰, 臣當死
往者醉失禮, 王隱忍不加誅也. 臣終不敢以蔭蔽之德而不顯報王也.
常願肝腦塗地, 用頸血濺敵久矣. 臣乃夜絕纓者也. 遂敗晉軍, 楚得以強
『說苑』「復恩」

누가 바보인가
愚 公 之 谷
어리석을 우 어른 공 어조사 지 골 곡

제나라 환공이 사냥을 나갔다가 달아나는 사슴을 쫓아 깊은 산골짜기로 따라 들어갔다. 한참을 쫓아가다 그만 사슴도 잃고 길도 잃어버렸다. 험한 산속에서 한참을 헤매다가 땔감을 지고 오는 백발의 노인을 만났다.

"여보시오, 노인장." 환공이 불렀다. "이 골짜기 이름이 뭐요?"

노인이 짐을 내려놓고 대답했다. "'바보네 골' 이랍니다."

"왜 그렇게 부르지요?"

"제가 평생 여기서 살았기 때문에 저의 이름을 따서 그렇게 부른답니다."

환공은 아주 이상해서 노인의 아래위를 훑어보며 말했다. "당신은 아주 총명해 보이는데 남들이 왜 바보라 부르지요?"

노인이 대답했다. "이런 일이 있었습니다. 제가 기르던 암소가 송아지를 낳았습니다. 저는 그걸 온갖 고생을 해가며 큰 소로 길러 장에 내다 팔고, 대신 망아지를 사다 길렀습니다. 그러다 하루는 동네의 못된 젊은이가 저희 집으로 뛰어와 말했습니다. '당신 집에서 기르는 건 암소인데 어떻게 망아지를 낳는단 말이오. 그러니 망아지는 당신 것이 아니오.' 그러고는 다짜고짜 망아지를 끌고 가 버렸습니다. 그 말을 들은 이웃 사람들이 제가 너무 멍청하다고 바보라 부르기 시작했답니다."

"그랬군요." 환공은 껄껄 웃으며 말했다. "노인장은 정말 어리석었소. 어떻게 그렇게 순순히 망아지를 남에게 주어 버린단 말이오?"

노인은 대꾸도 하지 않고 곧장 가면 된다는 표시로 손가락으로 길을 가리켰다.

환공은 산골짜기를 벗어났다. 다음날 아침 조회 때 그는 이 재미있는 이야기를 관중에게 들려주었다. 그 말을 들은 관중은 엄숙하게 얼굴빛이 변하면서 옷매무새를 바로잡고 땅바닥에 꿇어 엎드렸다. 환공이 어리둥절하여 영문을 묻자 관중은 침통하게 말했다.

"그 노인은 조금도 어리석지 않습니다. 다 저와 같은 정치하는 사람들이 어리석은 것입니다. 요순 같은 어진 임금이 위에 있고, 고요와 같은 유능한 신하가 있어서 법률과 제도가 엄격하다면 어떻게 못된 사람이 대낮에 남의 망아지를 빼앗아 가는 일이 일어날 수 있었겠습니까? 설령 못된 사람들이 횡포를 부려도 그 노인이 자신의 망아지를 남에게 그냥 주지는 않았을 것입니다. 노인은 관리들의 부패가 심하고 형법이 문란하여 관청에 고소해도 소용없다는 것을 알았기 때문에 망아지를 못된 녀석에게 빼앗길 수밖에 없었던 것입니다. 법과 정치를 다시 정비해야겠습니다."

 망아지를 빼앗긴 노인이 어리석은 사람이 아니라 힘없는 백성이 못된 사람에게 대낮에 재산을 빼앗기고도 하소연할 수 없는 상황을 만든 정치가들이 참으로 어리석은 사람들이다. 바보 노인은 자기가 바보라는 것을 밝혀서 오히려 자신을 바보로 만든 정치가들이 더 바보임을 웅변하듯 깨우쳐주었다.

愚公之谷

齊桓公出獵, 逐鹿而走入出谷之中, 見一老公而問之曰, 是爲何谷.
對曰, 爲愚公之谷. 桓公曰, 何故 對曰, 以臣名之
桓公曰, 今視公之儀狀 非愚人也. 何爲以公名. 對曰, 臣請陳之.
臣故畜牸牛, 生子而大, 賣之而買駒. 少年曰, 牛不能生馬, 遂持駒而去.
傍鄰聞之, 以臣爲愚, 故名此谷爲愚公之谷. 桓公曰, 公誠愚矣.
夫何爲而與之. 桓公遂歸.
明日朝以告管仲, 管仲正衿再拜曰, 此夷吾之愚也
使堯在上, 咎繇爲理 安有取人之駒者乎. 若有見暴如是, 叟者又必不與也.
公知獄訟之不正, 故與之耳. 請退而脩政
『說苑』「政理」

성현이 양을 기른다면
使 堯 舜 牧 羊
시킬 사 요임금 요 순임금 순 칠 목 양 양

양주는 전국시대 초기의 철학자이다. 한번은 양나라 왕을 만나서 나라 다스리는 일을 손바닥 위에 있는 물건을 움직이는 것처럼 자유자재로 할 수 있다고 말했다.

왕은 코웃음을 치며 말했다. "당신은 자기 집안 식구도 잘 다스리지 못하고, 조그만 채소밭의 김도 매지 못하면서 나라 다스리는 일이 그렇게 쉽다고 할 수 있소? 무슨 묘책이라도 있단 말이오?"

양주는 조금도 당황하지 않고 말했다. "당연히 있습니다. 양을 기르는 것을 보셨겠지요? 몇 백 마리나 되는 양떼를 어린 양치기는 채찍 하나로 몰아갑니다. 동쪽으로 가라면 동쪽으로 가고, 서쪽으로 가라면 서쪽으로 가지요. 그 때문에 양치기는 양을 기를 수가 있습니다. 이와 반대로 요임금이 앞에서 양 한 마리를 끌고, 순임금이 뒤에서 채찍을 휘두른다면 두 사람이 아무리 현명하다 하더라도 양 한 마리도 잘 관리할 수가 없을 것입니다. 이러는 데서 어지러움이 생기는 것입니다."

解 이 우화도 '헤엄치기와 나라 다스리기'와 비슷한 교훈을 담고 있다. 양치기가 양떼를 잘 관리할 수 있는 것은 어려서부터 양을 돌보고 양의 생태에 익숙하기 때문이다. 나라를 다스리는 것도 정치에 관한 전문적인 기술을 익히고 수련을 해야만 할 수 있다. 그리고 저마다 자질과 능력이 다르기 때문에 적성에 따라 하는 일이 다를 수밖에 없다. 작은 일을 못한다고 큰일을 못하는 것은 아니다.

使堯舜牧羊

楊朱見梁王言, 治天下如運諸掌然 梁王曰, 先生有一妻一妾不能治, 三畝之園不能芸, 言治天下如運諸手掌, 何以. 楊朱曰, 臣有之, 君不見夫羊乎. 百羊而羣, 使五尺童子荷杖而隨之, 欲東而東, 欲西而西, 君且使堯牽一羊, 舜荷杖而隨之, 則亂之始也.
『説苑』「政理」

사마귀가 매미를 잡으려 하는데
螳 螂 捕 蟬
사마귀 당 사마귀 랑 사로잡을 포 매미 선

    오나라 왕은 초나라를 치려고 준비하면서 이렇게 말했다. "감히 나를 막는 자는 용서 없이 목을 베겠다."

    어떤 젊은 수행원이 정면으로 간언할 수도 없는 노릇이라서 새벽에 후원에서 탄환을 가지고 이슬에 옷을 흠뻑 적시며 사방을 왔다 갔다 했다. 이렇게 사흘 동안 계속했다. 그것을 본 왕이 이상하게 여겨 그를 불렀다. "이리 오너라. 너는 왜 공연히 옷을 적시고 있느냐?"

    그가 대답했다. "저는 재미있는 일을 보았습니다. 후원에는 나무가 있고, 나무 위에는 매미가 있습니다. 그놈은 높은 데서 이슬을 마시면서 신명나게 노래를 불렀습니다. 그러면서도 사마귀가 바로 자기 뒤에 숨어서 자기를 잡아먹으려고 하는 줄은 모릅니다. 사마귀는 허리를 굽혔다 폈다 하면서 갈고리 같은 두 앞발을 들어 매미를 잡으려 하지만 꾀꼬리가 살그머니 자기 뒤에서 자기를 잡아먹으려고 군침을 흘리고 있는 줄은 모릅니다. 꾀꼬리는 목을 뻗어 사마귀를 잡으려고 하지만 누군가가 나무 아래 서서 탄환을 들고 자기를 겨누고 있는 줄은 모릅니다. 이 작은 동물들은 눈앞의 이익만 보고 자기 뒤에 숨어 있는 재앙을 보지 못하는 것입니다."

    왕이 듣고 나서 말했다. "아주 그럴듯하군." 그러고는 전쟁 준비를 그만두었다.

解 눈앞의 작은 이익에 사로잡혀 뒤에 도사리고 있는 더 큰 재앙을 모르는 것을 당랑포선螳螂捕蟬이라 한다. 성장과 발전이라는 허상에 사로잡혀 앞만 보고 맹목적으로 달려가는 사람은 뒤에 자기를 노리는 꾀꼬리가 있다는 것도 모르고 매미를 잡아먹으려는 사마귀와 같다. 부귀든 명예든 학식이든 권력이든 눈앞의 결과에만 현혹되어 장기적인 안목으로 판단할 줄 모르는 사람은 모두 이와 같다.

螳螂捕蟬

吳王欲伐荊, 告其左右曰, 敢有諫者死.
舍人有少孺子者, 欲諫不敢, 則懷丸操彈, 游於後園, 露沾其衣,
如是者三旦. 吳王曰, 子來, 何苦沾衣如此. 對曰, 園中有樹.
其上有蟬, 蟬高居悲鳴飲露, 不知螳螂在其後也.
螳螂委身曲附, 欲取蟬而不知黃雀在其後也. 黃雀延頸, 欲啄螳螂而不知
彈丸在其下也. 此三者, 皆務欲得其前利而不顧其後之有患也. 吳王曰,
善哉. 乃罷其兵.
『說苑』「正諫」

이는 없어져도 혀는 남아 있다
齒 亡 舌 存
이 치 망할 망 혀 설 있을 존

노자의 스승인 상창이 늙고 병들어 임종이 가까워졌다. 그를 보러 간 노자는 스승의 손을 붙잡고 물었다. "선생님께서 돌아가실까 봐 걱정입니다. 제게 하실 말씀이 없으신지요?"

상창이 천천히 대답했다. "그렇지 않아도 자네에게 물어볼 것이 있었네." 그는 한숨을 쉬며 물었다. "고향을 지날 때 수레에서 내려야 하는 것은 무엇 때문이지?"

"고향을 지날 때 수레에서 내리는 것은 옛 친구를 잊지 않기 위해서입니다."

상창이 조용히 웃으며 말했다. "그렇다네. 그러면 커다란 교목 곁을 지날 때 잔걸음으로 걸어야 한다는 건 무슨 뜻인가?"

"그것은 노인과 어진 사람에게 존경을 표시하기 위해서이지요."

"그래." 상창은 또 미소를 띠며 고개를 끄덕였다. 잠시 생각하더니 입을 벌리며 물었다.

"보게. 내 혀가 아직 있는가?"

"있습니다."

"이는 있는가?"

"하나도 없습니다."

상창이 물었다. "이게 무슨 뜻인지 알겠는가?"

노자는 한참 생각하고 나서 말했다. "혀가 아직 있는 것은 유연하기 때문이고, 이가 전부 빠져 버린 것은 강하기 때문이 아닙니까?"

상창은 노자의 팔을 어루만지며 감격스럽게 말했다. "됐네. 온 세상의 이치가 다 여기에 있네. 더 이상 자네에게 말해 줄 것이 없네."

부드럽고 약한 것이 굳세고 강한 것을 이긴다는 노자 사상의 유래를 담은 우화이다. 갓난아기나 새싹처럼 부드럽고 연약하고 여린 것이 오히려 생명성을 담고 있으며, 삶의 활력이 넘친다. 강하고 뻣뻣한 것은 부러지기 쉽고, 죽음에 가까운 것이다. 노자는 생명의 본래 모습을 지키는 것, 근원에서 떠나지 않고 근원으로 돌아가는 것이 삶의 모습을 간직하는 것이라고 생각했다. 근원으로 돌아가는 것이 도가 운동하는 방식이며, 약하고 부드러운 것이 도가 작용하는 방식이다. 강하고 남을 이기는 것만 추구하는 사회에서 부드럽게 남을 포용하는 것이 참으로 이기는 것이라는 부드러움을 추구하는 노자의 사상은 삶의 반면을 돌아보게 한다.

치망설존齒亡舌存이라는 성어의 유래이다.

齒亡舌存

常摐有疾, 老子往問焉, 曰, 先生疾甚矣. 無遺教可以語諸弟子者乎. 常摐曰, 子雖不問, 吾將語子. 常摐曰, 過故鄉而下車, 子知之乎. 老子曰, 過故鄉而下車, 非謂其不忘故鄉. 常摐曰, 嘻. 是已. 常摐曰, 過喬木而趨, 子知之乎. 老子曰, 過喬木而趨, 非謂敬老耶. 常摐曰, 嘻. 是已. 張其口而示老子曰, 吾舌存乎. 老子曰, 然. 吾齒存乎. 老子曰, 亡. 常摐曰, 子知之乎. 老子曰, 夫舌之存也, 豈非以其柔邪. 齒之亡也, 豈非以其剛邪. 常摐曰, 嘻. 是已. 天下之事已盡矣, 何以復語子哉

『説苑』「敬慎」

비유의 용도
惠施善譬
은혜 혜 베풀 시 착할 선 비유할 비

　어떤 사람이 위나라 왕에게 이렇게 고자질을 했다. "혜시惠施는 비유하기 좋아합니다. 비유를 사용하지 못하게 한다면 아마 그는 아무것도 분명하게 말하지 못할 것입니다."
　다음날 왕이 혜시에게 말했다. "지금부터 단순명쾌하게 말하시오. 더 이상 비유 같은 걸 사용하지 말고 말이오."
　혜시가 말했다. "지금 어떤 사람이 탄환을 쏘는 활인 '탄궁'이란 게 뭔지 몰라 '탄궁'이 어떻게 생겼느냐고 물었다고 합시다. 그런데 '탄궁'의 모양은 '탄궁' 같다고 한다면 그가 분명히 알아들을 수 있겠습니까?"
　왕이 고개를 저었다. "분명히 알아듣지 못할 거요."
　"맞습니다. 하지만 만일 '탄궁'의 모양이 활처럼 생기고, 그것의 현을 대나무로 만들고, 탄환을 쏘는 도구라고 말한다면 분명히 알아듣겠지요?"
　왕이 고개를 끄덕였다. "분명히 알아들을 수 있을 거요."
　"그러므로 비유를 쓰는 것은 이미 알고 있는 사물을 이용하여 모르는 사물을 쉽게 이해하도록 하는 것입니다. 저더러 비유를 쓰지 말라니 어떻게 그럴 수가 있단 말입니까?"
　왕은 고개를 끄덕이며 말했다. "당신 말이 맞소."

비유는 원래 표현하고자 하는 대상과 비유로 사용된 대상 사이의 개성 있는 유추가 관건이다. 이때 유추는 객관적인 사물로서 인간의 경험에 기반한 것이어야 한다. 치밀하고 개성 있는 비유는 직접 사물을 제시하는 것보다 훨씬 강렬하고 생동감이 있으며 효과적이다.

惠施善譬

客謂梁王曰, 惠子之言事也, 善譬. 王使無譬則不能言矣. 王曰, 諾.
明日見, 謂惠子曰, 願先生言事則直言耳. 無譬也
惠子曰, 今有人於此而不知彈者, 曰, 彈之狀若何.
應曰, 彈之狀如彈, 則諭乎. 王曰, 未諭也 於是更應曰, 彈之狀如弓,
而以竹爲弦, 則知乎. 王曰, 可知矣.
惠子曰, 夫說者, 固以其所知, 諭其所不知, 而使人知之.
今王曰無譬則不可矣. 王曰, 善.
『說苑』「善說」

목소리를 바꾸지 않으면
東徙猶惡
동녘 동 옮길 사 같을 유 미워할 오

올빼미가 날아가다가 산비둘기를 만났다. 그들은 잠깐 쉬면서 이야기를 나누었다.

산비둘기가 올빼미에게 물었다. "어디를 그렇게 바삐 가는가?"

"동쪽 산으로 이사 갈까 한다네."

"자네 집은 서쪽 산인데 왜 동쪽으로 이사 가겠다는 건가?" 산비둘기가 또 물었다.

"사실 서쪽 산에서는 살 수가 없어. 그곳 사람들은 내가 밤에 우는 걸 싫어한다네."

산비둘기가 충고했다. "자네 노랫소리는 정말로 듣기 싫지. 자네가 목소리를 바꾼다면 몰라도 목소리를 바꾸지 않는다면 동쪽 산으로 가도 마찬가지로 미움을 받을 걸세."

 자기 행실이 좋지 않아 주위 사람들의 불만을 샀다면 자기 행실을 반성해야 한다. 남들이 모두 싫어하는 원인을 해결하지는 않으면서 객관적인 환경과 주위 사람들만 책망한다면 문제를 해결할 수 없다.

東徙猶惡

梟逢鳩. 鳩曰, 子將安之 梟曰, 我將東徙. 鳩曰, 何故
梟曰, 鄕人皆惡我鳴. 以故東徙
鳩曰, 子能更鳴可矣. 不能更鳴, 東徙猶惡子之聲.
「說苑」「叢談」

헤엄치기와 나라 다스리기
鳧水與治國
오리 부 물 수 더불 여 다스릴 치 나라 국

양나라의 재상이 죽었다는 말을 들은 혜시는 재상 자리를 이어받으려고 서둘러 양나라로 향했다. 가는 길에 강을 건너려고 배에 타다가 발을 헛디뎌 그만 물에 빠졌다. 다행히 뱃사공이 그를 구해 주며 물었다. "보아하니 선생께서는 굉장히 급하신 모양인데 어딜 가시는 길입니까?"

혜시가 대답했다. "양나라에 재상 자리가 비었다기에 그 자리를 이어받으러 간다오."

사공이 말했다. "선생이 물에 빠졌을 때 보니 헤엄도 못 치고 살려 달라고 소리만 지르더군요. 제가 아니었으면 선생은 아마 목숨을 잃었을 것입니다. 선생 같은 사람이 어떻게 한 나라의 재상이 될 수 있단 말입니까?"

혜시가 말했다. "노 젓는 일이나 헤엄치는 일이라면 내가 당신보다 못하지요. 하지만 국가 대사를 다스리는 일이라면 나에 비해 당신은 아직 눈도 안 뜬 강아지나 마찬가지일게요."

解 헤엄치기와 나라 다스리기는 별개의 일이므로 저마다 다른 규율과 원칙을 가지고 있다. 서로 다른 일에 종사하면 거기에 맞는 지식과 능력이 필요하다. 헤엄치지 못한다는 것에서 나라를 다스리지 못할 것이라는 주장을 끌어내는 것은 논리적인 비약이 심하다.

鳧水與治國

梁相死 惠子欲之梁. 渡河而遽墮水中, 船人救之 船人曰, 子欲何之而遽也. 曰, 梁無相, 吾欲往相之. 船人曰, 子居船楫之間而困, 無我則子死矣, 子何能相梁乎 惠子曰, 子居艘楫之間 則吾不如子 至於安國家 全社稷 子之比我, 蒙蒙如未視之狗耳.

『説苑』「雜言」

지혜로운 할머니
束 絮 討 火
묶을 속 솜 서 칠 토 불 화

어떤 집안의 며느리가 지혜롭고 인정이 많아 마을의 할머니들과 사이가 좋았다. 그러던 어느 날 저녁, 부뚜막에 놓아 둔 돼지고기가 보이지 않자 시어머니는 며느리를 의심하여 화를 내며 친정으로 쫓아 보냈다.

다음날 새벽, 며느리는 보따리를 안고 마을을 나서며 평소 사이좋게 지내던 마을의 할머니들에게 작별 인사를 했다. 할머니들은 자초지종을 듣고는 모두 불평을 했다. 그 가운데 한 할머니가 말했다. "자네는 천천히 가고 있게. 자네 시어머니가 몸소 달려가 돌아오라고 하게 해줄 테니."

이 할머니는 떨어진 베 조각을 뭉쳐 불쏘시개를 만들어 들고는 그 집에 가서 불을 빌리러 온 척하면서 시어머니에게 말했다. "어젯밤 개 두 마리가 어디서 물고 왔는지 고기 조각을 물고 우리 대문 앞에서 서로 먹으려고 다투다가 한 마리가 물려 죽고 말았지요! 우리 식구들이 개고기를 구워 먹으려고 불을 빌리러 왔다오."

그 말을 들은 시어머니는 순식간에 노기가 가라앉아 급히 며느리를 쫓아가 집으로 돌아오기를 간청했다.

말로 설득하는 것보다 사실을 보여주거나 사실을 반영할 수 있는 증거를 보여주는 것이 가장 효과가 있다. 그러나 사실을 제시할 수 없을 때는 서로 연관성 있는 사물을 제시하여 유추할 수 있다. 이웃집 할머니는 며느리를 위해 변론하지 않고서도 베 조각 하나로 시어머니의 의심을 풀어 주었다. 개 두 마리가 고기를 놓고 다투었다는 것은 허구이지만, 근거 없는 의심을 풀기 위해서는 있을 법한 사실에 기초한 허구를 제시하는 것도 한 가지 방법이다.

束縕討火

臣之里婦, 與里之諸母相善也. 里婦夜亡肉, 姑以爲盜, 怒而逐之. 婦晨去, 過所善諸母, 語以事而謝之. 里母曰, 女安行, 我今令而家追女矣. 即束縕請火於亡肉家, 曰, 昨暮夜, 犬得肉, 爭鬪相殺, 請火治之. 亡肉家遽追呼其婦.

『前漢書』「蒯通傳」

이웃집의 화재
失 火 人 家
잃을실 불화 사람인 집가

한 나그네가 어떤 집에 잠시 머물렀다. 가만히 보니 그 집 부엌의 굴뚝이 아궁이 위로 곧게 솟아 있어서 밥을 지을 때면 불꽃이 튀어나오곤 했다. 게다가 옆에는 장작까지 잔뜩 쌓여 있었다. 나그네가 그것을 보고 주인에게 말했다. "이거 아주 위험합니다. 굴뚝을 구부러지게 고치고, 땔감을 멀리 옮기는 것이 상책이오. 그렇지 않으면 불이 날지도 모르겠군요." 주인은 그 사람의 말을 들은 척도 하지 않았다.

잠시 뒤 정말로 불이 났지만 다행히도 이웃의 도움으로 겨우 불을 끌 수 있었다. 주인은 소를 잡고 술자리를 마련해 불을 끄느라 도와 준 이웃들을 위로했다. 그 가운데 머리칼이 타고 이마를 데인 사람은 상석에 모시고, 나머지도 차례대로 모셨다. 그러나 주인에게 화재에 대비하라고 권했던 나그네는 진작 잊어버렸다.

어떤 사람이 주인에게 말했다. "아까 나그네의 말을 들었더라면 화재를 당하지도 않았을 테고, 술과 쇠고기도 낭비하지 않았을 게 아니오? 지금 공을 따져 손님을 청하는 마당에 굴뚝을 고치고 땔감을 옮기라고 한 사람의 은혜는 잊어버리고, 머리칼이 타고 이마를 데인 사람만 상석에 모신단 말입니까?"

그제야 주인은 사리를 깨닫고 나그네를 청했다.

解 굴뚝이 비스듬하지 않고 아궁이 바로 위에 곧게 나 있으면 불티가 날리기 쉽다. 더구나 바로 옆에 바싹 마른 땔감이 쌓여 있으니 불티가 날리면 금방 불이 옮겨 붙을 수 있다. 이런 객관적인 정황을 지적하는 합리적인 충고에 귀를 기울이지 않고 있다가 불이 나고 말았다. 불이 난 뒤에야 불을 끄느라 고생하고 도움을 준 사람들을 불러다 노고를 치하하느라 많은 재물을 썼다. 이 우화는 화란 미연에 방지하는 것이 무엇보다 중요하다는 점과, 긴 안목을 가지고 경고하는 합리적인 충고에 귀를 기울여야 함을 가르쳐 준다. 또한 사람들은 흔히 사전 방비는 소홀히 하면서 사후 처리는 중시하고, 사전 계획보다 눈에 보이는 결과를 중시하는 경향이 있음을 알려준다. 호미로 막을 걸 가래로 막는 격이다.
이 우화는 원래 역사적인 사실을 바탕으로 생긴 이야기이다. 전한 선제 때 사람인 곽광은 점점 사치하고 교만해졌다. 서생徐生이라는 사람이 황제에게 글을 올려, 곽광의 권력이 지나치게 많고 세도가 심하니 곽광을 아낀다면 그의 교만을 절제시켜 법을 어기고 망하는 길로 가지 못하도록 미리 막으라고 했다. 나중에 진짜로 곽광의 자손이 모반을 했는데, 그들을 고발한 사람에게는 큰상을 내렸지만 서생에게는 아무런 포상이 없었다. 그래서 어떤 사람이 이 우화를 빗대어 서생에게 상을 내리라고 청했다.

失火人家

臣聞客有過主人者, 見其竈直突, 傍有積薪, 客謂主人, 更爲曲突, 遠徙其薪, 不者且有火患. 主人嘿然不應. 俄而家果失火, 鄰里共救之, 幸而得息. 於是殺牛置酒, 謝其鄰人, 灼爛者在於上行, 餘各以功次坐, 而不錄言曲突者. 人謂主人曰, 鄉使聽客之言, 不費牛酒, 終亡火患. 今論功而請賓, 曲突徙薪亡恩澤, 燋頭爛額爲上客耶. 主人乃寤而請之.
『前漢書』「霍光傳」

불우한 생애
悲泣不遇
슬플 비 울 읍 아닐 불 만날 우

    옛날에 주라는 곳에서 헐벗은 한 노인이 길가에 주저앉아 통곡하고 있었다. 길을 가던 나그네가 그에게 물었다. "노인은 왜 그렇게 슬피 울고 계시나요?"
    노인이 대답했다. "내 신세가 너무나도 한심해서 그런다오. 머리카락이 백발이 되도록 한 번도 출세할 기회를 만나지 못했으니."
    나그네는 아주 이상해서 물었다. "어떻게 한 번도 기회를 못 만났단 말입니까?"
    노인이 대답했다. "젊었을 적에는 글을 배웠소. 공부를 마치고 과거 준비를 하고 있었는데, 그 시절에는 나이 든 사람이 존중을 받았지요. 젊은 사람은 아무리 학식이 있어도 무시했기 때문에 쓰이지 못하게 된 것입니다. 그 뒤 나이 든 사람을 존중하던 임금이 죽고 새로 임금이 들어섰는데, 그는 무예를 숭상했소. 그래서 나도 글을 버리고 무예를 배웠지요. 무예를 익혀서 막 벼슬길로 나가려는데 이번에는 무예를 숭상하는 임금이 죽고 젊은 임금이 들어섰지요. 그 젊은 임금은 자기처럼 젊은 사람을 중용했소. 젊었을 때는 나이 든 사람을 중용했기 때문에 출세를 못하고, 학문을 익혔을 때는 무예를 숭상했기 때문에 출세를 못하고, 늙어서는 젊은이를 중용했기 때문에 출세를 못한 겁니다."

解 인재를 선발하고 등용할 때는 원대한 계획과 비전에 따라 객관적이고 일정한 기준을 세워 두어야 한다. 해마다 바뀌는 대학 입시제도 때문에 학생과 학부모가 고통 받는 우리 현실에서 이 우화는 심각한 교훈을 준다. 공부를 하고 미래를 준비하는 청소년의 처지에서도 시대의 조류만 따르려고 하지 말고 자기 삶을 자기가 주체적으로 그리며 실력을 쌓는 것이 필요하다. 지금 어떤 특정 분야의 지식이 많이 쓰인다고 해서 반드시 그 분야의 지식이 앞으로도 많이 쓰인다고 할 수는 없기 때문이다.

悲泣不遇

昔周人有仕數不遇, 年老白首, 泣涕於塗者. 人或問之, 何爲泣乎 對曰, 吾仕數不遇, 自傷年老失時, 是以泣也 人曰, 仕奈何不一遇也. 對曰, 吾年少時, 學爲文, 文德成就, 始欲仕宦, 人君好用老. 用老主亡 後主又用武, 吾更爲武, 武節始就, 武主又亡, 少主始立, 好用少年. 吾年又老. 是以未嘗一遇.
『論衡』「逢遇」

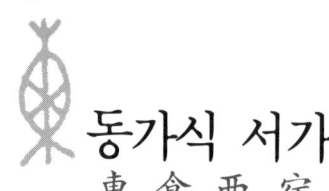

동가식 서가숙
東食西宿
동녘 동 먹을 식 서녘 서 잘 숙

　결혼할 나이가 된 제나라의 어떤 처녀에게 두 군데서 중매가 들어왔다. 동쪽 집의 총각은 키도 작고 못생겼지만 부자였고, 서쪽 집의 총각은 머리도 좋고 얼굴도 잘생겼지만 가난했다. 이리저리 따져 보았으나 결정을 내리지 못한 처녀의 부모가 딸을 불러 스스로 결정하라고 했다. 아버지는 고개를 떨군 채 얼굴이 빨개져 부끄러워하고 있는 딸에게 말했다.
　"말로 하기가 곤란하다면 소매를 걷어서 네 의사를 표현하려무나. 동쪽 집 아이가 좋다면 오른쪽 소매를 걷고, 서쪽 집 아이가 맘에 든다면 왼쪽 소매를 걷어라."
　처녀는 한동안 멍하니 있더니 두 소매를 다 걷는 것이었다.
　"그게 무슨 뜻이냐?" 부모가 의아스러워 물었다.
　처녀가 우물쭈물 말했다.
　"밥은 동쪽 집에서 먹고, 잠은 서쪽 집에서 자고 싶어요."

서로 모순된 양자를 조화시키는 것도 중요하지만 양자를 조화시키는 데는 반드시 원칙이 있어야 한다. 이 처녀처럼 물질적 이익은 부잣집에서 취하고, 정신적인 만족은 잘생긴 사람에게서 얻는 식으로 적당히 절충해서는 안 된다. 양자를 다 가질 수 없기 때문에 한쪽을 선택하라는 것인데 어떻게 둘 다 가지려고 한단 말인가? 현실과 동떨어진 희망을 갖는 것은 웃음거리일 뿐이다.

맹자는 이렇게 말했다. "생선도 먹고 싶고, 곰 발바닥도 먹고 싶다. 그러나 두 가지를 다 먹을 수 없다면 생선을 두고 곰 발바닥을 먹겠다. 삶도 바라고 의도 바라지만 두 가지를 다 얻을 수 없다면 삶을 버리고 의를 취하겠다." 둘 다 가질 수 없다면 어느 하나를 선택해야 한다. 무엇을 선택하는가에 따라 그 사람의 인물됨을 알 수 있을 것이다.

東食西宿

齊人有女 二人求見 東家子醜而富, 西家子好而貧. 父母疑而不能決, 問其女, 定所欲適, 難指斥言者, 偏袒, 令我知之 女便兩袒 怪問其故 云, 欲東家食 西家宿.

『風俗通義』

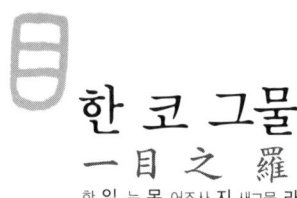

한 코 그물
一 目 之 羅
한 일 눈 목 어조사 지 새그물 라

참새 떼가 날아오르려 하자 사냥꾼이 큰 그물을 나무 숲 아래로 던져 많은 새를 잡았다. 곁에서 보고 있던 어떤 사람이 생각했다. '그물코가 아무리 많아도 참새는 그물코 하나에 한 마리씩 걸리는데 저렇게 힘들여 그물을 엮을 필요가 어디 있담?'

집으로 돌아온 그는 짧은 실을 가지고 작은 올가미를 수없이 엮어, 한 줄에 나란히 늘어뜨려 묶어서 들고 참새를 잡으러 갈 준비를 했다.

그걸 보고 누군가가 물었다. "그걸 어디다 쓰려고 하나요?"

"참새 잡는 데 쓰지요. 한 코에 한 마리씩 꿰일 것입니다."

解 개별적인 사물이라도 전체가 유기적으로 연결되어서 이 세계가 이루어져 있다. 어느 한 사물을 고립적으로 파악하고 유기적인 관계를 고려하지 못한다면 한 코짜리 그물로 참새를 잡으려는 사람과 마찬가지로 어리석음을 면할 수 없다.

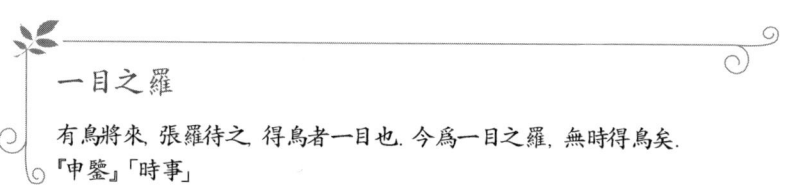

一目之羅

有鳥將來, 張羅待之. 得鳥者一目也. 今爲一目之羅, 無時得鳥矣.
『申鑒』「時事」

죽순을 먹으려고 대자리를 삶다
食筍煮簀
먹을 식 죽순 순 삶을 자 살평상 책

한나라에 사는 어떤 사람이 오나라에 갔다. 오나라 사람은 죽순을 상에 차려 내놓았다. 죽순을 생전 처음 보는 한나라 사람은 그게 무엇인지 물었다.

오나라 사람이 대답했다. "이건 대나무랍니다. 삶아서 요리를 해 먹으면 맛이 좋지요. 한번 잡숴 보십시오."

한나라 사람은 처음 먹어보는 죽순 맛이 신기해서 집으로 돌아오자마자 아내에게 자랑도 할 겸 죽순 요리도 먹으려고 대자리를 뜯어서 삶았다. 그러나 아무리 불을 때도 대자리는 삶기지 않았다. 무안하기도 하고 화가 나서 욕을 했다.

"오나라 사람은 순 거짓말쟁이로군. 나를 이렇게 속이다니!"

 죽순을 먹으려고 대자리를 삶는 사람이 있을까? 세밀하게 관찰하여 정확하게 판단하지 않고 남들이 일러주는 것을 건성으로 듣고 반쪽짜리 지식에 만족하는 사람들이 있다. 이런 사람은 문제에 부딪치면 도리어 가르쳐 준 사람을 원망한다.

한나라라고 한 한漢은 지금 중국의 섬서성陝西省 남쪽을 가리키고, 오吳는 강소성江蘇省 남쪽을 가리키는 말인데 여기서는 편의상 한나라, 오나라라고 했다.

食筍煮簀

漢人有適吳. 吳人設筍, 問是何物. 語曰, 竹也. 歸煮其床簀而不熟, 乃謂其妻曰, 吳人轣轆, 欺我如此.
『笑林』

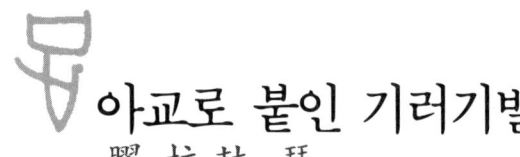

아교로 붙인 기러기발
膠柱鼓瑟
아교 교 기둥 주 탈 고 큰거문고 슬

어떤 제나라 사람이 월나라 사람에게 슬 타는 법을 배웠다. 그는 슬 타는 법은 열심히 익히지 않고 월나라 선생이 미리 조율해 놓은 슬로 겨우 음조만 익힌 다음, 슬의 음을 정하는 기러기발을 아교로 붙여 가지고 의기양양하게 돌아왔다.

그러나 집으로 돌아온 지 여러 해가 되도록 한 가지 곡 외에 더 이상 다른 곡을 연주할 수가 없었다.

제나라 사람은 이상한 생각이 들었지만 도무지 까닭을 알 수 없었다.

 곡조나 음조가 다르면 조율을 달리 해야 한다. 그것도 모르고 한 곡을 겨우 익힌 것에 만족해서는 더 이상 슬의 원리를 깨우칠 생각은 하지 않고 배운 것을 잊어버릴 새라 아교로 기러기발을 고정시켜 버렸다. 그러니 더 이상 다른 곡조는 탈 수 없었다. 배운 지식을 응용해서 확장시킬 줄 모르고 한 가지 지식에만 집착해서 교조적으로 떠받드는 것을 교주고슬膠柱鼓瑟이라고 한다.

膠柱鼓瑟

齊人就越人學瑟. 因之先調膠柱而歸, 三年不成一曲. 齊人怪之
『笑林』

벽을 뚫어 불빛을 훔치다
鑿壁偸光
뚫을 착 벽 벽 훔칠 투 빛 광

광형은 젊었을 때 공부하기를 아주 좋아했다. 그러나 집안이 가난해 초를 살 수 없었기 때문에 밤이 되면 책을 읽고 싶어도 읽을 수가 없었다. 그는 벽을 마주한 이웃집에 촛불이 켜진 것을 보고 벽에다 살그머니 작은 구멍을 뚫어 그를 통해 스며드는 불빛에 대고 밤늦도록 책을 읽었다.

그 동네에는 글자를 하나도 모르면서 책만 많이 가지고 있는 부자가 있었다. 광형은 짐을 꾸려 그 집에 머슴으로 들어갔다. 날마다 이른 새벽에 일어나 한밤중까지 일했지만 전혀 대가를 요구하지 않았다. 이를 이상하게 여긴 주인이 무얼 주면 좋겠느냐고 물었다. "당신 집안의 책을 읽게 해주시면 좋겠습니다."

주인은 매우 감탄하여 그에게 책을 빌려 주었다. 광형은 이렇게 열심히 책을 읽어 나중에 유명한 학자가 되어 한나라 원제의 재상이 되었다.

환경이 공부하는 데 결정적 요소는 아니라고 하지만 개인의 발전은 환경에 중대한 영향을 받는다. 현대 사회에서 환경의 영향력은 점차 중대하고 있다. 특히 모든 지식이 정보화되어 정보의 생산자와 소비자가 구분되지 않는 정보화 사회에서 정보에 접근할 기회가 아주 적거나 원천적으로 봉쇄된 경우에 학습 격차는 이루 말할 수 없을 만큼 크다. 일반적인 조건은 그러하더라도 개인의 의지와 노력은 삶의 성패를 좌우한다.

가난하지만 학문에 힘쓰는 것을 가리켜 착벽투광鑿壁偸光이라고 한다.

鑿壁偸光

匡衡字稚圭, 勤學而無燭. 鄰舍有燭而不逮, 衡乃穿壁引其光, 以書映光而讀之. 邑人大姓, 文不識, 家富多書. 衡乃與其佣作而不求償. 主人怪問衡, 衡曰, 願得主人書遍讀之. 主人感嘆, 資給以書, 遂成大學.

『西京雜記』

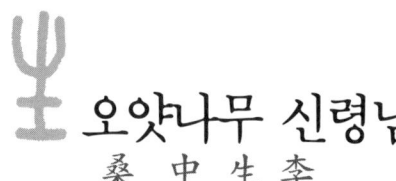

오얏나무 신령님
桑中生李
뽕나무 상 가운데 중 날 생 오얏 리

    남돈이라는 곳에 장조라는 사람이 살고 있었다. 이 사람이 어느 날 논에 나가 벼를 심다가 우연히 오얏씨를 발견했다. 처음에는 그냥 가지고 갈까 하다가 고개를 돌려보니 논 가장자리에 늙어서 속이 빈 뽕나무 한 그루가 눈에 띄었다. 그 뽕나무 속에는 흙이 쌓여 있었다. 장조는 장난삼아 오얏씨를 뽕나무 속에다 넣고 마시다 남은 물을 부어 주었다.

    한참이 지난 뒤, 어떤 사람이 이 밭을 지나다가 뽕나무 속에 오얏나무가 자라는 것을 보고 신기하게 여겨 동네에 가서 이 말을 퍼뜨렸다. 눈병이 있던 어떤 사람이 지푸라기라도 잡는 심정으로 이 뽕나무 그늘 아래에 와서 쉬면서 빌었다. "오얏나무 신령님. 내 눈 좀 낫게 해주십시오. 내 눈이 낫는다면 돼지 한 마리를 바치겠습니다."

    이 사람의 눈병은 사실 그렇게 대단한 것이 아니라 시일이 지나면 저절로 낫는 그런 병이었다. 그런데 눈병이 저절로 나은 것을 두고 오얏나무 신령에게 빌어서 나은 것이라 여겼다. 이 일이 퍼지고 퍼져서 "오얏나무 신령님에게 빌어서 장님이 눈을 떴다"는 소문으로 과장되었다. 가깝고 먼 곳에서 모두 이 소문을 듣고 깜짝 놀라 뽕나무 아래로 구름처럼 몰려들었다. 그래서 오얏나무 신에게 바치는 제사가 끊이지 않아 술이 강을 이루고 고기가 산더미처럼 쌓였다.

    한 해가 좀 지난 뒤 멀리 나갔던 장조가 돌아와 보니 사람들이 오얏나무를 신으로 떠받들고 있는 것이 아닌가? 장조는 어이가 없어서 말했다. "신령은 무슨 얼어 죽을 신령. 이 나무는 내가 심어 놓은 것인데." 그러고는 오얏나무를 낫으로 찍어 버렸다.

종교적인 믿음은 인간의 영혼을 달래고 고양시켜 주기도 하지만 허무맹랑한 미신은 사람을 현혹하고 세상을 어지럽힌다. 사실 종교적 믿음과 미신을 엄밀하게 구별하기는 어렵다. 세계적으로 인정된 몇몇 믿음의 체계를 제외한 나머지를 모두 미신이라고 치부할 수도 없다. 기독교, 불교와 같은 세계적인 종교를 믿더라도 맹목적으로 믿으면 미신이 될 수가 있고, 산신령을 믿더라도 세계와 인간의 의미를 경건하게 추구하면 종교적인 믿음이 될 수도 있다. 어떤 종교를 믿느냐 하는 것이 문제가 아니라 어떻게 믿느냐 하는 것이 믿음과 미신을 가르는 기준이 될 것이다.

桑中生李

南頓張助於田中種禾, 見李核, 欲持去. 顧見空桑中有土, 因植種, 以餘漿灌漑. 後人見桑中反復生李, 轉相告語. 有病目痛者息陰下, 言, 李君令我目愈, 謝以一豚. 目痛小疾, 亦行自愈. 衆犬吠聲, 盲者得視. 遠近翕赫. 其下車騎常數千百, 酒肉滂沱. 間一歲餘, 張助遠出來還. 見之, 驚云. 此有何神, 乃我所種耳. 因就斫之

『搜神記』

상종할 수 없는 사람
管 寧 割 席
피리 관 편안할 녕 나눌 할 자리 석

관녕과 화흠은 젊었을 때 아주 친한 친구였다. 한번은 두 사람이 채소밭에서 풀을 뽑고 있는데 흙속에서 황금 덩어리가 나왔다. 관녕은 황금을 기왓장이나 돌덩이처럼 보고 여전히 일손을 멈추지 않고 김을 맸지만, 화흠은 욕심이 발동하여 슬그머니 금덩이를 주워 한동안 살펴보고서야 내던졌다.

또 한번은 두 사람이 돗자리 위에 앉아 책을 읽고 있었다. 그때 갑자기 밖에서 시끄러운 음악 소리가 나면서 높은 관리가 화려한 수레에 앉아 문 앞을 지나가고 있었다. 관녕은 아랑곳하지 않고 독서에 몰두했지만, 화흠은 책을 놓고 급히 거리로 나가 보았다. 화흠이 돌아왔을 때 관녕은 돗자리를 둘로 갈라놓고 말했다.

"오늘 이후로 너는 내 친구가 아니다."

解 나중에 관녕은 줄곧 요동 땅에 숨어서 은사가 되었다. 위나라 왕이 여러 번 초빙했지만 사양하고 나아가지 않았다. 그러나 화흠은 줄곧 조정에서 명성을 다투고, 후한의 마지막 황제인 헌제를 협박하여 선양을 종용했던 조비를 도와 위나라의 사도가 되었다. 두 사람의 처세 태도와 기풍이 청년 시절에 있었던 두 사건에서도 여실히 드러난다. 유유상종類類相從이다. 사람이든 사물이든 끼리끼리 모인다. 몸가짐을 깨끗이 하고 지조를 굽히지 않은 관녕과 금덩어리를 보면 슬그머니 욕심이 생기고 고관대작을 보면 출세를 부러워하는 화흠이 애초에 친구가 될 수 없다. 그러나 금덩이를 돌덩이처럼 보고, 돗자리를 갈라 절교한 관녕의 행위도 지나치게 모가 났다. 도덕적 수양의 요건은 엄격히 자신을 단속하고 남을 포용하는 것이 아닐까? 그런 점에서 오히려 화흠의 태도가 인간적인지도 모른다. 그러나 조금이라도 방심하면 탐욕이 자라는 것도 사실이다.

관녕처럼 뜻이 맞지 않는 사람과 벗하지 않는 것을 관녕할석管寧割席이라고 한다.

管寧割席

管寧華歆共園中鋤菜, 見地有片金, 管揮鋤與瓦石不異, 華捉而擲去之. 又嘗同席讀書, 有乘軒冕過門者, 寧讀如故, 歆廢書出看. 寧割席分坐曰, 子非吾友也.

『世說新語』「德行」

7 외모와 기개
床 頭 捉 刀 人
상 상 머리 두 잡을 착 칼 도 사람 인

조조는 낙양에 오는 흉노의 사신을 맞이할 준비를 하면서 왜소하고 못생긴 자기 허우대로는 사신을 굴복시킬 수 없을 것이라 생각했다. 그래서 체구가 당당한 최계규에게 자기 의관을 입혀 내세우고 자기는 호위병으로 분장하여 허리에 칼을 차고 구석에 서 있었다.

회견이 순조롭게 끝난 다음 조조는 첩자를 보내 흉노의 사신에게 위나라 왕의 인상을 떠보게 했다.

흉노의 사신은 감탄하며 말했다. "위나라 왕은 소문대로 정말 당당했습니다. 그러나 그 뒤에서 칼을 차고 있던 호위병이 제가 보기에는 바로 대단한 영웅이었습니다."

그 말을 들은 조조는 몹시 놀라 사람을 보내 그 사신을 없애 버렸다.

 겉모양만 보고 사람을 판단하면 실수하기 쉽다. 겉모습에 현혹되지 않고 조조의 영웅다운 기개를 알아본 흉노의 사신은 안목이 남다르다. 그러나 조조는 '난세의 간사한 영웅' 답게 뒷날을 생각해서 흉노의 사신을 없애 버렸다. 이런 작은 일화에서도 중국의 화이 사관을 엿볼 수 있다고 한다면 지나친 생각일까?

床頭捉刀人

魏武將見匈奴使 以形陋不足雄遠國 使崔季珪代帝自捉刀立床頭 旣畢 令間諜問日 魏王何如 匈奴使答曰 魏王雅望非常 然床頭捉刀人 此乃英雄也 魏武聞之 追殺此使

『世說新語』「容止」

매실 생각으로 갈증을 풀다
望梅止渴
바랄 망 매화나무 매 그칠 지 목마를 갈

언젠가 조조는 병사들을 이끌고 산 넘고 물 건너 전쟁터로 갔다. 햇볕이 불처럼 뜨거웠지만 행군하는 길이 모두 황량한 산과 언덕뿐이어서 물을 한 방울도 찾을 수가 없었다. 병사들은 기진맥진해 점점 대오가 흐트러지고, 갈수록 행군 속도도 느려졌다.

이때 조조에게 갑자기 묘안이 떠올랐다. 그는 깃발로 앞을 가리키며 소리쳤다.

"이 앞에 커다란 매실 숲이 있다. 그늘이 우거지고 푸른 매실이 달려 있구나. 달고 신 매실을 먹으면 갈증이 사라질 것이다. 어서 가자."

그 말을 들은 병사들은 매실 생각으로 신물이 나 침을 흘렸다. 침으로 목을 축인 병사들은 기운을 차려 마침내 샘을 찾을 수 있었다.

解 매실을 머리에 떠올리면 생리적인 반사 작용이 일어나 침이 나와 아주 잠깐 동안이나마 목을 축일 수 있다. 극한 상황에서는 이런 방법이 도움이 될 수도 있다. 이 이야기는 조조가 얼마나 꾀 많고 임기응변에 능한 사람인지를 보여주는 일화이다. 매실 생각으로 갈증을 달랜다는 망매지갈望梅止渴이라는 말은 공상으로 잠시 자신을 위안하는 것을 가리킬 때 쓴다. 그러나 정말로 혀가 탈 만큼 목이 마른 상태에서 매실의 맛을 떠올린다고 해서 침이 고이는지는 모르겠다.

望梅止渴

魏武行役失汲道, 軍皆渴, 乃今日, 前有大梅林, 饒子, 甘酸可以解渴.
士卒聞之, 口皆出水, 乘此得及前源.
『世說新語』「假譎」

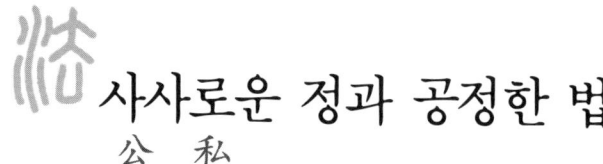

사사로운 정과 공정한 법
公　私
공변될 공　사사로울 사

한나라 순제 때 소장이 기주의 자사로 임명되었다. 그는 사건을 검토하다가 청하 태수가 거액의 뇌물을 받은 일이 있었음을 발견했다. 청하 태수는 이전부터 그의 친한 친구였다. 어느 날 저녁 소장은 술과 안주를 마련해 놓고 그 친구를 초청했다. 두 사람은 옛정을 회고하면서 아주 즐겁게 술을 마셨다.

그동안 청하 태수는 소장이 자신의 범죄에 대해 어떤 태도를 취할지 조마조마했는데, 그제야 돌덩이를 내려놓은 듯 안도의 한숨을 쉬며 말했다. "다른 사람들의 머리 위에는 하늘이 하나뿐이지만 내 머리 위에는 둘이 있네 그려."

소장은 정색하며 말했다. "오늘밤 내가 자네를 청해 술을 마시는 것은 오로지 개인적인 우정을 다하려는 것이네. 내일 기주 자사로서 사건을 처리할 때는 공정하게 법대로 집행할 걸세."

다음날 소장은 정식으로 법정을 열고 그를 법에 따라 심판했다.

우리 사회의 전근대적 폐단 가운데 하나가 바로 지연, 혈연, 학연과 같은 사적 인간관계를 공적 객관적 영역에까지 적용하여 앞에서 끌어 주고 뒤에서 미는 집단 이기주의이다. 비리를 저질러도 사적 인간관계로 얽혀 있으면 눈감아주고 덮어 준다. 새로 지도자를 뽑거나 인재를 선발할 때도 자기와 인연이 있는 사람을 뽑는다. 이런 전근대적 인간관계가 사회 발전이나 통합에 큰 병폐가 됨은 당연한 일이다. 그러나 소장의 태도는 공적 관계와 사적 관계를 엄격하게 구별하였다. 이런 태도는 이른바 공인들이 무엇보다도 갖추어야 할 바람직한 태도이다. 사실 유학의 교양을 지도자의 필수 자질로 여기고 관리 선발의 표준으로 삼던 과거 사회에서 이런 정신은 가장 기본적인 정신이었다. 그럼에도 이런 정신을 구현한 '청백리'가 그다지 많지 않았던 것을 보면 공과 사를 구분하는 것이 얼마나 어려운지 알 만하다.

公私

蘇章 … 順帝時, 遷冀州刺史. 故人爲淸河太守, 章行部案其姦贓.
乃請太守, 爲設酒肴, 陳平生之好甚歡.
太守喜曰, 人皆有一天, 我獨有二天.
章曰, 今夕蘇孺文與故人飮者, 私恩也. 明日冀州刺史案事者, 公法也.
遂舉正其罪.
『後漢書』「蘇章傳」

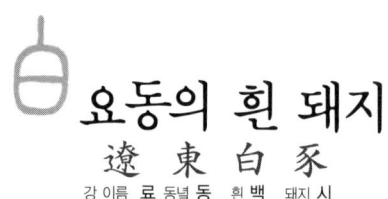

요동의 흰 돼지
遼東白豕
강 이름 료 동녘 동　흰 백　돼지 시

　옛날 요동 지방에서는 까만 돼지만 기르고 있었다. 그런데 어떤 집에서 기르던 어미 돼지가 머리가 흰 돼지를 낳은 희한한 일이 일어났다. 사람들은 좋은 징조라 여기고 그 흰머리 돼지를 왕에게 바치기로 했다.
　이리하여 새끼돼지를 데리고 북을 치고 징을 울리며 서울로 향했다. 하동 지방에 이르렀을 때 거기서 기르는 돼지들은 다 흰머리인 것을 보았다. 모두들 어리둥절 서로 바라만 보다가 슬그머니 깃발을 내리고 북 치기를 멈추고는 부끄러워 어쩔 줄 몰라 하며 되돌아갔다.

解 고루하고 식견이 좁은 사람은 자기가 보지 못한 것이면 남들에게는 평범한 것이라도 희귀한 것으로 생각하고, 새로운 것을 깨닫거나 경험하면 마치 무슨 대단한 것이라도 발견한 양 내세운다. 경험의 폭이 좁고 견문이 짧으면 그만큼 생각이 얕다.
견문이 좁아 무엇이든지 희귀하게 여기는 것을 가리켜 요동시遼東豕라고 한다.

遼東白豕

往時遼東有豕, 生子白頭 異而獻之, 行至河東, 見群豕皆白, 懷慙而還.
『後漢書』「朱浮傳」

양상군자
梁上君子
들보 량 위 상 임금 군 아들 자

    어느 해 하남 지방에 심한 흉년이 들었다. 어느 날 한밤중에 도둑 하나가 진식의 집에 숨어들어 대들보 위로 기어 올라가고 있었다. 그것을 엿본 진식은 슬며시 침대에서 일어나 자식들을 모두 거실로 부르더니 엄숙한 얼굴로 훈계했다. "사람은 어떤 상황에 처하더라도 자기를 이기려고 스스로 노력해야 한다. 나쁜 사람이란 천성이 나쁜 것이 아니라 습관이 되어 자제할 수 없게 된 사람이다. 저 대들보 위의 군자가 그런 사람이겠지."

    대들보 위의 도둑은 그 말을 듣고 놀랍기도 하고 부끄럽기도 해 허둥지둥 내려와 머리를 조아리며 용서를 빌었다.

    그러자 진식이 타일렀다. "보아하니 자네는 나쁜 사람 같지는 않군. 반성하고 착하게 살게. 가난 때문에 그렇게 된 것에 지나지 않으니까." 그리고 사람을 시켜서 비단 두 필을 도둑에게 갖다 주었다. 도둑은 연방 고맙다는 인사를 하고 떠났다.

    이때부터 그 지방에서는 도둑이 거의 생기지 않았다고 한다.

진식은 한 번에 도둑을 감화시키고 자손들에게 교훈도 주었다. 진식이 도둑을 훈계한 방법은 참으로 교훈적이다. 도둑을 몰아세우기보다 '양상군자'라고 3인칭으로 부름으로써 도둑에게 자신을 돌아보고 반성할 계기를 마련해 주었다. 나면서부터 도둑인 사람은 없다. 그러므로 도둑을 잡거나 몰아낸다고 문제가 해결되는 것은 아니다. 도둑이 되는 원인을 파악하여 문제를 해결해야 한다. 이 우화는 환경이나 습관이 사람의 인격 형성에 지대한 영향을 미친다는 것을 가르쳐준다.

도둑을 양상군자梁上君子라고 부르는 것은 이 이야기에서 비롯되었다.

梁上君子

時歲荒民儉, 有盜夜入其室, 止於梁上.
寔陰見, 乃起自整拂, 呼命子孫 正色訓之曰, 夫人不可不自勉.
不善之人未必本惡, 習以性成, 遂至於此. 梁上君子者是矣.
盜大驚, 自投於地 稽顙歸罪. 寔徐譬之曰, 視君狀貌 不似惡人,
宜深剋己反善. 然此當由貧困. 令遺絹二匹. 自是一縣無復盜竊.
『後漢書』「陳寔傳」

깨진 그릇은 잊어버려라
破 罐 不 顧
깨뜨릴 파 두레박 관 아닐 불 돌아볼 고

거록 땅에 양맹민이라는 사람이 있었는데, 그가 잠시 태원 땅에 가서 머물 때 일이다.

하루는 이 사람이 시장에 가서 시루를 사오다 넘어지는 바람에 깨뜨리고 말았다. 그러나 맹민은 뒤도 돌아보지 않고 가 버렸다.

그것을 본 곽태라는 사람이 이상해서 쫓아가 물었다.

"아니 당신은 시루가 깨졌는데 왜 뒤도 안 돌아보고 가는 거요?"

맹민이 말했다. "시루는 벌써 깨졌소. 돌아본들 무슨 소용이 있겠소?"

 깨진 시루를 아무리 다시 봐야 원래대로 되돌릴 수 없다. 아까워한들 무슨 소용이 있겠는가. 과거의 실수나 잘못에 연연할 필요가 없다. 실수의 원인을 면밀히 살펴서 같은 실수를 반복하지 않도록 하는 것이 중요하다.

破罐不顧

孟敏字叔達. 鉅鹿楊氏人也. 客居太原, 荷甑墮地 不顧而去. 林宗(郭太)
見而問其意. 對曰, 甑已破矣. 視之何益
『後漢書』「郭太傳」

커서도 반드시 그럴까
大未必奇
큰 대 아닐 미 반드시 필 기이할 기

　공융은 어려서부터 총명하고 민첩하여 천재로 소문이 났다. 열 살 되던 해 아버지를 따라 서울에 갔다. 마침 이 무렵 하남 태수를 지낸 이응이라는 사람이 있었다. 그는 몸가짐이 엄숙하고 중후했으며 함부로 사람을 만나지 않고 손님을 맞아들이지도 않았다. 그래서 당시 유명한 인사거나 대대로 교제가 있던 집안의 사람이 아니면 명함도 내밀지 못하게 했다. 공융은 이응의 소문을 듣고 한 번 보고 싶은 마음에 그의 집으로 갔다. 대문 앞에 갔더니 문지기가 공융에게 물었다. "이 댁에는 아무나 들어갈 수 없소. 공자는 뉘시오?"
　공융은 침착하게 말했다. "나는 이 댁 나리와 대대로 교제해 온 집안의 아들이오."
　문지기는 공융이 하도 점잖하고 침착하게 굴어서 정말로 이응의 집안과 평소 교제가 있던 집안의 자제로 생각하고 들어가서 공융의 말을 그대로 전했다.
　이응이 공융을 불러들여 보니 생전 처음 보는 얼굴이 아닌가? 여남은 살 남짓한 소년이 호기롭게 들어온 것을 보고 당돌하기도 하고 호기심도 생겨서 짐짓 근엄하게 물었다. "나는 소년이 누군지 모르네. 소년의 선조와 우리 집안이 이전부터 교제를 해 왔단 말이 사실인가?"
　공융이 당당하게 대답했다. "그렇습니다. 저의 선조 공자님과 어르신의 선조 노자님은 덕으로나 의로움으로나 서로 비견하실 만하며, 스승과 벗의 관계를 맺으셨으니 저의 집안과 어르신의 집안은 대대로 교제하던 사이가 아닙니까?"

그 자리에 있던 손님들은 공융의 기발하고 재치 있는 대답에 모두들 감탄했다.

한참 뒤 태중대부 진위가 이응을 찾아왔다. 어떤 사람이 공융의 답변을 전해 주며 칭찬을 아끼지 않았다. 진위는 그 말을 듣고 공융이 너무 당돌하다고 생각했던지 이렇게 말했다. "어린 시절 총명한 사람이 반드시 커서도 출중하라는 법은 없소."

곁에서 듣고 있던 공융이 기다렸다는 듯이 대답했다. "진 선생은 어린 시절에 아주 총명했던 게 틀림없군요."

이응이 크게 웃으며 말했다. "소년은 틀림없이 출중한 그릇이 되겠소. 하하하."

解 타고난 자질이 총명한 사람은 교육과 배양을 통해 커서도 출중한 재목이 될 수 있다. 그러나 자질이 총명하다고 모두 출중한 인재가 되는 것은 아니다. 총명함만 믿고 교만하고 오만해진다면 오히려 자질이 범상한 사람보다 해롭다.
진위는 손님들이 모여 열 살 된 아이의 총명함에 감탄하고 있을 때 찬물을 끼얹는 살풍경을 연출하였지만 사실 그의 말은 귀담아 들을 만한 가치가 있다. 공융이 만일 원대한 안목을 지녔더라면 진위의 비평을 거울로 삼을 수도 있었을 것이다. 공융은 진위의 비평을 재치 있게 되받아쳐서 진위가 평범한 사람임을 강조하며 기지를 뽐냈지만 논리적으로는 옳지 않다. 이것을 삼단논법으로 다시 구성하면 다음과 같다.

어릴 때 총명한 사람이 반드시 커서도 총명한 사람은 아니다.
진위는 총명한 사람이 아니다.(숨어 있는 전제)
따라서 진위는 어렸을 때 총명했다.

이 명제는 논리적으로 후건을 긍정하여 오류를 범한 것이다. 공융의 기지는 사실은 아주 작은 총명일 뿐이다.

大未必奇

融幼有異才. 年十歲, 隨父詣京師. 時河南尹李膺以簡重自居,
不妄接士賓客, 勅外自非當世名人及與通家, 皆不得白.
融欲觀其人, 故造膺門. 語門者曰, 我是李君通家子弟. 門者言之.
膺請融, 問曰, 高明祖父嘗與僕有恩舊乎. 融曰, 然.
先君孔子與君先人李老君同德比義, 而相師友, 則融與君累世通家.
衆坐莫不歎息. 太中大夫陳煒後至, 坐中以告煒.
煒曰, 夫人小而聰了, 大未必奇. 融應聲曰, 觀君所言, 將不早慧乎.
膺大笑曰, 高明必爲偉器.
『後漢書』「孔融傳」

당연히 있을 법한 일
想當然耳
생각할 상 마땅 당 그러할 연 뿐 이

어느 해 조조는 천자의 명을 받아 원소를 토벌하러 갔다. 몇 차례 피비린내 나는 싸움을 치르고 위나라 군대는 마침내 업 성을 함락시켰다. 장병들은 성안으로 뛰어들어 원소의 군사들을 살육하고, 부녀자와 어린아이들까지도 죽였다. 원소의 아들 원희의 아내 견 씨는 절세미인이었는데, 조조의 아들 조비가 일찍감치 군침을 흘리고 있던 터라 그 혼란을 틈타 몰래 자기 집에 데려다 두었다.

이 사건을 전해들은 공융은 조조에게 글을 올려, 주나라 무왕이 상나라 주왕을 쳤을 때 주왕의 애첩인 달기를 주공의 첩으로 보냈다는 옛날이야기를 해주었다. 그는 이것으로 조조를 비웃어 줄 속셈이었다. 그 말을 이해하지 못한 조조가 한참 뒤 그 이야기의 출전을 묻자, 공융이 대답했다. "지금의 사정으로 추측해 보면 당연히 있을 법한 일입니다."

이 이야기는 사실 무근의 상상이나 억측에 근거하여 주관적인 판단을 내리는 것을 가리키는 '상당연想當然'이라는 성어의 유래이다. 주관적인 판단으로 생각해 보면 마땅히 그럴 법하다는 말이다. 그러나 이 말은 개연적인 가능성을 말하는 것이므로 객관적이고 필연적인 사실을 말하는 것은 아니다. 어쨌든 공융의 의도는 무왕이 달기를 주공에게 주었다는 이야기를 꾸며 조조가 그럴듯한 명분을 내세워 원소를 토벌한 결과가 기껏해야 원소의 며느리를 빼앗아 아들에게 준 꼴이라고 조롱한 것이다. 그래도 무왕은 주왕의 학정에 시달리는 상나라 백성을 구제했다는 명분이야 있었지만 말이다.

想當然耳

初, 曹操攻屠鄴城, 袁氏婦子多見侵略, 而操子丕私納袁熙妻甄氏. 融乃與操書, 稱武王伐紂, 以妲己賜周公. 操不悟, 後問出何經典. 對曰, 以今度之, 想當然耳.
『後漢書』「孔融傳」

남편 가르치기
斷 機 誡 夫
끊을 단 베틀 기 경계할 계 지아비 부

악양자는 젊었을 적에 집안이 몹시 가난해 언제나 먹을 것이 없었다. 어느 날 양자가 길거리에서 금덩이를 주워서 기쁜 마음으로 돌아와 아내에게 건네주자 아내는 정색하며 말했다. "지조 있는 사람은 우물물조차도 몰래 마시지 않고, 청렴한 사람은 던져 주듯 주는 음식은 먹지 않는다고 합니다. 그런데 주운 재물로 자기 행실을 더럽히려 하다니요."

양자는 그 말을 듣고 부끄러워 당장 금덩이를 내다 버렸다.

이 사건에서 큰 감명을 받은 양자는 집을 떠나 먼 곳으로 공부하러 갔다. 그렇게 1년이 지난 뒤 그는 짐을 싸 들고 집으로 돌아왔다. 몹시 놀란 아내가 영문을 묻자 양자가 웃으며 말했다. "오래 헤어져 있으니 당신 생각이 간절히 나지 뭐요."

그 말을 들은 아내는 정색하며 칼을 가지고 와 짜고 있던 비단에 갖다 대고 말했다. "이 비단은 누에고치에서 실을 풀어 베틀에 올려놓고 한 올 한 올 짜야 한 치가 되고, 한 치가 한 필이 되어야 비로소 옷감이 됩니다. 지금 내가 이걸 둘로 잘라 버리면 전날의 공이 다 허사가 되고 맙니다. 공부도 언제나 자기가 아직 충분히 배우지 못했다고 느끼며 날마다 부지런히 학문을 쌓아야 비로소 성공할 수 있습니다. 중간에 그만두고 돌아온다면 짜던 비단을 잘라 버리는 것과 무엇이 다르겠습니까?"

이 말에 깊이 감동을 받은 양자는 곧바로 집을 떠났다. 그는 꼬박 7년 동안 집에 돌아오지 않고 열심히 책을 읽었다.

악양자의 아내는 두 가지 귀중한 가르침을 주었다. 하나는 누구나 재물을 좋아하지만 정당한 방법으로 얻지 않은 것을 탐내서는 안 된다는 것이다. 뜻을 품은 사람은 자기 긍지와 품위를 지켜야 한다. 다른 하나는 무슨 일이든 중도에 그만두어서는 안 된다는 것이다. 누에를 쳐서 고치를 풀고 실을 뽑아 실을 난 다음 베틀에 올려 한 올 한 올 짜야 비단이 된다. 실이 한 올씩 모여 한 치가 되고, 한 치가 모여 한 자가 되고, 한 자가 모여 한 필이 된다. 짜던 옷감을 중간에 잘라 버리면 아무짝에도 쓰지 못 한다. 특히 학문은 자신과 오래 싸워야 하는 일이다. 뜻을 세웠다면 중도에 포기하지 말고 끝까지 노력해야 한다. 중국 속담에 '배움이나 삶이나 늙을 때까지'라는 말이 있다. 학문을 중도에 포기하려는 맹자를 깨우치려고 베를 잘라 버렸다는 맹모단기孟母斷機라는 고사와 같은 이야기이다.

斷機誡夫

河南樂羊子之妻者, 不知何氏之女也. 羊子嘗行路, 得遺金一餅,
還以與妻. 妻曰, 妾聞志士不飲盜泉之水, 廉者不受嗟來之食, 況拾遺求利,
以污其行乎. 羊子大慙, 乃捐金於野, 而遠尋師學. 一年來歸, 妻跪問其故.
羊子曰, 久行懷思, 無它異也. 妻乃引刀趨機而言曰, 此織生自蠶繭,
成於機杼, 一絲而累, 以至於寸, 累寸不已, 遂成丈匹. 今若斷斯織也,
則捐失成功, 稽廢時月. 夫子積學, 當日知其所亡, 以就懿德. 若中道而歸,
何異斷斯織乎. 羊子感其言, 復還終業, 遂七年不返.

『後漢書』「列女傳」

코끼리 무게 달기
大 船 秤 象
큰 대 배 선 저울 칭 코끼리 상

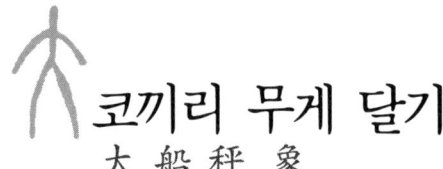

　동오의 손권이 조조에게 큰 코끼리 한 마리를 보냈다. 중원 일대의 사람들은 예부터 이렇게 큰 동물을 본 적이 없었으므로 아주 신기해했다. 조조는 이 큰 코끼리의 무게가 얼마나 되는지 몹시 알고 싶었지만 이렇게 큰 코끼리를 달 수 있는 저울이 없어서 어쩔 수가 없었다. 문무백관을 소집하여 함께 상의했지만 머리를 쥐어짜도 뾰족한 방법이 나오지 않았다.
　이때 조조의 여섯 살 난 아들 조충이 사람들을 비집고 나와 아버지에게 말했다. "그게 뭐 어려울 게 있나요?"
　조조는 이름난 어른들도 해결하지 못하는 문제를 별것 아니라고 말하는 조충의 말을 당돌하게 여기고 방법을 말해 보라고 했다.
　조충이 영특한 눈을 빛내며 말했다. "먼저 큰 코끼리를 배에 태우고 물에 띄워 어디까지 잠기는지 표시해 둔 다음, 코끼리를 끌어내고 돌덩이를 배에 채워 표시했던 곳까지 잠기면 다시 돌덩이를 가져다 저울로 다는 거지요. 그러면 코끼리 무게를 계산할 수 있지 않겠어요?"
　그 말을 들은 조조는 기쁨에 넘쳐 서둘러 아이가 말한 방법대로 달아보도록 했다.

2200년 전 고대 헬라스의 과학자 아르키메데스는 목욕을 하다가 부력의 원리를 발견했다. 여섯 살 난 조충도 부력의 원리를 이용하여 코끼리의 무게를 다는 어려운 문제를 해결했다. 사물을 세밀히 관찰하고 분석하여 유추하는 과학적 방법을 사용했기 때문이다.

大船秤象

(曹沖)少聰察岐嶷, 生五六歲, 智意所及, 有若成人之智. 時孫權曾致巨象, 太祖(曹操)欲知其斤重, 訪之群下, 咸莫能出其理. 沖曰, 置象大船之上, 而刻其水痕所至, 稱物以載之, 則校可知矣. 太祖大悅, 卽施行焉.
『三國志』「魏書・武文世王公傳」

증세에 따른 투약
對症下藥
대할 대 증세 증 내릴 하 약 약

관리인 예심과 이연이 함께 죽은 사람도 살린다는 명의 화타를 찾아갔다. 두 사람은 모두 머리가 빠개질 듯이 아프고 몸에 열이 펄펄 끓었다. 그런데 겉으로 보기에 두 사람의 증세는 똑같은데, 화타는 두 사람에게 다른 처방을 내렸다. "예심은 설사를 시키고, 이연은 땀을 내게 하라."

어떤 사람이 처방이 다르다고 아는 체하며 비방을 했다.

그러자 화타가 이렇게 대답했다. "예심은 병증이 안에 있고, 이연은 병증이 밖에 있기 때문이오. 겉으로 보기에 두 사람의 증상은 같아도 두 사람의 병증이 있는 곳은 다르기 때문에 달리 처방해야 하오."

다음날 아침 두 사람 모두 자리를 털고 일어났다.

고루하고 식견이 짧은 사람은 자기가 배운 그대로 곧이곧대로 대처하고 천편일률적으로 처리한다. 그러나 지혜로운 사람은 상황에 따라 가장 적절한 방법을 택할 줄 안다. 바로 중용의 묘를 살릴 줄 안다는 말이다. 의사가 병을 고칠 때는 환자를 의사에게 맞추는 것이 아니라 의사가 환자에게 맞추어야 한다. 병증이 안에 있다는 말은 열의 원인이 안에 있다는 말이다. 이런 사람은 설사를 시켜 열을 배출해야 한다. 병증이 밖에 있다는 말은 열의 원인이 살갗 같은 바깥쪽에 있다는 말이다. 이런 사람은 땀을 내서 열을 내려야 한다. 화타는 겉으로 드러난 증세만 보지 않고 병이 난 원인을 깊이 분석하고 고찰하여 환자의 상황에 맞게 진단하고 치료했다.

상황에 맞게 문제를 처리하는 것을 대증하약對症下藥 또는 대증투약對症投藥이라고 한다.

對症下藥

府吏兒尋李延共止, 俱頭痛身熱, 所苦正同. 佗曰, 尋當下之, 延當發汗. 或難其異, 佗曰, 尋外實, 延內實, 故治之宜殊. 卽各與藥, 明旦竝起

『三國志』「魏書 · 方技傳」

물고기가 물을 얻은 듯
如魚得水
같을 여 고기 어 얻을 득 물 수

후한 말 조조에게 여러 차례 쫓겨 의기소침해진 유비는 유표에게 도망쳐 신야에 머물러 있었다. 그는 온종일 앙앙불락하며 중원에서 천하를 도모할 생각을 했지만, 세력이 약하고 주위에 계략을 가진 좋은 참모가 없어 고민했다. 그러던 어느 날 서서를 만나 천하의 형세에 대해 마음을 터놓고 이야기해 보니 말마다 도리에 맞았다. 유비는 그의 기량을 아주 중시하여 최고 손님으로 대우했다.

"저는 평범한 사람에 지나지 않습니다." 서서가 말했다. "제게 제갈공명이라는 친구가 있는데, 그는 줄곧 융중에 은거하고 있지만 세상일에 마음을 두고 있어서 사람들은 그를 와룡이라 부릅니다. 장군께서 한 번 만나 보십시오."

"좋습니다." 유비는 기뻐하며 말했다. "어서 그를 청해 오도록 하십시오."

"어떻게 그렇게 장군 편한 대로만 하십니까? 공명은 천하의 고상한 선비입니다. 가서 만나볼 수는 있어도 굽혀서 오게 할 수는 없습니다. 장군께서 정말로 마음이 있으시다면 몸소 가서 만나셔야 할 것입니다."

그의 말이 다 온당하고 옳았으므로 유비는 세 번이나 몸소 초막으로 찾아간 끝에 제갈량을 만났다. 두 사람은 초막에서 무릎을 맞대고 오랜 시간 대화를 나누었다. 제갈량은 형주를 점거하고 익주를 보태며, 서남쪽 여러 종족들을 안정시키고 내정을 정비한 다음, 손권과 연합하여 기회를 기다리다 형주와 익주 두 길로 조조를 북벌하여 중국 통일을 도모하고 유 씨의 제업을 회복하라는 계책을 논리 정연하게 주장했다. 이 한 번의 대화로 유비는 구름이 걷히고 해가 나타나는 것 같이 앞날에 대한 계책이 섰기 때문에 곧바로 제갈량을 중요한 모신으로 삼았다. 두 사람은 날마다 밤이 깊도록 서로의 속마음을 이야기하면서 아주 가깝게 지냈다.

의형제로 한솥밥을 먹으며 동고동락했던 관우와 장비는 그것이 몹시 못마땅하여 유비 앞에서 원망하는 기색을 드러냈다. 유비는 간절히 그들에게 말했다. "내가 공명을 얻은 것은 물고기가 물을 만난 것과 같네. 자네들이 대의를 생각해서 더 이상 불평하지 말기 바라네."

관우와 장비는 그 말을 듣고 몹시 부끄러워 다시는 말썽을 부리지 않았다.

 삼고초려三顧草廬와 수어지교水魚之交라는 고사의 유래이다. 사람을 얻으면 흥하고, 사람을 잃으면 망한다. 인사가 만사라는 말이다. 그러나 좋은 사람을 만나기가 그만큼 어렵기도 하다. 재능이 있는 사람을 만나기도 어렵지만 재능을 펼칠 기회를 만나기도 어렵다. 유비는 제갈량의 재능을 알아주었고, 제갈량은 유비를 위해 자기 재능을 다 펼쳤다. 그래서 이 이야기는 아름답다.

如魚得水

時先主屯新野m 徐庶見先主, 先主器之, 謂先主曰, 諸葛孔明者, 臥龍也, 將軍豈願見之乎. 先主曰, 君與俱來. 庶曰, 此人可就見, 不可屈致也. 將軍宜枉駕顧之. 由是先主遂詣亮, 凡三往, 乃見 … 於是與亮情好日密. 關羽張飛等不悅, 先主解之曰, 孤之有孔明, 猶魚之有水也. 願諸君勿復言. 羽飛乃止

『三國志』「蜀書・諸葛亮傳」

쥐똥 재판
鼠 屎 斷 案
쥐 서 똥 시 끊을 단 판결 안

삼국 시대 오나라의 군주인 손량은 매실을 아주 좋아했다. 어느 날 손량은 환관에게 창고에 가서 꿀에 담근 매실을 가져오도록 분부했다. 손량은 아주 맛있게 매실을 먹다가 꿀 속에서 쥐똥을 발견했다. 모두들 놀라서 서로 바라보기만 하는데 환관의 우두머리인 태감이 황급히 무릎을 꿇고 말했다. "이것은 창고지기가 소홀했기 때문일 것입니다. 그를 문책하십시오."

창고지기를 불러다 손량이 물었다. "조금 전에 태감이 너한테서 꿀을 가져갔지?"

창고지기는 떨면서 말했다. "꿀은 제가 주었지만 그때는 쥐똥이 전혀 없었습니다."

"거짓말 말아라." 태감은 창고지기의 코끝을 가리키며 말했다. "쥐똥이 이미 꿀 속에 들어가 있었거늘 너는 군주를 속일 셈이냐?"

태감은 한 마디로 창고지기의 책임이라고 단정하고, 창고지기는 죽어도 그것을 인정하지 않으며 태감의 짓이라고 주장했다. 두 사람은 지지 않고 다투었다.

시중인 조현과 장빈이 나서서 말했다. "태감의 말과 창고지기의 말이 다르므로 판결하기 어려우니, 둘 다 감옥에 보내 다스리는 것이 낫겠습니다."

손량은 사람들을 둘러보며 말했다. "이건 쉽게 알 수 있소." 그러고는 사람들이 보는 앞에서 쥐똥을 잘라 보도록 명령했다. 자세히 보니 쥐똥의 겉에만 꿀이 묻어 있고 안은 말라 있었다.

손량은 껄껄 웃으면서 말했다. "쥐똥이 오랫동안 꿀 속에 있었다면 안팎이 모두 젖어 있어야 하오. 그런데 겉은 젖어 있고 안은 말라 있으니 분명히 이제 막 들어간 것이오. 이건 틀림없이 태감의 잘못이오."

태감은 놀라 부들부들 떨면서 급히 무릎을 꿇고 이마를 땅에 조아리며 용서를 빌었고, 주위의 사람들도 아주 놀랐다.

解 쥐똥을 잘라 보고 판단하는 일은 아주 단순한 것 같지만 사물에 내재하는 법칙을 세밀하게 분석하고 유추할 줄 알아야만 가능하다. 단순하고 경직된 조현과 장빈은 책임을 가려내지 못하자 과학적으로 분석할 생각은 하지 않고 손쉽게 두 사람 다 감옥에 보내라고 주장한다. 그러나 손량은 굳은 쥐똥과 끈적끈적한 꿀 사이의 관계를 잘 분석하여 정확하게 판단했다. 아쉬운 것은 사물의 관계는 이처럼 명확하게 가려낼 줄 알았던 손량이지만 정치 현실은 제대로 분석하지 못하여 나라가 위태로워졌다는 점이다.

鼠屎斷案

亮後出西苑, 方食生梅, 使黃門至中藏取蜜漬梅, 蜜中有鼠矢, 召問藏吏, 藏吏叩頭. 亮問吏曰, 黃門從汝求蜜邪. 吏曰, 向求, 實不敢與. 黃門不服, 侍中刁玄張邠啓, 黃門藏吏辭語不同, 請付獄推盡. 亮曰, 此易知耳. 令破鼠矢, 矢裏燥. 亮大笑謂玄邠曰, 若矢先在蜜中, 中外當俱濕, 今外濕裏燥, 必是黃門所爲. 黃門首服, 左右莫不驚悚.

『三國志』「吳書·三嗣主傳注引吳歷」

술잔 속의 뱀 그림자
杯弓蛇影
잔 배 활 궁 뱀 사 그림자 영

　　악광에게 아주 친한 친구가 있었다. 그런데 그 친구가 언젠가 놀다간 뒤로는 오랫동안 소식이 없었다. 악광이 이상하게 여겨 찾아갔더니 친구는 누렇게 뜬 얼굴로 침대에 누워 있었다. 악광이 병이 난 까닭을 물어 보았다.
　　친구는 머뭇거리며 대답을 하지 않으려 했으나 자꾸만 묻자 이렇게 말했다. "지난번에 자네 집에 갔을 때 자네가 따라 준 술잔을 마시려고 하는데 술잔 속에 뱀 한 마리가 있는 걸 보았네. 너무 놀라서 마시지 않으려 했지만 그러면 자네에게 무례한 짓이 되겠기에 눈 딱 감고 마셔 버렸다네. 집에 돌아와 토하고 또 토했지만 생각할수록 구역질이 나는 바람에 병이 나고 말았네."
　　악광은 아무리 생각해 봐도 술잔 속에 뱀이 있을 리 없었다. 그러나 친구가 분명히 보았다니 무턱대고 그럴 리가 없다고 우길 수도 없었다. 무슨 곡절이 있겠다 싶어 집에 돌아와 거실에서 왔다 갔다 하다가 문득 쇠뿔로 장식한 활인 각궁이 벽에 걸려 있는 것을 발견했다. 그는 이 각궁이 사건을 일으킨 게 아닐까 싶어, 술잔에 술을 채워 탁자 위에 올려놓고 이리저리 여러 각도로 움직여 보았다. 각궁에는 칠을 해 놓아 마치 뱀처럼 보였다. 아니나 다를까 각궁 그림자가 술잔에 비치자 정말로 작은 뱀이 움직이는 듯 했다.
　　악광은 곧 친구의 집으로 달려가 그를 부축해 자기 집으로 데려와서는 탁자 위의 술잔에서 무엇이 보이는지 물었다. 친구는 그걸 보고 놀라 소리쳤다. "술잔속에 또 뱀이 들어 있네."
　　악광은 벽에 걸려 있는 각궁을 가리켰다. 술잔 속에 있던 작은 뱀이 원래는 벽에 걸린 각궁의 그림자였다는 것을 깨닫자 친구의 병은 금방 나았다.

解 악광의 친구는 상황을 면밀하게 파악하지도 않고 선입관을 근거로 함부로 속단했다. 그러나 악광은 문제의 근거를 세밀하게 추리하여 해결의 실마리를 발견했다. 상식적으로 이해하기 어려운 현상이 나타난다 하더라도 엄밀하게 유추하면 합리적인 해석을 할 수 있다. 문제를 해결하려고 노력하지 않고 이것저것 의심하고 편견이나 선입관에 근거하여 함부로 판단을 내리는 것은 과학적이지 못하다.
공연한 의혹으로 고민하는 것을 배궁사영杯弓蛇影이라고 한다.

杯弓蛇影

嘗有親客, 久闊不復來, 廣問其故. 答曰, 前在坐, 蒙賜酒, 方欲飮, 見杯中有蛇, 意甚惡之. 旣飮而疾. 於時河南聽事壁上有角, 漆畫作蛇, 廣意杯中蛇卽角影也. 復置酒於前處, 謂客曰, 酒中復有所見不. 答曰, 所見如初. 廣乃告其所以, 客豁然意解, 沈痾頓愈.

『晉書』「樂廣傳」

길가의 떫은 오얏
道邊苦李
길 도 가 변 쓸 고 오얏 리

　　왕융은 어릴 적부터 매우 총명하고 생각이 깊었다. 한번은 동무들과 멀리까지 놀러 나가 큰길을 따라 걷다가 길가에 오얏나무 한 그루가 서 있는 것을 보았다. 먹음직스러운 오얏이 가지가 처질 정도로 달려 있고, 알알이 탐스러웠다.
　　아이들은 환호성을 지르며 다투어 나무로 올라갔지만 왕융은 길가에 그냥 서 있었다. 아이들이 그에게 손짓하며 말했다. "빨리 와서 따라, 아주 많다."
　　왕융이 말했다. "난 안 먹겠다. 이 나무는 길가에서 자라고 있고 열매가 잘 익었는데도 이렇게 많이 달려 있는 걸 보니 떫은 게 분명해."
　　오얏을 깨물어 본 아이들은 정말로 떫어서 뱉어내지 않을 수 없었다.

解 왕융은 서진 시대의 유명한 청담가清談家인 죽림칠현竹林七賢 가운데 한 사람이다. 그는 아주 치밀한 논리적 추론을 통해 오얏의 맛이 떫다는 결론을 얻었다.

큰길가의 주인 없는 오얏을 아무도 먹지 않는다면 그것은 반드시 떫을 것이다.
이 오얏나무는 주인이 없고 큰길가에서 자라고 있으며 또 따먹는 사람이 없다.
따라서 이 나무의 오얏은 반드시 떫다.

이 추론은 대전제가 가언 명제이고 소전제가 정언 명제인 반가언적 삼단논법의 한 형태이다. 왕융의 추론에서는 전건이 긍정되었기 때문에 전건의 주장에 의해 성립하는 후건의 주장도 성립한다.

道邊苦李

王戎 …嘗與羣兒嬉於道側, 見李樹多實. 等輩競趣之, 戎獨不往.
或問其故, 戎曰, 樹在道邊而多子, 必苦李也. 取之信然
『晉書』「王戎傳」

술에 담근 고기는 오래 간다
糟肉堪久
전국 조 고기 육 견딜 감 오랠 구

　공군은 술이 없으면 하루도 지낼 수가 없는 술고래여서 날마다 술항아리를 껴안고 고주망태가 되도록 마셨다. 사람들이 아무리 충고해도 소용이 없었다.
　왕도가 보다 못해 공군에게 충고했다. "날마다 그렇게 퍼 마시니 몸이 견뎌낼 수가 있겠소? 선생은 술항아리를 덮는 베 보자기를 못 보았소? 술기운 때문에 쉽게 못 쓰게 되지 않던가요?"
　술잔을 입에서 떼지도 않고 공군이 대답했다. "선생은 술독에 담가 놓은 고기가 오래 가는 걸 못 보셨소?"

 어떤 일을 하건 자기 합리화에 능한 사람이 있다. 아무리 타일러도 그때마다 반드시 변명과 이유를 들이댄다. 고기를 술에 담가 놓으면 술이 소독 작용을 해서 상하지 않는다. 이것은 분명한 객관적인 사실이다. 그러나 사람이 술을 마시면 간에서 해독해야 하기 때문에 많이 마실수록 간에 부담이 가는 것은 당연한 이치이다 그런데도 자기를 술에 담근 고기로 여겼으니 술 마시는 데도 이유가 참 많다.

糟肉堪久

孔羣, … 性嗜酒. 導嘗戒之曰, 卿恒飮, 不見酒家覆瓿布, 日月久糜爛邪.
答曰, 公不見肉糟淹更堪久邪.
『晉書』「孔愉傳」

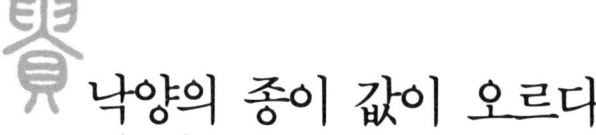

낙양의 종이 값이 오르다
洛陽紙貴
강이름 락 볕 양 종이 지 귀할 귀

　서진의 문장가인 좌사는 젊었을 때 집안이 가난해 주목을 받지 못했다. 그는 꼬박 1년이라는 시간을 들여 「제도부」를 쓰고 나서, 또 패기만만하게 「삼도부」를 쓰려고 했다. 때마침 누이 좌분이 궁정으로 뽑혀 가는 바람에 서울로 따라 이사를 가서 비서랑이 되어 더욱 많은 자료를 얻었다. 그는 역사 자료를 수집하기 위해 옛 성과 도시를 돌아다니며, 밤낮으로 머리를 짜내 집안의 울타리든 뒷간이든 어디에나 지필묵을 가지고 다니며 좋은 구절이 생각나면 급히 종이에 적곤 했다.
　당시의 대문장가인 육기도 「삼도부」와 비슷한 소재로 작품을 쓰려고 준비하고 있었는데, 좌사라는 젊은이가 그것을 쓰고 있다는 말을 듣고 가소롭다는 듯이 손뼉을 치며 웃음을 참지 못하고 아우에게 편지로 이렇게 말했다. "요사이 어떤 시골뜨기가 「삼도부」를 쓴다고 하는데, 「삼도부」가 완성되면 그것으로 술항아리를 덮어두겠다."
　꼬박 10년이 걸려 웅장하고 깊이 있는 「삼도부」를 완성했지만 이름 없는 사람의 작품이라 사람들의 주목을 끌지 못해 그것을 베끼려는 사람이 거의 없었다.
　좌사는 자신의 관직이 낮고 보잘것없기 때문에 자기를 얕보고 무시하는 것이라 생각했다. 그래서 그는 당시의 유명한 학자인 황보밀에게 원고를 보였다. 그것을 읽고 난 황보밀은 탁자를 치며 절세의 명작이라 말하고 당장 서문을 써

주었다. 대학자 장재와 유규도 주석을 달아 주었다. 일단 유명한 사람들의 인정을 받자 학자들이 앞 다투어 그의 문장을 칭송하는 글을 지었다. 사공 장화가 「삼도부」를 높이 평가하여 당대의 최고 문장가들에게도 뒤지지 않는다고 했다. 유명한 사람에게 극찬을 받자 부자와 귀족들이 다투어 그것을 베끼는 바람에 낙양의 종이 값도 덩달아 엄청나게 뛰었다.

「삼도부」가 완성되면 술항아리 뚜껑으로 쓰겠다던 육기도 한 글자도 덧붙일 게 없다며 절찬을 아끼지 않고, 「삼도부」를 쓰던 일을 그만두었다.

 이 이야기는 두 가지 교훈을 준다. 학자는 후진을 키우고 인재를 양성하는 일에 중요한 책임을 지고 있다는 것과 편견과 선입견이 한 사람의 능력을 평가하는 데 커다란 장애가 된다는 것이다. 기성세대는 열린 마음으로 신진을 발굴하고 재능을 키워 주어야 한다. 대가입네 하고 자리를 차지하고 앉아서 새로운 세대의 길을 막아 버리면 학문이나 문화가 발전할 수 없다. 또한 작품은 작품 그 자체로 인정을 받아야지 작가의 출신 성분이나 지위와 같은 작품 외적 요소에 의해 왜곡되어서는 안 된다.

여기에서 유래한 고사성어가 낙양지귀洛陽紙貴이다. 요즘에도 베스트셀러를 가리켜 "낙양의 종이 값을 올려놓았다"고 한다.

洛陽紙貴

左思 … 造齊都賦, 一年乃成 復欲賦三都, 會妹芬入宮, 移家京師, 乃詣著作郎張載訪岷邛之事. 遂構思十年, 門庭藩溷皆著筆紙, 遇得一句, 卽便疏之. 自以所見不博, 求爲秘書郎. 及賦成, 時人未之重. 思自以其作不謝班張, 恐以人廢言, 安定皇甫謐有高譽, 思造而示之. 謐稱善, 爲其賦序, 張載爲注魏都, 劉逵注吳蜀而序之, …… 司空張華見而嘆曰, 班張之流也. 使讀之者盡而有餘, 久而更新. 於是豪貴之家競相傳寫, 洛陽爲之紙貴. 初, 陸機入洛, 欲爲此賦, 聞思作之, 撫掌而笑, 與弟雲書曰, 此間有傖父, 欲作三都賦, 須其成, 當以覆酒甕耳. 及思賦出, 機絶歎伏, 以爲不能加也, 遂輟筆焉.

『晉書』「左思傳」

부스럼 딱지를 좋아하는 성벽
嗜痂成癖
즐길 기 헌데 가 이룰 성 버릇 벽
　　　딱지

남조 시대에 유옹이라는 사람에게는 아주 괴상한 취미가 있었다. 그는 부스럼 딱지를 먹는 것을 좋아했는데, 그 맛이 전복 같다고 했다.

한번은 그가 친구인 맹영휴를 방문했다. 맹영휴는 화상을 입어 온 몸에 누런 물집이 돋았다가 딱지가 앉아 있었다. 유옹은 침대 곁에 앉아 이야기에는 관심이 없고 침대에서 떨어지는 부스럼 딱지를 주워 먹기에 바빴다. 그는 하나하나 입으로 가져가 맛있다는 듯 씹어 먹었다.

맹영휴는 그것을 보고 놀랍기도 하고 또 속이 뒤집혀 줄곧 고개를 저었다. 유옹은 오히려 맛있어서 어쩔 줄 몰랐다. "부스럼 딱지는 내가 제일 좋아하는 것이랍니다."

유옹은 침대 위에 떨어진 딱지를 다 먹고 나서 아직도 성이 덜 찬 듯 손을 뻗어 맹영휴의 몸에 있는 딱지를 벗겨 먹기까지 했다. 유옹이 돌아가고 난 다음 맹영휴는 하도 기가 막혀 친구에게 편지를 썼다. "유옹이 내 상처에 난 부스럼 딱지를 뜯어먹어 몸에서 피가 흘렀습니다."

지역의 관리들 200여 명은 죄가 있건 없건 돌아가며 채찍질을 해서 그 상처에 부스럼 딱지가 앉으면 그것을 뜯어서 유옹에게 공급했다.

성벽 치고도 기이한 성벽이다. 기이한 것을 좋아하여 성벽으로 굳은 것은 도저히 어떻게 해볼 도리가 없다. 기이한 성벽 때문에 상대방은 말할 수 없이 고통을 당할 수도 있다. 떳떳하지 못한 재물을 밝히는 사람은 부스럼 딱지를 좋아한 유옹보다 더럽고 추하다.
이 이야기에서 유래하여 취향이 괴팍스러운 것을 기가성벽嗜痂成癖 또는 기가지벽嗜痂之癖이라고 한다.

嗜痂成癖

邕所至嗜食瘡痂, 以爲味似鰒魚. 嘗詣孟靈休, 靈休先患灸瘡, 瘡痂落床上, 因取食之. 靈休大驚. 答曰, 性之所嗜. 靈休瘡痂未落者, 悉褫取以飴邕. 邕旣去, 靈休與何勖書曰, 劉邕向顧見啖, 遂擧體流血. 南康國吏二百許人, 不問有罪無罪, 遞互與鞭. 鞭瘡痂常以給膳.

『宋書』「劉穆之傳」

미치광이의 나라
擧 國 皆 狂
들 거 나라 국 다 개 미칠 광

　아주 옛날에 작은 나라가 있었다. 이 나라에는 사람들이 마실 수 있는 물이라고는 '미치광이 샘'이라는 샘만 있었다. 그래서 이 샘물을 마신 사람들은 모두가 미쳐 버렸다. 그러나 왕만은 그 샘물을 마시지 않고 뒤뜰의 우물물을 마셨기 때문에 전국에서 유일하게 무사했다.
　백성은 왕이 샘물을 마시지 않고, 또 언행이 다른 사람과 다르다는 것을 발견하고는 왕이 미쳤다고 생각했다. 그래서 함께 모여 왕의 미친병을 치료해 주기로 하여 왕궁으로 몰려가 왕을 침대에 눕혀 놓고 어떤 사람은 침으로 마구 찌르고, 어떤 사람은 쑥으로 뜸을 뜨고, 어떤 사람은 뭔지도 모를 약을 왕의 입에 쑤셔 넣고, 어떤 사람은 왕의 온 몸을 문지르고 두드렸다. 이 고초를 견딜 수 없었던 왕이 비명을 지르며 미치광이 샘으로 달려가 샘물을 몇 모금 마셨다. 그리하여 왕도 미쳐 버렸다.
　온 나라 사람들이 다 미쳐 버린 이 나라에서는 어디서나 괴상한 소리가 들렸다.

이 우화는 잘못된 사조나 이념이 집단적 광기를 불러일으키면 그 폐해가 얼마나 심각한지를 보여주고 있다. 세계 역사는 물론 우리나라 역사에서도 집단적 광기의 비극을 쉽게 찾아볼 수 있다. 잘못된 풍조가 만연할 때, 무엇이 옳고 그른지 분간하기도 어렵게 탁류가 도도하게 흐를 때, 합리적인 관점을 견지하고 양심과 이성으로 대처하기는 참으로 어렵다. 혼자서 고결하게 지조를 지키기는 거의 불가능하다. 어지러운 사회를 개조하려고 적극적으로 나서거나 같이 휩쓸리는 수밖에 없을 것이다. 굴원은 혼자서 지조를 지키려다 결국 죽음을 택해 멱라수에 몸을 던졌다. 공자는 안 되는 줄 알면서도 집 잃은 개라는 조롱을 받으며 이상을 펼치려고 적극적으로 나섰다. 대부분의 지식인은 잘못된 것을 알면서도 시류에 휩쓸렸다.

舉國皆狂

昔有一國. 國中一水, 號曰狂泉. 國人飮此水, 無不狂. 唯國君穿井而汲,
獨得無恙. 國人旣竝狂, 反謂國主之不狂爲狂. 於是聚謀, 共執國主
療其狂疾, 火艾針藥, 莫不畢具. 國主不任其苦, 於是到泉所, 酌水飮之,
飮畢便狂. 君臣大小, 其狂若一, 衆乃歡然.

『宋書』「袁粲傳」

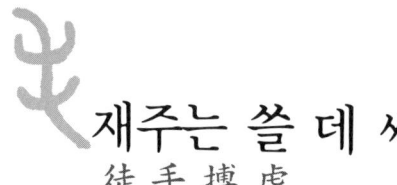

재주는 쓸 데 써야
徒手搏虎
한갓 도 손 수 잡을 박 범 호

　북위라는 나라에 가실릉이라는 사람이 있었다. 그가 열일곱 살 나던 해 어느 날 국왕인 세조 탁발도拓跋燾를 모시고 사냥을 나갔다. 그때 깊은 산속에서 갑자기 집채만큼 큰 맹호 한 마리와 맞닥뜨렸다. 가실릉은 곧바로 맨손으로 호랑이를 때려잡아 세조에게 바쳤다. 이를 처음부터 쭉 지켜본 세조는 가실릉에게 이렇게 말했다. "너는 지혜와 힘이 남보다 월등히 뛰어나다. 그러나 그렇게 뛰어난 재주와 힘을 가지고 있다면 나라를 위해 써야 한다. 다시는 호랑이를 때려잡는 일에 쓰지 않도록 해라."

 혈기왕성한 청소년기에는 뻗어나는 힘만 있을 뿐 그 힘을 제대로 쓸 줄 아는 지혜가 부족하다. 나라의 지도자나 기성세대는 맹목적 힘만 넘치는 젊은이들을 잘 이끌어서 힘을 제대로 사용할 수 있도록 지혜를 심어 주어야 한다. 재능을 발휘할 수 있는 여건을 만들어 주고 역량을 키워 나갈 수 있도록 해야 한다. 호랑이를 맨손으로 때려잡을 만큼 탁월한 힘이 있다면 그 힘을 호랑이를 잡는 일과 같이 자칫 죽을 수도 있는 무모한 일에 쓰기보다는 나라를 위한 더 큰 일에 써야 한다. 이것저것 가릴 겨를이 없는 위급한 상황이라면 몰라도 아무리 힘이 세더라도 사나운 맹수에게 맨손으로 달려드는 것은 만용이다. 기왕 사냥을 나갔으니 활이나 창으로 잡을 일이 아닌가? 북위의 세조 탁발도는 나름대로 지혜가 있었다. 젊은이의 넘치는 혈기를 잘 이끌어 주었던 것이다.

徒手搏虎

長子可悉陵, 年十七, 從世祖獵, 遇一猛虎, 陵遂空手搏之以獻. 世祖曰,
汝才力絕人, 當爲國立事, 勿如此也.
『魏書』「昭成子孫列傳」

합치면 꺾을 수 없다
衆則難摧
무리 중　곧 즉　어려울 난　꺾을 최

　아시에게는 아들이 스물이나 있었다. 그는 죽을 때가 되어 아우와 자식들을 모두 불러 모았다. 아시는 아들들에게 이렇게 말했다. "너희들은 화살 한 대씩 가져와서 내 앞에서 부러뜨려 보아라."
　아들들은 모두 화살을 힘차게 부러뜨렸다. 조금 뒤 다시 아우 모리연에게 말했다. "너도 화살 한 대를 부러뜨려 보아라." 모리연 역시 쉽게 부러뜨렸다.
　그러자 아시가 말했다. "이번에는 화살 열아홉 대를 한꺼번에 잡고 부러뜨려 보아라." 이번에는 아무도 화살 열아홉 대를 한꺼번에 부러뜨릴 수가 없었다.
　아시가 말했다. "너희들은 이제 알겠느냐? 낱낱은 쉽게 부러뜨릴 수 있지만 많은 것은 부러뜨리기 어렵다는 것을. 너희들이 한 마음으로 힘을 합해야 나라가 튼튼해질 것이다."
　말을 마치고 아시는 숨을 거두었다.

 이와 비슷한 이야기는 여러 곳에서 전한다. 내용은 조금씩 달라도 형제든 가족이든 친지든 사회든 모두 한 마음으로 서로 단결해야 남이 업신여기지 못한다는 가르침이다.

衆則難摧

阿豺有子二十人. … 又謂曰. 汝等各奉吾一隻箭. 折之地下. 俄而命母弟慕利延曰. 汝取一隻箭折之. 慕利延折之. 又曰. 汝取十九隻箭折之. 延不能折. 阿豺曰. 汝曹知否. 單者易折. 衆則難摧. 戮力一心. 然後社稷可固. 言終而死.
『魏書』「吐谷渾傳」

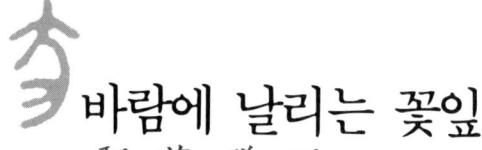

바람에 날리는 꽃잎
飄 茵 墜 溷
회오리 표 자리 인 떨어질 추 어지 혼
바람 　　　　　　　　　러울

　불교는 남조의 제나라와 양나라 시대에 중국에서 유행하기 시작했다. 당시 무신론자인 범진은 경릉왕인 소자량의 문하에서 식객으로 있었다. 그는 소자량이 향을 피우고 염불을 외울 때마다 곁에서 불교의 인과응보에 반대했기 때문에 미움을 샀다.
　어느 날 후원에서 꽃을 감상하며 술을 마시고 있던 소자량이 곁에 있던 범진을 보고 비웃었다. "선생은 인과를 안 믿지요? 그렇다면 왜 어떤 사람은 부자이고, 어떤 사람은 가난하단 말입니까?"
　범진은 앞에 있는 복숭아꽃을 가리키며 말했다. "인생은 나뭇가지에 핀 꽃과도 같습니다. 같은 가지에서 피지만 질풍이 불면 온 하늘을 어지럽게 날다가, 어떤 것은 옥으로 만든 상 위에 떨어지고 어떤 것은 똥구덩이에 떨어집니다. 옥으로 만든 상에 떨어진 것은 군주이신 당신이고, 똥구덩이에 떨어진 것은 신하인 저입니다. 귀천이 이렇게 현격하게 다르다고는 하지만 인과 관계란 것이 결국 어디에 있단 말입니까?"
　소자량은 대답을 못하고 더욱 범진을 꺼리고 싫어했다.

범진은 개인의 신체가 소멸된 뒤에도 정신적 실체가 계속 존재한다는 신불멸론神不滅論을 반박하고 신멸론神滅論을 주장한 인물이다. 생사의 윤회를 고통으로 생각하고 고통에서 해탈을 추구하는 불교의 가르침에 대해, 범진은 윤회란 없다는 것을 인식하고 생사를 자연에 맡긴다면 불교에서 문제 삼는 생사의 고통도 저절로 문제가 되지 않을 것이라고 했다.

바람에 날리는 꽃잎이 우연히 옥으로 된 상에 떨어지기도 하고 똥구덩이에 떨어지기도 하는 것처럼 삶이란 저절로 이루어진 것일 뿐이다. 이 이치를 깨닫는다면 태어남을 막지 않고 죽음 역시 뒤쫓지 않으며 천리에 순응해서 저마다 본성에 안주할 것이다. 당시 영혼의 불멸을 주장하는 불교의 인과응보설과 영혼의 소멸을 주장한 범진의 신멸론 논쟁이 불교의 이론 발전에 영향을 미쳤다.

사람의 운명이 좋고 나쁜 것이 우연한 기연으로 이루어진다는 것을 가리켜 표인락혼飄茵落溷이라고 한다.

飄茵墜溷

初, 縝在齊世, 嘗侍竟陵王子良. 子良精信釋教, 而縝盛稱無佛. 子良問曰, 君不信因果, 世間何得有富貴, 何得有貧賤. 縝答曰, 人之生譬如一樹花. 同發一枝, 俱開一帶, 隨風而墮, 自有拂簾幌墜於茵席之上, 自有關籬牆落於糞溷之側. 墜茵席者, 殿下是也. 落糞溷者, 下官是也. 貴賤雖復殊途, 因果竟在何處. 子良不能屈, 深怪之

『梁書』「儒林傳」

천만금으로 이웃을 산다
千萬買鄰
일천 천 일만 만 살 매 이웃 린

송계아라는 사람이 남강군 군수의 자리에서 파면된 뒤 여승진이라는 사람의 집 근처에 집을 한 채 샀다. 여승진이 얼마나 주고 집을 샀는가 물었더니 송계아가 "천백만 냥을 주고 샀소"라고 대답했다.

여승진은 집에 비해 값이 지나치게 비싸다는 생각이 들어 어째서 그렇게 많이 줬느냐고 물었다.

송계아는 이렇게 대답했다. "백만 냥으로 집을 사고, 천만 냥으로 이웃을 샀다오."

 도시에서 익명으로 살아가는 현대 사회에서는 이웃의 가치와 역할이 점점 줄어들고 있지만 그래도 사람들은 이웃과 더불어 살아갈 수밖에 없다. 이웃사촌이라는 말도 있잖은가? 좋은 이웃은 정말 돈을 주고도 살 수 없다. 공자도 "서로 사랑하는 풍습을 간직한 마을이 아름답다. 인심이 좋은 마을을 선택하여 살지 못한다면 지혜롭다고 할 수 없다"고 했다. 좋은 이웃을 두는 것도 좋지만 자기가 다른 사람에게 좋은 이웃이 되도록 노력하는 것도 중요하다.

이웃을 골라 거처를 정하는 것을 매린買鄰이라고 한다.

千萬買鄰

初, 宋季雅罷南江郡, 市宅居僧珍宅側. 僧珍問宅價, 曰一千一百萬, 怪其貴, 季雅曰, 一百萬買宅, 千萬買鄰.
『南史』「呂僧珍傳」

오리든 제비든
越 鳧 楚 乙
나라이름 월 오리 부 나라 이름 초 새 을

옛날에 어느 곳에서 있었던 이야기이다. 기러기 한 마리가 하늘을 까마득히 높이 날고 있었다. 하도 가물가물하여 어떤 새인지 분명하게 알 수가 없었다.

월나라 사람은 그것을 보더니 오리라고 했다. 초나라 사람은 그것이 제비임에 틀림없다고 했다. 초나라 사람은 초나라 사람대로 제비라고 우기고, 월나라 사람은 월나라 사람대로 오리라고 우겼지만 기러기는 언제나 기러기일 뿐이다.

 주관적인 착각이나 자의적인 판단은 객관적인 사물의 본질에 영향을 미치지 못한다. 원래 이 우화는 도교와 불교의 교리 투쟁을 양비론적으로 비판하기 위해 꾸민 이야기이다.

越鳧楚乙

昔有鴻飛天首, 積遠難亮. 越人以爲鳧, 楚人以爲乙.
人自楚越, 鴻常一耳.
『南史』「顧歡傳」

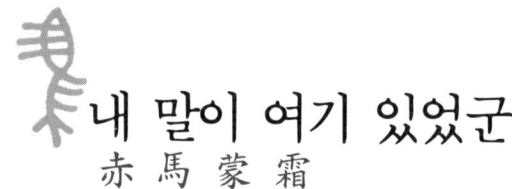

내 말이 여기 있었군
赤馬蒙霜
붉을 적　말 마　입을 몽　서리 상

왕호는 성격이 어리숙하고 둔했다. 그가 북제의 문선제를 따라 북쪽으로 정벌을 나갔을 때 일이다. 그가 탄 말은 털빛이 타는 듯이 붉은 색이었는데, 야영을 하느라 말을 막사 앞에 메어 두었다. 다음날 새벽에 서리가 내려 사방이 온통 하얗게 되었다. 일찍 일어난 왕호는 말을 메어 둔 곳으로 왔으나 말이 보이지 않았다. 그래서 말을 잃어버렸다고 소리치며 말구종을 불러서 말을 찾게 했다. 잠시 뒤 해가 뜨자 사방에 내렸던 서리가 녹았다. 그러자 말은 여전히 막사 앞에 전날 그대로 있는 것이 아닌가? 그제야 왕호는 안심하여 이렇게 말했다.
"내 말이 여기 그대로 있었군."

 우리 주위에는 표면적인 현상에 사로잡혀 사물의 본질을 파악하지 못하는 사람이 의외로 많다. 이런 사람들은 외양이 조금만 바뀌어도 진상을 알아차리지 못한다. 사물은 끊임없이 변하지만 변화하는 가운데 변하지 않는 본질을 파악할 수 있어야 한다.

赤馬蒙霜

王晧 … 嘗從文宣北征, 乘赤馬, 旦蒙霜氣, 遂不復識. 自言失馬, 虞候爲求覓不得. 須臾日出, 馬體霜盡, 繫在幕前, 方云, 我馬尙在.
『北史』「王晧傳」

누가 호색한인가
誰爲好色
누구 수 될 위 좋을 호 빛 색

초나라에 송옥이라는 유명한 문인이 『등도자호색부登徒子好色賦』라는 글을 쓴 적이 있었다.

등도자가 초나라 왕에게 송옥을 헐뜯었다. "송옥은 몸매가 단정하고 수려하며, 말주변도 아주 교묘한데다가 본성이 여색을 좋아합니다. 송옥이 구슬리면 넘어가지 않는 여자가 없습니다. 임금님께서는 송옥이 후궁에 드나들지 못하도록 하십시오."

왕은 등도자의 말을 송옥에게 그대로 전했다. 그러자 송옥이 다음과 같이 자신을 변호했다. "단정하고 수려한 몸매는 날 때부터 타고난 것입니다. 좋은 말주변은 스승에게서 배운 것입니다. 그렇지만 제가 여색을 좋아한다는 말은 사실 무근입니다."

왕이 송옥의 말을 듣고 그럴 듯하다고 여겼다. "그래, 그대가 여색을 좋아하지 않는다는 주장도 까닭이 있을 테지. 그대의 주장을 입증할 수 있다면 이대로 두겠지만, 입증하지 못한다면 앞으로 다시는 내 앞에 얼씬도 못할 줄 알라."

그러자 송옥은 다음과 같이 자신을 변호했다. "세상에 뭐니 뭐니 해도 초나라 미인만큼 아름다운 사람들은 없습니다. 또한 초나라 미인들 가운데 저희 지역 여자들만큼 아름다운 사람들이 없습니다. 저희 지역 미인들 가운데 동쪽 집에 사는 여자가 가장 아름답습니다. 이 여인에게 한 푼을 보탠다면 키가 너무 크고, 한 푼을 뺀다면 키가 너무 작습니다. 분을 바르면 너무 희고, 주사를 칠하면 너무 붉습니다. 눈썹은 비취빛 깃털 같고, 살갗은 흰 눈 같습니다. 허리는 묶어 놓은 비단 같고, 이는 조개를 머금은 듯합니다. 한 번 방그레 웃으면 양성

땅과 하채 땅의 귀인들이 모두 넋을 잃습니다. 그런데 이 여인이 3년 동안이나 몰래 담에 올라 저를 엿보며 호감을 품었습니다만 저는 지금까지 조금도 틈을 주지 않았습니다. 그러나 등도자는 그렇지 않습니다. 그의 아내는 머리는 쑥대머리인데다 귀는 헐었고, 뻐드렁니라 이가 밖으로 드러나 보이는데다가 그마저도 군데군데 빠졌습니다. 앙가발이라 걸음도 온전치 않고 허리도 구부정합니다. 옴에다 치질까지 걸렸으니 참으로 눈뜨고 못 볼 지경입니다. 그런데도 등도자는 자기 아내를 끔찍이 좋아하여 자식을 다섯이나 두었습니다. 임금님, 생각해보십시오. 누가 더 호색한입니까?"

 송옥의 궤변은 참으로 놀랍다. 말하자면 송옥의 주장은 이렇다. 등도자는 못생긴 아내도 좋아하니 여자란 여자는 모두 좋아한다. 따라서 등도자는 호색한이다. 누구라도 그의 말을 들으면 넘어갈 만큼 말솜씨가 화려하다. 그러나 송옥의 추론은 억지다. 등도자가 못생긴 아내를 좋아하기 때문에 등도자는 호색한이라는 결론을 내리기 위해서는 누구든지 못생긴 여자를 좋아하는 사람은 호색한이라는 대전제가 필요하다. 그러나 이런 대전제는 근거가 약하다. 여자를 좋아하는 것이 단지 외모 때문이라면 몰라도 못생겼다고 해서 좋아하지 말란 법은 없다. 또한 어떤 사람을 좋아할 때 외모가 절대적 기준이 되어서는 안 된다.

誰爲好色

大夫登從子侍於楚王, 短宋玉曰, 玉爲人體貌閑麗, 口多微辭, 又性好色. 願王勿與出入後宮. 王以登徒子之言問宋玉. 玉曰, 體貌閑麗, 所受於天也. 口多微辭, 所學於師也. 至於好色, 臣無有也. 王曰, 子不好色, 亦有說乎. 有說則止, 無說則退. 玉曰, 天下之佳人, 莫若楚國, 楚國之麗者, 莫若臣里. 臣里之美者, 莫若臣東家之子. 東家之子, 增之一分則太長, 減之一分則太短. 著粉則太白, 施朱則太赤. 眉如翠羽, 肌如白雪, 腰如束素, 齒如含貝. 嫣然一笑, 惑陽城迷下蔡. 然此女登牆窺臣三年, 至今未許也. 登徒子則不然. 其妻蓬頭攣耳, 齞脣歷齒, 旁行踽僂, 又疥且痔. 登徒子悅之, 使有五子. 王熟察之, 誰爲好色者矣.

『文選』

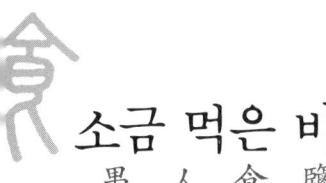

소금 먹은 바보
愚 人 食 鹽
어리석을 우 사람 인 먹을 식 소금 염

옛날에 어떤 바보가 있었다. 어느 날 이 사람은 이웃집에 가서 주인과 함께 저녁을 먹었다. 그런데 너무 싱거워서 아무런 맛이 없었다. 그래서 주인에게 간이 싱겁다고 했더니 소금을 갖다 주었다.

소금을 조금 치자 맛이 훨씬 입에 맞았다. 바보는 속으로 생각했다. '음식이 맛나게 된 것은 소금을 넣었기 때문이다. 소금을 조금만 넣어도 이렇게 맛난데 많이 넣으면 훨씬 더 맛있겠지?'

바보는 집으로 돌아와서 빈속에 소금을 집어넣었다. 입이 쓰고 속만 쓰라렸다.

 소금은 음식의 간을 맞추는 데 없어서는 안 될 조미료이다. 그러나 소금이 맛을 내는 데 필수적인 것이라 하여 너무 많이 넣거나 소금만 먹어서는 짠맛만 날 뿐이다. 이 우화는 무슨 일이든 정도에 지나치면 오히려 역효과가 난다는 것을 가르쳐준다.

愚人食鹽

昔有愚人, 至於他家. 主人與食. 嫌淡無味. 主人聞已, 更爲益鹽.
旣得鹽美, 便自念言, 所以美者, 緣有鹽故. 少有尚爾, 況復多也.
愚人無智, 便空食鹽. 食已口爽, 返爲其患.
『百喩經』

우유 짜기
愚人集牛乳
어리 우 사람 인 모을 집 소 우 젖 유
석을

어떤 집에서 암소 한 마리를 기르고 있었다.

하루는 손님을 많이 초대할 일이 생겨 주인은 우유를 미리 짜 두었다가 손님을 접대하려고 준비했다. 그러나 우유는 오래 두면 쉽게 상하여 보관이 불편했다. 주인은 소에게 잠시 저장해 두었다가 손님들이 왔을 때 한꺼번에 짜내면 신선한 우유를 더욱 많이 얻을 수 있으리라 생각하고, 암소와 젖먹이 송아지를 떼어놓고 젖을 짜지 않았다.

그날이 되자 손님들이 모여들었다. 주인은 어미소를 끌어와 젖을 짰지만 젖은 조금도 나오지 않았다.

어미소의 젖은 송아지가 먹지 않거나 사람이 짜지 않으면 저절로 말라 버린다. 어리석은 주인은 이런 객관적인 규율도 모르고 제멋대로 망집에 사로잡혀 젖을 짜지 않고 모아 뒀다가 한꺼번에 짜면 더 많이 얻을 수 있을 것이라고 생각했다. 이런 어리석은 사람이 의외로 많다. 문화재를 보호한다는 곳에서 신라 시대의 이름난 고승이 마셨다는 샘물을 보존한답시고 둘레를 둘러막아 아무도 물을 못 떠가게 했더니, 1500년 넘게 한 번도 마르지 않던 샘이 몇 년 뒤 말라 버렸다고 한다.

愚人集牛乳

昔有愚人, 將會賓客, 欲集牛乳, 以擬供設. 而作是念, 我今若預於日日中挈取牛乳. 牛乳漸多, 卒無安處, 或復酢敗. 不如即取牛腹盛之, 待臨會時, 當頓挈取. 作是念已, 便捉撐牛母子, 各繫異處. 卻後一月, 爾乃設會, 迎置賓客, 方牽牛來, 欲擠取乳. 而此牛乳即乾無有.

『百喩經』

공중누각
三重樓
석 삼 거듭 중 다락 누

    어떤 어리석은 부자가 있었다. 그는 다른 부잣집에 높고 웅장한 3층 누각이 있는 것을 보고 부러워 죽을 지경이었다. 그가 가진 것은 돈뿐이었으므로 곧 목수를 불러 똑같은 모양으로 3층 누각을 지어 달라고 했다.
    목수는 기초를 다지고 벽돌을 쌓아 1층부터 지었다. 그것을 바라보다 의심이 생긴 부자가 달려가 목수에게 물었다. "이게 무슨 집이오?"
    목수가 대답했다. "당신의 분부에 따라 짓는 3층 누각이 아니오?"
    그는 급히 목수를 제지하며 말했다. "내게 집을 지어 주려면 내 생각에 따라야 하오. 나는 1층이나 2층 같은 건 필요 없소. 3층만 있으면 되니 3층을 지어 주시오."
    알고 보니 부자가 부러워했던 것은 집의 가장 위층인 3층뿐이었고, 그가 지으려는 것도 그것뿐이었다.

解 사물에는 근본과 말단이 있고, 일에는 시작과 끝이 있다. 근본과 말단, 시작과 끝을 알아야 세상의 이치를 안다고 할 수 있다. 시작과 근본을 무시하고 결과만 추구하는 사람은 공중누각을 지어 달라고 떼를 쓰는 어리석은 부자와 같다. 그러나 세상에는 힘든 과정을 차근차근 밟을 생각은 하지 않고 성급하게 결과만 추구하는 사람이 너무 많다.

三重樓

往昔之世, 有富愚人, 痴無所知, 到餘富家, 見三重樓, 高廣嚴麗, 軒敞疏朗, 心生渴仰. 即作是念, 我有財錢 不減於彼, 云何頃來, 而不造作, 如是之樓. 即喚木匠, 而問言曰, 解作彼家 端正舍不. 木匠答言, 是我所作. 即便語言, 今可爲我 造樓如彼 是時木匠, 即便經地, 疊墼作樓. 愚人見其疊墼作舍, 猶懷疑惑, 不能了知. 而問之言, 欲作何等. 木匠答言, 作三重屋. 愚人復言, 我不欲下二重之屋 先可爲我作最上屋.

『百喩經』

화를 잘 내는 사람
說人喜瞋
말씀 설 사람 인 기쁠 희 성낼 진

  예전에 어떤 사람이 여러 사람들과 방안에 앉아서 이야기를 나누다가 어느 한 사람의 성격을 언급했다. 그 사람은 화제가 된 인물이 아주 좋은 자질과 성품을 가졌다고 칭찬하면서 안타깝게도 두 가지 결점이 있다는 말을 덧붙였다. 하나는 화를 잘 낸다는 것이고, 또 하나는 성질이 무척 급하다는 것이었다.
  마침 그때 화제의 인물이 문밖을 지나다가 그 말을 들었다. 화가 머리끝까지 치민 그 사람은 앞뒤 가리지 않고 대뜸 방안으로 뛰어 들어가 자신의 결점을 말한 사람의 멱살을 잡고 마구 갈겼다. 함께 있던 사람들이 얼른 달려들어 뜯어말리며 말했다. "아니, 왜 이 사람을 다짜고짜 패는 거요?"
  그 사람이 대답했다. "내가 언제 걸핏하면 화를 내고 성질을 부렸다고 그런단 말입니까? 이 사람은 내가 걸핏하면 화를 잘 내고 성질도 급하다고 하잖습니까? 그래서 때린 겁니다."
  그러자 말리던 사람이 이렇게 말했다. "당신의 지금 태도가 걸핏하면 화를 잘 내고 성질이 급하다는 걸 말해 주고 있잖소?"

결점이 있다는 것은 객관적인 사실이다. 객관적인 사실을 무시하고 결점을 지적해 주는 사람에게 폭력과 억압을 행사하여 억지로 입을 막으려 해서는 안 된다. 아무리 남의 입을 막는다고 해서 객관적인 사실을 감출 수는 없다. 강압적으로 입을 막으려 들수록 오히려 그와 같은 사실을 더 강하게 인정하는 셈일 뿐이다. 결점을 지적해 주면 겸허하게 받아들이고 행동으로 고쳐야 한다. 결점을 지적해 주는 사람이 오히려 스승이다.

説人喜瞋

過去有人, 共多人衆坐於屋中, 嘆一外人德行極好, 唯有二過
一者喜瞋, 二者作事倉卒. 爾時, 此人過在門外, 聞作是語, 便生瞋恚,
即入其屋, 擒彼道己過惡之人, 以手打撲. 傍人問言, 何故打也
其人答言, 我曾何時喜瞋倉卒. 而此人者, 道我恒喜瞋恚, 作事倉卒,
是故打之. 傍人語言, 汝今喜瞋倉卒之相, 即時現驗, 云何諱之

『百喩經』

공주에게 처방한 약
醫 與 王 女 藥
의원 의 줄 여 임금 왕 계집 녀 약 약

　옛날에 어느 나라의 임금님이 딸을 낳았다. 기쁜 나머지 어서 이 공주가 자라서 어여쁜 처녀가 되기를 바랐다. 그래서 나라 안에서 가장 뛰어난 의사를 불러왔다. "나를 위해 공주에게 좋은 약을 처방하여 공주가 당장 처녀로 자라도록 해주시오."
　의사는 어이가 없었지만 침착하게 대답했다. "제가 좋은 약을 처방해 드리면 공주님이 당장 처녀로 자라날 수 있을 것입니다. 그러나 지금 갑자기 약을 내놓으라 하시면 약을 드릴 수가 없습니다. 마땅히 약을 구해 와야 할 줄로 압니다. 약을 구해와 공주님께 처방할 동안 임금님께서는 절대로 공주님을 봐서는 안 됩니다. 제가 공주님께 약을 드려서 잡숫고 나면, 그때는 공주님을 보셔도 됩니다."
　그리고 나서 의사는 약을 구하러 멀리 떠났다. 12년이 지난 뒤 의사는 약을 구해 가지고 돌아왔다. 그러고는 공주에게 약을 달여 먹인 뒤 공주를 데리고 임금님에게 데리고 갔다. 왕은 다 자란 공주를 보더니 아주 기뻐하며 속으로 생각했다.
　'참으로 훌륭한 의사로군. 우리 공주에게 약을 주어 갑자기 자라게 하다니.'
　왕은 신하를 시켜서 의사에게 진귀한 보물을 하사했다.

무리한 일을 억지로 강요하면 거꾸로 자신이 우롱의 대상이 될 뿐이다. 사리에 맞지 않는 왕의 요구를 무조건 무시하지 않고 왕의 수준에 맞게 대처한 의사는 참으로 현명했다. 진귀한 약재를 구해 와서 공주를 단숨에 크게 자라게 한 것이 아니라, 약을 구해 오는 동안의 세월이 공주를 자라게 한 것이다. 그것도 모르고 훌륭한 의사의 처방이라는 선입견과 미망에 사로잡혀 의사가 약을 써서 자라게 한 줄로 알고 있으니 왕은 참 어리석기 그지없다. 이런 왕에게 어떻게 세월이 가면 저절로 자랄 것이라고 설득할 수 있단 말인가?

醫與王女藥

昔有國王, 産生一女. 喚醫語言, 爲我與藥, 立使長大.
醫師答言, 我與良藥, 能使卽大. 但今卒無, 方須求索.
比得藥頃, 王要莫看, 待與藥已, 然後示王. 於是卽便遠方取藥.
經十二年, 得藥來還, 與女令服, 將示於王. 王見歡喜, 卽自念言, 實是良醫.
與我女藥, 能令卒長. 便勅左右, 賜以珍寶.
『百喩經』

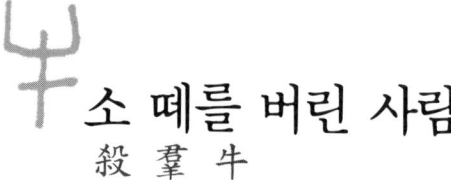

소 떼를 버린 사람
殺羣牛
죽일 살 무리 군 소 우

옛날에 어떤 사람이 소 250마리를 기르고 있었다. 그는 늘 소 떼를 이끌고 잔잔하게 물이 흐르고, 풀이 우거진 풀밭으로 가서 정성껏 소 떼를 돌보았다.

하루는 호랑이 한 마리가 소 한 마리를 잡아먹었다. 그때 소 주인은 이런 생각을 했다. '소 한 마리를 잃었으니 소 떼가 온전하지 않게 되었다. 그러니 소를 무엇에 쓴단 말인가?'

그는 곧바로 소 떼를 높은 벼랑 꼭대기로 몰고 가서 모두 벼랑 아래로 떨어뜨려 죽이고 말았다.

 소 250마리 가운데 한 마리를 잃었으니 소 떼에 흠이 생겼다고 나머지를 모두 포기하는 사람이 정말 있을까 싶지만, 현실에서 우리는 이와 비슷한 경우를 쉽게 볼 수 있다. 인격을 수양하고 학문을 연마하면서 한때 곤란을 당하고 좌절하거나 실수를 했을 때, 자포자기하여 이전의 노력을 모두 물거품으로 만드는 것은 소 떼를 포기한 사람과 같다. 사람은 누구나 실수도 하고 잘못도 한다. 좌절을 당하면 백절불굴의 정신으로 이겨내고, 실수나 잘못을 했을 때는 용기 있게 잘못을 인정하고 고치는 것이 중요하다.

殺羣牛

昔有一人, 有二百五十頭牛. 常驅逐水草, 隨時䬸食. 時有一虎, 噉食一牛. 爾時, 牛主卽作念言, 已失一牛, 俱不全足, 用是牛爲. 卽便驅至深坑高岸, 排著坑底, 盡皆殺之.

『百喩經』

부침개 반 두레
欲 食 半 餅
하고자할 욕 먹을 식 반 반 떡 병

어떤 사람이 몹시 배가 고팠다. 그래서 기름에 지진 부침개를 일곱 두레나 가져다 놓고 먹기 시작했다. 여섯 두레 반을 먹었을 때 이미 포만감을 느꼈다. 그러자 그는 아까운 생각이 들어 손으로 자기 가슴을 치며 후회했다.

"내가 지금 배부른 것은 이 부침게 반 두레를 먹었기 때문이다. 그렇다면 앞서 먹은 여섯 두레는 괜히 낭비한 것이다. 반 두레만 먹어도 배가 부른 줄 알았더라면 이 반 두레만 미리 먹을 걸 그랬어."

 배고픈 사람이 부침개를 먹고 배가 부르게 된 것은 먼저 먹은 여섯 두레가 배를 채워 주었기 때문이다. 이 어리석은 사람은 그것도 모르고 마지막에 먹은 반 두레의 결과에만 집착하여 전에 먹은 여섯 두레의 효용을 무시했다. 이 어리석은 사람처럼 겉으로 드러난 결과만 중시하고 그와 같은 결과를 얻기까지 지나온 과정을 무시하는 경우가 많다. 그러나 사물은 일정한 양이 쌓여야 질적인 변화를 일으킬 수 있다.

欲食半餅

譬如有人, 因其飢故, 食七枚煎餅. 食六枚半已, 便得飽滿.
其人恚悔, 以手自打, 而作是言 我今飽足, 由此半餅.
然前六餅, 唐自捐棄 設知半餅能充足者, 應先食之
『百喻經』

마누라보다 떡
夫婦食餠
지아비 부　아내 부　먹을 식　떡 병

옛날에 어떤 부부가 있었다. 하루는 두 사람이 떡을 세 덩이 쪄서 저녁을 먹게 되었다. 두 내외가 하나씩 나누어 먹고 나니 한 덩이가 남았다. 이걸 반으로 갈라 먹자니 아쉽고, 그렇다고 두 사람 가운데 어느 한 사람이 다 먹자니 서로가 양보할 것 같지 않았다. 그래서 두 사람이 약속을 했다.
"먼저 말을 하는 사람이 떡을 포기하는 걸로 합시다."
이렇게 약속하고 두 사람은 떡을 가운데 놓고는 굳게 입을 다문 채 서로 노려보았다.
얼마 뒤 도둑이 물건을 훔치러 이 집에 들어왔다. 도둑은 집안을 샅샅이 뒤져 값나가는 물건을 모조리 자루에 담았다. 두 내외는 먼저 말을 하는 사람이 내기에서 지는 터라 이 사실을 알고도 서로 눈짓만 할 뿐 말을 하지 않았다. 도둑은 두 내외가 낌새를 알고도 아무 말도 하지 않는 것을 보고 대담하게 남편이 보는 앞에서 아내를 겁탈하려 했다. 남편은 그것을 보고도 입을 꾹 다물고 아무 말도 하지 않았다. 급하게 된 아내가 소리쳤다. "도둑이야!"
도둑이 놀라서 도망가자 아내는 남편에게 욕을 했다. "이 어리석은 양반아! 떡 한 덩이 때문에 도둑을 보고도 아무 말도 하지 않다니."
남편은 좋아서 손뼉치고 웃으며 말했다. "옳지! 마누라, 이 떡은 이제 내 거야." 그러고는 떡을 한 입 덥석 베어 물었다.

세상에 이런 어리석은 사람이 있을까? 조그마한 이익에 눈이 어두워 전체적인 국면을 파악하지 못하는 사람, 나중에 올 결과는 생각하지도 않고 오로지 내기나 경쟁에서 이기는 데만 신경을 쓰는 사람은 이 우화 속의 남편과 다를 바 없다. 사람들에게는 분명히 결과보다 내기 자체에 관심을 두는 경향이 있다. 그러나 내기에서 이긴다 하더라도 실제로 얻는 것은 무엇인가?

夫婦食餅

昔有夫婦, 有三番餅, 夫婦共分, 各食一餅, 餘一番在.
共作要言, 若有語者, 要不與餅. 旣作要已, 爲一餅故 各不敢語.
須臾, 有賊, 入家偸盜, 取其財物, 一切所有, 盡畢賊手.
夫婦二人, 以先要故 眼看不語, 賊見不語, 卽其夫前, 侵略其婦.
其夫眼見 亦復不語. 婦便喚賊 語其夫言, 云何癡人
爲一餅故, 見賊不喚. 其夫拍手笑言, 咄, 婢, 我定得餅, 不復與爾.
『百喩經』

째진 입
唵米決口
머금을 암 쌀 미 터질 결 입 구

옛날에 어떤 사람이 처갓집에 다니러 갔다. 마침 처갓집에서는 사위가 온다고 쌀을 찧고 있었다. 이 사람은 쌀을 자주 먹어보지 못한 터라 아무도 없는 틈을 타서 절구 속에 담긴 쌀을 한 움큼 움켜쥐고 입에 털어 넣었다. 그때 새색시가 할 말이 있어서 신랑을 찾으러 왔다. 새색시가 신랑에게 무슨 말을 했지만 신랑은 입안에 쌀이 가득 들어 있어서 대답을 할 수가 없었다. 그렇다고 쌀을 훔쳐 먹은 것을 아내에게 들킬까 봐 뱉을 수도 없었다. 그래서 입만 움켜쥐고 아무 말도 못하고 쩔쩔매고 있었다.

새색시는 갑자기 말을 못하게 된 것이 이상해서 손으로 신랑의 얼굴을 만져 보았다. 그랬더니 양 볼이 불룩한 것이 꼭 종기가 든 것 같았다. 그래서 얼른 친정아버지에게 달려가 말했다. "갑자기 그이 입에 종기가 생겼나 봐요. 아무 말도 못하고 있어요."

친정아버지는 귀한 사위가 처갓집에 왔다가 갑자기 종기가 들었다 싶어서 얼른 의사를 부르러 보냈다.

의사가 달려와 이리저리 진찰하더니 이렇게 말했다. "이 병은 아주 중한 병입니다. 곪은 데를 칼로 째야 낫겠습니다." 그러고는 칼로 양 볼을 쨌다. 입안에서 퉁퉁 불은 쌀이 나와서 쌀을 훔쳐 먹은 것이 들통 나고 말았다.

신랑이 처갓집에 가서 호기심에 쌀을 한 움큼 집어먹었기로 무슨 그리 큰 흉이 될까? 그러나 이 신랑은 편협한 자존심 때문에 쌀을 입에 넣었다는 것을 숨겼다. 조그마한 허물을 억지로 숨기려다 결국 일이 커졌다. 이처럼 처음에 저지른 작은 잘못을 용기 있게 인정하지 않고 숨기려 하다가는 일이 걷잡을 수 없이 커질 수도 있다.

唵米決口

昔有一人, 至婦家舍, 見其擣米, 便往其所, 偸米唵之.
婦來見夫, 欲共其語, 滿口中米, 都不應和.
羞其婦故, 不肯棄之, 是以不語. 婦怪不語, 以手摸看, 謂其口腫.
語其父言, 我夫始來, 辛得口腫, 都不能語. 其父即便喚醫治之.
時醫言曰, 此病最重. 以刀決之, 可得差耳.
即便以刀決破其口, 米從中出, 其事彰露.

『百喩經』

장님 코끼리 만지기
盲人摸象
소경 맹 사람 인 찾을 모 코끼리 상

  옛날에 어떤 왕이 대신에게 코끼리 한 마리를 끌고 오도록 했다. 장님들이 코끼리가 어떻게 생겼는지 몹시 궁금하다고 하여 그들에게 코끼리를 구경시켜 주려는 것이었다. 장님들이 코끼리에 둘러서서 손으로 이리저리 더듬어 보았다. 왕이 장님들에게 물었다. "이제 코끼리가 어떻게 생겼는지 알겠는가?"
  장님들은 서로 다투어 자기가 코끼리에 대해서 잘 안다고 나섰다.
  왕이 장님들에게 물었다. "그래, 코끼리가 어떻게 생겼더냐?"
  코끼리의 이빨을 만진 사람은 코끼리의 모양이 길쭉한 무 뿌리 같다고 했다. 코끼리의 귀를 만진 사람은 곡식을 까부르는 키와 비슷하다고 했다. 코끼리의 머리를 만진 사람은 커다란 바위 같다고 했다. 코를 만진 사람은 절굿공이와 똑같다고 했다. 코끼리의 다리를 안아 본 사람은 쌀을 찧는 돌절구가 틀림없다고 했다. 코끼리의 등을 만진 사람은 편편한 상 같다고 했다. 뱃가죽을 만진 사람은 큰 물독이라고 했다.
  "허허. 너희들은 모두 틀렸어." 한 장님이 코끼리의 꼬리를 만지며 말했다. "코끼리는 가늘고 긴 노끈처럼 생겼어."

감성에만 의존하면 단편적이고 주관적인 견해에 머물고 만다. 또한 고립된 부분적인 지식으로는 전체를 객관적으로 판단할 수 없다. 자기의 제한된 인식을 절대화하면 장님 코끼리 만지듯이 주관적 편견에 빠질 것이다.

우리에게도 잘 알려진 '장님 코끼리 만지기'라는 속담의 유래가 된 이야기이다. 맹인모상盲人摸象이란 부분만 알고 전체를 알지 못하여 제멋대로 추측하는 것을 가리키는 말이다.

盲人摸象

有王告一大臣, 汝牽一象來示盲者. … 時彼衆盲各以手觸, 大王卽喚盲各各問言, 汝見象否. 衆盲各言我已見. 王言, 象類何物. 觸其牙者卽言象形如蘿菔根. 觸其耳者言象如箕, 觸其頭者言象如石, 觸其鼻者言象如杵, 觸其脚者言象如臼, 觸其背者言象如床, 觸其腹者言象如甕, 觸其尾者言象如繩

『涅槃經』

아기 고양이의 먹이
猫兒索食
고양이 묘 아이 아 찾을 색 밥 식

조그만 아기 고양이가 점점 자라서 몸집이 커졌다. 젖을 떼던 날 그 녀석이 엄마 고양이에게 물었다. "엄마, 이제부터 무얼 먹어야 돼요?"

엄마 고양이는 조용히 웃으며 대답했다. "조금만 기다려 봐라. 사람들이 가르쳐 줄 테니까."

아기 고양이는 마음속으로 몹시 걱정이 되었다. '사람들이 어떻게 내게 가르쳐 줄까?'

날이 저물었을 때 그 녀석은 살그머니 어떤 집으로 가 장독대에 앉았다. 고양이 한 마리가 온 것을 본 주인이 급히 식구들에게 말했다. "냄비에 우유와 고기가 있다. 주의해서 잘 덮어라. 병아리 둥지는 높이 매달아라. 고양이 새끼가 훔쳐 먹지 못하도록."

한 마디 한 마디가 아기 고양이에게 들렸다. 그 녀석은 기뻐서 말했다. "사람들이 정말로 잘 가르쳐 주네. 앞으로 우유와 고기와 병아리를 먹으면 되겠군."

이 우화는 '세간법'을 풍자한 이야기이다. 세간의 교육은 반대의 결과를 낳을 뿐이라는 것이다. 그러나 다른 한편으로 생각해볼 만한 문제를 제기하고 있다. 청소년 교육에서 청소년들의 심리적 특성을 무시하고 기성세대의 관점에서 일방적으로 이끌어 가며 그들의 행위를 규제하고 그들의 생각을 인정해 주지 않으면 전혀 반대되는 결과가 나오기 십상이다.

猫兒索食

猫生兒, 以小漸大. 猫兒問母, 當何所食. 母答兒言, 人自教汝. 夜至他家 隱甕器間, 有人見已, 而相約敕. 酥乳肉等, 極好覆蓋, 鷄雛高舉, 莫使猫 食. 猫兒卽知, 鷄酥乳酪, 皆是我食.
『大莊嚴楞經』

못생긴 하녀가 단지를 내동댕이친 사연
醜 婢 破 罐
추할 추 여자 종 비 깨뜨릴 파 두레박 관

　옛날 어느 명문가의 며느리가 시어머니의 구박을 못 견뎌 숲으로 도망쳐 목을 매 죽으려다가 차마 죽지 못하고 머뭇거리고 있었다. 이때 갑자기 발걸음 소리가 들려와 며느리는 급히 나무 위로 기어 올라가 숨었다. 그 모습이 나무 밑에 있는 거울처럼 고요한 샘물에 비쳤다.
　물을 뜨러 온 어떤 못생긴 하녀가 옹기 단지를 그 샘물에 담갔다. 그때 문득 물속에 비친 자기 모습을 보고 생각할수록 기뻐서 중얼거렸다. "내 모습이 이렇게 아름답고 빼어난데 왜 남의 하녀가 되어야 한단 말인가?"
　하녀는 옹기 단지를 땅바닥에 내동댕이쳐 박살내고 매우 기뻐하며 마을로 돌아와 주인에게 말했다. "내 용모가 이렇게 아름답고 단정한데 왜 내게 물을 길으라는 둥 허드렛일을 시키는 거예요?"
　그 말을 들은 사람들은 입술을 비죽거리며 귀신에게 홀린 게 틀림없다고 생각했다. 주인은 다시 옹기 단지를 가지고 나와 물을 길어 오라고 야단을 쳤다. 투덜대며 샘으로 온 하녀가 물속에 비친 그림자를 보니 여전히 아름다웠다. 하녀는 사람들 눈이 멀었다고 한탄하며 곰곰이 생각하다가 화가 치밀어 또 소리를 지르며 단지를 박살내 버렸다.
　나무 위에서 하녀의 행동을 주시하고 있던 며느리가 그만 참지 못하고 웃어 버렸다. 문득 물속의 모습이 웃는 것을 본 하녀가 위를 올려다보니 단정하고 아름다운 여인이 앉아 있는 것이었다. 그 순간 하녀는 부끄러워 어쩔 줄 몰랐다.

거울에 비친 꽃과 물에 비친 달은 실재가 아니라 실재의 그림자이듯이 불교에서는 이 세상을 환영이라고 한다. 며느리는 실재이고, 우물에 비친 모습은 현상이다. 하녀는 허상을 진상이라 착각하는 어리석은 중생이다. 또한 이 우화는 사람이 고귀해지려면 자신을 잘 알아야 한다고 깨우쳐준다. 자신을 찾지 못하고 남의 아름다움을 빼앗아 자기의 아름다움으로 삼으려 한다면 아무리 아름다움을 좇은들 아름다워지지 않는다.

醜婢破罐

我昔曾聞, 有一長者婦, 爲姑所瞋, 走入林中, 自欲刑戮. 即不能得, 尋時上樹, 以自隱身, 樹下有池, 影現水中, 時有婢使, 擔瓨取水, 見水中影, 謂爲是己有, 作如是言, 我今面貌, 端正如此, 何故爲他, 持瓨取水. 即打瓨破, 還至家中, 語大家言. 我今面貌, 端正如是, 何故使我, 擔瓨取水. 於時大家, 作如是言. 此婢或爲, 鬼魅所著, 故作是使. 更與一瓨, 詣池取水, 猶見其影, 復打瓨破. 時長者婦, 在於樹上, 見斯事已, 即便微笑. 婢見笑影, 即自覺悟, 仰而視之, 見有婦女, 在樹上微笑, 端正女人, 衣服非己, 方生慚恥.
『大莊嚴楞經』

군마가 맷돌을 돌리면
戰馬推磨
싸울 전 말 마 밀 퇴 갈 마

  옛날에 어떤 나라의 왕이 군마를 기르고 있었다. 말들은 모두 살찌고 늠름하며 훈련이 잘되어 있었다. 이웃나라가 여러 번 쳐들어 왔지만 그때마다 날쌔고 용감한 기병이 그들을 물리쳤다.
  전쟁이 끝나고 평화가 찾아오자 왕은 이렇게 생각했다. "지금처럼 태평하다면 저 많은 군마를 길러 어디에 쓰지? 사료도 많이 들고 인력도 들 텐데."
  고심 끝에 그는 묘안을 생각해 냈다. "군마를 백성에게 주어 방앗간 일을 돕게 하면, 국고 지출도 줄이고 또 백성을 위해 봉사할 수도 있을 것이다. 그리고 필요할 때 다시 소집하면 되겠지."
  그래서 백성에게 궁중으로 와서 군마를 끌고 가라고 공고를 냈다. 이때부터 군마들은 방앗간에서 맷돌과 함께 바삐 일했다.
  몇 년이 지나 원기를 회복하고 정예병을 기른 이웃나라가 갑자기 군사를 동원하여 쳐들어 왔다. 왕은 급히 군마를 소집하여 진을 치고 적을 맞았다. 세 번 북소리가 울려 진격 명령이 떨어지자 이 군마들은 모두 머리를 떨구고 빙빙 돌기만 했다. 한 마리도 앞으로 나아가지 않고 계속 돌기만 했다. 그 동안 맷돌 돌리는 것이 습관이 되어 버렸던 것이다.

이 우화는 적재적소에 인재를 써야 한다는 교훈을 담고 있다. 전문적인 일을 익힌 사람에게는 전문 분야에 맞는 일을 시켜야 한다. 배우지도 않은 일을 시키는 것은 인재를 없애 버리는 어리석은 행위이다. 군마는 전투 훈련을 시켜서 전장에서 써야 하고, 노새나 나귀처럼 빨리 달리지 못하는 짐승은 맷돌을 돌리고 밭을 갈며 나무를 실어 나르게 해야 한다. 평화로운 시기라고 해서 전투 훈련을 받지 않고 맷돌을 돌리고 있는 군마는 오랫동안 공부하여 전문 지식을 갖추고도 실용적이지 못하다고 하여 지식을 활용하지 못하는 오늘날 우리 사회의 지식인과 같다.

한편 이 우화에서 또 하나 생각해 볼 점이 있다. 아무리 훈련이 잘 된 군마라도 계속 전투 훈련을 하지 않고 맷돌을 돌리게 되면, 맷돌 돌리는 데 익숙해져서 전투 습관은 잊어버리고 맷돌 돌리는 습관이 붙는다는 것이다. 이처럼 아무리 뛰어난 재능을 갖고 있더라도 계속 갈고 닦지 않으면 재능은 금방 녹슬어 버린다.

戰馬推磨

我昔曾聞, 有一國王, 多養好馬. 會有鄰王, 與其鬪戰. 知此國王, 有好馬故. 卽便退散. 爾時國王, 作是思惟. 我先養馬, 規擬敵國, 今皆退散, 養馬何爲. 當以此馬, 用給人力, 令馬不損, 於人有益. 作是念已, 卽敕有司 令諸馬群, 分布與人, 常使用磨, 經曆多年. 其後鄰國, 復來侵境, 卽敕取馬, 共彼鬪戰. 馬用磨故, 旋轉而行, 不肯前進. 設加杖捶, 亦不肯行.

『大莊嚴楞經』

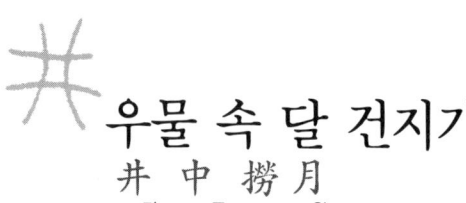

우물 속 달 건지기
井中撈月
우물 정 가운데 중 잡을 로 달 월

아주 오랜 옛날 가시라는 나라에 바라내라는 성이 있었다. 그 성 밖에는 숲이 우거져 있어 원숭이 5백 마리가 살았다. 어느 날 저녁 원숭이 5백 마리가 여기저기서 놀다가 니구율 나무 아래 모였다. 나무 밑에는 아주 깊은 우물이 있었는데, 맑고 고요한 우물물에 하늘 위의 누런 둥근 달이 비치고 있었다.

원숭이 두목이 우물 속을 한참 동안 자세히 들여다보더니 우물 난간에 뛰어올라가 말했다. "우리가 이 달을 건지자. 그렇지 않으면 세상의 밤은 영원히 캄캄할 것이다."

그 말을 들은 원숭이들은 머리를 긁적이고 뺨을 긁으며 말했다. "이렇게 깊은데 어떻게 해야 좋을까?"

두목이 그럴 듯한 꾀를 냈다. "방법이 있지. 내가 나무 위로 기어 올라가 나뭇가지를 잡을 테니 누가 내 꼬리를 잡아라. 이렇게 하나씩 이으면 우물 안까지 늘일 수 있을 것이다."

모두 그 말을 듣고 기뻐하며 꽥꽥거렸다. 이렇게 하여 길게 꼬리와 꼬리가 이어지자 금방 수면에 닿을 것 같았다. 이때 우지끈 소리가 들리더니 나뭇가지가 부러져 원숭이들은 모두 다 깊은 우물 속으로 떨어지고 말았다.

解 불교에서는 세상의 모든 현상이 공허하다고 주장한다. 세상의 모든 것이 다 알맹이 없이 공허한 것인데 그것도 모르고 그 허상에 집착하는 것은 '우물 속의 달 건지기(井中撈月)'일 뿐이다. 또 한편으로 이 우화는 가능성과 현실성의 범주에 대해서도 가르침을 준다. 모든 일은 실제에서 시작해야 하며 실현 가능한 목적을 지향해야 한다. 현실적으로 아무런 객관적 근거가 없는 것은 어떤 상황에서도 실현될 수 없다. 할 수 없는 일을 굳이 하려 든다면 힘만 낭비할 뿐이다.

井中撈月

過去世時, 有城名波羅奈, 國名伽尸, 於空間處, 有五百獼猴 游行林中, 到一尼俱律樹下, 樹下有井, 井中有月影現 時獼猴主見是月影, 語諸伴言, 月今日死, 落在井中, 當共出之, 莫令世間, 長夜暗冥. 共作議言云, 何能出. 時獼猴主言, 我知出法, 我捉樹枝, 汝捉我尾, 展轉相連, 乃可出之. 時諸獼猴, 卽如主語, 展轉相捉, 樹弱枝折, 一切獼猴墮井水中.
『僧祇律』

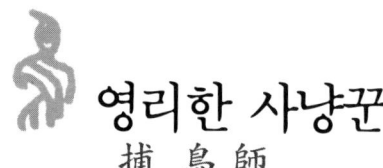

영리한 사냥꾼
捕 鳥 師
사로잡을 포 새 조 스승 사

갈대가 무성하게 우거지고 물풀이 아름다운 호숫가 늪지에 큰 갈매기와 들오리 따위의 새들이 노닐면서 먹이를 찾고 있었다. 거기에 한 사냥꾼이 살금살금 다가가 큰 그물을 펼쳐 놓고 먹이를 뿌린 다음 우거진 갈대숲에 숨어 있었다.

얼마 뒤 새들이 떼 지어 먹이를 찾으러 날아왔다가 사냥꾼이 당기는 그물에 걸리고 말았다. 사냥꾼이 다가가 잡으려 하자 갑자기 그물 전체가 들리면서 앞으로 나아갔다. 사냥꾼이 몇 걸음 바싹 쫓아갔더니 그물은 공중으로 날아가고 말았다. 알고 보니 그 가운데 있던 커다란 새 한 마리가 날개를 펴는 바람에 모든 새들이 힘을 다해 그물을 끌고 날아간 것이다.

사냥꾼은 하늘을 쳐다보며 그물을 따라 들판과 마을을 지나 따라갔다. 그 꼴을 본 사람들이 비웃었다. "자네, 정말로 멍청하군. 새들은 하늘에서 나는데 자네는 두 다리로 달리니 어떻게 쫓아간다는 건가?"

"그렇지 않다네. 날이 저물면 새들은 각기 자기 둥지로 돌아가려 할 걸세. 일단 방향이 어지러워지면 그물은 땅에 떨어지게 돼 있지." 그러고는 여전히 바싹 쫓아갔다.

마침내 저녁 해가 서쪽으로 기울었다. 그물 속의 새들 가운데 어떤 놈은 나무숲으로 날아가려 하고, 어떤 것은 벼랑으로 가려 하고, 어떤 놈은 동쪽으로 가려 하고, 또 어떤 놈은 서쪽으로 가려 하면서 다투느라 소란이 일더니 잠시 뒤 그물이 통째로 땅바닥으로 떨어지고 말았다. 사냥꾼은 지친 새들을 하나하나 거둬들였다.

새는 하늘에서 날아가고 사람은 땅에서 쫓아가니까 쓸데없이 힘만 낭비하는 것처럼 보이지만, 사냥꾼은 마음속에 나름대로 계산이 있었다. 사냥꾼의 이런 총명함은 새를 잡는 생활 속에서 얻은 것이다. 그는 둥지가 서로 다른 여러 종류의 새들이 한꺼번에 저마다 자기 둥지로 돌아가려다 우왕좌왕하는 습성을 이용하여 새들을 몽땅 잡을 수 있었다.

捕鳥師

昔有捕鳥師, 張羅網於澤上, 以鳥所食物著其中. 衆鳥命侶, 竟來食之. 鳥師引其網, 衆鳥盡墮網中. 時有一鳥 大而多力, 身擧此網 與衆鳥俱飛而去. 鳥師視影, 隨而逐之. 有人謂鳥師曰, 鳥飛虛空, 而汝步逐, 何其愚哉. 鳥師答曰, 不如是告, 彼鳥一暮, 要求栖宿, 進趣不同, 如是當墮. 其人故逐不止. 日已轉暮 仰觀衆鳥, 翻飛爭競, 或欲趣東, 或欲趣西, 或望長林, 或欲赴淵, 如是不已, 須臾便墮. 鳥師遂得次而殺之

『雜譬喩經』

장독엔 말똥약이 특효
鞭背敷屎
채찍 편 등 배 펼 부 똥 시

옛날 어떤 시골 촌뜨기가 서울 구경을 왔다가 관청 앞에서 곤장을 맞은 사람이 뜨거운 말똥을 가져다 상처에 바르는 것을 보았다. 그것을 아주 신기하게 여긴 촌뜨기는 등에 바른 말똥이 과연 효과가 있는지 물었다. 그 사람은 빠른 시일 안에 흉터도 남지 않고 낫는다고 말해 주었다.

그 말을 들은 촌뜨기는 굉장한 보물이나 얻은 것처럼 서둘러 집으로 돌아와 득의양양하게 식구들에게 말했다. "이번에 서울에 가서 아주 좋은 것을 배우고 왔다."

"뭘 배웠는데요?" 식구들은 그가 그렇게 기뻐하는 것을 보고 다투어 물었다.

"서두르지 마라. 당장에 시험해 보도록 할 테니까." 그는 윗저고리를 벗고 하인에게 분부했다. "어서 가죽 채찍을 가져와 나를 2백 번만 쳐라."

하인은 깜짝 놀라 눈이 휘둥그레지고 말문이 막혔지만 명령을 어기지 않으려고 주인을 땅바닥에 엎어놓고는 살이 터지고 피가 흐를 때까지 2백 번을 세차게 쳤다. 촌뜨기는 아픈 나머지 이를 악물며 소리쳤다. "어서 뜨거운 말똥을 가져다 내 등에 발라라."

식구들은 점점 더 영문을 모른 채 보고만 있었다. 촌뜨기가 안간힘을 쓰며 말했다. "말똥을 바르면 상처가 흔적도 없이 낫는단다. 알겠니? 이게 바로 내가 서울에서 배워 온 것이다."

약이란 이미 생긴 병을 고칠 때 쓰는 물건이다. 약효가 아무리 좋은 약이라도 병이 없을 때는 쓸모가 없다. 그렇다고 약효를 증명하기 위해 병도 없으면서 일부러 병이 나게 하여 약효를 증명하려는 것은 약으로도 고칠 수 없는 어리석은 병이다. 자신의 지식을 과신하는 사람은 없는 지식을 발휘할 상황이 아닌데도 억지로 그런 상황을 만들어 자기 지식을 입증해 보이려고 한다.

鞭背敷屎

昔有田舍人暫至都下, 見被鞭持熱馬屎塗背, 問言, 何故若是 其人答, 令瘡易癒, 而不作瘢. 田舍人密著心中. 後歸家, 語其家人,言 我至都下, 大得智慧. 後家人問言, 得何等智慧. 便呼奴言, 持鞭來痛與我二百鞭. 奴畏大家, 不敢違命, 即痛與二百鞭 流血被背, 語奴言, 取熱馬屎來, 爲我塗之, 可令易癒, 而不作瘢 語家人言, 汝知之不. 此是智慧

『雜譬喩經』

성급한 아첨꾼
踏痰就口
밟을 답 가래 담 이룰 취 입 구

어떤 귀인이 꽁무니에 아첨꾼 한 무리를 달고 다녔다. 이들은 귀인의 안색을 잘 살피고 가려운 데를 잘 긁어 주며 어디서나 잘 모셨다. 귀인이 가래만 뱉어도 다들 벌떼처럼 달려들어 다투어 가래를 뭉개 주었다. 그 가운데 몸집이 작고 수단이 없는 어떤 사람은 매번 필사적으로 달려들었지만 가래를 밟아 보지도 못하여 속이 상해 죽을 지경이었다.

한번은 귀인의 목청이 울리고 뺨이 불룩해지며 가래를 토해 내기 직전, 그는 기다렸다는 듯이 발로 귀인의 입을 밟았다. 귀인은 놀라 몇 걸음 물러나며 벼락같이 소리를 질렀다. "이놈, 나를 배신하겠다는 거냐? 감히 내 입을 밟다니."

그는 황급히 공손하게 말했다. "전적으로 호의에서 그런 것입니다. 감히 배신을 하다니요?"

"배신이 아니라면 왜 내 입을 밟았느냐?"

"사실 저는 손발이 불편하여 사람들을 당할 수가 없었습니다. 그래서 미리 밟아 소인의 경의를 표시하는 게 나을 듯했기 때문입니다."

解 아첨꾼은 이득을 챙기기 위해 옳고 그름을 가리지 않고 상대방의 비위만 맞추려고 한다. 때로는 아첨이 지나쳐 도리어 상대방을 해롭게 하기까지 한다. 아부도 적당히 해야지 지나치면 아니함만 못하다. 다투어 이득을 챙기고 조금이라도 흐름에 뒤지면 손해가 난다고 생각하는 오늘의 현실을 볼 때, 꼭 이 아첨꾼이 생각나는 것은 무엇 때문일까?

踏痰就口

外國小人, 事貴人欲得其意, 見貴人唾地, 竟來以足蹋去之. 有一人不大健剿, 雖欲蹋之, 初下能得. 後見貴人欲唾, 始聚口時, 更以足蹋其口. 貴人問言, 汝欲反耶. 何故蹋吾口. 小人答言, 我是好意, 不欲反也. 貴人問言, 汝若不反, 何以至是 小人答言, 貴人唾時, 我常欲蹋唾, 唾才出口, 衆人恒奪, 我前初不能得, 是故就口中蹋之也

『雜譬喩經』

대가리와 꼬리의 다툼
頭尾爭大
머리 두 꼬리 미 다툴 쟁 큰 대

뱀 한 마리가 있었는데, 그 뱀의 대가리와 꼬리가 기세등등하게 서로 다투고 있었다.

대가리가 말했다. "내가 더 중요하다."

꼬리가 말했다. "나도 마찬가지로 중요하다."

대가리가 으르렁대며 말했다. "무슨 말이냐? 내겐 귀가 있어 들을 수 있고, 눈이 있어 볼 수 있고, 입이 있어 먹을 수 있어. 기어다닐 때 내가 앞에 없으면 나갈 수가 없어. 너는 뭐 잘난 게 있니?"

꼬리가 비웃으며 말했다. "내가 기어다니지 않으면 넌 꼼짝도 할 수 없을걸."

"말도 안 돼. 나는 네가 없어도 길 수 있어."

"좋아. 그럼 시험을 해보자." 그러고 나서 꼬리는 나무를 칭칭 세 번 감았다. 대가리는 온 힘을 다해 앞으로 나아가려 했지만 아무리 해도 기어갈 수 없었다. 하루가 지나고 이틀이 흘렀다. 배가 고파 몸과 마음이 극도로 지친 대가리가 부드러운 목소리로 꼬리에게 말했다. "어서 놔 줘. 너를 어른으로 모실 테니까."

꼬리는 그제야 나무를 풀었다. 대가리가 말했다. "네가 어른이니까 네가 앞장 서는 게 마땅하겠지?"

"그래야 옳지." 꼬리가 의기양양하게 말했다.

이리하여 이 뱀은 꼬리를 앞으로 하고 거꾸로 기어갔다. 얼마 못가 이 뱀은 활활 타는 불구덩이로 들어가 타 죽고 말았다.

사물에는 머리도 있고 꼬리도 있으며, 주된 것과 종속적인 것도 있다. 앞도 있고 뒤도 있으며, 시작도 있고 끝도 있다. 이런 여러 지체가 결합하여 사회가 구성되며 전체를 이룬다. 주된 것이라 하여 귀중하고, 종속적인 것이라 하여 열등한 것은 아니다. 각각이 나름대로 가치와 역할이 있다. 각 지체가 저마다 연합해야 전체가 온전해진다.

頭尾爭大

昔有一蛇, 頭尾自相與諍. 頭語尾曰, 我應爲大. 尾語頭曰, 我亦應大 頭曰, 我有耳能聽, 有目能視, 有口能食, 行時最在前, 是故可爲大 汝無此術, 不應爲大. 尾曰, 我令汝去, 故得去耳. 若我以身繞木三匝, 三日而不已, 頭遂不得去求食, 飢餓垂死. 頭語尾曰, 汝可放之, 聽汝爲大 尾聞其言, 即時放之. 復語尾曰, 汝既爲大, 聽汝在前行. 尾在前行, 未經數步, 墮火坑而死.
『雜譬喩經』

보리죽을 부러워 말라
勿羨酥煎麥
말 물 부러 선 연유 소 달일 전 보리 맥
워할

옛날 진과 한의 교체기에 돈황과 기련 사이에서 유목 생활을 하던 대월지국에는 젖기름으로 끓인 보리죽을 돼지에게 먹여 살찌우는 풍속이 있었다. 궁정 안에 있던 망아지들이 그것을 보고 부러워서 어미 말에게 말했다. "우리는 날마다 왕의 명을 받들어 수고를 아끼지 않는데도 건초만 주고 물만 마시게 해요. 이건 정말로 불공평해요."

그러자 어미 말이 망아지들에게 말했다. "살찐 돼지를 부러워하지 말거라. 너도 머지않아 보리죽 먹은 것들의 최후를 보게 될 것이다."

새해가 왔다. 집집마다 살찐 머리와 큰 귀를 가진 돼지를 잡아 끓는 물에 집어넣고 털을 뜯었기 때문에 어디서나 돼지들의 슬픈 울음소리가 들렸다.

망아지들은 곁에서 그걸 보고 전전긍긍하다가 비로소 이전의 부러움이 사실은 식견이 모자란 것이었음을 분명히 알았다. 이후 그들은 건초를 맛있게 먹으면서 보리를 보면 아예 거들떠보지도 않았다.

解 세속의 물질적 향수를 부러워하지 말라는 불교의 가르침을 담은 우화이다. 현대 사회에서 물질적 향수를 절대적으로 배격할 수는 없다. 다만 절제하는 지혜가 필요하다. 자본주의 사회는 욕망을 확대 재생산하는 구조로 되어 있다. 그래서 끊임없이 욕망을 부추기고 새로운 욕망을 개발해 낸다. 이런 욕망과 충족의 메커니즘을 무분별하게 따라가다가 보면 패가망신하는 수가 있다. 욕망을 절제하라는 가르침은 예나 지금이나 타당성이 있다. 개인 파산자가 늘어나고 카드빚 때문에 가정이 파탄 나고 사회 범죄가 늘어 가는 현실에서 이 우화의 교훈을 되새겨 보면 어떨까?

勿羨酥煎麥

昔大月氏國風俗常儀, 要當酥煎麥食猪. 時宮馬駒謂其母曰, 我等與王致力, 不計遠近, 皆赴其命. 然食以草芻, 飮以潦水. 馬告其子, 汝等愼勿興此意, 羨彼酥煎麥耶. 如是不久, 自當現驗. 時逼節會. 新歲垂至, 家家縛猪, 投於濩湯, 擧聲號喚. 馬母告子, 汝等頗憶 酥煎麥不乎. 欲知證驗, 可往觀之. 諸馬駒等知之審然, 方知前徑, 爲不及也. 雖復食草, 時復遇麥, 讓而不食.
『出曜經』

남생이
烏龜訓子
까마귀 오 거북 귀 가르칠 훈 아들 자

메마르고 외떨어진 어떤 산골짜기에 남생이들이 살고 있었다. 그런데 분수를 모르는 새끼 남생이들은 언제나 산골짜기 밖으로 기어 나가, 비옥한 연못에서 노닐며 먹이를 찾을 생각만 하고 있었다. 어른 남생이들은 늘 그들에게 경고했다. "조심해라. 거기 가서는 안 된단다. 연못가에는 밀렵꾼이 기다리고 있단다. 일단 너희들을 잡기만 하면 다섯 토막을 내고 말 거다."

새끼 남생이들은 어른들의 말씀을 한 귀로 듣고 한 귀로 흘려버렸다. 어느 날 그들은 몰래 약속하고 산골짜기를 빠져나가 넓고 풍요롭고 아름다운 연못가에 몰려가 즐겁게 놀고 있었다.

일찌감치 수풀 속에 숨어 있던 밀렵꾼이 낚싯줄을 이용하여 한 마리씩 남생이들을 잡아갔다. 겨우 몇 마리만 바위 뒤에 숨어 있다가 요행히 도망쳐 돌아왔다.

새끼 남생이 몇 마리만 돌아온 것을 본 늙은 남생이가 놀라서 다급히 물었다. "너희들 연못에 갔지? 밀렵꾼을 만났지?"

"밀렵꾼은 못 만났어요." 새끼 남생이가 풀이 죽어 대답했다. "긴 끈이 우리 꽁무니를 쫓아오는 걸 보았을 뿐이에요."

"바보 같은 녀석들!" 늙은 남생이는 화가 나서 말했다. "바로 그 긴 끈 때문에 너희 조상들도 목숨을 잃었단 말이다."

새끼 남생이들은 밀렵꾼을 조심하라는 말을 듣고 밀렵꾼만 조심했지 밀렵꾼이 가지고 다니는 낚싯줄은 신경 쓰지 않았다. 사물의 유기적 관계를 알지 못하고 부분적인 사실을 고립적으로 파악하면 새끼 남생이와 같은 봉변을 당한다.

烏龜訓子

群龜告語諸子, 汝等自護莫至某處 彼有獵者, 備獲汝身, 分爲五分. 時諸龜子, 不隨其敎 便至其處 共相娛樂, 便爲獵者所獲. 或有安隱還得歸者, 龜問其子, 汝等爲從何來, 不至彼處乎. 子報父母, 我等相將至彼處觀, 不見獵者, 唯睹長線而追我後. 龜語其子, 此線逐汝後者, 由來久矣, 非適今也. 汝先祖父母, 皆由此線, 而致喪亡.

『出曜經』

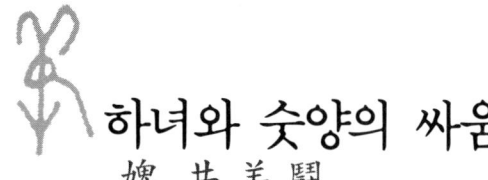

하녀와 숫양의 싸움
婢 共 羊 鬪
여자종 비 함께 공 양 양 싸움 투

옛날 어떤 하녀가 있었는데 천성이 정직하고 부지런하여 늘 주인을 위해 정성껏 보리와 콩을 살폈다. 그 주인집에서는 커다란 숫양을 기르고 있었는데, 숫양이 하녀가 보지 않는 틈을 타 보리와 콩을 훔쳐 먹고 흩뜨려 놓는 바람에 자꾸만 축나는 것이었다. 그럴 때마다 주인은 주의하지 않는다고 하녀를 꾸짖었다. 하녀는 이 숫양이 미워 죽을 지경이어서 부엌에서 일할 때면 언제나 나무 몽둥이를 곁에 두었다가 숫양이 부엌으로 머리를 들이밀기만 하면 두들겨 주었다. 숫양도 화가 치밀어 뿔로 그녀를 들이받았다. 이렇게 하나는 두들기고 하나는 들이받으면서 늘 싸웠다.

어느 날 하녀가 부엌에서 불을 때고 있는데, 하녀가 몽둥이를 가지고 있지 않은 걸 본 숫양이 소리를 지르며 곧장 들이받았다. 다급해진 하녀가 허둥지둥 불붙은 장작을 숫양한테 던졌다. 숫양은 뜨거워 매에 매에 소리 지르며 불덩이를 등에 지고 미친 듯이 온 동네를 뛰어다녔다. 그 불은 집을 태우고, 삽시간에 온 동네를 활활 타는 불바다로 만들어 버렸다. 더군다나 바람이 불기운을 돕는 바람에 큰불이 되어 산으로 곧장 옮겨 붙었다. 숲에서 미처 달아나지 못한 원숭이 5백 마리가 산 채로 불에 타 죽었다.

하녀와 숫양 사이의 다툼이 엄청난 재앙을 불러 일으켰다. 사실 다툼이란 하녀와 숫양 사이의 다툼처럼 어리석고 미련하면서도 자기 고집을 버리지 않는 데서 생기는 수가 많다. 곡식을 좋아하고 잘 들이받는 숫양의 성질은 타고난 것이니 성질을 잘 구슬려야지 무턱대고 화난다고 때리기만 하면 점점 더 성질만 돋울 뿐이다. 그 결과 엉뚱하게 온 마을 사람들과 원숭이 무리가 재앙을 입고 말았다. 다툼의 결과는 당사자보다도 엉뚱한 사람들에게 더 큰 피해가 온다는 것이 문제다. 나라 사이의 전쟁도 마찬가지이다. 실제 전투를 벌이는 군인들보다 노인, 어린아이, 여자들이 더 큰 피해를 입고 이웃나라도 피해를 입는다.

婢共羊鬪

昔有一婢, 稟性廉謹, 常爲主人, 曲麨麥豆 時主人家, 有一羯羝 伺空逐便, 噉食麥豆 斗量折損, 爲主所瞋, 信已不取, 皆由羊噉 緣是之故 婢常因嫌, 每以杖捶, 用打羯羝. 羝亦含怒, 來觝觸婢, 如此相犯, 前後非一. 婢因一日, 空手取火, 羊見無杖, 直來觸婢. 婢緣急故, 用所取火, 著羊脊上. 羊得火熱 所在觸突, 焚燒村人, 延及出野, 於時山中五百獼猴, 火來熾盛, 不及避走. 即皆一時被火燒死

『雜寶藏經』

소에게 음악을 들려주면
對牛彈琴
대할 대 소 우 퉁길 탄 거문고 금

옛날에 공명의라는 한 음악가가 있었다. 그는 거문고를 매우 잘 탔다. 어느 날 소 한 마리가 집 밖에서 혼자 풀을 뜯고 있는 것을 보고, 소에게 몇 곡조 들려주어야겠다는 생각이 들어 먼저 청각조 한 곡을 탔다. 소는 고개를 숙이고 풀만 뜯고 있을 뿐 전혀 이해하지 못하는 듯했다.

공명의는 곡조가 너무 어려워서 소가 알아들을 수 없는 것이라 생각하고 다른 곡조를 연주했다. 한동안은 파리가 왱왱거리는 듯 연주하고, 또 한동안은 송아지가 우는 듯 연주했더니 소는 꼬리를 흔들고 귀를 쫑긋거리며 풀을 먹지 않고 몸을 돌리면서 왔다 갔다 하며 마음을 집중하여 듣고 있었다.

解 동물은 물론 식물도 음파에 반응한다는 연구 결과도 있다지만 어쨌든 소에게 처음부터 너무 고상한 음악을 들려주면 알아들을 리 만무하다. 파리 소리나 송아지 울음과 같이 익숙한 소리에 소가 반응을 하듯이, 교육을 할 때도 처음부터 너무 고상한 진리를 말해서는 아무도 알아듣지 못한다. 가깝고 친숙한 데부터 차츰차츰 높은 데로 나아가야 한다. 그래서 공자도 쉽고 친숙한 데부터 배워서 고차원의 진리까지 이르러야 한다고 했다. 우리 속담 '쇠귀에 경 읽기'에 해당하는 성어가 바로 대우탄금對牛彈琴이다.

對牛彈琴

公明儀爲牛彈淸角之操, 伏食如故 非牛不聞, 不合其耳矣. 轉爲蚊虻之聲, 孤犢之鳴, 卽掉尾奮耳, 蝶躞而聽.
『弘明集』

불을 밝혀야 불쏘시개를 찾지
鉆火
족집게 첨 불 화

어느 날 공융이 한밤중에 갑자기 배가 아팠다. 통증이 심해서 문인에게 빨리 불을 밝혀 달라고 채근했다. 마침 그날 밤은 칠흑같이 어두운 밤이었다.

문인은 한밤중에 자다가 일어나 졸린 눈으로 불을 밝히려니 화가 났다. 더구나 캄캄하여 한치 앞도 안 보이는 터라 불쏘시개를 찾기가 쉽지 않았다. 그래서 짜증이 섞인 소리로 불평했다.

"아무리 선생님이시지만 너무 하십니다. 빨리 불을 밝히지 않고 뭐 하느냐니요. 이렇게 칠흑같이 어두운 밤이라 아무것도 보이지 않는데 어떻게 불쏘시개를 찾을 수 있습니까? 불쏘시개를 찾아야 불을 밝혀 드릴 수 있을 것 아닙니까?" 그러자 공융이 기가 막혀 혼잣말을 했다. "남에게 뭔가 부탁을 하려면 반드시 도리에 맞게 해야겠구나."

 어두워서 불을 밝혀 달라고 하는데 불을 밝혀 줘야 불쏘시개를 찾아서 불을 밝힐 수 있다고 한다. 억지로 남에게 어려운 일을 시키면 상대방 또한 그 어려움을 핑계로 회피하려고 한다.

鉆火

孔文舉中夜暴疾, 命門人鉆火. 其夜陰暝, 門人忩然曰, 君責人太不以道. 今暗若漆, 何不把火照我. 當得覓鉆火具, 然後得火. 文舉聞之, 曰, 責人當以其方.

『殷芸小說』

한 마리만 더 있으면 백 마리를 채우는데
富者乞羊
부유할 부 · 사람 자 · 빌 걸 · 양 양

    초나라에 한 부자가 있었는데, 이 사람은 양을 아흔아홉 마리나 기르고 있었다. 그런데 이 사람의 소원은 양 백 마리를 채우는 것이었다.
    하루는 같은 고을의 친구를 찾아갔다. 그 친구의 이웃집에는 가난한 사람이 살고 있었는데, 마침 그 집에 양이 한 마리 있었다.
    부자는 그 사람에게 간곡히 부탁했다. "나는 양 아흔아홉 마리를 기르고 있는데, 꼭 백 마리를 채우고 싶소. 보아하니 당신은 양이 한 마리밖에 없는 듯한데, 한 마리야 있으나 마나 한 것 아니겠소? 그러니 그 양 한 마리를 날 줘서 백 마리를 채울 수 있도록 해주시오."

解 『히브리 성서』에도 이와 비슷한 우화가 소개되어 있다. 다윗 왕이 우리아라는 장군의 아내를 빼앗고 그를 최전방으로 보내 흉계를 꾸며서 죽게 만들었다. 그랬더니 예언자인 나탄이 다윗 왕에게 찾아와 어떤 부자가 양 아흔아홉 마리를 가지고 있는데 가난한 이웃집 남자의 한 마리밖에 없는 양을 빼앗았으니 어떻게 했으면 좋겠느냐고 묻는다. 다윗 왕이 격노하면서 그런 못된 부자가 어디 있느냐고 나탄에게 묻자, 나탄이 바로 다윗 왕 당신이라고 한다. 왕비와 후궁과 궁녀들이 그렇게 많으면서 장군의 하나밖에 없는 아내를 빼앗았다고 질책한 것이다.

양을 한 마리도 갖지 못한 사람이 한 마리를 갖고자 하는 욕심보다 아흔아홉 마리를 가진 사람이 백 마리를 채우려는 욕심이 더 큰가 보다. 사람의 탐욕은 끝이 없다.

富者乞羊

楚富者, 牧羊九十九, 而願百. 嘗訪邑里故人 其鄰人貧有一羊者, 富拜之曰, 吾羊九十九 今君之一成我百, 則牧數足矣.

『金樓子』

호랑이와 고슴도치
虎 與 刺 蝟
범호 더불여 찌를자 고슴위
　　　　　　　　　　　도치

　　들에서 먹을 것을 찾고 있던 호랑이가 땅바닥에 드러누워 햇볕을 쬐고 있는 고슴도치를 아주 맛있는 고깃덩이로 여기고 군침을 흘리며 곧장 삼켰다가 도로 뱉어냈다. 그러자 고슴도치는 갑자기 온 몸의 가시를 세우고 죽기 살기로 호랑이의 콧등에 붙었다. 호랑이는 떼어 내려야 뗄 수가 없어 큰소리로 괴성을 지르며 미친 듯이 깊은 산속으로 뛰어 도망쳤다. 지치고 기력이 빠진 호랑이가 머리를 땅에 쳐 박고 혼수상태에 빠지자 고슴도치는 그 기회를 타서 가시를 집어넣고 풀숲으로 들어가 숨어 버렸다. 정신을 차린 호랑이는 콧등에 있던 그 무서운 것이 보이지 않자 갑자기 마음이 놓였다.
　　호랑이는 한숨 돌리고 큰 나무 아래로 기어가다가 사방에 도토리가 떨어져 있는 것을 보았다. 온 몸에 가시가 돋아 있는 도토리를 보고는 놀라 몇 걸음 물러나 곁에서 자세히 살펴보고 생각했다. '이 가시 뭉치들은 아까 그것과 꼭 같군. 이게 좀 작은 걸로 보아 그것의 새끼들인가 보군.'
　　호랑이는 공손하게 이 작은 가시 뭉치들에게 말했다. "조금 전에 너희 어르신을 만나 뵈었지. 그 분께 많은 걸 배웠으니까 너희들은 나를 그냥 보내 주면 좋겠다."

자라 보고 놀란 가슴 솥뚜껑 보고 놀란다는 격이다. 이 우화는 자신의 힘만 믿고 조급하게 거친 행동을 했다가 뜻밖에 봉변을 당하고 일이 다 끝났는데도 여전히 겁에 떠는 경박한 사람을 풍자한 이야기이다. 그러나 견디기 힘든 어려운 고통을 겪거나 재난을 당하면 후유증이 오래 간다. 조조가 적벽대전에서 장비, 조자룡의 매복 군사에게 걸려 죽을 고비를 여러 번 넘긴 뒤 산에 서 있는 나무만 보아도 매복 군사가 아닌가 겁을 먹었다는 이야기가 있다. 한 번 화를 당하면 유사한 상황만 봐도 연상 작용에 의해 공포와 불안을 느낀다.

虎與刺蝟

有一大蟲, 欲向野中覓食. 見一刺蝟仰臥, 謂是肉臠. 欲銜之, 忽被蝟卷著鼻. 驚走, 不知休息. 直至山中困之, 不覺昏睡. 刺蝟乃放鼻而走. 大蟲忽起歡喜, 走至橡樹下. 低頭乃橡斗, 乃側身語云, 旦來遭見賢尊, 願郎君且避道.

『啓顔錄』

말안장과 주걱턱
驢 鞍 下 頷
나귀 려 안장 안 아래 하 턱 함

호 현에 사는 상인이 돈과 비단을 가지고 시장에 갔다. 시장에 있던 불량배들이 그의 어수룩한 모습과 합죽한 입이며 긴 턱을 보고 앞으로 나와 그의 멱살을 잡아끌며 말했다. "이 도둑놈아. 왜 내 나귀 안장을 훔쳐 네 아래턱을 만드는 데 썼느냐?"

이렇게 악당들은 앞에서 소리치고 뒤에서 당기며 그를 관청으로 끌고 가 추궁하려 했다. 상인은 너무 놀라 지니고 있던 돈과 비단을 몽땅 다 꺼내 나귀 안장 값을 물어주었다.

빈손으로 돌아온 그를 본 아내가 무슨 일이 일어났는지 급히 물었다. 그가 처음부터 끝까지 자세히 말해 주자 화가 난 아내가 삿대질을 하며 욕을 해댔다. "멍청한 양반 같으니! 뭐? 나귀 안장으로 턱을 만들 수 있다고? 관청까지 갔으면 공정한 판결을 받을 수 있었을 텐데 무엇 때문에 그 많은 재물을 그냥 줘 보내요?"

상인이 말했다. "멍청한 여편네야. 관청에 가면 현장 나리가 내 아래턱을 깨뜨려 조사할 게 뻔한데 내 턱 값이 겨우 그 돈과 비단 정도 밖에 안 된단 말이오?"

解 억울한 일이 있어도 아예 관에 가서 송사할 마음도 못 먹게 만드는 사법 기관의 부패와 관리의 어리석음을 풍자한 우화이다. 시장 바닥에서 어수룩한 사람들을 등쳐먹는 불량배야 그렇다 치더라도 이들로부터 순박하고 선량한 백성을 보호하고 편안히 살도록 해주어야 할 관원들이 오히려 이들을 더 괴롭힌다. 송사가 얼마나 주관적인 판단과 제멋대로 세운 기준에 의해 처리되었는지 알 만하다. 연줄이 통하고, 법 적용이 불공평하고, 법을 지키면 손해라고 생각하는 시민의 수가 적지 않다는 여론 조사의 보고를 보면 법이 발달했다는 현대 사회도 크게 바뀐 것 같지 않다.

驢鞍下領

鄠縣有人將錢絹向市, 市人覺其精神愚鈍, 又見顔頤稍長. 乃語云, 何因偸我驢鞍橋去, 將作下領, 欲送官府. 此人乃悉以錢絹求充驢鞍橋之直, 空手還家. 其妻問之, 具以此報. 妻語云, 何物鞍橋, 堪作下領, 縱送官府, 分疏自應得脫, 何須浪與他錢絹. 乃報其妻云, 痴物. 儻逢不解事官府, 遣拆下領檢看. 我一個下領, 豈只直若許錢絹.

『啓顔錄』

모기 잡기
打 蚊
칠 타 모기 문

　예전에 옷감에 염색을 하는 대머리 염색공이 있었다. 하루는 이 염색공이 아들을 데리고 물가로 가서 옷감에 물을 들였다. 옷감을 다 빨아서 볕에 말리고 집으로 돌아갔다.
　마침 그날은 날이 몹시 더워서 지친 나머지 눈앞이 캄캄하고 어지러웠다. 길가에 커다란 나무 한 그루를 발견한 염색공은 나무 밑에 옷감 자루를 깔고 누웠다.
　한참 잠이 들었는데 모기가 날아와 염색공 머리에 앉아서 피를 빨았다. 아들은 아버지가 피로하고 지쳐서 낮잠을 주무시는데 모기가 괴롭힌다고 생각하니 화가 치밀었다. "이 못된 모기 같으니라고. 하필이면 피곤해서 주무시는 우리 아버지를 괴롭히다니"하고 곧바로 커다란 몽둥이를 들고 모기를 잡으려고 힘껏 내리쳤다.
　하지만 모기는 휙 날아가 버렸고, 몽둥이는 아버지 머리에 떨어졌다. 아버지는 머리가 터져서 그 자리에서 죽고 말았다.

解 방법을 고려하지 않으면 좋은 목적에서 한 일이 도리어 반대의 결과를 가져오기도 하고, 맹목적인 사랑이 때로는 어처구니없는 결과를 낳기도 한다. 더운 날씨에 하루 종일 일을 하고 피로에 지친 아버지가 낮잠을 주무시는데 모기가 피를 빨고 있으니 아들이 보기에 얼마나 안타깝겠는가? 아들의 순진한 효심은 나무랄 데 없다. 그러나 효심은 넘치지만 표현하는 방법을 고려하지 않아 도리어 아버지를 죽음에 이르게 했다. 목적을 달성하는 데만 급급할 것이 아니라 상황을 객관적으로 고려해야 한다.

打蚊

過去有禿頭染衣人, 共兒持衣詣水邊. 浣衣已, 絞曬持歸. 爾時大熱, 眼暗. 道中見一樹, 便以衣囊枕頭下睡. 有蚊子來飲其頭血. 兒見己父疲極睡臥, 便發惡罵云, 是弊惡婢兒蚊子, 何以來飲我父血. 即持大棒欲打蚊子, 蚊子飛去, 棒着父頭, 即死.

『法苑珠林』

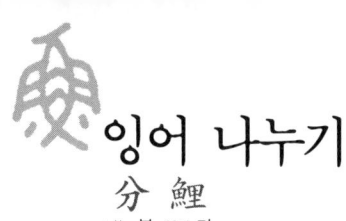

잉어 나누기
分 鯉
나눌 분 잉어 리

강가에 원숭이 두 마리가 살고 있었다. 하루는 이 원숭이 두 마리가 강가에서 놀다가 커다란 잉어 한 마리를 잡았다. 그런데 공평하게 나눌 수가 없어서 지켜보고 있었다.

그때 마침 들개 한 마리가 물을 마시려고 왔다가 두 원숭이의 꼴을 보고 다가가 말을 걸었다. "조카님들, 뭘 하고 있는가?"

원숭이들이 대답했다. "아, 아저씨. 마침 잘 오셨소. 강에서 잉어 한 마리를 잡았는데 둘로 나눌 수가 없어서 그런다오. 아저씨에게 무슨 좋은 수가 없겠소?"

들개가 말했다. "좋은 수가 있지. 셋으로 나누면 공평하다는 말이 있지."

그러고는 원숭이들에게 물었다. "누가 얕은 데 들어갔지?"

두 마리 가운데 한 마리가 자기라고 대답했다.

"누가 깊은 데 들어갔지?" 그러자 다른 원숭이가 자기라고 했다.

들개는 능청을 떨며 말했다. "이런 노래가 있으니 들어보게.

얕은 데 들어간 이에게는 꼬리를 주고,
깊은 데 들어간 이에게는 대가리를 주라.
가운데 살덩이는
나누는 법을 아는 이 몫이라네."

들개는 대가리와 꼬리를 두 마리에게 나눠주고, 몸뚱이는 얼른 자기 입에 넣고는 유유히 사라졌다. 원숭이 두 마리는 입만 딱 벌리고 아무 말도 못했다.

 사회가 복잡할수록 이익 집단끼리 분쟁이 심화한다. 이런 틈을 이용하여 공정하게 중재해 주겠다고 하고선 교묘한 방법으로 자기 이익을 챙기는 교활한 사람들이 있다. 어느 시대든 이해 당사자들 사이에서 거간꾼들이 가장 많은 이익을 챙기지 않았던가? 이해 당사자들이 서로 자기 이익과 권리를 내세우기 전에 합리적으로 분쟁을 조정한다면 들개의 교활한 속임수에 넘어가지 않을 것이다.

分鯉

一河曲中有二狙. 河中得大鯉魚, 不能分. 二狙守之. 有野豻來飲水, 見狙語言, 外甥是中作何等. 狙答言, 阿舅, 是河曲中得此鯉魚, 不能分. 汝能分不. 野豻言, 能. 是中說偈, 分作三分. 即問狙言, 汝誰喜入淺. 答言, 是某狙. 誰喜入深. 答言, 是某狙. 野豻言, 汝聽我說偈, 入淺應與尾, 入深應與頭, 中間身肉分, 應與知法者.

『法苑珠林』

깃발인가 바람인가 마음인가
幡 動 風 動 心 動
기 번 움직일 동 바람 풍 움직일 동 마음 심 움직일 동

당나라 시대에 혜능이라는 스님이 있었다. 한번은 그가 광주 법성사로 강경 講經을 들으러 갔다. 그가 도착하자 마침 모든 스님들이 마음을 가라앉히고 강경을 듣고 있던 참이었다.

그때 갑자기 바람이 불어와 불상 앞에 걸려 있던 깃발이 펄럭였다. 그러자 그 자리에 있던 두 스님이 그것을 보고 다투기 시작했다.

한 스님이 말했다. "저기 보게. 저 깃발이 펄럭이는 걸."

다른 스님이 말했다. "틀렸어. 깃발이 펄럭이는 게 아니라 바람이 부는 거야."

두 사람은 쉬지 않고 논쟁을 했다. 그 말을 들은 혜능이 조용히 말했다. "바람이 분 것도 아니고, 깃발이 펄럭인 것도 아닙니다. 당신들의 마음이 움직인 거지요."

선종의 6조 혜능慧能은 중국 선종의 기풍을 완성한 고승이다. 불립문자不立文字, 교외별전敎外別傳, 이심전심以心傳心, 직지인심直指人心, 견성성불見性成佛을 종지로 하는 선종은 이론이나 철학 체계에 의지하지 않고 구도자의 진리 체험을 중시한다. 일상에서 사는 개별적 존재인 내가 이미 내 안에 존재하는 완전성을 깨달아 가는 실천적 자각의 불교가 선종이다. 그래서 선종의 조사들은 진리 체험의 경지를 갖가지 방법으로 표현한다. 바람이 분다, 깃발이 펄럭인다고 생각하는 것은 주관적인 의식의 소산이다. 인간의 관점에서 바람이 분다고 하고, 깃발이 펄럭인다고 하는 것이다. 바람은 부는 것도 아니고 불지 않는 것도 아니다. 공기의 유동일 뿐이다. 깃발도 펄럭이는 것도 아니고, 펄럭이지 않는 것도 아니다. 바람의 흐름에 따를 뿐이다. 이런 있는 그대로의 현상을 보며 우리는 바람이 분다고도 하고 깃발이 펄럭인다고도 하는 것이다. 결국은 우리 인간의 의식이 그렇게 판단하는 것이다.

幡動風動心動

(慧能)至廣州法性寺, 値印宗法師講涅槃經 時有風吹幡動, 一僧曰, 風動. 一僧曰, 幡動. 議論不已, 惠能進曰, 不是風動, 不是幡動, 仁者心動.
『六祖壇經』「行由品第一」

짐 지기 좋아하는 벌레
蝜 蝂 背 物
벌레 부 벌레 판 질 배 만물 물
이름　　이름

　부판이라는 작은 벌레는 등에 물건을 지고 다니기를 아주 좋아한다. 기어가다가 무슨 물건이라도 맞닥뜨리면 어떻게 해서든 등에 지려고 한다. 아무리 무거워도 그만두지 않는다.
　그의 등은 아주 울퉁불퉁해서 등에 진 물건이 쉽게 떨어지지 않도록 되어 있다. 하지만 짐을 많이 질수록 그 무게에 짓눌려 기어갈 수 없다.
　그것을 보고 불쌍히 여긴 사람들이 물건을 내려 줄 때도 있다. 하지만 일어난 다음에는 또 물건을 가져다가 전처럼 짊어진다. 게다가 높은 곳으로 기어 올라가기를 좋아하여 힘이 다 빠져도 멈추지 않고 기어 올라가다 결국에는 떨어져 죽는다.

인간의 탐욕을 꼬집은 우화이다. 재물 모으기를 좋아하는 사람은 이 부판이라는 벌레와 다를 바 없다. 재물을 보면 피하지 않고 재산을 증식하는 데만 몰두한다. 자기가 감당할 수 없는 재물이라도 아랑곳하지 않고, 오로지 재물이 쌓이지 않을까 그것만 걱정한다. 재물을 탐하다 패가망신한 사람을 보아도 경계로 삼을 줄 모른다. 위로 올라가기 좋아하는 벌레의 습성은 높은 자리를 추구하는 인간의 탐욕을 비유한 것이다.

재물과 권력은 밀착되어 있다. 재물이 있는 곳에 권력이 있고, 권력이 있는 곳에 재물이 몰린다. 감당도 못할 재물을 탐내어 등에 지고 오르지도 못할 높은 자리를 향해 기어가다 결국 떨어져 죽는 부판이라는 벌레는 오늘날 우리들의 모습을 꼭 닮았다.

蝜蝂背物

蝜蝂者, 善負小蟲也. 行遇物, 輒持取. 昂其首負之. 背愈重, 雖困劇不止也. 其背甚澀, 物積因不散, 卒躓仆不能起. 人或憐之, 爲去其負, 苟能行, 又持取如故. 又好上高, 極其力不已, 至墜地死.

『柳河東集』

목숨보다 소중한 돈
愛 錢 忘 命
사랑 애 돈 전 잊을 망 목숨 명

　영주 지방의 사람들은 모두 다 수영을 잘했다. 어느 날 강물이 갑자기 불어났다. 대여섯 사람이 나룻배를 저어 상강을 건너는데, 중간쯤 이르렀을 때 물결이 일어나 배가 뒤집히고 말았다. 모두들 강 언덕을 향해 헤엄쳐 갔다.
　그런데 한 사나이가 전력을 다해 헤엄을 치는데도 앞으로 나아가지 못하고 있었다. 이상하게 여긴 친구들이 물었다. "평소에는 수영을 제일 잘하더니 왜 자꾸 뒤처지는가?"
　그가 숨을 헐떡거리며 말했다. "허리에 동전을 차고 있는데 너무 무거워 헤엄치기가 어려워 그러네."
　"빨리 버려!" 친구들이 안타까워 소리쳤다.
　그러나 그는 대답을 하지 않고 고개만 저었다. 벌써 언덕으로 올라온 친구들이 큰소리로 외쳤다. "이 바보야. 돈에 눈이 멀었나? 물에 빠져 죽고 나면 돈이 무슨 소용이야!"
　그는 눈을 뒤집어 뜨고 여전히 고개를 저었다. 결국 물거품이 몇 번 이는가 싶더니 그만 빠져 죽고 말았다.

재물은 잘 살기 위해 필요한 물질적 수단이기 때문에 없어서는 안 되지만 맹목적으로 재물을 추구하는 것은 목적과 수단이 전도된 것이다. 수단을 목적으로 삼아서는 안 된다. 잘 살기 위해 재물이 필요한 것이지 재물을 얻기 위해 사는 것은 아니다. 이 어리석은 사람처럼 무엇이 더 중요하고 근본인지 모르는 사람은 잘 살기 위해 필요한 재물을 지키려다 정작 소중한 목숨을 잃고 만다.

愛錢忘命

永之氓咸善游. 一日, 水暴甚. 有五六氓 乘小船絶湘水 中濟, 船破皆游. 其一氓盡力而不能尋常. 其侶曰, 汝善游最也, 今何後爲. 曰, 吾腰千錢, 重, 是以後. 曰, 何不去之. 不應, 搖其首. 有頃, 益急. 已濟者立岸上呼且號曰, 汝愚之甚, 蔽之甚. 何以貨爲. 又搖其首, 遂溺死.
『柳河東集』

불쌍한 사슴
臨江之麋
임할 임 강 강 어조사 지 큰사슴 미

　임강 지방의 어떤 사냥꾼이 아직 젖을 떼지 않은 새끼 사슴을 잡아 집으로 데려와 길렀다. 그런데 그 사슴이 문턱을 넘으려 할 때마다 집안의 개들이 머리와 꼬리를 흔들며 뛰어와 군침을 흘리면서 잡아먹으려 했다. 너무 화가 난 주인은 한참 동안 개를 붙들고 설교를 했다. 이리하여 날마다 주인은 새끼 사슴을 안고서 개와 친하게 만들려고 했다. 개가 사슴을 해치려는 기색을 드러내기만 하면 주인은 당장 야단을 쳤다.
　이렇게 시간이 흐르자 새끼 사슴과 개들은 아주 친해져 같이 놀 때면 장난도 치고 핥아 주기도 하면서 사이좋게 지냈다. 개들은 신선한 사슴 고기를 먹고 싶었지만 주인이 무서워 쳐다보며 군침만 삼켰다. 하지만 사슴은 자기가 원래 사슴이라는 사실을 잊어버리고 개를 친구로 알았다.
　어느 날 새끼 사슴이 문 밖으로 나갔다가 큰길에 다른 집 개들이 누워 있는 걸 발견하고 그들과 놀기 위해 깡충깡충 뛰어갔다. 개들은 새끼 사슴을 보고 좋아서 소리를 지르며 달려들었다. 개들은 우루루 몰려들더니 사슴을 물어 죽여 살이고 뼈며 남김없이 뜯어먹었다.
　새끼 사슴은 죽으면서도 자기가 왜 죽는지 깨닫지 못했다.

解 주인은 새끼 사슴을 아끼는 마음에 개들과 친하도록 습성을 들였다. 그러나 사슴을 보면 잡으려고 하는 것이 개의 본성이다. 개의 객관적인 본성을 무시하고 억지로 사슴과 친하게 지내도록 훈련을 시켰으니 비극은 이미 시초에 잉태된 것이다. 설령 자기 집 개는 사슴과 친하게 지낼 수 있더라도 모든 개가 사슴과 친하게 지내지는 않는다. 주인은 이런 객관적인 사실을 무시했기 때문에 사슴이 죽게 된 근본 원인을 제공한 것이다. 개가 어떤 존재라는 것을 사슴이 알았더라면 사슴은 개에 대처하는 지혜를 터득했을 것이다.
이 우화는 자식을 키우고 가르치는 문제에 관해 좋은 교훈을 준다. 세상이 험하고 무섭다 하여 울타리를 둘러치고 온실 속에서 자식을 키우거나, 삶의 긍정적인 측면만 보여주고 부정적인 측면을 차단하면 자식이 정작 세상에 나아갔을 때 쉽게 좌절하고 세파에 꺾이고 만다. 또한 사상의 오염을 막는다고 획일적인 교조를 주장하는 것도 사슴을 죽게 만든 사냥꾼과 같다.

臨江之麋

臨江之人畋得麋麑 畜之 入門, 群犬垂涎, 揚尾皆來. 其人怒, 怛之 自是日抱就犬, 習示之, 使勿動. 稍使與之戲. 積久, 犬皆如人意. 麋麑稍大, 忘己之麋也, 以爲犬良我友, 抵觸偃仆, 益狎. 犬畏主人, 與之俯仰, 甚善. 然時啖其舌. 三年, 麋出門, 見外犬在道甚衆, 走欲與爲戲. 外犬見而喜且怒, 共殺食之, 狼藉道上. 麋至死不悟.
『柳河東集』

본색이 드러난 나귀
黔 驢 技 窮
검을 검 나귀 려 재주 기 다할 궁

　귀주에는 원래 나귀가 없었다. 그런데 일 벌리기를 좋아하는 어떤 사람이 다른 데서 나귀 한 마리를 배에 싣고 들여왔다. 그러나 산이 많은 귀주에서는 나귀가 쓸모없었기 때문에 산 아래에서 멋대로 풀을 뜯어먹으며 뛰어다니도록 내버려두었다.
　어느 날 산에서 내려온 굶주린 호랑이가 이 나귀를 발견하고 너무나 놀라 속으로 생각했다. "야, 이 커다란 놈은 뭘까? 신령님이 아닐까?" 호랑이는 허둥지둥 숲속으로 들어가 몰래 나귀의 동정을 살폈다.
　다음날 호기심을 참지 못한 호랑이가 살금살금 나귀한테 다가갔다. 호랑이를 발견한 나귀는 "히힝" 하며 큰 소리로 울었다. 나귀 울음소리를 생전 처음 듣고 놀란 호랑이는 자기를 물려고 하는 줄 알고 걸음아 나 살려라 하고 도망쳤다. 한참 달아나다 보니 쫓아오는 기색이 없었다.
　그러자 호랑이는 다시 돌아가 보았다. 호랑이는 여러 번 이렇게 하고 나서 이 괴물이 신통한 능력을 가지고 있지 않다는 것을 알게 되었고, 그 울음소리도 예사로 듣게 되었다. 그래서 나귀에게 바싹 다가가 발로 툭툭 건드려 보기도 하고 몸을 밀어붙여 보기도 했다. 화가 머리끝까지 치민 나귀는 갑자기 뒷발로 호랑이를 걷어찼다.
　나귀의 본색이 드러나자 호랑이는 기뻐하며 말했다. "이 녀석, 겨우 이따위 재주를 가지고." 그러고는 사납게 달려들어 나귀의 목을 물었다. 나귀는 울부짖으며 뒷발질을 해보았지만 어쩔 수가 없었다.
　호랑이는 마지막 피 한 방울까지 다 핥아먹고는 만족스럽게 그곳을 떠났다.

호랑이는 나귀를 생전 처음 보았지만 냉철하게 관찰하고 몸으로 부딪쳐보고서 나귀의 본질을 깨달았다. 낯선 상황이나 새로운 대상을 접하더라도 자료를 모으고 경험을 토대로 유추해 보면 진상에 다가갈 수 있다.
쥐꼬리만한 재간마저 바닥이 난 것을 검려기궁黔驢技窮이라고 한다.

黔驢技窮

黔無驢, 有好事者船載以入. 至則無可用, 放之山下. 虎見之, 龐然大物也, 以爲神. 蔽林間窺之, 稍出近之, 憖憖然莫相知. 他日, 驢一鳴, 虎大駭, 遠遁, 以爲且噬己也, 甚恐. 然往來視之, 覺無異能者. 益習其聲, 又近出前後, 終不敢搏. 稍近益狎, 蕩倚衝冒, 驢不勝怒, 蹄之. 虎因喜, 計之曰, 技止此耳. 因跳踉大㘚, 斷其喉, 盡其肉, 乃去.

『柳河東集』

쥐를 좋아한 사람
永某氏之鼠
길 영 아무 모 성 씨 어조사 지 쥐 서

영주에 사는 어떤 사람은 지키는 것이 아주 많았다. 그는 쥐띠여서 쥐를 신으로 받들었다. 혹시라도 쥐를 건드릴까 봐 개나 고양이를 기르지도 않고, 종들에게도 쥐 잡는 것을 금지시켰다. 이리하여 주변의 쥐들까지 떼 지어 이 집으로 몰려와 편히 살았다.

훤한 대낮에도 쥐 떼가 집안에 가득 차 여기저기 구멍을 뚫어 놓고, 사람이 보는 앞에서도 서로 쫓고 쫓기며 소란을 피웠다. 밤만 되면 짝을 찾기 위해 싸우고, 찍찍 괴성을 질러서 잠을 잘 수가 없었다. 집안의 모든 가구들은 쥐가 쏠아 여기저기 구멍이 나고, 궤짝 속의 옷가지들도 물어 뜯겨 조각이 났다. 집안 식구들은 쥐들이 먹고 남긴 밥과 반찬을 먹었다. 그런데도 주인은 그들을 잘 대우하지 못할까 봐 걱정을 했다.

몇 년 뒤 이 쥐띠 주인이 이사 가고 다른 사람이 이사 왔다. 쥐들은 새 주인의 총애를 받을 수 있으리라 여기고 전처럼 창궐했다. 새 주인은 쥐들이 아무데나 드나들고 구멍을 뚫어 놓은 것을 보고 놀라서 말했다. "아니. 이 못된 쥐 새끼들이 이렇게 활개치고 다니도록 내버려두었다니."

당장 고양이 대여섯 마리를 얻어 와서 풀어놓고, 문을 잘 닫은 다음 기와와 벽돌을 들춰내고 쥐구멍에다 불을 붙이고 물을 댔다. 하루가 못 가서 죽은 쥐들이 산더미처럼 쌓였다. 안 보이는 곳에서 죽어 썩은 쥐들의 악취가 몇 달이 지나서야 겨우 사라졌다.

쥐를 좋아한 사람은 온갖 나쁜 짓을 하는 교활한 사람들을 방치해 두거나 그들을 비호하고 조장하는 위정자나 지도자들을 가리킨다. 쥐처럼 비열하고 교활한 사람들은 자기를 비호하는 세력에 빌붙어 위세를 부리고 온갖 나쁜 짓을 서슴지 않는다.

永某氏之鼠

永有某氏者, 畏日, 拘忌異甚. 以爲己生歲直子. 鼠, 子神也, 因愛鼠 不畜猫犬, 禁僮勿擊鼠, 倉廩庖廚悉以恣鼠, 不問. 由是, 鼠相告, 皆來某氏, 飽食而無禍. 某氏室無完器, 椸無完衣, 飲食大率鼠之餘也. 晝累累與人兼行, 夜則竊齧鬪暴, 其聲萬狀, 不可以寢. 終不厭. 數歲, 某氏徙居他州. 後人來居, 鼠爲態如故. 其人曰, 是陰類惡物也, 盜暴尤甚, 且何以至是乎哉. 假五六猫 闔門撤瓦灌穴, 購僮羅捕之. 殺鼠如丘, 棄之隱處, 臭數月乃已.

『柳河東集』

복어의 분노
河豚妄肆
강 이름 하 돼지 돈 허망할 망 방자할 사

황하에 '복어'라는 물고기가 있다. 이 복어는 교각 사이에서 헤엄쳐 다니다가 머리가 교각에 부딪치면 멀리 돌아가려 하지 않고 교각이 자기에게 부딪쳤다고 대뜸 화를 낸다.

복어는 두 볼을 한껏 부풀리고 지느러미를 세우고는 온몸을 노기로 가득 채운 채 수면에 떠서 꼼짝도 않고 교각을 노려본다.

이때 수면을 살피던 매가 고고하게 멈춰 있는 복어를 낚아 채 맛있는 한 끼를 즐긴다.

 자기 잘못을 깨닫지 못하고 언제나 남을 탓하는 사람은 이 복어와 같다. 문제가 생기면 그 원인을 객관적으로 분석하고 자기에게서 문제를 해결할 실마리를 찾아야 한다. 기존의 방법으로 해결하기 곤란한 문제라면 다른 방법을 모색하는 융통성을 발휘할 줄도 알아야 한다. 무턱대고 한 가지 방법만 밀고 나가면 문제를 해결할 수 없을 뿐만 아니라 도리어 해만 돌아온다.

河豚妄肆

河之魚, 有豚其名者, 游於橋間, 而觸其柱, 不知遠去. 怒其柱之觸己也, 則張頰植鬐, 怒腹而浮於水, 久之莫動. 飛鳶過而攫之, 磔其腹而食之.
『柳河東集』

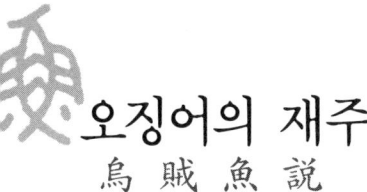

오징어의 재주
烏 賊 魚 說
까마귀 오 도둑 적 고기 어 말씀 설

바다에 오징어라는 물고기가 있다. 오징어는 먹물을 뿜고는 물 위에 떠서 논다. 남이 자기를 볼까 봐 먹물을 뿜어 자신을 숨긴다. 바닷새가 처음에는 의아하게 여기다가 뭔가 싶어 먹물 속을 들여다보고 오징어가 숨어 있다는 것을 알아차리고는 오징어를 낚아챈다.

 자신을 숨길수록 더욱 드러나고, 잔재주를 부릴수록 더욱 낭패를 겪는 수가 있다. 오징어는 제 딴에는 안전하리라 싶어 먹물을 뿌려 몸을 숨겼지만 먹물이 도리어 눈에 띄어 결국에는 화를 당했다. 한 가지 방법이 효과가 있다고 하여 그 방법에만 매달리고 다른 방법을 변통할 줄 모르면 이 오징어 꼴이 된다.

烏賊魚說

海之魚 有烏賊其名者, 昫水而水烏戱於岸間 懼物之窺己也 則昫水以自蔽 海烏視之而疑 知其魚而攫之
『柳河東集』

흉내만 낼 줄 아는 사냥꾼
只會吹哨的獵人
다만 지 깨달을 회 불 취 망볼 초 어조사 적 사냥 렵 사람 인

사슴은 스라소니를 두려워하고, 스라소니는 호랑이를 두려워하고, 호랑이는 말곰을 두려워한다고 한다. 말곰의 생김새는 털이 텁수룩하고 사람처럼 두 발로 서며 힘이 엄청나게 세어서 사람에게 아주 해로운 짐승이라고 한다.

초나라의 남쪽 지방에 어떤 사냥꾼이 있었다. 그는 대나무를 깎아 만든 피리로 짐승 소리를 진짜처럼 흉내 낼 수 있었다. 그는 그밖에 이렇다 할 재간이 없었다.

한번은 그가 화약을 들고 산에 올라가 '우우' 하며 사슴 소리를 흉내 냈다. 그 소리에 사슴이 따라 나오면 화약을 터뜨려 잡을 생각이었다. 그러나 뜻밖에도 사슴 소리를 들은 스라소니가 숲에서 튀어나왔다. 사냥꾼은 놀라고 당황한 나머지 급히 호랑이 소리를 내어 스라소니를 쫓았다. 그러나 호랑이 소리가 진짜로 굶주린 호랑이를 불러들였다. 기겁을 한 사냥꾼은 말곰 소리를 내어 호랑이를 쫓았다. 그가 한숨을 돌리기도 전에 이번에는 이빨이 길고 발톱이 커다란 검은 말곰이 그 소리를 듣고 나타났다. 이렇게 되자 더 이상 어떤 소리로도 말곰을 쫓을 수 없었다.

혼비백산한 사냥꾼은 꼼짝달싹도 못하고 서 있을 수밖에 없었다. 검은 말곰은 사냥꾼을 통째로 집어삼켰다. 결국 아무 능력도 없이 보잘것없는 재주만 자랑하던 그는 말곰의 먹이가 되지 않을 수 없었다.

실력은 갖추지 않고 흉내만 낼 줄 아는 이 사냥꾼 같은 사람이 의외로 많다. 겉으로는 온갖 허풍을 떨고 큰소리를 치지만 정작 실제로 일을 해야 할 때는 꽁무니를 빼고 만다. 이들은 실력이 들통 나 곤경에 처했을 때 이를 모면하는 방법도 임시 미봉책에 불과한 잔꾀만 부린다. 무슨 일을 하건 필요한 지식과 실력을 쌓고 볼 일이다.

只會吹哨的獵人

鹿畏䝔, 䝔畏虎, 虎畏羆, 羆之狀, 被髮人立, 絕有力而甚害人焉. 楚之南有獵者, 能吹竹爲百獸之音. 昔云持弓矢罌火, 而卽之山, 爲鹿鳴以感其類, 伺其至, 發火而射之. 䝔聞其鹿也, 趨而至, 其人恐, 因爲虎, 而駭之. 䝔走而虎至, 愈恐, 則又爲羆. 虎亦亡去, 羆聞而求其類, 至則人也, 捽搏挽裂而食之. 今夫不善內而恃外者, 未有不爲羆之食也.

『柳河東集』

화룡점정
畵龍點睛
그림 화　용 룡　점 점　눈동자 정

　남북조 시대 양梁나라에 장승요라는 이름난 화가가 있었다. 양나라 무제는 불교를 숭상하여 사방에 절을 세우고 장승요에게 벽화를 그리도록 명령했다.
　한번은 그가 금릉의 안락사에 가서 벽화를 그렸다. 벽에 흰 용을 네 마리나 그렸는데 긴 이빨과 발톱이 꼭 진짜 같았다. 그러나 네 마리 모두 눈동자를 그려 넣지 않았다. 이상하게 여긴 사람들이 물었더니 이렇게 대답했다. "눈동자를 그려 넣으면 용이 곧바로 날아가 버릴 것이오."
　허풍을 떤다고 생각한 사람들은 그러면 그럴수록 어서 그려 넣으라고 성화를 부렸다. 그는 성화에 못 이겨 두 마리에 눈동자를 그려 넣었다. 그러자 삽시간에 날씨가 변하며 큰비가 내리고 천둥과 번개가 치더니 용 두 마리가 벽을 뚫고 나와 검은 구름을 타고 하늘로 날아가 버렸다.
　벽에는 아직 눈동자를 그려 넣지 않은 두 마리만 남아 있었다.

장승요가 눈에 눈동자를 찍는 순간 그림의 용이 살아서 승천했다는 이야기는 물론 있을 법한 일이 아니지만 그만큼 무슨 일이든 가장 긴요한 부분이 있고, 그 긴요한 부분을 매듭지어야 전체가 완성된다는 말이다. 용의 승천은 모든 수양과 노력의 성취를 뜻한다. 사람들은 흔히 처음에는 기세 좋게 일을 시작하다가 끝에 가서는 유야무야로 끝내는 수가 많다. 무슨 일이든 끝을 잘 매듭지어야 한다. 끝이 좋아야 다 좋다는 말도 있잖은가?

사물의 가장 요긴한 부분을 끝내어 전체를 완성하거나 또는 글을 쓰거나 말을 할 때 관건이 되는 곳에 정밀하고 예리한 말을 써서 요지를 분명히 드러내어 내용을 한층 더 생동감 있게 하는 것을 화룡점정畵龍點睛이라고 한다.

畵龍點睛

武帝崇飾佛寺, 多命僧繇畵之 … 金陵安樂寺四白龍, 不點眼睛. 每云, 點睛即飛去. 人以爲妄誕, 固請點之 須臾, 雷電破壁, 兩龍乘雲騰去上天. 二龍未點眼者見在.
『歷代名畵記』

누가 아첨꾼인가
誰 是 佞 人
누구 수 이 시 아첨할 녕 사람 인

　하루는 당 태종이 후원에서 산책을 하고 있었다. 그는 푸른 잎사귀가 무성한 곧게 솟은 나무로 다가가 이모저모 한참 동안 감상한 다음 감동하여 말했다. "야, 정말로 좋은 나무로구나."
　말이 채 끝나기도 전에 시종 가운데 한 사람이 맞장구치며 그 나무를 계속 찬미했다. 태종이 돌아보니 그는 우문사급이었다. 태종은 정색하며 말했다. "위징이 늘 아첨하는 소인을 멀리 하라더니 그 말이 맞구나. 전에는 어떤 사람이 소인인지 확실히 몰랐지만 이제는 잘 알겠다."
　우문사급이 급히 머리를 조아리며 말했다. "문무백관들은 폐하 앞에서 언제나 시끄럽게 상소를 올리고 간하여 폐하께서 꼼짝도 못하게 합니다. 오늘은 제가 폐하의 뜻을 조금 따르겠습니다. 폐하께서는 천자의 귀하신 몸이지만 지금까지는 마음대로 못하셨을 테니까요."
　그 말에 태종의 노여움이 기쁨으로 변했다.

解 당 태종은 중국 역사상 가장 뛰어난 제왕으로 알려져 있다. 남의 충고에 겸허하게 귀를 기울여 들을 줄도 알고, 자기 잘못을 깨닫고 반성할 줄도 알았다. 구리로 거울을 삼으면 의관을 바르게 할 수 있고, 옛날로 거울을 삼으면 역사의 흥망성쇠를 알 수 있다고 할 만큼 역사 경험을 중시하고 교훈을 얻을 줄도 알았다. 그런 그도 교묘하게 아첨하는 말에는 넘어갈 수밖에 없었다.

誰是佞人

帝嘗玩禁中樹 曰, 此嘉木也. 士及從旁美嘆. 帝正色曰, 魏徵常勸我遠佞人, 不識佞人爲誰, 乃今信然, 謝曰, 南衙群臣面折廷爭, 陛下不得擧手. 今臣幸在左右, 不少有將順, 雖貴爲天子, 亦何聊. 帝意解.

『新唐書』「宇文士及傳」

나뭇잎 하나로 눈을 가리고
一 葉 障 目
_{한 일 잎 엽 가로막을 장 눈 목}

    초나라에 집안이 찢어지게 가난한데도 일은 안 하고 온종일 일확천금만 꿈꾸는 사람이 있었다. 어느 날 그는 『회남방』이라는 방술책을 뒤적이다가 사마귀가 매미를 잡을 때는 나뭇잎으로 완전히 몸을 가리는데, 그 나뭇잎만 있으면 사람도 몸을 숨길 수 있다는 글귀를 읽었다. 그래서 그는 책을 내던지고 숲으로 달려가 나무란 나무는 하나도 빼놓지 않고 샅샅이 뒤지고 다녔다.
    한참 찾아다니다가 마침내 커다란 사마귀 한 마리가 어떤 나뭇잎 뒤에 몸을 완전히 숨기고 있다가 나와서 두 팔을 치켜들고 매미를 향해 달려드는 것을 보았다. 그는 급히 나무 위로 올라가 손을 뻗어 그 잎사귀를 땄다. 그러나 너무 서두르는 바람에 잎사귀를 떨어뜨리고 말았다. 땅바닥에는 나뭇잎이 두텁게 쌓여 있어서 어느 게 어느 건지 분간할 수가 없었다. 그는 몇 말이나 되는 낙엽을 모조리 쓸어안고 집으로 돌아왔다.
    그런 다음 나뭇잎 하나를 들고 아내에게 물었다. "내 모습이 보이오?"
    베를 짜느라 바쁜 아내가 돌아다보며 말했다. "이 양반이 미쳤나. 보이지 그럼, 안 보일까요?"
    그는 다른 나뭇잎을 바꿔 들고 물었다. "아직도 보이오?"
    "보인다니까요."
    그는 아침부터 저녁까지 쉬지 않고 줄곧 나뭇잎을 바꿔 들며 물었다. 싫증이 나서 참을 수 없게 된 아내가 입에서 나오는 대로 대답했다. "안 보여요."
    "정말로?"

"몰라요. 안 보여요."

그는 너무나 기뻐서 서둘러 시장으로 달려갔다. 한 손에 나뭇잎을 들고 다른 손으로는 가게의 물건을 집어 들었다. 하지만 물건을 집어 오기도 전에 소리를 지르며 달려드는 사람들한테 붙들려 관청으로 끌려가고 말았다.

解 선진 시대의 도가 계열에 속하는 책인 『할관자鶡冠子』에 이런 구절이 있다. "귀는 소리를 잘 들어야 하고, 눈은 사물을 잘 보아야 한다. 그러나 아무리 눈과 귀가 밝아도 잎사귀 하나로 눈을 가리면 태산도 보이지 않고, 콩 두 알로 귀를 막으면 번개와 우레 소리도 들리지 않는다." 이 말은 조금이라도 외부의 사물에 가려지면 전체적인 국면을 파악할 수 없고, 명쾌하게 판단할 수 없다는 말이다. 주관적 판단이나 편견에 사로잡혀 객관적인 인식을 할 수 없는 것은 탐욕이라는 나뭇잎에 눈이 가리웠기 때문이다.

한편으로 이 우화는 책에만 의지하여 지식을 얻고 실제 사실과 경험에서 지혜를 얻지 않는 책상물림을 풍자한 이야기이기도 하다. 이 이야기에 나오는 바보는 『회남방』이라는 방술책의 기록을 곧이곧대로 믿고 실제에서 검증하려고 하지 않는 교조적 지식인의 모습이기도 하다. 이런 사람들은 나쁜 일을 하고도 자기가 알고 있는 얄팍한 지식과 논리로 이를 가리며 덮을 수 있다고 생각한다.

국부적인 것을 보고 전반적인 것을 보지 못하거나 일시적인 현상에 미혹되어 근본적인 문제를 보지 못하는 것을 일엽폐목一葉蔽目이라고 한다. 비슷한 성어로 '일엽장목 불견태산一葉障目 不見泰山'이라는 말도 있다.

一葉障目

楚人貧居, 讀淮南方, 得螳螂伺蟬自障葉 可以隱形. 遂於樹下仰取葉 螳螂執葉伺蟬, 以摘之. 葉落樹下, 樹下先有落葉, 不能復分別, 掃取數斗歸, 一一以葉自障, 問其妻曰, 汝見我下. 妻始時恒答言, 見 經日乃厭倦不堪, 紿云, 不見 嘿然大喜, 齎葉入市, 對面取人物, 吏遂縛詣縣.

『太平御覽』

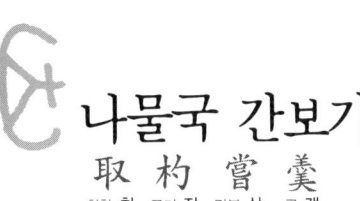

나물국 간보기
取杓嘗羹
취할 취 구기 작 맛볼 상 국 갱

어떤 사람이 나물국을 끓이고 있었다. 나무 국자로 한 국자 떠서 간을 보니 맛이 너무 심심했다. 그래서 소금을 조금 집어넣고 다시 그 나무 국자 속의 국을 맛보았다.

그래도 너무 심심하게 느껴져 다시 소금을 집어넣고 또 나무 국자 속의 국을 맛보았다. 이렇게 여러 번 되풀이하면서 커다란 단지의 소금을 다 집어넣었는데도 여전히 심심했다.

그는 놀라서 입을 딱 벌리며 참으로 이상한 일도 다 있다고 생각했다.

 解 솥 안의 국은 이미 여러 번 소금을 집어넣어 짠데도 국자 안의 국만 맛보면서 간을 맞추려고 하는 어리석은 사람이 있을까? 객관적인 현실의 변화를 반영하지 못하는 방법을 고집하는 사람, 실정에 맞지 않는 왜곡된 방법에 집착하고 제한된 자신의 주관적 판단만 믿고서 전체를 파악하고 있다고 생각하는 사람은 이 어리석은 사람과 같다.

取杓嘗羹

人有所羹者, 以杓嘗之, 少鹽, 便益之 後復嘗之向杓中者, 故云, 鹽不足. 如此數益升許鹽, 故不鹹, 因以爲怪.
『太平御覽』

# 1 장대를 성안으로 들여가는 방법
截竿入城
끊을 절 장대 간 들 입 성 성

    노나라의 어떤 시골 사람이 대나무 장대 몇 개를 어깨에 메고 성안으로 팔러 갔다. 그가 성문에 이르렀을 때 장대가 너무 길어서 똑바로 세우면 문에 걸리고, 옆으로 뉘어도 담에 걸려 들어갈 수가 없었다. 한참 동안 세웠다 눕혔다 수선을 피우고 있었다.
    그것을 본 어떤 노인이 수염을 쓰다듬으며 큰소리로 웃었다. "이 늙은이는 성인에는 견줄 수 없지만 그런 대로 식견은 넓다오. 장대를 톱으로 자르면 가지고 들어갈 수 있지 않겠소?"
    "잘라 버리면 좋은 값에 팔지 못합니다."
    "성안으로 들여가지 못하는 것보다는 훨씬 낫지."
    시골 사람은 생각해 보니 그럴 듯하다 싶어 톱을 빌려다 장대를 전부 둘로 잘라서 성안으로 가지고 들어갔다.

 견문이 짧고 고루하여 장대를 성안으로 들여가지 못한 시골 사람은 그렇다 치자. 자신을 성인보다는 조금 못하지만 식견이 많다고 뽐내면서 시골 사람을 한 수 가르친 이 늙은이는 뭐라고 해야 할까? 자기도 정작 잘 알지 못하면서 조금 안다고 남을 가르치려고 드는 사람이 의외로 많다. 조금만 융통성을 발휘하면 해결할 수 있는 문제를 오로지 자신의 경험에만 근거해서 판단하려고 든다. 자기 딴에는 그럴듯한 방법이라고 알려준 것이 장대를 쓰지 못하게 만드는 방법이었다.

截竿入城

魯有執竿入城門者, 初豎執之, 不可入, 橫執之, 亦不可入, 計無所出. 俄有老父至曰, 吾非聖人, 但見事多矣, 何不以鋸中截而入. 遂依而截之.

『太平廣記』

연석의 값
燕 石 珍 藏
나라이름 연 돌 석 보배 진 감출 장

송나라의 어떤 바보가 오대 동쪽에 있는 연산에서 무늬가 있는 돌을 주웠다. 그는 그것을 세상에서 보기 드문 진귀한 보물이라 여기고 집으로 가지고 와서 붉은 비단으로 열 겹이나 싸고 꽃을 새긴 나무 상자 열 개에 포개어 담았다.

주라는 지방에서 온 보석상이 이 말을 듣고 그를 찾아가 보여 달라고 부탁했다.

이 바보는 먼저 엄숙하고 경건하게 향을 피우고 목욕을 한 다음, 머리에 관을 쓰고 검은색 긴 두루마기를 걸치고서야 비로소 정성스럽게 나무 상자를 꺼내 와 하나씩 열고 돌을 꺼냈다.

돌을 본 상인은 입을 가리고 웃으며 말했다. "이 돌은 연석이라 하는데 벽돌이나 기와 조각처럼 한 푼의 가치도 없는 것이오."

송나라 사람은 발끈 화를 내며 자기 보물이 탐나서 값을 깎아 내리려는 것이라 여기고 더욱 조심스럽게 돌을 간수했다.

식견이 모자라는 이 바보는 겉만 그럴싸한 돌멩이를 보석으로 잘못 알았다. 겉을 아무리 화려하게 꾸민다 해도 돌멩이는 돌멩이일 뿐이다. 붉은 비단으로 열 겹이나 싸고 상자 열 개에 포개 간직한다 해도 돌멩이가 보물이 될 리는 없다. 그는 남들이 돌멩이의 객관적인 가치를 알려주어도 믿으려 하지 않았다. 이 우화는 자신의 보잘것없는 재능이나 능력을 과대 포장하고 과신하는 사람이 얼마나 우스운 꼴을 보이는지 가르쳐준다.

燕石珍藏

宋之愚人, 得燕石於梧臺之東, 歸而藏之以爲大寶. 周客聞而觀焉. 主人端冕玄服以發寶, 華匱十重, 緹巾十襲. 客見之, 盧胡而笑曰, 此燕石也與瓦甓不異. 主人大怒, 藏之愈固.
『太平御覽』

벽돌을 갈아 거울로
磨 磚 作 鏡
갈 마 벽돌 전 지을 작 거울 경

남악 형산에는 관음대가 있는데, 그 사당은 장엄하고 공양을 드리는 사람이 많았다. 어느 날 회양 선사가 불전으로 천천히 걸어갔더니 마조 스님이 방석 위에 단정히 앉아 있었다. 마조 스님은 마음을 가라앉히고 합장을 한 채 눈을 감고 선정에 들어가 있는 듯이 보였다. 그가 부처가 되고 싶어 한다는 것을 아는 회양 선사는 속으로 웃으며 이끼 낀 벽돌을 골라 땅바닥에 놓고 쓱쓱 갈기 시작했다.

그 소리에 마음이 산란해진 마조 스님이 눈을 뜨고 보니, 스승이 벽돌을 갈고 있는 것이었다. "무얼 하고 계십니까?"

회양 선사가 대답했다. "벽돌을 갈아 거울을 만들려고."

마조가 웃으며 말했다. "벽돌은 벽돌일 뿐인데 그걸 간다고 거울이 되겠습니까?"

회양이 대답했다. "벽돌을 갈아서 거울을 만들 수 없다고 한다면, 주저앉아 있기만 한다고 부처가 될 수 있겠느냐?"

마조 스님은 기분이 언짢아 말했다. "무슨 말씀이십니까?"

회양 선사가 대답했다. "소에게 수레를 끌게 했는데 수레가 앞으로 나아가지 않으면 소를 때려야겠느냐, 아니면 수레를 때려야겠느냐?" 마조 스님은 어물거리며 대답하지 못했다.

회양 선사가 낭랑하게 말했다. "자네가 참선을 하는 건 부처가 되기 위해서지. 부처가 되는 건 마음속의 깨달음이라서 그렇게 주저앉아 가지고서는 근본적으로 될 수 없는 일이야. 부처의 본질이란 고정된 모습이 없으므로 마음을 어떤 사물에도 두지 않아야 하네. 자네는 주저앉아서 부처를 흉내 내려고 하지만 그것은 부처를 죽이는 행위라네. 밖으로 드러난 모습에만 집착한다면 영원히 부처의 진리에 도달하지 못할 것이야."

 마음속으로 깨닫지 못한다면 아무리 부처의 흉내를 낸들 부처가 될 수 없다. 중생을 떠나서 부처가 없고, 부처 밖에 중생이 없다고 한다. 부처는 정해져 있는 실체가 아니고 상이 아니다. 그래서 『금강경』에서는 모든 상이 상이 아니라는 것을 알 때 여래를 볼 것이라고 했다. 개인의 망집과 분별을 버리고 상을 상 그대로 봐야 바로 볼 수 있다고 한다. 마전작경磨磚作鏡 또는 마전성경磨磚成鏡은 도저히 실현 불가능한 일을 가리키는 말로 쓴다.

磨磚作鏡

(馬祖坐禪) 師知是法器, 往問曰, 大德坐禪圖什麼. 一日, 圖作佛 師乃取一磚, 於彼庵前石上磨. 一日, 師作什麼 師曰, 磨作鏡. 一日, 磨磚豈得成鏡邪. 師曰, 坐禪豈得作佛邪. 一日, 如何即是 師曰, 如牛駕車, 不行, 打牛即是, 打車即是 一無對. 師又曰, 汝學坐禪, 爲學坐佛, 若學坐禪, 禪非坐臥. 若學坐佛, 佛非定相, 於無住法, 不應取捨. 汝學坐佛, 即是殺佛, 若執作相, 非達其理.

『景德傳燈錄』

그대가 독 속으로 들어가시오
請 君 入 甕
청할 청 임금 군 들 입 독 옹

어떤 사람이 문창우승 벼슬에 있는 주흥과 구신적이 모의하여 반역을 일으키려 한다고 밀고했다. 측천무후가 내준신에게 이 사건을 담당하도록 했다.

내준신은 어느 날 주흥을 식사에 초대하여 밥을 먹으면서 재판과 안건 심리에 대해 이야기했다. 내준신이 송사를 처리하기가 아주 어렵다는 듯이 주흥에게 이렇게 말했다. "요즘은 죄를 짓고 잡혀 와도 죄를 자복하지 않는 죄수가 너무 많아 아주 골치가 아픕니다. 무슨 좋은 방법이 없을까요?"

주흥이 겨우 그런 일로 골치를 썩이느냐는 듯이 의기양양하게 말했다. "그건 아주 쉬운 일이지요. 커다란 독을 하나 갖다 놓고 사방에 숯불을 피워 벌겋게 달군 다음, 죄수를 독 속에 집어넣으면 무슨 일이든지 불지 않고는 못 배기지요."

내준신은 즉시 큰 독을 가져오게 하더니 주흥이 일러준 방법대로 사방에 숯을 피워 독을 벌겋게 달구었다. 그런 뒤 일어나서 정색하며 말했다. "지금 궁궐에서 그대를 심문하라는 명령이 내려왔소. 자, 이제 그대가 이 독 속으로 들어가도록 하시오."

주흥은 혼비백산하여 부들부들 떨면서 바닥에 머리를 찧으며 죄를 인정했다.

解 자기가 만든 법에 자기가 걸려 든 꼴이다. 자업자득이고 자승자박이다. 이럴 때 쓰는 성어가 청군입옹請君入甕이다. 주흥은 자기가 걸려들 줄은 모르고 무자비하고 잔인한 형벌을 고안했다가 자기가 뒤집어썼다. 인권 의식이 발달하지 않았던 옛날에는 죄를 인정하지 않는 피고에게 무조건 잔인한 방법으로 고문하여 자백을 받아 내려고 한 경우도 많았다. 그러나 그런 가운데도 현명한 재판관은 죄인 열 사람을 놓치더라도 무고한 한 사람을 억울하게 죄인으로 만들어서는 안 된다는 정신으로 사건 심리에 최선을 다해 공권력에 원한을 품지 않도록 만전을 기했다.

請君入甕

或告文昌右丞周興與丘神勣通謀. 太后命來俊臣鞫之. 俊臣與興方推事對食, 謂興曰, 囚多不承, 當爲何法. 興曰, 此甚易耳. 取大甕, 以炭四周炙之, 令囚入中, 何事不承. 俊臣乃索大甕, 火圍如興法, 因起謂興曰, 有內狀推兄, 請兄入此甕. 興惶恐叩頭伏罪.

『資治通鑑』

재상의 재판
宰相辨案
재상 재 정승 상 힘쓸 판 책상 안

한 대신이 두 아들에게 재산을 똑같이 나눠 가지도록 유언하고 죽었다. 막 분배를 마친 두 형제가 말다툼을 하였다. 형은 동생 몫이 많다고 하고, 아우는 형의 몫이 많다고 했다.

두 사람은 닭이 날고 개가 뛰는 것처럼 쫓고 쫓기며 한 덩어리가 되어 싸우다가 마침내 관아에 고소하러 갔다. 판결을 내리지 못한 재판관은 재상에게 재판을 해주도록 청했다.

재상인 장제현이 물었다. "너희 두 사람의 고소장에 적힌 것이 사실이겠지?"

"사실입니다." 형제가 일제히 소리쳤다.

"알았다. 그럼 이렇게 하도록 한다." 재상은 두 사람에게 서명을 하라고 명령한 뒤 판결을 내렸다. "형은 동생 몫이 많다고 했으니 동생의 몫하고 바꾸고, 동생은 형의 몫이 많다고 했으니 형의 몫과 바꾸어라. 곧바로 시행하라."

형제는 어안이 벙벙하여 아무 말도 하지 못했다.

형제가 서로 의좋게 나누고 양보할 줄은 모르고 부모의 유산을 놓고 서로 자기 상속분이 적고 상대방의 몫이 많다고 다투었다. 서로 큰 것을 원하니까 재판관의 처지에서는 공평하게 원하는 것을 들어 줄 수밖에 없어서 형의 몫이 많다고 하는 동생에게는 형의 재산을 주고, 동생의 몫이 많다고 주장하는 형에게는 동생의 재산을 주어 공평하게 처리했다. 요즘 재판의 상식으로는 이해할 수 없지만 나름대로 교훈을 준다. 남의 손에 든 떡이 더 커 보인다고 탐욕스러운 눈으로 보면 항상 자기 것보다 남의 것이 더 많아 보인다. 욕심에는 끝이 없기 때문이다.

宰相辨案

時咸里有分財不均者更相訟 又入宮自訴 齊賢曰, 是非臺府所能決, 臣請自治, 上俞之 齊賢坐相府, 召訟者問曰, 汝非以彼所分財多, 汝所分少乎. 曰, 然. 命具款. 乃召兩吏, 令甲家入乙舍, 乙家入甲舍, 貨財無得動, 分書則交易之.

『宋史』「張齊賢傳」

평범해진 신동
傷 仲 永
상할 상 버금 중 길 영

　강서의 금계현에 선조 대대로 남의 소작 농사를 짓고 사는 방씨 집안이 있었다. 그 집안에는 방중영이라는 아이가 있었는데, 이 아이는 다섯 살이 되었을 때 어느 날 갑자기 붓과 종이를 달라고 떼를 썼다. 그의 아버지는 기이하게 여기고 이웃집에 가서 붓과 종이를 빌려다 주었다. 중영은 밥상 위에 큰 종이를 펼쳐 놓고 붓을 움켜쥐고는 네 구절로 된 시를 한 수 쓰고 제목까지 붙였다. 어버이를 잘 모시고 겨레가 화목하게 단합해야 한다는 내용이었다. 이 시를 온 고을의 선비들이 돌아가면서 읽어보았다. 그 뒤부터 누가 아무 물건이나 하나를 가리키면서 시를 지어 보라고 하면 중영은 짙은 먹물을 잔뜩 묻혀 그 자리에서 시를 지었다. 시구가 절절하고 막힘이 없어 참으로 볼만했다. 그래서 온 고을에 칭찬이 자자했다.
　중영이 신동이라는 명성이 파다하게 퍼지자 같은 고을에 사는 사람들이 그의 재능을 기특하게 여겨 다투어 그의 아버지를 손님으로 초대하고 돈이나 곡식을 선물하기도 했다. 그의 아버지는 뜻밖에 아이의 재능으로 돈을 벌 수 있다는 생각이 들어 날마다 아들을 이끌고 여기저기 찾아다니며 재주를 펼쳐 보이게 하고 공부는 하나도 시키지 않았다.
　왕안석이 경성에 있을 때 중영의 명성을 들었다. 어느 해 그는 선친을 따라 고향으로 돌아갔다가 외삼촌댁에서 열두세 살 된 중영을 보았다. 왕안석은 호기심에 끌려 그에게 시를 짓도록 했다. 중영은 한참 동안 머리를 긁적이더니 시 한 수를 힘들여 썼는데 소문으로 듣던 것에 비해 훨씬 못했다.
　또 7, 8년이 지나 왕안석이 다시 외삼촌댁에 갔을 때 중영에 대해 물었더니 외삼촌이 말했다. "그 아이? 이젠 평범하다네. 다른 아이들과 전혀 다를 게 없다네."

解 타고난 재능과 자질이 남달리 총명하고 영특한 아이들이 있다. 이런 재능을 가진 영재나 천재를 일찍부터 발굴하여 능력을 키우면 사회나 국가를 위해 큰일을 할 수 있다. 문제는 영재가 자신의 잠재적인 재능을 계발할 수 있는 환경과 여건을 만들어 주는 일이다. 아무리 타고난 자질이 특이하더라도 그 자질은 어디까지나 잠재적인 가능성일 뿐이다. 후천적인 노력이 없다면 천부적인 자질이 아무리 뛰어나도 그 능력은 아무런 의미가 없다. 그런데도 특이한 재능을 가진 아이의 부모나 주위 사람들이 아이의 능력을 신기한 구경거리라도 되는 듯 한때 보고 즐기는 대상으로만 여겨 남들에게 뽐내고 과시하려고만 한다면 더 이상 그 재능을 계발하고 발전시킬 수 없다.

우리 주위에도 특이한 재능을 알아보고 이끌어 주는 사람을 만나지 못해 재능을 사장시키는 안타까운 경우를 수없이 볼 수 있다. 남다른 기대에 대한 중압감, 특이한 능력 때문에 받는 따돌림, 체계적인 교육을 받지 못해 능력을 계발하지 못하는 데 대한 좌절감 등 이런 심리적 사회적 요인 때문에 영재들이 자신의 재능을 도리어 질곡으로 여긴다면 그 책임은 사회가 져야 한다. 이 이야기는 특히 교육에 종사하는 사람들과 교육에 관심이 있는 사람들에게 시사하는 점이 크다.

傷仲永

金谿民方仲永, 世隷耕. 仲永生五年, 未嘗識書具. 忽啼求之 父異焉, 借旁近與之, 即書詩四句, 並自爲其名. 其詩以養父母收族爲意. 傳一鄕秀才觀之. 自是指物作詩立就, 其文理皆有可觀者. 邑人奇之, 稍稍賓客其父, 或以錢幣乞之. 父利其然也, 日扳仲永環謁於邑人, 不使學. 余聞之也久. 明道中, 從先人還家, 於舅家見之, 十二三矣. 令作詩, 不能稱前時之聞. 又七年, 還自揚州, 復到舅家問焉. 曰, 泯然衆人矣.

『王文公文集』

대야를 두드리고 촛불을 만지며
扣 盤 捫 燭
두드릴 구 소반 반 어루 문 촛불 촉
만질

    태어날 때부터 두 눈이 멀어 해를 본 적이 없는 사람이 있었다. 그는 해의 모양을 몹시 알고 싶어 눈이 밝은 사람에게 물었다. 그 사람은 놋대야를 가지고 와서 말했다. "해는 이 세숫대야처럼 둥글지요."
    장님이 놋대야를 끌어당겨 귀에 바싹대고 두드려 보았더니 뎅뎅 소리가 났다. 그는 알았다는 듯이 고개를 끄덕였다.
    며칠 뒤 장님은 길에서 뎅뎅거리는 종소리를 듣고 기뻐하며 말했다. "저건 해다."
    곁에 있던 사람이 그 말을 듣고 말했다. "그렇지 않소. 해는 빛을 내는 것이라오. 불타오르는 초처럼 말이오."
    그러고는 초를 가져다 만져 보도록 했다. 장님은 그것을 마음에 잘 기억해 두었다.
    어느 날 대나무 피리를 만져 보고 나서 그가 말했다. "이건 분명히 해야."

解 장님은 단편적인 지식에 의존해 억측을 했을 뿐 여러 관념을 복합적으로 판단할 줄 몰랐다. 그래서 모양을 가르쳐 주려고 하면 소리로 파악하고, 뜨거운 감각으로 가르쳐 주려고 하면 외양의 감각만 기억해 두었다. 사실 이런 여러 단편적인 관념을 종합했더라면 정확한 관념은 갖지 못한다 하더라도 해는 둥글고 뜨거운 불과 같은 것이라는 정도의 아주 상식적인 관념은 얻었을 것이다.

그러나 이 우화를 교육의 관점에서 달리 생각해볼 수도 있다. 곧 장님에게만 문제가 있는 것이 아니라 날 때부터 눈이 어두운 장님에게 해의 성질과 모양을 가르쳐 준 두 사람에게도 문제가 있다는 것이다. 이들은 모두 장님의 특성을 무시하고 한 가지 관점만 가르쳤다. 한 사람은 장님에게 놋대야의 모양으로 해의 모양을 유추할 수 있게 해주었지만 장님이 놋대야의 모양을 헤아리지 않고 두드려서 소리를 내 보리라는 것은 예상하지 못했다. 또 한 사람은 촛불의 뜨거운 성질로 해의 성질을 가르쳐 주려고 했지만 장님이 촛불을 만지지 않고 초의 모양으로 유추하리라고는 생각지도 못했다. 둥근 모양과 뜨거운 성질을 한꺼번에 가르쳤어야 했다.

扣盤捫燭

生而眇者不識日. 問之有目者 或告之曰, 日之狀如銅盤 扣盤而得其聲. 他日聞鐘, 以爲日也. 或告之曰, 日之光如燭. 捫燭而得其形. 他日揣籥以爲日也.

『東坡集』「日喩」

궤변을 좋아한 사람
好辯論的人
좋아할 호 말잘할 변 논할 론 어조사 적 사람 인

영구 지방에 어떤 선비가 있었다. 그는 사리를 잘 파악하지 못하고 매사에 쓸데없이 따지기를 좋아했다. 그러나 따지고 들수록 이치에서 멀어지기 일쑤였다.

하루는 그가 애자를 찾아가 물었다. "큰 수레와 낙타 목에 방울이 달려 있는 것은 무엇 때문인가요?"

애자가 대답했다. "수레와 낙타는 덩치가 워낙 커서, 밤길을 갈 때 좁은 길에서 마주치면 갑자기 피하기 어려우니까 방울을 매달아 상대방이 그 소리를 듣고 길을 비키도록 하기 위한 것이라오."

영구 사람이 말했다. "그럼 탑 위에 있는 방울도 밤에 길을 가다 서로 피하도록 하려는 것이란 말입니까?"

애자가 말했다. "당신은 전혀 사리를 모르는군요. 새들은 높은 곳에 둥지 틀기를 좋아하지요. 그래서 새똥이 마구 떨어지기 때문에 탑 위에 방울을 걸어 바람이 불면 울리도록 해서 새를 쫓으려는 것이랍니다. 왜 그것을 수레나 낙타와 비교하는 건가요?"

영구 사람이 또 물었다. "새매의 꼬리에도 방울이 달려 있는데 어떻게 새들이 새매의 꼬리에 둥지를 튼단 말입니까?"

애자가 껄껄 웃으며 대답했다. "당신은 참으로 이상한 사람이군요. 전혀 사리를 이해하지 못하는군요. 새매가 참새를 잡거나 숲으로 날아갈 때 다리에 묶여 있는 끈이 가지에 걸리기 쉽지요. 푸드득거릴 때 방울이 울리면 사람이 그 소리를 듣고 찾을 수 있도록 하기 위한 것이지요. 어떻게 새가 둥지 트는 걸 막기 위해서라고 할 수 있겠소?"

영구 사람이 계속 물었다. "저는 상여가 나가는 것을 보았는데 앞선 사람이 방울을 흔들면서 노래를 부르더군요. 전에는 전혀 그것이 무슨 뜻인지 몰랐어요. 이제야 그것이 나뭇가지에 발이 걸릴까 봐 그런다는 걸 알았습니다. 그런데 사람의 발에 묶여 있는 끈이 가죽인지 삼인지는 모르겠군요."

애자는 정말 참을 수가 없어서 말했다. "그것은 죽은 사람에게 길을 열어 주려는 것이랍니다. 왜냐하면 그 죽은 사람이 생전에 무턱대고 따지기만 좋아했기 때문에 방울을 흔들어 마지막 가는 길을 닦아주려는 것이지요."

 낙타와 큰 수레에 단 방울은 분명히 서로 부딪히는 것을 막기 위해 달아 둔 것이다. 그러나 다른 방울이 모두 부딪히는 것을 막기 위해 달아 둔 것은 아니다. 남에게 자신의 위치를 알리기 위한 것, 짐승이나 벌레를 쫓기 위한 것, 방향을 알리기 위한 것도 있다. 이와 같이 종류에 따라 각각 쓰임새가 달라도 방울의 본질은 같기 때문에 방울이라고 한다. 그런데 이런 방울의 여러 기능은 무시하고 한 가지 기능으로만 규정하려 함으로써 점점 궤변으로 흘렀다. 궤변을 늘어놓는 사람은 겉으로 유사한 것을 가지고 견강부회하거나 개념을 치환하여 문제를 어지럽힌다. 변론의 목적은 시비를 분명히 가리려는 것이지만 궤변의 목적은 문제를 어지럽히고 시비를 뒤섞어서 진리를 은폐시키려는 것이다.

好辯論的人

營丘士, 性不通慧 每多事, 好折難而不中理. 一日造艾子而問曰, 凡大車之下, 與橐駝之項, 多綴鈴鐸, 其故何也 艾子曰, 車駝之爲物, 甚大且多. 夜行忽狹路相逢, 則難於迴避. 以藉鳴聲相聞, 使預得迴避爾. 營丘士曰, 佛塔之上, 亦設鈴鐸, 豈謂塔亦夜行, 而使相避邪. 艾子曰, 君不通事理, 乃至如此. 凡鳥鵲多托高以巢, 糞穢狼藉. 故塔之有鈴, 所以警鳥鵲也, 豈以車駝比邪. 營丘士曰, 鷹鷂之尾, 亦設小鈴, 安有鳥鵲巢於鷹鷂之尾乎. 艾子大笑曰, 怪哉 君之不通也. 夫鷹隼擊物, 或入林中, 而絆足絛綫, 偶爲木之所縮, 則振羽之際, 鈴聲可尋而索也, 豈謂防鳥鵲之巢乎. 營丘士曰, 吾嘗見挽郞秉鐸而歌 雖不究其理, 今乃知恐爲木枝所縮而便於尋索也, 抑不知縮之足者, 用皮乎, 用綫乎, 艾子慍而答曰, 挽郞乃死者之導也, 爲死人生前好詰難, 故鼓鐸以樂其屍耳.

『艾子雜説』

오리에게 사냥을 시키다니
買 鴨 捉 兎
살 매 오리 압 잡을 착 토끼 토

옛날에 어떤 사람이 매를 길러 산토끼를 잡으면 돈을 많이 벌 수 있다는 이야기를 듣고 자기도 한번 매사냥을 해 볼 생각을 했다. 그러나 그는 매가 어떻게 생겼는지 한 번도 본 적이 없어 거리에서 팔고 있는 오리를 매라 여기고 그 가운데 가장 살찐 놈 한 마리를 사다 들에 나가 사냥을 시켰다.

우거진 수풀에서 토끼가 튀어나오자 그는 급히 오리를 공중으로 던지며 토끼를 쫓으라고 소리쳤다. 날지 못하는 오리는 꽥 소리를 지르며 땅바닥에 떨어지고 말았다. 오리를 잡아서 다시 던져 봐도 마찬가지였다. 이렇게 서너 번 던지고 났더니 오리는 머리가 깨질 지경이 되었다.

갑자기 오리가 비틀비틀 일어나더니 말했다. "나는 오리지 매가 아니오. 나는 사람들이 잡아먹기 위해 기르는 오리란 말이오. 왜 나를 집어던져서 이 고생을 시키는 거요. 잡아먹으려면 곱게 잡아먹을 것이지."

"아니, 넌 매가 아니라고? 나는 토끼 잡는 매인 줄 알았더니 오리란 말이냐?" 이 사람은 너무나 놀랐다.

오리는 자기 물갈퀴를 들어 보이며 어이가 없어서 웃으면서 말했다. "내 발을 보시오. 토끼를 잡을 수 있게 생겼는지."

매는 훈련을 시켜 사냥에 쓰고, 오리는 먹여서 살을 찌워 알을 낳게 하거나 잡아먹는다. 토끼를 잡는 매인지 잡아먹기 위해 기르는 오리인지도 모르고 사냥을 하는 사람이 있을까? 실제로 이런 사람이 있을 법하지는 않다. 이 우화는 사람을 알아보지 못하고 제대로 쓸 줄 모르는 지도자를 풍자한 이야기이다. 사람을 제대로 알아보고 쓰기 위해서는 어떤 능력과 자질을 가지고 있는지, 어떤 일에 적합한지를 파악하고 겉으로 드러난 허명에 현혹되지 말고 실제 능력을 면밀히 검토해야 한다.

買鴨捉兎

昔有人將獵而不識鶻, 買一鳧而去, 原上兎起, 擲之使擊. 鳧不能飛, 投於地. 又再擲, 又投於地. 至三四. 鳧忽蹣跚而人語曰, 我鴨也. 殺而食之, 乃其分. 奈何加我以抵擲之苦乎. 其人曰, 我謂爾爲鶻, 可以獵兎耳, 乃鴨耶. 鳧擧掌而示, 笑以言曰, 看我這脚手, 可以搦得他兎否.

『艾子雜說』

고기를 먹는 사람은 머리가 좋다
肉食者智
고기 육 먹을 식 사람 자 지혜 지

애자의 이웃에 제나라 출신의 촌뜨기들이 살았다. 하루는 이 사람들이 모여서 서로 이야기를 했는데, 그 가운데 한 사람이 한숨을 쉬며 말했다. "우리도 저 양반과 마찬가지로 똑같은 사람으로 태어났는데 왜 저 양반은 저렇게 슬기롭고 우린 이렇게 바보일까?"

그러자 또 한 사람이 말했다. "그건 쉬운 문제야. 양반들은 날마다 고기를 먹기 때문에 슬기롭고, 우리는 날마다 거친 싸라기로 배를 채우니 어리석은 게지."

먼젓번 사람이 기뻐하며 말했다. "그거 그럴듯하군. 내게 마침 곡식을 팔고 받은 돈이 있으니 돼지고기를 사 먹고 시험을 해보세."

며칠 뒤 두 촌뜨기가 다시 만났다. 그들은 뭔가 크게 느낀 듯 말했다. "과연 그렇더군. 며칠 동안 고기를 먹었더니 내 머리가 많이 영리해졌어. 무슨 일에든 잘 대처할 수 있단 말이야. 지혜가 생겼을 뿐만 아니라 이치까지도 깨달을 수 있었어."

한 사람이 자랑스럽게 말했다. "사람의 발이 왜 앞을 향하고 있는지 아는가? 뒤에 있으면 남에게 밟힐까 봐 그런 거라네."

"대단한 걸 알았군. 나는 왜 사람의 콧구멍이 아래를 보고 있는지 알았다네. 비가 올 때 빗물이 들어갈까 봐 그런 걸세." 이렇게 두 사람은 서로 슬기로워졌다고 칭찬했다.

그 이야기를 들은 애자가 탄식을 하며 말했다. "날마다 고기를 먹고 부귀를 누리는 사람의 머리도 이들과 다를 게 없는 것을."

고기에는 단백질이 많아 성장과 신진대사에 도움이 된다. 사실 고기를 먹을 수 있는 사람은 그만큼 물질적 여건이 넉넉하다는 뜻이다. 생활 여건이 넉넉하면 아무래도 경험의 폭과 지식과 정보를 받아들일 수 있는 기회가 많아서 지혜로워질 수도 있다. 그러나 애자가 탄식한 것처럼 경제적 여건이 넉넉한 사람도 경제적 역량을 지혜를 늘리는 데 쓰지 않고 육체적 향락에만 쏟아서 지혜가 없기는 마찬가지이다.

옛 사람들은 고기를 먹는 자는 천박하여 원대한 일을 할 수 없다고 했다. 그만큼 사치스럽고 안일하게 지내는 데 젖어 들어 개인의 향락에만 관심을 쏟을 뿐, 세상을 넓게 보고 사회 공동체의 공동 관심사에 무관심하기 때문이다. 순진하게도 촌뜨기처럼 고기를 먹어야 지혜로워진다고 생각할 필요가 없다. 치열한 현실의 삶 속에서 얼마든지 지혜를 넓혀 갈 수 있다. 오히려 고통스러운 현실을 극복하는 삶 속에서 지혜가 자란다.

肉食者智

艾子之隣 皆齊之鄙人也 聞一人相謂曰 吾與齊之公卿 皆人而稟三才之靈者 何彼有智 而我無智 一日 彼日食肉 所以有智 我平日食粗糲 故少智也其問者曰 吾適有糶粟錢數千 姑與汝日食肉試之數日 復又聞彼二人相謂曰 吾自食肉後 心識明達觸事有智 不從有智 又能窮理 其一日 吾觀人脚面前出甚便 若後出豈不爲繼來者所踐 其一日 吾亦見人鼻窮 向下其利 若向上 豈不爲天雨注之乎 二人相稱其智 艾子嘆曰 肉食者其智若此

『艾子雜說』

한단의 위기
邯鄲垂亡
땅이름 한 조나라 단 드리울 수 망할 망
서울

　진나라가 장평에서 조나라를 쳐부수고 사십만 명을 매장하고는 병사를 전진시켜 조나라의 수도 한단을 포위했다. 제후들의 구원병이 당도했지만 벽처럼 늘어서 있기만 할 뿐 아무도 나서서 싸우려고 하지 않았다.
　한단이 곧 망하려 하는데도 평원군은 아무런 대책도 없이 집에서 근심스럽게 앉아 있다가 관아의 아전을 보고 물었다. "재상의 관부에서 아직 끝내지 못한 일이 있는가?"
　아전이 대답을 못하고 있는데 신원연이 좌중에서 말했다. "성 밖의 도적들을 잡지 못한 일만 남아 있을 뿐입니다."

解 이 우화 속의 관료들은 나라가 망할 위기에 처했는데도 복지부동과 무사안일주의를 일삼아 정세를 분석하고 정책을 건의하여 문제를 해결하려고 하지 않고 있다. 위급한 상황을 타개할 책임이 있는 지도자도 무능하여 아무런 대책을 세우지 못하고, 지도자를 도와 정책을 건의해야 할 보좌관들도 정보를 차단하고 이기주의와 무사안일주의에 젖어 구차하게 무사태평을 구가하면 나라는 반드시 망한다. 권력을 가지고 있으면 반드시 지녀야 할 도덕성과 국가를 이끌어 갈 경륜을 갖추지 못한 지도자, 국제 정세의 심각한 변화에 적극적으로 대응하지 못하고 우물 안 개구리 모양 좁은 세계에서 당파의 이익만 추구하고 정쟁만 일삼는 정치가들, 정확하고 객관적으로 정세를 분석하여 최고 지도자가 올바른 정책을 입안하도록 돕지는 않고 개인의 이익과 출세에만 힘을 쓰는 보좌관들, 정권이 바뀌더라도 자리는 바뀌지 않는다고 생각하며 자기 자리를 지키는 데만 급급한 관료들의 모습은 나라가 곧 망하는 위기 상황에서도 성 밖의 도적만 잡으면 된다고 흰소리하는 이들의 모습과 똑같다.

邯鄲垂亡

秦破趙於長平, 坑衆四十萬, 遂以兵圍邯鄲. 諸侯救兵列壁而不敢前, 邯鄲垂亡. 平原君無以爲策, 家居愁坐, 顧府吏而問曰, 相府有何未了公事. 吏未對, 辛垣衍在坐, 應聲曰, 唯城外一伙竊盜未獲爾.

『艾子雜說』

개구리가 우는 까닭
蝦蟆夜哭
두꺼비 하 두꺼비 마 밤 야 울 곡

애자가 배를 타고 바다를 떠다니다가 어느 날 밤 어떤 섬에서 묵게 되었다. 한밤중에 문득 누군가가 서럽게 우는 소리가 들려와 잠에서 깼다. 일어나 앉아서 가만히 듣고 있자니까 울음소리에 섞여 말소리가 들려왔다.

"어제 용왕님이 명령을 내렸는데, 물짐승 가운데 꼬리가 있는 것들은 다 죽인다고 하더라. 나는 악어라 꼬리가 달려 있어서 죽을 것이 두려워 운다. 그런데 너 개구리는 꼬리도 없잖니? 그런데 왜 우니?"

개구리의 대답인 듯한 소리가 들려왔다. "그래, 그런 명령이 내렸다는 것은 나도 알고 있어. 그런데 나는 지금은 다행히 꼬리가 없지만 내 올챙이 적 일을 문제 삼을까 봐 겁이 나서 우는 거야."

 법이 발달한 현대 사회에도 자의적으로 법을 집행하여 연좌제, 소급 적용 같은 반인권적, 반민주적 폭력을 부리는 경우가 있다. 법의 형평성이라는 이념과 시민이 실제로 느끼는 법의 정서 사이에는 현격한 차이가 있는 것이 사실이다. 공권력은 법을 객관적으로 공정하게 적용한다고 신뢰할 수 있도록 해야 한다.

蝦蟆夜哭

艾子浮于海. 夜泊島嶠. 中夜聞水下有人哭聲. 復若人言, 遂聽之.
其言曰, 昨日龍王有令, 應水族有尾者斬. 吾鼉也. 故懼誅而哭.
汝蝦蟆無尾, 何哭. 復聞有言曰, 吾今幸無尾. 但恐更理會蝌蚪時事也.
『艾子雜説』

그래도 물어 봐야 한다
也須問過
어조사 **야** 모름 **수** 물을 **문** 지날 **과**
지기

어느 날 석가모니는 보리수 아래 단정히 앉아 마음을 가라앉히고 선정에 들었다. 문득 귓전에 들려오는 울부짖는 소리를 듣고 두 눈을 뜨고 보니, 두 농부가 살찐 돼지를 운반하고 있는 중이었다. 석가모니가 물었다. "당신들이 가지고 가는 건 무엇이오?"

농부가 웃으며 되물었다. "부처님의 지혜는 끝이 없다고 하던데 돼지도 모르신단 말씀입니까?"

석가모니는 합장하고 말했다. "알아도 물어 봐야 한다오."

 모든 지혜가 원만 구족한 부처님이 돼지를 몰라서 물어봤겠는가? 그럴 수도 있다. 지혜와 지식은 다른 것이기 때문이다. 부처님이 오늘날 이 땅에 내려와서 컴퓨터를 처음 접한다면 바로 컴퓨터를 사용할 수 있을까? 우스운 질문 같지만 사실 이런 질문은 굳이 할 필요도 없다. 부처님은 삶의 지혜를 깨달은 사람이지 눈 깜짝할 사이에 생겨나는 갖가지 지식과 정보에 통달한 사람이 아니다. 새로 생겨나는 지식과 정보는 누구라도 물어 봐야 한다. 알아도 물어봐야 한다는 말은 그만큼 자신의 지식과 지혜에 자만하지 말고, 겸허하게 끊임없이 묻고 되물어 탐구해 나아가라는 말이다. 공자도 아랫사람에게 묻는 것을 부끄러워하지 않은 어떤 사람을 칭찬했다.

也須問過

世尊一日坐次, 見二人舁豬過, 乃問, 這個是什麽. 曰, 佛具一切智, 豬子也不識. 世尊曰, 也須問過

『五燈會元』

부처를 불사른 스님
丹 霞 燒 佛
붉을 단 놀 하 사를 소 부처 불

한겨울 섣달에 큰 눈이 펄펄 날렸다. 탁발을 나갔던 단하 스님은 '낙동 혜림사' 라는 편액이 걸려 있는 절을 지났다. 그가 바람과 눈을 피해 사당 안으로 들어가니 불전 안은 텅 비어 쥐 죽은 듯이 고요했다. 손발이 꽁꽁 언 단하 스님은 향이 놓인 탁자에서 나무부처 둘을 들고 내려와 그것을 조각 내 불을 피워 쬐고 있었다.

후전에 있던 주지 스님이 불빛에 깜짝 놀라 가사를 걸치고 뛰어나와 이 광경을 보고는 화를 내며 꾸짖었다. "이 못된 녀석, 왜 부처님을 태우는 것이냐?"

단하 스님은 석장으로 불을 쑤시며 말했다. "화내지 마십시오. 저는 부처님의 사리를 찾고 있습니다."

주지 스님이 씩씩거리며 말했다. "헛소리하지 마. 이건 나무부처야. 어떻게 사리가 나온단 말이냐?"

"그러면 더 좋지요." 단하 스님은 낄낄거리며 말했다. "사리가 없다고요? 그러면 스님께서 저를 도와 나머지 두 분을 더 태우시지요."

화가 난 주지 스님은 눈썹과 수염을 부르르 떨었다.

解 '단하소불丹霞燒佛'이라는 유명한 이야기이다. 선종에서는 부처를 만나면 부처를 죽이고, 조사를 만나면 조사를 죽이라는 말이 있다. 부처를 대상화하여 우상으로 섬기면 안 된다는 말이다. 부처님이 마지막으로 남긴 말도 "진리를 등불 삼아, 자신을 등불 삼아 밝히라"고 했다. 내 마음 속에 들어 있는 불성을 깨달아 아는 것이 중요하지 초월적인 실체가 있겠거니 생각해서 믿어서는 안 된다는 말이다.

丹霞燒佛

丹霞禪師嘗到洛東慧林寺 值天寒 遂於殿中取木佛, 燒而向火. 院主偶見而呵責云, 何得燒我木佛. 師以杖撥灰曰, 吾燒取舍利. 主云, 木佛安有舍利. 師云, 既無舍利, 更請兩尊. 再取燒之. 院主自眉鬚墮落.

『五燈會元』

노루와 사슴 알아맞히기
獐鹿之辨
노루 장 사슴 록 어조사 지 분별할 변

왕방이 서너 살 되었을 적에 어떤 손님이 그의 집으로 노루 한 마리와 사슴 한 마리를 가져 와서 한 우리에 넣어 두었다. 손님이 웃으며 왕방에게 물었다. "모두 네가 총명하다고 하던데, 어느 게 노루고 어느 게 사슴인지 알아 맞춰 보아라."

왕방은 지금까지 이런 희한한 동물을 본 적이 없었기 때문에 한참 동안 들여다보다가 이렇게 대답했다. "노루 곁에 있는 게 사슴이고, 사슴 곁에 있는 게 노루입니다."

그 말을 들은 손님은 아주 특이한 아이라고 생각했다.

解 왕방의 대답은 논리적으로는 순환논법의 오류를 범했다. 전제 속에 결론이 들어 있고, 결론은 전제를 함축하고 있기 때문이다. 순환논법은 문제의 본질을 흐린다. 전제와 결론이 서로 물고 물리면 구체적으로는 아무것도 알 수 없다.

이 이야기는 형식 논리의 관점에서 보기보다 몇 살밖에 되지 않은 어린 아이의 재치로 볼 수도 있다. 생전 처음 보는 사물을 두고 질문을 받았을 때도 나름대로 당당하게 대처한 것이다. 아마 손님은 아이가 기지를 발휘하여 당돌하게 대답했기 때문에 특이하게 여겼을 것이다. 그러나 이런 재치도 한 번은 영특하게 여기고 웃어넘길 수 있지만, 어릴 때부터 이런 잔재주를 부리는 버릇을 키워서는 안 된다.

獐鹿之辨

王雱字元澤, 數歲時, 客有以一獐一鹿同籠, 以問雱, 何者是獐, 何者是鹿. 雱實未識, 長久對曰, 獐邊者是鹿, 鹿邊者是獐. 客大奇之.
『墨客揮犀』

퇴고
推敲
밀 **퇴** 두드릴 고

　당나라 시대에 가도라는 유명한 시인이 있었다. 그가 아직 유명해지지 않았을 때 서울로 과거 시험을 치르러 갔다. 어느 날 나귀를 타고 큰길을 여유 있게 천천히 가고 있던 가도의 머릿속에 운치 있는 시상이 떠올랐다. 밤은 고요히 깊어 가고 달빛은 강물에 비친다. 스님이 깊은 밤중에 절로 돌아와 산문을 통통 몇 번 두드리는 맑고 깨끗한 소리가 연못가에서 잠든 새들의 단잠을 깨운다. 이리하여 시구 하나가 저절로 생겼다.

　새는 못 가의 나뭇가지에서 잠들고
　스님은 달 아래 문을 두드린다.

　한참 읊어 보다가 '두드린다'를 '민다'로 고치는 게 낫겠다는 생각이 들었다. 그러나 '민다'로 고쳐 놓고 보니 '두드린다'가 더 낫지 않을까 싶기도 했다. 생각하고 생각하다 나귀등에 앉아서 두 팔을 뻗어 문을 미는 자세와 두드리는 자세를 취해 보았다. 길 가던 사람들은 가도의 도취한 모습을 보고 모두들 의아해 했다.
　바로 이때 호화로운 수레가 서울 시장에 해당하는 경조윤이라는 벼슬을 대리로 맡아보던 당대의 대문장가 한유를 호위하며 당당하게 다가왔다. 결국 가도의 나귀는 호위대와 부딪치고 말았다. 화가 난 호위병에게 잡혀 한유에게 끌려간 가도는 큰 실례를 범한 것을 알고 사실대로 말하며 간절히 용서를 빌었다.
　한유는 화를 내지 않고 오히려 웃으면서 그의 말을 다 듣고 나더니 골똘히 한참 생각한 뒤 말했다. "두드린다에는 동작도 있고 소리도 있으니까 그게 좋겠소."

그는 가도의 문학적 수양과 공부에 열중하는 정신을 높이 사 문학 친구가 되어 주었다.

解 당의 승려 시인 제기齊己에게 다음과 같은 일화가 전한다. 그가 사방을 돌아다니며 공부를 하고 견문을 넓히다가 시를 한 수 지어서 당시 유명한 시인인 정곡鄭谷에게 보여 주었다. 정곡이 한 글자를 고치라고 해서 제기는 며칠 동안 고심해서 한 글자를 고쳤더니 그제야 정곡은 제기를 받아들여 시우詩友로 교제를 맺었다. 한 글자를 고침으로써 시 전체의 이미지와 시상을 깔끔하게 매듭지을 수 있었던 것이다. 정곡은 제기가 자기의 시 경詩境을 이해할 수 있는지 한 글자로 시험했던 셈이다. 그 뒤 제기가 「이른 매화(早梅)」라는 시를 썼는데, 그 가운데 이런 구절이 있다. "앞마을 답쌓인 눈 속에 / 간밤에 몇 가지 꽃을 피웠네(前村深雪裏, 昨夜幾枝開)." 정곡은 이 시 구절에서 단 한 글자만 바꿔서 '몇 가지'를 '한 가지'로 고쳐 주었다. 그 뒤 정곡은 글자 하나를 고쳐 주고 스승이 되었다 하여 '한 글자 선생님(一字師)'이라 불렸다.

한유도 가도의 시에서 '민다'를 '두드린다'로 바꿔 주어서 '한 글자 선생님'이 되었다. 시는 한 글자로 시의 이미지가 완전히 바뀔 수 있다. 그런 만큼 글자 하나하나에 심혈을 기울여야 멋진 시가 나올 수 있다. 베토벤은 음표 하나를 수십 번씩 고치기도 했고, 두보는 시 한편을 퇴고한 원고가 한 광주리를 넘었다고 한다. '민다'와 '두드린다'는 글자 하나의 차이지만 '두드린다'는 한 글자에는 풍부한 형상적 사유와 고도의 예술적 표현력이 절묘하게 어우러졌다.

시를 짓는 일뿐만 아니라 어떤 상황에서도 가장 긴요할 때 정곡을 찌르는 한 마디 말은 금과옥조와도 같다. 감수성이 예민한 어린 시절에 듣는 한 마디 말이 일생을 바꿔 놓을 수도 있다.

명말 청초의 유로遺老 왕부지王夫之는 『강재시화薑齋詩話』에서 가도의 '퇴고推敲' 일화를 두고 이렇게 평했다. "'스님은 달 아래 문을 두드린다.' 라는 구절은 가도가 망상으로 억측한 것일 뿐이어서 마치 다른사람에게 꿈을 이야기하는 것 같다. 가령 어떤 상황을 쏙 빼닮게 그려낸다면 어찌 털끝만큼이라도 관심을 둘 필요가 있겠는가? 가도가 억측으로 이 구절을 생각해낸 것이란 점을 알 수 있는 근거는 '퇴推'와 '고敲' 두 글자를 깊이 읊조려 가면서 이리저리 생각을 짜내어 지은 것이기 때문이다. 만약 눈앞에 보이는 경물景物에 따라 시상을 일트킨다면 밀거나 두드리거나 반드시 둘 가운데 어느 하나에 해당할 것이다. 경물을 따르고 정감을 따라 그려낸다면 저절로 절묘하게 표현될 것인데 무엇 때문에 이 궁리 저 궁리 하느라 애쓸 필요가 있겠는가?" 다시 말해서, 가도가 정말로 달빛이 교교히 흐르는 밤중에 어느 절을 방문하는 스님을 목격했다면 그 스님이 문을 두드리거나 밀거나 둘 가운데 어느 한 가지 동작을 취했을 테니 그 정경을 있는 그대로 그려내면 될 것이다. 그러나 가도는 그런 정경을 보지 않고 순전히 머리로만 그런 상황을 설정하여 생각으로 그려내려고 하기 때문에 민다고 할까, 두드린다고 할까 고민했다는 것이다.

推敲

島初赴擧京師, 一日於驢上得句云, 鳥宿池邊樹, 僧敲月下門. 始欲著推字, 又欲著敲字, 練之未定, 遂於驢上吟哦. 時時引手作推敲之勢, 時韓愈吏部權京兆, 島不覺沖至第三節, 左右擁至尹前. 島具對所得詩句云云, 韓立馬良久, 謂島曰, 作敲字佳矣.

『苕溪漁叢話前集』

법림의 염불
法 琳 念 觀 音
법 **법** 아름다 **림** 생각할 **념** 볼 **관** 소리 **음**
운옥

　당나라 태종 때 장안성 밖에 있는 서화관의 도사인 진세영이 법림 화상의 말이 국법을 위반했다고 고발했다. 고발장을 본 태종은 즉시 법림을 감옥에 가두라고 명령하며 말했다. "네가 쓴 『변정론·신훼교보편』에는 관음보살을 염송하면 칼날에도 상처를 입지 않는다고 하던데, 이레 동안 관음을 염송할 수 있는 기회를 주겠다. 기일이 되면 형장으로 끌어낼 테니, 칼이 들어가나 안 들어가나 보자."

　너무 놀라 혼비백산한 법림은 차꼬와 수갑에 묶여 어두운 감옥에 누워 관음보살을 외며 영험을 보여 주시기만을 기도했다. 형기가 임박하자 법림은 갑자기 크게 깨달아 정신이 번쩍 들며 마음이 편안해지더니, 순식간에 살고 싶다거나 죽기 싫다는 생각도 사라지고 기일이 빨리 다가오기만 기다렸다.

　곧 이레의 기한이 찼고, 태종이 명령을 내렸다. "형기가 다 되었으니 네가 염송한 관음보살이 영험을 보여 주실 것 같으냐?"

　법림은 허리 굽혀 절하고 말했다. "저는 이레 동안 관음보살을 염송한 것이 아니라 폐하를 염송했습니다."

　태종은 아주 놀라서 물었다. "왜 관음보살을 부르지 않고 나를 불렀단 말이냐?"

　법림은 조금도 당황하지 않고 말했다. "폐하가 곧 관음보살입니다. 그래서 폐하를 부른 것입니다."

　태종은 고소장을 보고 껄껄 웃고 나서 그를 놓아주었다.

관음보살을 염송하면 칼날에도 다치지 않는다는 말은 진짜 칼날이 목을 쳐도 멀쩡하다는 말이 아니다. 그만큼 신앙을 굳게 지키라는 말이다. 그러나 이런 종교적인 비유나 교리를 곧이곧대로 믿고 글자 그대로 이해하면 태종 같이 억지를 부리거나 광신적으로 믿게 된다. 경전을 글자 하나하나 따라가면서 곧이곧대로 받아들이는 것도 마찬가지이다. 법림으로서도 태종의 억지에는 기지를 발휘하여 목숨을 보존하는 수밖에 없었다.

法琳念觀音

貞觀十四年 先有黃巾西華觀秦世英 … 陰上法琳所造之論 … 罪當諷上 太宗聞之 便下敕 … 云汝所著 辯正論信毁交報篇曰 有念觀音 臨刃不傷 且赦七日 令爾念之 試及刑期 能無傷不 琳外纏桎梏 內迫刑期 冰炭交懷 惟祈顯應 恰至限滿 忽神思剽勇 橫即事加刑 有何所念 念有靈否 琳答曰 … 琳於七日以來 不念觀音 惟念陛下 又敕治書侍御韋悰問琳有詔令念觀音 何因不念 乃云惟念陛下 琳答陛下 … 即是觀音 … 所以惟念陛下 … 以狀奏聞 遂不加罪

『集古今佛道論衡』

쌀이 나오는 곳
米從何處出
쌀 미 좇을 종 어찌 하 곳 처 날 출

    채경은 북송 시대의 못된 간신이다. 그의 손자들은 모두 비단옷만 입고 기름진 음식만 먹으며 어려서부터 금지옥엽으로 자랐다. 채경은 손님들 앞에서 늘 자기 손자들이 남달리 총명하다고 자랑을 늘어놓았다.
    어느 날 기분이 좋아진 그가 손자들을 거실로 불러들여 장난삼아 물었다. "너희들 날마다 밥을 먹지? 쌀은 어디서 나오는 것인지, 누가 말 좀 해보겠느냐?"
    한 손자가 나서며 대답했다. "절구에서 나옵니다."
    그 말을 듣고 채경이 크게 웃음을 터뜨렸다.
    또 다른 손자가 곁에서 소리쳤다. "아니야. 내가 보니까 돗자리에서 나오던 걸."
    당시 수도에서는 쌀을 운반할 때 가마니에 넣었기 때문이었다.

콩과 보리도 구분 못하는 사람을 숙맥菽麥이라고 한다. 사실 농촌에서 자라지 않았거나 농사를 지어 보지 않은 사람은 벼를 심어서 사람이 먹기까지 농부들이 얼마나 고생을 하는지도 모르고, 쌀이 어디서 어떻게 나오는지도 모르는 숙맥이 많다. 더구나 귀족의 자제로 태어나 호의호식하고 풍족하게 자라던 아이들이 어떻게 세상 물정을 알며 남의 어려운 사정을 알겠는가? 남의 어려운 사정을 모르는 아이들이 자라서 사회를 이끌어 간다면 어떻게 되겠는가? 자녀들이 아무리 귀엽고 사랑스럽더라도 원하는 것을 마음대로 채워 주어서는 안 된다. 세상에는 뜻대로 안 되는 일도 많고, 무엇이든 자기가 노력해야만 얻을 수 있다는 것을 가르쳐주어야 한다. 귀한 자식일수록 제 힘으로 살 수 있도록 자립심을 길러 주어야 한다.

米從何處出

蔡京諸孫, 生長膏粱, 不知稼穡. 一日, 京戲問之曰, 汝曹日啖飯, 試爲我言, 米從何處出. 其一對曰, 從臼子裏出. 京大笑, 其一旁應曰, 不是, 我見在席子裏出. 蓋京師運米以席囊盛之, 故云.

『獨醒雜志』

풀 뽑기
除草
덜 제 　풀 초

　망이라는 사람과 물이라는 사람이 곡식을 심었다. 곡식이 자라면서 잡초도 함께 자랐다. 그런데 잡초가 너무 기승을 부려 아무리 뽑아도 다 뽑을 수가 없었다. 뽑다뽑다 화가 치민 망은 성질대로 곡식의 싹과 잡초를 아예 몽땅 베어 버리고 불을 질러 버렸다. 물은 며칠 동안 뽑다가 지쳐서 그냥 내버려두었다.
　결국 망의 밭에서는 곡식과 잡초가 함께 타 버렸지만 시일이 지나자 잡초가 여전히 자랐고, 물의 밭에서는 곡식이 잡초로 변해 먹을 수 없었다.
　두 사람은 서로 바라보며 굶주림을 참을 수밖에 없었다.

농사를 짓는 일은 잡초와 싸우는 일이라고 한다. 그만큼 잡초를 뽑는 일은 농사일의 관건이다. 그런데 달리 생각해보면 잡초가 잘 자란다는 것은 그만큼 곡식이 자라기에도 좋은 환경이라는 것이다. 잡초가 자라지 못할 정도라면 곡식은 아예 자랄 수도 없다. 그러므로 잡초가 자라는 것 자체를 문제 삼을 수는 없다. 다만 부지런히 잡초를 뽑고 곡식이 잘 자라도록 돌보아야 한다.

망은 성질을 이기지 못해 곡식과 잡초를 몽땅 태워 버렸고, 물은 아예 포기해 버렸다. 태워 없앤다고 잡초가 자라지 않는 것도 아니다. 잡초는 저절로 다시 자라지만 곡식은 태워 버리면 새로 심기 전에는 다시 자라지 않는다. 아예 포기를 하면 뿌리가 튼튼하고 멀리까지 뻗어 가는 잡초의 기세에 곡식은 자라지 못한다.

문제를 해결하는 방법은 사람에 따라 다르다. 너무 적극적으로 대처하다 못해 물불을 가리지 않고 덤벼들어 파괴적인 결과를 가져오는 경우가 있는가 하면, 너무 소극적으로 대처하여 아예 포기해 버리는 경우도 있다. 단순하고 거친 방법이나 방임 둘 다 바람직하지 않다. 문제의 성질을 객관적으로 분석하여 주도면밀하게 대처해야 한다.

除草

罔與勿析土而農. 耨不勝其草. 罔並雜以焚之, 禾滅而草生如初. 勿兩存焉, 粟則化而爲稂, 稻化爲稗. 骨顧以餒.

『郁離子』

평공의 거문고
平公作琴
평평할 평 어른 공 지을 작 거문고 금

진나라 평공이 거문고 하나를 만들었는데, 큰 현과 작은 현 가릴 것 없이 길이와 굵기가 모두 똑같았다. 당시 유명한 음악가인 사광을 청해 시험 삼아 타 보라고 부탁했다.

사광이 한참 동안 타 보았지만 소리가 제대로 나지 않았다. 그러자 평공은 사광이 거문고를 잘 타지 못한다고 꾸짖었다.

사광은 평공의 말을 받아들일 수 없어서 이렇게 말했다. "거문고의 큰 현과 작은 현은 각기 다른 기능을 가지고 있습니다. 그것이 서로 잘 어울려야 조화로운 소리를 낼 수 있습니다. 현을 모두 같은 모양으로 만들어 놓았으니 소리가 제대로 나겠습니까?"

 '조화'는 '같음'과 다르다. 조화는 서로 다른 것들이 자기의 개성을 지니면서도 전체적으로 어우러지는 모순과 대립의 변증법적 통일이지만, 같음은 각자의 개성을 무시하고 한 가지 성질로 녹여 버리는 것이다.

공자는 이렇게 말했다. "군자는 조화를 추구하되 동화를 추구하지 않는다. 소인은 동화를 추구하되 조화를 추구하지 않는다." 현대 사회는 더욱 다양성과 조화가 중시되는 사회이다. 각자 자기 개성을 발휘하면서 전체가 어우러질 때 진정한 사회 통합이 이루어진다.

平公作琴

晉平公作琴, 大弦與小弦同, 使師曠調之, 終日不能成聲. 公怪之, 師曠曰, 夫琴, 大弦爲君, 小弦爲臣, 大小異能, 合而成聲, 無相奪倫, 陰陽乃和. 今君同之, 失其統矣. 夫豈聲師所能調哉.

『郁離子』

대들보를 바꾸려면
須 得 大 木
모름 수 얻을 득 큰 대 나무 목
지기

오래 된 기와집이 한 채 있었다. 기와에는 풀이 자라고, 기둥도 여기저기 벌레가 좀먹어 언제 쓰러질지 몰랐다. 주인은 들보를 바꾸기로 했다. 하지만 들보를 구하자니 원체 큰 집이라 좋은 재목감이 나오지 않았다. 그래서 작은 나무를 여러 개 가져와서 묶고 이어서 들보를 세웠다. 들보를 바꾸고 사다리에서 내려오자마자 집은 폭삭 주저앉고 말았다.

解 인재는 적재적소에 써야 한다. 그릇이 큰 사람은 큰일을 맡기고, 그릇이 작은 사람은 작은 일을 맡겨야 한다. 아무리 쉽게 인재를 구할 수 없다고 해서 임시 미봉으로 아무나 써서는 안 된다.

須得大木
初, 太祖以事責丞相李善長, 基言, 善長勳舊, 能調和諸將. 太祖曰, 是數欲害君, 君乃爲之地耶. 吾行相君矣. 基頓首曰, 是如易柱, 須得大木. 若束小木爲之, 且立覆.
『明史』「劉基列傳」

천리마를 찾아서
按 圖 索 驥
누를 안 그림 도 찾을 색 천리마 기

    백락은 고대의 유명한 '말 감정가'였다. 백락의 아들은 아버지의 전문 기술을 계승하여 대대로 전할 생각을 하고 아버지가 쓴 『상마경』을 열심히 공부했다. 『상마경』에는 이렇게 기록되어 있었다. "이마가 튀어나오고 해처럼 빛나며 발굽은 겹쳐진 듯 크고 둥근 말이 천리마이다."

    그는 이 말에 따라 말 감정을 나가서 책에 그려진 그림과 일일이 대조해 보고 나서 두꺼비 한 마리를 찾아내 종이에 싸 가지고 돌아와 아주 기뻐서 아버지에게 보고했다. "마침내 천리마를 찾은 것 같아요. 다른 데는 다 비슷한데 발굽은 둥글고 크지 않지만요."

    백락은 아들이 어리석다는 것을 알고 있던 터라 어이가 없었지만 꾹 참고 웃으며 이렇게 말했다. "좋은 말을 발견하긴 했구나. 그러나 그 말은 펄쩍 펄쩍 뛰는 걸 좋아해서 네가 다룰 수 없을 것 같다."

『상마경』은 백락이 평생 말을 감정하면서 터득한 경험과 지식을 집대성한 책이다. 따라서 이 책에는 백락의 실제 경험이 풍부하게 들어 있다. 그러나 그의 아들은 책에만 의존하고 실제 경험을 쌓지 않았기 때문에 엉뚱하게 두꺼비를 천리마로 보았다.
안도색기按圖索驥라는 성어는 정해진 방법에 얽매여 곧이곧대로 일을 처리하는 것을 비유하는 말이다. 자료나 단서에 의거해 찾는 것을 가리킬 때도 쓰는 말이다.

按圖索驥

伯樂相馬經有隆顙蛈日, 蹄如累麴之語. 其子執馬經以求馬, 出見大蟾蜍, 謂其父曰, 得一馬, 略與相同, 但蹄不如累麴爾. 伯樂知其子之愚, 但轉怒爲笑曰, 此馬好跳. 不堪御也. 所謂按圖索驥也.
『藝林伐山』

마음 속의 꽃
陽明看花
볕양 밝을명 볼간 꽃화

　명대의 유학자인 왕양명은 마음 밖에는 사물이 없으며, 마음 밖에는 이치가 없다고 주장했다. 어느 날 그가 친구와 함께 남진으로 놀러 나갔는데 친구가 산에 있는 꽃나무를 가리키며 물었다. "자네는 평소에 마음 밖에 사물이 없다고 했는데 이 꽃나무는 우리가 아직 보지 못했을 때도 늘 혼자 피었다 지지 않나? 내 마음과 아무 상관없이 말이야."
　이 물음에 왕양명은 이렇게 말했다. "자네가 아직 이 꽃을 보지 않았을 때는 마음도 꽃도 모두 없었네. 이제 자네가 그것을 보자 꽃의 모습이 일시에 분명하게 나타난 거라네. 이렇게 볼 때 꽃은 자네 마음 밖에 있는 것이 아니라 자네 마음 안에 있는 거지."

解 양명학은 인식론적 측면보다 도덕적 주체성을 긍정하는 데 주안점이 있다. 마음 밖에는 사물이 없다, 마음 밖에는 이치가 없다는 말은 마음이 실제로 사물을 만든다는 말이나 마음속에 실제로 사물이 들어와 있다는 말이 아니라 마음으로 사물의 관계를 파악하고 사물의 이치를 깨닫는다는 말이다. 그런데 왕양명이 말하는 사물의 이치를 깨닫는다는 말은 사물의 물리적인 이치를 깨닫는다는 말이 아니다. 사물에 대해서 내가 어떻게 도덕적으로 행동해야 할지를 깨닫는다는 말이다. 예를 들어 부모의 이치를 깨닫는다고 한다면 부모의 이름, 성격, 모양, 기호와 같은 것을 깨닫는 것이 아니라 부모에게 효도해야 한다는 이치를 깨닫는다는 말이다. 사실 상식적으로 생각하면 내가 꽃을 보건 안 보건 꽃은 있다. 그러나 그와 같이 꽃이 있다 한들 내가 꽃을 보고 판단하고 꽃에 대한 관념을 형성하지 않는다면 꽃의 존재가 나와 무슨 상관이 있단 말인가?

陽明看花

先生(王陽明) 游南鎭 一友指巖中花樹問曰, 天下無心外之物. 如此花樹, 在深山中自開自落, 於我心亦何相關. 先生曰, 你未看此花時, 此花與汝心同歸於寂. 你來看此花時, 則此花顏色一時明白起來. 便知此花不在你的心外.

『傳習錄』

대나무의 이치를 깨달으려면
陽明格竹
볕 양 밝을 명 궁구할 격 대 죽

어느 날 왕양명은 자기 집에서 친구와 어떻게 하면 천하 만물의 도리를 깨달아 성인이 될 수 있는가에 대해 열렬히 토론하고 있었다. 왕양명은 집 앞 정자 곁에 있는 대나무를 가리키며 친구에게 대나무를 마주보고 사색하자고 말했다.

친구는 아침부터 밤까지 대나무 앞에 앉아 그 안에 있는 도리를 깨달으려고 노력했다. 그러나 정력을 지나치게 많이 소모했기 때문에 사흘째 되는 날 병이 나 쓰러지고 말았다. 왕양명은 그래도 포기하지 않고 대나무 앞에 고요히 앉아 있었지만 시종 무슨 이치인지 도대체 알아낼 수가 없었다. 이레가 되자 그도 병이 나 쓰러지고 말았다.

이리하여 두 사람은 성현이 되기란 확실히 어려운 것이라 한탄하고 천하 만물의 도리를 깨달을 수 있을 만큼 큰 힘이 자기들에게는 없다고 생각했다.

주자학에서는 사물을 대상으로 삼아 그에 들어 있는 이치를 깨달음으로써 지식이 이루어지고, 이 지식을 통해 인격 완성에 도달하는 격물치지格物致知라는 학문 방법을 세웠다. 왕양명도 주자의 가르침을 충실히 따라서 격물치지하여 인격을 완성하고자 했다. 그래서 격물치지할 대상으로 대나무를 정한 다음 대나무의 이치를 깨달으려고 노력했다. 그 결과 이레 만에 대나무의 이치는 깨닫지 못하고 병이 나서 그만 실패했다.

그러나 왕양명이 정말 대나무를 대상으로 삼아 대나무의 이치를 알고자 했다면 대나무를 심어서 생장하는 모습을 보고, 뿌리째 뽑아서 모양을 살펴보고, 잘라도 보고 태워도 보고 쪼개도 봤어야 한다. 그냥 책상다리를 하고 꼿꼿이 앉아서 뚫어지게 본다고 대나무의 이치가 드러날 리가 없다. 설령 대나무의 이치가 드러난다 하더라도 그것으로 내 도덕이 완성될 리가 없다.

그래서 왕양명은 사물의 객관적인 이치를 탐구하여 인격을 완성할 수 있다는 주자학의 격물치지 방법을 잘못되었다고 비판한다. 그런데 사실 주자학에서 이치는 자연 세계의 물리적 이치와 도덕적 이치를 포괄한다. 왕양명은 이치를 주로 도덕적 이치로만 생각했다. 그래서 대나무를 격물하여 도덕적 지식을 얻으려다 실패했던 것이다. 왕양명이 생각한 이치는 '올바른 사람 되기'였다. 그런데 아무리 대나무를 뚫어지게 바라보고 앉아 있다고 해서 올바른 사람이 되겠는가?

이 이야기는 양명격죽陽明格竹이라는 유명한 일화이다.

陽明格竹

初年與錢友同論做聖賢要格天下之物, 如今安得這等大的力量. 因指亭前竹子, 令去格看. 錢子早夜去窮格竹子的道理, 竭其心思至於三日, 便致勞神成疾. 當初說他這是精力不足, 某因自去窮格, 早夜不得其理. 到七日, 亦以勞思致疾. 遂相與嘆聖賢是做不得的, 無他不力量去格物了.

『傳習錄』

여우한테 털가죽을 달랬으니
與 狐 謀 皮
더불 여 여우 호 꾀 모 가죽 피

　옛날에 어떤 주나라 사람이 값비싼 여우 털가죽 옷을 갖고 싶어 했다. 그는 깊은 숲속으로 들어가 붉은 여우를 만나 윤이 흐르는 털가죽을 자세히 살펴본 다음 여우에게 말했다. "여우야. 네 털가죽으로 옷을 만들었으면 좋겠는데 나에게 털가죽을 주지 않겠느냐?"
　여우는 혼비백산하여 순식간에 종적을 감춰 버렸다.
　한번은 이 사람이 고기를 마련하여 조상에게 제사를 지내려고 산등성이로 달려가 풀을 뜯어먹고 있는 산양들 가운데 아주 탐스러운 산양을 발견했다. 그는 살찐 산양에 눈독을 들이며 말했다. "산양아. 네 고기로 조상에게 제사를 지냈으면 좋겠다. 네 고기를 주지 않으려느냐?"
　산양은 놀라서 큰소리로 메에 하고 울면서 깊은 산속으로 도망쳐 버렸다. 순식간에 산등성이에 있던 다른 양들도 모조리 사라져 버렸다.

아무리 좋은 목적으로 일을 한다고 하더라도 그 일에 관련된 상대방의 이익과 서로 충돌하면 타협이 불가능하고 목적을 이룰 수 없다. 이 우화는 공자와 관련된 이야기이다. 노나라 군주가 공자를 법관에 앉히려고 당시 실권을 잡고 있던 세 대신에게 동의를 구했다. 세 대신은 공자가 법관이 되면 자기들이 마음대로 권력을 휘두르는 데 방해가 될 것이 분명했기 때문에 거부했다. 그러자 어떤 사람이 이 이야기를 꾸며서 노나라 군주를 풍자했다.

여호모피與狐謀皮 또는 여호모피與虎謀皮라는 성어는 도모하는 일이 상대방의 절실한 이익에 해가 될 때는 목적을 이룰 수 없다는 뜻으로 쓰인다.

與狐謀皮

周人欲爲千金之裘而與狐謀其皮, 欲具少牢之珍而與羊謀其饈. 言未卒, 狐相率逃於重丘之下, 羊相呼藏於深林之中.

『符子』

도학 선생
道學先生
길 도 배울 학 먼저 선 날 생

송나라와 명나라 시대에는 도학이 유행하여 아주 많은 사람들이 다투어 도학자의 풍모를 모방하였다.

어떤 선비가 도학자라는 칭송을 듣고 싶어서 도학을 익히려고 열심이었다. 하루는 큰길에서 점잖게 허리를 굽히고 공손히 손을 맞잡은 채 절도 있게 걷고 있었다. 그렇게 한참을 걷자니 피로감이 몰려와 참을 수가 없었다. 하인을 돌아보며 작은 소리로 물었다. "뒤에 사람이 있나 좀 보거라."

"없습니다."

이 도학 선비는 비로소 허리를 곧게 펴고 한숨을 내쉬고는 큰 걸음으로 제멋대로 걸어갔다.

한 도학 선비가 길에서 두 손을 맞잡고 점잖게 느릿느릿 걷고 있었다. 그때 갑자기 먹구름이 몰려오면서 큰비가 쏟아졌다. 선비는 당황하여 뛰어갔다. 그는 1리 정도 뛰어가다가 갑자기 뉘우치며 말했다. "안 돼. 나는 실수한 거야. 군자는 허물을 알면 곧 고친다고 하지 않았나? 아직도 늦지는 않았어."

비를 고스란히 맞으면서 아까 뛰기 시작했던 곳까지 돌아가 다시 한 걸음 한 걸음 천천히 걷기 시작했다.

도학은 이학理學이라고도 하는 송명 시대의 주도적인 철학 사조이다. 우리나라에서는 주로 성리학이라고도 하는 이학은 주자에 의해 집대성된 신유학이다. 이학을 특히 도덕적 규범을 중시하는 측면에서 부를 때 도학이라고 한다. 유학자들은 당 말기부터 드러난 귀족 사회의 모순과 사회 혼란의 책임이 도교, 불교의 현실 도피적 태도에 있다고 비판하고 유학을 재건함으로써 사회 혼란과 모순을 바로잡으려고 했다. 그래서 새로운 형태의 유학인 신유학, 이학이 생겼다.

도학자들은 지식인의 사회적 책임을 중요시하고, 책임을 다하기 위해 자기 수양을 강조했다. 그런데 세월이 지나면서 처음에는 참신했던 이학의 이념과 수양론을 점차 교조적이고 형식적으로 받아들이면서 위의 도학 선비들과 같이 경직된 도덕과 위선적인 수양의 폐단을 드러냈다.

융통성이 없고 고루한 사람을 깔보아 도학선생道學先生이라고 한다.

道學先生

曾有人士歆道學之聲而慕學之者, 日行道上, 賓賓張拱, 跬步不逾繩矩. 久之, 覺憊, 呼從者, 顧後有行人否. 從者曰, 無 乃弛恭率意以趨. 其一人足恭緩步如之, 偶驟雨至, 疾趨里許. 忽自悔曰, 吾失足容矣, 過不憚改可也. 乃冒雨還始趨處, 紆徐更步過焉.

『權子雜俎』

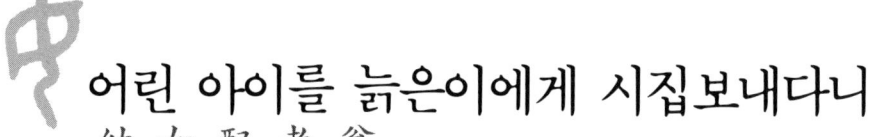

어린 아이를 늙은이에게 시집보내다니
幼女配老翁
어릴 유　계집 녀　아내 배　늙을 로　늙은이 옹

애자의 친구 우임에게는 매우 귀엽고 예쁜 두 살짜리 딸이 있었다. 그 아이를 본 애자는 아주 기뻐하면서 자기 아들과 혼인시키기로 결정했다.

우임도 아주 좋아하며 물었다. "자네 아이가 몇 살인가?"

"네 살일세." 애자가 말했다.

"뭐라고?" 우임은 얼굴빛이 어두워지면서 말했다. "자넨 우리 딸아이를 노인에게 주려고 생각하고 있군."

애자는 영문을 알 수가 없었다.

우임은 한탄하며 말했다. "자네 아이가 네 살이고 우리 아이가 두 살이니까 자네 아이 나이는 우리 아이 나이의 꼭 두 배가 되네. 만일 우리 아이가 스무 살에 출가한다면 자네 아이는 벌써 마흔이 되네. 자넨 나더러 우리 아이를 늙은이에게 시집보내라는 말인가?"

애자는 친구가 도무지 어찌해 볼 수 없을 만큼 어리석다는 것을 알고 이 일을 없던 것으로 했다.

우임은 등차수를 등배수로 착각하여 터무니없이 오해를 했다. 두 살 차이는 언제나 두 살 차이일 뿐 두 배의 차이가 나는 것이 아닌데도 말이다. 우연적이고 일시적인 현상을 필연적인 법칙으로 착각하면 우임과 같이 엉뚱한 생각을 한다.

幼女配老翁

虞任者, 艾子之故人也, 有女生二周. 艾子爲其子求聘, 任曰, 賢嗣年幾何. 答曰, 四歲. 任艴然曰, 公欲配吾女於老翁邪. 艾自不諭其旨, 曰, 何哉. 任曰, 賢嗣四歲, 吾女二歲, 是長一半年紀也. 若吾女二十而嫁賢嗣年四十, 又不幸二十五歲而嫁, 則賢嗣五十矣. 非嫁一老翁邪. 艾子知其愚而止.

『艾子後語』

그 아버지에 그 아들
汝凍吾兒
너 여 얼 동 나 오 아이 아

애자에게 손자가 하나 있었는데 도무지 데면데면하고 어리석은 데다 공부라고는 도통 하려 들지 않고 오로지 장난이나 칠뿐이었다. 장난을 칠 때마다 따끔하게 매를 들어도 고치지 않았다. 그런데 애자의 아들에게는 이 아이만 있어서 애자의 아들은 이 아이를 애지중지하였다. 그래서 더 버릇이 없어졌다. 애자의 아들은 제 아이가 아버지의 매를 이기지 못해 죽을까 봐 애자가 아이에게 매를 들 때마다 늘 마음을 졸였다.

어떤 날은 애자에게 "아버지, 이 놈이 버릇이 없기는 하지만 나이가 들면 나아지겠지요. 제발 그만 좀 때리세요." 하고 눈물로 호소하였다. 그랬더니 아들놈이 못나서 손자가 버릇이 없어졌다고 화를 내면서 "이 놈아! 내가 네 아이를 가르치려는 것이다. 그러니 좋지 않으냐?" 하고 더 따끔하게 매를 들었다. 애자가 이렇게 나오는 데는 아들도 어쩔 수가 없었다.

하루는 눈이 내렸다. 손자는 눈이 오자 신이 나서 눈밭을 뒹굴고 눈을 뭉쳐서 아무 데나 마구 던졌다. 애자는 손자가 뛰노는 꼴을 보고 아이를 혼내주려고 웃통을 벗기고 눈밭에 꿇어앉아 있게 했다. 애자의 아들은 아버지의 서슬에 아무 소리도 하지 못하고 자기도 웃통을 벗고 아이 옆에 같이 꿇어앉았다.

애자가 깜짝 놀라서 물었다. "네 아이는 잘못을 저질렀으니 응당 이런 벌을 받아야 하지만 너는 또 왜 그러고 있는 것이냐?"

아들이 울면서 말했다. "아버지가 제 아들을 얼어 죽이려고 하니 저도 아버지 아들을 얼어 죽이려고 하는 것입니다."

애자는 하도 어이가 없어서 쓴 웃음을 짓고는 손자를 풀어주었다. 그제야 아들도 옷을 주섬주섬 챙겨 입으며 일어났다.

解 어릴 때, 추리력을 높이는 수수께끼 같은 것을 모아 놓은 책에서 이런 수수께끼를 본 적이 있다. "아버지 두 사람과 아들 두 사람이 함께 길을 가는데 사람은 모두 세 사람이었다. 왜 그럴까?" 답은 "할아버지와 아버지와 아들"이었다. 가운데의 아버지가 아들일 수도 아버지일 수도 있다고 유연하게 생각하지 않으면 답을 얻기 어려운 문제이다. 애자의 아들은 자식을 가르치는 데는 재주가 없어도 기지 하나만큼은 놀랍다.

汝凍吾兒

艾子有孫, 慵劣不學, 每加杖而不悛. 其子僅有是兒, 恒恐兒之不勝杖而死也. 責必涕泣以請. 艾子怒曰, 吾爲若敎子, 不善邪. 杖之愈峻. 其子無如之何. 一日雪, 孫搏雪而嬉. 艾子見之, 褫其衣, 使跪雪中. 其子不復敢言, 亦脫其衣跪其傍. 艾子驚問曰, 汝兒有罪, 應受此罰, 汝何與焉. 其子泣曰, 汝凍吾兒, 吾亦凍汝兒. 艾子笑而釋之

『艾子後語』

기러기를 두고 다투다
爭 雁
다툴 쟁 기러기 안

기러기 떼가 날아가는 것을 발견한 사냥꾼이 활을 꺼내 화살을 재고 쏠 준비를 하고 있었다. "살찐 기러기를 잡아 삶아 먹으면 맛이 아주 좋을 거야."

"아니예요. 구워 먹는 게 더 좋아요. 구우면 더 고소하고 맛있어요." 그의 아우가 고집스럽게 말했다.

두 사람은 저마다 자기 주장을 고집하며 쉴 새 없이 다투었다. 마침내 고을의 수령에게 판결을 청했다. 고을의 수령은 기러기를 잡으면 반은 삶고 반은 굽는 것이 좋겠다는 해결 방안을 제시했다. 그러나 그들이 다시 기러기를 쏘려고 했을 때 기러기 떼는 이미 멀리 날아가 버리고 없었다.

解 이 우화의 원래 목적은 학파 사이의 쓸데없는 편협한 논쟁을 풍자하는 것이다. 실제로 기러기는 잡지 않고 기러기를 잡아서 어떻게 할까 하는 것만 가지고 서로 자기 방법을 고집하는 것은 실제 노력은 하지 않고 관계없는 일을 가지고 다투다 좋은 기회를 놓쳐 버리는 것을 말한다. 기회는 자주 찾아오지 않는 법이다. 기회가 닥쳤을 때 가장 적절한 방법으로 해결해야 한다. 쟁론에 빠져 시기를 놓치면 기회는 가 버린다.

爭雁

昔人有睹雁翔者 將援弓射之, 曰, 獲則烹. 其弟爭曰, 舒雁烹宜, 翔雁燔宜, 竟鬪而訟於社伯. 社伯請剖雁烹燔半焉. 已而索雁, 則凌空遠矣.
『賢奕編』

다리에서 떨어진 장님
盲 苦
소경 맹 괴로울 고

　진작 강물이 말라 버린 걸 모르는 한 장님이 조심스럽게 나무다리 위를 걸어가고 있었다. 그는 한참 더듬어 가다가 한쪽 발을 헛디뎌 다리 아래로 떨어지고 말았다. 다행히 급히 난간을 움켜잡아 공중에 대롱대롱 매달렸다. 한 손이라도 놓치면 깊은 물속으로 떨어질 거라 생각하고 난간을 단단히 붙잡고 구해 달라고 소리쳤다.

　오가던 사람들이 그 모습을 보고 일러 주었다. "강물은 벌써 말라 버렸으니까 걱정 말고 손을 놓으시오. 아래는 마른 땅바닥이오."

　장님은 그 말을 믿지 않고 더욱 처량하게 울부짖었다. 그러다 결국 지쳐서 떨어졌다.

　그러나 뜻밖에도 그가 밟은 건 땅바닥이 아닌가? 장님은 아주 기뻐하며 덩실덩실 춤을 추다가 스스로에게 욕을 해댔다. "아하, 일찌감치 발 밑이 땅바닥인 줄 알았어야지. 미련하게 왜 사서 고생을 했더란 말인가?"

 남의 권고를 듣지 않고 자신의 생각만 고집하는 사람은 발밑도 볼 줄 모르는 장님과 같다. 이 우화 속의 장님이야 앞이 안 보이니 사서 고생을 했다지만 눈이 멀쩡한 사람도 맹목적으로 자신의 얄팍한 지식에만 집착하여 그것이 모든 것인 줄 안다. 두 발로 땅을 밟고 남의 말을 들을 줄 알아야 한다.

盲苦

有盲子道涸溪. 橋上失墜, 兩手攀楯, 兢兢握固, 自分失手必墮深淵已. 過者告曰, 毋怖, 第放下即實地也. 盲子不信, 握楯長號. 久之, 力憊, 失手墜地. 乃自哂曰, 嘻, 蚤知即實地, 何久自苦耶.
『賢奕編』

나는 어디로 갔지
我 今 何 在
나 아 이제 금 어찌 하 있을 재

  어떤 고을의 포졸이 큰 죄를 지은 스님을 변방의 유배지로 압송하는 중이었다. 그들은 날이 저물어 길가에 있는 여관으로 들어가 묵기로 했다.
  예전부터 도망칠 생각을 하고 있던 스님은 돈을 몇 푼 꺼내 술과 안주를 차려 오도록 하여 포졸과 함께 밤늦게까지 마셨다. 포졸이 고주망태로 취한 것을 본 스님은 재빨리 칼을 빼 그 포졸의 머리털을 밀어 버리고, 차꼬를 풀어 그의 발에 채웠다. 그리고 나서 창문을 넘어 달아났다.
  아침까지 자고 일어난 포졸은 스님이 보이지 않자 허둥지둥 방안을 휘둘러 보았지만 그림자도 보이지 않았다. 놀라 어안이 벙벙해진 그는 자기 다리에 차꼬가 채워져 있고, 또 자기 머리를 만져 보고 머리털이 하나도 없는 것을 알고 아주 기뻐하며 말했다. "다행히 중은 아직 있군."
  그는 안심하고 있다가 갑자기 또 이상한 생각이 들어 소리쳤다. "맙소사. 중은 있는데 나는 어디로 갔지?"

죄수를 압송하는 것과 같은 중요한 일은 주도면밀한 사람에게 맡겨야 하는데 머리만 깎으면 스님인 줄 알고 있는 멍청한 사람에게 맡겨서 한바탕 웃음거리가 되었다. 이 포졸은 스님이 머리를 깎는다는 일반적인 원칙을 무조건 적용하여 머리가 깎인 자기를 스님으로 판단했다. 이런 것은 실제와 본론(실제와 속성)을 혼동하여 속성을 실제로 잘못 이해한 경우이다.

我今何在

一里尹管解罪僧赴戌. 僧故黠, 中道夜酒, 里尹致沈醉鼾睡. 已取刀髡其道, 改紲己縲 反紲尹項而逸. 凌朝里尹寤, 求僧不得, 自摩其首髡, 又縲在項, 則大詫驚曰, 僧故在是, 我今何在耶.

『賢奕編』

두 장님
兩瞽
두 양 소경 고

신시에는 성질이 아주 급한 산동 출신의 장님이 있었다. 그는 큰길에서 머리를 들고 곧장 걷다가 미처 피하지 못한 행인이 부딪치기라도 하면 심하게 욕설을 퍼부었다. "너 눈이 멀었니?"

행인들은 그가 장님인 걸 보고 그리 신경 쓰지 않았다.

그런데 성질이 더 조급하고 난폭한 하남 출신의 장님이 거기에 왔다가 큰길을 곧바로 가로질러 가면서 산동 출신의 장님과 부딪쳤다. 그러자 두 사람은 같이 넘어져 땅바닥에 쓰러지고 말았다. 하남 출신의 장님이 더듬거리며 일어나 성난 목소리로 욕을 해댔다. "너 눈이 멀었니?"

산동 출신의 장님도 기어 일어나 소리쳤다. "너야말로 눈이 멀었니?"

두 장님은 큰길 한가운데서 힘껏 소리 지르며 엉켜 싸웠다. 곁에서 구경하던 행인들은 우스워 죽을 지경이었다.

이렇게 자기는 어리석으면서 남더러는 똑똑하라고 하며 남을 탓하기에 여념이 없는 사람들은 이 장님들과 다를 게 없다.

解 『신약성서』에 "소경이 소경을 인도하면 둘 다 빠진다"는 말이 있다. 서로 자기 학벌만 자랑하며 맹목적으로 남을 공격하고, 알지도 못하면서 남을 잘못 인도하고, 자기와 견해를 달리 하는 사람은 무조건 비난하는 것은 두 장님이 서로 상대방을 보고 눈이 멀었느냐고 욕하는 것과 같다. 이런 사람은 자기는 앞도 못 보면서 상대방더러 앞을 보지 못한다고 나무란다.

兩瞽

新市有齊瞽者, 性躁急, 行乞衢中, 人弗避道, 輒忿罵曰, 汝眼瞎耶. 市人以其瞽, 多不較. 嗣有梁瞽者, 性尤戾, 亦行乞衢中. 遭之, 相觸而蹎. 梁瞽故不知彼亦瞽也. 乃起亦忿罵曰, 汝眼亦瞎耶. 兩瞽哄然相詬. 市子姗笑. 噫. 以迷導迷, 詰難無已者, 何以異於是

『賢奕編』

남의 문에다 토하고서
當門醉嘔
당할당 문문 취할취 토할구

친구네 집에서 잔뜩 취해 비틀거리며 집으로 돌아가던 우공이 어느 집 앞을 지나다가 한참 동안 속이 뒤집혀 그만 그 집 문앞에 대고 토했다. 그 바람에 문간을 더럽히고 말았다. 그걸 본 문지기가 화를 내며 말했다. "술을 마시려면 곱게 마실 것이지 왜 술을 퍼마시고 하필이면 우리 문 앞에 게운단 말이냐?"

엉금엉금 기어서 일어난 우공이 흘겨보며 말했다. "내가 너희 집 앞에 토한 게 뭐가 잘못되었단 말이냐? 누가 너의 집 문더러 내 입을 향하고 있으라고 하더냐?"

"정말 못된 놈이로군." 그 사람은 어이가 없어서 실소를 터뜨리며 말했다. "우리 집 문은 몇 해 전에 만든 것이란 말이다. 오늘 네 입 앞에다 지은 것이 아니라고!"

"흥." 우공은 자기 입을 가리키며 말했다. "이 어르신의 입도 아주 오래 전에 생긴 것이란 말이야."

자기 잘못을 인정하지 않고 교묘하고 해괴하게 궤변을 늘어놓으며 변명을 하는 사람이 있다. 적반하장이다. 원래 있던 남의 집 문에다 토한 것은 분명히 토한 사람의 잘못이다. 다른 곳에 토할 수도 있기 때문이다. 그런데 엉망으로 취해서 인사불성 상태에서 남의 문에다 토해 놓고 도리어 문이 자기 입 앞에 있었다고 마구 억지를 부린다. 문이 이전부터 있던 것이라고 하자 자기 입도 이전부터 있던 것이라고 궤변을 늘어놓는다. 그러니까 입을 피해 문이 옮겨갔어야 옳단 말인가? 문제는 다른 곳에 토할 수도 있었는데 왜 하필이면 문 앞에다 토했는가 하는 것인데, 어느 것이 더 오래되었는가 하는 문제로 논점을 흐렸다. 원래 논점에서 벗어나는 오류를 범한 것이다.

當門醉嘔

公嘗醉走 經魯參政宅 便當門嘔穢 其閽人喝之曰, 何物酒狂, 向人門户泄瀉. 公睨視曰, 自是汝門户, 不合向我口耳. 其人不覺失笑曰, 吾家門户舊矣. 豈今日造而對汝口. 公指其嘴曰, 老子此口, 頗也有年.
『迂仙別記』

말의 간에는 독이 있다
馬肝有毒
말 마　간 간　있을 유　독 독

어떤 손님이 끝없이 오묘한 말들을 떠벌리다 말의 간에 맹독이 있다는 속설을 꺼냈다. "말의 간에는 맹독이 있어서 사람을 죽일 수 있다고 합니다. 그 때문에 한의 무제가 '문성이라는 사람이 말의 간을 먹고 죽었다'고 했답니다."

곁에서 그 말을 듣고 있던 우공이 머리를 흔들고 웃으며 말했다. "당신은 사기꾼이로군요. 말의 간은 뱃속에 있는데 그렇다면 왜 말은 죽지 않지요?"

손님이 놀리듯이 말했다. "말이 왜 백 년도 못 살겠소? 뱃속에 간이 있기 때문이지요."

우공이 생각해 보니 그럴 듯했다. 그는 집으로 돌아와 자기가 기르던 말을 땅바닥에 눕히고 배를 가르고 간을 떼어 냈다. 일이 채 끝나기도 전에 말은 벌써 죽어 버렸는데, 그는 피가 뚝뚝 떨어지는 칼을 땅바닥에 내려놓고 길게 탄식했다. "손님 말이 정말이었구나. 간이 얼마나 독했으면 떼어 내기도 전에 죽어 버렸을까? 떼어 내지 않았더라면 큰일 날 뻔했구나."

간을 떼어냈기 때문에 말이 죽었는데도 말의 간에 독이 있어서 죽은 것으로 생각하다니 어이없는 일이다. 말의 간에 설령 독이 있다 하더라도 간의 독에 피해를 입는 것은 말의 간을 먹는 사람이나 동물이지 말은 아니다. 복어 알에 독이 있다고 해서 복어가 죽는 일은 없다. 말이 죽은 것은 말의 간에 독이 있었기 때문이 아니라 간을 떼어냈기 때문이다. 이처럼 논리적으로 앞뒤가 맞지 않는데도 잘못된 주장을 그대로 믿고, 실제로 경험을 하고서도 경험한 사실보다 잘못된 이론이나 학설을 더 맹신한다.

馬肝有毒

有客語馬肝大毒, 能殺人, 故漢武帝云, 文成食馬肝而死. 迂公適聞之, 發笑曰, 客誑語耳 肝故在馬腹中, 馬何以不死. 客戲曰, 馬無百年之壽, 以有肝故也. 公大悟, 家有畜馬, 便刳其肝, 馬立斃. 公擲刀嘆曰, 信哉毒也. 去之尚不可活, 況留肝乎.

『雅謔』

기껏 지붕을 고쳤는데 비가 그치다니
葺屋無雨
기울 즙 집 옥 없을 무 비 우

비가 지겹도록 내렸다. 그런데 우공의 집은 지붕이 뚫려 비가 새서 밤새도록 이리저리 침상을 옮겨 다녔다. 급기야 마른 곳이라고는 한 군데도 찾을 수 없었다. 아내와 아이들은 짜증 섞인 목소리로 끝없이 불평을 늘어놓았다.

우공은 한밤중에 급히 목수를 불러다 지붕을 수리했다. 수리를 돕느라 힘도 들고 돈도 적잖이 쓰며 생고생을 했다. 지붕 수리를 마치자마자 하늘이 개고 달까지 훤하게 비치는 것이 아닌가? 우공은 밤낮 지붕을 쳐다보며 탄식을 했다. "정말 재수가 없군. 지붕을 고치자마자 비가 그치다니. 아까운 수리비만 고스란히 날렸잖아?"

 기왕 돈을 들여 수리를 했으면 앞으로는 비가 오더라도 비가 샐 걱정을 안 해도 된다. 그런데도 당장 돈들인 일이 아깝다고 불평을 한다. 이런 사람에게는 유비무환이라는 말을 하기조차 입이 아프다.

葺屋無雨

久雨房漏, 一夜數徙床, 卒無乾處. 妻兒交詬. 迂公急呼匠葺治, 勞費良苦. 工畢, 天忽開霽, 竟月晴朗.
公日夕仰屋歎曰, 命劣之人, 才葺屋, 便無雨, 豈不白折了工費也
『雅謔』

소식하는 고양이
猫 吃 素
고양이 묘 먹을 흘 흴 소

고양이 목에 우연히 염주가 걸렸다. 늙은 쥐가 그것을 보고 아주 기뻐서 날뛰며 말했다. "봐라. 고양이가 이제 마음을 고쳐먹고 소식素食을 한다. 이제 우리가 마음 놓고 살았다!"

그리고 새끼들을 데리고 고양이를 찾아가 고맙다는 인사를 했다. 고양이는 쥐들을 보자 날카로운 소리를 지르며 단숨에 몇 마리를 먹어 치웠다. 늙은 쥐는 급히 도망가서 간신히 살았다.

그 쥐는 안전한 곳에 숨어서 혀를 내두르며 말했다. "저놈이 소식하더니 더 흉악해졌군!"

 일시적인 비본질적 현상에 눈을 빼앗기거나 겉으로 드러난 것만으로 쉽게 속단을 하면 어이없이 속거나 큰 낭패를 당한다. 염주를 목에 걸었다고 고양이가 불제자가 되어 살생을 그만둘 리가 있는가?

猫吃素

猫項下偶帶數珠, 老鼠見之, 喜日, 猫吃素矣. 率其子孫詣猫言謝. 猫大叫一聲, 連啖數鼠 老鼠急走, 乃脫 伸舌曰, 他吃素後越凶了.
『笑林』

호수를 파 호수 물을 담는다

鑿 湖 容 水
뚫을 착 호수 호 담을 용 물 수

왕안석이 재상이 되어 수리 사업을 시행하기 위한 새로운 법을 만드는 데 힘썼다. 그리하여 이러한 노선을 집행하는 데 도움이 될 만한 사람을 자주 등용했기 때문에 그에게 여러 가지를 제안하는 관리들이 많았다.

어느 날 한 관리가 말했다. "팔백 리 양산박을 다 비운 뒤 개간하여 뽕밭을 만든다면 그 이익이 적지 않을 것으로 보입니다."

왕안석은 이를 듣고 나서 아주 좋아하며 계속 칭찬을 해댔다. 이어 그는 한참 동안 깊이 생각하다가 중얼거렸다. "그러나 이 팔백 리 호수 물을 어디로 돌린단 말인가?"

마침 곁에 있던 국자감의 선생인 유공보가 대답했다. "그건 아주 쉽지요. 곁에 팔백 리 호수를 하나 더 파서 물을 담으면 됩니다."

그 말을 들은 왕안석은 웃음을 터뜨렸다.

解 팔백 리나 되는 양산박을 메워서 드넓은 농토를 만든다면 수많은 사람들을 살릴 수 있을 것이다. 그러나 양산박의 물을 비우려면 그만큼 큰 호수가 있어야 한다. 호수를 메우기 위해 호수를 파서 물을 옮기자고 한 이야기는 웃자고 한 이야기이겠지만 사실 국책 사업 가운데는 이런 엉터리 같은 일이 한둘이 아니다. 호수를 메워 농토를 만들자는 계획은 그것만 놓고 볼 때는 참 좋지만 전체적인 국면으로 보면 문제가 간단하지 않다. 특히 대형 국책 사업일수록 전체적인 국면을 주도면밀하게 따져서 철저하게 계획을 세운 다음 시행해야지 이처럼 엉터리 같은 계획을 세워서 나중에는 빼도 박도 못하는 일이 있어서는 안 된다.

鑿湖容水

王介甫爲相, 大講天下水利. 一人獻策曰, 快梁山泊八百里以爲田, 其利大矣. 介甫喜甚. 沉思曰, 何地可容. 適劉貢父在坐, 戲曰, 旁鑿八百里容之. 介甫大笑.

『譃浪』

벽을 뚫고 통증을 옮겨 주기
鑿壁移痛
뚫을 착 벽 벽 옮길 이 아플 통

어떤 사람이 다리에 종기가 나 피와 고름이 흘러 통증을 참을 수 없어서 신음하며 식구들에게 말했다.

"어서! 어서 벽에 구멍을 뚫어 다오."

영문을 모르고 하도 성화를 부리기에 가족들은 할 수 없이 구멍을 뚫었다. 구멍이 뚫리자 그는 얼른 아픈 다리를 이웃집으로 한 자쯤 들이밀었다.

식구들이 뭘 하는 거냐고 묻자 그가 말했다. "통증을 이웃집으로 보내서 이웃집 사람들을 아프게 하려는 거다. 이렇게 하면 다리 아픈 것이 나와 상관이 없어질 테니까."

解 자신이 잘못하여 문제가 생기면 그 잘못을 자신이 책임지고 문제의 원인을 찾아서 해결해야 한다. 이 우화는 자기 때문에 일어난 잘못된 일의 결과를 자기가 책임지지 않고 남에게 떠넘기는 부패한 관료를 풍자한 이야기이다.

鑿壁移痛
里中有病脚瘡者, 痛不可忍, 謂家人曰, 爾爲我鑿壁爲穴. 穴成, 伸脚穴中, 入鄰家尺許. 家人曰, 此何意答曰, 憑他去鄰家痛, 無與我事.
『雪濤小說』

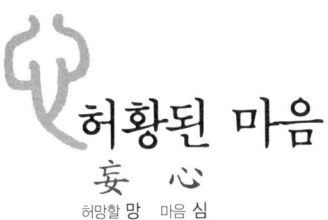

허황된 마음
妄 心
허망할 망   마음 심

어느 도시에 가난한 사람이 있었다. 그는 하도 가난하여 아침을 끓이면 저녁을 기약할 수도 없을 지경이었다. 하루는 우연히 달걀을 하나 주워 기분이 좋았다. 들뜬 기분으로 얼른 아내에게 달려와 의기양양하게 자랑했다.
"이것 좀 보아! 우리에게도 재산이 생겼단 말이오."
아내가 그에게 물었다. "재산이라니요? 어디에 있단 말이에요?"
그는 아내에게 달걀을 불쑥 내보이며 이렇게 말했다. "이게 바로 재산이지. 하지만 10년을 기다려야 재산이 이루어진다오."
그러고는 아내에게 계획을 털어놓았다. "나는 우선 이 달걀을 이웃집에 맡겨서 어미닭에게 병아리를 까게 할 거에요. 병아리가 큰 닭이 되면 암탉을 구해 달걀을 낳게 하겠소. 한 달에 적어도 달걀을 15개는 얻을 수 있을 테니 2년 안에 닭이 또 병아리를 까서 닭 3백 마리를 얻을 수 있소. 그것을 팔아서 금 10냥과 바꾸겠소. 그런 다음 금 10냥으로 송아지 5마리를 산다오. 송아지가 커서 또 송아지를 낳으면 3년 안에 25마리로 늘어나고, 그 새끼가 또 새끼를 낳을 테니 다시 3년이 지나면 소가 무려 50마리로 늘어나겠지요. 그러면 나는 소 50마리를 팔아서 금 3백 냥을 마련하여 그 돈으로 이번에는 이자놀이를 할 거에요. 한 3년 이자놀이를 하고나면 5백 냥쯤이야 식은 죽 먹기지요. 나는 5백 냥 가운데 3분의 2로 논밭과 집을 사고 3분의 1로 하인과 첩을 살 거에요. 그러면 당신과 함께 넉넉하게 살면서 여생을 즐길 수 있겠지. 이 어찌 즐겁지 않겠소?"
남편이 흐뭇하게 장래의 계획을 말하고 있는 동안 가만히 듣고 있던 아내는 남편이 첩을 사겠다고 하는 말을 듣고는 발끈 화를 내고는 얼른 달걀을 빼앗아서 던져 깨버리고 말했다. "화근을 남기지 말아야지!"

꿈에 부풀어서 신나게 장래 계획을 말하던 남편은 아내가 모든 희망의 근원인 달걀을 빼앗아서 던져버리자 화가 머리끝까지 치솟아 그만 아내를 때렸다. 그러고는 관가에 가서 아내를 고발했다. "내 재산을 모두 날려버린 이 악독한 아내를 당장에 죽여 버리시오."

고을의 사또가 "네 재산은 어디 있느냐? 그리고 저 여인네가 어떻게 네 재산을 날려버렸느냐?"

남편이 우연히 달걀을 얻은 데서부터 재산을 늘려서 첩을 살 계획이었다는 데까지 자초지종을 이야기했다.

사또는 남편의 말을 듣고 "그렇게 큰 재산을 한 주먹에 날려버렸으니 저 악독한 여인네는 마땅히 죽음에 처해야겠구나!" 하고 판결하였다. 그러고는 그 아내를 삶아 죽이는 형벌을 내리라고 명령하였다.

아내는 엉엉 울면서 사또에게 억울함을 하소연했다. "제 남편의 재산은 모두 아직 이루어진 것이 아닙니다. 그런데 왜 저를 삶아 죽이라는 겁니까? 억울합니다."

사또가 말했다. "네 남편이 첩을 산다는 것도 아직 이루어진 일은 아니지 않느냐? 그런데 왜 미리 투기를 하는 거냐?"

아내가 말했다. "본래 이루어진 일은 아닙니다만 화의 근원은 아예 미연에 싹을 뽑아야 하지 않겠습니까?"

사또가 껄껄 웃으면서 말했다. "그도 그럴 듯하구나. 여봐라! 저 여인네를 풀어주도록 하여라!"

우리 속담에 '독장수 셈하기'라는 말이 있다. 독장수가 나무그늘에서 쉬면서 이 이야기의 남편처럼 독을 많이 팔아 큰 부자가 되겠다는 허황된 꿈을 꾸다가 신이 나서 팔을 내젓다 그만 독을 다 깨뜨려버렸다는 이야기에서 유래한 속담이다. 전혀 실현 가능성이 없는 일을 미리 계산하거나 허황된 꿈만 꾸는 사람을 가리키는 말이다. 남편이 화의 근원을 미연에 막은 아내의 지혜(?)를 좇아 착실하고 부지런히 산다면 하인에 첩은 거느리지 못해도 아내와 여생을 편안히 보낼 수는 있지 않겠는가?

妄心

一市人貧甚 朝不謀夕. 偶一日拾得一鷄卵, 喜而告其妻曰, 我有家當矣. 妻問, 安在. 持卵示之 曰, 此是 然須十年, 家當乃就 因與妻計曰, 我持此卵, 借鄰人伏鷄乳之, 待彼雛成. 就中取一雌者, 歸而生卵, 一月可得十五鷄, 兩年之內, 鷄又生鷄, 可得鷄三百, 堪易十金. 我以十金易五牸, 牸復生牸, 三年可得二十五牛, 牸所生者又復生牸, 三年可得百五十牛, 堪易三百金矣. 吾持此金擧貴, 三年間 半千金可得也. 就中以三之二市田宅, 以三之一市僮僕, 買小妻, 我乃與爾優游以終餘年, 不亦快乎. 妻聞欲買小妻, 怫然大怒 以手擊鷄卵碎之, 曰, 勿留禍種 夫怒, 撻其妻, 乃質於官, 曰, 立敗我家者此惡婦也 請誅之. 官司問, 家何在, 敗何狀. 其人歷數, 自鷄卵起, 至小妻止. 官司曰, 如許大家當, 壞於惡婦一拳, 眞可誅 命烹之. 妻號曰, 夫所言皆未然事, 奈何見烹. 官司曰, 你夫言買妾, 亦未然事, 奈何見妒. 婦曰, 固然, 第除禍欲早耳. 官笑而釋之

『雪濤小說』

그래도 생강은 나무에 열린다
薑 從 樹 生
생강 강　좇을 종　나무 수　날 생

초나라의 어떤 사람이 생강을 한 번도 본 적이 없었다. 한번은 거리에서 생강을 파는 걸 보고 아주 신기하여 곁에 주저앉아 물끄러미 들여다보았다. 한참 보고 나더니 다른 사람에게 이렇게 말했다. "이것은 반드시 나무에서 열릴 것이오."

다른 사람이 그에게 말했다. "틀렸소. 생강은 흙에서 난다오."

"말도 안 돼요." 그는 고집스럽게 머리를 흔들었다. "여보시오, 이 모양을 보시오. 나무가 아니면 열릴 수 없다니까요."

결국 두 사람은 다투었다. 오기가 생긴 그가 말했다. "우리 내기합시다. 열 사람에게 물어 보지요. 이 나귀를 걸겠소."

결국 열 사람에게 물어 보았더니 열 사람 모두 생강은 흙에서 나는 것이라고 말했다. 어안이 벙벙한 채 한참 동안 멍하니 서 있던 그가 말했다.

"나귀를 줄 테니까 끌고 가시오. 그러나 생강은 여전히 나무에 열리는 것이외다!"

解 지구는 돈다고 지동설을 주장했다가 종교 법정에 서게 된 갈릴레이가 생명의 위협을 느껴 자신의 주장을 철회하고 사면을 받고 나오면서 "그래도 지구는 도는데"라고 중얼거렸다는 일화가 있다. 갈릴레이의 이 일화가 사실인지 여부는 떠나서 생각하더라도 갈릴레이는 망원경을 고안하여 관측하고 세밀한 과학적 방법을 거친 끝에 당시로서는 대부분 사람들이 인정할 수 없었던 학설을 주장했던 것이다.

이 초나라 사람은 자기가 갖고 있는 얄팍한 지식을 근거로 잘못된 판단을 내리고서도 끝끝내 우기다가 나귀까지 잃었다. 그래도 오기가 있어서 남들 앞에서는 잘못을 인정하면서도 마음으로는 승복하지 못했다. 갈릴레이처럼 객관적인 근거와 과학적인 방법론에 입각해서 선구적인 주장을 하여 설령 남들이 모두 인정하지 않더라도 과학적 진리를 고집하는 것은 훌륭한 일이다. 그러나 초나라 사람처럼 아무런 근거도 없이 순전히 오기로만 고집하는 것은 어리석기 짝이 없는 일이다.

薑從樹生

楚人有生而不識薑者, 曰, 此從樹上結成. 或曰, 從土裏生成. 其人固執己見. 曰, 請與子以十人爲質, 以所乘驢爲賭. 已而遍問十人, 皆曰, 土裏出也. 其人啞然失色. 曰, 驢則付汝, 薑則還樹生上結成.

『雪濤小說』

거미와 누에
蛛 蠶
거미 주 누에 잠

　거미가 누에에게 말했다. "너는 하루 종일 배불리 먹기만 하다가 늙으면 입으로 씨실 날실을 토하여 누렇고 새하얀 찬란한 고치를 지어서 자신을 감싸버리지. 그러면 누에치는 아낙이 너를 집어서 끓는 물에 넣어 긴 실을 뽑아내고. 그 때문에 너는 죽는단 말이야. 너의 재주는 대단하다만 바로 그 재주 때문에 너는 죽게 되니 참으로 어리석구나!"
　누에가 거미에게 대답했다. "그래. 나는 틀림없이 내 재주 때문에 죽을 거야. 그렇지만 내가 토해낸 실로 화려한 수레의 덮개, 복장, 깃발을 만들 수 있지. 천자의 곤룡포, 백관의 관복, 어느 것도 내가 없이는 만들 수 없단다. 너는 주린 배를 움켜쥐고 집을 짓는데, 입으로 씨실 날실을 토하여 그물을 쳐서는 그 사이에 숨을 죽이고 엎드려 기다리고 있다가 모기, 등에, 벌, 나비 따위가 지나가다가 걸려들면 가리지 않고 끈끈한 줄로 둘둘 감아서 먹어치우지. 그래. 네 재주는 대단하기는 대단하다. 그렇지만 그런 대단한 재주를 그런 잔인한 데 쓰다니!"
　거미가 말했다. "남을 위한 일은 너나 하려무나. 나는 나를 위해 살 테니까."

解 동물을 주인공으로 한 우화에서 억울한 캐릭터의 대표 가운데 하나가 거미이다. 거미가 줄을 치는 것은 생존방식일 뿐이다. 거미라고 특별히 악랄한 것도 아니고 누에라고 남을 이롭게 하려고 고치를 짓는 것은 아니다. 이런 비유는 극히 사람 위주의 생각이다. 아무튼 둘 다 비슷한 재주를 지녔는데 한쪽은 남을 위해 쓰고 한쪽은 자신만을 위해 썼다. 이럴 때 우리는 어느 쪽에 손을 들어줘야 할까?

蛛蠶

蛛語蠶曰, 爾飽食終日, 以至於老, 口吐經緯, 黃白燦然, 因之自裹, 蠶婦操汝入於沸湯, 抽爲長絲, 乃喪厥軀. 然則其巧也, 適以自殺, 不亦愚乎. 蠶答蛛曰, 我固自殺. 我所吐者遂爲文章, 天子袞龍, 百官紱綉, 孰非我爲. 汝乃枵腹而營, 口吐經緯, 織成網羅, 坐伺其間, 蚊䖟蜂蝶之見過者, 無不殺之而以自飽. 巧則巧矣, 何其忍也. 蛛曰, 爲人謀, 則爲汝. 自爲謀, 寧爲我.

『雪濤小說』

외과 의사의 진단

庸醫斷箭
어리 용 의원 의 끊을 단 화살 전
석을

옛날에 자칭 외과 전문의가 있었다. 어떤 군인이 전쟁터에서 화살을 맞았다. 화살이 늑막 안으로 깊이 파고 들어가서 고통을 참을 수 없게 된 그는 곧 그 외과 의사를 불러 수술을 부탁했다.

침대 곁으로 다가와 잠시 진찰을 하고 난 의사는 커다란 수술용 칼을 꺼내 밖으로 드러나 있던 화살을 우지직 소리 나게 자르고는 치료비를 청구했다.

군인이 그를 붙들고 말했다. "화살 끝이 아직 살 속에 박혀 있는데 왜 꺼내 주지 않고 치료비를 달라고 하는 겁니까?"

의사가 대답했다. "그건 내과 의사가 할 일입니다. 저는 외과 의사이지 내과 의사가 아닙니다. 저에게 책임을 묻지 마십시오."

 경직된 사고로 교조를 묵수하는 사람은 부분과 전체, 현상과 본질을 고립적으로 파악한다. 외과와 내과가 살갗의 안과 밖으로 구분된다는 말인가? 화살에 맞았으면 화살을 뽑고 치료를 해야지 밖으로 드러난 부분만 자르고 자기 할 일을 다 했으니 치료비를 달라고 뻔뻔스럽게 우기는 자칭 외과 의사는 참으로 황당하고 어이없다.

자칭 전문가라면서 자기 책임을 남에게 떠넘기는 이 외과 의사는, 관료주의에 물들어 힘든 일은 적당히 어물쩍 피하여 안전만 구하고 자기 이익만 챙기며 잘못이 생기면 책임을 남에게 떠넘기는 부패한 관리를 가리킨다.

庸醫斷箭

有醫者, 自稱善外科, 一禆將陣回, 中流失, 深入膜內, 延使治, 乃持并州剪剪去失管, 跪而請謝. 禆將曰, 簇在膜內者須亟治. 醫曰, 此內科事, 不應并責我.

『雪濤小說』

자린고비가 되는 법
學 慳 術
배울 학 아낄 간 꾀 술

어떤 사람이 자린고비가 되는 기술을 익혔지만 자기 생각에는 아직도 부족하다고 여겨 자린고비의 대가를 찾아가서 기술을 익히고자 하였다. 자린고비의 대가를 찾아간 그는 종이를 물고기 모양으로 오린 것과 물 한 병을 술이라고 이름 붙여서 올리고 스승을 찾아가는 예물로 삼았다.

마침 자린고비 대가는 외출중이어서 집에는 그의 아내만 남아있었다. 대가의 아내는 그가 온 목적을 알고 나서 가지고 온 예물을 보고는 하녀에게 빈 잔을 내오게 하더니 그에게 말했다. "차 한 잔 드세요." 그러나 찻잔에는 차가 없었다.

또 두 손으로 동그라미를 그려 보이면서 이렇게 말했다. "떡도 좀 잡숴보세요."

자린고비 기술을 배우러 온 사람이 돌아간 뒤 자린고비 대가가 돌아왔다. 그 아내가 있었던 일을 죄다 말했더니 자린고비 대가는 얼굴을 찌푸리며 이렇게 말했다. "왜 그리 많이 대접했소?" 그러고는 손으로 동그라미의 반을 그리고서 말했다. "요만한 떡 반쪽이면 대접이 충분한데."

 점입가경이다. 자린고비도 이 정도면 예술의 경지라 할 만하다.

學慳術

一人已習慳術, 猶謂未足, 乃從慳師學其術. 往見之, 但用紙剪魚, 盛水一瓶, 故名曰酒, 爲學慳贄禮. 偶値慳師外出, 惟妻在家. 知其來學之意竝所執贄儀, 乃使一婢用空盞傳出. 曰, 請茶. 實無茶也. 又以兩手作一圈. 曰, 請餠. 如是而已. 學慳者旣出, 慳師乃歸, 其妻悉述其事以告, 慳師作色曰, 何乃費此厚款. 隨用手作半圈樣曰, 只這半邊餠, 殼打發他

『雪濤諧史』

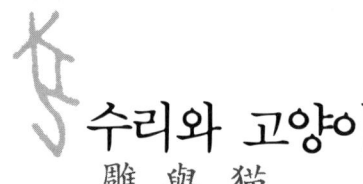

수리와 고양이
雕 與 猫
독수리 조 더불 여 고양이 묘

수리가 알을 까서 새끼를 기르고 있었는데 도무지 먹이를 구할 길이 없었다. 하루는 고양이 한 마리를 꼬드겨서 둥지로 데려왔다. 나중에 새끼에게 먹이기 위해서였다. 그런데 고양이는 수리의 새끼를 보더니 입맛을 다시며 차례로 모두 먹어치웠다. 어미 수리는 불같이 화가 났다. 고양이가 그것을 보고 말했다. "나에게 성을 내지 마세요. 나는 당신이 오라고 해서 온 것뿐이니까요."

 애초에 나쁜 마음을 먹고 일을 꾸몄다가 제 꾀에 제가 당했다. 누구를 탓하겠는가?

雕與猫

雕鳥哺雛, 無從得食, 搜得一猫, 置之巢中, 將吃以飼雛. 猫乃立啖其雛, 次第俱盡. 雕不勝怒. 猫曰, 你莫嗔我, 我是你請將來的.
『雪濤諧史』

호랑이도 시주 장부를 두려워한다
虎畏化緣僧
범 호 두려 외 될 화 인연 연 중 승
        위할

    강도와 화주승이 우연히 같이 길을 가다가 호랑이와 맞닥뜨렸다. 강도는 얼른 화살을 시위에 걸어 호랑이를 위협했다. 호랑이는 화살도 아랑곳하지 않고 점점 가까이 다가왔다. 스님은 할 수 없이 지푸라기라도 잡는 심정으로 시주 장부를 호랑이에게 냅다 던졌다. 그러자 호랑이는 깜짝 놀라 펄쩍 뛰어 물러났다.
    새끼 호랑이가 어미 호랑이에게 물었다. "엄마, 강도는 두려워하지 않으면서 스님은 두려워하나요?"
    어미 호랑이가 말했다. "강도는 내가 맞붙어 싸울 수 있지만 스님이 나에게 뭘 시주하겠느냐고 물으면 내가 무슨 수로 상대하겠느냐?"

 종교적인 기부나 자선은 그야말로 자발적으로 베푸는 것이지 사회적인 여론이나 주위 분위기를 의식하여 억지로 기부해서도 안 되고 기부하도록 무언의 압력을 넣거나 강요해서도 안 된다. 강도는 아예 강도짓이 자기가 하는 일이니까 그렇다 하더라도 자선의 허울을 쓴 기부와 헌금의 강요는 더 교묘하고 무섭다.

虎畏化緣僧

一强盜與化緣僧遇虎於塗. 盜持弓御虎, 虎猶近前而不肯退. 僧不得已, 持緣簿擲虎前, 虎駭而退. 虎之子問虎曰, 不畏盜, 乃畏僧乎. 虎曰, 盜來, 我與格鬪. 僧問我化緣, 我將甚麼打發他.
『雪濤諧史』

때린 건 때린 게 아니다
打是不打
칠타 이시 아닐불 칠타

　송나라 때 구준이라는 관리가 있었다. 한번은 그가 항주의 큰 절로 산이라는 스님을 만나러 갔다. 스님은 구준의 관직이 보잘것없음을 알고 대접을 소홀히 했고, 태도도 아주 오만 불손했다.
　잠시 뒤 밖에서 장군의 아들이 왔다는 보고가 들어오자 그는 허둥지둥 돌계단을 달려 내려가 장군의 아들을 말에서 부축해 내리고 선당으로 맞아들여 굽실거리며 담배도 말아주고 차도 따라 올렸다.
　한쪽에서 불편한 심기로 바라보고 있던 구준은 장군의 아들이 가기를 기다려 스님을 꾸짖었다. "내게는 그렇게도 거만하더니 장군의 아들에게는 몹시도 공손하군요?"
　스님이 대답하였다. "선생은 우리 출가인의 도리를 이해하지 못하시는군요. 여기에서는 공경은 공경이 아니고 공경 아닌 것이 공경입니다."
　구준은 발끈 화를 내며 막대기를 움켜쥐고 스님의 머리통을 탁탁 치며 말했다. "때린 건 때린 게 아니고 안 때린 게 때린 것이다."

불교의 논리 가운데는 '색은 공이요, 공은 색이다'라거나 '하나는 여럿이요, 여럿은 하나'라는 식의 논리가 많다. 이런 명제는 형식 논리로 볼 때는 말이 안 되지만 불교의 난해한 형이상학을 설명할 때 흔히 쓰인다. 그러나 이 절의 스님은 권력에 아부하고 부귀에 아첨하며 가난한 사람과 서민을 무시하고 혐오하는 위선과 추태를 가리기 위해 공경은 공경이 아니고 공경 아닌 것이 공경이라고 했다. 이런 궤변으로 자신의 추태를 합리화하고 정당화하려는 스님에게 구준은 똑같은 논리로 대항할 밖에. 때린 건 때린 게 아니고 안 때린 게 때린 것이라고.

打是不打

殿中丞丘浚, 嘗在杭州謁釋珊, 見之殊傲. 頃之, 有州將子弟來謁, 珊降階接之, 甚恭. 丘不能平, 伺子弟退 乃問珊曰, 和尚接浚甚傲, 而接州將子弟乃爾恭邪. 珊曰, 接是不接, 不接是接. 浚勃然起, 杖珊數下曰, 和尚莫怪, 打是不打, 不打是打.

『雪濤諧史』

진흙 신상의 탄식
泥像嘆苦
진흙 니 형상 상 탄식할 탄 괴로울 고

어떤 사람이 유교, 불교, 도교 세 종교를 함께 믿었다. 그래서 작은 사당을 차려놓고 공자와 태상노군과 석가모니의 상을 진흙으로 빚은 소상을 차례로 나란히 모셨다.

도사 한 사람이 사당에 왔다가 태상노군의 소상이 가장자리에 놓인 것을 보고 심하게 욕설을 퍼부었다. "아주 잘해 놓았군. 우리 교조는 모든 성현의 으뜸인데 왜 가장자리에 놓는단 말인가?" 그러고는 소매를 걷어붙이고 태상노군의 소상을 향탁 한가운데로 옮겨 놓았다.

이번에는 스님이 들어와 보고 "아미타불. 부처님이 어떻게 낮은 자리에 있을 수 있단 말인가?" 하고 석가모니의 신상을 한가운데로 옮겨 놓았다.

나중에 선비 하나가 들어와 고개를 저으며 말했다. "체통이 말이 아니군. 공자님은 만세의 사표니까 당연히 으뜸이 되어야지." 그러고는 공자의 소상을 향탁 한가운데로 옮겨 놓았다.

이렇게 보는 사람마다 옮겨 놓는 바람에 소상의 표면이 닳고 빛깔이 퇴색되어 보기 싫은 누런 흙덩이가 드러났다. 세 분 소상은 서로 쳐다보면서 탄식했다. "우리는 본래 제대로 된 모습이었는데, 사람들이 옮겨 놓는 바람에 요 모양 요 꼴이 되고 말았군요."

이 우화의 내용대로 공자와 석가모니와 노자가 한 자리에 모인다면 서로가 잘났다고 옥신각신 다툴까? 모르긴 몰라도 결코 그럴 일은 없을 것이다.

옛부터 종교적 독선이 원인이 되어 일어난 종교 또는 종파의 분쟁은 그 어떤 분쟁보다 치열했다. 종교적 독선은 종교의 원래 정신에서 한참 동떨어진 것일 뿐만 아니라 교조의 이념에 역행하는 것이다. 현대 사회에서도 근본주의 기독교와 이른바 이슬람 근본주의의 갈등은 전쟁의 양상으로까지 치닫고 있다. 정말 세상 만물을 내 몸처럼 아끼고 모든 사람을 형제처럼 사랑하라고 가르치는 종교에서 서로 믿는 것이 다르고 교리가 다르다고 하여 서로 원수로 대하고 상대방을 말살하려고 하니, 아마 예수가 다시 십자가를 지고 이들을 화해시켜야 하고, 석가모니가 다시 보리수 아래서 고행을 하고, 공자가 다시 수레를 타고 온 세상을 집 잃은 개처럼 떠돌아다녀야 할지도 모르겠다.

泥像嘆苦

一人奉三教, 塑像先孔子, 次老君, 次釋迦. 道士見之, 即移老君於中, 僧來又移釋迦於中, 士來仍移孔子于中. 三聖自相謂曰, 我們自好好的, 却被人搬來搬去, 搬得我們壞了.

『笑贊』

방귀송
屁頌
방귀 비 기릴 송

어떤 수재가 수명이 다해 염라대왕 앞으로 불려갔다. 염라대왕이 어쩌다 방귀를 뀌자 수재가 즉석에서 「방귀송」을 지어 바쳤다.

황금 같은 엉덩이를 높이 치켜드시고
당당하게 고귀한 기운을 내뿜으셨도다.
관현악같이 조화로운 음률이여,
사향과 난초같이 진동하는 향내여,
풍겨 오는 방귀 아래 서 있는 이 몸은
은은한 향내에 몸 둘 곳을 몰라라.

염라대왕은 매우 기뻐하며 십 년을 더 살게 해주고 곧바로 세상으로 돌려보냈다.
십 년의 기한이 다 차서 다시 염라대왕 앞에 다시 불려갔다. 수재는 의기양양하게 삼라전을 향해 거들먹거리며 올라왔다. 염라대왕이 어이가 없어서 물었다. "저 놈은 어떤 놈이냐?"
귀졸이 말했다. "바로 그 방귀 문장을 지었던 수재올시다."

당나라 때 어떤 사람이 황제의 똥을 맛보고 건강하다고 아부하여 부귀를 얻었다고 한다. 이 수재는 똥을 맛본 사람보다 한 수 위다. 아부도 이 정도면 예술의 경지이다. 갈고 닦은 글재주로 기껏해야 방귀를 찬송하는 글이나 지어 수명을 연장하다니. 이런 사람들은 득이 된다면 뭐든지 하는 사람이다. 후안무치하다. 아부도 많이 배워야 세련되게 잘 할 수 있나 보다.

屁頌

一秀才數盡去見閻王. 閻王偶放一屁. 秀才卽獻屁頌一篇曰, 高竦金臀, 弘宣寶氣. 依稀乎絲竹之音, 彷佛乎麝蘭之味. 臣立下風 不勝馨香之至. 閻王大喜, 增壽十年, 卽時放回陽間. 十年限滿, 再見閻王. 這秀才志氣舒展, 望森羅殿搖擺而上. 閻王問是何人, 小鬼說道, 是那做屁文章的秀才.
『笑贊』

나만 보이지 않으면 그만
隱身草
숨길 은 몸 신 풀 초

어떤 사람이 다른 사람에게 풀을 하나 받았다. 풀을 건네준 사람은 그 풀이 몸을 숨겨 주는 은신초라고 했다. "이 풀을 쥐고 있으면 옆에 있는 사람도 볼 수 없다오."

이 사람은 은신초를 쥐고 곧장 시장으로 가서 어떤 가게에 들어가 돈을 움켜서 주머니에 가득 쑤셔 넣고 달아났다. 주인이 당장에 달려 나와 그 사람을 붙잡고 두드려 팼다. 두들겨 맞으면서 그 사람은 이렇게 말했다. "마음대로 때려라. 그렇지만 나는 보이지 않을 걸?"

解 처음 은신초를 건네준 사람이 눈에 보였다면 은신초가 아님이 분명하다. 더구나 돈을 가져가다 붙들려서 맞았는데도 은신초라고 믿었다니 이 사람은 정말 어리석기 짝이 없다.

이 우화 밑에는 다음과 같은 평이 짤막하게 붙어 있다. "그는 진짜 은신초를 갖지 못했을 뿐이다. 진짜를 가졌더라면 누가 그를 볼 수 있겠는가? 은신초도 갖지 않고 대낮에 남의 것을 빼앗아도 아무도 막지 못하는 사람이 있는데 이 방법이 진짜 신통한 방법이다."

작자는 마치 이 사람이 진짜 은신초를 갖지 못해서 두드려 맞았을 뿐 진짜 은신초를 가졌더라면 맞지 않아도 됐을 것이라고 비호하는 듯하다. 은신초도 갖지 않고 남들이 보는 앞에서 물건을 강탈해 가는 사람도 있는데 이 사람은 숨는 방법이 시원치 않았을 뿐 숨으려고 했다는 점에서 이들보다 낫다고 말이다. 그만큼 작자는 역설적으로 힘을 믿고 함부로 남의 물건을 갈취하고 빼앗아도 아무도 막지 못하는 현실을 풍자한다.

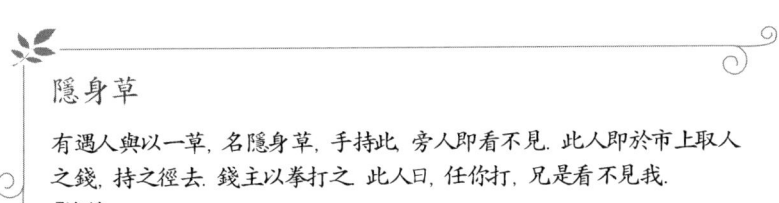

隱身草

有遇人與以一草, 名隱身草, 手持此, 旁人即看不見. 此人即於市上取人之錢, 持之徑去. 錢主以拳打之 此人曰, 任你打, 兄是看不見我.
『笑贊』

덩달아 웃는다
衆笑亦笑
무리 중 웃을 소 또 역 웃을 소

어떤 장님 하나가 우연히 여러 사람들과 자리를 같이 하고 있었다. 마침 우스꽝스러운 일이 일어나 그것을 보고 여러 사람들이 일제히 웃음을 터뜨렸다. 그러자 장님도 덩달아 웃는 것이 아닌가? 그 자리에 앉은 사람들이 물었다. "여보시오. 당신은 앞도 보이지 않으면서 도대체 뭘 보고 웃는 거요?"
장님이 말했다. "여러분들이 보고 웃는 것이라면 틀림없이 우스운 일이 아니겠소?"

 장님의 판단이 결코 잘못되었다고 할 수는 없다. 여러 사람이 함께 웃었으니 그 일이 어떤 일인지는 몰라도 우스운 일임에는 틀림없다. 그러나 두 눈을 멀쩡하게 뜨고도 남이 하는 일을 무분별하게 따라 하고 남이 잘못을 하면 덩달아 잘못을 하는 사람은 눈 뜬 장님이다.

衆笑亦笑

一瞽者與衆人坐. 衆有所見而笑, 瞽者亦笑. 衆問之曰, 何所見而笑. 瞽者曰, 你們所見, 定然不差.
『笑贊』

새매에게 쫓긴 참새
鷂子追雀
새매 요 아들 자 쫓을 추 참새 작

새매에게 쫓기던 참새가 급한 김에 스님의 장삼 소매 자락 속으로 들어갔다. 스님이 손으로 참새를 움켜잡고 말했다. "나무아미타불. 내가 오늘은 고기를 먹게 생겼구나."

참새가 눈을 꼭 감고 꼼짝도 하지 않았다. 스님은 참새가 죽은 줄 알고 손을 폈다. 그러자 참새가 훌쩍 날아가 버렸다. 스님이 또 말했다. "나무아미타불. 내가 너를 방생하노라."

 위선적인 권력자는 착취할 기회가 되면 착취하고, 그럴 기회가 되지 않으면 크게 선심을 쓰는 척한다. 안 밀어도 잘 굴러가는 수레를 밀면서 크게 도와주는 척한다. 차라리 가만 두는 게 도와주는 것일 텐데 말이다.

鷂子追雀

鷂子追雀. 雀投入一僧袖中. 僧以手搦定曰. 阿彌陀佛. 我今日吃一塊肉.
雀閉目不動. 僧只說死矣. 張開手時. 雀即飛去.
僧曰. 阿彌陀佛. 我放生了你罷.
『笑贊』

장님이 최고
瞽者好
소경 고 사람 자 좋을 호

두 장님이 함께 길을 가면서 말했다. "세상에서 장님이 제일 좋아. 두 눈이 멀쩡한 사람은 하루 종일 바삐 쏘다니지. 농부는 더 바쁘고. 평생 한가로운 우리만 하겠어?"

마침 농부가 지나가다가 이 말을 듣고 관리인 척하면서 길을 비키지 않는다고 가래로 한 대씩 때리고 소리를 버럭 지르며 쫓아 버렸다.

조금 뒤 다시 그들의 말을 엿들어 보니 한 장님이 이렇게 말했다. "역시 장님이 제일이야. 만약 우리가 두 눈이 멀쩡했더라면 맞고 나서 또 처벌을 받았을 테니까."

 불행한 일을 당하고도 더 심한 일을 당하지 않아 다행이라고 자기 위안을 삼는 사람들의 한심한 정신 상태를 풍자한 우화이다. 그러나 장님들의 말에도 일리가 있다. 총명함을 타고난 사람들의 착취와 횡포가 얼마나 심했으면 차라리 아무것도 보지 못하고 사는 게 낫다고 했을까? 오죽하면 장님이 제일이라고 했을까?

瞽者好

二瞽者同行曰, 世人惟瞽者最好. 有眼人終日奔忙, 農家更甚. 怎得如我們清閒一世. 適衆農夫竊聽之. 乃假爲官人, 謂其失於回避, 以鋤杷各打一頓, 而呵之去. 隨後, 復竊聽之. 一瞽者曰, 畢竟是瞽者好. 若是有眼人, 打了還要問罪.

『笑贊』

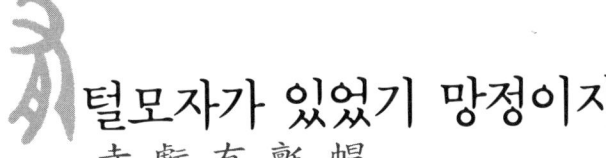

털모자가 있었기 망정이지
幸虧有氈帽
다행 행 이지 휴 있을 유 모전 전 모자 모
　　　러질

아주 무더운 여름날, 어떤 사람이 두터운 털모자를 쓰고 길을 가고 있었다. 가뜩이나 푹푹 찌는 날씨에 털모자까지 덮어써서 온몸에 땀이 비 오듯 흘렸다.

간신히 큰 나무를 발견하여 그 밑에서 쉬었다. 그는 머리에 썼던 털모자를 벗어서 부치며 말했다. "이 털모자가 있어 부칠 수 있었기 망정이지 그렇지 않았더라면 더워서 죽었을 거야."

 모든 물건은 때와 장소에 따라 쓸모가 다르다. 아무리 좋은 털모자라도 여름에는 쓸모가 없다. 털모자 때문에 생고생을 하면서 그것도 모르고 나무 밑에서 쉴 때 털모자가 있어서 부칠 수 있다고 털모자를 예찬하는 것은 가소로운 일이다.
이 우화는 시기와 장소에 적절하지 않은 것을 보배처럼 여기는 풍조를 비꼰 이야기이다. 이미 쓸모가 없는 과거의 것을 아직도 쓸모가 있다고 고집스레 붙들고 시대의 흐름에 따를 줄 모르는 어리석은 사람의 이야기이다.

幸虧有氈帽
有暑月戴氈帽而行路者, 遇大樹下歇凉, 即將氈帽當扇. 曰, 今日若無此帽, 就熱死我
『笑贊』

자다가 남의 다리 긁기
三人同臥
석 삼 사람 인 한가지 동 엎드릴 와

세 사람이 같은 방에서 잠을 잤다. 첫째는 비몽사몽간에 다리가 참을 수 없이 가려워 마구 긁었다. 그러나 둘째의 다리를 긁고 있을 줄 누가 알았으랴. 아무리 긁어도 가려움은 가시지 않았고, 긁힌 둘째의 다리에서는 피가 흘렀다.

둘째가 몽롱한 상태에서 만져 보니 다리가 축축했다. 그는 셋째가 오줌을 싼 것으로 생각하고 그를 깨워 소변을 보고 오라고 재촉했다.

셋째는 대충 옷을 걸치고 문 밖에 나가 소변을 보고 있는데, 이웃 술집에서 설거지하는 소리가 쏴쏴하고 그치지 않았다. 그는 자기가 아직도 소변을 보고 있다고 여기고 아침이 될 때까지 서 있었다.

 감각이 마비되고 판단력을 잃어버린 흐리멍텅한 이 세 사람은 상황을 객관적으로 분석하여 자기 문제를 자신에게서 해결하지 않고 남에게서 해결하려고 하였다. 남에게서 문제를 해결하려고 하면 할수록 상황은 더 심각해지고 문제를 해결할 길은 더욱 멀어진다.

三人同臥

三人同臥, 一人覺腿癢甚, 睡夢恍惚, 竟將第二人腿上竭力抓爬, 癢終不減, 抓之愈甚, 遂至出血. 第二人手摸濕處, 認爲第三人遺溺也, 促之起. 第三人起溺而隔壁乃酒家, 榨酒聲滴瀝不止, 以爲己溺未完, 竟站至天明.
『笑府』

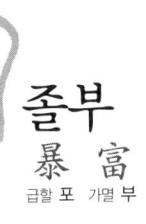

졸부
暴 富
급할 포 가멸 부

갑자기 부자가 된 사람이 있었다. 어느 날 이른 아침에 일어나서 꽃밭을 보고 오더니 시무룩하고 풀이 죽어서 신음을 했다. 아내가 별안간 무슨 병이라도 났는지 물어보았다. 그랬더니 이 졸부가 이렇게 대답했다. "오늘 아침 일찍 일어나 꽃밭에 가서 장미를 보다가 장미 꽃잎에 맺힌 이슬이 내 몸에 떨어져서 다친 것 같아. 의사 선생님을 불러서 치료를 받아야겠어!"

아내가 어이없어 말했다. "어이구 이 양반아! 당신과 내가 빌어먹던 때를 벌써 잊었소? 언젠가 대나무 숲에서 밤새도록 비를 쫄딱 맞고도 당신과 난 아무 일도 없이 견디지 않았소? 그런데 오늘 아침에 이슬에 맞고 뭐가 어떻다고요?"

 갑자기 부자가 된 사람은 일단 돈이 생기면 돈 때문에 당한 설움을 보상받으려는 심리에 사로잡힌다. 그래서 과거에 고생하던 때를 망각하고 졸부 근성을 드러낸다.

暴富
人有暴富者, 曉起看花, 啾啾稱疾. 妻問何疾. 答曰, 今早看花, 被薔薇露滴損了, 可急召醫用藥. 其妻曰, 官人你却忘了當初和你乞食時, 在苦竹林下被大雨淋了一夜, 也兄如此.
『廣笑府』「偏駁」

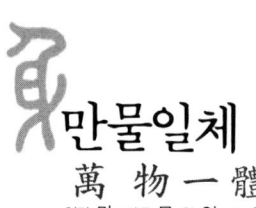

만물일체
萬物一體
일만 만 만물 물 한 일 몸 체

학자들이 한데 모여 철학적인 담론을 즐기고 있었다. 한 유학자가 나서며 '만물이 모두 하나'라는 위대한 이치를 늘어놓고 세상 만물이 다 하나가 될 수 있다고 떠들었다.

어떤 물정을 모르는 유학자가 물었다. "큰 호랑이를 만나면 어떻게 그것과 하나가 되어야 할까요?"

한 고루한 유학자가 설명을 해주었다. "득도한 사람은 용과 호랑이도 복종시킬 수 있는 힘이 있다오. 그래서 호랑이를 만나면 호랑이 등에 탈 수도 있지요. 그러면 절대로 호랑이 밥이 되지 않을 겁니다."

이 말을 들은 사람들은 고개를 끄덕였다.

곁에 있던 주해문이라는 사람이 웃으며 말했다. "호랑이 등에 타는 것은 하나가 아니라 둘이오. 호랑이 뱃속에 들어가야만 하나라 할 수 있을 것이오."

解 송대 이학理學에서는 만물을 낳고 기르는 천지자연의 덕을 인仁이라고 한다. 그리고 사람은 학문과 수양을 통해 이와 같은 인을 체득하고 실천함으로써 만물과 하나가 되는 경지에 도달할 수 있다고 한다. 이런 사상은 천지자연과 사람을 유기적인 관계로 보고 사람의 도덕적인 주체성을 발전시켜 나가는 사상이다.

그런데 세상 물정을 모르고 쓸모없는 지식만 잔뜩 담고 있는 썩어빠진 학자들은 이런 사상의 원래 취지를 모르고 전해 내려온 이론을 머릿속에 외우기만 하며 잘난 체할 뿐이다. 이 우화 속의 썩어빠진 학자도 만물일체의 도덕적 경지는 모르고 글자 그대로 물질적으로 하나가 되는 것으로 이해했다. 그래서 주해문에게 놀림을 당했던 것이다.

어떤 학설이든 그 학설이 나오게 된 역사적, 사회적 상황과 맥락이 있다. 그것을 무시하고 금과옥조로 받아들여 무조건 교조적으로 해석하면 이런 얼빠진 학자들 같은 추태를 보인다.

萬物一體

一儒者談萬物一體. 忽有腐儒進日, 說遇猛虎, 此時何以一體. 又一腐儒解之日, 有道之人, 尚且降龍伏虎, 即遇猛虎, 必能騎在虎背, 絕不爲虎所食. 周海門笑而語之日, 騎在虎背, 還是兩體, 定是食下虎肚, 方是一體
『古今譚概』「迂腐部」

아직도 기생을 생각하고 있구나
心中無妓
마음 심 가운데 중 없을 무 기생 기

정호와 정이 형제는 북송 시대의 유명한 유학자이다. 어느 날 그들은 어떤 사대부의 잔치에 초대받아 갔다. 술자리에는 아름답게 차려입은 기생 몇이 거문고를 뜯으며 손님들에게 술을 권하고 있었다. 정이는 그 자리에서 털고 일어나 가 버렸는데, 정호는 아무렇지도 않다는 듯이 마음껏 즐기고 돌아갔다.

다음날 정호의 서재로 찾아온 정이는 아직도 화가 풀리지 않았다. 정호는 동생의 그런 진지한 모습을 보고 껄껄 웃으며 말했다. "너는 아직도 그 사건을 마음에 두고 있느냐? 어제 술자리에는 기생이 있었지만 내 마음에는 기생이 없었다. 오늘 내 서재에는 기생이 없는데, 아직도 네 마음은 기생으로 가득 차 있구나."

그 말을 들은 정이는 고개를 떨어뜨린 채 학문과 수양이 형보다 못한 것에 부끄러움을 느꼈다.

解 정호와 정이 형제는 송대 이학을 발전시킨 아주 유명한 학자이다. 정호는 진리를 마음속에서 찾았다. 그래서 정호의 학설은 심학으로 발전했다. 정호의 생각은 다음과 같다. 온 세상의 만물은 모두 하나이며, '나' 또한 온 세상의 만물과 하나이다. 나를 포함한 온 세상의 만물을 관통하는 핵심은 바로 어진 마음(仁)이다. 어진 마음을 가진 사람은 온 세상의 만물을 하나로 여긴다. 나는 온 세상의 만물과 하나이기 때문에 모든 것이 나와 관련되어 있다. 만물과 내가 하나 되는 공간이 바로 내 마음이다. 만물이 내 몸과 하나라는 것을 알면 모든 것을 받아들일 수 있다. 그러나 만물을 내 마음에 받아들이지 못한다면

만물은 나와 아무런 상관이 없다. 그래서 학문을 하는 사람은 이런 마음의 경지를 깨달아야 하는데, 이런 마음의 경지를 한마디로 표현하면 어진 마음이다. 어진 마음을 갖고 모든 만물을 대하면 만물과 내가 하나가 되는 경지에 이른다. 이런 경지에 이르려고 억지로 애쓰거나 조장해서는 안 된다. 그래서 정호는 기생에 대해서도 있는 그대로 볼 수 있었고, 또 마음을 어지럽히지도 않았다.

그런데 정이는 진리가 마음 밖에서 객관적으로 존재한다고 생각했다. 그래서 정이의 학설은 이학으로 발전했다. 정이의 생각은 다음과 같다. 진리가 우리 마음속과 모든 사물 속에 본성으로 들어 있기 때문에 사물의 이치를 제대로 알아야 객관적인 진리를 얻을 수 있다. 그리고 사물을 실제로 이해해야 올바르게 행동할 수 있다. 물과 불을 대하면 피할 줄 아는 것은 물과 불의 성질을 알기 때문이다. 악을 대할 때도 끓는 물을 피하듯이 해야 한다. 그러자면 무엇이 악인지 알아야 한다. 사람은 알지 못하기 때문에 악을 행하는 것이다. 정이는 기생이 마음을 어지럽히고 더럽힐 수 있다고 생각했기 때문에 끓는 물을 피하듯이 피했다.

그러나 악을 끊고 없애 버린다고 해서 악이 없어지는 것은 아니다. 내 마음을 바로잡으면 외부의 악이 내 마음을 어지럽힐 수가 없다.

心中無妓

兩程夫子赴一士夫宴, 有妓侑觴, 伊川拂衣起, 明道盡歡而罷. 次日伊贊過明道齋中, 慍猶未解. 明道曰, 昨日, 座中有妓, 吾心中卻無妓, 今日齋中無妓, 汝心中卻有妓. 伊川自謂不及.

『古今譚概』「迂腐部」

누구는 바빠 죽을 지경인데
忙煞老僧
바쁠 망 죽일 살 늙을 로 중 승

어떤 지체 높은 사람이 절로 유람을 가려고 했다. 귀인이 온다는 소식을 들은 절에서는 스님들이 접대를 위해 사흘 전부터 절 주변을 청소한다, 음식을 장만한다며 수선을 피웠다.

깊은 산중에 있는 절은 무성한 숲과 긴 대나무, 솟아나는 맑은 샘물 소리 따위로 아주 고요하고 맑았다. 귀인은 구경을 하고 나서 술과 음식을 배불리 먹고 기분이 좋다는 듯 당나라 시대의 시를 읊었다.

"대나무 숲에 둘러싸인 절을 지나며 스님과 이야기 하노라면,
뜬구름 같은 인생이 한나절 동안이나마 한가해진다."

스님들은 저절로 쓴웃음이 나왔다.
그 모습을 보고 귀인이 물었다. "왜 웃는 것이오?"
스님이 대답했다. "나리가 한나절 동안 한가하게 즐기려고 우리 중들은 벌써 사흘 동안 부산했습니다."

귀족이 한가하게 유람하고 품위 있게 경치를 즐기기 위해서는 수많은 사람이 희생되어야 했다. 스님들까지도 반나절 유람 때문에 사흘 동안 온갖 고생을 하며 바삐 돌아다녔는데 일반 인민들은 말할 것도 없었다. 가마를 타고 가는 사람은 가마꾼의 고통을 모른다.

忙煞老僧

有貴人游僧舍, 酒酣, 誦唐人詩云, 因過竹院逢僧話, 又得浮生半日閑. 僧聞而笑之. 貴人問, 僧何笑. 僧曰, 尊官得半日閑, 老僧却忙了三日.
『古今譚槪』「微詞部」

세속적인 벽화
壁畵西廂
벽 벽　그림 화　서녘 서　행랑 상

　구경산이라는 선비는 명산대천으로 유람 다니기를 좋아했다. 한번은 그윽하고 아름다운 산속을 지나다가 청아한 절을 발견하고는 발길 따라 그곳으로 향했다. 불당으로 간 그는 놀라움을 금할 수 없었다. 가만히 보니 사방의 벽을 『서상기西廂記』를 소재로 한 그림으로 꾸며 놓았던 것이다. 너무도 기이하여 스님을 붙들고 물었다.
　"이것은 모두 정욕에 빠진 어리석은 남녀에 관한 세속적인 그림인데 출가한 사람들이 어떻게 이럴 수가 있단 말입니까?"
　늙은 스님이 합장하며 말했다. "상공께서는 잘 모르시는 모양인데 우리 중들은 이런 그림을 보고 불교의 진정한 가르침을 깨닫는답니다."
　구경산은 더욱 놀라서 물었다. "무얼 보고 깨닫는단 말입니까?"
　스님은 눈을 감고 말했다. "『서상기』에는 '놀라운 정염' 가운데 '어떻게 그녀가 추파를 던지며 돌아섰는가' 라는 노래가 있지 않습니까? 우리는 이런 것에서 선을 깨칩니다."

解 선종에서는 물을 긷고 나무를 하는 것에도 오묘한 진리가 담겨 있다고 여긴다. 이 말은 지금의 구체적 삶에서 바로 진리를 깨닫고 진리를 실천할 수 있다는 말이다. 일상의 삶 속에서 그때그때의 마음 씀씀이가 곧 본래 그대로의 마음이다. 일상의 삶에서 벗어나지 않지만 일상의 삶에 얽매이지도 않는 것이 깨달은 사람의 모습이다. 남녀의 정욕은 결코 거부하거나 외면할 수 없는 본래 그대로의 정감이다. 이런 정욕을 긍정할 때 중생의 번뇌를 나의 번뇌로 여길 수 있다. 아예 처음부터 정욕과 번뇌를 끊어 버리려는 것도 끊어 버리려는 생각에 집착하는 것이다. 선종은 정욕을 받아들이되 정욕에 물들지 않는 자유로운 경지를 추구한다.

壁畫西廂

丘瓊山過一寺, 見四壁俱畫西廂. 曰, 空門安得有此 僧曰, 老僧從此悟禪
丘問, 何處悟. 答曰, 是怎當她臨去秋波那一轉.
『古今譚概』「佻達部」

호랑이 머리를 긁어 준 긴팔원숭이
猱 搔 虎 首
원숭이 노 긁을 소 범 호 머리 수

   숲 속에 몸집은 작지만 나무 타기를 아주 잘하는 긴팔원숭이가 있었다. 이 긴팔원숭이는 작은칼처럼 뾰족한 발톱을 가지고 있어서 자주 호랑이가 머리를 긁어 달라고 부탁했다. 한참 동안 긴팔원숭이가 호랑이의 머리를 긁자 호랑이 머리에 구멍이 났다.
   처음에 호랑이는 머리가 시원해서 눈을 지그시 감고 잠이 들어 자기 머리에 구멍이 났다는 걸 전혀 느끼지 못했다. 긴팔원숭이는 호랑이 머리에 구멍을 뚫어 조금씩 골을 꺼내 먹고, 나머지는 호랑이에게 주었다. 호랑이는 긴팔원숭이가 머리도 긁어 주고 먹음직한 고기도 갖다 주어 아주 충성스러운 놈이라고 여기고 더욱 가까이 했다.
   그러다 마침내 뇌가 텅 빈 호랑이는 갑자기 통증을 느껴 긴팔원숭이를 잡으려고 했다. 그러나 긴팔원숭이는 일찌감치 높은 나무 위로 도망쳐 버린 뒤였다.

긴팔원숭이가 호랑이 골을 파내 먹을 수 있었던 것은 호랑이의 가려운 데를 잘 긁어 주어 환심을 샀기 때문이다. 편견이나 오만에 사로잡혀 아첨이나 듣기 좋아하고 다른 견해를 받아들이지 않으면 진상을 객관적으로 볼 수가 없다. 이렇게 되면 긴팔원숭이처럼 남의 빈틈을 노려 이득을 챙기는 사람이 다가와 처음에는 가려운 데를 살살 긁어 주어 환심을 사 경계심을 누그러뜨린 다음 점차 골수까지 다 파먹고 달아나 버린다.
긴팔원숭이는 상관의 비위나 맞추며 공금을 횡령하여 자신을 살찌우는 탐관오리와 같다. 호랑이는 지혜롭지 못하여 아첨하는 소인배의 말만 믿고 나라가 망하는지도 모르는 어리석은 권력자와 같다.

猱搔虎首

獸有猱, 小而善緣, 利爪. 虎首癢, 輒使猱爬搔之. 久而成穴, 虎殊快 不覺也. 猱徐取其腦啖之, 而以其餘奉虎. 虎謂其忠, 益愛近之 久之, 虎腦空, 痛發, 迹猱. 猱則已走避高木.
『古今譚槪』「專愚部」

금을 녹여 쇠로 만들다
點金成鐵
점점 쇠금 이룰성 쇠철

남북조 시대에 양나라 시인인 왕적은 「약야 골짜기(入若邪溪)」라는 오언시를 지었다. 그 가운데

매미 소리에 숲은 더욱 고요하고
새소리에 산은 한층 그윽하다.

는 구절이 한때 시단이 떠들썩하도록 절창으로 전해졌다.
송나라의 왕안석도 이 구절을 아주 좋아했다. 하지만 그는 뭔가 모자란다고 여겨 자기의 시 「종산鍾山」에서

새 한 마리 울지 않아 산 더욱 그윽하다.

로 고친 다음 스스로 그럴 듯하다고 여겼다.
어느 날 친구인 황정견이 찾아왔다. 두 사람이 차를 마시며 시를 논하다가 왕안석이 시를 꺼내 와서 감상을 청했다. 강서 시파의 시조로 유명한 황정견은 그 시를 보고 나서 껄껄 웃으며 말했다. "금을 철로 만드는 수법입니다."

解 왕안석의 시 가운데 "봄바람에 강남 언덕 또다시 푸르른데 / 밝은 달은 언제나 돌아갈 날 비추려나(春風又綠江南岸, 明月何時照我還)"라는 시가 있다. 그런데 이 시는 원래 "봄바람이 또다시 강남 언덕에 불어오니"로 되어 있었다고 한다. 분다는 말이 아무래도 밋밋했던지 여러 번 고친 끝에 푸르다는 말로 바꿨다고 한다. 그래서 봄바람이 불어 들판에 신생의 기운이 일어나는 역동적인 느낌을 잘 살렸다. 그런데 그만 이 시에서는 새 한 마리 울지 않는다고 고쳐서 웃음거리가 되고 말았다.

시의 표현은 모순과 대립이 변증법적으로 통일될 때 더 절묘하고 시경이 더 잘 드러난다. 왕적의 시는 여름날 깊은 산속에서 일어나는 심상의 변화를 절묘하게 포착했다. 매미가 시끄럽기 때문에 오히려 숲이 더 고요하고, 새가 울기 때문에 산이 더 깊다는 것을 드러냈다. 이때 매미 소리와 새 울음은 숲과 산의 정적 심상을 강화하기 위한 대립적 심상이다. 그런데 왕안석은 새가 한 마리도 울지 않는다고 함으로써 산이 깊고 그윽하다는 사실 진술이 되고 말았다. 모순과 대립을 통일로 승화하는 긴장이 없어지고 말았던 것이다. 이처럼 절묘한 한 글자가 가진 힘은 어마어마하다.

꽤 훌륭한 것에 손을 대서 도리어 못쓰게 만드는 것을 점금성철點金成鐵이라고 한다.

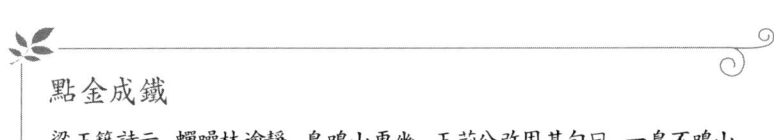

點金成鐵

梁王籍詩云, 蟬噪林逾靜, 鳥鳴山更幽. 王荊公改用其句曰, 一鳥不鳴山更幽, 山谷答曰, 此點金成鐵手也.

『古今譚概』「苦海部」

팽기의 눈썹
彭 幾 剃 眉
성 팽 기미 기 머리 체 눈썹 미
　　　　　　깎을

　　팽기는 위인을 숭배하기 좋아했다. 그는 송나라 시대의 대문장가인 범중엄의 초상을 처음 보고 두 손을 모으며 말했다. "공경하고 흠모합니다. 신창의 선비 팽기 문안드립니다."
　　그런 다음 초상을 자세히 살펴보고 깊은 감동을 받았다는 듯 말했다. "한 군데도 잘못된 데가 없구나. 기이한 덕을 가진 사람은 모습도 반드시 특별한 법이거든."
　　이어서 그는 거울을 꺼내 자기 얼굴에 대고 이리저리 비춰 보다 수염을 어루만지며 만족스럽게 중얼거렸다. "대체로 범공의 모습과 비슷하군. 내 귀밑머리가 조금 적을 뿐이야. 그러나 상관있나. 몇 살 더 먹으면 자연히 자랄 테지."
　　나중에 여산으로 놀러 갔을 때 태평관에서 당나라 시대의 명신인 적인걸의 초상을 보고 급히 절을 했다. "송나라의 진사 팽기 문안이오."
　　절을 한 다음 또 초상을 자세히 살펴보았다. 그는 적인걸의 눈과 눈썹이 보통 사람과 달리 살쩍에 닿을 만큼 찢어진 것을 발견했다. 그는 그 모습을 잘 기억해 두었다가 이발사에게 부탁해서 눈썹 꼬리를 뾰족하게 다듬어 마치 살쩍까지 찢어진 것처럼 했다.
　　마중을 나와 그의 괴상한 모습을 본 식구들은 모두 웃음을 터뜨렸다.
　　"왜 웃느냐?" 팽기는 화를 냈다. "전에 범공의 초상을 보았을 때는 내 귀밑머리가 없는 게 한스러웠지. 그것이 자라고 자라지 않고는 하늘의 뜻이라 나도 어쩔 수가 없지만, 눈썹 꼬리는 뜻대로 치켜 올릴 수 있잖느냐? 뭐가 우습단 말이냐?"

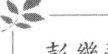 사람은 누구나 모방을 통해 학습하고 성장한다. 특히 청소년기에는 어떤 인물을 준거로 삼아 인격을 형성한다. 위인을 숭배하고 위인을 닮고자 하는 것은 위인들이 이루어 놓은 훌륭한 업적을 본받고 위대한 마음과 정신을 배우고자 하는 것이다. 겉만 위인들 모습과 닮도록 다듬는다고 위대한 사람이 되는 것은 아니다.

彭幾剃眉

彭淵材初見范文正畫像, 驚喜再拜, 前磬折稱, 新昌布衣彭幾幸獲拜謁. 既罷, 熟視曰, 有奇德者必有奇形. 乃引鏡自照, 又捋其鬚曰, 大略似之矣. 但只無耳毫數莖耳. 年大, 當十相具足也. 又至廬山太平觀見狄梁公像, 眉目入鬢, 又前再贊曰, 有宋進士彭幾謹拜謁. 又熟視久之, 呼刀鑷者使剌其眉尾, 令作貞枝入鬢之狀. 家人輩望見驚笑, 淵材怒曰, 何笑. 吾前見范文正公, 恨無耳毫, 今見狄梁公, 不敢不剃眉. 何笑之乎.
『古今譚槪』「怪誕部」

갓난아기도 헤엄칠 수 있다
兒子也善泅
아이 아 아들 자 어조사 야 착할 선 헤엄칠 수

옛날에 월나라 사람들은 모두 헤엄을 잘 쳤다. 어떤 월나라 여자가 태어난 지 한 살쯤 된 아기를 강에 띄웠다. 아기는 앙앙 울면서 버둥거렸다.

지나가던 사람이 황급히 말리며 물었다. "왜 아기를 빠뜨려 죽이려는 것이오?"

여자는 웃으며 대답했다. "얘 아버지는 헤엄치기의 명수예요. 그러니 애도 헤엄을 잘 칠 테니까 걱정 마세요."

 부전자전이라는 말이 있다. 자식은 그만큼 부모의 영향을 많이 받는다는 말이다. 자식은 부모의 유전 형질을 물려받고 성격도 많이 닮는다. 이런 것은 선천적인 자질이다. 그러나 헤엄을 잘 친다든지 뜀박질을 잘한다든지 하는 것은 선천적인 자질도 영향을 미치겠지만 후천적인 훈련과 노력이 절대 필요하다. 아버지가 헤엄을 잘 치니 자식도 당연히 헤엄을 잘 칠거라는 생각은 선입관이다.

> 兒子也善泅
>
> 昔有越人善泅. 生子方晬, 其母浮之水上, 人怪問之, 則曰, 其父善泅, 子必能之
> 『古今譚概』「專愚部」

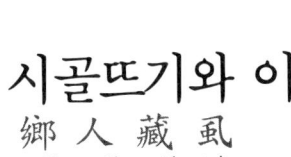

시골뜨기와 이
鄕人藏虱
시골 향 사람 인 감출 장 이 슬

어떤 시골 사람이 우연히 큰 나무 밑을 지나다가 주저앉아 쉬고 있었다. 어깨가 은근히 가려워 손을 뻗어 더듬어 보니 이 한 마리가 손에 잡혔다. 그는 이 조그마한 벌레가 필사적으로 버둥대는 것을 보고 불쌍한 생각이 들어 종이 봉지에 담아 나무 구멍에 쑤셔 넣었다.

이삼 년 뒤 그가 이 나무 밑을 지나다 문득 그때 일이 생각나 나무 구멍을 들여다보니 종이 봉지가 아직도 그대로 있었다. 자기도 모르게 호기심이 생겨 종이 봉지를 열고 살펴보니 이는 보리 껍데기처럼 바싹 말라 있었다. 그래서 손바닥 위에 올려놓고 이가 깨어나는지 자세히 관찰하고 있었다. 잠시 뒤 손바닥이 참을 수 없이 가려워지고 이는 점점 배가 불러왔다.

집으로 돌아오는 도중에 가려운 손바닥에 딱딱한 핵이 생겨 부풀더니 점점 부어오르고 아팠다. 결국 그는 며칠 못 가 죽고 말았다.

 이 우화는 『이솝우화』에 나오는 '농부와 뱀'과 비슷한 내용으로서 천성이 고약한 사람들에게 쓸데없는 인정을 베풀거나 동정을 하면 도리어 큰 화를 당할 수도 있다는 것을 보여준다. 머리 검은 짐승은 은혜를 모른다는 말이 있는 것도 사람만이 자기를 구해준 사람을 배신한다는 것을 말한다.

鄕人藏虱

鄕人某者, 偶坐樹下, 捫得一虱. 片紙裏之. 塞樹孔中而去. 後二三年, 復經其處, 忽憶之, 視孔中紙裏宛然. 發而驗之, 虱薄如麩. 置掌中審顧之. 少頃, 掌中奇癢而虱腹漸盈矣. 置之而歸, 癢處核起, 腫數日, 死焉.
『聊齋志異』

전진을 위한 후퇴
獅 貓 鬪 碩 鼠
사자 사 고양이 묘 싸움 투 클 석 쥐 서

명나라 신종 때 궁궐에 고양이만큼 크고 살찐 쥐가 대낮에도 구멍을 뚫고 다녀 피해가 막심했다. 날쌘 고양이를 놓아 잡으려 했지만 번번이 고양이가 쥐한테 잡아먹히고 말았다. 모두들 속수무책일 때 외국에서 털이 하얀 고양이 한 마리를 바쳤다.

사람들은 고양이를 쥐가 있는 방에 넣고 문을 잘 잠그고는 문틈으로 엿보았다. 고양이는 바닥에 엎드려 눈을 감고 정신을 집중하고 있었다. 조금 있으려니 고기 냄새를 맡은 쥐가 굴속에서 머리를 내밀다 고양이인걸 보고 화가 나 기어 나왔다. 고양이가 재빨리 책상 위로 피하자 쥐도 찍찍거리며 책상 위로 기어 올라갔다. 고양이는 다시 바닥으로 내려왔고, 쥐도 허공에 몸을 날려 바닥으로 내려와 이빨을 드러내며 고양이를 향해 달려들었다. 고양이는 바삐 책상 위로 도망쳤다. 이렇게 위아래로 쫓고 쫓기기를 얼마나 했을까? 사람들은 모두 탄식했다. "알고 보니. 이 고양이도 겁 많고 무능한 놈이었어."

쫓아다니느라 지쳐 동작이 점점 느려진 쥐는 바닥에 엎드려 계속 가쁜 숨을 쉬었다. 이때 고양이는 정신을 가다듬어 날쌔게 돌진해 쥐의 머리를 붙들고 목을 물었다. 고양이와 쥐는 한 덩어리가 되어 야옹야옹, 찍찍 소리를 지르며 싸웠다. 급히 방문을 열어 보니 쥐의 머리는 고양이에 의해 형편없이 찢겨 있었다.

그제야 비로소 사람들은 고양이가 피했던 것이 비겁해서가 아니라 쥐의 예봉을 꺾고 피로해지기를 기다린 것임을 깨달았다.

『노자』에 "잘 싸우는 무사는 무용을 드러내지 않으며, 잘 싸우는 사람은 분노를 드러내지 않는다. 적과 싸워 잘 이기는 사람은 맞붙어 싸우지 않고서 이기고, 남을 잘 다루는 사람은 그에게 겸허하게 대한다"는 말이 있다. 이 고양이는 다른 고양이와 달리 함부로 날쌘 힘을 드러내지 않고 쥐의 성질과 강점을 잘 파악한 다음 신속하게 물러났다 나아갔다 함으로써 쥐가 지치기를 기다려 기회를 놓치지 않고 단숨에 물어 죽였다. 나아가기보다 물러나기를 잘하는 것도 적을 이기는 한 방법이다.

獅貓鬪碩鼠

萬歷間, 宮中有鼠 大與貓等, 爲害甚劇. 遍求民間佳貓捕制之, 輒被啖食 適異國來頁獅貓, 毛白如雪, 抱投鼠室, 闔其扉, 潛窺之. 貓蹲良久, 鼠逡巡自穴中出見貓, 怒奔之. 貓避登机上, 鼠亦登, 貓則躍下. 如此往復, 不啻百次. 衆咸謂貓怯, 以爲是無能爲者. 旣而鼠跳擲漸遲, 碩腹似喘, 蹲地上少休, 貓卽疾下. 爪掬頂毛 口齕首領, 輾轉爭持, 貓聲嗚嗚 鼠聲啾啾 啓扉急視, 則鼠首已嚼碎矣. 然後知貓之避, 非怯也, 待其惰也

『聊齋志異』

앞에도 비
前途亦雨
앞 전 길 도 또 역 비 우

어떤 사람이 비가 쏟아지는데도 천천히 걸어갔다. 지나가던 사람이 하도 이상해서 물었다. "아니, 이렇게 쏟아지는 빗속을 천천히 걸어갑니까?"
그 사람이 대답했다. "뛰어가면 뭘 합니까? 앞에도 비가 오는 걸요."

解 어려움을 당했을 때 적극적으로 해결하려고 하지 않고 상황에 맡겨 두는 것은 마치 빗속을 천천히 걸어가는 사람과 같다.

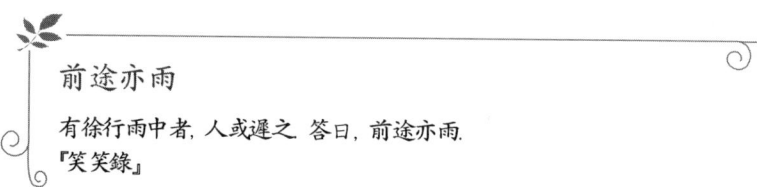

前途亦雨

有徐行雨中者, 人或遲之. 答曰, 前途亦雨.
『笑笑錄』

문장 난산
文章難産
글월 문 글 장 어려울 난 낳을 산

　어떤 선비가 과거 시험을 칠 때마다 번번이 떨어졌다. 그의 아내는 아이를 낳을 때마다 모두 난산을 했다. 밤이 깊어 두 식구가 등불 아래 앉았는데 선비는 종이와 붓을 꺼내 쓴 약을 먹는 것처럼 한편으로는 문장을 쓰면서 다른 한편으로는 머리통을 긁적이며 초조해 했다. 그의 우거지상을 보고 참다못한 아내가 말했다. "당신이 글 쓰는 건 우리 여자들이 아이 낳는 것만큼이나 어렵군요."
　선비가 울상을 지으며 말했다. "어떻게 같단 말이오! 당신은 속에 뭐라도 들어 있지만 나는 아무 것도 들어 있지 않단 말이오."

 속에 든 것이 아무것도 없으면서 과거를 봐야 하는 선비가 가련하기까지 하다. 실력을 쌓지 않고 속에 든 게 없으면 지식과 경험을 쌓아야 한다. 선비의 푸념은 애매어의 오류라고나 할까? 속이라는 말과 든 것이라는 말이 무엇을 가리키는지 명확하지 않으니 말이다. 그러나 논리적 형식은 그렇다 치고, 선비의 푸념은 과거를 볼 실력이 안 되면서도 과거에만 매달릴 수밖에 없는 사람의 답답한 심정을 잘 드러낸다.

文章難産

士人屢科不利, 而其妻素患難産者. 謂夫曰, 中這一節, 與生産一般艱難. 士曰, 更自不同, 你却是有肚裏的, 我却是無在肚裏的.
『廣談助』

금을 만드는 손가락
點 石 成 金
점점 돌석 이룰성 쇠금

어떤 사람이 찢어지게 가난하여 향과 초를 바치지는 못했지만 평생 동안 신선 여동빈을 지성껏 받들었다. 그 경건함에 보답하려고 그의 집으로 찾아간 여동빈은 다 쓰러져 가는 집을 보고 불쌍한 생각을 이기지 못했다. 그래서 손가락을 뻗어 뜰 한 쪽에 멋대로 놓인 반쯤 닳은 맷돌을 가리키며 주문을 외었다. 순식간에 그 맷돌이 황금으로 변했다.

여동빈이 그에게 물었다. "이 황금 덩어리를 네게 주겠다. 가질 테냐?" 그는 절을 하며 사양했다.

여동빈은 이 사람이 마음씨가 맑고 탐욕이 없는 사람인 줄로 알고 크게 기뻐서 말했다. "네가 이렇게 재물을 좋아하지 않으니 그러면 너에게 참된 도를 전해 주겠다."

"아닙니다, 아니에요." 그는 한참 동안 머뭇거리다가 말했다.

"저는 신선님의 그 손가락을 갖고 싶습니다."

解 인간의 탐욕은 한이 없다. 찢어지게 가난한 삶을 살다가 황금 덩어리를 갖게 되었으면 그것으로 평생을 남부럽지 않게 살 수도 있을 텐데 아예 황금을 만들 수 있는 손가락을 달라니 말이다. 말 타면 견마 잡히고 싶다는 말처럼 자신의 처지에 만족할 줄 모르고 자꾸만 탐욕을 키운다.

『신약성서』에도 "욕심이 잉태하여 죄를 낳고, 죄가 장성하여 사망을 낳는다"고 했다. 탐욕의 종말은 가진 것까지도 잃고, 자신마저도 잃고, 남에게도 커다란 피해를 준다.

點石成金

一人貧苦特甚, 生平虔奉呂祖. 祖感其誠, 忽降其家, 見其赤貧, 不勝憫之, 因伸一指, 指其庭中磐石, 燦然化爲黃金. 曰, 汝欲之乎. 其人再拜曰, 不欲也. 呂祖大喜, 謂, 子誠如此, 便可授子大道. 其人曰, 不然. 我心欲汝此指頭耳.

『廣談助』

사람이 잘못 죽은 것이다
錯死了人
섞일 **착** 죽을 **사** 마칠 **료** 사람 **인**

　동쪽에 사는 사람의 장모가 죽었다. 이 집에서는 장례식에 쓸 제문을 써 달라고 서당의 훈장에게 부탁했다. 훈장은 대뜸 승낙하더니 책 상자에서 고본을 꺼내 격식에 맞춰 정성스럽게 제문을 한 편 닦아주었다.
　그런데 실수로 장인을 애도하는 제문을 써 주고 말았다. 장례가 진행되고 있을 때 글을 아는 사람이 이 제문이 완전히 잘못된 것을 발견했다. 기분이 상한 그 집안사람들이 서당으로 뛰어가 훈장의 멱살을 잡고 항의하자, 훈장은 뻔뻔하게 변명을 했다. "옛 글에 있는 제문은 정본이니 어쨌거나 잘못됐을 리가 없소. 아마도 당신 집에서 사람이 잘못 죽은 게지."

학파나 이론 체계, 전승된 고전 같은 것을 맹목적으로 믿음으로써 생기는 선입견을 베이컨은 '극장의 우상'이라고 했다. 정본이 잘못될 리가 없다는 서당 훈장의 주장은 부적합한 권위에 호소하는 논리적 오류를 범한 것이다. 서당 훈장과 같은 책상물림은 책의 기록은 절대적으로 믿으면서 눈앞의 사실은 믿으려 하지 않는다.

고전은 시간과 공간의 검증을 거친 것으로 인류의 보편적인 지혜를 담고 있는 텍스트이다. 그러므로 고전을 통해 삶의 지혜를 얻을 수 있다. 그렇지만 고전은 어디까지나 일반적인 지혜를 담고 있을 뿐 구체적이고 특수한 사례에 적용할 수 있는 지식을 주는 것은 아니다. 고전의 지혜와 지식을 응용할 수는 있어도 그것을 기계적으로 적용해서는 안 된다. 현실의 문제를 해결하는 데 책을 이용해야지 현실을 책에 뜯어 맞출 수는 없다. 실사구시의 정신은 아무리 강조해도 지나치지 않는다.

錯死了人

東家喪妻母, 往祭, 托館師撰文. 乃按古本, 誤抄祭妻父者與之. 識者看出. 主人大怪館師. 館師曰, 古本上是刊定的, 如何會錯. 兄怕是你家錯死了人.
『廣談助』

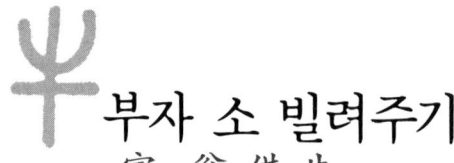

부자 소 빌려주기
富翁借牛
부유할 부 늙은이 옹 빌 차 소 우

    낫 놓고 기역자도 모르는 부유한 늙은이가 있었다. 한번은 그가 거실에서 손님과 이야기를 나누고 있었는데, 어떤 사람이 밭을 갈려고 하니 소 한 마리를 빌려 달라는 편지를 보냈다. 부자는 자기가 글자를 모른다는 사실을 들키지 않으려고 편지를 펴서 중얼중얼 대충 읽고 난 척하더니 고개를 끄덕이며 심부름꾼에게 말했다. "알았어. 잠깐 기다리게. 내가 직접 갈 테니."
    곁에 있던 사람들은 그 말을 듣고 입을 가리며 속으로 실컷 웃었다.

 돈은 많아서 부자이긴 한데 낫 놓고 기역자도 모르니 그 답답한 심정을 알 만하다. 못 먹는 설움도 대단하지만 못 배운 설움도 그만 못하지 않다. 그러나 이 부자는 경제적인 여건이 넉넉하니 열심히 배우면 되지 않겠는가? 그래도 부자 체면에 무식하다는 사실을 감추고 싶어서 글자를 아는 체했다. 때로는 어물쩍 넘어갈 수 있을지 몰라도 결국은 정체가 드러나기 마련이다.
모르는 것은 부끄러운 것이 아니다. 모르면서도 배우려 하지 않는 것이 부끄러운 일이다. 모르면서도 아는 체하는 것이 무식한 것보다 더 위험하다. 아는 것을 안다고 하고, 모르는 것을 모른다고 하는 것이 아는 것이다.

富翁借牛

有走東借牛於富翁者, 富翁方對客, 諱不識字, 僞爲啓緘視之, 曰, 知道了. 小待, 我自來也. 旁觀者皆竊以爲笑.
『廣談助』

곱사등이 치료법
治駝背術
다스릴 치 낙타 타 등 배 꾀 술

옛날에 산동의 평원성에서 어떤 의사가 개업을 했다. 그는 자칭 모든 곱사병을 잘 치료한다고 했다. 활처럼 굽었건 새우처럼 굽었건 간에 한 번 치료하면 곧 바로잡히고 수술법도 간편하며 비용도 싸다고 떠들었다.

등이 굽어 바로 재면 키가 여섯 자이고, 굽은 대로 재면 여덟 자인 어떤 사람이 신통한 의사가 있다는 말을 듣고 돈을 많이 싸 들고 치료를 받으러 왔다. 의사는 그를 바닥에 엎어놓고 등에 올라가 잔인하게 마구 밟았다. 곱추는 아파서 돼지 먹따는 소리를 질렀다. "아이고 아야, 나를 밟아 죽일 셈입니까?"

의사는 밟으면서 말했다. "굽은 등만 바로 펴 주면 될 것 아니오? 죽건 살건 나하고 무슨 상관이오?"

 곱사등이를 치료하건 무슨 병을 치료하건 병을 치료하는 목적은 아픈 사람을 건강하게 살 수 있도록 해주는 것이다. 곱사등이 치료는 치료 행위의 하나이므로 아픈 사람을 고친다는 선결 요건이 충족되어야 한다. 따라서 치료의 결과 죽건 말건 등만 반듯하게 펴 놓으면 고친 것이라는 말은 성립될 수 없다. 사물이나 현상을 고립적으로 파악하고 전체적인 국면을 유기적으로 살피지 않으면 이런 엉터리 곱사등이 치료사가 나올 수 있다. 백성들의 살림살이를 돌보아야 할 공무원들이 세금 징수에만 열심이고 백성들이 죽건 살건 상관하지 않는 것도 곱사등이만 펴면 됐지 죽건 살건 상관없다고 여기는 의사와 마찬가지다.

治駝背術

平原人有善治傴者, 自云, 不善, 人百一人耳. 有人曲度八尺, 直度六尺, 乃厚貨求治. 曰, 君且臥, 欲上背踏之. 傴者曰, 將殺我. 曰, 趣令君直, 焉知死事.

『續談助』

형설의 공
裹螢映雪
속 리 개똥 형 비칠 영 눈 설
　　벌레

진나라 때 차윤이라는 가난한 선비가 있었다. 그는 집안이 가난해 등잔 기름을 사지 못하여 밤에 책을 읽을 때는 반딧불을 잡아 얇은 천에 싸 빛을 비추었다. 또 손강이라는 사람은 겨울에 하얗게 내려 쌓인 눈의 반사광을 이용해 책을 읽었다. 이 두 사람의 고학이 유명해져서 모든 사람이 형설의 공을 학습의 모범으로 삼았다.

그러던 어느 날 손강이 차윤을 찾아갔더니, 차윤은 마침 어디에 나가고 없었다. 손강이 식구들에게 물었다. "주인은 어디로 가셨나요?"

식구들이 대답했다. "강가로 반딧불을 잡으러 갔습니다."

며칠이 지나 손강을 찾아간 차윤은 뒷짐 지고 한가하게 정원에 서 있는 손강을 보고 물었다. "왜 책을 읽지 않고 계십니까?"

손강은 머리를 들어 하늘을 쳐다보며 말했다. "오늘은 눈이 내릴 것 같지 않군요."

解 형설지공螢雪之功 또는 형창설안螢窓雪案이라는 성어의 출전은 『진서晉書』「차윤전車胤傳」과 『몽구蒙求』「손강영설孫康映雪」이다. 온갖 어려움을 무릅쓰고 학문에 매진하는 감동적인 이야기이다.

이 우화는 형설지공의 주인공들을 패러디해서 깊은 우의를 전해 주고 있다. 차윤과 손강이 형설의 공을 쌓아 세상에 이름이 나자 그 명성에 집착하여 반딧불과 눈이 없으면 공부를 못하게 되었다는 내용이다. 빈껍데기만 남은 이름만 붙들고 앉아 실제에 힘쓰지 않는 사람을 풍자한 이야기이다.

조건이나 상황이 바뀌면 바뀐 상황에 적응하여 계속 전진해야 한다. 자기에게 익숙한 낡은 방법을 버리지 못하는 사람은 더 이상 발전이 없다. 학자들 가운데에는 처음 학문을 시작할 때에는 정말 온갖 정열을 불태우고 정력을 다 쏟아 형설의 공을 쌓지만, 일단 성취한 다음에는 이름에 사로잡혀 헛된 이름만 날리려 하고 실제 학문을 이루는 데는 힘쓰지 않는 사람이 있다.

裏螢映雪

車胤囊螢讀書, 孫康映雪讀書, 其貧不輟學可知. 一日, 康往拜胤, 不遇, 問家人, 主人何在. 答曰, 到外邊捉螢火蟲去了. 已而胤往拜康, 見康立於庭下, 問, 何不讀書. 答曰, 我看今日這天色, 不償要下雪的光景.
『笑林廣記』

방화만 허락한다
州官放火
고을 주 벼슬 관 놓을 방 불 화

송나라 시대에 전등이라는 사람이 새로 어느 고을의 수령이 되었다. 그는 독단적이고 포학하여 자기 이름도 함부로 부르지 못하게 했다. 그래서 자기 이름인 '등登'과 소리가 같은 등불 '등燈' 자를 쓰거나 말하는 것도 금지하고, 그것을 범하면 곤장으로 때리고 아주 엄하게 다스렸다. 그래서 온 고을 백성은 등불을 켠다고 할 때 '점등點燈'이라고 하지 못하고 불을 붙인다는 뜻의 '점화點火'라고 했다.

정월 대보름이 다가오자 성 안에서는 관례대로 오색등을 달았다. 전등은 자기도 고을 수령으로서 백성과 즐거움을 같이 한다는 것을 드러내 보이려고 백성에게 관등놀이를 하도록 허락한다는 포고문을 거리마다 붙이게 했다.

포고문에는 이렇게 씌어 있었다. "우리 고을에서는 관례에 따라 3일 동안 방화한다." 전등은 자기 이름의 '등' 자를 쓰지 않으려고 불을 켜라는 뜻의 '방등放燈'이라고 해야 할 것을 불을 지르라는 뜻의 '방화放火'라고 했던 것이다.

백성은 그것을 보고 분개하여 떠들었다. "사또는 등불을 켜는 것은 허락하지 않고 불을 지르는 것만 허락한다. 무슨 이런 일이 다 있나?"

解 왕의 이름을 함부로 쓰지 못하는 것을 기휘忌諱라고 한다. 옛날에는 부모와 돌아가신 조상의 이름도 함부로 부르지 않았다. 그래서 몇 대 조의 이름이라고 해야 할 때는 휘 아무개라고 했다. 왕은 국가의 상징이니 존중하고, 조상은 내 생명의 뿌리가 되는 분이니 그렇다 쳐도 이 이야기에서처럼 고을 수령조차 기휘를 강요했다는 것은 지나친 권력의 횡포이다.

조선을 건국한 태조의 휘는 단旦이다. 그래서 옛날에는 『대학장구大學章句』 서문에 나오는 "하루아침에 모든 것을 환히 깨닫는다"는 구절의 하루아침의 '일단一旦'을 '일조一朝'라고 읽기도 했다. 글자는 단旦자를 그대로 쓰고 발음을 아침 단과 뜻이 같은 아침 조朝 자로 한 것이다.

州官放火

田登作郡, 自諱其名, 觸者必怒, 吏卒多被榜笞, 於是擧州皆謂燈爲火. 上元放燈, 許人入州治游觀. 吏人遂書榜揭於市曰, 本州依例放火三日.
『五雜俎』

왕관 수리 전문
專修皇冠
오로지 전 닦을 수 임금 황 갓 관

쇠를 두드려 못이나 칼, 가위 따위를 만드는 대장장이가 어느 날 마을로 물건을 배달하러 나갔다. 그때 마침 교외로 구경을 나왔던 황제의 행차를 만나 망가진 황제의 왕관을 고쳐 주었다. 수리가 끝난 뒤 황제는 아주 만족하여 그에게 많은 돈을 하사했다.

집으로 돌아오는 길에 숲을 지나던 그는 길가에서 호랑이가 고통스럽게 신음하며 피가 줄줄 흐르는 앞발을 들면서 살려 달라는 시늉을 하는 것을 보았다. 호랑이 발바닥에는 커다란 대나무 가시가 박혀 있었다. 수공업자는 족집게를 꺼내 가시를 빼 주었다. 호랑이는 보답으로 사슴 한 마리를 물어다 주었다.

수공업자는 아주 기뻐하며 집으로 돌아와 아내에게 말했다. "앞으로 운수가 트일 거야. 내가 두 가지 기술을 가지고 있으니 곧 한 밑천 크게 잡을 거요."

다음날 적지 않은 돈을 들여 문 앞의 장식을 새로 단장하고 커다란 간판을 달고 그 위에 이렇게 썼다. "왕관 수리 전문, 호랑이 발바닥의 가시도 빼 줌."

 우연한 일에 희망을 거는 것만큼 허망한 일도 없다. 원래 하던 대장장이 일을 열심히 하면 풍족하게 살지는 못한다 하더라도 그럭저럭 살 수는 있을 것이다. 그런데 그런 본래 직업을 버리고 평생에 한번 있을까 말까 한 우연한 일을 전문으로 하겠다니 가소로운 일이다.

專修皇冠

有人以釘鉸爲業者, 道逢駕幸郊外. 平天冠偶壞, 召令修補訖, 厚加賞賚. 歸至山中, 遇一虎臥地呻吟, 見人擧爪示之, 乃一大竹刺, 其人爲拔去, 虎銜一鹿以報. 至家語婦人曰, 吾有二技, 可立致富. 乃大署其門曰, 專修補平天冠 兼拔虎刺.

『五雜俎』

소도둑의 변명
盜牛者說
훔칠 도 소 우 사람 자 말씀 설

소를 훔친 범인이 체포되어 큰길을 가고 있었다. 구경꾼 가운데 그를 아는 어떤 사람이 놀라 물었다. "아니, 자네 이게 웬일인가? 무슨 큰 죄를 짓기라도 했단 말인가?"

"정말 재수가 없었지 뭔가?" 범인은 우거지상을 하며 말했다. "며칠 전에 길을 가다가 땅바닥에 새끼줄이 떨어져 있기에 쓸모가 있을 것 같아 주워 왔지."

"아니 그럴 수가!" 아는 사람은 도저히 납득할 수가 없어 말했다. "새끼줄을 주운 것도 죄란 말인가?"

범인이 대답했다. "새끼줄 끝에 송아지가 달려 있을 줄 어찌 알았겠나?"

 자신의 잘못을 조금도 인정하지 않고 궤변을 늘어놓아 빠져나가려는 사람은 이 소도둑과 다를 바 없다. 이런 사람들은 말도 안 되는 핑계로 언제든지 빠져나갈 구실만 찾는다.

盜牛者說

有盜牛而被枷者, 熟識過而問曰, 汝何事. 答云, 悔氣撞出來的. 前在街上閒走, 見地上草繩一條, 以爲有用, 捨得之耳. 問者曰, 然則罪何至此. 即復對云, 繩頭還有一小小牛兒

『雅俗同觀』

성질 급한 사람들
急 性 漢 子
급할 급 성품 성 한수 한 아들 자

성질이 몹시 급한 한 사내가 국숫집 문간으로 들어서면서 큰 소리로 외쳤다. "왜 아직 국수를 안 가져오는 거야?"

그가 엉덩이를 붙이고 앉자마자 점원이 김이 모락모락 나는 국수를 탁자에 놓고 말했다. "빨리 드세요. 그릇을 씻어야 하니까요."

그 말에 잔뜩 울화가 치민 그는 집에 돌아와 아내에게 말했다. "화가 나서 죽을 지경이야."

말이 채 끝나기도 전에 아내는 벌써 보따리를 싸 놓고 말했다. "당신이 죽었다니 나는 재혼을 해야겠어요."

아내가 재혼하고 하루가 지났을 뿐인데 두 번째 남편이 이혼을 해야겠다고 떠들었다. 아내가 이상해서 까닭을 물었더니 그는 화를 내면서 말했다. "왜 아직 아이를 낳지 않는 거야?"

解 성질이 급한 것이야 개인의 타고난 성격이니 어쩔 수 없는 측면이 있다. 그러나 모든 상황에 급한 성질을 부려서는 곤란하다. 무슨 일이든지 일정한 과정을 거치고 시간이 지나야만 결과가 이루어진다. 사물의 발전 법칙을 무시하고 단숨에 목적을 달성하려고 하면 반드시 실패할 뿐만 아니라 남에게도 해를 입힌다. 아무리 급해도 바늘 허리에 실을 매어 쓰지 못하고, 우물에서 숭늉을 마실 수는 없다.

急性漢子

性急人過麵店即亂嚷曰, 爲何不拿麵來 店主持麵至傾之桌上, 曰, 你快吃 我要淨碗 其人怒甚, 歸謂妻曰, 我氣死了. 妻忙打包袱曰, 你死, 我去嫁人. 及嫁過一宿, 後夫欲出之. 婦問故 曰, 怪你不養兒子.
『雅俗同觀』

호미를 잃어버린 농부
農夫亡鋤
농사 농 지아비 부 잃을 망 호미 서

한 농부가 밭에서 빈손으로 돌아왔다. 그것을 본 아내가 호미를 어디서 잃어버렸는지 물었다. 농부는 목청껏 소리쳤다. "잃어버리지 않았어. 밭에 두고 왔어."

화가 난 아내는 그의 팔을 당기며 말했다. "좀 작은 소리로 말해요. 누가 듣고 호미를 가져가 버리면 어쩌려고 그래요?"

그러고는 어서 밭으로 가 호미를 가져오라고 재촉했다. 농부가 밭으로 가 보니 호미는 이미 보이지 않았다. 부리나케 집으로 달려온 그는 아내에게 바싹 다가가 아내 귀에 대고 작은 소리로 말했다. "없어졌어."

 멍청한 농부는 사리 분별을 잘하지 못하여 작은 소리로 말해야 할 때는 큰 소리로 떠들고, 큰 소리로 말해야 할 때는 작은 소리로 말했다. 사리를 잘 판단하여 때와 장소에 따라 적절하게 행동해야 한다.

農夫亡鋤

夫田中歸. 妻問鋤放何處. 夫大聲曰, 田裏. 妻曰, 輕說些, 莫被人聽見, 却不取去. 因促之. 往看, 無矣. 忙歸附妻耳云, 不見了.
『雅俗同觀』

술과 신발을 좋아한 성성이들
猩 猩
성성이 성 성성이 성

성성이는 원숭이와 같은 모습에 사람과 비슷한 얼굴을 지녔다. 어떤 무성한 숲속에 성성이 수백 마리가 살고 있었다. 이 성성이들은 용모가 단정하고 말도 할 줄 알았으며 특히 술을 좋아했다. 게다가 나막신을 신고 사람의 걸음걸이까지 흉내 냈다. 이러한 습성을 알고 있는 사냥꾼들은 숲속에 술과 나막신을 잔뜩 가져다 놓고 성성이가 오기를 기다렸다.

성성이는 놀며 먹이를 찾다가 술 단지와 나막신을 보고 사냥꾼이 설치한 덫인 줄 알아보고는 인간의 까마득한 조상에게까지 욕을 퍼부었다. "좋아. 너희는 이 바보 같은 물건들을 가져다 놓고 우릴 속일 수 있다고 생각한단 말이지? 술이나 나막신만 갖다 놓으면 우리가 좋아할 줄 알고? 이 몸을 속일 수 있다고 생각하겠지만 안 속는다. 하하하. 너희들은 우리를 어쩔 수 없을 거야."

그렇게 욕하면서 엉덩이를 돌려 떠나갔지만 몇 걸음 못 가 뒤돌아보고, 또 몇 걸음 못 가 뒤돌아보았다. 그 향기로운 술과 재미있는 나막신을 말이다. 그러다가 참지 못하고 군침을 흘리면서 꼼짝 않고 보고 있다가 달려들어 와글와글 떠들면서 술 단지를 껴안고 마구 마시고 취했다. 또 나막신을 신고 뭐가 뭔지 모른 채 사람처럼 비틀거리며 걸었다. 이때 숨어 있던 사냥꾼들이 기어 나와 비틀거리는 성성이들을 몽땅 잡아갔다.

욕망과 감정을 절제하지 못하면 성성이처럼 큰 낭패를 당한다. 이 우화 속의 성성이는 술과 나막신이 자신들을 꾀기 위한 미끼라는 것을 간파하고 있었다. 그래서 처음에는 욕망을 절제하고 속아 넘어가지 않았다. 그러나 마침내 욕망에 굴복하고 말았다. 이처럼 사람들은 욕망과 감정을 절제해야 한다는 것도 알고, 눈앞의 이익이 자신을 유혹하는 미끼라는 것도 안다. 그러면서도 탐욕 때문에 욕망을 통제하지 못하고 유혹에 굴복한다. 유혹인지 모르고 넘어가는 경우라면 이해할 수도 있지만 유혹인지 알면서 넘어가는 경우에는 어떻게 해야 할까? 탐욕은 이처럼 사람들을 어리석게 만든다.

猩猩

猩猩, 猿形人面, 容顏端正, 在封谿山谷間, 百十爲群, 共相語言, 灑灑可聞, 聽之者無不歡歎. 性喜酒且好屐, 人因以張之. 猩猩一見, 乃知張己, 反其祖先姓字必呼名罵曰, 奴輩, 故說此以張我邪. 酒屐於我亦何愛, 而爾乃爲此, 我今舍爾而去, 爾將奈何. 既而群聚歡飲, 竟致醉倒, 取屐而著, 人乃掩群得之.
『樂善錄』

새장에 갇힌 새
籠 中 鸚 鵡
대그릇 농 가운데 중 앵무새 앵 앵무새 무

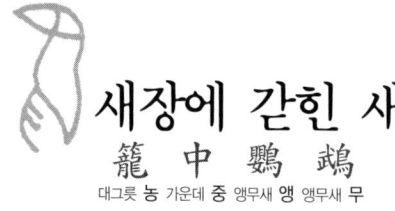

    단 씨라는 성을 가진 부유한 상인이 아름다운 앵무새 한 마리를 얻었다. 이 앵무새는 아주 총명하고 영리하여 말을 할 수 있을 뿐만 아니라, 시를 읊고 산스크리트어로 된 불경을 욀 줄도 알았다. 상인은 이 앵무새를 너무나 좋아하고 아낀 나머지 날아가 버릴까 봐 두 날개 끝을 자르고, 보랏빛 무늬로 치장한 새장에 집어넣어 정성껏 길렀다.

    어느 해 이 부유한 상인은 무슨 일로 감옥에 갇혔다. 반년이 지나 석방되어 돌아온 상인이 앵무새에게 물었다. "나는 반 년 동안 감옥에 있으면서 자유를 잃고 온갖 고통을 당했단다. 그동안 식구들이 잘 보살펴 주더냐?"

    앵무새가 대답했다. "주인님은 겨우 반 년 갇혀 있었으면서 그것도 참지 못하시는군요. 저는 새장 속에서 오랜 세월을 보냈습니다. 원한이 전혀 없다고 할 수는 없겠지요."

    부유한 상인은 깨달은 바가 있어서 곧바로 앵무새를 놓아주었다.

자유를 잃어 봐야 자유가 소중한 줄 안다. 자신의 자유가 소중하다면 남의 자유도 존중할 줄 알아야 한다. 자신이 부자유스러운 것만 고통스럽게 여기고 남이 부자유스러운 것은 생각하지 않거나, 자신의 자유를 위해 남의 자유를 짓밟고 속박하기까지 하는 사람은 앵무새의 말에서 교훈을 얻어야 한다.

籠中鸚鵡

富商有段姓者, 養一鸚鵡, 甚慧, 能誦隴客詩及梵本心經. 段剪其兩翅, 閑以雕籠, 加意豢養. 熙寧六年, 段忽繫獄. 及歸, 問鸚鵡曰, 我半年在獄 極用怨苦. 汝在家 餵飼以時否. 鸚鵡曰, 君半年在獄, 早已不堪, 鸚哥幾時籠閑, 豈亦不生怨恨乎. 段大感悟, 即日放之.
『樂善錄』

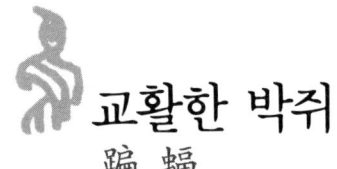

교활한 박쥐
蝙 蝠
박쥐 편 박쥐 복

봉황은 새의 왕이다. 그 봉황의 생일에 모든 새들이 축하하러 갔지만 박쥐만은 가지 않았다. 봉황이 박쥐에게 물었다. "넌 내 부하인데 왜 이렇게 오만하단 말이냐?"

박쥐가 대답했다. "나는 다리로 걸을 수 있으니 짐승에 속합니다. 왜 당신에게 축하하러 가야 한단 말입니까?"

얼마 지나지 않아 이번에는 기린의 생일이 왔다. 기린은 짐승의 왕이므로 모든 짐승들이 축하하러 갔는데, 박쥐만은 여전히 가지 않았다. 기린이 박쥐를 문책했다. "다른 동물들은 다 왔는데 넌 왜 안 왔느냐?"

박쥐가 대답했다. "나는 날개로 날 수 있으니 새에 속합니다. 왜 당신에게 축하를 해야 한단 말입니까?"

어느 날 봉황과 기린이 만나 박쥐의 일을 두고 이야기하며 탄식했다. "세상에 저런 교활한 무리가 있으니 어찌해야 좋을지 모르겠군요."

박쥐는 생김새 때문에 억울할지도 모르지만 늘 기회주의자를 대표하는 캐릭터이다. 이솝우화를 비롯한 여러 우화 문학에서 박쥐는 늘 상황에 따라 유리한 쪽에 붙다가 결국 이쪽저쪽 모두에게 배척을 받는 운명이 된다. 양다리를 걸치면 잠시 동안은 이익을 얻을지 모르나 마지막에 가서는 어느 한쪽에도 설 수 없다. 이 우화에서는 박쥐가 어느 한쪽에도 속하지 않음으로써 자기에게 닥친 곤란을 회피하려고 했다. 어쨌든 자기 이익을 위해 본질을 숨기고 신념과 태도를 바꾼 점에서는 마찬가지이다.

蹁蝠

鳳凰生誕, 百鳥朝賀, 惟蹁蝠不至. 鳳凰責之曰, 汝居吾下, 何自傲乎.
蝠曰, 吾有足, 屬獸, 賀汝何也. 一日麒麟生誕, 蝠亦不至, 麟責曰, 汝何如不賀.
蝠曰, 吾有翼, 屬禽, 何以賀歟. 後麟鳳相會, 語及蹁蝠之事, 乃嘆曰, 世間有此刁詐之徒, 眞乃沒奈他何.
『華筵趣樂談笑酒令』

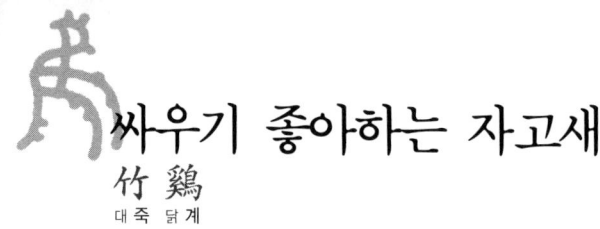

싸우기 좋아하는 자고새
竹 鷄
대죽 닭계

자고새는 원래 싸우기를 좋아하여 같은 무리만 만나면 반드시 머리가 깨지고 피가 흐를 때까지 싸운다. 사냥꾼들은 숲속에 낙엽을 모아 허방을 만들고는 자고새를 유인할 후림새를 안에 놓아 둔 다음 그물을 펼쳐 두고 나무 뒤에 숨어서 기다린다. 후림새가 높은 소리로 울면 들에 있던 자고새는 싸울 대상이 있다는 신호로 알고 소리가 나는 곳으로 급히 날아와 눈을 질끈 감고 머리를 쳐들고는 그물이 펼쳐진 곳을 향해 돌진한다. 그리하여 눈 깜짝할 사이에 그물에 걸려 한 마리도 남김없이 잡히고 만다.

 같은 무리끼리 서로 싸우면 반드시 제삼자에게 이익이 돌아갈 뿐이다. 지역이 편을 갈라 다투고, 집단이 이해관계에 따라 다투면 사회가 어지러워지고 혼란해질 뿐이다. 동류끼리 다투면 결국 누구에게 이익이 돌아가겠는가?

竹鷄

竹鷄之性, 遇其儔必鬪. 取之者掃落葉爲城, 置媒其中, 而隱身於後. 操綱焉, 激媒使之鳴. 聞者隨聲必至閉目飛入城, 直前欲鬪, 而綱已起, 無脫者. 蓋目旣閉則不復見人

『搜采異聞錄』

살인이 가장 좋아
莫如殺人
없을 막 같을 여 죽일 살 사람 인

불교를 믿는 어떤 사람이 윤회와 보응에 대해 말하기를 굉장히 좋아했다. 그는 만나는 모든 사람에게 선을 쌓고 덕을 닦아 살생하지 말라고 권했다. 불경에는 어떤 것을 죽이면 내세에 그것으로 변한다고 씌어 있기 때문이라는 것이었다. 소를 죽이면 소로 변하고, 돼지를 죽이면 돼지로 변하며, 땅강아지와 개미를 죽여도 다 마찬가지라는 것이다.

어느 날 그는 또 사람들을 모아 놓고 오묘한 이야기를 하고 있었는데 듣고 있던 사람들은 번번이 머리를 끄덕였다. 허문목 선생이 아주 심각한 표정을 지으며 말했다. "사람을 죽이는 것이 가장 좋지. 다른 것을 죽여선 안 돼."

"그게 무슨 뜻이오?" 모두들 그를 비난했다.

"어떤 걸 죽이면 그걸로 변한다고 그가 말하지 않았소? 지금 사람을 죽이면 내세에 다시 사람이 될 테니 좋지 않겠소?"

 형식 논리로 볼 때 허문목의 논리는 나무랄 데가 없다. 어떤 걸 죽이면 그걸로 변한다는 명제가 대전제라면 사람을 죽이면 사람으로 변한다는 결론은 타당하다. 그러나 이런 명제는 아무리 형식적으로 타당하더라도 말이 안 된다. 즉 전제가 타당하지 않다는 말이다.

莫如殺人

一人盛談輪迴報應, 甚無輕殺. 凡一牛一豕, 即作牛豕以償. 至螻蟻亦罔不然. 時許文穆曰, 莫如殺人. 衆問其故. 曰, 那一世責償, 猶得化人也.
『解頤贅語』

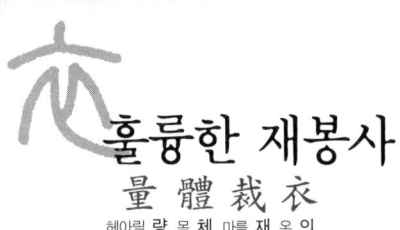

훌륭한 재봉사
量 體 裁 衣
헤아릴 량 몸 체 마를 재 옷 의

명나라 세종 때 아주 유명한 재봉사가 있었는데, 그가 만든 옷은 길이와 품이 아주 잘 맞았다. 한번은 어사대부가 그에게 궁정에 입고 갈 예복을 만들어 달라고 했다. 재봉사는 곧 그의 신체 치수를 재고 또 물었다. "어사 나리께서는 관직 생활을 얼마나 하셨습니까?"

어사는 아주 이상하게 들려 그에게 되물었다. "자네는 몸 치수를 재어 옷을 만들면 되네. 왜 그런 걸 물어야 하나?"

재봉사가 대답했다. "젊은 상공은 높은 자리에 처음 오르기 때문에 의기가 높고 성대하여 길을 갈 때 가슴과 배를 내밀게 마련이므로 옷을 만들 때 뒤의 길이는 짧게 하고 앞의 길이는 길어야 합니다. 관리로 반평생을 보낸 사람은 의기가 조금 가라앉으므로 의복의 앞뒤 길이가 같아야 합니다. 관직 생활이 오래 되어 물러나야 하는 사람이라면 정신적으로 우울해지고 위축되어 길을 갈 때 고개를 떨구고 허리를 굽히므로 옷도 반드시 앞이 짧고 뒤가 길어야 합니다. 관리가 된 햇수를 모르고서 어떻게 마음에 들고 몸에 맞는 옷을 지을 수 있겠습니까?"

오랫동안 관복을 만든 재봉사는 자신의 오랜 경험을 바탕으로 관료들의 경력과 관복 치수 재단 사이의 관계를 법칙으로 도출해 냈다. 나름대로 '의상 철학'을 터득한 것이다. 이 사람이 터득한 의상 철학에 의하면, 겉으로 볼 때 직무를 맡은 햇수는 관복 치수의 재단과 아무런 관련이 없는 것 같지만 실제로는 자세에 영향을 주어 관복의 재단에 간접적인 영향을 미친다. 한 사물의 성질이나 모습은 그 자체의 성질에 의해 규정되기도 하지만 그 사물과 다른 사물 사이의 상호 작용에 의해 영향을 받기도 한다. 이 재봉사가 유명한 재봉사가 될 수 있었던 것은 이처럼 치밀하게 관복 자체의 성질뿐만 아니라 관복과 경력 사이의 상호 작용까지도 관찰했기 때문이다.

量體裁衣

嘉靖中, 京師縫人某姓者, 擅名一時, 所制長短寬窄無不稱身. 當有御史令裁員領, 跪請入臺年資, 御史曰, 制衣何用如此. 曰, 相公甫初任雄職, 意高氣盛 其體微仰, 衣當後短前長. 在事將半, 意氣微平, 衣當前後如一. 及任久欲遷, 內存沖挹, 其容俯, 衣當前短後長, 不知年資, 不能稱也

『寄園寄所寄』

현령의 맹세
縣 令 的 誓 聯
고을 현 명령 령 어조사 적 맹세할 서 잇닿을 련

막 부임한 어떤 현령이 자기는 백성의 부모이고 청렴결백하며 공정하다는 것을 드러내기 위해 판각쟁이를 불러 가장 좋은 나무에다 맹세의 글을 새기고 금물을 입혀서 관청의 대문 양쪽에 내걸었다. 한쪽에는 "돈을 한 푼 받으면 천지가 함께 죽일 것이다"라고 쓰고, 다른 한쪽에는 "사사로운 청을 한 건 들어주면 도둑이고 창녀다"라고 썼다.

백성들은 이것을 보고 기뻐하며 말했다. "정말 좋구나. 이런 청렴한 관리가 오기를 얼마나 기다렸던가?"

그러나 누가 알았으랴! 부임하고 오래 지나지 않아 금 은 비단 따위의 뇌물을 가지고 오는 사람들이 끊이지 않았는데, 이 현령 나리는 일일이 그것을 받아들였다. 그리고 세도가에서 사사로이 청하면 일일이 들어주었다. 마침내 현 전체가 어지러워져서 더 이상 두고 볼 수 없자 어떤 사람이 항의했다. "나리께서는 스스로 걸었던 맹세문을 잊으셨습니까?"

현령은 쥐새끼 같은 수염을 쓰다듬으며 목소리 하나 변하지 않고 말했다. "나는 확실히 그에 따라 처리했네. 그대는 못 봤는가? 내가 받은 돈은 한 푼이 아니고, 내가 사사로운 청을 들어 준 것도 한 건에 그친 게 아닐세."

解 현령의 말은 논리적으로는 가언적 삼단논법 가운데 전건을 부정함으로써 오류를 범한 예에 속한다.

만일 돈을 한 푼 받으면 천지가 함께 나를 죽일 것이다.
돈을 한 푼 받지 않았다(한 푼 이상 받았다).
따라서 천지가 함께 나를 죽이지 않을 것이다.

이 추론에서 돈을 한 푼 받는다는 것은 천지가 그를 죽일 수 있는 충분조건이지 필요조건은 아니다. 돈을 한 푼 받으면 천지가 죽일 수 있는 충분한 조건이 되지만 그가 반드시 한 푼을 받을 경우에만 천지가 그를 죽이는 것은 아니기 때문이다.
이처럼 권력을 가진 사람들이 그 권력을 공익을 위해 사용하지 않고 사리사욕을 채우는 데 쓰면서도 부끄러워할 줄 모르고, 자기 잘못을 교묘한 궤변으로 합리화하고 정당화하려 드는 잘못된 풍조가 아직도 사라지지 않고 있다.

縣令的誓聯

有縣令堂懸一聯以誓曰, 得一文, 天誅地滅 聽一情, 男盜女娼. 然饋送金帛者頗多, 無不收受, 而勢要說事, 亦必徇情. 有日, 公誤矣. 不見堂聯所志乎. 令日, 吾志不失, 所聽非一文, 所聽非一情也
『看山閣閒筆』

누구나 고깔 모자를 싫어하지 않는다
不 喜 高 帽
아닐 불 기쁠 희 높을 고 모자 모

　남을 추켜세우는 것을 속설에서는 '고깔 모자 씌우기'라고 한다. 두 제자가 지방의 관리가 되어 서울을 떠나게 되었다. 그들은 떠나기 전에 함께 스승에게 작별 인사를 드리러 갔다. 스승이 물었다. "너희들은 타향에 가서 사람들을 잘 대하고 일을 잘 처리할 준비가 되어 있느냐?"
　한 제자가 대답했다. "스승님, 염려 마십시오. 우리는 사람들을 만나면 반드시 고깔 모자를 씌워 줄 준비가 되어 있습니다."
　스승은 엄하게 말했다. "안 된다. 절대로 그런 추악한 일을 해서는 안 된다. 오늘날에는 세상이 나날이 어지러워져서 성실한 사람들이 이해를 얻지 못하지만, 나는 너희들이 정직한 사람이 되기를 바란다."
　그 제자가 황급히 절을 하고 말을 받았다. "스승님의 말씀은 저희들에게 많은 것을 가르쳐 줍니다. 오늘날 스승님처럼 고깔 모자 쓰는 걸 좋아하지 않는 사람이 몇이나 되겠습니까?"
　스승은 미소를 머금고 머리를 끄덕이며 말했다. "바로 이 때문에 내가 너희들에게 반드시 정직한 사람이 되라고 가르치는 거야."
　작별하고 나온 두 제자는 마주 보며 웃었다. "보게. 고깔 모자를 스승님 머리 위에 씌워 드렸네."

자기를 추켜세우는 말을 싫어하는 사람은 아마 거의 없을 것이다. 입으로는 아첨하는 말을 들어서는 안 되고, 귀에 거슬리더라도 충직한 말에 귀 기울여야 한다고 하지만 실제로 아첨하는 말을 들으면 그 순간에는 흐뭇한 기분에 사로잡힌다. 이 우화에 나오는 제자들처럼 아첨하는 사람들은 듣는 사람이 아첨인 줄도 모르게 아주 교묘한 방법으로 추켜세운다. 추켜세우는 말에 속지 않으려면 스스로 추켜세우는 말을 듣기를 좋아하지 않는지 반성해야 한다. 상대방을 효과적으로 설득하려면 추켜세우거나 아첨까지는 아니더라도 긍정적인 말과 부정적인 말을 적절하게 배합해야 한다고 하니 누구나 천성으로 추켜세우는 말을 좋아하나 보다.

不喜高帽

世俗謂媚人爲頂高帽子. 嘗有門生兩人, 初放外任同謁老師者. 老師謂,
今世直道不行, 逢人送頂高帽子, 斯可矣. 其一人曰, 老師之言不謬. 今之
世不喜高帽如老師者, 有幾人哉. 老師大喜. 既出, 顧同謁者,
曰, 高帽已送去一頂矣.

『潛庵漫筆』

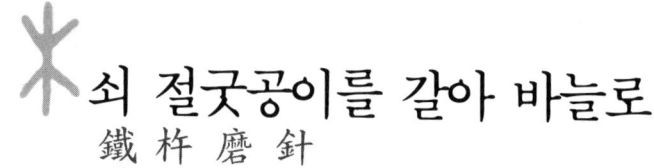

쇠 절굿공이를 갈아 바늘로
鐵杵磨針
쇠 철　공이 저　갈 마　바늘 침

　이백은 어렸을 때 놀기를 좋아하고 책 읽기를 싫어했다. 그래서 공부하러 갔다가 다 마치지도 못하고 포기하고서 사방을 떠돌아다녔다. 어느 날 길을 한참 걷다가 한 할머니가 길가에 앉아 쇠 절굿공이를 숫돌에다 열심히 갈고 있는 것을 보았다.
　이백은 의아해서 물었다. "할머니 무얼 하고 계시나요?"
　할머니가 대답했다. "바늘을 만든다오. 젊은이."
　"정말이세요? 이렇게 큰 절굿공이를 언제 다 갈아 바늘을 만든단 말씀이세요?"
　할머니가 웃으면서 말했다. "절굿공이는 갈면 갈수록 가늘어진다오. 결심하고 날마다 갈면 바늘이 안 될 리가 없지."
　이백은 이 말을 듣고 깨달은 바 있어 서둘러 집으로 돌아와 한 권씩 책을 읽어 나갔다. 그는 다시는 놀지 않고 열심히 공부했다.
　나중에 이백은 중국 역사상 가장 위대한 시인이 되었다.

解 두보의 시는 매우 진지하고 단정하지만, 이백의 시는 분방하고 활달하며 낭만적이어서 마치 저절로 샘솟듯 솟아 나온 것처럼 보인다. 하지장賀知章이 이백을 일컬어 '하늘에서 땅으로 유배 온 신선(謫仙)'이라고 한 것도 무리가 아니다. 그러나 이백이 '술 한 말에 시를 백 편이나' 줄줄 읊어 댈 만큼 천부적인 재능을 자랑했다 해도, 실은 어릴 때부터 절굿공이를 갈아 바늘을 만드는 것 같은 각고의 노력이 그 바탕이 되었던 것이다. 천부적 재능이 학습에 유리한 조건이 되기는 하지만 후천적인 노력 없이는 재능을 살릴 수 없다.

끈기있게 노력하면 무슨 일이든 이룰 수 있다는 뜻의 성어 마저성침磨杵成針, 마저작침磨杵作針 또는 철저성침鐵杵成針의 유래이다.

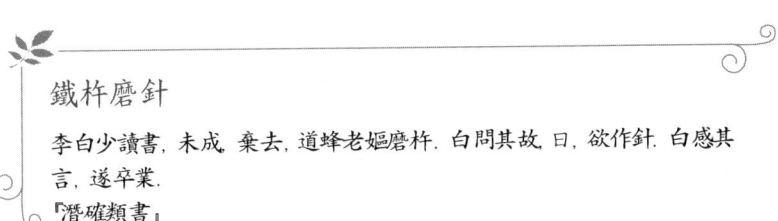

鐵杵磨針

李白少讀書, 未成. 棄去. 道蜂老嫗磨杵. 白問其故. 曰, 欲作針. 白感其言, 遂卒業.

『潛確類書』

돌대가리의 변론
石頭之辯
돌 석 머리 두 어조사 지 말잘할 변

어느 주막집에서 마당에 나무 장대를 세워 놓고 빨래를 널어 말리고 있었다. 그 장대는 나무로 된 굴레에 꽂혀 있었다. 빨래는 무겁고 바람은 심하게 일자 나무 굴레가 삐거덕삐거덕 움직였다.

그것을 본 어떤 사람이 술을 한 모금 마시며 말했다. "돌 굴레에 꽂으면 안 움직일 거야."

또 한 사람이 말도 안 된다는 듯 말했다. "누가 돌 굴레에 꽂으면 안 움직인다고 하던가? 그러면 왜 방앗간의 돌절구는 아침부터 밤까지 움직인단 말인가?"

"사람들이 밟기 때문이지."

"밟으면 움직인다고? 산은 날마다 수천 명이 오르내리는 데 왜 조금도 안 움직인단 말인가?"

"그것들은 모두 크고 중심이 있기 때문에 움직이기 어렵지."

"좋아. 크고 중심이 있으면 다 움직인다 이거지. 그렇다면 강 위의 돌다리는 작고 중심도 텅 비어 있는데 왜 날마다 밟아도 안 움직이지?"

이 돌대가리와 같이 표면적인 유사성에만 집착하여 논점을 절취하면 순환 문답에 빠져 논변은 끝이 나지 않고 결론도 얻을 수 없다. 추론하고 논변할 때는 개념을 명확히 하고 논리를 따라야 한다.

石頭之辯

二泉有樹竿曝衣而插於木磉者. 衣重風緊, 屢屢吹倒. 一人曰, 須用石磉方可不動. 一人曰, 石不動乎, 何以染坊元寶石, 吾見其自朝動至夕也. 曰, 彼自有人脚踏故耳. 曰, 城隍山紫陽山每日千萬人脚踏, 何又不見其動也. 曰, 彼乃大而實心, 故難動耳. 曰, 然則城河橋梁, 皆小而空心者, 何亦日踏而不見其動也.
『兩般秋雨庵隨筆』

바보의 꿈
癡人說夢
어리 치 사람 인 말씀 설 꿈 몽
석을

척 씨네 공자는 어려서부터 책 읽기를 좋아했지만 천성이 어리석었다. 어느 날 아침 그는 침대에서 기어 나와 멍하니 사방을 돌아보다가 갑자기 방을 청소하러 온 하녀를 붙들고 물었다. "너, 어젯밤 나를 보지 않았니?"

어안이 벙벙해진 하녀가 대답했다. "못 봤는데요."

"뭐라고?" 화가 난 공자가 소리쳤다. "나는 분명히 꿈에 너를 보았는데, 너는 왜 나를 놀리는 거냐?"

공자는 어머니에게 달려가 목청을 높여 소리쳤다. "이 바보 같은 하녀를 혼내 줘야겠어요. 내가 꿈에 분명히 자기를 보았는데 나를 못 봤다고 하지 뭐예요? 주인을 속이려는 마음을 가지고 있으니 안 되겠어요."

 잠잘 때 일어나는 감각적 심상心像이 꿈이다. 잠을 자는 동안에는 뇌수가 깨어 있을 때와 다르게 활동한다. 이때 일어나는 표상 과정과 내용을 꿈이라고 한다. 꿈은 시간적 공간적 제약을 받지 않고 논리적이지는 않지만 감각적 표상의 모습을 띤다. 그래서 가끔 꿈에서 일어났던 일을 현실로 착각하기도 하는 것이다. 현실과 꿈의 세계를 크게 차별 없이 보려고 했던 장자의 호접몽과 이 어리석은 사람의 꿈은 다른 꿈이다.

癡人說夢

戚某幼耽讀而性癡 一日早起, 謂婢某曰, 爾昨夜夢見我否. 答曰, 未. 大斥曰, 夢中分明見爾, 何以賴. 去往訴母曰, 癡婢該打. 我昨夜夢見她, 她堅說未夢見我. 豈有此理耶.
『餘墨偶談』

선비의 판결
秀才斷事
빼어날 수 재주 재 결단할 단 일 사

어떤 시골 사람이 자기 소망을 이야기했다. "나는 밭 천 평이 있으면 만족하겠네."

이웃 사람이 그 말을 듣고 질투가 생겨 말했다. "자네가 밭 천 평을 가진다면 나는 오리 만 마리를 길러 자네 밭의 곡식을 다 먹어 치우도록 하겠네."

이리하여 두 사람은 끊임없이 다투다가 관청에 고소장을 내게 되었다. 관청을 찾아 헤매던 그들은 향교 앞을 지나가다가 붉은 대문을 보고 관청으로 알고서 거기로 들어갔다. 마침 학당 앞을 거닐고 있던 선비를 원님 나리로 착각하고 땅바닥에 엎드려 각기 상황을 호소했다.

선비가 머리를 긁적이더니 말했다. "이렇게 합시다. 당신은 밭을 사고, 또 당신은 오리를 기르시오. 나는 관리가 되기를 기다려 당신들의 이 사건을 다시 심리해 드리겠소."

解 꿈과 소망을 갖는 것은 미래를 계획한다는 점에서 바람직한 일이다. 그러나 실현되기 전의 소망을 현실로 여겨 자랑하고 다투며 왈가왈부하는 것은 가소롭다. 세 사람 모두 실현하지도 못할 헛된 망상에 사로잡혀 있다. 먼저 당장 할 수 있는 일부터 시작해야 꿈에 한 발짝 더 다가갈 수 있을 것이다.

秀才斷事

一鄉愚言志, 我願野百畝田稻足矣. 鄰人忌之曰, 你若有百畝田, 我養一萬隻鴨, 吃盡你的稻. 二人相爭不已, 訴於官, 不識衙門, 經過儒學, 見紅牆大門, 遂扭而進. 一秀才步於明倫堂, 以爲官也, 各訴其情. 秀才曰, 你去買起田來, 他去養起鴨來, 待我做起官來, 才好代你們審這件事.

『人事通』

'어魚' 자의 크기
魚字大小
고기 어 글자 자 큰 대 작을 소

어떤 사람이 물고기 '어魚' 자를 몰라 이웃집에 물으러 뛰어갔다. 이웃 사람은 종이쪽지 위에 '어魚' 자를 써 주었다. 그는 그 종이쪽지를 들고 좌우로 살핀 다음 머리를 흔들며 말했다. "아닌 것 같은데. 이 글자에는 뿔이 두 개 있고, 또 다리가 네 개 있군요. 물에서 사는 물고기에 무슨 뿔과 다리가 있겠소? 이건 '어魚' 자가 아닌 게 분명하오."

이웃 사람은 웃음을 참지 못하고 그에게 물었다. "이 글자는 '어魚' 자가 틀림없어요. 이게 '어魚' 자가 아니면 뭐란 말이오?"

그는 머리를 갸우뚱거리며 또 한참 동안 자세히 보고 나서 말했다. "뿔이 있고 다리가 있으니까 육지에서 걷는 동물일 거요. '어魚' 자의 크기를 가지고 무슨 동물인지 이름을 정할 수 있을 거예요."

"어떻게 기준을 정한단 말이오?"

"크게 쓰면 소 우牛자이고, 중간 정도로 쓰면 사슴 록鹿자이고, 작게 쓰면 양 양羊자지요."

解 중국의 문자는 상형문자라서 글자와 글자의 뜻 사이에 형상적 관계가 비교적 뚜렷하다. 그러나 한 글자의 크기를 가지고 큰 대상과 작은 대상을 가리킨다는 말은 정말 웃자고 하는 소리가 아니라면 어이없는 말이다. 중국의 우화에는 이와 같이 글자의 모양과 관련된 것도 많다.

魚字大小

或問魚字如何寫, 人即寫魚與之. 或人細看魚字形體, 搖頭曰, 頭上兩隻角, 肚下四隻脚, 水裏行的魚, 哪有角與脚. 人問曰, 此眞是魚字. 你只說不是 竟依你認是甚的字呢. 或人曰, 有角有脚, 定在陸地上走的東西. 只看魚字寫得大小何如, 才有定準. 若魚字寫大些, 定是牛字, 寫中等些, 卽是鹿字. 倘如寫得細小, 就是一隻羊了.

『人事通』

절인 오리가 절인 오리알을 낳는다
醃鴨生醃蛋
절인남새 엄 오리 압 날 생 절인남새 엄 새알 단

갑, 을 두 얼간이가 절인 오리알을 먹고 있었다. 갑이 맛을 보고는 놀라 소리쳤다. "이상하다. 내가 먹은 오리알은 다 싱거웠는데, 이 오리알은 왜 이렇게 짤까?"

을이 대답했다. "나는 모르는 게 없지. 다행인 줄 알아, 나 같은 똑똑한 사람에게 묻게 된 것을. 이 짠 오리알은 말이야, 절인 오리가 낳은 거야."

 경험적 현상은 사물을 인식하는 자료와 출발점이 될 뿐 현상에만 국한되어서는 사물의 본질을 제대로 파악할 수 없다. 싱거운 오리알은 싱거운 오리가 낳고, 짠 오리알은 절인 오리가 낳았다는 생각은 표면적인 현상을 본질로 착각한 것이다.

醃鴨生醃蛋

甲乙兩呆人偶吃醃蛋, 甲訝曰, 我每常吃蛋甚淡, 此蛋因何獨鹹. 乙曰, 我是極明白的人, 虧你問著我, 這鹹蛋就是醃鴨子生出來的.
『人事通』

한자 제목으로
찾아보기

ㄱ

가정맹어호 苛政猛於虎 …… 346
각주구검 刻舟求劍 …… 271
간마 趕馬 …… 277
강구장자 康衢長者 …… 176
강종수생 薑從樹生 …… 632
거국개광 擧國皆狂 …… 476
거액 車軛 …… 242
거인불피친수 擧人不避親讎 …… 262
거핵여연모 巨翮與軟毛 …… 396
거협탐낭 胠篋探囊 …… 88
걸식번간 乞食墦間 …… 66
검려기궁 黔驢技窮 …… 546
경공도우 景公禱雨 …… 286
경공음주 景公飮酒 …… 284
경궁지조 驚弓之鳥 …… 330
경마 競馬 …… 370
고자호 瞽者好 …… 650
고좌우이언타 顧左右而言他 …… 54
곡고화과 曲高和寡 …… 398
공기구용어인 恐其求容於人 …… 220
공사 公私 …… 446
공의휴기어 公儀休嗜魚 …… 352
공자논제자 孔子論弟子 …… 140
공자절량 孔子絕糧 …… 272
곽씨지허 郭氏之墟 …… 400
관녕할석 管寧割席 …… 442
관윤자교사 關尹子敎射 …… 154
괘우두매마육 掛牛頭賣馬肉 …… 300
교인기자산 校人欺子産 …… 70
교주고슬 膠柱鼓瑟 …… 436

구국구문 狗國狗門 …… 302
구루승조 痀僂承蜩 …… 108
구망기양 俱亡其羊 …… 86
구맹주산 狗猛酒酸 …… 254
구반문촉 扣盤捫燭 …… 574
구방인상마 九方堙相馬 …… 348
구조불하 鷗鳥不下 …… 145
국씨위도 國氏爲盜 …… 136
국유삼불상 國有三不祥 …… 290
권학 勸學 …… 42
궤우이획십 詭遇而獲十 …… 58
극자조후 棘刺雕猴 …… 236
급성한자 急性漢子 …… 686
기가성벽 嗜痂成癖 …… 474
기무가시 技無可施 …… 115
기사회생 起死回生 …… 280
기우백락 驥遇伯樂 …… 332
기인우천 杞人憂天 …… 134
기창학사 紀昌學射 …… 148

ㄴ

낙양지귀 洛陽紙貴 …… 472
남우충수 濫竽充數 …… 233
남귤북지 南橘北枳 …… 304
남원북철 南轅北轍 …… 336
노마식도 老馬識途 …… 209
노변계거 路邊契據 …… 165
노소유 魯少儒 …… 118
노소호수 猱搔虎首 …… 662
노영읍위 魯嬰泣衛 …… 338
노왕양조 魯王養鳥 …… 107

농부망서 農夫亡鋤 ····· 687
농중앵무 籠中鸚鵡 ····· 690
니상탄고 泥像嘆苦 ····· 642

ㄷ

다기망양 多歧亡羊 ····· 158
단기계부 斷機誡夫 ····· 458
단하소불 丹霞燒佛 ····· 586
답담취구 踏痰就口 ····· 516
당랑박륜 螳螂搏輪 ····· 364
당랑포선 螳螂捕蟬 ····· 418
당문취구 當門醉嘔 ····· 620
대미필기 大未必奇 ····· 453
대선칭상 大船秤象 ····· 460
대안여계 大雁與家鷄 ····· 404
대우탄금 對牛彈琴 ····· 526
대증하약 對症下藥 ····· 462
도견상부 道見桑婦 ····· 156
도기무자출 盜其無自出 ····· 33
도변고리 道邊苦李 ····· 470
도수박호 徒手搏虎 ····· 478
도수유도 蹈水有道 ····· 110
도우자설 盜牛者說 ····· 685
도지소재 道之所在 ····· 120
도학선생 道學先生 ····· 608
동사유오 東徙猶惡 ····· 424
동시효빈 東施效顰 ····· 106
동식서숙 東食西宿 ····· 432
동알우 董閼于 ····· 226
두미쟁대 頭尾爭大 ····· 518
등석 鄧析 ····· 274

ㅁ

마가십배 馬價十倍 ····· 334
마간유독 馬肝有毒 ····· 622
마전작경 磨磚作鏡 ····· 566
막여살인 莫如殺人 ····· 695
만물일체 萬物一體 ····· 654
망매지갈 望梅止渴 ····· 445
망부자 亡鈇者 ····· 166
망살노승 忙煞老僧 ····· 658
망심 妄心 ····· 629
망양흥탄 望洋興嘆 ····· 92
매량두사 埋兩頭蛇 ····· 394
매압착토 買鴨捉兎 ····· 578
맹고 盲瞽 ····· 615
맹인모상 盲人摸象 ····· 502
멸촉절영 滅燭絶纓 ····· 412
모수자천 毛遂自薦 ····· 376
목작여거할 木鵲與車轄 ····· 46
묘아색식 猫兒索食 ····· 504
묘흘소 猫吃素 ····· 625
무마자문도 巫馬子問道 ····· 38
무소용기장 無所用其長 ····· 214
묵비사염 墨悲絲染 ····· 32
문사행저 聞斯行諸 ····· 26
문장난산 文章難産 ····· 673
물선소전맥 勿羨酥煎麥 ····· 520
미자하실총 彌子瑕失寵 ····· 190
미종하처출 米從何處出 ····· 594

ㅂ

반구부추 反裘負芻 ····· 402

방몽살예 逢蒙殺羿 ················· 68	
배궁사영 杯弓蛇影 ················ 468	
백마과관 白馬過關 ················ 238	
백아절현 伯牙絕弦 ················ 266	
번동풍동심동 幡動風動心動 ········ 538	
법림염관음 法琳念觀音 ············ 592	
벽화서상 壁畫西廂 ················ 660	
변장자호 卞莊刺虎 ················ 374	
복돈참자 腹䵝斬子 ················ 264	
복처위고 卜妻爲袴 ················ 244	
부대관만이거 不待貫滿而去 ········ 219	
부부식병 夫婦食餠 ················ 498	
부수여치국 㿝水與治國 ············ 425	
부옹차우 富翁借牛 ················ 678	
부자걸양 富者乞羊 ················ 528	
부지천한 不知天寒 ················ 288	
부처도축 夫妻禱祝 ················ 234	
부판배물 蝜蝂背物 ················ 540	
부형청죄 負荊請罪 ················ 379	
부훤헌폭 負暄獻曝 ················ 152	
분리 分鯉 ························ 536	
불균수지약 不龜手之藥 ············· 76	
불사약 不死藥 ···················· 210	
불사지도 不死之道 ················ 239	
불설인지과 不說人之過 ············ 408	
불희고모 不喜高帽 ················ 700	
비공양투 蚌共羊鬪 ················ 524	
비송 屁頌 ························ 644	
비읍불우 悲泣不遇 ················ 430	

ㅅ

사묘지서 社廟之鼠 ················ 296	
사묘투석서 獅貓鬪碩鼠 ············ 670	
사요순목양 使堯舜牧羊 ············ 416	
사친약증자 事親若曾子 ············· 65	
산치여봉황 山雉與鳳凰 ············ 172	
살군우 殺畜牛 ···················· 496	
살룡묘기 殺龍妙技 ················ 131	
살체교자 殺彘教子 ················ 256	
삼슬식체 三蝨食彘 ················ 217	
삼인동와 三人同臥 ················ 652	
삼인성호 三人成虎 ················ 224	
삼중누 三重樓 ···················· 490	
상권 賞勸 ························ 232	
상당연이 想當然耳 ················ 456	
상두착도인 床頭捉刀人 ············ 444	
상아저엽 象牙楮葉 ················ 198	
상인지우 相人之友 ················ 343	
상제살룡 上帝殺龍 ················· 40	
상중생리 桑中生李 ················ 440	
상중영 傷仲永 ···················· 572	
새옹실마 塞翁失馬 ················ 358	
서가지자 西家之子 ················ 354	
서시단안 鼠屎斷案 ················ 466	
서파석예 西巴釋麑 ················ 360	
석두지변 石頭之辯 ················ 704	
선어 善御 ························ 340	
설인희진 說人喜瞋 ················ 492	
섭공호룡 葉公好龍 ················ 403	
성성 猩猩 ························ 688	
소구하사 所求何奢 ················ 390	

소립자연 所立者然 …… 178	야수문과 也須問過 …… 585
소아변일 小兒辯日 …… 146	양고 兩瞽 …… 618
속서토화 束絮討火 …… 426	양명간화 陽明看花 …… 602
송양지인 宋襄之仁 …… 250	양명격죽 陽明格竹 …… 604
수득대목 須得大木 …… 599	양상군자 梁上君子 …… 450
수시녕인 誰是佞人 …… 556	양체재의 量體裁衣 …… 696
수위호색 誰爲好色 …… 485	양패구상 兩敗俱傷 …… 322
수재단사 秀才斷事 …… 707	양포타구 楊布打狗 …… 153
수주대토 守株待兎 …… 260	어자대소 魚字大小 …… 708
숙최선의 孰最善醫 …… 314	엄압새엄단 醃鴨生醃蛋 …… 710
순망치한 脣亡齒寒 …… 196	엄이도종 掩耳盜鐘 …… 279
시례발총 詩禮發冢 …… 128	여안하함 驢鞍下頷 …… 532
식순자책 食筍煮簀 …… 435	여동오아 汝凍吾兒 …… 612
신자청죄 申子請罪 …… 252	여어득수 如魚得水 …… 464
실화인가 失火人家 …… 428	여호모피 與狐謀皮 …… 606
심중무기 心中無妓 …… 656	연석진장 燕石珍藏 …… 564
	연촉량 涓蜀梁 …… 181
ㅇ	영모씨지서 永某氏之鼠 …… 548
아금하재 我今何在 …… 616	영서연설 郢書燕說 …… 246
아자야선수 兒子也善泅 …… 668	영수종별 潁水縱鼈 …… 245
악자귀미자천 惡者貴美者賤 …… 116	오귀훈자 烏龜訓子 …… 522
악정자춘 樂正子春 …… 222	오릉중자 於陵仲子 …… 62
안도색기 按圖索驥 …… 600	오서학기 梧鼠學技 …… 179
안자논죄 晏子論罪 …… 308	오설상재불 吾舌尚在 不 …… 372
안자지어 晏子之御 …… 298	오적어설 烏賊魚說 …… 551
안지어락 安知魚樂 …… 102	요정지구 溺井之狗 …… 328
알묘조장 揠苗助長 …… 56	요동백시 遼東白豕 …… 448
암미결구 唵米決口 …… 500	요자추작 鷂子追雀 …… 649
애군지과 愛君之過 …… 407	욕식반병 欲食半餠 …… 497
애인여해인 愛人與害人 …… 356	용귀구천 踊貴屨賤 …… 306
애전망명 愛錢忘命 …… 542	용의단전 庸醫斷箭 …… 636

우결우도 牛缺遇盜 ······················362
우공이산 愚公移山 ······················142
우공지곡 愚公之谷 ······················414
우인식염 愚人食鹽 ······················487
우인집우유 愚人集牛乳 ···············488
운근성풍 運斤成風 ······················122
원수불구근화 遠水不救近火 ·······212
원유혐대 苑囿嫌大 ·······················52
원추여부서 鵷雛與腐鼠 ···············100
월부초을 越凫楚乙 ······················483
유녀배노옹 幼女配老翁 ···············610
육식자지 肉食者智 ······················580
윤편론독서 輪扁論讀書 ·················90
은신초 隱身草 ······························646
의기 欹器 ·····································186
의여왕녀약 醫與王女藥 ···············494
이도예미 泥塗曳尾 ·······················98
이리복검 李離伏劍 ······················388
이형영설 裏螢映雪 ······················680
이도살삼사 二桃殺三士 ···············292
이양환우 以羊換牛 ·······················50
이오십보소백보 以五十步笑百步 ···48
이하습리 圯下拾履 ······················368
인가지부 鄰家之父 ·······················44
인여어안 人與魚雁 ······················162
일명경인 一鳴驚人 ······················204
일목지라 一目之羅 ······················434
일엽장목 一葉障目 ······················558
일저벌교 一狙伐巧 ······················124
임강지미 臨江之麋 ······················544

ㅈ

자로문진 子路問津 ·······················30
자상모순 自相矛盾 ······················258
자승자강 自勝者強 ······················206
자취 自取 ······································64
자하가빈 子夏家貧 ······················182
자한불수옥 子罕不受玉 ···············201
자혜지공 慈惠之功 ······················230
작소부지 鵲巢扶枝 ······················355
장록지변 獐鹿之辨 ······················588
장자고분 莊子鼓盆 ······················104
재상판안 宰相辦案 ······················570
재여부재 材與不材 ······················112
쟁안 爭雁 ····································614
적마몽상 赤馬蒙霜 ······················484
적인화포 赤刃火布 ······················150
전구견진왕 田鳩見秦王 ···············269
전도역우 前途亦雨 ······················672
전마퇴마 戰馬推磨 ······················508
전병불환 田駢不宦 ······················324
전부득옥 田父得玉 ······················174
전수황관 專修皇冠 ······················684
절간입성 截竿入城 ······················562
절질 竊疾 ·····································36
점금성철 點金成鐵 ······················664
점석성금 點石成金 ······················674
정료구현 庭燎求賢 ······················344
정무공벌호 鄭武公伐胡 ···············188
정인쟁년 鄭人爭年 ······················240
정인치리 鄭人置履 ······················248
정저지와 井底之蛙 ·······················94

정중로월井中撈月 ··········· 510
제선왕호사齊宣王好射 ··········· 168
제인확금齊人攫金 ··········· 167
제초제초 除草 ··········· 596
조삼모사朝三暮四 ··········· 138
조양주학어趙襄主學御 ··········· 202
조여묘雕與猫 ··········· 638
조육감구糟肉堪久 ··········· 471
주관방화州官放火 ··········· 682
주위상저紂爲象箸 ··········· 216
주잠蛛蠶 ··········· 634
죽계竹鷄 ··········· 694
중소역소衆笑亦笑 ··········· 648
중즉난최衆則難摧 ··········· 479
즙옥무우葺屋無雨 ··········· 624
증삼살인曾參殺人 ··········· 316
증자식어曾子食魚 ··········· 184
지기知己 ··········· 281
지록위마指鹿爲馬 ··········· 366
지상담병紙上談兵 ··········· 382
지의린인兄疑鄰人 ··········· 200
지지득거舐痔得車 ··········· 132
지회취초적렵인兄會吹哨的獵人 ··········· 552
진백가녀秦伯嫁女 ··········· 235
진화자眞畫者 ··········· 130
징자심의澄子尋衣 ··········· 276

ㅊ

차비살교次非殺蛟 ··········· 278
착벽이통鑿壁移痛 ··········· 628
착벽투광鑿壁偸光 ··········· 438

착사료인錯死了人 ··········· 676
착호용수鑿湖容水 ··········· 626
처녀우도處女遇盜 ··········· 180
척안소붕斥鷃笑鵬 ··········· 74
천만매린千萬買鄰 ··········· 482
철저마침鐵杵磨針 ··········· 702
첨화鉆火 ··········· 527
청군입옹請君入甕 ··········· 568
초왕장마楚王葬馬 ··········· 392
초왕호세요楚王好細腰 ··········· 34
초인과하楚人過河 ··········· 270
초인학제어楚人學齊語 ··········· 60
추기규경鄒忌窺鏡 ··········· 318
추비파관醜婢破罐 ··········· 506
취작상갱取杓嘗羹 ··········· 561
치망설존齒亡舌存 ··········· 420
치인설몽癡人說夢 ··········· 706
치타배술治駝背術 ··········· 679

ㅌ

타문打蚊 ··········· 534
타시불타打是不打 ··········· 640
토우여도경土偶與桃梗 ··········· 323
퇴고推敲 ··········· 589
투계적偸鷄賊 ··········· 61

ㅍ

파관불고破罐不顧 ··········· 452
팽기체미彭幾剃眉 ··········· 666
편배부시鞭背敷屎 ··········· 514
편복蝙蝠 ··········· 692

편작투석扁鵲投石 ……………313
평공작금平公作琴 ……………598
포부暴富 ……………653
포정해우庖丁解牛 ……………80
포조사捕鳥師 ……………512
표인추혼飄茵墜溷 ……………480
풍부박호馮婦搏虎 ……………72
피위지재皮爲之災 ……………114

ㅎ

하돈망사河豚妄肆 ……………550
하마야곡蝦蟆夜哭 ……………584
하불병촉何不炳燭 ……………410
학간술學悭術 ……………637
학철지어涸轍之魚 ……………126
학택지사涸澤之蛇 ……………208
학혁學奕 ……………69
한단수망邯鄲垂亡 ……………582
한단학보邯鄲學步 ……………96
할계언용우도割鷄焉用牛刀 ……………28
할육상담割肉相啖 ……………268
행휴유전모幸虧有氈帽 ……………651
향인장슬鄕人藏虱 ……………669
헌구방생獻鳩放生 ……………160
현령적서련縣令的謦聯 ……………698
현장간첨弦章諫諂 ……………310
혜시선비惠施善譬 ……………422
호가호위狐假虎威 ……………326
호변론적인好辯論的人 ……………576
호여자위虎與刺蝟 ……………530
호외화연승虎畏化緣僧 ……………639

호접몽胡蝶夢 ……………78
호지용처呼之用處 ……………350
혼돈개규渾沌開竅 ……………84
화룡점정畵龍點睛 ……………554
화사첨족畵蛇添足 ……………320
화수지유火水之喩 ……………228
화숙최난畵孰最難 ……………241
화씨지벽和氏之璧 ……………192
황공호겸黃公好謙 ……………170
후래거상後來居上 ……………386
훼충塊蟲 ……………218
휘질기의諱疾忌醫 ……………194
휼방상쟁鷸蚌相爭 ……………329